mtb

Zum Buch:

Jina Modell ist tough. Trotzdem wird ihr am ersten Tag mit dem neuen Team der Spitzname »Babe« verpasst. So war das nicht geplant. Sie wird ihnen schon beweisen, dass sie kein »Babe« ist. Doch erst muss sie das höllische Training mit diesen gestählten Typen überstehen. Und vor allem Levi hat es ihr angetan. Und dann passiert die Katastrophe. Das Basislager wird angegriffen, als sie allein die Stellung hält. Sie kann fliehen. Doch nun ist sie auf sich allein gestellt. Sie muss überleben, bevor der Feind herausfindet, dass sie entkommen ist.

»Linda Howard ist eine ausgezeichnete Autorin. Ihre Sprache ist kraftvoll und sinnlich, und ihre Geschichten suchen ihresgleichen. Jedes Buch ist eine Entdeckung.«

Iris Johansen, New-York-Times-Bestsellerautorin

Zur Autorin:

Seit Linda Howards Karriere als vielfach beachtete Autorin begann, hat sie mehr als 25 Romane geschrieben, die weltweit eine begeisterte Leserschaft gefunden haben und millionenfach verkauft wurden. Zahlreiche Auszeichnungen sprechen für ihr Können. Zusammen mit ihrem Mann und zwei Golden Retriever lebt sie in Alabama.

Linda Howard

Das Flüstern der Gefahr

Roman

Aus dem Amerikanischen von
Constanze Suhr

mtb

MIRA® TASCHENBUCH

FSC MIX Papier FSC® C014496

1. Auflage: Dezember 2018
Deutsche Erstausgabe

Originaltitel: »The Woman Left Behind«
erschienen bei: William Morrow, New York

Published by arrangement with
William Morrow, an imprint of
HarperCollins *Publishers* L.L.C., New York

Umschlaggestaltung: büropecher, Köln
Umschlagabbildung: Tom Merton / Getty Images
Lektorat: Sonja Fiedler-Tresp
Satz: GGP Media GmbH, Pößneck
Printed in Germany
Dieses Buch wurde auf FSC®-zertifiziertem Papier gedruckt.
ISBN 978-3-95649-743-8

www.mira-taschenbuch.de

Prolog

Die Kongressabgeordnete Joan Kingsley streifte leise durch die nächtlich düsteren Räume ihres Hauses, ohne das Licht einzuschalten. In letzter Zeit mochte sie es dunkel. Es war ihr zuwider, wenn die Sonne schien oder wenn Menschen lachten und das Leben einfach weiterging. Ihre Qual und ihre Trauer lähmten sie vollständig, sodass sie nur noch irgendwie funktionierte.

Sie hasste das Haus. Es war riesig, viel zu groß für sie allein. Aber trotzdem brachte sie es nicht über sich, auszuziehen. Sie und Dexter hatten sich vom ersten Augenblick an in das Haus verliebt und sich finanziell gestreckt, um es zu erwerben. Von Anfang an hatten sie sich hier wohlgefühlt, es war so ganz ihrs. Hier hatten sie ihren Sohn großgezogen und sich ihre Träume von Macht und Reichtum erfüllt. Sicher, sie hatten sich den Arsch aufgerissen, um diese Träume wahr zu machen, aber so vieles war hier geplant und umgesetzt worden.

Und jetzt fühlte es sich einfach nur leer an, so ganz ohne Dexter.

Sie hatte ihn über alles geliebt – liebte ihn noch immer. Der Tod löschte die Liebe nicht aus, sie ging einfach weiter, schmerzhaft nun statt strahlend.

Und sie war schuld an seinem Tod – sie und Axel MacNamara. Sie verabscheute den Kerl mit einer Inbrunst, die im Laufe der Zeit nur noch stärker geworden war. Er ließ sie immer noch überwachen, jeder ihrer Schritte wurde verfolgt, ihre Gespräche wurden abgehört, Nachrichten gelesen. Jedenfalls glaubte er das. Mit etwas Glück würden ihm die Dinge, die er nicht wusste, noch wehtun. Daran arbeitete sie.

MacNamara dachte, er hätte sie am Boden. Er hatte sie gezwungen, ihre Machtposition aufzugeben, ihr Mann war tot, ihre Verbindungsleute aus den GO-Teams waren außer Landes geflohen.

Sollte er sich doch ruhig erst mal sicher fühlen, ihr war das nur recht. Devan Hubbert war schlauer als alle anderen Computer-Experten aus MacNamaras Team, sehr viel schlauer. Mit genügend Zeit und guter technischer Ausstattung konnte er jede Firewall durchdringen, sich in jedes System hacken, nichts schien ihm unmöglich, und wenn die Umstände es erforderten, war er flexibel genug, auch ohne Hightech-Ausrüstung auszukommen. Seit er das Land verlassen hatte, war er mit ihr in Verbindung geblieben.

Sie wusste allerdings nicht, warum. Dank MacNamara hatte sie keine Macht mehr, jemanden zu unterstützen, keine Insidernachrichten, die sie hätte verkaufen können. Devan hatte wegen des Geldes mitgemacht, genauso wie sie. Es war verdammt teuer, seine Machtposition in D. C. zu halten, aber nur dort konnte man im großen Stil Kohle scheffeln. Dexter war eigentlich mit dem zufrieden gewesen, was sie schon hatten, aber hatte sie auch darin unterstützt, relativ unbedeutende Informationen an die Russen zu verkaufen und damit enormen Profit zu machen. Mit genug Geld und Einfluss hinter sich hätte sie es bis ins Weiße Haus geschafft. Welch bittere Ironie, dass es nun Dexter wegen dieser Pläne erwischt hatte und nicht sie. Dabei hatte er nur das getan, was er immer getan hatte: Er war an ihrer Seite gewesen.

Jedenfalls war Devan Hubbert aus irgendeinem Grund mit ihr in Kontakt geblieben. Angeblich hatte er eine Idee, wie an MacNamara Rache geübt werden könnte. Vielleicht sah er dabei eine Möglichkeit, an mehr Geld zu kommen, auch wenn sie sich nicht vorstellen konnte, wie. Denn auch wenn das Wissen um ihre Zusammenarbeit mit den Russen vorerst unter Verschluss war, wäre es mit dem Tod MacNamaras nicht aus der Welt geschafft.

Es war ihr egal. Geld interessierte sie im Augenblick nicht. Alles, was sie wollte, war, dass Axel MacNamara für Dexters Tod bezahlte. Und wenn dabei seine kostbaren GO-Teams mit untergingen, umso besser.

So oder so, er musste sterben.

1. Kapitel

»Sie bekommen alle einen neuen Aufgabenbereich«, sagte MacNamara knapp.

Zehn Mitarbeiterinnen und Mitarbeiter aus verschiedenen Abteilungen drängten sich in MacNamaras Büro, das für ihn als Chef erstaunlich winzig und bescheiden war. Jina Modell gehörte nicht zu den Glücklichen, die als Erste hereingekommen waren und sich einen der beiden Besucherstühle hatten schnappen können, weshalb sie mit den übrigen sieben Kollegen zusammengepfercht in unbequemer Haltung herumstand.

Ihre erste Reaktion auf MacNamaras Ankündigung war Erleichterung. Niemand von ihnen hatte gewusst, weshalb die Versammlung einberufen worden war, und sie hatte befürchtet, dass sie alle ihre Jobs verlören. Sie hatte sich bereits mental auf das Schlimmste vorbereitet, nämlich die fristlose Kündigung, denn eine Mittelstreichung war immer möglich, sogar bei Geheimprojekten wie den ihren, die aus eher dubiosen, unbekannten Geldquellen finanziert wurden.

Offensichtlich war sie nicht die Einzige, der solche Gedanken durch den Kopf gingen, denn erleichtertes Seufzen summte durch den kleinen Raum.

Dann aber runzelte Jina die Stirn. Klar, es war gut, auch weiter einen Job zu haben. Aber ihr bisheriger gefiel ihr wirklich gut. Sie arbeitete im Kommunikationsbereich, was viel Spaß machte, und bekam gutes Geld. Nicht zu vergessen der Coolness-Faktor, den der Job mit sich brachte, denn selbst für D. C. war er echt cool. Was für eine Befriedigung, Terroristen durch

GO-Teams fertigmachen zu können, ohne den wohltemperierten Computerraum zu verlassen. Das bequeme klimatisierte Leben gefiel ihr. Es war also vielleicht gar nicht so gut, wenn sich ihr Aufgabenbereich änderte.

»Was passiert?«, erkundigte sie sich daher, nachdem einen Moment Schweigen geherrscht und niemand diese Frage gestellt hatte.

MacNamara würdigte sie keines Blickes. »Die Teams«, sagte er stattdessen und nahm ein Blatt Papier in die Hand, auf das er so missmutig starrte, als gefiele ihm nicht, was dort stand. Obwohl er es als Leiter der Dienststelle wahrscheinlich selbst verfasst hatte. »Donnelly, Sie kommen in Kodaks Team. Ervin, Sie sind bei Snowman, Modell bei Ace.« Er las weiter die Liste vor, nach der sie einzelnen Teams zugeordnet wurden, doch niemand wusste, was zum Teufel das hieß.

»Ace« war der Spitzname für Levi Butcher. Sie hatte von ihm gehört, ihn oder Agenten aus seinem Team aber nie persönlich getroffen. Ace stand in dem Ruf, einen der härtesten Jobs durchzuziehen. Was, zum Teufel, sollte *sie* dort machen?

Jina hatte hart daran gearbeitet, erst nachzudenken, bevor sie etwas sagte, das war in diesem Metier wichtig. Niemand aus ihrem Umfeld wusste, was sie tatsächlich tat oder wo genau sie arbeitete. Also bemühte sie sich, zu schweigen und nachzudenken – allerdings nur eine Sekunde lang, denn ein paar Fragen drängten sich einfach auf, und niemand sonst öffnete den Mund. Offensichtlich waren alle durch MacNamaras fiesen Ruf eingeschüchtert.

Sie hob die Hand. MacNamara musste die Bewegung aus dem Augenwinkel beobachtet haben, denn er stoppte mit dem Vorlesen der Liste und hob den Kopf. »Was ist?«, bellte er.

»Was werden wir denn in diesen Teams machen?«, fragte sie. Sie bemerkte, dass er kurz überrascht ihrer Stimme lauschte, während ihm gleichzeitig klar zu werden schien, dass sie auch die erste Frage gestellt hatte, nicht einer der Männer. So war ihre Stimme nun mal, diese Reaktion war sie gewohnt. Was sie viel mehr interessierte, war ihre aktuelle Situation. Von den anderen wusste sie es nicht, aber sie selbst hatte nicht die geringste Ausbildung für das, was die GO-Teams taten. Und das könnte im Prinzip einer Selbstverstümmelung gleichkommen.

»Darauf werde ich schneller zu sprechen kommen, wenn Sie mich nicht ständig unterbrechen«, keifte MacNamara.

»Ich habe nur einmal unterbrochen.« Bildete sie sich das nur ein, oder rückten die Kollegen ein kleines Stück von ihr ab, als wollten sie MacNamara freie Schussbahn verschaffen? Tatsächlich, das war keine Einbildung.

»Jetzt zum zweiten Mal.«

Da hatte er recht. Jina presste die Lippen zusammen, und eine Sekunde später las er weiter. Nachdem jedem ein Aufgabenbereich zugeteilt worden war – beziehungsweise ein Team, denn sie wussten immer noch nicht, was sie eigentlich machen sollten –, lehnte sich MacNamara in seinem Stuhl zurück. »Sie sind die zehn Mitarbeiter mit den besten Testergebnissen in räumlicher Orientierung und Reaktionsvermögen …«

Jina presste wieder die Lippen zusammen. Was für Testergebnisse? Sie hatte an keinen Tests teilgenommen. Und soweit sie wusste, auch die anderen nicht.

»Was für Testergebnisse?«

Verdammt. Sie konnte einfach nicht den Mund halten.

MacNamara warf ihr wütend einen tödlichen Blick zu, und in dem kleinen Raum herrschte erneut knisterndes Schweigen. Er begann, mit dem Kugelschreiber in wildem Takt auf seinen Schreibtisch zu klopfen. Sein Gesichtsausdruck signalisierte, dass er ihr am liebsten den Hals umdrehen und sie irgendwo entsorgen würde. Jina konnte sich vorstellen, dass es ihm ein Leichtes wäre, das umzusetzen.

Aber dann sagte er nur barsch: »Die Computerspiele im Pausenraum.«

Aha. Ein leises Raunen ging durch die Reihen. Vor einigen Monaten war die Spielkonsole installiert worden. Einige Mitarbeiter hatten sich sofort damit vertraut gemacht und sich in den Pausen Partien geliefert, waren gegeneinander angetreten und hatten um die höchsten Punktzahlen konkurriert. Jina, die viel Erfahrung mit solchen Spielen hatte, hatte bei diesen Wettstreits mitgemacht. Da sie ständig in Führung lag, fühlten sich ein paar Typen echt angepisst, die vorher große Sprüche darüber geklopft hatten, dass Mädchen keine Ahnung von solchen Spielen hätten. Aber sie hatte es ihnen gezeigt. Die Spiele waren ziemlich kompliziert und sehr lebensecht, viel anspruchsvoller als alles, was man auf dem freien Markt kaufen konnte, und besaßen einen Spaßfaktor, der alles übertraf. Offensichtlich galt das auch für die Überwachung.

Wieder hob sie die Hand. Zur Hölle noch mal, war sie die Einzige hier, die einen Mund hatte? Warum meldete sich denn niemand anders, war keinem was aufgefallen?

MacNamara kniff sich in den Nasenrücken und brummelte etwas Unverständliches vor sich hin.

»Ich bin nicht für die Arbeit in den GO-Teams qualifiziert.« Es war ihr ein bisschen peinlich, das Offensichtliche auszusprechen, aber es war nun mal die Wahrheit und nichts als die Wahrheit. Egal wie viele Punkte sie bei Computerspielen gemacht hatte: Die Mitglieder der GO-Teams waren alles Supermänner. Sie schwammen und liefen kilometerweit und absolvierten ein hartes Training. Sie konnten aus weiter Ferne eine Eichel aus der Krone einer Eiche schießen. Jina wusste, dass auch kampferfahrene Frauen in den Teams waren, aber zu diesen Frauen gehörte sie nicht. Sie konnte zwar schwimmen und ging manchmal joggen, war aber kein Fitnessfreak.

»Das sind Sie alle nicht«, bellte MacNamara. »Deshalb erhalten Sie ein spezielles Training. Im Nahkampf werden Sie bei den Operationen ohnehin nicht eingesetzt.«

»Aber was sollen wir dann …?«, begann Jina und wurde durch eine wirsch erhobene Hand MacNamaras zum Schweigen gebracht.

»Ich darf Sie als Erstes daran erinnern, dass Sie eine Verschwiegenheitsverpflichtung bezüglich allem, was mit Ihrer Tätigkeit hier zu tun hat, unterschrieben haben. Die Antwort ist, dass die Teams über ein außergewöhnliches Situationsbewusstsein verfügen, was aber auch Risiken bringt. Zu registrieren, dass ein Ziegenhirte auf sie zuläuft, und abzuschätzen, zu welchem Zeitpunkt er bei ihnen ankommen wird, lenkt die Agenten von ihrer eigentlichen Aufgabe ab. Zwar in Grenzen, denn hier ist die Rede von Leuten, die gut genug sind, in einem GO-Team zu arbeiten, aber trotzdem – jede Sekunde zählt. Tausende von Analysen haben uns gezeigt, dass es in jeder Situation von Vorteil ist, wenn eine Wachperson, ein sogenannter Onsite Operator, das Timing und die Situationseinschätzung übernimmt. Dieser Operator beobachtet die Umgebung über eine computergesteuerte Drohne. So erhöht sich die Chance auf eine erfolgreiche Mission um drei Prozent. Die Rate von Unglücksfällen in den Teams reduziert sich um zwei Prozent. Ein kleiner, aber wichtiger Prozentsatz.«

Vor allem für die Betroffenen, dachte Jina trocken. Okay, sie verstand, warum so etwas wichtig war. Was sie aber nicht verstand, war, wie sie selbst in einen solchen Einsatz passte. Sie war nicht … Nun, sie besaß keine außerordentlichen Fähigkeiten. Weder war sie besonders sportlich noch sehr mutig oder mit übersinnlichen Fähigkeiten ausgestattet. Also wie zum Teufel sollte sie wissen, welche Richtung der Ziegenhirte einschlagen würde? Außerdem hatte sie nie den Ehrgeiz besessen, sich in diesem Bereich besonders zu profilieren. Sie erreichte zwar hohe Punktzahlen bei Computerspielen, aber das war alles.

Das würde niemals funktionieren.

»Das wird nicht klappen«, sagte sie.

MacNamara ließ den Kopf sinken und fuhr sich mit den Händen durch die Haare, als wollte er sie sich ausrupfen. Vielleicht stellte er sich aber auch vor, wie er Jina den Schädel zerschmetterte.

»Natürlich nicht«, sagte er an seine Schreibtischplatte gerichtet. »Wir wissen nämlich nicht, was wir tun. Wir haben auch nicht alle Eventualitäten und potenziellen Hindernisse einkalkuliert und alle zehn Leute hier im Raum so intensiv analysiert, dass wir über Sie besser Bescheid wissen als Sie selbst. Wir dachten einfach, wir schicken Sie alle mal so aus Spaß und guter Laune ins Feld und schauen, wie schnell Sie alles versauen.«

Es gefiel ihr nicht, dass sie ohne ihr Wissen analysiert worden war. Das fühlte sich an, als würde irgendein Perverser durch ein Guckloch Frauen im Badezimmer hinterherspionieren. Andererseits wusste sie, dass die Analytiker zu den Besten ihres Fachs gehörten, was sie wiederum beruhigte, wenn auch nicht überzeugte.

»Was ist, wenn einige von uns nicht daran interessiert sind?«, wollte sie wissen, denn immer noch gab kein anderer im Raum einen Ton von sich – diese Feiglinge. Offensichtlich war sie hier die Einzige, die Eier hatte. Und das obwohl sie faktisch als Einzige keine besaß. Also saßen sie bei ihr sozusagen im Kopf. *Kopfeier*, das war echt krass.

»Dann sollten sie ihre Sachen packen und sich einen anderen Job suchen.« MacNamara starrte sie drohend an. »Leute, die kneifen, sind unerwünscht. Für Ihre bisherigen Stellen wurden bereits Nachfolger angeheuert.«

Endlich – endlich! – meldete sich jemand anders zu Wort. »Wenn wir das Training also nicht packen oder uns beim Einsatz verletzen, stehen wir auf der Straße.«

MacNamara presste die Lippen zu einer schmalen Linie zusammen, und seine furchterregenden Augen funkelten, aber glücklicherweise blitzten sie jemand anders an. »Ich kümmere mich um meine Leute«, knurrte er. »Wenn Sie verletzt sind, bekommen Sie die gleiche Behandlung wie alle anderen Teammitglieder. Sie werden ärztlich versorgt, versetzt, bekommen Rente – was auch immer notwendig ist. Leute, das ist ein harter Job. Von allen, die sich an diesen Spielen beteiligt haben, hatten Sie genügend Punkte, um in die Auswahl zu kommen. Ich hätte diese Entscheidung nicht getroffen, wenn ich nicht der Meinung wäre, dass sich das Risiko auszahlt. Sie werden sich nicht direkt im Aktionsfeld bewegen, es sei denn, es geht etwas schief. Aber Sie brauchen trotzdem eine gute Kondition und genug Training, um kein Hindernis für die Agenten im Einsatz darzustellen. Noch Fragen? Wohl eher nicht. Also, räumen Sie Ihre alten Schreibtische aus, und melden Sie sich morgen früh um sieben im Erdgeschoss. Bitte ziehen Sie Sportsachen an. Sie werden an einen anderen Ort gebracht, wo Ihr PT dann beginnt.«

PT, Personal Training. Was für eine Freude, dachte Jina. *Das ist mein Ende*.

Die Bremsen quietschten, und das Getriebe ächzte, als der rostige klapprige Ford Transit mit fünfzehn Sitzen zum Stehen kam. Der Zustand des Busses war schon vor langer Zeit aus der Kategorie »altersschwach« zu »könnte-jederzeit-auseinanderfallen« gerutscht. Die Sitze waren abgewetzt und zerrissen, und im Boden des Wagens befand sich ein Loch, durch das Jina den Asphalt vorbeirauschen sah. Der Motor hustete wie ein fünfzigjähriger Kettenraucher, die Stoßdämpfer verdienten ihren Namen nicht mehr, und die Lenkung protestierte bei jeder Kurve. Es hätte sie nicht überrascht, wenn sie das Gefährt bis zu ihrem Ziel hätten schieben müssen.

Aber der Bus hatte es geschafft, wenn auch nicht ohne Gebete und gedrückte Daumen. Der Mann auf dem Beifahrersitz öffnete die Tür, und die Zehnergruppe stieg aus. Der Letzte schloss die Autotür wieder, und kaum war das Schloss eingeschnappt, gab der Fahrer Gas und zischte mit Getöse dahin zurück, wo die Blechkiste stand, wenn sie nicht gebraucht wurde.

Sie sahen sich um. »Wo zum Teufel sind wir hier?«, fragte sich ein Typ laut.

Am Arsch der Welt, dachte Jina, hielt aber den Mund. Sie hatte sich so weit wie möglich den Weg gemerkt und wusste, dass sie sich irgendwo in Virginia befanden. Der Bus hatte sie am Rand eines riesigen offenen Feldes ausgeladen, auf dem Berge von Heuballen lagerten. Dicke geknotete Seile hingen an Bretterwänden, Stacheldrahtgewirr und anderes Zeug, dessen Nutzen nicht auf den ersten Blick ersichtlich war, lag herum. Offensichtlich war es für irgendwelche Folterungen gedacht – für sie. Das ganze Areal war von einem Trampelpfad umgeben, der irgendwo am anderen Ende in den Wald führte, und nicht einmal dieser Weg schien ohne Hindernisse. Er war mit Böschungen und Hügeln, Sandflächen und Matschlachen bestückt. Was es hier nicht zu geben schien, war irgendein Hinweis auf Zivilisation, etwa ein Café oder so was.

In der kurzen Zeit, die sie hier standen, bemerkte sie schon, wie der Staub der roten Erde ihr in Kehle und Nase drang. In Georgia hatte sie jede Menge dieses roten trockenen Staubs gesehen; er jagte ihr nicht unbedingt Angst ein, aber sie war auch nicht glücklich darüber. Sie hatte nichts übrig für Staub, Schmutz, Schwitzen und diese ganze Situation.

Trag's mit Fassung, Schätzchen. Schwitzen war besser als Arbeitslosigkeit – fürs Erste jedenfalls. Morgen sah sie das vielleicht schon anders.

Sie zählte mindestens dreißig Männer, die sich auf dem Trainingsfeld herumtrieben und sich in nicht nachvollziehbaren Bahnen bewegten. Die Typen machten verschiedene Übungen, die sicher kein normaler Mensch fertigbekam. Als plötzlich die schnell aufeinanderfolgenden Schüsse einer Schnellfeuerwaffe zu hören waren, zuckte sie zusammen und blickte sich hektisch nach dem Schützen um. Doch sie konnte weder ihn noch irgendwelche installierten Zielscheiben entdecken. Der scharfe Geruch von Schießpulver stieg ihr in die Nase, die Schüsse kamen also aus der Nähe. Dicht zusammengedrängt beobachtete die kleine Gruppe schweigend die Männer bei den lebensgefährlichen Übungen, an denen sie jetzt offensichtlich ebenfalls teilnehmen sollten. Was gab es da zu sagen? Entweder sie ließen sich darauf ein oder sie konnten sich einen neuen Job suchen. Sie versuchte sich Mut zu machen und zuversichtlich zu denken.

Die Sonne brannte auf sie herunter, und sie schwitzte wie der Teufel. Dieser höllische Staub hatte aus ihrer Kehle die Sahara gemacht. Es dauerte, bis endlich jemand von ihnen Notiz nahm – oder beschlossen hatte, dass sie nun lange genug ausgeharrt hatten, denn sie bezweifelte, dass man ihren kleinen Trupp übersehen konnte – und ein Muskelprotz mit rasiertem Schädel, tief gebräuntem Teint und grauem Stoppelbart sich auf den Weg zu ihnen machte. Er trug ein schweißdurchtränktes olivgrünes T-Shirt, Kakishorts und sandfarbene Boots. Der Typ war von oben bis unten mit einer feinen Staubschicht bedeckt, bis auf die Stellen, wo kleine Rinnsale von Schweiß einen Schmutzstreifen über seine Haut zeichneten. Er wirkte auf sie wie eine Wand von Muskeln, die sich auf sie zubewegte. Als er nahe genug war, sagte er: »Ihr seid die FNGs, oder?«

Die Neulinge, die »Fucking New Guys«. Zum Glück hatten sie dort, wo sie arbeiteten, alle etwas vom allgemein verbreiteten Militärslang aufgeschnappt, und niemand brauchte die peinliche Frage zu stellen, was die Abkürzung FNG zu bedeuten hatte. Stattdessen nickten einige von ihnen unbehaglich.

»Ich bin Baxter.« Er erklärte nicht, ob es sein Vor- oder Familienname war, aber das war auch egal. »Okay. Wir fangen so an, als wärt ihr neu beim Militär. Zuerst werdet ihr laufen. Wir müssen abchecken, wer einigermaßen in Form ist und wer nicht. Mir nach.«

Er rannte in lockerem Tempo los und bewegte seine Muskelpakete mit erstaunlicher Leichtigkeit vorwärts. Die zehn sahen sich fragend an, dann folgten sie ihm mutig. Jina blieb nachdrücklich im mittleren Teil der Gruppe und versuchte dabei, Baxters rasierten Kopf im Auge zu behalten. Sie wollte nicht die Letzte sein, war aber auch nicht scharf darauf, als Erste vorzupreschen. In beiden Fällen würde sie zu viel Aufmerksamkeit erregen, und das versuchte sie zu vermeiden. Der Schlüssel des Ganzen war, sich anzupassen, sich einen Rückzug offenzuhalten, denn sie wusste nicht, was ihnen als Nächstes widerfuhr.

In der Theorie war die Idee gut. In der Praxis bedeutete das jedoch, dass die vor ihr Laufenden – alle von ihnen größer als sie – ihr manchmal den Blick auf das Terrain verstellten. Sie stolperte, als plötzlich vor ihren Füßen ein Erdbuckel auftauchte, und konnte sich gerade noch fangen, als sie ihn übersprungen hatte und dahinter der Boden abfiel. Sie kam erneut ins Wanken, als sie plötzlich mit den Füßen in weichem Sand einsank und die feinen Sandkörner in ihre Sneakers drangen. Das erklärte, warum die Männer auf dem Trainingsfeld alle hochgeschnürte Boots trugen statt Sneakers. Nur sie und die anderen neun FNGs hatten Sneakers angezogen, nachdem MacNamara ausdrücklich von Sportschuhen gesprochen hatte.

Lektion gelernt. *Erkundige dich bei den Leuten, die an diesem Training beteiligt sind, was für Schuhe du brauchst.*

Vorausgesetzt, sie war nicht gleich die Erste, die aus dem PT flog.

Never ever, dachte sie verbissen. Nicht dass sie unbedingt zu einem GO-Team gehören wollte, aber schlappmachen war auch nicht ihr Ding. Sie war auf dem Land groß geworden, im Südwesten Georgias, und fast das ganze Jahr über barfuß gelaufen. Also konnte sie wohl mit ein paar Typen mithalten, die höchstens mal auf einem Wanderweg oder in der Stadt gejoggt waren.

Nach etwa fünf Minuten begannen ihre Muskeln leicht zu brennen, ihr Herz raste, und der Atem ging stoßweise. Fünf Minuten! Ihre Kondition war erbärmlicher, als sie gedacht hatte. Etwa in diesem Moment schienen die Typen hinter ihr festgestellt zu haben, dass sie hinter einem *Mädchen* herliefen, woraufhin sie beschleunigten.

Jina gab Gas und rannte schneller, entschlossen, ihren Platz in der Mitte der Gruppe zu halten. Nur darum ging es. Das hier war kein Rennen, das sie gewinnen musste, sie wollte nur tun, was nötig war, und keine Aufmerksamkeit auf sich ziehen.

Plötzlich rammte sie jemand von hinten, hieb ihr die Schulter in die Seite und schob sie unsanft aus dem Weg. Sie kam aus dem Rhythmus, und als sie sich wieder gefangen hatte, befand sie sich am Ende des Pulks. Schnaufend holte sie Luft und warf dem Rempler einen bösen Blick zu. Es war Donnelly. Er hatte irgendwas mit Dechiffrieren zu tun, und sie glaubte, dass er in Kodaks Team beordert worden war. Bei dem lässigen Kodak zu arbeiten war traumhaft, das hätte sie sich ebenfalls gewünscht, wenn sie denn gefragt worden wäre.

Mistkerl, dachte sie. Nicht Kodak, Donnelly. Jina holte tief Luft und rannte schneller, holte alles aus sich heraus, überholte ein paar Typen und lief nun schräg hinter Donnelly. Es war riskant, auf dem unebenen Terrain den Blick vom Boden zu nehmen, aber es gab Dinge, die sie einfach nicht hinnehmen konnte.

Donnelly schien zu spüren, dass sie hinter ihm war, und warf kurz einen Blick über die Schulter zurück. Diesen Moment der Unaufmerksamkeit nutzte sie, um ihm schnell ein Bein zu stellen. Sie hakte nicht tatsächlich einen Fuß bei ihm ein, denn dann wäre sie ebenfalls gestürzt. Doch ein kleiner Kick reichte aus, um ihn ins Stolpern zu bringen, sodass er mit den Armen ruderte und versuchen musste, die Balance zu halten. Es gelang ihm nicht, und er fiel mit dem Gesicht in den Dreck.

Baxter musste Augen am geschorenen Hinterkopf haben, denn – ohne sich umzudrehen – bellte er: »Steh auf und lauf weiter!«

Donnelly rappelte sich wieder auf und raste hinter ihnen her, nun aber fünf Meter im Hintertreffen und ohne große Chance, den Abstand zu verkleinern, es sei denn, er hätte noch ein nicht angezapftes Kraftreservoir, was Jina aber nicht glaubte. Sie warf ihm einen kurzen Blick über die Schulter zu. Sein Gesicht war knallrot, und er hechelte.

Pech! Warum musste er sie anrempeln? Sie hatte ihm nie etwas getan und sich nie mit ihm gestritten. Sicher, sie hatte ihn bei diesen Videospielen besiegt, aber sie hatte gegen die anderen auch gewonnen. Offensichtlich hatte er das aber persönlich genommen.

Ätzend! dachte sie erbittert. Es war einfach nur ein bescheuertes Spiel. Sie hätte niemals mitgemacht, wenn sie die Folgen gekannt hätte. Denn sie säße jetzt viel lieber in ihrem klimatisierten Büro, statt hier in der Hitze zu rennen, während Sandkörner ihre Haut wund rieben und ihr der Staub so in Kehle und Lunge drang, dass sie den Drang verspürte, alles auszuspucken. Nur, dass sie dafür schon viel zu ausgetrocknet und eingestaubt war. Ihre Beine schmerzten, und sie hatte das Gefühl, sich jeden Moment übergeben zu müssen.

Einer aus der Gruppe, den sie nicht kannte, drehte sich zur Seite, stützte die Hände auf die Knie und gab sein Frühstück von sich. Sie atmete tief durch und befahl sich, nicht das Gleiche zu tun. Sie würde nicht, sie würde nicht, sie würde nicht …

Gerade als sie dachte, dass sie sich nicht mehr dagegen wehren konnte, hob Baxter die Hand. »Trinkpause!«, rief er.

O Gott. Jina stoppte und bemühte sich, aufrecht stehen zu bleiben, während sie verzweifelt nach Luft schnappte. Alle um sie herum schnauften und hechelten. Sie wollte sich nach vorn beugen, hatte aber Angst, dass sie umknicken würde, wenn sie sich nicht gerade hielt. Nicht nur das, womöglich würde ihr Magen diese Bewegung als Aufforderung zu ungewünschten Reaktionen auffassen. Also blickte sie stattdessen in den Himmel und konzentrierte sich darauf, dass ihre zittrigen Knie nicht einknickten und sie nicht mit dem Hintern im Matsch landete.

»Steht nicht so dumm herum, ihr Idioten«, bellte Baxter. »Nehmt euch eine Flasche Wasser und trinkt!«

Wasser. Es gab Wasser. Auf einer rauen Bank ruhte eine riesige Kühlbox mit geöffnetem Deckel und gab den Blick auf wundervoll glitzernde Eiswürfel frei, in die Wasserflaschen gebettet waren. Sie stolperte darauf zu, schob den Arm an ihren Laufkumpeln vorbei zur Kühlbox und schnappte sich eine Flasche. Jeder Muskel in ihrem Körper zitterte. Sie fummelte an dem Verschluss herum, versuchte ihn aufzudrehen, ließ die Flasche dabei fallen und beobachtete, wie sie den anderen vor die Füße rollte. Verdammter Mist! Statt hinter der Flasche herzukriechen, nahm sie sich eine neue, denn sie war sich immer noch nicht sicher, ob sie sich bücken konnte, ohne zu kotzen. Mit ungeschicktem Griff hatte sie außer der Flasche noch ein paar Eiswürfel geschnappt, was ihr nur recht war. Schnell warf sie sich die Eisstückchen in den Nacken und seufzte erleichtert. Vielleicht musste sie sich doch nicht übergeben. Vielleicht wurde sie auch nicht ohnmächtig.

»Wie erbärmlich«, sagte Baxter angewidert. Jina überlegte, ob sie Kontra geben sollte, bemerkte dann aber, dass er die ganze Gruppe gemeint hatte. Das war okay. Es störte sie nicht besonders, in einer erbärmlichen Gruppe erbärmlich zu sein. »Ein Rudel verfickter Schildkröten ist schneller als ihr. Die Hälfte von euch steht kurz vor dem Kollaps, und wir sind nur kaum mehr als drei läppische Kilometer gelaufen. Die andere Hälfte ist auch nicht viel besser. Verdammt, Junge, bist du etwa am Kotzen?«

Himmel, der Typ kannte sich mit Schildkröten offensichtlich nicht aus. Die lebten nicht in Rudeln. Doch obwohl sie das gerne angemerkt hätte, beschloss sie, den Mund zu halten und lieber mehr Wasser zu trinken. Schweigsamkeit war die bessere Wahl.

Moment mal. Sie waren drei Kilometer gelaufen? Nur kaum mehr als drei Kilometer? Das war doch in doppeltem Sinn falsch ausgedrückt. Zuerst mal, hey, sie war über drei Kilometer gelaufen! Was war denn daran »nur«? Außerdem waren sie doch stundenlang unterwegs gewesen, so kam es ihr jedenfalls vor… also sollten es nicht eher dreißig Kilometer gewesen sein? Ihrer Lunge und ihrem Puls kamen es jedenfalls eher wie dreißig vor. Baxters Kilometerzähler funktionierte nicht.

Sie wischte sich den Schweiß vom Gesicht und trank mehr Wasser. Als sie die leere Flasche absetzte, erregte etwas ihre Aufmerksamkeit … etwas Beängstigendes.

Sie kniff die Augen zusammen. Eine Gruppe von sieben Mann kam auf sie zu, alle im Gleichschritt, als liefen sie einem Showdown im Western entgegen. Allesamt sahen zum Fürchten aus. Und riesig. Riesig und Angst einflößend. Sie waren genauso staubbedeckt und verschwitzt wie alle anderen hier, mit nackten Armen, sodass die mächtigen Muskeln zu sehen waren, kein Lächeln im Gesicht. Sie bewegten sich geschmeidig und kraftvoll. Überall am Körper hatten sie Waffen verstaut, was schon an sich beängstigend war, denn obwohl dies ein Trainingsfeld war, wirkten die Messer und Pistolen ziemlich echt.

Nein, nicht Pistolen, korrigierte sie sich im Stillen. Waffen. Sie sagten nie »Pistolen«, so viel wusste sie.

Die Männer fixierten die FNGs im Auge wie Löwen eine Herde Gnus oder was Löwen so jagten. Auf jeden Fall aber wohl FNGs.

Jina stellten sich die Nackenhärchen auf. Sie starrte auf die Muskeltypen, die sich näherten, und fragte sich, was jetzt wohl passierte, ob sie sich etwa auf eine Art Initiationsritus vorbereiten mussten. »He«, sagte sie warnend und drehte sich zu den anderen FNGs um … die aber alle plötzlich verschwunden waren. Offensichtlich hatte Baxter sie weggeführt, ohne dass sie es bemerkt hatte. Weil sie von dieser Männerwand so in den Bann gezogen gewesen war.

Verdammt noch mal! Sie machte einen Schritt zurück, um der Gruppe zu folgen, aber es war zu spät, sie war schon von diesen Muskelprotzen eingekesselt. Sieben Männer starrten auf sie herunter, und keiner lächelte.

Es war, als wäre die Sonne ausgeschaltet. Jina war nicht besonders klein, sondern normal groß, fühlte sich aber plötzlich sehr winzig, und das gefiel ihr überhaupt nicht.

Ihr Puls ging schneller. Auch wenn ihr der Verstand sagte, dass sie ihr nichts tun würden, fühlte sie sich instinktiv einem Haufen von Jägern ausgeliefert.

Sie wünschte, sie hätte eine Waffe bei sich, irgendeine Waffe. Stattdessen straffte sie die Schultern, kniff die Augen zusammen und sah sich angriffsbereit um, wartete, dass sie etwas sagten. Bisher hatten die Männer nichts weiter getan, als sie mit ihrem dominanten Auftreten einzuschüchtern und mit einer üblen Wolke aus Schweiß und Testosteronausdünstung zu ersticken.

Es waren sieben, sie war allein. Von Baxters Laufdrill war sie bereits vollkommen erschöpft. Selbst wenn sie ihnen entwischen konnte, würde sie nicht weit kommen … *wenn* sie überhaupt rannte.

Nein, sie würde nicht rennen. Auf keinen Fall würde sie vor denen weglaufen.

Da sagte der Größte von ihnen mit einer tiefen rauen Reibeisenstimme: »Wir haben gehört, du bist unser Mädchen.«

2. Kapitel

Jina blickte hektisch von einem zum anderen, doch sie war zu nervös, um Gesichter zu erkennen. Alles, was sie wahrnahm, war, dass sie wirklich riesig waren und dass sie sie eingekesselt hatten. Bloß keine Angst zeigen, dachte sie, sonst greifen sie dich womöglich an. Nein, Unsinn, das galt ja für Hunde. Trotzdem: Sie spürte, dass sie jetzt cool bleiben musste. Außerdem sagte ihr der Instinkt, dass sie sich besser nicht darüber aufregte, als »Mädchen« betitelt zu werden. Gutes Timing war in einer erfolgreichen Schlacht wichtig, und jetzt war nicht der richtige Zeitpunkt dafür, nicht beim ersten Zusammentreffen und mit der ganzen Bande um sie herum. Die Männer schienen sowieso nicht gerade freundschaftlich gestimmt und bezweifelten sicher, dass sie für diesen Job geeignet war. Also sagte sie: »Dann seid ihr wohl meine Jungs.«

Der riesigste Kerl starrte auf sie herunter. »Babe«, sagte er und klang leicht erstaunt. Alle schienen beim Klang ihrer Stimme aufgehorcht zu haben, die tief und rauchig war, ein bisschen heiser und viel aufregender als Jinas äußere Erscheinung. Ihr Leben lang war sie es gewohnt, mit den Reaktionen auf ihre Stimme umzugehen. Schon als Kind hatten die Leute am Telefon geglaubt, sie würden mit einer Erwachsenen sprechen.

Ein anderer Typ sagte: »Ich denke, du hast ihr gerade ihren Namen gegeben.«

Wie bitte? Nein! Alarmiert richtete sich Jina auf. Jeder im Team hatte einen Spitznamen, das wusste sie, aber sie wollte kein »Babe« sein, egal ob als Frau oder kleines Schweinchen. Sie brauchte einen coolen Namen, einen richtigen Reißer, einen, bei dem sich die Leute dreimal überlegten, ob sie sich mit ihr anlegten. »Babe« war ja geradezu eine Aufforderung, sie zu schikanieren.

»Nein, nicht Babe. Das gefällt mir gar nicht«, entgegnete sie. »Granate oder Mankiller oder so was Ähnliches wäre mir lieber.« Ihr Vorschlag wurde mit einem allgemeinen Prusten aufgenommen.

»Tut mir leid, nicht deine Entscheidung«, erwiderte der riesige Typ.

»So wird mich keiner ernst nehmen.«

»Tun wir sowieso nicht«, erklärte er kühl.

Ach, er schmetterte ihr die ungeschminkte Wahrheit einfach so ins Gesicht? Sie konnte ihm nicht mal widersprechen, wenn sie die Umstände bedachte. »Vielleicht jetzt noch nicht, aber später schon«, sagte sie und blickte ihn dabei grimmig an, damit er erkannte, dass es ihr ernst war.

Die anderen lachten, nur der große Typ nicht. Er machte auf Jina nicht den Eindruck, als wäre er mit Humor gesegnet – nicht dass sie einen Witz gemacht hätte, aber trotzdem.

»Das hoffe ich, da schließlich unser Leben davon abhängen wird, ob du deinen Job gut machst.« Der Riese starrte sie mit undurchdringlichem Blick an. »Deshalb übernehmen wir jetzt dein Training. So ist es vereinbart.«

O nein, auf keinen Fall, die würden sie umbringen. Diese Typen spielten in einer ganz anderen Liga. Sie wollte lieber mitten in dem Pulk der FNGs laufen, statt sich vor einer Gruppe von supermäßig trainierten Kerlen zu blamieren. Vielleicht war sie in einem halben Jahr bereit, mit ihnen zu arbeiten. Sie machte eine vage Handbewegung in die Richtung, wo sie ihre Gruppe vermutete. »Ich glaube, ich muss bei meinen Leuten bleiben. Ehrlich, ich bin nicht so weit.«

»Das wissen wir«, sagte der Kleinste von ihnen, was relativ war, denn sie schätzte ihn auf etwas über eins achtzig. Sein

Gesicht war so mit Schmutz bedeckt, dass sie ihn wahrscheinlich nicht wiedererkennen würde, nachdem er sich gewaschen hatte. Aber er hatte blaue Augen, und in der Mitte seiner Stirn entdeckte sie zwei kleine runde Narben. »Aber wir werden dich schneller in Form bringen als Baxter, weil der sich um alle kümmern muss. Wir konzentrieren uns voll auf dich.«

Tiefe Besorgnis erfasste sie, tiefer als der Grand Canyon. Sie schluckte hart, bevor sie erwiderte: »Mein Glück ist vollkommen.«

»Das kannst du laut sagen.« Der Riese winkte sie mit gekrümmtem Finger zu sich. »Komm jetzt, lass uns anfangen.«

Zur Hölle.

Sechs Stunden später lag Jina flach auf dem Boden, starrte in den blauen Himmel und dachte, dass es weitaus angenehmer wäre, sich etwas zu brechen. Vielleicht könnte sie das hinbekommen, von irgendwo herunterstürzen oder stolpern und sich ein oder besser beide Beine brechen oder sich eine Gehirnerschütterung zuziehen – egal was, Hauptsache, sie befreite sich aus dieser Hölle. Sie hasste es, schmutzig und verschwitzt zu sein, und sie war von oben bis unten mit Dreck besudelt. Sie hasste es, sich körperlich dermaßen zu verausgaben, dass sie vor ihrem neuen Team kotzen musste. Was leider kein Mitleid bei ihren Peinigern hervorgerufen hatte. Stattdessen hatte der Typ mit den blauen Augen – sein Spitzname war Snake – nur gesagt: »Das haben wir alle durchgemacht.«

Und der Riese, bei dem es sich um Ace persönlich handelte, hatte zugefügt: »Steh auf, und beweg deinen Hintern.«

Arschloch.

Sie waren alle Arschlöcher, aber er war das größte von ihnen, im wahrsten Sinne des Wortes und im übertragenen Sinn. Er war der Arschloch-Boss. Und etwas an seinem Blick, der signalisierte, sie würde ohnehin schlappmachen und könnte gar nicht so tief sinken, wie schlecht seine Meinung über sie war, sorgte dafür, dass sie durchhielt. Sie war aufgestanden und hatte ihren Hintern bewegt. Auch wenn das Ergebnis kaum der Rede wert gewesen war, war sie vorwärts gekommen, obwohl sie vorher hätte schwören können, es keinen Zentimeter mehr weiter zu schaffen.

Vor ihren Augen erschien eine riesige schmutzige Hand mit einer Wasserflasche, und ein Tropfen Kondenswasser fiel ihr ins Gesicht. »Trink«, befahl Ace, und sie schaffte es, einen schmerzenden Arm weit genug anzuheben, um ihm die Flasche abzunehmen. Doch wie sie in dieser Position flach auf dem Rücken trinken sollte, war ein ganz anderes Problem. Vielleicht schaffte sie es, ein paar Schlucke aufzufangen, wenn sie sich das Wasser übers Gesicht goss.

Nein, so funktionierte das nicht. Sich vor den Augen dieser Typen zu übergeben, war schlimm genug. Sie würde sich verdammt noch mal aufsetzen und trinken.

Stöhnend rollte sie sich zur Seite, stützte sich auf den linken Ellbogen und hievte sich in eine halbe Sitzposition. Mit noch größerer Anstrengung schaffte sie es, sich aufzusetzen, und ihre Muskeln waren gar nicht glücklich darüber. Sie drehte den Verschluss der Flasche auf und hob sie an, um zu trinken. Sie hatte bereits gelernt, dass sie nicht zu gierig sein durfte, und setzte die Flasche nach zwei Schlucken wieder ab. Dann warf sie Ace einen wütenden Blick zu. »Ich hasse dich«, zischte sie. »Ich hasse euch alle. Ihr seid Tyrannen und Sadisten. Wahrscheinlich tretet ihr auch aus lauter Spaß nach kleinen Hunden. Und jagt den Kids zu Weihnachten Angst ein, als wär's Halloween. Alle zusammen«, fügte sie noch dazu, um klarzustellen, dass sie nicht speziell ihn meinte, auch wenn der Teamleiter der Allerschlimmste aus dem Trupp war.

Snake hockte sich neben sie auf den Boden. »Nun sei mal nicht so«, sagte er fröhlich. »Wir bringen dich in Topform. Du wirst kilometerweit laufen und schwimmen können …«

»Ich will aber nicht laufen und schwimmen«, unterbrach sie ihn. »Ich möchte gern atmen, ohne dass mir was wehtut. Ich hasse es, Schmutz unter den Fingernägeln zu haben, und jetzt sieh dir das an!« Sie streckte eine Hand aus. Ihre Nägel waren nicht nur dreckig, sondern abgebrochen und zerfasert. Nicht dass sie extrem lange Fingernägel gehabt hätte, die wären beim Tippen am Computer hinderlich gewesen, daher kam sie mit abgebrochenen Nägeln klar, okay. Aber Dreck – nein. Absolut nein.

Die Teammitglieder ließen sich auf dem Boden nieder, bis sie alle im Kreis zusammen saßen. Während der vergangenen sechs Folterstunden hatte sie ihre Namen erfahren. Ace, Teamleiter und Oberarschloch, hieß eigentlich Levi Butcher. Es fiel ihr wirklich schwer, an ihn als »Ace«, das Ass, zu denken, das klang viel zu positiv. Der Typ war Angst einflößend – vor allem, wenn er diesen ausdruckslosen Blick aus den dunklen Augen auf sie richtete, als wolle er sie durchbohren. Er hatte ihr klar zu verstehen gegeben, dass er sie hier nicht wollte. Aber da sie nun mal in seinem Team war, würde er sie zu Topform trainieren, auch wenn sie das nicht überlebte. Sie war sich nicht sicher, was ihm lieber war, sie umzubringen oder sie in Form zu bringen. Wahrscheinlich Ersteres.

Snake war der Mediziner im Team und meist gut gelaunt, weshalb sie ihn zunächst sympathisch gefunden hatte. Aber genauer betrachtet: was war das für ein Sadist, der so gut gelaunt war, wenn er jemanden schikanierte? Am liebsten hätte sie ihm einen Hieb dafür verpasst, dass sie gute Laune jetzt mit Skepsis betrachtete.

Crutch war blond, ein ziemlich stiller Typ, was aber trügerisch war, denn soweit sie das sah, verarschte er die anderen gern. Seine Zurückhaltung war reiner Bluff, und da sie wusste, wie hinterhältig er war, machte sie einen großen Bogen um ihn, um nicht Opfer seiner Scherze zu werden. Damit konnte sie im Moment nicht umgehen. Sie war ja kaum in der Lage, sich fortzubewegen.

Dann war da noch Boom, der aussah, als wäre er der Älteste in der Gruppe, vielleicht Ende dreißig. Er war ein ziemlich bulliger Typ, aber dennoch schnell und beweglich. Offensichtlich gehörte »schnell und beweglich« zu den Voraussetzungen dieses Jobs, was zum Teufel hatte sie also hier zu suchen?

Trapper schien genauso locker zu sein wie Snake, aber auch das war eine Täuschung, denn Trapper war der Scharfschütze des Teams. Was hieß, dass er sehr gut auf Menschen schießen konnte. Jina konnte das nicht so richtig fassen. Natürlich wusste sie, was die GO-Teams taten, aber irgendwie hatte sie nicht angenommen, dass die Jungs so normal waren – abgesehen natürlich von ihrer äußerlichen Superman-Erscheinung. Trapper war einer der Typen, die viel herumalberten, über Witze lachten und aus allem, was sie anpackten, einen Wettstreit machten.

Jelly sah kaum alt genug aus, um sich rasieren zu müssen. Er war jemand, der andere gern zu irgendwelchem Unsinn anstiftete und sich dann zufrieden zurücklehnte, wenn neben ihm die Hölle losbrach. Diesem Schauspiel sah er gern zu. Wie konnte es angehen, dass diese Typen sie misstrauisch gegenüber Fröhlichkeit, lächelnden Gesichtern und Freundlichkeit machten? Da stimmte doch etwas nicht. Diese ganze Situation war absurd.

Der Letzte war Voodoo, der von ihr noch weniger zu halten schien als Levi. Er hatte ihr bisher nichts zu sagen gehabt, hatte ihr keine Tipps gegeben oder sie aufgemuntert und auf keine Weise mit ihr kommuniziert. Sie hätte genauso gut unsichtbar sein können. Zu dumm, dass sie nicht auch für den Rest des Trupps unsichtbar war.

»Trink so viel Wasser, wie du kannst«, riet ihr Snake. »Das ist gut gegen Muskelkater.«

»Kaum«, murmelte sie. »Ich werde mich morgen nicht rühren können.«

»Doch, wirst du«, sagte Levi. »So oder so. Wenn wir einen Auftrag haben, tun wir, was getan werden muss, auch wenn's wehtut und egal, wie wir uns fühlen.«

Großartig. Das hieß wohl, dass sie keinen Tag zum Ausruhen bekam, um ihren unausweichlichen Muskelkater zu kurieren.

»Leg dich ins heiße Badewasser«, fuhr Snake fort. »Dann in kaltes Wasser, Eiswasser, wenn du das aushältst.«

Ihr entsetzter Blick zeigte ihnen, was sie davon hielt, denn fast alle lachten – außer Levi und Voodoo. Die beiden sahen nur noch grimmiger aus als vorher.

Sie trank noch mehr Wasser, dann schraubte sie die Flasche entschlossen zu und rappelte sich hoch. »Es war mir eine große Freude, Jungs …« *Nicht doch.* »Aber falls ihr nicht vorhabt, mich noch bis in die Nacht weiter zu foltern, muss ich zu meiner Gruppe zurück und nach Hause fahren.«

»Viel Glück.« Levi schraubte seine Wasserflasche ebenfalls zu. »Sie sind vor über einer Stunde weggefahren.«

Wie bitte? Jina wirbelte herum – *autsch* – und blickte sich entsetzt auf dem verlassenen Trainingsfeld um. Selbst Baxter war nicht mehr zu sehen. Nur einige wenige Fahrzeuge parkten noch am Rand des Feldes, sieben Stück, was bedeutete, dass sie den sieben Männern gehörten, die sich einen Spaß daraus gemacht hatten, sie zu quälen.

»Ich bringe dich nach Hause«, bot Jelly an.

»Dem darfst du nicht trauen«, warnte Trapper sofort. »Der fährt schlimmer als ein betrunkener Achtjähriger. Ich bringe dich.«

Snake schnaufte. »Vergiss es. Du wirst wahrscheinlich über New York fahren und das komisch finden. Ich kann sie mitnehmen.«

»Ich werde sie fahren«, sagte Levi und stand auf. Seine tiefe Stimme drang durch das allgemeine Gelächter und stoppte jegliche weitere Diskussion. »Ich muss ihr sowieso noch ein paar Dinge erklären.«

Damit war es entschieden. Es gab keine weiteren Angebote mehr, keine Witze. Der Boss hatte gesprochen. Auch wenn die Jungs sonst nicht zögerten, ihn in ihre rauen Scherze miteinzubeziehen, sobald es das GO-Team betraf, galt sein Wort ohne Widerrede. »Gehen wir«, sagte er und marschierte über das unebene Feld auf die parkenden Autos zu. Schicksalsergeben trottete Jina hinter ihm her.

Es gab zwei Arten von Fahrzeugen, stellte sie fest: drei Sportwagen und vier Pick-ups mit Allradantrieb. Sie hoffte, dass Levi einer der Sportwagen gehörte, wo sie sich nur in den Sitz fallen lassen musste. Aber natürlich wendete sich ihr Glück an diesem Tag, der von Anfang bis Ende eine Katastrophe gewesen war, nicht plötzlich. Er steuerte direkt auf einen Truck zu, der aussah, als wäre er für Darth Vader geschaffen. Der Wagen war schwarz, hatte aber nicht das glänzende Schwarz von normalem Lack. Es war matt, kein bisschen schimmernd. Tatsächlich gab es nirgends etwas Chromglänzendes an dem Fahrzeug, keinen Millimeter, weder Steuerrad noch Rückspiegel oder Seitenspiegel, nicht einmal die Türgriffe.

»Wie findest du den Wagen im Dunkeln?«, fragte sie. »Bindest du einen Luftballon dran?«

»Ich bin sehr gut darin, Dinge im Dunkeln zu finden«, entgegnete er, ohne zu lächeln. »Die Türen sind nicht verschlossen, steig ein.«

Steig ein. Jawohl, ja doch. Sie hatte bereits gewusst, was sie erwartete, als sie mit Mühe die Beifahrertür öffnete und ins Innere des Wagens starrte. Der Boden war fast einen halben Meter höher als bei einem normalen Truck, und an einem normalen Tag hätte sie sich ohne Probleme auf den Sitz geschwungen. Heute allerdings war kein normaler Tag gewesen. Jeder Muskel in ihrem Körper zitterte vor Schwäche, sodass ihr selbst das Gehen Schwierigkeiten bereitete. Und es gab kein Trittbrett. Der Truck hatte keine Extras, nur das Notwendigste.

Levi rutschte hinter das Steuer und beobachtete sie ausdruckslos.

War das hier eine Art Prüfung? Erwartete er, dass sie ihn um Hilfe bat? Ihm gestand, dass sie Probleme hatte, in dieses verrückte Darth-Vader-Mobil einzusteigen?

Sie war versucht, genau das zu tun. Vielleicht sollte sie sich als Schwächling outen. Womöglich wäre das alles, was der Teamleiter benötigte, um sie aus seinem Team zu werfen. MacNamara hatte gesagt, dass Leute, die der körperlichen Anstrengung nicht gewachsen waren, nicht gefeuert wurden. Wenn sie der Trainingsfolter dadurch entging, dass sie es nicht schaffte, in Levis Truck einzusteigen, wäre es dann nicht klug, diese Chance zu ergreifen?

Aber das konnte sie nicht. Aufgeben war nicht ihr Ding. Egal wie verlockend es war, sich auf einfache Weise zu entziehen, sie musste sich einfach anstrengen, wenn sie vor sich selbst nicht als Versagerin dastehen wollte.

»Die Panzer waren wohl schon ausverkauft, als du einen Wagen brauchtest«, grummelte sie vor sich hin, während sie mit der rechten Hand nach der Armlehne griff und sich streckte, um sich an dem lächerlichen Griff festhalten zu können. Sie spannte sich an und hob das linke Bein. Ihre Arme zitterten, als sie versuchte, sich so weit hochzuhieven, dass sie einen Fuß auf den Boden der Fahrerkabine setzen konnte. Keine Chance. Ihr Oberarm erschlaffte, und mit einem Stöhnen landete sie wieder am Boden.

Darth Vader gab keinen Laut von sich, wartete nur, den ausdruckslosen Blick seiner dunklen Augen auf sie gerichtet.

Sie sah über ihre Schulter zurück. Die anderen sechs standen Schulter an Schulter da und beobachteten das Schauspiel. Selbst wenn sie ihr Hilfe angeboten hätten, wäre sie keinesfalls darauf eingegangen. Aber es machte eh keiner von ihnen den Eindruck, als habe er etwas in der Art vor. Die Männer waren nicht ihre Freunde, das durfte sie nicht vergessen. Sie war nur hier, weil sie ihnen mehr oder weniger aufgezwungen worden war. Vermutlich hatten die Teams gelost, und Levi hatte den Kürzeren gezogen.

Den Kürzeren gezogen. Ha! *Die* Kürzere in diesem Fall, sehr witzig.

Himmel noch mal, sie würde es in diesen Truck schaffen, und wenn sie alle vier Reifen durchstechen musste, damit das Ding auf ihre Höhe runtersackte. Diese Vorstellung gefiel ihr so, dass sie beim nächsten Versuch, sich hochzuschwingen, noch mehr Energie aufwandte – was allerdings nicht viel brachte, da sie ihren Fuß immer noch nicht auf die richtige Höhe bekam.

Nur mit der Schuhspitze, dachte sie verbissen. Sie brauchte es nur mit der Schuhspitze zu schaffen. Das müsste reichen. Sie blickte sich um, ob sie irgendwo einen Klotz, einen Eimer oder einen … Stein entdeckte. Etwa in der Größe ihrer Faust lag er direkt neben dem Vorderreifen, so als hätte der liebe Gott ihn dorthin gelegt, um sie in Versuchung zu führen, diesen gegen ihre Folterer zu schleudern.

»Augenblick«, sagte sie und streckte ein Bein unter der Tür, um den Stein mit dem Fuß an sich heranzuziehen.

»Was machst du denn da?«

»Hier liegt ein Stein. Den ich brauche.«

»Nicht dass du damit …«

»Ich will mich draufstellen«, sagte sie kurz angebunden. »Mach dich nicht lächerlich.« *Ups.* Vermutlich hätte sie dem großen Boss nicht so respektlos begegnen sollen. »Tut mir leid«, sagte sie sofort. Nein, tut mir nicht leid, dachte sie.

Er trommelte wartend mit den Fingern auf das Lenkrad.

Okay, das war's. Wenn es mit dem Stein nicht funktionierte, würde er sicher nicht so lange warten, bis sie etwas anderes fand, auf das sie sich stellen konnte. Vielleicht konnte sie mit einem der anderen mitfahren, aber verdammt, das hier war ein Test. Wenn sie ihn nicht bestand, würde das nicht daran liegen, dass sie es nicht versucht hatte. Sie stellte sich mit dem linken Fuß auf den Stein und stand nun ein paar kostbare Zentimeter höher, langte erneut nach den Griffen, befahl im Stillen ihren zittrigen Muskeln, sich einfach nur für ein paar verdammte Sekunden zusammenzureißen, winkelte ein Knie an und schwang sich – also gut, versuchte sich mehr oder weniger hinaufzuschwingen, während sie sich mit aller Kraft hochzog.

Ihr versagte der linke Arm, dieses schwache Körperteil, aber der rechte hielt durch. Sie drehte sich, schwang den rechten Fuß hoch genug, um damit auf die Türschwelle zu gelangen. Ihre Beinmuskeln bebten, der Arm schwächelte, und dieser Mistkerl saß da mit undurchdringlicher Miene, als wäre es ihm egal, ob sie es in den Truck schaffte oder tot zu Boden fiel. Wo er sie zweifellos liegen lassen und ihre Leiche womöglich noch überrollen würde.

Sie biss die Zähne zusammen, verdrängte ihre Wut, bevor sie noch etwas von sich gab, was sie später womöglich bereute – wobei ihr die Möglichkeit eher abwegig erschien –, und konzentrierte sich mit der ihr verbliebenen Energie darauf, sich mit einem Arm und dem spärlichen Halt eines Fußes hochzustemmen.

Okay, »hochstemmen« war vielleicht ein übertriebener Ausdruck. Tatsächlich hangelte sie sich ein Stückchen hoch, dann rutschte der Fuß ab, aber sie landete auf dem Knie, und das war besser und gab ihr mehr Halt. Sie griff mit der linken Hand nach der anderen Kante des Sitzes, zog sich noch ein

Stück weiter auf den Boden, kroch von dort mühsam auf den Sitz und ließ sich darauf sinken.

Die sechs Männer, die draußen wie Cheerleader aufgereiht standen, johlten und applaudierten. Sie zeigte ihnen den Mittelfinger, dann schlug sie die Beifahrertür zu, befestigte ihren Sicherheitsgurt und starrte geradeaus. Nur so konnte sie sich davon abhalten, dem Mann hinterm Lenkrad ebenfalls den Stinkefinger zu geben.

Er startete den Motor und legte den Gang ein. Das dunkle sanfte Grollen der Maschine erregte ihre Aufmerksamkeit. Kein normaler fabrikgefertigter Motor klang so, als gebe es nirgendwo einen Katalysator. Bei dem äußeren Erscheinungsbild des Trucks und dem Sound des Motors war es höchstwahrscheinlich, dass mit den Umbauten am Fahrzeug sämtliche Garantieansprüche nichtig waren.

Sie rümpfte die Nase. Im Auto stank es. Oder besser gesagt, Levi Butcher roch nicht gut und verpestete die Luft mit seinen testosteronhaltigen Schweißausdünstungen und Schmutzschichten. Sie schnüffelte erneut und musste sich eingestehen, dass auch sie selbst zur schlechten Luft in der Fahrerkabine das Ihre beitrug. Himmel noch mal, sie war abstoßend! Noch dringender, als sich hinzulegen, musste sie duschen. Diese Situation war schrecklich. Wie gut, dass die Sitze mit Leder bezogen waren, denn Stoffbezüge wären jetzt ruiniert.

»Du weißt also, wo du stehst«, sagte er ohne Einleitung. »Wir wollen dich nicht im Team. Keiner von uns – und ich spreche für alle Teams – möchte irgendwelche Amateure mitschleppen. Untrainiertes Personal kann uns umbringen. Als Frau bist du sogar noch eine größere Belastung. Ich habe mich nur darauf eingelassen, weil Mac sagte, wenn jemand mit dieser Behinderung klarkommt, dann wir.«

»Wow«, sagte Jina, »ich fühle mich geehrt.«

Der Sarkasmus in ihrer Stimme war nicht zu überhören. Er

warf ihr einen unbeeindruckten Blick zu. »Das hat nichts mit Sexismus zu tun. Wir arbeiten mit weiblichen Agenten, aber die sind ausgebildet, und sie wollen mit uns arbeiten. Bei dir trifft weder das eine noch das andere zu.«

Dem hätte sie gern widersprochen, aber das konnte sie nicht … verdammt noch mal.

»Wenn ich jemals zwischen dir und meinen Männern entscheiden müsste, würde ich meine Männer wählen, jederzeit. Denk nicht, weil du eine Frau bist, werden wir uns zu deinem Schutz vor eine Kugel werfen, das wird nicht passieren.«

Okay, okay. Das war deutlich. Sollte sie irgendwann irrtümlicherweise auf den Gedanken kommen, sie wäre für diesen Trupp von Wert, würde sie sich an diese Unterhaltung erinnern. »Verstanden«, sagte sie. »Ich bin nichts wert.«

Wieder dieser unergründliche Blick, aber er widersprach ihr nicht und ließ die Behauptung so stehen. »Du wirst noch für eine ganze Weile nicht mit uns arbeiten. Fürs Erste hast du noch eine Menge Training zu absolvieren, nicht nur die Fitnessübungen mit uns, sondern auch technisches Know-how mit Kamera-Drohnen, dazu ausreichend Waffentraining, sodass du in brenzligen Situationen keine totale Belastung bist, dazu Absprungtraining …«

Was?

»Was?«, unterbrach sie ihn. »Absprungtraining?«

»Manchmal müssen wir mit dem Fallschirm anrücken. Wir können für dich keine Extra-Anreiseroute planen.«

»Uff, nein. Ich werde nicht aus einem Flugzeug springen.« Das meinte sie ernst. Allein der Gedanke daran war reiner Horror. Sie hatte keine Angst zu fliegen oder Höhenangst, aber ihr Überlebensinstinkt war zu hoch getunt, um auch nur ans Bungee-Springen zu denken.

»Doch, wirst du«, sagte er in einem Ton, der keinen Widerspruch duldete.

Sie hielt den Mund. Aber auch wenn sie jetzt schwieg, bedeutete das nicht, dass sie aufgab. Sie würde einen Weg finden, die Fallschirmsprünge zu umgehen – irgendwie.

»Bei manchen Einsätzen wirst du dunkle Kontaktlinsen tragen, deine Augenfarbe ist zu hell. Besorg dir welche, damit du dich daran gewöhnen kannst. Außerdem, wenn du nicht sowieso schon dauerhaft verhütest, musst du dich jetzt darum kümmern.«

Sie presste die Lippen fest zusammen. Dies war einer der Momente, in denen kein Kommentar die beste Erwiderung war. Ob sie verhütete und auf welche Art, ging ihn überhaupt nichts an. Auch wenn sie seinen Standpunkt verstehen konnte, er musste das gar nicht weiter ausführen. Während der Einsätze würden sie sich in gefährlichen Gebieten aufhalten. Sollte sie in Gefangenschaft geraten, würde man nicht zimperlich mit ihr umgehen, Vergewaltigung inklusive. Ihr drehte sich der Magen um, wenn sie bedachte, wie gefährlich ihr Leben werden würde. Ob sie das aushielt? Vielleicht sollte sie jetzt gleich aufgeben – vor allem, weil sie ohnehin nicht wirklich dahinterstand. Sie könnte zu Axel MacNamara ins Büro gehen, ihm erklären, dass sie diese Arbeit nicht tun wollte, sich feuern lassen und von Arbeitslosengeld leben, solange sie auf Jobsuche war.

Sie musste auch nicht in D.C. oder Umgebung bleiben. Sie könnte jederzeit nach Hause zurückkehren, in den Süden Georgias. Ihre Familie lebte dort, sie hätte Unterstützung. Es wäre möglich, wieder das bequeme Leben von damals aufzunehmen, als wäre sie niemals losgezogen, um eine unabhängige Erwachsene zu werden.

Aber das hatte sie getan, denn sie hatte sich selbst prüfen wollen und war dabei in einen verdammt interessanten Job gestolpert. Sie wurde gut bezahlt, und mehr als das, sie freute sich jeden Tag, zur Arbeit zu gehen. Das war eine Menge wert.

Einfach aufgeben?

Wie konnte sie das alles einfach aufgeben? Musste sie es nicht wenigstens versuchen?

Jeder, der halbwegs bei Verstand war, würde gehen. Kein vernünftiger Mensch würde hier sitzen und sich vom Boss anhören, dass jeder andere im Team mehr wert war als man selbst.

Das zeigte ganz eindeutig, dass sie nicht normal war. Denn statt zu erklären, dass sie kündigte, sagte sie: »Hast du einen Sender an meinem Wagen befestigt, oder soll ich dir sagen, wo wir heute mit dem Bus abgeholt wurden?« Er hatte sich nicht erkundigt, und wenn er beabsichtigte, sie zum Bürohaus zu fahren, machte er einen Fehler. Sie hatten sich am Morgen weit davon entfernt auf einem anderen Parkplatz getroffen.

»Ich habe den Sender gestern Abend angebracht«, erwiderte er knapp.

Zu ihrer großen Verwunderung und zu ihrem wortlosen Ärger war das keine Lüge.

3. Kapitel

Sie ist die störrischste kleine Nervensäge, die mir je begegnet ist, dachte Levi leidenschaftslos, während er schweigend beobachtete, wie sie fast aus seinem Truck fiel und dann zu ihrem eigenen Wagen humpelte. Er hatte sich um seine mitleidlose Haltung sehr bemühen müssen, was ihn höllisch nervte.

Wenn es funktionierte, war MacNamaras Idee verdammt gut – *wenn* es funktionierte. Amateure so zu trainieren, dass sie keine Belastung darstellten, war ein großer Vorsatz, aber nicht unmöglich. Eine Amateurin, die offensichtlich nicht im Team sein wollte, so weit zu trainieren, grenzte ans Unmögliche, also hatte MacNamara sie natürlich bei ihm abgeladen.

Er hatte das mit seinen Jungs gestern Abend besprochen und danach beschlossen, dass sie selbst das Training der Dame übernehmen wollten, wenn sie schon in ihr Team kam, je eher, desto besser. Das hatte er dann mit Mac klargemacht. Sie hatten das Mädchen zuerst eine Weile beobachtet, um einen Eindruck davon zu bekommen, mit wem sie es zu tun hatten. Ein Typ hatte sie beim Laufen angerempelt, sodass sie fast gestürzt wäre. Aber sie hatte sich gut gehalten und ihm dann ihrerseits ein Bein gestellt. »Gut so«, hatte Boom gegrunzt. »Das erspart mir, dem Kerl später einen Arschtritt zu geben.«

Levi schnaufte. Er hätte ihm keinen Arschtritt verpasst, war aber trotzdem froh, dass sie sich gewehrt hatte. Das Team konnte nicht richtig arbeiten, wenn es sich um eine Heulsuse kümmern musste. Aber Boom war verheiratet und hatte Kinder, das jüngste ein dreijähriges Mädchen. Als Vater einer Tochter hatte er einen übertriebenen Beschützerinstinkt entwickelt.

Er schwor, dass er die Kleine in ein Kloster bringen würde, wenn sie sechs Jahre alt war, und dass er jeden kastrieren würde, der mit seinem Schwanz auch nur in ihre Nähe käme.

»Wir können sie nicht beschützen«, sagte Levi ruhig. »Sie muss allein klarkommen, ansonsten funktioniert das hier nicht.«

»Ich weiß, verdammt noch mal, aber …«

»Kein Aber. Keine Unterstützung von uns. Wir müssen sehen, aus welchem Holz sie ist.«

Und das hatten sie. Sie war störrisch wie ein Ochse, konnte ziemlich bösartig werden und war nicht in der Lage, den Mund zu halten. Sie hatte sie wütend angefunkelt, fürchterlich geflucht und ihnen alle Landplagen an den Hals gewünscht – und ihr Äußerstes gegeben, um alles zu tun, was sie von ihr verlangten. Sie war öfter gestürzt, als er hatte zählen können, hatte Staub gefressen, war mit dem Gesicht zuerst in den Matsch gefallen, hatte sich die Hände aufgeschürft und die Füße wahrscheinlich auch, aber nicht ein einziges Mal um Hilfe gebeten.

Mehrere Male hatte er sich zurückhalten müssen, um sie nicht aufzufangen, wenn sie gestürzt war, selbst wenn »auffangen« bedeutet hätte, sie am Pferdeschwanz zu packen. Stattdessen hatte er zugesehen, wie sie fiel, und gehofft, dass sie *Ich geb's auf* sagte. Aber das war nicht passiert. Sie hatte geschimpft und geflucht, sie als Sadisten bezeichnet und ihnen entgegengeschleudert, wie sehr sie alle hasste. Doch jedes Mal war sie wieder aufgestanden und hatte weitergemacht.

Wie zum Teufel war es möglich, dass sie sich überhaupt noch rühren konnte? Sie war nicht wirklich nicht in Form. Doch mit einem störrischen Gesichtsausdruck, der ihnen sehr schnell vertraut wurde, hatte sie alles eingesteckt. Als Jelly eine Bemerkung darüber gemacht hatte, dass er gern sein Glück bei ihr versuchen würde, hatte Levi ihn sofort zurechtweisen müssen.

»Du wirst mit niemandem im Team ficken«, sagte er knapp.

»Das ist der beste Weg, eine Kampfgruppe kaputtzumachen. Diese Frau ist für uns alle tabu. Wenn du irgendwelche Ambitionen in der Art hast, schlag sie dir auf der Stelle aus dem Kopf.«

Zu dumm aber auch, dass er sich selbst ebenfalls an diese Anordnung halten musste. Ganz besonders er hatte sich dieser Regel unterzuordnen. Ansonsten würde das Team auseinanderbrechen, und da ihr aller Leben von guter Teamarbeit abhing, würde er tun, was zu tun war.

Die Singles in der Gruppe hatten alle sehr enttäuscht ausgesehen. Außer Voodoo, der absolut nicht mit Jina warm werden wollte, aber der war eh ein mürrischer Mistkerl, der sich selbst nicht leiden konnte, sodass er nicht zählte.

Levi fühlte sich mit der ganzen Situation unwohl, schließlich mussten sie eine Amateurin in ihre fest gewachsene Gruppe integrieren. In den GO-Teams hielt man gut zusammen, das musste auch so sein, damit sie ihre Einsätze überlebten. Es war zu dumm, dass er sich zu ihr hingezogen fühlte. Gar nicht so sehr wegen ihres Aussehens – obwohl sie recht hübsch war, nicht sehr auffallend, bis auf ihre intensiv blauen Augen mit dem bernsteinfarbenen Ring um den Pupillenrand. Ihre Figur war okay, wenn auch nicht besonders üppig. Das volle dunkelbraune Haar glänzte, jedenfalls bevor es völlig mit Staub bedeckt war. Was ihn aber am meisten anzog, war ihr Auftreten und ihre große Klappe, die sie auch in Situationen hatte, in denen die Vernunft gebot, den Mund zu halten. Das tat sie nicht, und das gefiel ihm.

Egal. Sie war tabu. Er würde ihr nicht mehr nachsehen als den anderen, und wenn sie diesem Job nicht gewachsen war … nun, dann würde das die Spielregeln ändern.

Er wusste, wo sie ihr Auto abgestellt hatte, da die Neuen immer an der gleichen Stelle vom Bus abgeholt wurden. Ein Grinsen huschte über sein Gesicht, als er daran dachte, wie sie auf den Blödsinn mit dem Peilsender an ihrem Wagen hereingefallen war. Früher oder später würde sie herausfinden, dass er gelogen hatte, und das Team würde seinen Spaß daran haben, wenn sie dann auf ihn losging. Er hatte ein dickes Fell, das konnte er einstecken. Tatsächlich freute er sich schon darauf.

»Nimm ein heißes Bad«, war Levis letzter weiser Rat gewesen, bevor er sie neben ihrem Corolla abgesetzt hatte. »Und trink viel Wasser.«

Jina hatte etwas Unverständliches vor sich hin gemurmelt. Sie wusste, wie sie mit Muskelkater umgehen musste. Ihre einzige Sorge war, wie sie es überhaupt in die Badewanne schaffen sollte – und ob sie womöglich ertrank, weil sie womöglich nicht in der Lage sein würde, sich im Wasser aufrecht zu halten.

Während der Fahrt waren ihre Muskeln so steif geworden, dass sie beim Aussteigen fast aus dem Truck gefallen wäre und sich an der Tür hatte festhalten müssen, um nicht mit der Nase zuerst auf dem Asphalt zu landen. Ohne Levi anzusehen, schloss sie die Beifahrertür – nachdrücklich, ohne dem Drang nachzugeben, sie zuzuknallen – und schleppte sich zu ihrem Wagen. Da sie nicht dumm war, hatte sie erst gar keine Handtasche mitgenommen, die Fernbedienung hing um ihren Hals und war sorgfältig in ihrem Sport-BH verstaut. Ungeschickt fischte sie den Schlüssel heraus und öffnete die Fahrertür.

Levi hatte sich bereits auf den Weg gemacht, ohne zu warten, bis sie selbst eingestiegen und losgefahren war. Sie ihrerseits hatte den Moment abgepasst, wo er außer Sicht gewesen war, bevor sie sich wie ein nasser Sack auf den Fahrersitz hatte fallen lassen und mit beiden Händen die Beine hineingezogen hatte. O Gott, wie das wehtat. Selbst die Fußsohlen schmerzten.

Als sie sich schließlich nach oben in ihre Wohnung schleppte und bei jedem quälenden Schritt vor sich hin fluchte, fühlte sie sich, als würde sie jeden Moment sterben. Ihre Arme waren kaum stark genug gewesen, um den Corolla zu steuern, sodass sie betend durch den Verkehr in D. C. gefahren war. Ihr Wagen war nicht gerade ein Panzer oder eine Rakete, wie sie die Männer offensichtlich bevorzugten, aber verdammt, sie hatte ihn vergangenes Jahr gekauft und war stolz genug darauf, um ihn nicht zu Schrott fahren zu wollen. Sie hatte ihn so gut gepflegt, dass er sogar immer noch den wunderbaren Duft eines Neuwagens verströmte, obwohl ihre Ausdünstungen dem heute womöglich ein Ende gesetzt hatten.

Jina ging sofort ins Badezimmer, denn sie wusste, dass sie sich, dreckig, wie sie war, nirgends hinsetzen konnte, ohne die Bezüge zu ruinieren. Außerdem sehnte sie sich danach, sich in der heißen Wanne auszustrecken. Doch als sie sich im Spiegel sah, war ihr klar, dass dies nicht sofort passieren konnte. Sie war von Kopf bis Fuß mit rotem Staub bedeckt, der sich mit angetrocknetem Schweiß und Matsch vermischt hatte. Entsetzt starrte sie auf ihr Haar. *O mein Gott!* Das bekam sie nie wieder hin. Es in einem Pferdeschwanz zurückzubinden hatte nicht viel geholfen, höchstens dazu beigetragen, dass es jetzt mit Matsch an ihrem Kopf pappte.

Sie stellte die Dusche an, und während das Wasser sich erhitzte, pellte sie sich unter Schmerzen aus ihren verschmutzten Klamotten. Am schlimmsten waren die Socken, denn Schlamm, Staub und Sand hatten sich durch sie hindurchgearbeitet und ihre Hacken wund gerieben. Die Blasen waren aufgeplatzt, sodass der Stoff jetzt an der Haut festklebte. O verdammt, ihre Füße würden morgen extrem wund sein. Mach dir nichts vor, dachte sie verbissen, *jede Stelle* an in ihrem Körper würde schmerzen, ob sie nun ein heißes Bad nahm oder nicht.

Sie wusch ihr Haar zweimal durch, das Spülwasser rann rot gefärbt an ihrem Körper hinab. Die Fußsohlen brannten in dem heißen Wasser. Das war die quälendste Dusche, die sie sich je hätte vorstellen können, und das Gemeine war, dass sie es sonst eigentlich sehr genoss, zu duschen. Als das Spülwasser endlich klar war, setzte sie den Stöpsel ein, stellte die Dusche aus und ließ die Wanne volllaufen.

Das heiße Wasser war nach der langen Dusche nun bereits verbraucht, bevor sie die Wanne zur Hälfte gefüllt hatte.

Fluchend versuchte sie, so gut wie möglich in die Wasserpfütze einzutauchen. Vielleicht bekam sie die Wanne später noch mal voll, bevor sie ins Bett ging … vielleicht auch nicht.

Störrisch, wie sie war, hielt sie durch, doch sie schluckte eine Tablette gegen die Muskelschmerzen. Auf die Fußsohlen rieb sie antibiotische Salbe und klebte extrabreite Pflaster darauf. Dann trank sie viel Wasser, obwohl sie keinen Durst mehr hatte. Und sie aß mit wenig Enthusiasmus ein Tiefkühlessen, gefolgt von einem Schokoriegel. Das war schon besser.

Gerade als sie sich die Reste der Schokolade von den Fingern leckte, klingelte das Telefon mit dem speziellen Klingelton für ihre Mutter. »Hallo Mom, wie geht's?«

»Ich wollte mich nur mal melden«, sagte ihre Mutter sanft. Alles an ihrer Mutter war sanft und zierlich, von der Stimme zur schmalen Figur und dem hellen Haar. Jinas Schwestern Ashley und Caleigh ähnelten ihr mit ihren hellen melodiösen Stimmen. Jina klang dagegen wie ihr Vater und hatte zudem sein dunkles Haar geerbt, nicht das blonde ihrer Mutter. Inzwischen hatte sie sich damit abgefunden, doch als Kind war sie oft unsicher gewesen und hatte versucht, so wenig wie möglich zu sprechen. Was allerdings nicht sehr gut funktioniert hatte, da sie es nur selten schaffte, den Mund zu halten. »Gibt es was Neues?«

Wenn ihre Mutter so fragte, wollte sie wissen, ob Jina inzwischen einen interessanten Mann kennengelernt hatte. Jina verzog das Gesicht. Es war nicht so, dass sie über die Jahre keine Beziehungen gehabt hätte. Außerdem gab es schon ein paar Enkelkinder in der Familie: Ashley, die Älteste, hatte zwei Kinder, und die Frau von Jordan, dem zweiten, war schwanger.

Wahrscheinlich wünschte sich ihre Mutter, dass ihre Kinder alle nacheinander eine Familie gründeten, und zwar der Reihe nach. Was bedeutete, dass Jina die Nächste wäre.

Darum musste sie ihrer Mutter etwas erzählen, um zukünftige Komplikationen zu vermeiden. »Ich bin versetzt worden und hab einen neuen Job«, sagte sie. »Das heißt höheres Gehalt« – ein sehr viel höheres –, »und ich werde viel reisen müssen.«

»Wow, das klingt gut!« Ihre Mutter klang echt begeistert. »Mehr Geld und Reisen würde ich auch nicht gerade verachten. Du kannst im Urlaub doch immer noch nach Hause kommen, oder?«

»Zumindest ab und zu. Die Termine sind nicht lange im Voraus geplant.«

»Was tust du denn?«

»Computerzeug.« Was keine Lüge war. Das Erste, was man beigebracht bekam, wenn man bei ihnen anfing, war, wie man bei der Wahrheit bleiben konnte – was leichter zu behalten war – und trotzdem nichts verriet. Wenn ein Familienmitglied im Internet nach dem Firmennamen suchte, bekamen sie zu ihrer Beruhigung nur sehr oberflächliche Informationen zu lesen, zu denen Jobbeschreibungen wie »kurzfristig zu internationalen Krisenherden geschickt, Waffen und Sprengstoffgebrauch möglich« nicht gehörten.

»Fängst du sofort damit an?«

»Nein, ich muss erst noch eine Schulung machen.« Jeder schmerzende Muskel bestätigte ihr das. »Das heißt, dass ich fürs Erste Zwölfstundentage habe.«

»Ich hoffe, du bekommst die Überstunden bezahlt.«

Das würde sicher nicht der Fall sein. Sie ließ sich die neuesten Nachrichten aus der Familie erzählen – Dad wollte mit der Mutter eine Kreuzfahrt machen, was Jina aus vollem Herzen unterstützte. Taz, ihr jüngerer Bruder, war von der Armee nach Mexiko versetzt worden. Caleigh, die Jüngste, hatte eine

Abmahnung im College bekommen, gehörte aber trotzdem zu den Besten ihres Studiengangs. Als ihre Mutter schließlich zum Ende kam, war Jina am Gähnen und schaffte es kaum noch, die Augen offen zu halten. »Ich muss Schluss machen, Mom«, murmelte sie. »Ich bin so müde, dass ich mich nicht mehr aufrecht halten kann, und morgen früh muss ich um fünf Uhr raus.«

Sie ließ die Mitleidsbekundungen über sich ergehen und versprach, bald anzurufen. Nachdem sie zweimal »Hab euch lieb« gesagt hatte, durfte sie endlich auflegen.

Jina humpelte ins Bad, putzte sich die Zähne und machte sich auf den Weg ins Bett, als sie merkte, dass ihr Haar noch nass war. Fluchend kehrte sie ins Bad zurück, lehnte sich mit geschlossenen Augen gegen die Kommode und föhnte sich das Haar trocken. Es war ihr egal, wie es morgen aussah, denn zum Ersten würde sie es sowieso zu einem Pferdeschwanz binden, und zum Zweiten war es am Ende des Tages sowieso wieder mit Staub und Matsch verklebt.

»Perfektes Ende eines Scheißtages«, sagte sie sich, während sie ins Bett fiel. Und was noch schlimmer war – morgen würde es genauso beschissen werden.

Sie hatte recht gehabt. Nachdem sie den nervenden Wecker durchs Zimmer geschleudert hatte, weil er nicht zu klingeln aufhörte, versuchte sie in zwei Anläufen, ganz normal aus dem Bett aufzustehen – sich aufsetzen und die Beine über die Bettkante schwingen –, was aber so schmerzhaft war, dass sie es aufgab und sich von der Matratze rollte, bis sie auf den Knien landete. Der Wecker kreischte immer noch wie ein hysterisches Kind. Mit den Händen stützte sie sich auf, um sich aufzurichten, und stakste mit steifen Gliedern zum Wecker hinüber. Nach einigen Versuchen schaffte sie es, sich mit lautem Stöhnen und Fluchen herunterzubeugen und das Ding aufzuheben.

Sie würde heute ihren Hut nehmen. Sie konnte das Ganze nicht schaffen. MacNamaras Idee war idiotisch. Er konnte computerspielende Couch-Potatoes aus dem Büro nicht einfach auf Einsätze schicken. Warum brachten sie nicht einfach einigen der regulären Geheimagenten bei, wie man eine Drohne bediente – ach ja, richtig, die waren zu wertvoll, um sie aus dem aktiven Einsatzteam zu nehmen. Nun, das war sein Problem, denn sie war draußen, D-R-A-U-S-S-E-N, weg, tschüs.

Und Levi … Verdammt seien seine teuflischen Augen! Er würde feixen, hatte er doch von Anfang an gewusst, dass sie eine Luftnummer war.

Verdammt noch mal, sie konnte nicht aufgeben. Sie würde es sich selbst niemals vergeben, wenn sie zuließ, dass er feixte. Wenn sie sich anstrengte und er sich darüber amüsierte, war das seine Sache, aber wenn sie aufgab … Nein, das würde sie nicht ertragen. Sie musste durchhalten, irgendwie, bis sie sich entweder die Knochen brach oder sie aus dem Programm geschmissen wurde.

Sie schaffte es, sich fertig zu machen, zu frühstücken und an die Stelle zu fahren, wo sie am Vortag vom Bus abgeholt worden waren. Wenn sie etwas anderes geplant hatten, wäre sie bestimmt benachrichtigt worden. Auch wenn »ihr« Team sie gestern von der Gruppe getrennt hatte, gehörte sie noch dazu. Als sie parkte, war sie froh, einige von den anderen bereits dort zu sehen. Und das Beste: Sie bewegten sich genauso angestrengt wie sie. Jeder humpelte mit Schatten unter den Augen herum, und es war unübersehbar, dass kein Schlaf die ungewohnte körperliche Verausgabung des gestrigen Tages hatte ausgleichen können.

Das war keine Frage.

Die anderen begrüßten sie, verhielten sich aber etwas distanziert. Sie ärgerte sich zwar darüber, konnte es aber auch verstehen. Dass sie gestern aus der Gruppe genommen worden war, sah für die anderen nach Extrabehandlung aus. Was das hieß, konnten sie nicht ahnen, nämlich noch mehr Quälerei für sie als für den Rest. »Extrabehandlung« schien für die Kollegen »etwas Besonderes« zu bedeuten. Sie hätte nichts dagegen gehabt, ein bisschen weniger besonders zu sein.

Der Bus kam mit qualmendem Auspuff angeruckelt, und alle stiegen mit steifen Gliedern ein. Jina setzte sich allein auf eine Bank und war nicht erstaunt, dass die Männer sie offensichtlich schnitten. Dann stieg Donnelly ein, blickte sich um und setzte sich neben sie.

Etwas überrascht, weil sie an den Vorfall von gestern dachte, sah sie ihn mit hochgezogenen Augenbrauen an.

Er rutschte unbehaglich auf seinem Platz hin und her und seine sonnenverbrannten Wangen färbten sich dunkler. »Also … ich … tut mir leid wegen gestern. Weil ich dich beim Laufen angerempelt habe.« Nachdem er die Worte ohne zu ersticken herausgebracht hatte, holte er tief Luft. »Es war nur … ich weiß nicht, plötzlich fühlte ich mich wie bei einem Wettbewerb und …«

Genug geredet. Donnelly war ihr immer sympathisch gewesen, sie hatte nicht vor, ihm den Vorfall ewig übel zu nehmen. »Ja, ich verstehe schon«, unterbrach sie ihn. »Ich habe nämlich Brüder. Einer älter, der andere jünger. Ist schon okay. Ich hab's dir ja zurückgezahlt, also sind wir quitt.«

Er rutschte wieder herum, wand sich und beugte sich leise stöhnend hinunter, um sich das linke Schienbein zu reiben. »Allerdings. Aber egal, die Muskelmänner haben dich eh aus der Gruppe genommen. Ein Extratraining?«

Sie schnaufte. »Das kannst du wohl sagen. Erst haben sie mir klargemacht, dass sie mich zurücklassen, wenn ich nicht mitkomme, und dass jeder andere im Team wertvoller ist als ich, dann haben sie versucht, mich umzubringen und es wie einen Trainingsunfall aussehen zu lassen. Keiner von denen war begeistert, die einzige Frau an der Backe zu haben.«

Donnelly runzelte die Stirn. »Wissen sie nicht, dass du die höchsten Punkte erreicht hast?«

»Eine hohe Punktzahl beim Computerspiel. Das bedeutet denen nicht viel.«

»Aber das ist der Grund, warum wir überhaupt hier sind.«

Das hatte sie ebenfalls gedacht, aber die »Muskelmänner« sahen das anders. »Sie befürchten alle, dass untrainierte und unmotivierte Amateure ihr Leben in Gefahr bringen.«

»Hey, ich bin motiviert. Ich bin sehr motiviert, meinen Job zu behalten. Gehaltsschecks sind eine nette Sache.« Wieder veränderte er seine Sitzposition und zuckte dabei zusammen. »Ich habe allerdings Zweifel, ob ich es überlebe. An den Füßen habe ich Blasen an den Blasen.«

»Wir brauchen richtige Boots«, sagte sie, »durch die kein Sand und Matsch dringen kann. Solche, wie sie die Typen im Team tragen. Und Baxter auch«, fügte sie nachdenklich dazu.

»Ich könnte im Moment keine Boots ertragen«, sagte er verdrießlich. »Was uns nicht umbringt, macht uns stärker, was? Wir werden wahrscheinlich verdammte Superhelden sein, wenn das hier zu Ende ist.«

Nachdem sie eine Weile durchgeschüttelt worden waren, durch das Loch im Boden unter sich die Fahrbahn betrachtet und Kopfschmerzen von der staubigen Luft bekommen hatten, erreichten sie das Trainingsfeld. Baxter kam zum Bus und beobachtete grinsend, wie alle aus dem Fahrzeug humpelten und stolperten. »Was ist denn los, habt ihr etwa Muskelkater?«

Düsteres Schweigen folgte auf seinen Hohn, und sein Grinsen wurde so breit, dass sich seine Augen zu schmalen Schlitzen zusammenzogen. »Das hatte ich mir gedacht. Heute werden wir es etwas langsamer angehen. Ihr wusstet ja nicht, dass ihr sozusagen ins Haifischbecken geworfen werdet, und hattet keine Möglichkeit, euch vor dem Training in Form zu bringen.«

Jina blickte sich nach ihren persönlichen Folterknechten um. Sie entdeckte niemanden von ihnen, aber wieder hielten sich Dutzende von Männern auf dem Trainingsfeld auf, schwer bewaffnet ließen sie Zeug in die Luft gehen und traten Türen ein. Baxter sah zu ihr herüber. »Du bist wieder bei uns, Modell. Ace' Team wurde heute Morgen früh zum Einsatz gerufen. Er lässt dir ausrichten, dass du deinen Arsch bewegen sollst, damit du eine bessere Kondition hast, wenn sie zurück sind.«

»Super«, schimpfte sie. »Wann kommen sie denn wieder? Heute Abend?«

Baxter zuckte die Schultern. »Könnte ein paar Tage dauern oder auch ein paar Wochen. Weiß man nie. Manchmal zieht's sich in die Länge, da kann man nichts machen.«

Jina atmete aus, während sie eine Mischung aus Erleichterung und Ärger überfiel. Sie war darauf vorbereitet gewesen, Levi zu sehen – nicht nur ihn, sondern auch die anderen aus dem Team. Sie verspürte eine Menge Wut und Ärger, die sie bei ihnen loswerden wollte. Nun musste sie alles runterschlucken. Andererseits hieß das, dass sie heute nicht sterben würde. Gott sei Dank, dachte sie inbrünstig. Sie war dankbar für jede Gnadenfrist, die sie bekam.

Und sie würde es ihm zeigen. Darauf konnte er wetten.

4. Kapitel

Die Abwesenheit des Teams ließ Jina zumindest genug Zeit, ihren fürchterlichen Muskelkater loszuwerden. Sie und die anderen quälten sich durch Baxters Fitnessprogramm, das er glücklicherweise auf Stretching und ein paar Spannungsübungen beschränkte, die schon schmerzhaft genug waren. Dann wurden sie in einen Schulungsraum gebracht, in dem sie eine Einführung in die Funktion der hoch entwickelten Drohnen bekamen, die sie in Einsatzgebieten und wahrscheinlich Überwachungslagen steuern sollten, auch wenn das nicht offen ausgesprochen wurde. Jina genoss es, in einem kühlen abgedunkelten Raum zu sitzen und nicht mehr als ihre Finger bewegen zu müssen.

Das Drohnen-Simulationsprogramm war wahnsinnig. Die lebensechte Darstellung unterschied sich kaum von einer realen Situation. Was dieser Flugcomputer draufhatte, war viel umfangreicher und komplexer, als sie sich das vorgestellt hatte. Nicht dass sie sich vorher sehr für Drohnen interessiert hätte, sie hatte nur immer wieder mitgekriegt, dass diese auf Flughäfen Probleme verursachen konnten. Jetzt, wo sie aus erster Hand erfuhr, wozu diese fliegenden Computer fähig waren … wow. Das war eine unglaubliche Technologie.

Donnelly hatte sich neben sie gesetzt, aber sie redeten kaum miteinander, da sie sich auf den Bildschirm konzentrierten. Sie vertiefte sich genauso schnell in dieses Programm, wie sie es beim Computerspielen tat, während sie ab und zu aufstöhnte oder vor sich hin schimpfte. Hier ging es nicht darum, Punkte zu machen oder magische Waffen zu erringen, hier lernte sie, wie eine Drohne reagierte, wie sie die Kamera auf winzige Details zoomen konnte und das, was sie sah, deutete.

Was sie am meisten beeindruckte, war, dass dies hier nur die Spitze des Eisbergs war, da sie sich noch auf Anfängerniveau befanden. In jeder neuen Trainingsphase würden sie mehr über das Gerät erfahren.

Diese Aufgabe war fantastisch, das hätte sie sogar dann so empfunden, wenn sie dabei nicht hätte sitzen und ihre schmerzenden Muskeln hätte schonen dürfen, ohne sich halb tot zu schwitzen. Zum ersten Mal verspürte sie einen Schub freudiger Erregung, was ihren neuen Job betraf. Ja, das war vielleicht dämlich, aber sie konnte es nicht ändern.

Die folgenden Tage verliefen nach sich wiederholenden Mustern. Am dritten Tag ließ Baxter sie wieder ein hartes körperliches Training absolvieren, am vierten Tag wurde ihren drangsalierten Muskeln eine Pause gegönnt, und sie verbrachten erneut Zeit mit dem Drohnen-Programm.

Am fünften Tag bekamen sie nachmittags frei, und Jina überwand sich und fuhr ins Einkaufszentrum, um ein Paar Boots für das Lauftraining zu kaufen, dazu mehrere Paare dicker Socken. Doch die Boots, die sie bei den Männern gesehen hatte, gab es nur in Herrengrößen, und die kleinsten waren immer noch zu groß. Doch Jina beschloss, sie innen etwas auszufüttern. Wenn das nicht funktionierte, würde sie es noch einmal im Internet versuchen, vielleicht bei »Army Surplus«, aber sie benötigte dringend und sofort etwas anderes als ihre Sneakers.

Am zehnten Tag ging sie zusätzlich zu Baxters Programm in ihrer Freizeit laufen, und Levis Team war immer noch nicht zurück. Ihr war das nur recht. Sie spürte, dass sie bereits in besserer Form war, und sie hatte ein paar Pfund abgenommen. Doch sie wollte sich noch steigern, bevor sie wieder mit dem Training in Levis Team begann. Die Boots schienen okay zu sein, nachdem sie das Leder mit dem Hammer weich geklopft und ein paar Sohlen eingelegt hatte, damit sie halbwegs passten. Sie waren ganz eindeutig ein besserer Schutz für ihre Füße und gaben ihren Knöcheln Halt. Nachdem sie die Schuhe ein paar Tage getragen hatte, erschienen die anderen aus der Gruppe ebenfalls mit Boots. Sie lernten alle dazu.

Donnelly fragte sie, ob sie Lust hätte, mit ihm auszugehen, aber dann waren sie beide zu kaputt zum Ausgehen und beschlossen, es vielleicht auf den nächsten Monat oder so zu verschieben. Oder auch nicht. Jina fühlte sich nicht wirklich zu Donnelly hingezogen, obwohl sie ihn schon mochte. Sie ging auch nicht davon aus, dass er sie so besonders aufregend fand. Außerdem erforderte das Training ihre gesamte Zeit und Aufmerksamkeit.

Siebzehn Tage nach ihrem Aufbruch kam Levi mit seinem Team zurück. Das erste Anzeichen dafür entdeckte Jina, als sie aus dem Bus stieg – aus Gründen, die nur die Ausbilder kannten, war es den Trainees nicht erlaubt, mit dem eigenen Wagen zum Übungsfeld zu fahren. Vielleicht wollten sie vermeiden, dass sie flohen. Auf dem Parkplatz stand ein großer pechschwarzer Pick-up-Truck.

Ihr drehte sich der Magen um, und jeder Muskel in ihrem Körper zog sich zusammen. Verdammt, ihr »Urlaub« war zu Ende.

Sie überlegte, wieder in den Bus einzusteigen und sich zu drücken, aber der Fahrer hatte den alten Van bereits in Gang gesetzt und fuhr weg. Der Bus blieb nie auf dem Parkplatz stehen, wahrscheinlich wollten sie niemanden in Versuchung führen, sich dort zu verstecken.

»Babe.«

Levi. Sie zuckte zwar nicht zusammen, hatte aber das Gefühl, als hätte sich jeder Nerv in ihrem Körper angespannt und ihre Härchen aufgerichtet. Wie schaffte er das nur? Woher kam er so plötzlich? Obwohl sie hätte schwören können, dass er nicht in ihrer Nähe war, als er plötzlich direkt hinter ihr auftauchte.

Vielleicht war es schlimmer, einer Kobra gegenüberzustehen, als in diese dunklen, mitleidlosen Augen zu sehen, aber sie bezweifelte es. Schweigend drehte sie sich um und versuchte, keine Miene zu verziehen. »Ja?«, sagte sie kühl, als wäre er ein Unbekannter, der ihren Tagesablauf störte.

Er musterte sie, und sein Blick blieb kurz an den Boots hängen. »Die Jungs sind dahinten. Lass uns anfangen.«

Na gut, kein Small Talk. Das war okay. Sie versuchte nicht, mit seinem Gang Schritt zu halten. Erst mal hatte sie es nicht eilig, mit dem Training anzufangen, und zweitens hätte sie dann rennen müssen, und das würde sie verdammt noch mal nicht tun.

Die anderen trainierten gerade johlend an einer Mauer – *der* Mauer. Alle Auszubildenden hatten Teammitglieder dabei beobachtet, wie sie über das Hindernis kletterten, als wären sie Affen, sich an einem herabhängenden Seil mit Beinen und Armen in perfekt koordinierten Bewegungsabläufen hochziehend, das Seil fest zwischen die Füße geklemmt. Aus der Befürchtung heraus, dass die Wand auch auf sie zukommen würde, hatte Jina begonnen, zu Hause Liegestütze und Klimmzüge zu üben … okay, sie schaffte inzwischen zehn Liegestütze und zwei Klimmzüge, also beides nun öfter als ein Mal. Sie war glücklich mit ihren Fortschritten, zumindest bis zu diesem Übelkeit erregenden Moment, in dem ihr klar wurde, dass sie schneller mit der Mauer Bekanntschaft machen würde, als ihr lieb war.

Snake zog die Augenbrauen hoch, als er sie sah. »Babe, du hast ja schon leichte Muskelansätze an den Armen. Gute Sache!«

Muskelansätze? Sie? Zweifelnd warf sie einen Blick auf ihre Oberarme. Sie konnte lediglich feststellen, dass sie etwas gebräunt war, obwohl sie sich jeden Tag sorgfältig mit Sonnencreme einschmierte. Und ja, ihre Jogginghose saß inzwischen ein bisschen locker, wenn auch nicht sehr, obwohl sie wie ein Scheunendrescher aß.

Was die Jungs betraf, so war nicht zu übersehen, dass sie tiefer gebräunt waren und abgenommen hatten. Wo auch immer sie gewesen waren und was sie getan hatten, sie hatten sich in der Sonne aufgehalten und nicht genug zu essen bekommen. Aber sie wirkten nicht müde oder geschwächt. Vielmehr erschienen sie ihr wie ruhende, fest zusammengerollte Federn, jederzeit bereit aufzuspringen, wenn es notwendig wurde. Sie reagierten auf den kleinsten Reiz, waren immer in höchster Alarmbereitschaft. Jina hatte das Gefühl, sie sollte besser keine unbedachten Bewegungen machen, auch wenn die Männer beim Klettern über die Mauer noch so viel scherzten.

Levi machte eine Kopfbewegung zur Wand hin. »Mal sehen, was du draufhast.«

Verdammt, sie hatte gewusst, dass er sie zur Mauer scheuchen würde. »Nicht viel«, versicherte sie ihm. »Ich bin meilenweit entfernt von irgendwelcher Form.«

Er warf ihr diesen unerbittlichen Blick zu, und sie ergab sich in das Unvermeidliche. Leise vor sich hin schimpfend – sie hoffte, leise genug, da sie Levi mit einigen wirklich unschönen Ausdrücken belegte –, wischte sie sich die Hände an der Jogginghose ab und ging auf eins der herunterhängenden Seile zu. Die Jungs stellten sich grinsend in einem lockeren Kreis auf, bereit für ein bisschen Amüsement auf ihre Kosten. Jedenfalls fast alle. Voodoo machte ein mürrisches Gesicht, und Levi schien wahrscheinlich Angst zu haben, dass ihm die Gesichtsmuskeln rissen, wenn er grinste. Verdammt sein sollten sie alle beisammen.

Ihre Schau wurde sicher nicht besonders eindrucksvoll, nicht, wenn sie gerade mal zwei Klimmzüge schaffte. Am besten, sie brachte das schnell hinter sich und bereitete sich auf die nächste Folter vor. Mit einem tödlichen Blick auf das Seil suchte sie sich die höchste Stelle, die sie mit einem Sprung erreichen könnte, was nicht einmal in der Höhe von Levis Kopf war. Aber zum Teufel, sie musste irgendwo beginnen.

Sie sprang.

Und verfehlte ihr Ziel. Das Seil zuckte wie eine Schlange vor ihrer Berührung zurück, und sie war nicht schnell genug, um es festzuhalten.

Die Männer lachten, als sie wieder auf dem Boden landete und sich den Staub vom Hintern klopfte.

Jina ignorierte sie und betrachtete das verfluchte Seil. Okay, das hatte sie nicht richtig gemacht. Sie hätte nicht draufspringen sollen, das war ihr nun klar, sie hatte es verbockt. Beim zweiten Versuch schnappte sie sich das Seil oben mit der linken Hand, sprang dann hoch und griff mit der rechten danach, während sie versuchte, sich das untere Ende zwischen die Füße zu klemmen, wie sie es bei den Männern gesehen hatte.

Sie schaffte es nicht, das sich windende Tau festzuhalten, ihre Arme erschlafften, und sie stürzte hinunter. Glücklicherweise hatte sie es nicht weit bis zum Boden, obwohl ihr genau das wahrscheinlich peinlich sein sollte: Sie hatte es nicht mal dreißig Zentimeter nach oben geschafft. Aber es war ihr nicht peinlich. Denn welcher Idiot hatte sich überlegt, dass sie Seile hochklettern konnte, nur weil sie beim Computerspielen gut war?

Zum Beispiel ihr Chef.

»Dein Ansatz ist schon richtig«, sagte Levi, »aber du machst es dir zu schwer. Du bist Rechtshänderin, also platziere das Tau an der Außenseite deines rechten Beins, und klemm es dir dann so zwischen die Füße, als würdest du in eine Schlaufe treten.«

Das ergab Sinn … irgendwie. Und wenigstens versuchte er, ihr zu helfen, statt sie von einem Misserfolg zum nächsten springen zu lassen.

Boom baute sich neben ihr auf. Der Schweiß glänzte auf seiner dunklen Haut und hatte das einst weiße Stirnband, das er um den Kopf trug, durchtränkt. »So«, sagte er und griff nach dem Seil. Er schwang sich hoch und demonstrierte ihr, wie er mithilfe des linken Fußes das Tau unter dem rechten Fuß fing und festklemmte.

»Die Seilschlaufe hält dein Gewicht, nicht deine Arme«, sagte Levi. »Denk dir die Schlaufe wie eine Treppenstufe, auf der du höher kletterst.«

»Du brauchst immer noch Kraft in den Armen, um höher zu greifen«, fügte Snake dazu, »aber das meiste Gewicht wird von den Beinen gehalten, deshalb ist diese Technik nicht so ermüdend.«

Sie fluchte im Stillen, wütend darüber, dass sie ihr das nicht vor ihren kräftezehrenden Versuchen gezeigt hatten, stellte sich aber entschlossen neben das Seil. In Gedanken ging sie den Bewegungsablauf noch einmal durch. Nachdem sie sich alles eingeprägt hatte, griff sie nach dem Tau, zog sich hoch, fixierte … und stand in der Seilschlaufe. Sie befand sich nur Zentimeter über dem Boden, aber sie war nicht heruntergefallen, das war schon ein gewaltiger Fortschritt.

»Hoch«, sagte Levi.

Hoch, okay. Sie griff höher, zog sich hoch, fixierte das Seil, klemmte es zwischen den Füßen fest, und war jetzt sicher schon dreißig Zentimeter über dem Boden.

Sie wiederholte alles, ihre Arme begannen leicht zu zittern, und diesmal schaffte sie es einen halben Meter hoch. Noch einmal. Fast ein Meter jetzt, und sie wiederholte den Bewegungsablauf noch zweimal, bis sie sich zwei Meter über dem Boden befand, denn irgendwie überwand sie mit jedem Schritt mehr Abstand als nach dem vorherigen, obwohl sich das Seil wie eine Schlange wand und sie Probleme hatte, es ruhig zu halten. Doch sie glaubte nicht, dass ihre Arme noch einen weiteren Schritt schaffen würden. Ihr Atem ging heftig, und sie schwitzte wie ein Schwein. Warum ließen sie sie nicht einfach rennen? Sie konnte inzwischen eine viel längere Strecke laufen als noch vor siebzehn Tagen. Rennen war gar nicht so übel, jedenfalls nicht so schlimm wie Seilklettern.

»Noch einmal«, sagte Levi, und sie vermutete, dass ihm das Zittern ihrer Arme nicht entgangen war. Obwohl er sie nicht hier haben wollte, war es sicher auch nicht sein Wunsch, dass sie herunterfiel und sich unter seiner Aufsicht den Hals brach. Ihre Füße waren fast auf der gleichen Höhe wie sein Kopf, und für einen kurzen Moment stellte sie sich vor, wie sie ihm »aus Versehen« die Zähne ausschlug. Doch er war schlau genug, in sicherem Abstand zu bleiben, und außerdem: Wenn sie einen Fuß vom Seil nahm, verlor sie den Halt und stürzte zu Boden. Aus zwei Metern Höhe zu fallen war schon etwas anderes als aus zwei Zentimetern.

Sie hielt sich noch ein paar Sekunden in der Schlaufe fest, um ihre Arme auszuruhen, dann hievte sie sich ein Stück weiter nach oben. Wow, fast zweieinhalb Meter. Sie war von sich selbst beeindruckt, aber der Schweiß lief ihr herunter und brannte in den Augen. Sie rieb sich das Gesicht an der Schulter und atmete aus.

Wie zum Teufel sollte sie je wieder herunterkommen? Die Handflächen taten ihr bereits von dem rauen Seil weh, und sie wollte nicht einfach hinunterrutschen. Aber runter musste sie, und zwar ziemlich bald, denn ihre Armmuskeln zitterten und konnten jeden Moment nachlassen.

»He«, begann sie panisch und wollte sich erkundigen, was sie tun musste, um herunterzukommen, als ihr das Seil aus den verschwitzten Händen rutschte. Sie schrie auf und griff erneut zu, wobei sich die Schlaufe zwischen ihren Füßen lockerte. Sie musste innerhalb von Sekundenbruchteilen eine Entscheidung fällen: die Handflächen verbrennen oder loslassen und sich womöglich ein Bein brechen. Sie neigte zu der ersten Option, als ihre verschwitzten Hände ihr die Entscheidung abnahmen und sie herunterrutschte – etwa dreißig Zentimeter, bevor Levi ihre Beine mit seinen stahlharten Armen umfing und sie vom Seil fischte.

Eine Sekunde lang, nur eine, hielt er sie fest an sich gepresst. Sofort waren ihre Sinne in Alarmbereitschaft, ihr Magen drehte sich beinahe um, jeder Nerv in ihr war angespannt. Die Hitze seines Körpers sengte sich augenblicklich durch ihre Haut bis in die Knochen. Sie versteifte sich sofort, als hätte sie einen Stromschlag erhalten – dann ließ er sie einfach fallen, ohne sich darum zu kümmern, ob sie die Balance hielt.

Ein weiteres Mal landete sie auf ihrem Hintern – glücklicherweise. Nichts war schöner als der direkte Kontakt zu Mutter Erde.

Sieben Männer starrten sie schweigend an.

»Meine Handflächen waren verschwitzt«, murmelte sie entschuldigend und sah zu ihnen hoch. Sie umrundeten sie wie Geier, jeden Moment bereit, sich über ihre sterblichen Überreste herzumachen.

Voodoo warf ihr einen verächtlichen Blick zu und stemmte die Hände in die Hüften. »Die Idee ist einfach nur bescheuert«, schimpfte er. »So ein Scheiß kann uns das Leben kosten. Sie ist völlig wertlos.«

Jina verzog den Mund und blickte dem Arschloch wütend in die Augen, froh, sich auf ihn konzentrieren zu können und von Levi abgelenkt zu werden. Sie war nicht perfekt, aber wertlos war sie keinesfalls – und auch nicht auf den Mund gefallen. Den ausgestreckten Zeigefinger wie eine Schusswaffe gegen ihn gerichtet, funkelte sie ihn an. »Ich bitte vielmals um Entschuldigung, dass ich nicht so gut in Form bin wie du, nachdem ich siebzehn Tage trainiert habe. Weißt du, was? Du kannst mich mal. Und außerdem solltest du besser auf deine Manieren achten, denn wenn du erst mal den Südstaatenproleten in mir provozierst, wirst du's noch bereuen!«

Jelly streckte die Hand aus, um ihr beim Aufstehen zu helfen. Sie griff nach seinem Unterarm, und er zog sie ohne Anstrengung hoch, bis sie sicher auf den Füßen stand. Die ganze Zeit über hielt sie den Blick auf Voodoo gerichtet. Als Mädchen mit einem jüngeren und einem älteren Bruder hatte sie gelernt, sich zu behaupten, denn die beiden Jungs hatten sie als Freiwild angesehen – sie war weder die größere Schwester, die das Sagen hatte, noch die zu beschützende Kleine –, und sie hatte ihnen zeigen müssen, dass sie sich mit ihr besser nicht anlegen sollten.

»Was macht denn so ein Südstaatenprolet?«, wollte Jelly amüsiert wissen.

»Das fängt mit Messern und Scheren an«, erwiderte sie ernst, »und eskaliert mit Streichhölzern im Haus. Aber so weit wollen wir es ja nicht kommen lassen.«

»Voodoo stammt auch aus dem Süden.«

»Aus Louisiana«, mischte sich Boom ein, »das ist was anderes.«

»Ihr zwei haltet jetzt mal die Klappe«, ordnete Levi in schneidendem Tonfall an. »Für so was haben wir keine Zeit. Wenn ihr euch prügeln wollt, macht das in eurer Freizeit, aber wenn einer von euch verletzt wird, kriegt der andere einen Arschtritt von mir. Verstanden?«

»Verstanden«, sagte Voodoo, denn Levis Ton ließ keinen Zweifel, dass er es ernst meinte. Außerdem arbeiteten sie schon lange zusammen.

»Verstanden«, entgegnete Jina schroff. Sie hatte weder mit dem einen noch mit dem anderen lange genug gearbeitet, um ihnen zu trauen oder sie gar zu mögen. Doch sie trottete den Männern nach, als sie weiterzogen, ganz so, als hätten sie sich nur kurz an der verdammten Mauer amüsiert, während sie auf Jina gewartet hatten, um zu sehen, wie sie sich blamierte und von oben bis unten mit Staub und Schweiß bedeckte – wieder einmal.

Mission erfüllt.

»Ich hasse sie. Ich hasse sie alle.«

Das wurde über die nächsten Wochen Jinas Mantra. Sie kam jeden Tag völlig fertig nach Hause, und die Tage gingen übergangslos ineinander, sodass sie manchmal gar nicht wusste, welcher Wochentag gerade war. Deshalb stand sie plötzlich am Sonntag auf dem Parkplatz, an dem sie immer vom Bus abgeholt wurden. Als sie feststellte, dass sie die Einzige war, blickte sie endlich auf ihr Handy, um das Datum zu checken. Dann fuhr sie wieder nach Hause, ließ sich mit dem Gesicht zuerst aufs Bett fallen und schlief bis mittags. Sie wachte erst auf, als ihre Mutter anrief, um sich zu beschweren, dass Jina sich nicht meldete.

»Mom«, sagte sie völlig erschöpft, »ich habe dir über Facebook geschrieben, dass alles okay ist.«

»Das war vor zwei Wochen! Und ich habe dir vor drei Tagen eine Nachricht gesendet, die du immer noch nicht beantwortet hast.«

»Oh.« Sie gähnte und versuchte sich aufzusetzen, gab aber den Versuch auf und ließ sich wieder nach hinten fallen. »Tut mir leid. Ich war so beschäftigt, dass ich gar nicht auf Facebook war. Stell dir vor, heute Morgen bin ich aufgestanden und zur Arbeit gegangen, und erst als niemand da war, wurde mir klar, dass Sonntag ist. Ich bin zurück nach Hause und noch mal ins Bett, um weiterzuschlafen.«

Sofort schaltete Mrs. Modell in den Mutter-Modus. »Wie viel arbeitest du denn? Es ist ungesund, nicht genug zu schlafen. Isst du denn richtig?«

»Ich esse richtig«, erwiderte sie, obwohl sie sich ehrlich gesagt nicht erinnern konnte, was sie am Abend vorher zum

Dinner gehabt hatte oder ob sie überhaupt etwas gegessen hatte. Aber das war bestimmt der Fall, denn bei ihrer täglichen Routine funktionierte sie in letzter Zeit oft unter Autopilot. Sie war sich ziemlich sicher, dass sie ihre regulären Mahlzeiten einnahm, auf jeden Fall erinnerte sie sich ans Frühstück.

»Was isst du denn?«

»Heute Morgen zum Frühstück habe ich mir vier kleine Spinat-Quiches mit Schinken warm gemacht und auf dem Weg zur Arbeit gegessen. Später habe ich mich geärgert, dass ich vergessen hab, dass heute Sonntag ist, denn dann hätte ich mich an den Tisch setzen und wie ein normaler Mensch mit einer Gabel essen können. Außerdem hätte ich länger schlafen können.« Das hatte sie noch mehr geärgert als die Sache mit dem Frühstück. An Essen mangelte es nicht.

»Du brauchst Urlaub.«

Das stimmte wohl, aber … »Geht nicht, bevor das Training zu Ende ist.«

»Wir haben dich jetzt schon über neun Monate nicht mehr gesehen. Wie lange dauert denn dieses Training noch?«

Neun Monate? Das konnte nicht stimmen. Sie war Weihnachten nach Hause gefahren, und jetzt war es … Sie warf einen Blick auf ihr Smartphone. September. Verdammt noch mal, wie war das passiert? Sie hatte im Juni mit dem Training begonnen, und seitdem waren drei Monate den Bach runtergegangen. »Es ist ein Sechsmonate-Trainingsprogramm«, erwiderte sie. »Aber es kann auch noch länger dauern, wenn sie neue Technologien oder Programme einführen.« Das stimmte alles so weit, bis auf die sechs Monate. Sie lebte nur für die Zeit am Computer, in der sie mehr über Drohnen erfuhr und ihre Fähigkeiten verbesserte, nicht zuletzt weil ihr das eine Pause von der körperlichen Tortur ermöglichte, die ihre Bosse PT nannten. Tatsache war, dass ihr Training so lange dauerte, wie es dauern musste, denn niemals würden sie zu einem Einsatz geschickt werden, wenn sie noch nicht so weit waren. »Wir möchten alle, dass du dabei bist.«

»Das bezweifle ich«, entgegnete Jina, nachdem sie kurz überlegt hatte. »Es soll ja im November so weit sein, oder? Da läuft das Training noch.«

»Aber du brauchst irgendwann Urlaub. Du kannst das Training doch fortsetzen, wenn du wieder zurückkommst.« Das war typisch ihre Mutter, die Familie ging für sie über alles, da war sie hartnäckig wie ein Terrier, der sich festgebissen hatte.

»Dann verliere ich meinen Job«, sagte Jina trocken. »Während des Trainings gibt es keinen Urlaub, wenn nicht gerade jemand aus der Familie stirbt, und das wollen wir uns nun doch nicht wünschen.«

»Das ist nicht in Ordnung.«

»Ich kannte die Regeln, als ich den Vertrag unterschrieben habe. Willst du, dass ich aufgebe und als Versagerin dastehe?« Alle in der Familie wussten, dass sie sich nur noch mehr anstrengte, wenn irgendjemand sie eine Versagerin nannte.

»Nein, aber ich würde dich gern öfter als ein Mal im Jahr sehen. Vielleicht sollten wir dich besuchen, wenn du nicht zu uns kommen kannst.«

»Das wäre schön«, sagte Jina, obwohl sie bei dem Gedanken daran, dass ihre Eltern sehen würden, wie sie sich abends nach Hause schleppte, einen Anflug von Panik unterdrücken musste. Sie würden ihr niemals glauben, dass all der Schmutz und Schweiß und die blauen Flecken vom Computer-Training herrührten.

»Aber vergesst nicht, dass ich in der Woche nur einen freien Tag habe und mindestens zehn Stunden arbeite. Du und Daddy wärt die meiste Zeit allein. Allerdings wäre das für euch eine gute Gelegenheit, alle Museen und Sehenswürdigkeiten zu besuchen.« Sie würde ihre Eltern wirklich gern sehen – egal, in welchem Zustand sie selbst sich befand. Vielleicht sollte sie ihre verheirateten Kollegen fragen, wie sie das mit ihrer Familie regelten. Sie konnten doch unmöglich alles verheimlichen, das konnte niemals funktionieren, vor allem wenn die Teams tagelang im Einsatz waren, manchmal sogar Wochen.

»Ich weiß nicht«, sagte ihre Mutter zweifelnd, was mehr oder weniger bedeutete, dass sie in nächster Zeit wohl nicht auf ihrer Türschwelle stehen würden. »Bist du sicher, dass du mit einem Job glücklich wirst, der so viel von deiner Zeit fordert?«

»Die Arbeit ist wirklich interessant«, erwiderte Jina. »Zwar aufreibend, aber ich lerne eine Menge. Und selbst wenn ich nur ein paar Jahre dabeibleibe, werde ich von der Ausbildung immer was haben.« Das stimmte alles und wurde von Tag zu Tag mehr zur Gewissheit. Sie liebte die Arbeit mit den Drohnen – oder zumindest mit dem Drohnen-Simulator. Niemand von ihnen hatte bisher mit dem realen Gerät zu tun gehabt, aber das würde vielleicht bald passieren. Sie konnte es kaum erwarten. Auch wenn sie am allerersten Tag fest davon überzeugt gewesen war, dass eine Mitarbeit in den GO-Teams das Allerletzte war, was sie anstrebte. Und obwohl sie immer noch jede Minute ihres Fitnesstrainings hasste … Sie begann sich dabei langsam wohlzufühlen.

Verdammt noch mal.

5. Kapitel

Sie machten eine Trinkpause. Die Wasseraufnahme war so wichtig, dass sie sogar öfter dazu angehalten wurden, als Jina für notwendig gehalten hätte. Sie ließ sich ins Gras sinken, schraubte ihre Wasserflasche auf und stürzte sofort die Hälfte vom Inhalt hinunter. Levi setzte sich neben sie. »Halt die Hand auf.«

Sie hörte auf zu trinken und warf ihm einen skeptischen Blick von der Seite zu, die Flasche noch immer am Mund. »Warum?« Sie sah ihn misstrauisch aus zusammengekniffenen Augen an. Mit so etwas hatte sie ihre Erfahrungen. Beim Aufwachsen mit zwei Brüdern hatte sie feststellen müssen, dass ihr nicht unbedingt immer gefiel, was ihr jemand in die Hand drückte. Damals war es meist etwas Ekliges gewesen, wie eine tote Maus oder eine Kacke-Attrappe. Nie vergessen würde sie, dass es sogar einmal keine Attrappe gewesen war. Jordan und Taz hatten dafür ihrerseits einiges einstecken müssen. Doch es war nicht nur diese sehr lebendige Erinnerung, sondern die Tatsache, dass es immer Ärger bedeutete, wenn Levi etwas wollte, dass sie skeptisch war.

Er sah sie kühl und ungeduldig an. »Hast du vor, jede Anordnung zu hinterfragen?«

Sein Tonfall war warnend, laut und deutlich. Klar, sie musste ihm vertrauen. Es wäre ein großes Problem, wenn sie das nicht täte. Zögern und über die Handlungen der Teammitglieder nachzudenken, die höchstwahrscheinlich genau wussten, was sie taten, konnte lebensgefährlich werden.

»Willst du mir eine Ratte in die Hand drücken?« Um sich

herum hörte sie die Männer prusten, aber sie sah sich nicht zu ihnen um. Lass den Feind niemals aus den Augen, sagte sie sich. Vielleicht war Levi nicht direkt ihr Feind, aber ihr Freund war er sicher auch nicht. Diese Regel galt für sie weiterhin.

Levi lachte nicht. »Ich verschwende meine Zeit nicht mit kindischen Streichen.«

Oder mit irgendetwas anderem, was vielleicht Spaß gemacht hätte. Vorsichtig streckte sie die Hand aus, immer noch bereit, sie sofort zurückzuziehen, falls sie etwas Pelziges oder Klebriges fühlte. Die Handfläche zeigte nach unten.

Levi stöhnte genervt, nahm ihre Hand und drehte sie herum. Sofort spürte sie die große Hitze und Stärke, die von seiner rauen Haut ausströmte. Er drückte ihr etwas Metallenes in die Hand und ließ sie wieder los. In Gedanken atmete sie erleichtert aus. Metall. Gott sei Dank. Obwohl ihr eigentlich klar war, dass Levi keine Zeit mit einer toten Maus verschwendete.

Sie blickte auf ihre Hand. Bei dem Gegenstand handelte es sich um etwas, was die Größe und Form einer M6H7-Granate besaß, und sie war stolz darauf, das erkannt zu haben. Gleichzeitig war sie über diesen Gedanken erstaunt. Das Ding war armeegrün und hatte eine Muschelschalenabdeckung. »Das ist ein Kompass«, sagte sie und warf ihm einen fragenden Blick zu. »Wofür brauche ich so was? Ich habe mein Smartphone. Das redet sogar mit mir und sagt mir, wann ich welche Richtung einschlagen muss. Ein Kompass ist nicht notwendig.« Computertechnik. Sie bevorzugte Computertechnik. Ein Kompass war … irgendwie primitiv. Auch wenn sich Kolumbus und Hunderte von anderen nur mithilfe eines Kompasses und astronomischer Instrumente beim Segeln über den Atlantik orientiert hatten. Hey, sie kannte sogar das passende Lied dazu: *Columbus sailed the ocean blue with nothing than a compass and an astrolabe or two*. Sie stimmte das Lied an, wobei ihre Tonlage ziemlich schief klang.

Die Männer krümmten sich vor Lachen, doch Levis Gesichtsausdruck zeigte, dass er weder ihre Argumente noch den Song besonders witzig fand. »Du brauchst einen verdammten Kompass, wenn das Handy nicht funktioniert, sei es wegen eines Funklochs oder weil du den Akku rausnehmen musst, damit dein Standort nicht zurückverfolgt werden kann.«

»Aber in welche Situation komme ich denn, dass ich einen Kompass brauche?« Das war der Knackpunkt, der sie beunruhigte.

»Das weiß man nie«, sagte Trapper. »Wir wissen vorher nie, wohin wir geschickt werden. Jeder von uns hat einen Kompass.«

Das war allerdings ein Ding. Es war der reinste Widerspruch: Womit sie im Team zu tun hatte, war Hightech. Wenn sie plötzlich gezwungen wurde, sich auf einen Kompass zu verlassen, um sich zu orientieren, hieß das, alles andere war den Bach runtergegangen – eine Situation, von der sie hoffte, dass sie nie eintrat. Sie war nicht dafür ausgebildet, sich in solchen Lagen zurechtzufinden.

»Du wirst lernen, dich mit einem Kompass zu orientieren«, sagte Levi und sprach aus, was sie bereits vermutet hatte. »Und dann werde ich in den Wald gehen, die Koordinaten durchgeben, und du musst mich finden.«

Sie sah ihn schicksalsergeben an. »Was für ein fürchterlicher Spaß«, murmelte sie. »Und wenn ich dich nicht finde, bist du dann für immer verschwunden?«

»Nein, aber du hast das Training vermasselt.«

Na gut. Auch wenn die Vorstellung, ihn loszuwerden, zu schön war und einen Versuch wert gewesen war.

Es war schon eine Ewigkeit her, dass Jina zum letzten Mal einen Kompass benutzt hatte. Sie klappte das Ding in ihrer Hand auf. Das hier war ein Profigerät, nichts aus dem Supermarkt. Auf der Rotationsskala waren 360 Grad markiert, es gab einen beweglichen Pfeil, Feldlinien – alles, was nötig war.

»Hast du jemals mit so was gearbeitet?«, wollte Levi wissen. Er klang so resigniert, als habe er bei ihr nicht die geringste Hoffnung.

»Natürlich, bei den Pfadfinderinnen.« Das war eine Lüge. Aber ihre Brüder waren bei den Pfadfindern gewesen, und sie hatten sich einen riesigen Spaß daraus gemacht, sie mit in den Wald zu nehmen, ihr die Koordinaten ihres Zuhauses zu geben und wegzulaufen. Wenigstens hatten sie sich vorher die Zeit genommen, ihr den Gebrauch des Kompasses zu erklären. Allerdings hatte ihr vielmehr ihr verdammt guter Orientierungssinn mehrmals den Hintern gerettet.

Wieder einer dieser kühlen Blicke von Levi. »Von den Pfadfindern stand nichts in deiner Akte.«

»Warum auch? Ich habe bei der Bewerbung meine Computerkenntnisse und Abschlüsse angegeben, nicht meine Hobbys aus der Kindheit.«

»Ich habe nicht von deiner Bewerbungsmappe gesprochen.«

Oh. Er meinte *diese* Akte. Verdammt. Natürlich hatten sie alle Neulinge durchgecheckt, daran hätte sie denken müssen. Bevor die unsägliche Debatte noch weiterging, zuckte sie mit den Schultern. Es war Zeit, sich auf ihre Aufgabe zu konzentrieren. »Hast du eine Karte?«

Er zog eine aus der rechten Beintasche seiner Cargohose und reichte sie ihr. Es war eine topografische Karte mit allen notwendigen Markierungen von Höhen und Entfernungen. »Erklärst du es mir noch mal? Es ist schon ziemlich lange her.«

Levi kniete sich zu ihrer Rechten hin, und sie platzierte sich neben ihm mit der Karte auf dem rechten Oberschenkel. Ein guter Kompass konnte mehr, als nur nach Norden zu zeigen, der nicht tatsächlich der Norden war. Mit einem Kompass und einer anständigen Karte müsste sie in der Lage sein, überallhin zu finden.

Levi gab ihr einige Orientierungspunkte und lehnte sich zu ihr herüber, um zu überprüfen, wie sie seinen Anweisungen folgte. Er war ihr so nahe, dass sie mit der Schulter seinen Rippenbogen berührte. Tatsächlich spürte sie seinen starken, ruhigen und regelmäßigen Herzschlag.

Wie aus dem Nichts stürmten unzählige Eindrücke auf sie ein: der Geruch von Schweiß, Schmutz und Mann, das moschusartige Aroma seiner Haut, gemischt mit Schießpulverresten von den Schießübungen, die sie vorher durchgeführt hatten, die Hitze seines Körpers, die ihre Haut viel stärker zu versengen schien als die brennende Sonne. Irgendwie war es viel zu intensiv, zu intim, dass sie seinen Herzschlag spürte. Für einen Augenblick wurde ihr regelrecht schwindlig von diesem Überfall auf ihre Sinne. Sie holte unauffällig einmal tief Luft und verdrängte die Eindrücke, um sich auf seine Anweisungen konzentrieren zu können.

Sie sollte eine Route zu einem Ort entwerfen, den sie von hier aus sehen konnte, nämlich den üblichen Trainingspfad etwa einen Kilometer entfernt. Einige der Dinge, die ihre Brüder ihr beigebracht hatten, fielen ihr wieder ein, und weil die Aufgabe ohnehin leicht war, schaffte sie es spielend.

»Vielleicht warst du ja tatsächlich eine Pfadfinderin«, kommentierte Levi und blickte mit zusammengekniffenen Augen in die blendende Sonne.

»Nein, ich hab gelogen«, sagte sie lässig. »Meine Brüder waren bei den Pfadfindern und haben's mir beigebracht.«

Er rieb sich die Stirn und strich sich über den Nasenrücken. »Noch einmal.«

Er hätte ihr schwerere Aufgaben stellen können als verlangt, tat es aber nicht. Jina war sich nach wie vor klar, dass er sie nicht im Team haben wollte – das ließ er sie jeden Tag mehr oder weniger subtil wissen –, aber sie konnte ihm nicht vorwerfen, dass er ihr Training auf irgendeine Weise boykottierte. Sich bei ihrer Ausbildung keine Mühe zu geben wäre der schnellste und einfachste Weg, sie loszuwerden, aber das tat er nicht. Mit knirschenden Zähnen musste sie ihm täglich für seine Charakterstärke Respekt zollen, wenn er sie anbellte, damit sie schneller, weiter lief, sie dazu anstachelte, dass sie mehrere Versuche startete, um ihr Ziel zu erreichen. Wenn sie das Training vergeigte, wie er es nannte, war das nicht seine Schuld.

Während sie die zweite Route ausarbeitete, unterhielt sich Levi leise mit Boom – womöglich berieten sie sich, ob sie überhaupt nach ihr suchen sollten, falls sie sich verlaufen würde.

Dann überprüfte er ihre Ergebnisse und nickte. »Okay, packen wir's an. Du kriegst eine Zeitvorgabe«, fügte er hinzu und blickte auf seine Uhr am linken Handgelenk. »Du musst mich so rechtzeitig finden, dass wir noch vor Einbruch der Dunkelheit zurückgehen können. Wenn du zu lange brauchst, wiederholen wir die Übung, bis es klappt.«

»Wiederholen wir sie heute Abend?«, fragte sie entsetzt, denn es war bereits später Nachmittag, und die Vorstellung, im Dunkeln durch den Wald zu laufen, gefiel ihr gar nicht. Dabei konnte man sich nämlich schnell die Knochen brechen, ganz zu schweigen davon, dass es dort Schlangen gab und sie womöglich auf eine treten würde. Auf keinen Fall würde sie das laut sagen, aber sie fürchtete sich ein bisschen im Dunkeln. Inzwischen hatte sie zwar keine Probleme mehr, ohne Licht zu schlafen, aber als Kind hatte sie immer ein Nachtlicht gebraucht, weshalb ihre Geschwister sie als Angsthase gehänselt hatten. Sie hatte zwar eine Taschenlampe, aber trotzdem.

Levi schien bemüht, seine Ungeduld zu unterdrücken. »Nein, heute nicht mehr.« Dann sah er sie nachdenklich an. »Ein anderes Mal. Aber vielleicht sollten wir tatsächlich auch mal eine Nachtübung durchführen.«

Sie hätte den Mund halten sollen.

Einer der Ausbilder kam mit seinem Geländewagen vorgefahren. Levi schwang sich auf den Beifahrersitz, und Jina drehte sich um, als sie wegfuhren. »Gibt es noch Wasser?«, fragte sie die Männer, während sie zu der riesigen Kühlbox hinüberging, die meist mit Wasserflaschen und Eis vollgepackt war. Normalerweise wurde sie stündlich wieder aufgefüllt, aber laut Plan war das Training jetzt eigentlich fast beendet, weshalb man vielleicht darauf verzichtet hatte.

Aber es gab noch genug, und Jina trank eine weitere Flasche an Ort und Stelle leer. Die feuchte Hitze dörrte sie regelrecht aus. An manchen Tagen hatte sie das Gefühl, gar nicht genug Wasser trinken zu können. Sie machte sich auf die Suche nach einem Behälter, in den sie Wasser füllen könnte, und Snake warf ihr eine kleine Leinentasche zu, die Schweiß und Männergestank von mindestens sechs Monaten ausdünstete. Das Ding sah aus, als wäre es noch nie gewaschen worden. Es war ihr egal. Inzwischen hatte sie sich an dreckige Männer gewöhnt.

Während sie wartete, dass Levi ihr seine Koordinaten durchgab, setzte sie sich mit Kompass und Karte hin und arbeitete ein paar weitere Routen aus.

»Vergiss nicht, eine Taschenlampe mitzunehmen«, sagte Voodoo höhnisch.

Womit er ihr wohl sagen wollte, dass sie Levi ohnehin nicht vor Einbruch der Dunkelheit finden würde. Sie zuckte die Schultern. »Gute Idee.« Wenn er glaubte, er könne sie zermürben, musste er sich schon was anderes einfallen lassen.

Die Minuten vergingen, und sie wurde immer unruhiger. Je weiter Levi sich entfernte, desto länger würde es dauern, ihn zu finden und mit ihm zusammen zurückzukommen, und der Sonnenuntergang rückte immer näher. Er würde sie doch so reinreiten, oder?

Kaum war ihr dieser Gedanke durch den Kopf gegangen, meldete das Smartphone eine eingegangene Textnachricht: Levis Koordinaten.

Instinktiv wollte sie sofort loslaufen, doch sie hielt sich zurück. Jetzt war es am wichtigsten, genau zu arbeiten. Sie breitete die Karte aus und suchte seinen Standort heraus, dann überprüfte sie die Koordinaten noch einmal. Sie studierte den Plan genau und arbeitete mithilfe des Kompasses zwei mögliche Strecken aus. Das war teuflisch. Die laut Karte direkteste Route war auch die komplizierteste mit einigen steilen Anhöhen und dichter Vegetation, dazu einem Bach, von dem sie nicht wusste, ob er leicht zu überwinden wäre. Mit der längeren Route konnte sie die meisten Schwierigkeiten umgehen, doch der verdammte Bach läge noch immer auf ihrem Weg.

Sie bat weder Boom noch Snake, die beiden Typen, die noch am freundlichsten waren, ihre Planung zu überprüfen. Entweder sie schaffte es allein, oder sie bestand die Prüfung nicht. Schließlich faltete sie die Karte wieder zusammen, steckte sie in die mit Reißverschluss versehene Beintasche ihrer Hose, hängte sich die Tasche um und legte mit forschen Schritten los. In dieser Hitze gleich zu rennen würde sie zu schnell erschöpfen, aber sie konnte sich den Luxus, langsam zu gehen, ebenso wenig leisten.

Ihre Sohlen hämmerten auf dem Boden, als sie den Parkplatz überquerte. Über den Trainingsplatz zu laufen wäre schneller gegangen, aber es fanden noch immer Übungen auf dem Areal statt. Wenn sie mitten durch die Gruppe von Männern liefe, riskierte sie, dass sich jemand verletzte.

Sie ließ das Trainingsareal hinter sich, überquerte ein Feld mit kniehohem Bewuchs und blieb stehen, um sich neu zu orientieren.

Noch war sie nicht weit genug westlich gelaufen, um das schwierigste Terrain zu umgehen. Jina lief wieder los.

Am Rand eines weiteren Feldes verdeckten die dichten Pflanzen einen Entwässerungsgraben, den sie nicht rechtzeitig genug sah, um ihn zu überspringen, und daher mit beiden

Füßen hineinglitt. Zwar verletzte sie sich dabei nicht, aber das glitschige grüne Wasser des Grabens reichte ihr fast bis an die Knie und drang sofort in ihre Stiefel, sodass ihre Socken schnell durchgeweicht waren.

»Verdammter Mist!« Sie griff nach einem Busch, um sich aus der Brühe herauszuziehen, und stach sich dabei mit einem Dorn in die Handfläche. Sie fluchte. Zu sehr in Eile, um die verdammte Pflanze in kleine Stücke zu hacken, kletterte sie aufs Trockene, befreite sich von den Boots, schüttete das Wasser aus und startete erneut.

Nach vierhundert Metern blieb sie wieder stehen, um sich mit dem Kompass zu orientieren. Inzwischen war sie weit genug nach Westen gelaufen. Jetzt musste sie sich Richtung Norden wenden. Laut den Koordinaten, die Levi ihr geschickt hatte, müsste sie ihn auf geradem Weg nach acht Kilometern erreichen.

Acht Kilometer. Das schaffte sie. Auch wenn die Route, die sie gewählt hatte, weniger Kraft beanspruchte als der direkte Weg, befand sie sich keinesfalls in ganz flachem Gelände. Vor zwei Monaten hätte sie diese Strecke nicht geschafft, jedenfalls nicht in der Zeit, die ihr zur Verfügung stand. Aber das war einmal. Jetzt war jetzt, inzwischen fühlte sie sich schon beinahe wie Superwoman. Haha, von *super* war sie im Moment sicher einiges entfernt.

Jina erreichte einen Wald und blieb kurz stehen, um sich einen kräftigen und robusten anderthalb Meter langen Ast abzuschneiden, den sie auf unebenem Boden als Gehstock und zur Abwehr von Schlangen benutzen konnte. Bei der Gelegenheit trank sie etwas Wasser, denn der Schweiß lief ihr in der feuchten Hitze in Strömen herunter, bevor sie sich wieder auf den Weg machte.

Mücken schwärmten um ihren Kopf. Eine landete in ihrer Nase, sodass sie stehen bleiben musste. Sie sprang fluchend auf und ab und schnaubte, um das verdammte Vieh loszuwerden. Als die Nase wieder mückenfrei war, konnte sie nur ihrem Schutzheiligen danken – sie nahm an, dass jeder, ob Katholik oder nicht, einen besaß –, dass sie allein war und keiner der Männer im Team ihre albernen Verrenkungen beobachtet hatte. Damit hätten sie sie ewig aufgezogen. Womöglich hätten sie im Gedenken an diese Performance Jinas Spitznamen Babe zu Mücke umgeändert.

Sosehr sie den Namen Babe hasste, Mücke wäre noch schlimmer.

Als sie noch etwa fünf Kilometer vor sich hatte, stellte sie fest, dass sie ein Problem hatte.

Ihre nassen Socken und durchweichten Boots hatten dafür gesorgt, dass sie sich die Füße wund gelaufen hatte. Sie spürte bereits, wie sich Blasen an den Hacken und auf den Zehen bildeten, weil ihre Füße im Schuh hin und her rutschten – und das in ihren besten Boots, jenen, die ihr fast perfekt passten. *Verdammt, verdammt, verdammt.* Sie war in diesen Dingern kilometerweit gelaufen, wahrscheinlich hundert bis zweihundert Kilometer, und jetzt bekam sie zum ersten Mal Ärger. Okay, es war auch das erste Mal, dass sie Schuhe und Socken unter Wasser gesetzt hatte. Welche Keime in diesem Tümpel gewesen waren, wollte sie lieber nicht wissen. Eine schnelle Inventur ihrer Taschen ergab, dass sie keine Pflaster eingesteckt hatte, wobei die an ihren nassen Füßen sowieso nicht gehalten hätten.

Es blieb ihr nichts anderes übrig, als weiterzulaufen. Als sich weiter durch Büsche zu schlagen und über Hügel und umgestürzte Baumstämme zu klettern. Umzukehren hieße, ihre Aufgabe nicht zu erfüllen, und sie war sich nicht sicher, ob sie eine zweite Chance bekommen würde. Sie musste Levi finden, erst dann durfte sie sich um ihre Füße kümmern.

Aber, zum Teufel, jede einzelne Blase am Fuß brannte, und der Schmerz wurde immer schlimmer. Die Zehen zusammenzudrücken, um den Druck zu verändern, half nicht. Sie überlegte, kurz anzuhalten und die nassen Socken auszuziehen, aber dann würden die Boots noch lockerer sitzen und direkt an der Haut reiben. Das würde ihr lediglich ein paar neue Blasen einbringen.

Sie stoppte, um den Kompass zu prüfen und Wasser zu trinken. Zwei Flaschen hatte sie geleert, zwei blieben ihr noch. Sie dampfte von Schweiß, und die Augen brannten ihr von den salzigen Rinnsalen. Ihr olivfarbenes T-Shirt war genauso durchnässt wie Hose und Schuhe. Das Haar klebte ihr im Nacken. Tough sein war nichts für zarte Gemüter, aber das hier war einer der Momente, in denen sie lieber zart statt tough gewesen wäre.

Ab dem sechsten Kilometer nutzte sie ihren Stock, um sich aufzustützen. Ein prüfender Blick auf ihr Smartphone zeigte ihr, dass sie gut in der Zeit lag, trotz ihrer schmerzenden Füße. Sie würde Levi rechtzeitig finden, um vor Einbruch der Dunkelheit zurückgehen zu können. Wie sie allerdings die acht Kilometer zurück zum Camp schaffen sollte, war ihr noch nicht klar, doch darüber konnte sie sich Sorgen machen, wenn sie am Ziel war.

Der letzte Kilometer war der schlimmste. Das Terrain wechselte von Waldgebiet zu *bergigem* Waldgebiet, mit zahlreichen Steinen, Felsen, Baumstämmen und dichterem Unterholz – dort, wo die umgestürzten Bäume mehr Licht gelassen hatten. Über einen glitschigen Felsen zu klettern war kein Vergnügen, denn wenn sich hier irgendwo eine Schlange sonnte, dann dort. Einmal rutschte sie mit dem Stiefel über eine moosbewachsene Stelle und befürchtete schon, den ganzen Weg wieder zurückzufallen, doch sie konnte sich nach wenigen Zentimetern gerade noch festhalten. Ellbogen und Handflächen waren nach der Aktion zwar aufgeschrammt, aber mehr war nicht passiert.

Auf der anderen Seite wurde das Gelände wieder ebener. Sie überprüfte ihren Standort mit dem Kompass, richtete sich ein Stück weiter nach links, und fünf Minuten später lief sie auf Levi zu, der auf einem Fels saß, eine Wasserflasche in der einen Hand, ein Buch in der anderen. Aber er las nicht, sondern beobachtete sie, als sie auf ihn zukam.

»Was liest du da?«, erkundigte sie sich lässig, als hätte sie sich nicht eben fast umgebracht, um zu ihm zu gelangen.

Statt auf ihre Frage einzugehen, sagte er vorwurfsvoll: »Du humpelst.«

Warum klang jeder Kommentar von ihm wie Kritik? Sie versuchte, sich nicht aufzuregen. »Blasen an den Füßen. Meine Schuhe sind nass geworden. Komm, lass uns gehen, wir müssen noch vor Einbruch der Dunkelheit zurück. So sind die Regeln.«

Doch er stand nicht auf, sondern zog sein Handy aus der Tasche und tippte eine Nachricht ein.

Jina starrte ihn an und spürte, wie Wut in ihr hochkochte. Wollte er sie jetzt kleinkriegen, indem er extra langsam machte?

»Wenn wir zu spät dran sind, ist das deine Schuld«, sagte sie ärgerlich. »Aber ich kann auch allein zurückgehen, und du bleibst hier. Ich habe dich gefunden. Wenn ich vor Sonnenuntergang zurück bin, ist meine Aufgabe erfüllt, egal ob du mitkommst oder nicht.« Sie stützte sich entschlossen auf ihren Gehstock und drehte sich um, nicht gewillt, noch mehr Zeit zu vergeuden.

»Setz dich, und zieh die Schuhe aus«, befahl er ihr da genauso wütend. »Ich habe Boom eine Nachricht geschickt, damit er uns abholt.«

»Was? Nein!« Sie umfasste ihren Ast so fest, als wolle sie Levi damit eine überziehen. »Ich habe dich gefunden, und ich schaffe es noch vor Einbruch der Dunkelheit zum Camp. Ich werde nicht zulassen, dass du mir diese Übung versaust, weil …«

»Reg dich ab!«, unterbrach er sie und blickte sie mit seinen dunklen Augen unwirsch an. »Ich habe nicht gesagt, dass wir zurücklaufen, ich sagte, du musst mich schnell genug finden, damit wir genug Zeit für den Rückweg haben. Und das haben wir. Ich hatte mit Boom schon vorher verabredet, dass er uns abholt. Aber ganz kommt er mit dem Wagen nicht bis hierher, und wir müssen ein Stück laufen. Also sollten wir uns deine Füße ansehen. Und jetzt zieh endlich die verdammten Boots und Socken aus.«

Sie hätte ihn am liebsten erwürgt. Der Gedanke ging ihr ernsthaft durch den Kopf, aber er würde ihren Angriff so leicht abwehren, dass es beschämend wäre. Ihr Stresslevel war bereits jetzt auf höchster Stufe, und die Vernunft riet ihr, sich zu beruhigen. Sie war so fertig, dass sie Gefahr lief, gleich loszuheulen. Sie hatte zwar schon ein oder zwei Mal zu Hause geweint, aber niemals vor diesen Typen, und sie hatte nicht die Absicht, jetzt damit anzufangen, schon gar nicht vor Levi.

»Bringt nichts«, murmelte sie, nachdem sie einen Augenblick mit ihrem Stolz gekämpft hatte. »Ich habe kein Erste-Hilfe-Set dabei.«

»Kann sein, dass du nicht vorbereitet bist«, entgegnete er ungeduldig, »aber ich.« Er zog eine kleine gelbe Packung aus der linken Tasche. So eine hatte sie auch … im Auto. Sie hatte nichts mitgenommen, von dem sie nicht dachte, dass sie es bräuchte, und bevor sie losgezogen war, hatte sie nicht daran gedacht, es aus ihrem Wagen zu holen. Aber natürlich hatte sie auch nicht vorgehabt, in einen Graben zu rutschen. Klar, dass Levi ihr den Fehler gleich unter die Nase rieb.

Aber ihre Füße brannten inzwischen, als stünden sie in Flammen, und ein Verband würde zumindest verhindern, dass es noch schlimmer wurde. Mit mürrischem Gesicht setzte sie sich auf einen Felsen, schnürte ihre Boots auf, zog sie aus und begann, die nassen Socken von den Füßen zu schälen. Sie betrachtete die Blasen an beiden Hacken und an den Zehen. »O mein Gott.« Das würde ein paar Tage wehtun.

Jina streckte die Hand nach dem Erste-Hilfe-Set aus, aber Levi hockte sich vor sie und legte sich ihr rechtes Bein übers Knie. Sie öffnete den Mund und versuchte, aus dem wilden Durcheinander von Worten, die in ihrem Kopf rumorten, einen Satz zu bilden. »Was soll …? Hey! Das kann ich doch selbst machen!« Das war nicht alles, was sie gedacht hatte, aber es machte zumindest Sinn.

Sie versuchte, ihren Fuß zurückzuziehen, aber er umfasste ihren Knöchel mit seinen langen Fingern und hielt ihn fest. Dann warf er ihr kurz einen Blick zu. »Ich habe alles im Griff.«

Augenblicklich klopfte ihr Herz wie ein Vorschlaghammer. Sie starrte auf seine große Hand und spürte, wie die Hitze seiner Berührung auf ihrer Haut brannte. Levi war so groß und kräftig, dass sie sich von seiner Gegenwart überwältigt fühlte. Und wenn er nun auf ihr liegen würde … Hey! Sie verdrängte den Gedanken sofort, aber sie fühlte sich so verunsichert, dass sie innerlich bebte.

Wieder dieser bohrende Blick. Seine Augen waren so dunkel, dass sie nicht erkennen konnte, wo die Pupille anfing und die Iris aufhörte. »Halt still«, befahl er ihr, und da war etwas in seiner Stimme, ein leichter Unterton, den sie nicht so recht deuten konnte und der sie aber trotzdem bis ins Mark traf, sodass sie bewegungslos sitzen blieb.

Levi senkte den Blick wieder auf den zarten Fuß in seiner Hand und versuchte angestrengt, seine Gefühle zu verbergen. Es war nur ein Fuß, verdammt noch mal – ein weiblicher Fuß, mit rosa Nagellack auf den Zehen und einem Glitzerstreifen quer über jedem Zehennagel. Und trotzdem turnte ihn Babes nackter Fuß mehr an als jede nackte Frau. Er spürte ihre Haut. Nicht unbedingt an den Stellen, die er gern berührt hätte, aber es war trotzdem ihre Haut.

Und diese Haut musste er jetzt erst mal verarzten. Die Blasen an den Hacken waren aufgeplatzt und könnten sich leicht infizieren.

»Wieso hast du überhaupt nasse Füße bekommen?«, wollte er wissen, während er das Erste-Hilfe-Set öffnete und eine Tube mit antibiotischer Salbe herausnahm.

»Ein Entwässerungsgraben. Ich hab ihn erst gesehen, als ich drin war.«

Levi nickte kurz. So eine Scheiße konnte jedem passieren. Er hatte ein Dutzend Mal nasse Füße bekommen, und bestimmt die Hälfte davon mit Absicht. Man musste so etwas planen, denn trockene Füße waren lebenswichtig. Alle anderen aus dem Team waren ehemalige Soldaten und wussten das, aber er hatte nicht daran gedacht, es Jina einzubläuen. Die Blasen an ihren Füßen waren seine Schuld.

»Ich hätte dir sagen sollen, dass du immer Reservesocken mitnehmen sollst«, erklärte er und versuchte, nicht zu ruppig zu klingen. In ihrer Gegenwart trug er einen ständigen Kampf mit sich aus, und nur wenn er das Arschloch herauskehrte, konnte er sich zurückhalten. Aber jetzt berührte er sie. Genauso wie er sie ohne nachzudenken aufgefangen hatte, als sie vom Seil gerutscht war, damit sie sich nicht verletzte. Es wurde immer schwieriger, sie auf Abstand zu halten. Er war nicht wirklich ein Gentleman und in ihrer Nähe schien sich sein Schwanz selbstständig zu machen und sich wie ein Spürhund der Beute nähern zu wollen. Seinem Schwanz etwas zu verbieten lag eigentlich nicht in seiner Natur.

Aber wenn er Jina anschnauzte, sah sie ihn an wie ein beleidigtes Kätzchen – oder sie wirkte verschreckt, wenn er sich zu ruckartig bewegte. Also versuchte er, ruhig zu sprechen. Sich um ihre verletzten Füße zu kümmern war wichtiger, als auf Abstand zu bleiben. »Ist meine Schuld«, sagte er versöhnlich. »Ich habe nicht daran gedacht. Aber in Zukunft nimm immer zwei oder drei Paar Socken mit, wenn du auf Tour bist – und genauso ein Erste-Hilfe-Set«, fügte er betont dazu, während er die Salbe auf den aufgeplatzten Blasen an ihrem rechten Fuß verteilte.

»Ich hab mich schon gefragt, wann du mir das endlich reindrückst«, brummte sie.

Er begann ihren Hacken geschickt zu verbinden und kümmerte sich um die Zehen. Er bandagierte zwei Zehen mit einem Verband, sodass sie zusammenklebten, und nahm einen weiteren Verband für die nächsten beiden Zehen. Nur der große Zeh war unverletzt.

An ihrem linken Fuß hatte sie überall Blasen. Levi schüttelte den Kopf. »Wenn du im Dschungel bist und deine Füße nicht verarztest, bekommst du Dschungelfäule, und dann wird es gefährlich.« Während er ihren zweiten Fuß verband, erzählte er ihr, wie er sich einmal in feuchtem Klima nicht um seine Füße gekümmert und daraufhin sechs Tage im Lazarett verbracht hatte. Über seine Riesenwut, als das Team ohne ihn ausgerückt war. Die ganze Zeit, während er sprach, stellte er sich nebenher vor, wie es wäre, sich zwischen ihre Beine zu drängen und sie flach auf den Felsen zu legen. Er hatte schon ihren Fuß in der Hand und bräuchte ihn nur zur Seite zu schieben, aufzustehen, und er wäre am Ziel.

Durch den Fuß in seiner Hand spürte er ein leichtes Zittern, das von ihr ausging, doch wenn er einen Blick zu ihr hoch warf, starrte sie nur gebannt auf ihren rechten Fuß, als wollte sie ihn mit reinem Willen heilen. Allerdings waren ihre Wangen leicht gerötet, und er konnte sehen, wie der Puls an ihrem zarten Hals flatterte. Automatisch fiel sein Blick etwas tiefer auf die beiden kleinen Spitzen, die sich unter ihrem T-Shirt aufgerichtet hatten, und wie einem verfluchten Teenager lief ihm regelrecht das Wasser im Mund zusammen. Er wollte die Lippen auf ihre Nippel drücken. Er wollte die Lippen auf Jina drücken, Punkt. Er wollte sie berühren, wollte sie unter sich spüren.

Verdammt.

Er presste die Zähne zusammen und beeilte sich, ihren linken Fuß fertig zu verbinden. Dann setzte er sich neben sie und nahm die Boots, um sich abzulenken, betastete sie innen nach scharfen Kanten. Jina hatte zwar zarte Füße, aber diese Blasen waren trotz nasser Boots erstaunlich schnell entstanden.

Er fühlte weder störende Nähte noch Kanten. Stirnrunzelnd betrachtete er daraufhin ihre Socken und bemerkte, dass sie merkwürdig klumpig aussahen. Levi nahm einen und drehte ihn links um, wobei Schaumstoffteile auf den Felsen rieselten. »Was zum Teufel ist das denn?«

»Schaumstoff«, sagte sie, sammelte die Stücke auf und verstaute sie in ihrer Tasche.

»Das sehe ich. Aber was soll das Zeug in deinen Socken?«

»Ich habe es reingetan, damit die Stiefel nicht hin und her rutschen und ich Blasen an den Füßen kriege.« Sie blickte ihn verärgert an. »Hilft aber nichts, wenn alles nass wird.«

Jina brachte es fertig, bei ihm Knöpfe zu drücken, von deren Existenz er nicht mal gewusst hatte. Allein die Vorstellung … »Warum zum Teufel kaufst du nicht einfach ein Paar verfickte Boots, die dir passen?«, rief er. Anfangs hatten sich alle bemüht, sich in ihrer Gegenwart gewählter auszudrücken. Aber im Laufe der Zeit waren sie in ihren alten Habitus verfallen, und Jina achtete sowieso nicht darauf, ob sie unflätige Ausdrücke benutzten, es schien sie nicht zu kümmern. Aber jetzt, wo er so dicht neben ihr saß, von ihr angeturnt war und wusste, dass sie auf ihn genauso reagierte, war es nicht gerade das Klügste gewesen, besagtes Wort auszusprechen. Das brachte seine Gedanken nämlich geradewegs wieder auf den Pfad zurück, von dem er hatte herunterkommen wollen.

Sie wirbelte zu ihm herum, ihre blauen Augen schienen Funken zu sprühen. »Weil es diese verfickten Boots nicht in meiner Größe gibt!«, schoss sie zurück. Dann holte sie tief Luft und blickte gleich darauf wieder starr geradeaus. »Wenigstens habe ich keine gefunden. Ich brauche Größe 38 extraschmal. Die hier haben mittlere Breite.«

Für ihn sahen sie aus wie Kinderschuhe, aber er trug ja auch Größe 48. Wieder kroch ein ungewohntes Schuldgefühl in ihm hoch, denn woher hätte sie wissen sollen, wo sie nach Schuhen suchen sollte. Aber verdammt noch mal, sie hätte ihn ja auch fragen können.

»Wie konntest du denn darin laufen?« Denn sie war gelaufen. Sie hatte an ihrer Kondition arbeiten müssen, aber inzwischen rannte sie schon fast so viel wie die anderen im Team, es sei denn, sie war in der Drohnen-Schulung.

Herausfordernd warf sie einen Blick auf den Schaumstoff. »Mit dem Zeug und Einlegesohlen. Nicht gerade professionell, aber es hat ganz gut funktioniert. Ich stopfe mir den Schaumstoff einfach um die Hacken. Und in Zukunft auch noch um die Zehen.«

»Nein, weil wir dir jetzt Boots suchen, die dir richtig passen. Wo hast du die gekauft?«

»Im Einkaufscenter.«

Er murmelte ein paar Flüche vor sich hin. »Weil dir nicht in den Sinn gekommen ist, uns zu fragen, wo du anständige Schuhe bekommst, oder?«

Wieder richtete sie sich erbost auf. Obwohl sie beide saßen, reichte ihr Kopf kaum bis zu seinem Kinn, aber das schüchterte sie nicht ein. Sie besitzt keinen Funken Vernunft, dachte er. Die wenigsten Männer würden sich mit ihm anlegen, aber sie zögerte nicht eine Sekunde. Spürte sie, dass er sich eher die Finger brechen würde, als ihr wehzutun? Nein, das war es nicht, denn sie ging mit den anderen Typen genauso um, und soweit er wusste, war keiner von ihnen in ihrer Gegenwart gehemmt.

»Erstens: Ihr wart weg. Zweitens: Ich brauchte die Boots schnell. In Sneakers zu laufen war die Hölle, ständig war Sand drin. Drittens: Ich war abends fast zu müde, um noch ein Sandwich zu essen und zu duschen. Ich musste die Schuhe so schnell und einfach wie möglich finden.« Sie spuckte die Worte förmlich aus.

Er hätte sie zurechtweisen können, mit ihr streiten oder aber einfach darüber hinwegsehen und fortfahren. Er entschied sich für Letzteres, denn sonst würde sie die ganze Nacht mit ihm diskutieren. »Okay. Ich organisiere dir Schuhe, die passen. Und wenn du in Zukunft ein Problem hast, dann rede verdammt noch mal mit mir. Ich bin kein verfickter Gedankenleser.« Wieder diese Wortwahl, die ihn auf ungemäße Gedanken brachte. Musste er das verfickte Wort jetzt etwa aus seinem Vokabular streichen?

»Ja, Sir«, sagte sie so ausdruckslos, dass er wahrscheinlich von Glück reden könnte, wenn sie ihn auch nur nach der Uhrzeit fragte.

Er rieb sich das Gesicht und atmete frustriert aus. »Ich weiß nicht, ob die Bandagen an deinen Füßen helfen, wenn du die nassen Socken wieder anziehst. Aber entweder das, oder ich trage dich zum Treffpunkt. Boom sollte bald da sein.«

Sie murmelte etwas vor sich hin, was so klang wie »eher friert die Hölle zu«, aber es war leise genug, um es zu ignorieren. Dann griff sie ihre Socken und zog sie an. Nachdem sie die Schaumstoffteile um ihre Hacken platziert hatte, schlüpfte sie vorsichtig in die Boots und stand auf. Sie verzog das Gesicht. »Nicht optimal, aber ich kann laufen. Es ist jedenfalls besser als vorher.« Sie fügte zähneknirschend hinzu: »Danke.«

Wahrscheinlich war es gut, dass er sie nicht tragen musste, denn er wünschte sich zu sehr, sie wieder zu berühren. Besser war es, wenn sie auf dem Pfad blieben, den sie eingeschlagen hatten: sie wütend und aufbrausend, um ihn auf Distanz zu halten, er, indem er seine Neandertalergelüste unterdrückte. O Gott, wie sehr sehnte er sich danach, sie sich über die Schulter zu werfen und ins Bett zu tragen. Oder auf den Fußboden zu legen. Oder, zum Teufel, er würde es auch im Stehen tun.

Aber das würde das Team kaputtmachen. Und selbst wenn er sich nicht an sie heranmachte, nachdem er es den anderen Typen verboten hatte, war ihm ihr Hass sicher. Er hatte angeordnet, was für Jina am sichersten war und für das Team am besten, und jetzt musste er damit leben.

In der Ferne konnte er einen Motor hören. Erleichtert und frustriert zugleich sagte er: »Das ist Boom. Beeilen wir uns.«

6. Kapitel

Wenn jemand einen Kojoten in die Falle locken will, muss er sehr vorsichtig sein, um ihn nicht zu warnen. Kojoten – in diesem Fall Axel MacNamara – sind durchtrieben und immer sehr vorsichtig. Joan Kingsley wusste, dass sie keine Chance hatte, sich ihm zu nähern, deshalb musste er zu ihr kommen. Und dazu sollte ihre Falle dienen. Er würde nie erfahren, dass sie irgendwie damit zu tun hatte. Denn wenn er nur den geringsten Verdacht hegte, wäre die Falle nicht nur nutzlos, sondern es würde sie das Leben kosten.

Manchmal fragte sie sich, warum sie noch nicht eliminiert war, aber die qualvolle Trauer hatte diese Gedanken weitestgehend verdrängt. Er hätte ihren Tod sehr leicht wie einen Unfall aussehen lassen können, das hätte auch bereits im Zuge der »Untersuchung« geschehen können. Die Tatsache, dass sie sich nicht als Verdächtige auf seiner Liste befand, könnte bedeuten, dass er sie in Zukunft noch brauchte und erpressen wollte, bei irgendeinem seiner Pläne mitzumachen. Ihm würde sie alles zutrauen.

Irgendwie hing sie jetzt am Leben, auch wenn das nach Dexters Tod nicht der Fall gewesen war. Nicht einmal ihr Sohn hatte ihr in ihrer Trauer Trost bieten können. Er war erwachsen und hatte sein eigenes Leben. Obwohl sie ihn sehr liebte, gehörte er nicht mehr zu ihrem Alltag, und sie akzeptierte, dass dies auch nie wieder so sein würde. Trotzdem wollte sie zum Teil auch seinetwegen am Leben bleiben. Ein Grund war die Hoffnung auf Enkelkinder, die genauso auch Dexters Enkel sein würden.

Dafür würde sie leben. Und dafür musste sie diesen Störfaktor Axel MacNamara loswerden.

Sie hatte einen Plan. Er beinhaltete, ein paar Figuren im Schachspiel an ihren Platz zu rücken, ohne dass MacNamara ahnte, wer dahintersteckte. Devan übernahm die notwendigen Schritte, denn sie selbst musste sich auf jeden Fall heraushalten, um keinen Verdacht zu erregen.

Devan dachte wahrscheinlich, dass sie keine Ahnung hätte, wer er wirklich war, und zum Teil lag er richtig, denn sie kannte seinen richtigen Namen nicht. Aber nach Dexters Ermordung hatte sie aus Devans Aktionen und Quellen geschlossen, dass er für die Russen arbeitete, vielleicht sogar selbst Russe war. Statt zu verschwinden und sich in Sicherheit zu bringen, war er mit ihr in Kontakt geblieben und hatte auf subtile Weise ihre Lust auf Rache geschürt. Jedenfalls hielt er es für subtil. Joan Kingsley war von Haus aus Politikerin, und Halbwahrheiten oder emotionale Manipulationen roch sie aus tausend Metern Entfernung.

Vor Dexters Ermordung hatte sie MacNamara sogar dafür bewundert, dass er sich von solchem Mist fernhielt. Das war sein einziger Pluspunkt. Aber da er selbst auf diesen subtilen Scheiß verzichtete, hieß das auch, dass er solche Manipulationen nicht so schnell erkannte. Er konnte in D.C. nur funktionieren, weil die Mächtigen einen Vorteil darin sahen, diesen wütenden Krieger auf ihrer Seite zu haben.

Aber sie würde ihn zur Strecke bringen. Am Ende des Spiels stand sein Tod, und vorher würde sie ihn rasend machen, indem sie angriff, was ihm am wichtigsten war: seine kostbaren GO-Teams. Auf diese Weise würde sie ihn dahin kriegen, wo sie ihn haben wollte.

Graeme Burger, ein südafrikanischer Banker, undurchsichtig und leicht zu manipulieren, war die aktuelle Schachfigur, die es in Stellung zu bringen galt.

Das Spiel hatte begonnen.

»Jungs …«, begann Jina am nächsten Tag, als sie in der Pause im Gras saßen und Wasser tranken. Die Septembersonne brannte heiß, der Himmel war wolkenlos und hing wie eine blaue Schüssel über ihnen. »Was erzählt ihr eigentlich euren Familien, was ihr arbeitet? Meine Eltern wollen mich besuchen.« Sie fand es blöd, dass sie sich deshalb so viele Gedanken machen musste, aber die Realität war eben, wie sie war, und sie musste damit klarkommen.

Boom kratzte sich die Nase. »Meine Frau weiß im Großen und Ganzen, was ich mache. Natürlich keine Einzelheiten, aber ihr ist klar, dass ich jederzeit zu einem Einsatz gerufen werden kann und ihr weder verraten darf, wo ich bin, noch, wie lange ich wegbleibe.«

»Bei mir genauso«, sagte Snake. »Das kannst du nicht verheimlichen, wenn du verheiratet bist. Meine Kinder sind noch zu klein, um Fragen zu stellen, sie nehmen hin, was wir ihnen sagen. Ich weiß noch nicht, wie wir das erklären, wenn sie älter werden, ich denke, wir werden irgendwie improvisieren.«

Hinter ihr schlug Levi seine langen Beine übereinander. Sie wusste, dass er es war, ohne sich umdrehen zu müssen. Sofort spürte sie ein Prickeln auf der Haut, das vom Rückgrat bis zum Nacken nach oben wanderte, und es war, als würde sie plötzlich von einer Hitzewelle überrollt. Obwohl sie selten miteinander sprachen, war sie sich immer genau bewusst, wo er sich gerade befand. Er wollte sie hier nicht, das war ihr klar, aber genau deshalb war es so wichtig, ihm zu beweisen, dass sie den Job stemmen könnte. Der Gedanke gefiel ihr nicht, aber so war es nun mal. Auf keinen Fall durfte er merken, wie sehr sie sich von ihm angezogen fühlte, und sei es nur, um ihren Stolz zu bewahren.

Crutch legte seinen blond gelockten Kopf nach hinten und goss sich Wasser über das Gesicht, dann ließ er sich auf den Rücken fallen und verschränkte die Arme hinter dem Kopf als

Kissen. »Ich habe meiner Mutter gesagt, dass ich für eine Elektronikfirma arbeite, die international tätig ist.«

»Dabei ist er gar kein Ingenieur, und trotzdem hat ihm seine Mutter diese lahme Erklärung abkauft«, sagte Jelly lachend.

Crutch zuckte die Schultern, als wollte er ausdrücken, dass die Menschen eben das glaubten, was sie glauben wollten.

»Meine Mutter würde mir so was niemals abnehmen.« Jina sah blinzelnd in den blauen Himmel. »Ich habe ihr fürs Erste gesagt, dass ich ein neues Computerprogramm lerne.«

»Das stimmt ja auch«, kommentierte Snake. »Aber so wie du aussiehst, müsste sie blind und blöd sein, um zu glauben, dass das alles ist.«

So wie ich aussehe? Jina blickte stirnrunzelnd an sich hinunter. Okay, sie war nicht gerade gekleidet wie jemand, der am Computer arbeitete. Sie wusste, wie Nerds aussahen, schließlich war sie ja selbst fast eine von ihnen gewesen. Idealerweise müsste sie Jeans und Sneakers tragen und ein T-Shirt von irgendeinem obskuren Rockkonzert. Stattdessen trug sie Schnürstiefel, die aussahen, als wäre sie damit über hundert Kilometer gelaufen – was der Fall war –, und eine braune Cargohose. Natürlich hatte sie ein T-Shirt an; das war ein mit Schweißflecken übersäter ehemals weißer Stofffetzen. »Natürlich glaubt sie es nicht, wenn ich so rumlaufen würde, aber ich kann mir ja was anderes anziehen. Mir geht es mehr um die vielen Stunden, die ich mit Typen wie euch verbringe – und dass ich völlig verdreckt nach Hause komme, es sei denn, wir hatten Schwimmtraining.« Gott sei Dank gab es diese Schwimmtage, da konnte sie duschen, bevor sie nach Hause fuhr.

Trapper schnaufte und richtete sich auf den Ellbogen auf. »Das Mädchen hat wohl keinen Spiegel«, sagte er an die anderen gerichtet.

»Klar, habe ich. Ich putz mir jeden Tag die Zähne und bürste mir die Haare.«

Einige von ihnen prusteten los. Jina setzte die Wasserflasche zu einem weiteren Schluck an den Mund und genoss die kameradschaftliche Atmosphäre, die zwischen ihr und den Männern herrschte. Voodoo und Levi ausgenommen. Voodoo mochte sie nicht, aber soweit sie wusste, konnte er eigentlich niemanden leiden, deshalb nahm sie es nicht persönlich. Was Levi betraf … Er sah sie stets kühl und abschätzend an, als warte er ständig darauf, dass sie die Sache richtig vermasselte, damit er sie völlig legitim als unfähig ablehnen konnte. Sie wusste, dass das in seiner Macht stand. Die Teamchefs hatten viel Einfluss, denn ein reibungslos funktionierendes Team war für die erfolgreichen Einsätze zwingend notwendig. Sie hatte sich drei Monate lang den Arsch aufgerissen, damit er keinen Grund fand, sie abzulehnen. Wenn sie Zeit hatte, darüber nachzudenken, fragte sie sich, warum sie ihm diesen Grund eigentlich nicht lieferte, sondern sich lieber halb umbringen ließ und alles tat, was sie von ihr verlangten. Aber ihr fiel kein logischer Grund für ihr merkwürdiges Verhalten ein. Sie hatte es schon lange aufgegeben, es vor sich selbst zu rechtfertigen.

»Du bist dünn, gebräunt und hast Muskeln«, erklärte Jelly.

Oha. Laut ihrer Waage hatte sie zwar zunächst abgenommen, dann aber fünf Kilo zugelegt. Trotzdem waren ihr ihre Klamotten zu weit geworden, die Jogginghose schlabberte um die Hüfte, und sie trug sie nur noch zu Hause. Aber neue Klamotten anzuschaffen, bedeutete einkaufen gehen, und dazu hatte sie weder Zeit noch Energie noch Lust. Nur für die Boots hatte sie sich aufgerafft, aber die Schuhe waren einfach wichtig. Die Cargohosen hatte sie sich im Internet bestellt – und zwar gleich mehrere. Aber ansonsten … nein. Sie würde ein andermal shoppen gehen, vielleicht nächstes Jahr.

Sie war vor dem Training nicht dick gewesen, vielmehr hätte sie sich mit »normal« beschrieben. Nicht besonders groß, nicht klein, nicht dick, nicht dünn. Inzwischen hatte sich das geändert. Wann immer sie sich kurz im Spiegel erblickte, war sie für einen Augenblick überrascht. Tatsächlich aber blieb ihr nur Zeit zum Zähneputzen und Haarekämmen, sie schaffte es kaum noch, vor dem Spiegel ihre Kleidung zu überprüfen. Ihre Brüste waren nie besonders groß gewesen und waren jetzt noch kleiner geworden, weil sie Körperfett abgebaut und Muskeln gebildet hatte. Sie mochte ihre Arme, den definierten Trizeps und die Art, wie sich der Bizeps beim Anspannen vorwölbte. In nur drei Monaten hatte sie so viel mehr Kraft entwickelt, dass sie selbst am Abend, wenn sie müde nach Hause kam, mühelos die Treppen zu ihrer Wohnung hochsteigen konnte.

»Vielleicht sollte ich behaupten, dass ich ins Fitnessstudio gehe«, sinnierte sie. »Das kommt ja der Wahrheit ziemlich nahe.«

Zwei oder drei Männer grunzten. »Das würde dir niemand abnehmen, es sei denn, er ist blöd«, sagte Boom. »Die antrainierten Muskeln aus dem Fitnessstudio sehen anders aus, und das würde auch nicht erklären, warum du so braun bist.«

Das stimmte. Ihre Eltern waren nicht blöd. Sie hätten nicht erfolgreich fünf Kinder aufgezogen, wenn sie naiv oder begriffsstutzig wären. Früher hätte Jina keinen Unterschied zwischen Muskeln aus dem Fitnessstudio und Muskeln durch körperliche Arbeit gesehen, aber inzwischen schon. Bodybuilding war zum Posieren gedacht, ihre Muskeln zum Arbeiten, das war ein großer Unterschied.

»Vielleicht kommen sie ja auch gar nicht«, sagte sie und bekam sofort Schuldgefühle. Ihre Eltern nicht sehen zu wollen war schrecklich. Jina liebte ihre Familie, und normalerweise sahen sie sich vier- oder fünfmal im Jahr – bisher. Womöglich konnte sie ihre Eltern um Weihnachten besuchen, und bis dahin wäre ihre Bräune, die sie trotz des täglichen Eincremens mit Sonnenschutzmittel hatte, etwas verblasst. Und sie musste sich weiter durch Laufen in Form halten, auch im Urlaub, das war notwendig. Wenn die Männer nicht im Einsatz waren, trainierten sie privat oder im Camp, um fit zu bleiben. Von ihr wurde das Gleiche erwartet. Also würde ihre Familie mitbekommen, dass sie regelmäßig joggte, und annehmen, dass sie deshalb so abgenommen hatte und muskulöser war.

Jina konnte ihre Neugierde nicht zurückhalten. »Trefft ihr euch auch privat mit den Familien der anderen?«, fragte sie. Bisher hatte sie noch keine Angehörigen oder Bekannten der Männer kennengelernt. Vielleicht ging es den anderen im Team ja genauso wie ihr, und sie waren viel zu kaputt, um sich noch zu verabreden.

»Sicher«, entgegnete Trapper. »Wir machen Grillpartys und solche Sachen. Boom und Snake haben Kinder, und ihre Frauen machen öfter was mit den Kids zusammen.«

Jina fragte sich, ob sie auch in den vergangenen drei Monaten Grillpartys veranstaltet hatten, denn dann hatten sie sie nicht eingeladen. Sie verbat sich, deshalb verletzt zu sein. Auch wenn sie in Levis Team trainierte, gehörte sie offiziell nicht dazu, da sie ihre Ausbildung noch nicht abgeschlossen hatte. Wenn sie bestand und mit auf Einsätze fuhr und trotzdem nicht eingeladen wurde, konnte sie sich immer noch darüber Gedanken machen.

Da die Jungs gerade recht gesprächig waren, fragte sie weiter. »Werdet ihr von eurer Familie auch beim Team-Spitznamen genannt?«

»Irgendwie schon«, sagte Snake. »Nicht von meiner Frau, aber alle anderen in der Familie nennen mich Snake.«

»Und warum Snake? Kannst du besonders schnell kriechen oder so was in der Art?« Sie hatte sich schon über die verschiedenen Spitznamen Gedanken gemacht, war aber meist zu beschäftigt damit gewesen, während des Trainings am Leben zu bleiben, um danach zu fragen.

Statt einer Antwort zeigte Snake auf die beiden runden Narben auf seiner Stirn und verdrehte die blauen Augen nach oben, als versuche er, sie selbst zu sehen.

Jina sah ihn erschrocken an. »Du bist von einer Schlange gebissen worden? Echt? Was für eine denn?«

»Klapperschlange. Ich denke, der einzige Grund, warum ich noch am Leben bin, ist, dass sie kein Gift gespritzt hat. Trotzdem hab ich mir vor Angst in die Hose gemacht.«

»Wahrscheinlich würde man dich auch Snake nennen, wenn du nicht im GO-Team wärst«, nahm sie an. »Warum müssen wir überhaupt Spitznamen haben?« Dass ihrer »Babe« war, gefiel ihr überhaupt nicht, und das würde sich auch nie ändern, und sie würde ihn sogar hassen, wenn sie tatsächlich ein »Babe« wäre, was sie nicht war.

»Müssen wir nicht.« Seit ihrem ersten Gespräch unter vier Augen in seinem Truck, als Levi ihr klargemacht hatte, dass sie die unwichtigste Person im Team war, sprach er sie selten direkt an, es sei denn, er erteilte ihr einen Befehl. Ihr Herz begann sofort zu hämmern, als sie seine Stimme hinter sich hörte, und ihr Magen machte Purzelbäume. Sie drehte sich nicht zu ihm um, sondern blieb starr sitzen wie ein Kaninchen, das von einer Kobra entdeckt worden war. »Aber weil wir nicht offiziell dem Militär angehören, genießen wir auch keinen staatlichen Schutz. Wir sind offiziell Zivilisten ohne Befugnisse, egal ob wir inoffiziell doch welche haben. Für uns ist es sicherer, wenn unsere echten Namen nicht über Funk gehen.«

Sie seufzte. Unglücklicherweise ergab das Sinn, was bedeutete, dass sie ihr »Babe« sicher nicht loswurde. Es hatte sich inzwischen sowieso schon zu sehr eingeschliffen. Wahrscheinlich erinnerte sich niemand mehr an ihren richtigen Namen.

»Was ist mit dir?«, wandte sie sich an Jelly. »Was steckt hinter deinem Spitznamen?«

»Nichts so Glorreiches wie ein Schlangenbiss, ich mag eben einfach Marmelade.« Er schenkte ihr sein typisches sanftmütiges Lächeln, das ihn wie einen Sechzehnjährigen aussehen ließ.

»Auf fast allem, was er isst«, fügte Snake dazu.

»Wenn ich's halt mag.«

Auch die anderen erzählten ihr nacheinander die Geschichte hinter ihren Spitznamen. Boom war mit einem lauten *Bumm* vom Dach eines Wagens gefallen, Voodoo wurde so genannt, weil er aus Louisiana stammte. Trapper hatte einmal mit kleinen Ästen eine Falle gebastelt, um eine Maus zu fangen, Crutch hatte sich am ersten Trainingstag drei Zehen gebrochen und war zwei Wochen auf Krücken umhergehumpelt, und Levi wurde Ace genannt, weil er einmal in Las Vegas am renommierten Pokerturnier, der *World Series of Poker*, mitgemacht hatte. Er hatte zwar keinen Volltreffer gelandet, war aber mit ein paar Hunderttausend Dollar nach Hause gefahren. Jina war wider Willen beeindruckt. Sie spielte kein Poker, hatte aber – aus lauter Langeweile – schon einige der Turniere gesehen, wusste also ein bisschen darüber. Ja, sie sah ihn in Gedanken vor sich, wie er mit einem Pokerface mit anderen Pokerfaces um einen Tisch saß.

»Du bekommst den Hauptpreis bei den Spitznamen«, sagte sie grinsend zu Snake. »Von einer Klapperschlange in die Stirn gebissen zu werden, ist schon was Besonderes. Neben deinem sind die anderen Namen langweilig.«

»Die Pause ist zu Ende«, meldete sich Levi brüsk. »Lasst uns weitermachen.« Er warf seine leere Wasserflasche in den Abfalleimer neben sich und kam gleichzeitig mithilfe seiner kraftvollen Beinmuskeln mühelos auf die Füße.

Ha! Das konnte Jina ebenfalls … inzwischen. Sie hatte es sogar zu Hause geübt, sodass niemand Zeuge werden konnte, wie sie ungelenk zu Boden fiel. Aufstehen, ohne sich abzustützen, erforderte den Einsatz aller möglichen Muskeln, Muskeln, die sie inzwischen trainiert hatte. Sie stand auf, um wie aufgefordert weiterzumachen.

Und sie schaffte es. Sie schaffte alles, was er von ihr verlangte, und daran glaubte sie jetzt nach drei Monaten noch mehr als vorher. Sie hatte es drauf.

Zwei Monate später bereute sie ihren Optimismus. »Was bitte?«, rief sie entsetzt. Sicher hatte sie ihn falsch verstanden. Sie musste ihn einfach falsch verstanden haben. Was er gesagt hatte, lag dermaßen jenseits ihrer Vorstellungskraft, dass er genauso gut von einem Weltraumflug hätte reden können.

»Fallschirm-Training«, wiederholte Levi.

»O nein …« Jina wich mit erhobenen Händen vor ihm zurück, als könne der Abstand zu ihm etwas ändern. »Das kann ich nicht. Ich kann nicht aus einem Flugzeug springen. Das ist widernatürlich. Nur Verrückte machen so was.«

»Willst du kündigen?«, fragte er emotionslos, während sich der Blick seiner dunklen Augen in sie bohrte. Die anderen blieben stehen und horchten. Voodoo schnaubte, aber etwas anderes hätte sie von dem Mistkerl eh nicht erwartet, deshalb achtete sie nicht auf ihn. Die anderen wiederum ignorierten, dass Jina sie gerade als Verrückte bezeichnet hatte. Bitte, wenn es ihnen Spaß machte.

»Nein.« Das Wort lag schwer auf ihrer Zunge, aber sie brachte es heraus. »Kündigen« war ein anderes Wort für »aufgeben«. Doch obwohl sie nun so lange durchgehalten hatte – inzwischen waren es fünf Monate –, gehörte es in eine andere Kategorie, ein verdammtes Seil hochzuklettern oder kilometerweit zu laufen, als aus einem Flugzeug zu springen. Ihr Überlebensinstinkt war für so was zu stark, ihre Lust auf Adrenalinrausch zu schwach. Schmerzen und bleierne Müdigkeit gehörten inzwischen zu ihrem Alltag, aber aus einem Flugzeug springen … Sie wusste nicht, ob sie das konnte.

»Ich werd's versuchen«, sagte sie und hörte dabei selbst die Zweifel in ihrer Stimme. Sie wäre am liebsten schreiend davongelaufen, denn sie wusste – sie wusste es einfach –, dass sie nicht in der Lage sein würde, so etwas Selbstmörderisches zu tun, aber der reine Horror machte sie bewegungslos. Sie zitterte bereits vor Angst, allein bei dem Gedanken daran.

Nur der liebe Gott wusste, was passieren könnte, wenn sie tatsächlich in diesem Flugzeug säße – vielleicht wurde sie ohnmächtig. Ja, das könnte helfen. Vielleicht. Sie würde Levi aber glatt zutrauen, sie dann eben im bewusstlosen Zustand aus dem Flugzeug zu werfen.

Er hatte die Bombe platzen lassen, als sie sich alle nach einem langen Tag mit Schießtraining, Laufen, Gewichtheben und anschließendem Schwimmen in dem Pool mit olympischen Ausmaßen, der zur Trainingshalle des GO-Teams gehörte, aufgehalten hatten. Eigentlich gehörte er der Regierung, aber das war natürlich nicht offiziell.

Während die Männer anderweitig beschäftigt waren, hatte sie ein paar Stunden mit der Drohne verbracht – einer realen Drohne in der Größe eines kleinen Vögelchens, ausgerüstet mit HD-Kameras, Infrarot- und Livebild. Mit einem ebenso exklusiven Laptop und entsprechendem Programm konnte sie Tweety, wie sie die Drohne für sich nannte, dazu bringen, in ein schmales Rohr zu fliegen. Sie konnte das Vögelchen auf einen Ast setzen, es hinter einem Felsen hervorlugen lassen und mit ihm einem herunterschießenden Falken ausweichen, von dem sie überrascht wurde. Dabei hatte sie erfahren, dass Raubvögel ihren kleinen Tweety als potenzielle Beute ansahen. Doch unter ihrer Aufsicht würde Tweety in Sicherheit sein.

Irgendwann hatte sie begonnen, mit den Männern nach Feierabend herumzuhängen. Es waren keine Partys, aber sie hockten eben zusammen und quatschten. Die Männer schienen sich auch außerhalb der Arbeit getroffen zu haben, hatten sie aber nicht eingeladen. Immer noch war sie also nicht wirklich ein Teil von ihnen, aber sie hatte sich bemüht, nicht darauf zu reagieren. Sie durften auf keinen Fall wissen, dass es sie kümmerte.

Bisher hatten die Schwimmtage zu ihren Lieblingstagen gehört, aber sie wusste nicht, ob sie diese noch weiter genießen konnte, seit sie sie gedanklich mit dem drohenden Fallschirmspringen verband. Trotzdem mochte sie es, schon allein, weil sie dort duschen konnte, sowohl vor als auch nach dem Training. Und inzwischen lagen in ihrem Wagen immer ein oder zwei Sets frischer Kleidung zum Wechseln, wohin auch immer sie fuhr. Auf diese Weise musste sie nicht verschwitzt, dreckig und müde nach Hause fahren, sondern nur noch müde. Sauber zu sein fühlte sich viel besser an. Und Schwimmen war etwas, was sie relativ gern machte, weit mehr, als ein Seil hochzuklettern oder in einer Hitze zu rennen, bei der man davonschmolz.

Bis auf die Tage, an denen sie zu einem geheimen Einsatz ausgerückt waren, verbrachte Jina fast ihre gesamte Zeit mit den Männern aus dem Team, deshalb war es gut, dass sie sich inzwischen besser verstanden. Sie waren wohl oder übel ein Team … meistens. Obwohl sie immer noch manchmal den Kopf schüttelte, wie typisch jungenhaft sie sich verhielten. Sie kannte keine einzige Frau, die es komisch fände, einem Teammitglied einen Eimer Schlamm über den Kopf zu kippen. Aber Crutch und Jelly hatten sich halb krankgelacht, als sie das mit Trapper getan hatten. Als sie gleich darauf ihr einen vielsagenden Blick zugeworfen hatten, hatte Jina mit eisernem Gesichtsausdruck gesagt: »Wenn einer es wagt, mir Matsch auf den Kopf zu schütten, muss er mir die Haare waschen und sie anschließend trocken fönen.« Da alle wussten, wie lang ihr Haar inzwischen geworden war, da sie seit Trainingsbeginn keine Zeit mehr hatte, zum Friseur zu gehen, hatten die beiden keinen Gedanken mehr an ihre Pläne verschwendet. Oder doch? So ganz traute sie dem Braten nicht.

Aber weil sie die Jungs mochte – jedenfalls meistens – und weil sie es Levi zeigen wollte, hatte sie sich in den vergangenen fünf Monaten den Arsch aufgerissen. Um zu beweisen, dass sie es wert war, zum Team zu gehören, hatte sie das Letzte aus sich herausgeholt, mehr, als sie selbst jemals geglaubt hatte. Sie konnte locker dreizehn Kilometer laufen, sechzehn, wenn sie sich noch mehr antrieb, was sie ständig tat. Sie schaffte hundert Liegestütze, obwohl sie noch immer Probleme mit den Klimmzügen hatte, von denen sie weit weniger schaffte. Sie beherrschte die Technik des Haken-und-Festklemmens am Seil meisterhaft, auch wenn die anderen es immer misstrauisch beäugten, und sie konnte die Mauer fast so schnell überwinden wie die Männer. Sie hatte gelernt, mit kleinen Pistolen zu schießen, und konnte mit verschiedenen anderen Waffen umgehen, auch wenn nichts davon zu ihrem Aufgabenbereich gehörte. Aber wie Levi es ausdrückte: im Einsatz geschah ständig etwas, was nicht eingeplant war. Sie hatte bei den Schießübungen nicht mit der Wimper gezuckt. Als Mädchen aus dem Süden Georgias war sie schon an Gewehre gewöhnt gewesen, bevor sie alt genug gewesen war, um den Führerschein zu machen.

Sie hatte sich verändert, das war unvermeidlich gewesen. Sie fühlte sich inzwischen viel sicherer, was ihre Stellung in Levis Team betraf. Die Frau, die sie im Spiegel erblickte, war schlanker, tougher und muskulös … und es gefiel ihr. Es gefiel ihr, dass sie in der Lage war, etwas zu schaffen und sich kompetent zu fühlen.

Sie hatte einen hohen Preis dafür bezahlt, dass sie immer so hart gearbeitet hatte. Früher hatte sie Freundinnen gehabt, mit denen sie ins Kino gegangen war, in Kneipen oder zu Konzerten, vielleicht mal shoppen. Sie hatte seit Monaten nichts von ihnen gehört. Wenn sie darüber nachdachte, hatte sie auch lange nicht mehr mit ihrer Mutter gesprochen … seit einem Monat? Der angedrohte Besuch hatte nicht stattgefunden, und plötzlich verspürte sie eine Art Heimweh. Sie musste heute Abend bei ihren Eltern anrufen, denn Levi würde sie morgen umbringen. Er würde sie aus dem Flugzeug werfen.

Trapper musterte sie und klopfte ihr ermutigend auf die Schulter. »Das schaffst du. Du weißt doch, wie es ist, wenn man sich vor irgendwas fürchtet. Du bist nur so lange nervös, bis du springst. Danach bist du so mit dem beschäftigt, was du machen musst, dass du gar nicht darüber nachdenkst.«

So? Sie warf ihm einen zweifelnden Blick zu. Er schien sicher, dass sie nicht ohnmächtig wurde, aber davon konnte sie nicht ausgehen. Alles, was sie vorher getan hatte, war körperlich anstrengend gewesen, sich immer weiter bringen, weitermachen und nicht aufhören. Aber das hier … war was anderes. Es war furchterregend.

»Wann soll ich es machen?«, fragte sie, zu sehr in ihrem Horror gefangen, um sich darum zu scheren, dass ihre Stimme ganz dünn klang.

»Morgen«, erwiderte Levi.

Oh, verdammt.

Am Abend rief Jina bei ihrer Mutter an. Sie schaffte es, ganz normal zu reden, das Gespräch allgemein und locker zu halten, obwohl sie das Gefühl hatte, sich vor lauter Angst übergeben zu müssen. Nachts wachte sie immer wieder auf, weil ihr Magen sich meldete, ihre Nerven zum Reißen gespannt waren vor Furcht. Sie schrieb sogar ein Testament – nicht dass sie viel zu vererben hatte, aber trotzdem – und ließ das handgeschriebene Dokument mit Datum und Unterschrift auf dem Tisch liegen. Dann fragte sie sich, ob das Schriftstück im Fall ihres Todes jemanden auf die Idee bringen könnte, dass sie sich bedroht gefühlt hatte – und dass ihre Eltern sich den Rest ihres Lebens mit dem Gedanken quälen würden, ob sie ermordet worden war.

Seufzend knüllte sie das Papier zusammen und warf es in den Abfalleimer. Dann holte sie es wieder heraus und hielt es über die Flamme ihres Gasherds, bis es Feuer fing. Hinterher verbrachte sie zehn Minuten damit, die verdammte Asche wegzuwischen. Das Verbrennen von Unterlagen war nicht unbedingt ein sauberer Entsorgungsweg.

Als Jina am nächsten Morgen beim Training erschien, hatte sie dunkle Ringe unter den angstvoll geweiteten Augen, war aber gleichzeitig so aufgedreht, dass sie kaum still sitzen konnte. Sie hatte nicht gefrühstückt, weil sie vor lauter Panik ohnehin nichts runtergekriegt hätte.

Die Männer standen mit verschränkten Armen zusammen und warteten auf sie. Im Laufe der Monate hatte sie sich eigentlich daran gewöhnt, wie riesig diese Typen waren, aber plötzlich fühlte sie sich wieder wie am ersten Tag, als sie sich im Vergleich zu ihnen so klein und wehrlos vorgekommen war. Alles, was sie getan hatte, alle bisherigen Anstrengungen wären umsonst gewesen, wenn sie jetzt versagte. Sie würde vom Training ausgeschlossen werden und sie nie wieder sehen. Denn selbst wenn man ihr wieder einen Job geben würde, hätte sie keinen direkten Kontakt zu dem Team. Doch sie waren der Mittelpunkt ihres Lebens geworden, da sie alle Freundschaften und sonstigen Kontakte für sie vernachlässigt hatte. Trotzdem würden sie ihr den Rücken kehren und sich nicht mehr nach ihr umdrehen, wenn sie versagte, denn ein reibungslos funktionierendes Team war für sie wichtiger als einzelne Menschen.

Jina lief auf die Männer zu, unter den Sohlen ihrer Boots knirschte der Kies, die kühle Morgenluft drang tief in ihre Lungen. »Okay, packen wir's an«, sagte sie und versuchte dabei, tough zu klingen. Der Auftritt gelang ihr leider nicht, da ihre Stimme zitterte.

Als die sieben Typen ihr jammervolles Gesicht sahen, brachen sie in Gelächter aus, selbst Voodoo und Levi, die nur alle Jubeljahre lachten.

»Was denn?« Verunsichert schob sie die Hände in die Taschen.

»Hast du gedacht, du springst aus einem Flugzeug, ohne zu wissen, was du machen musst?«, sagte Jelly prustend.

»Nein, ich dachte, ihr würdet mich aus dem Flugzeug werfen, ohne dass ich weiß, was ich machen soll«, erwiderte sie. »Das Wort ›springen‹ bedeutet nämlich, dass ich es freiwillig tue.«

»Zuerst kommt das Bodentraining«, sagte Levi. »Dann werfen wir dich aus dem Flugzeug.«

Es folgte noch mehr Prusten und Gelächter, allerdings nicht von Jina. Sie versuchte, Levi genauso cool anzusehen wie er sie. »Was ist Bodentraining?«

Jelly legte sein dreckigstes Grinsen auf. »Da bringen wir dir bei, wie du landest, ohne zu zermatschen.«

7. Kapitel

»Bodentraining klingt gut«, sagte Jina sofort. Das hieß doch, sie würde am Boden bleiben? Da gefiel es ihr ausgezeichnet.

»Komm mit«, wies Levi sie nur kurz angebunden an, drehte sich um und lief ein Stück voraus.

Jina verbarg ihre Überraschung und Nervosität und folgte ihm zögernd, immer darauf bedacht, ihre Verunsicherung zu verbergen. Was auch immer Levi bewogen hatte, sie nicht mehr zu ignorieren, musste ziemlich gewichtig sein.

Er blieb stehen und drehte sich um, sodass er die Männer sehen konnte, und verschränkte die Arme vor der Brust. Sein teilnahmsloser Blick haftete auf ihr, während sie ihm entgegenlief. Je näher sie kam, desto langsamer wurde sie, denn sie war wirklich nicht scharf auf ein Gespräch unter vier Augen, da sie sich noch sehr gut an das erste – und einzige – erinnerte. Etwa anderthalb Meter vor ihm blieb sie stehen, verschränkte genau wie er die Arme vor der Brust und wartete. Da sie ihm nicht direkt in die Augen sehen wollte, starrte sie stattdessen auf seine Nase, die nahe genug an seinen Augen war, dass ihm vielleicht gar nicht auffiel, wie sie seinem Blick auswich.

Ihre Taktik ging nicht auf. Sie spürte, wie er sie ansah, so intensiv, dass es sich fast wie eine Berührung anfühlte, die heiße Schauer über ihre Haut sandte. Sie wippte von einem Fuß auf den anderen und fragte sich, wann er ihr endlich sagen würde, was er wollte. Ihr Glück ließ lange auf sich warten, er schwieg einfach, bis sie es nicht mehr aushielt und ihn direkt ansah. Augenblicklich jagte ihr eine Schockwelle durch den Körper, als hätte sie einen Elektrozaun berührt. Seine dunklen Augen schienen sie zu durchbohren, als umgäbe sie ein unsichtbares Kraftfeld, das ihr Inneres erhitzte, bis sie das Gefühl hatte, ihr Blut wäre am Kochen.

Verdammt. Sie wusste, dass er ihr viel zu sehr unter die Haut ging, aber sie hatte keine Ahnung, was sie dagegen tun sollte. Er war der Team-Chef und damit der Herrscher ihres Universums. Sie verspürte den Drang, ihn zu provozieren, so lange, bis sie seine eiserne Kontrolle durchbrochen hatte, um zu sehen, was sie auslösen konnte. Wie wahnsinnig war sie eigentlich, überhaupt so etwas zu denken!

»Was?«, fragte sie, unfähig, den aufsässigen Tonfall zu unterdrücken. Verdammt noch mal, ich muss wirklich an meinem Verhalten arbeiten, dachte sie wütend über sich selbst. Ihre Brüder hatten sie gewarnt, dass sie sich mit ihrem losen Mundwerk irgendwann großen Ärger einhandeln würde. Und in den vergangenen Jahren hatte sie ihnen oft recht geben müssen.

Er betrachtete sie so unbewegt, als wäre sie kein empfindungsfähiges, lebendiges Wesen. Sein leicht zuckender Mundwinkel sagte ihr, dass sie sehr kurz davor war, ihre Grenzen zu übertreten. Sie holte tief Luft und wappnete sich vor dem, was sich nun auf sie entladen würde, auch wenn ein unterdrückter Teil in ihr vor Aufregung zitterte, weil endlich – endlich – eine Reaktion von ihm kam.

»Du hast sie echt nicht alle, oder?«, bemerkte er schließlich.

»Tut mir leid«, murmelte sie. »Nein.« Als wüsste er das nicht. Schließlich hatte sie in den vergangenen sieben Monaten demonstriert, dass Vernunft und sie zwei Paar Schuhe waren.

»Der Tag wird kommen, an dem du es übertreibst, Mädchen, und dann musst du mit den Konsequenzen leben«, sagte er, und er klang wie ein gruseliges Echo ihrer Brüder.

Mädchen? Sie schluckte ihren beißenden Kommentar zu dieser abfälligen Anrede hinunter. Sie wusste, dass sie es zu weit getrieben hatte. Levi war der Boss, und sie musste nicht beim Militär sein, um zu wissen, dass seinen Anordnungen Folge zu leisten war. Die Team-Chefs waren harte Typen, deren Wort Gesetz war, zumindest in deren Team. Axel MacNamara mochte zwar der Leiter des gesamten Ladens sein, aber selbst er hörte auf die Team-Chefs und erfüllte ihnen so gut wie jeden Wunsch. Ohne sie waren die GO-Teams nichts wert.

Levi schwieg, als wolle er ihr die Gelegenheit bieten, wieder irgendetwas Dummes von sich zu geben. Aber Jina presste die Lippen zusammen. Worte drängten sich in ihrer Kehle, aber sie schluckte sie hinunter und besann sich auf ihre selten genutzte lebensrettende Selbstbeherrschung.

Schließlich nickte er kurz, zufrieden, dass er sie niedergezwungen hatte – vorerst –, und konzentrierte sich wieder auf die Arbeit. »Ich erkläre kurz, was jetzt passiert und warum. Deine Azubitruppe ist die erste hier, die keine Erfahrungen mit Fallschirmspringen hat. Was bedeutet, dass wir ein anderes Training mit euch machen müssen als mit Ex-Soldaten. Darum haben wir drüben in der Wellblechhalle einen niedrigen Turm mit Swing-Landing-Trainer aufgebaut. Ein hoher Turm würde zu viel Aufmerksamkeit auf uns ziehen. Deshalb wird dein erster Sprung ein richtiger Sprung sein. Geht nicht anders.«

Ein richtiger Sprung. Ihr Mageninhalt zögerte keine Sekunde, sondern schoss geradewegs die Kehle hoch. Sie konnte nichts erwidern, denn sie brachte gerade kein Wort heraus. Was zum Teufel war ein Swing-Landing-Trainer? Sie wollte nicht herumgeschwungen werden, während sie landete. Außerdem bedeutete »landen«, dass sie von irgendwo herunterfiel, und das wollte sie ebenso wenig.

»Boom ist ausgebildeter Fallschirm-Lehrer«, fuhr Levi fort. »Er wird dein Training übernehmen, und er wird es ziemlich schnell durchziehen. Beim Militär dauert der Unterricht drei Wochen, wir werden dir alles in weniger als einer Woche beibringen. Du hast Einzelunterricht, das ist was anderes, als eine ganze Truppe zu betreuen, deshalb wird die Zeit ausreichen. Aber vergeude nicht unsere Zeit, klar? Wenn du jetzt schon weißt, dass du nicht springen wirst, dann sag es gleich.«

Das hätte er wohl gern. Sie konnte es an seinem Blick erkennen, hörte es in seinem scharfen Tonfall, bemerkte es an seiner Körpersprache. Er wollte sie loswerden.

Okay, verdammt noch mal, sie hatte genauso wenig hierherkommen wollen, wie er sie hier haben wollte. Aber sie hatte viel Zeit investiert, eine Menge Energie und eine Wagenladung Schmerzen. Sie kam mit den meisten Männern aus dem Team zurecht – fürs Erste. Sie alberten und scherzten mit ihr, manchmal reizten sie sie absichtlich, weil es ihnen gefiel, wenn sie aufbrauste, aber allen schien bewusst zu sein, dass sie ihre Ausbildung noch nicht beendet hatte. Doch »fürs Erste« reichte ihr nicht mehr, sie wollte ganz dazugehören. Sie wollte die Freunde und Familien der Männer kennenlernen, zu ihren Grillpartys eingeladen werden, sich wie ein Teil von ihnen fühlen.

Jina reckte die Schultern und baute sich vor ihm auf. Selbst wenn sie sich so groß wie möglich machte, reichte sie ihm immer noch gerade bis zum Kinn. Aber sie würde sich hüten, ihm zu zeigen, dass er sie einschüchterte – wenn auch nur ein bisschen. »Ich will das.« Eine Lüge. »Ich hasse es, aufzugeben.« Das stimmte. »Und ich werde mein Bestes tun.« Vielleicht. Nein, sie würde das Äußerste aus sich herausholen, denn einen anderen Weg gab es nicht. Zwei Wahrheiten in drei Aussagen waren schon mal nicht so übel.

Wieder dieses leichte Zucken in seinem Mundwinkel. Schnell vergewisserte sie sich, dass sie nicht aus Versehen die Finger gekreuzt hatte und von ihm dabei erwischt wurde, aber nein, sie hatte die Hände unter Kontrolle, sie umfassten ihre Oberarme, während sie seine Haltung nachahmte. Vielleicht war es das, womit sie ihn provoziert hatte. Wenn das der Fall war … krass.

Typisch für Levi ging er sofort wieder zur Tagesordnung

über. »Heute wirst du die unterschiedlichen Arten von Fallschirmen kennenlernen, worin sie sich unterscheiden und warum, dann wirst du die Gurte anlegen. Du solltest in der Lage sein, dich selbst anzugurten, aber meist ist einer von uns oder der Ausbilder da, um dir zu helfen, weil es doch ziemlich kompliziert ist. Wenn du in die Ausrüstung steigst, wird Boom dir die Gurte reichen, die du zwischen den Beinen befestigen musst. Das ist keine große Sache, er will dich nicht begrapschen, also fang nicht an zu kreischen oder irgendwas Albernes zu machen.«

»Ich mache nichts Albernes«, knurrte sie. Das traf vielleicht nicht für jede Situation zu, aber in diesem Fall blieb sie ernst. Ein paar der Typen hätten ihre Hände vielleicht gern dort, wo sie nichts zu suchen hatten, aber Boom gehörte nicht dazu. Sie vertraute ihm, und er würde nichts tun, was ihr unangenehm wäre.

»Ich wollte dich nur vorwarnen. Nach dem Bodentraining machst du mit dem Turmtraining weiter. Du wirst von einem zehn Meter hohen Plateau auf verschiedene Böden wie Sand und Kies springen und lernen, wie du landen und dich abrollen musst.«

»Breche ich mir da nicht die Beine, wenn ich von so hoch herunterspringe?« Oder womöglich brachte sie sich dabei um. Vielleicht lebte sie gar nicht lange genug, um bei einem missglückten Fallschirmsprung zu sterben. Sie hatte mal gelesen, dass die meisten Todesfälle bei einem Sturz von um die fünf Meter passierten.

»Du wirst an einer Sicherheitsleine hängen«, sagte er ungeduldig. »Wenn wir nicht wüssten, was wir tun, würde keiner von uns das Training überleben.«

Da musste sie ihm zustimmen.

»Dann kommt die Schwinglandung, dabei lernst du, wie du den hin und her schwingenden Fallschirm handhaben musst und dich auf alle Eventualitäten vorbereitest. Nach drei Tagen wirst du springen.«

Drei Tage. Springen. Sie. Aus einem Flugzeug.

O Gott.

Ihre Lippen fühlten sich so taub an, dass sie nichts sagen konnte, also nickte sie nur kurz. Sie hoffte, dass es gelassen genug wirkte und nicht verriet, dass sie zu mehr Bewegung gar nicht fähig war.

»Deinen ersten Sprung wirst du im Tandem springen«, fuhr Levi fort. »Normalerweise leine ich Anfänger beim ersten Sprung fest und schiebe sie raus, aber die sind dann schon vom Turm gesprungen. Wie bereits gesagt, du hast keine Militärausbildung, deshalb wirst du etwas sanfter angefasst.«

Ich Glückliche, deine Freundlichkeit ist umwerfend, dachte sie sarkastisch, hielt aber immer noch den Mund. Jetzt war nicht der richtige Zeitpunkt, ihn gegen sich aufzubringen, nicht, wenn er immer noch beschließen konnte, sie anzuleinen und aus dem Flugzeug zu stoßen. Ein Tandem-Sprung. Das könnte sie vielleicht überstehen. Bei dem Gedanken drehte sich ihr immer noch der Magen um, aber zumindest wäre sie nicht allein, wenn sie umkam. Ja, das tröstete sie ein bisschen.

»Wir brauchen die anderen, um die Seile an dem Swing-Landing-Trainer zu ziehen, aber dann schicke ich sie woanders hin und gebe ihnen andere Aufgaben. Sie müssen nicht herumstehen und dir zusehen. Sie behandeln dich sowieso schon wie eine Zirkusattraktion, und dieser Scheiß muss aufhören.«

Zirkusattraktion. Jina versteifte sich. Sie hatte sich zusammengerissen, aber jetzt schoss ihr die heiße Wut durch den Bauch. Plötzlich funktionierte auch ihre Zunge wieder. »Zirkusattraktion?«, fragte sie vorsichtshalber nach. Sie hatte sich so angestrengt, dass sie immer wieder kurz vor dem Zusammenbruch gewesen war, und sie sahen in ihr reine Unterhaltung?

»Jetzt spiel nicht die Beleidigte«, riet er ihr brüsk. »Das bringt nichts, und wenn du's dir mit ihnen versaust, verlierst du ihre Unterstützung. Nimm es einfach hin, und weiter geht's.«

Genau das hatte sie die ganze Zeit getan, und es machte absolut keinen Spaß. Aber er hatte recht. Es brachte nichts, wenn sie sauer wurde. Letztendlich war es ihr lieber, wenn sie Spaß daran hatten, sie um sich zu haben, als wenn sie überlegten, wie sie sie am besten loswurden. Denn das konnte hässlich werden, sehr schnell. »Fangen wir an«, sagte sie und versuchte, optimistisch zu klingen. Entschlossen ging sie zu den anderen Männern zurück.

Levi beobachtete sie, während sie sich von ihm entfernte, und erlaubte sich für einen kurzen Moment, ihren Anblick zu genießen. Er vermisste die weichen Kurven, die sie am Anfang ihres Trainings noch gehabt hatte, aber die knackigen runden Muskeln an ihrem Hintern waren auch nicht zu verachten. Diese Muskeln hatte sie sich in harter Arbeit erworben, und er musste sie verdammt noch mal dafür bewundern. Allerdings durfte er sich dabei nicht von ihr erwischen lassen und musste aufpassen, dass sie ihm seine Geilheit nicht ansah.

Er hatte gehofft, sich mit der Zeit an ihre Gegenwart zu gewöhnen, dass er vielleicht irgendetwas an ihr bemerkte, was die Anziehungskraft, die sie auf ihn ausübte, zerstörte oder zumindest milderte. War nicht der Fall. Wenn überhaupt, so fand er sie mit jedem Tag attraktiver. Wie konnte es auch anders sein? Sie war von Grund auf mutig und entschlossen, mehr als ihr guttat. Niemand von ihnen, von den oberen Rängen bis unten, hätte vermutet, dass sie es so weit schaffen würde. Aber sie hatte die höchste Punktzahl in Macs 3D-Spielen, und sie hatten sie nicht ausschließen können, nur weil sie eine Frau war. Er hatte mit leichter Ungeduld auf den Tag gewartet, an dem sie schlappmachen würde. Niemand hatte ihr vorwerfen können, dass sie sich nicht anstrengte, denn bei jeder Übung und in jeder Trainingsphase übertraf sie aller Erwartungen. Eigentlich war der Plan gewesen, dass Mac ihr ihren alten Job zurückgab, wenn sie es nicht packte.

Wenn sie schlappgemacht hätte, hätte er versucht, privat Zeit mit ihr zu verbringen, herauszufinden, ob sie auch so forsch und leidenschaftlich küsste, wie sie sich ihnen gegenüber verhielt, und ob sie sich auch nur halb so viel für ihn interessierte wie er sich für sie. Er glaubte schon, nein, er war sicher, dass es so war. Levi war nicht naiv und hatte Erfahrung, und er wusste, wann eine Frau scharf auf ihn war. Jina versuchte, es nicht zu zeigen, aber in seiner Nähe bekam sie rote Wangen, versuchte ständig, seinem Blick auszuweichen, und vermied, ihn direkt anzusprechen. Und ihm war klar, warum: Sie wollte nicht, dass die Anziehungskraft noch stärker wurde. Sie versuchte, sich unter Kontrolle zu haben, und vor allem wollte sie vermeiden, dass die anderen es bemerkten.

Sie hatten beide erfolgreich dafür gesorgt, dass die Männer nichts ahnten, aber verdammt noch mal, er fühlte sich, als würden sie einen Abhang hinunterrutschen, ohne bremsen zu können, ohne die Möglichkeit, den harten Aufprall zu verhindern. In ihrer Nähe fühlte es sich an, als wäre die Atmosphäre um sie herum elektrisch aufgeladen. Sie spürte es auch und wollte es sich nicht eingestehen, verhielt sich stattdessen in seiner Gegenwart wie aufgezogen, zuckte zusammen, bewegte sich nervös hin und her und zupfte unruhig an ihrem langen Pferdeschwanz. Vielleicht hatte sie nicht realisiert, wie sehr sie sich zu ihm hingezogen fühlte, aber er wusste Bescheid. Er konnte Menschen verdammt gut durchschauen. Das gehörte zu seinem Job.

Dieses verfluchte Fallschirmspring-Training würde sein Ende sein. Boom konnte alle Übungen am Boden übernehmen, aber er hatte keine Lizenz zum Tandem-Sprung, so wie

Levi. Ein Tandem-Sprung war nichts, was man einem Unerfahrenen überlassen konnte, egal wie oft derjenige schon allein gesprungen war. Fürs Tandem-Springen musste man Vollprofi sein, denn da waren, zum Teufel, zwei Personen zusammengegurtet. Wenn man den Größenunterschied zwischen ihm und Jina bedachte, war es vielleicht notwendig, dass sie sich auf seinen Schoß setzte, um sich richtig anschirren zu können. Davor grauste ihm genauso, wie er sich darauf freute. Er würde trotzdem versuchen, das zu vermeiden, aber die Sicherheit ging vor. Wenn das Geschirr zu weit war und sie zu tief hing statt richtig vor seiner Brust, würde es schwierig werden, den Fallschirm zu lenken und auf dem Boden zu landen. Sie hatte solche Angst vor dem Sprung, dass er versuchen musste, es beim ersten Mal so sanft wie möglich über die Bühne gehen zu lassen.

Wenn er hinterhältig wäre, würde er ihr solche Angst einjagen, dass sie aufgab und so den Weg dafür frei machte, dass sie sich privat näherkommen konnten. Aber das wäre ein mieses Spiel. Er gab sich zwar keine große Mühe, ihr zu helfen, aber keinesfalls würde er sie sabotieren. Er wäre fuchsteufelswild, wenn das jemand mit ihm täte, und er verhielt sich ihr gegenüber fair. Scheitern oder Gewinnen, sie würde es mit eigener Kraft tun.

Wenn sie es schaffte – und sie war verflixt nahe daran, das Training noch vor den anderen abzuschließen –, musste er sich damit abfinden und verdrängen, wie sehr er sich für sie interessierte. Wenn sie es nicht schaffte, dann war er, halleluja, von allen Fesseln befreit. Bis dahin befand er sich zwischen Hammer und Amboss. Auf der einen Seite war seine eigene Regel, dass er sie für tabu erklärt hatte, auf der anderen seine ständige Geilheit.

Er ging zur Gruppe zurück und verteilte die Aufgaben an die Männer. Jelly, wie vorausgesehen, stöhnte. »Ach, Ace, wir wollten ihr zusehen.«

Levi bemerkte, wie Jina ihnen einen kurzen scharfen Blick zuwarf, und wusste, dass ihr der Gedanke, als Unterhaltungsshow betrachtet zu werden, nicht schmeckte. Er verstand die Jungs zwar irgendwie, denn, verdammt noch mal, man wusste bei ihr nie, was als Nächstes kam. Trotzdem, niemand wollte gern der Pausenclown sein.

»Wir haben was anderes zu tun«, entgegnete er. »Boom wird sich melden, wenn er unsere Hilfe braucht.«

Boom warf den anderen einen strengen Blick zu. »Macht, dass ihr verschwindet. Babe und ich brauchen keinen von euch, bevor das Swing-Training am Turm beginnt.«

Jina konzentrierte sich vollkommen auf die Fallschirme, denn von diesen Nylondingern würde ihr Leben abhängen. Boom hatte ihr Material ausgedruckt, das sie später noch durchsehen konnte, und sie Notizen machen lassen. Ab und zu legte er eine kurze Pause ein, um auf seinem Smartphone Lehrfilme im Internet zu suchen, die er ihr dann zeigte. Das Geschirr war beeindruckend und viel komplizierter als angenommen – nicht dass sie viel über Fallschirmspringen nachgedacht hätte, denn sie war nicht davon ausgegangen, es jemals tun zu müssen. Sie begutachtete den Stoff und die Gurte, die Schnallen und Ringe, und sah fürs Erste nichts als ein hoffnungsloses Durcheinander, bis Boom ihr zeigte, wie sie es anlegte.

»Erwarte nicht, dass es besonders bequem ist«, sagte er, »auch wenn die Dinger inzwischen besser sind als früher. Vor allem die Beingurte sind unangenehm. Frauen haben damit nicht solche Probleme wie Männer, aber wenn der Schirm sich öffnet und du hochgerissen wirst, spürst du's schon. Wenn du unter der Fallschirmkappe bist, kannst du die Gurte um deine Brust bequemer zurechtrücken.«

Sie reagierte nicht auf die Bemerkung bezüglich ihrer Brustgurte, da sie nicht anzüglich gemeint war. Er gab ihr Tipps, mehr nicht. Außerdem hatte sie so wenig Busen, dass ihr die Gurte kaum Ärger bereiten konnten.

Aber das Angurten generell … verdammt. Jina verstand jetzt, warum man dabei Hilfe benötigte. Zur Not konnte man es auch allein schaffen, aber sie war froh, jemanden dabeizuhaben.

Eine Frage nagte die ganze Zeit an ihr, und schließlich, nachdem sie sich umgesehen hatte, um sicherzugehen, dass niemand anders in Hörweite war, sagte sie: »Boom, eine Frage, und bitte gib mir eine ehrliche Antwort.«

Er hatte sich über das Geschirr gebeugt, um das Anschirren noch einmal mit ihr durchzugehen. »Ich kann nichts versprechen, bevor ich nicht weiß, worum es geht.«

»Das sehe ich ein. Machen die Jungs sich über mich lustig, wenn ich nicht dabei bin?«

Er richtete sich ruckartig auf und sah sie überrascht an. »Sich über dich lustig machen? Verdammt, nein! Weshalb kommst du auf diese Idee?«

»Es ist wegen einer Bemerkung, die Levi …« Schnell verbesserte sie sich, da niemand ihn so nannte – aber sie hatte Schwierigkeiten, sich an diesen Spitznamen zu gewöhnen. »Die Ace gemacht hat. Dass sie mich als Entertainment sehen.«

Zu ihrem Ärger lachte Boom. »Das hat aber nichts mit dem zu tun, was du machst, schließlich trainierst du so hart, dass du sie fast beschämst. Sondern mit dem, was du sagst, wenn du still vor dich hin fluchst, im Glauben, dass dich keiner hört, wenn du über uns verrückte Mistkerle schimpfst, so was in der Art.«

»Oh.« Sie wusste, sie hatte die Angewohnheit, vor sich hin zu wettern. Und nach dem ersten Horrortag hatte sie sich angewöhnt, den Männern zu sagen, was sie von ihnen und den Übungen, die sie ihr aufbrummten, hielt. Aber was brachte es, sie gestörte Sadisten zu nennen, wenn sie das komisch fanden? »Ich dachte, ihr könnt mich vielleicht alle nicht leiden.«

Er stemmte seine riesigenPranken in die Hüften und warf ihr einen tadelnden Blick zu. »Wie kommst du denn auf so was Blödes?«

Jina seufzte. Jetzt fühlte sie sich selbst wie eine Idiotin. Sie hätte das Thema nie ansprechen sollen, denn sie klang erbärmlich und war überhaupt nicht cool. »Ich werde nicht zu den Grillpartys eingeladen«, murmelte sie. *Mein Gott, wie jämmerlich*. Sie klang ja wie eine Grundschülerin.

Boom klappte der Unterkiefer herunter, er wirkte echt verwirrt. »Die Grillpartys?«

»Ja, wenn ihr euch alle trefft.«

Komisch: Während sie ihn ansah, konnte sie sehen, wie seine dunkle Haut vor Schweiß zu glänzen begann. Er rieb sich das Kinn. Dann sah er sich nach rechts um, dann nach links, als hätte sich dort die Antwort versteckt. »Also …«, sagte er.

Ja, bitte?

Sie seufzte. »Ist egal. Ich weiß ja, dass ich nicht wirklich zum Team gehöre, ich bin eine FNG, die ihr an der Backe habt.«

Auf Booms Gesicht zeigte sich ein leicht panischer, gehetzter Ausdruck, den viele Männer bekamen, wenn sie sich mit den Gefühlen von Frauen und sonstigem Mädchenkram konfrontiert sahen. »Das liegt an unseren Frauen«, platzte er schließlich heraus.

»Du gibst den Frauen die Schuld? Obwohl ich sie – das muss ich betonen – noch nie kennengelernt habe?« So langsam begann ihr die Sache Spaß zu machen. Boom wirkte so hilflos und ratlos, dass es schon komisch war. Immerhin war er nach Levi der Nächste, den die Männer als Autoritätsperson ansahen, denn er war der Älteste und Erfahrenste.

»Hast du nicht?«

Sie schnaubte. »Netter Versuch. Du weißt das ganz genau. Ich bin mir sicher, dass es dir aufgefallen wäre, wenn ich beim Dinner an eurem Tisch gesessen hätte.«

Wieder rieb er sich das Kinn und trat von einem Bein aufs andere. »Also …«, sagte er erneut. »Die Frauen bereiten die Grillpartys vor«, erklärte er dann. »Wenn einer der Jungs eine Freundin hat, kann er die gern mitbringen, aber die meisten machen das nicht, es sei denn, es ist was Ernstes. Ich, äh, ich nehme an, wir haben dich nicht vorgestellt, was?«

»Nicht dass ich mich dran erinnern könnte.«

»Hmm. Okay. Meine Frau heißt Terisa, Snakes Frau ist Ailani. Sie kommt aus Hawaii. Sie arbeitet im Catering, wenn sie also kocht, sind wir gern dabei, sie ist nämlich verdammt gut. Terisa arbeitet als Krankenschwester. Das bedeutet, dass sie einfach Pizza bestellt, wenn sie dran ist.«

»Das sag ich ihr«, platzte Jina heraus, denn sicher bekam er Ärger, wenn seine Frau erfuhr, dass er so was gesagt hatte. Sie genoss es, ein Druckmittel gegen die Männer zu haben, selbst wenn sie zu den Netten gehörten. Na gut, sie waren alle nett, bis auf Voodoo. Und Levi.

Er warf ihr einen warnenden Blick zu. »Das wirst du besser bleiben lassen. Auf keinen Fall kümmere ich mich darum, dass du eingeladen wirst, wenn du anfängst zu petzen.«

»Machst du das? Ich meine, dich darum kümmern?«

»Warum nicht! Ich werde Terisa sagen, dass wir dich bisher vergessen hatten. Sie wird uns verfluchen und Ailani anrufen, und dann werden die beiden was vorbereiten.«

Jina fiel etwas anderes ein. »Was hältst du davon, wenn ihr zu mir kommt und ich Tacos mache?«

Wenn sie einen Moment nachgedacht hätte, hätte sie lieber die Klappe gehalten, denn Boom sprang sofort begeistert darauf an. Offensichtlich graute ihm davor, seine hart arbeitende Frau zu bitten, eine Party zu organisieren. Doch sie hatte sich nicht überlegt, wie klein ihre Wohnung war. Wenn jeder der Männer eine Begleitung mitbrachte und Boom und Snake außerdem ihre Kinder, würden sich zwanzig Personen in ihrem

Apartment drängeln. Sie hatte noch nicht einmal genügend Stühle. Ach, zum Teufel, sie könnte ein paar Kissen kaufen und auf dem Boden verteilen. Zumindest den Kids würde das nichts ausmachen, und sie selbst würde sich ebenfalls darauf setzen.

Sie musste sich auf den Rest des Fallschirm-Trainings konzentrieren. Doch wenn sie etwas von dem Horror ablenken konnte, aus dem Flugzeug zu springen, war es eine spontane Party, die sie für die Männer vorbereitete, samt Ehefrauen und Kindern sowie eine nicht bekannte Anzahl von Freundinnen.

Am nächsten Tag lachten die Wettergötter über sie. Obwohl es regnete, wurde trainiert, es wurde nur viel anstrengender. Merkwürdigerweise machte ihr das sogar Mut für den ersten Sprung vom Turm, weil sie wusste, dass der Boden matschiger und weicher war. Beim Blick nach oben hatte der Turm nicht allzu hoch ausgesehen, aber von oben war das schon eine andere Geschichte. Selbst angegurtet und in dem Wissen, dass sie an einer Sicherheitsleine hing, drehte sich ihr der Magen um. Aber es war letztendlich nichts anderes als Seilrutschen, und das hatte sie schon mehrere Male getan. Nun gut, der erste Schritt, nämlich in die Luft zu springen und den Gurten zu trauen, war fast wie Seilrutschen, das Landen und Abrollen etwas Neues. Zwei Mal fiel sie mit dem Gesicht zuerst in den Matsch, sehr zur Freude der Männer, selbst Voodoo lachte laut. »Ich bin so froh, euch alle glücklich zu machen«, zischte sie, als sie das zweite Mal vom Boden aufstand.

»Das haben wir alle auch schon hinter uns«, sagte Jelly fröhlich. »Du machst dich gut.«

Der Regen prasselte immer noch herunter, als sie zum Swing-Landing-Training überging, aber das fand zumindest unter Dach statt. Das Konzept hinter der schwingenden Landung war, dass sie von einer Seite zur anderen gerissen wurde, was den Wind simulierte. Zusätzlich musste sie lernen, den Fallschirm unter diesen Bedingungen zu lenken. Seilrutschen,

Seilrutschen, sagte sie sich immer wieder selbst, während sie die Übung wiederholten. Sie war sicher, ihre Gurte waren an Seilen befestigt, sie würde nicht fallen. Sie könnte womöglich falsch landen und sich die Knochen brechen, aber die Gefahr bestand beim Seilrutschen ebenfalls, deshalb schaffte sie das Swing-Landing-Training ganz gut.

Es blieb also nur noch ein Tag bis zum richtigen Fallschirmspringen. Aus einem Flugzeug. Aus ein paar Kilometern Höhe. O Gott.

Aber glücklicherweise hörte es nicht auf zu regnen, und zu dem Regen kamen noch ein paar heftige Stürme. Levi beschloss, die letzte Phase des Fallschirmspring-Trainings zu verschieben, und Jina fiel von einer Panik in die nächste: das Essen bei ihr zu Hause stand an. Das Essen vorbereiten und die kleine Wohnung waren dabei die kleinsten Probleme.

Aber sie brauchte einen Freund. Als Frau wusste sie, dass die Gattinnen freundlicher zu ihr wären, wenn sie einen Mann an ihrer Seite vorweisen konnte, sodass sie nicht befürchten mussten, sie wäre hinter ihren Männern her. Und das war nicht alles. Sie musste sich auch vor Levi schützen, weil …

Sie verdrängte diesen Gedanken, bevor er sich verfestigen konnte. Einige Pfade sollte man nicht beschreiten, und manche Ideen sollte man verwerfen. Sie war vielleicht nicht gerade der zurückhaltende Typ, aber ihr Überlebensinstinkt war intakt und stark.

Ein Mann, ein Date … wen sollte sie fragen? Sie hatte schon lange kein Date mehr gehabt, genau genommen seit … Verdammt, sie konnte sich nicht mehr erinnern, aber definitiv nicht mehr, seit sie in Levis Team trainierte. Sie und Donnelly hatten es ja nie geschafft … Donnelly. Natürlich. Warum war sie darauf nicht gleich gekommen?

Die Männer hatten sie so wirkungsvoll von der Anfängergruppe getrennt, dass sie ihren Trainings-Mitstreitern nur im

Drohnen-Kurs begegnete. Soweit sie aber wusste, hatte Donnelly seit ihrer Versuche, sich fürs Kino zu verabreden, keine neue Beziehung angefangen. Sobald sie auf dem Weg nach Hause war, suchte sie seine Nummer aus der Kontaktliste und rief ihn an.

»Hey, Babe, was gibt es Neues?«

Jina verzog den Mund, als sie den verhassten Spitznamen hörte, kam aber gleich zum Thema. »Hör mal, hast du gerade eine Freundin?«

»Nicht wirklich. Wer hat denn schon die Zeit dafür?«

Das konnte sie nur bestätigen. »Gut. Wenn ich am nächsten Wochenende Gäste zum Abendessen habe …« Oh, Mist, die Zeit war wie im Nu verflogen, und das Wochenende stand schon vor der Tür. »Also ich meine, morgen, ein Kennenlern-Essen mit den Frauen und Kindern und Freundinnen von meinem Team, könntest du meinen Freund spielen?«

»Na sicher. Vorausgesetzt, dass sich keiner von uns vorher irgendwelche Knochen bricht.«

»Das gilt ja immer. Okay, dann sind wir jetzt verabredet.« Sie sagte ihm die Uhrzeit und ihre Adresse.

»Alles notiert. Übrigens, gratuliere.«

»Aha? Und wozu?« Welchen Grund konnte es dafür geben?

»Hab gehört, dass du mit dem Fallschirm-Training angefangen hast.«

Sofort drehte sich ihr der Magen wieder um. Warum gratulierte er ihr zu ihrem bevorstehenden Tod? »Ach, das. Ja, irgendwie.« Irgendwie, tatsächlich hatte sie zwei Drittel der Ausbildung hinter sich, und das Letzte, was blieb, war das richtige Springen.

»Angeblich rücken die Teams nicht oft mit dem Fallschirm an.«

Lieber Gott, lass das wahr sein. »Schön wär's.«

»Das ist dann die letzte Trainingsphase, oder? Danach kannst du an den Einsätzen teilnehmen.«

Jina riss erstaunt die Augen auf. »Tatsächlich?« Sie sollte schon an Einsätzen teilnehmen? Niemand hatte ihr das gesagt. Vielleicht dachten sie, sie wüsste es. Vielleicht war es eigentlich allgemein bekannt. Ihr Kontakt zu den anderen Anfängern war zu spärlich, um sich mit ihnen auszutauschen; wenn sie zusammentrafen, waren alle intensiv mit ihren Aufgaben beschäftigt. Vielleicht hatte Levi ihr auch nichts gesagt, weil er glaubte, dass sie weniger Motivation hätte, das Letzte aus sich herauszuholen, wenn sie es wüsste. Sie musste unwillkürlich daran denken, dass er sie weder jetzt noch später in seinem Team haben wollte, egal wie sehr sie sich anstrengte und was sie erreichte. Dieses Wissen brannte wie Säure in ihrem Inneren.

Sie konnte es sich nicht leisten, darüber ständig nachzugrübeln, durfte sich nicht in diese negative Stimmung bringen und musste an ihren Erfolg glauben. Das Fallschirmspringen hieß alles oder nichts. Das war es, die letzte Hürde. Druck? Ach was!

»Ich freue mich auch nicht gerade darauf«, fuhr Donnelly fort. »Aber wenigstens habe ich noch ein paar Wochen Zeit, bevor ich so weit bin. Du bist weiter als wir alle.«

»Ach ja?«

»Ja, du Streberin«, sagte er, und sie hörte förmlich das Grinsen in seiner Stimme. »Du bist verdammt gut bei diesen Computerspielen, das weißt du ja.«

»Aber du und die anderen auch, sonst wärt ihr ja nicht zur Zielscheibe geworden. Oh, ich meine: ausgewählt.«

Er lachte. »Wie du so schön sagtest, ich hatte einen netten Bürojob, und stattdessen hänge ich jetzt hier. Aber immerhin ist es nie langweilig.«

Wer hatte denn schon Zeit, sich zu langweilen? »Das stimmt. Hör zu, danke, dass du mir aus der Patsche hilfst.« Sie wollte sich gerade verabschieden, als ihr etwas Wichtiges einfiel. »Warte. Wie heißt du eigentlich mit Vornamen?« Das musste sie wissen, wenn sie ihre Gäste einander vorstellte. Wie sähe das denn aus, wenn sie nicht mal den Namen ihres Freundes kannte?

Er schnaubte. »Jetzt weiß ich, warum es bei uns nie mit einem Date geklappt hat.«

Sie musste sich eingestehen, dass er recht hatte. Wenn sie wirklich an ihm interessiert gewesen wäre, hätte sie Zeit dafür gefunden – und seinen Namen gewusst.

»Ich heiße Brian«, sagte er.

»Dann tschüss, Brian.«

Auch ein lockeres Treffen erforderte einige Vorbereitungen. Trotz des Damoklesschwerts des anstehenden Sprungs schaffte sie es, Listen zu schreiben: eine Einkaufsliste, eine Gästeliste, eine Liste, was vorher zu putzen war. Sie brauchte noch mehr Sitzgelegenheiten, Musik, und vielleicht sollte sie einen Film streamen, mit dem sie die Kinder beschäftigen konnte. Sie befestigte alle Listen auf einem Klemmbrett, das sie immer bei sich trug, um durchzustreichen, was erledigt war, und anzukreuzen, wen aus dem Team sie schon eingeladen hatte.

Alle sagten zu, sogar Voodoo, was sie tatsächlich überraschte. Er sah sie kaum an, während er nur kurz »Sicher doch« murmelte. Aber weil sie eh keine Lust hatte, sich mit ihm zu unterhalten, war es okay. Sie machte ein Häkchen.

»Bringst du jemanden mit?«

»Wahrscheinlich nicht.«

Keine große Überraschung. Sie fragte sich, wie hartgesotten eine Frau sein musste, die mit einem so mürrischen Typen ging. Trotzdem war es nicht ihr Ding, nur Leute einzuladen, die sie mochte. Er gehörte schließlich zum Team.

Levi hob sie sich bis zum Schluss auf. Es nervte sie, dass sie so feige war, aber sie musste sich einen regelrechten Ruck geben, um ihn anzusprechen. Sie fühlte sich in seiner Gegenwart unwohl, er machte sie nervös, war zu düster, zu intensiv, zu groß, zu … eben alles. Er sorgte dafür, dass sie sich klein und unbedeutend fühlte, nervös wurde, schreckhaft, unsicher … alles, was sie eigentlich nicht war. Nein, sie musste ehrlich zu sich selbst sein. Es lag an ihr. Irgendetwas in ihr reagierte auf ihn so stark. Ihre Schwäche, ihr Problem.

Schließlich blieb nicht mehr viel Zeit, und sie konnte es nicht länger hinausschieben. Alles andere war erledigt und alle anderen hatten schon zugesagt; vermutlich hatte er schon davon gehört und fragte sich womöglich, warum sie ihn nicht einlud, so wie sie sich von ihren Partys ausgeschlossen gefühlt hatte. Ähm, nicht. Der Tag, an dem Levi Butcher sich darüber Gedanken machte, ob er beliebt war, käme sicher offiziell dem Ende der Welt gleich. Sie versuchte, sich Mut zu machen, indem sie sich vorstellte, dass er auch Gefühle hatte.

Die richtige Gelegenheit zu finden war schwieriger als gedacht. Sie wollte ihn nicht vor dem gesamten Team fragen. Was, wenn er Nein sagte? Natürlich würde das nicht passieren, aber wenn doch, würden die anderen sich vielleicht auch noch einmal überlegen, ob sie absagten. Oder noch schlimmer, womöglich tat sie irgendwas Peinliches wie zum Beispiel erröten. Vielleicht sollte sie ihm einfach eine SMS schicken, jeder im Team hatte die Handynummern der anderen.

Da sie am liebsten den Weg über die Textnachricht gegangen wäre, schimpfte sie sich im Stillen einen Feigling. Sie musste die Sache jetzt angehen, egal wie. Wenn sie ihn das nächste Mal sah, musste sie sich zusammenreißen.

»Das nächste Mal« war, als sie gerade eine Trainingseinheit mit den Drohnen hinter sich hatte. Er kam aus einem Raum, von dem sie wusste, dass dort die »bösen Dämonen« hockten, die die Trainings-Szenarien für die Drohnenführer ausarbeiteten. Womöglich hatte Levi ihnen Tipps gegeben, wie man sie zu Fall bringen konnte. Schnell hatte sie die letzte Sitzung überprüft, um zu sehen, ob ihr Fehler unterlaufen waren. Die Aufgabe war abgeschlossen, alle Operatoren zu Hause, aber auf die Schulter klopfen konnte sie sich nicht gerade, denn sie hätte die Drohne eleganter steuern können. Irgendetwas war immer, keine Sitzung lief perfekt.

Levi warf ihr einen kurzen Blick zu, als würde er ihre Gegenwart registrieren und sonst nichts, und wandte sich in die andere Richtung.

Innerlich wappnete sie sich – warum war das eigentlich nötig? – und rief ihm hinterher: »Levi, warte bitte!« Sie umklammerte ihr Klemmbrett mit den lebenswichtigen Listen und ging auf ihn zu.

Er drehte sich um, stellte sich breitbeinig und mit verschränkten Armen auf und betrachtete sie mit düsterem Blick.

Jina drückte das Klemmbrett an sich wie einen Schutzschild. »Also …«, begann sie und warf einen Blick auf die oberste Liste, als müsste sie etwas überprüfen. »Ich lade morgen, am Samstagabend, zu einem Essen bei mir ein. Würdest du auch gern kom …?«

»Nein«, sagte er.

Das hatte sie nicht erwartet. Sie hatte zwar daran gedacht, aber wirklich erwartet hatte sie es nicht. Vielleicht hatte sie mit einer Entschuldigung gerechnet, dass er schon etwas anderes vorhatte, aber diese brüske Ablehnung war wie ein Schlag ins Gesicht.

»Okay.« Sie blickte wieder auf die Liste und versuchte, ein gleichgültiges Gesicht zu machen, so als hätte sie ihn lediglich gefragt, ob er einen Kaffee wollte.

Ein tiefes Grollen drang aus seiner Kehle, als er sie am Arm packte und sofort wieder losließ, als hätte er sich an ihr die Hand verbrannt. »Lass uns woanders weitersprechen, wo nicht so viele Leute sind«, brummte er, wandte sich um und lief los, ohne sich zu vergewissern, ob sie ihm folgte.

Sie überlegte einen Augenblick, einfach in die andere Richtung zu gehen und aus dem Gebäude zu laufen. Ein harter Klumpen steckte ihr in der Kehle, und sie wäre am liebsten zu den Toiletten gestürzt, bevor sie anfing zu heulen oder sonst etwas Peinliches. Nein, sie würde nicht weinen. Auf keinen Fall durfte er merken, wie sehr er sie getroffen hatte.

Aber er war der Team-Chef, und sie hatte monatelang getan, was er angeordnet hatte. Ihre Füße waren vielleicht etwas schwerfällig, aber sie bewegten sich, denn Levi hatte es angeordnet.

Er warf unterwegs einen Blick in zwei Räume, bevor er ein kleines Büro betrat. Wer immer hier arbeitete, war bereits nach Hause gegangen oder auf dem Klo. Egal, Levi entschied sich für diesen Raum. Kaum hatte sie ihn eingeholt, machte er die Tür hinter ihr zu und verschloss sie.

Verschloss sie.

Ihr standen die Nackenhärchen zu Berge, und sie blieb ruckartig stehen. Ihr Atem ging schneller, aber sie verspürte keine Angst. Sie fürchtete sich nicht vor Levi, jedenfalls nicht so. Es war eine ganz andere Furcht, eine, über die sie nicht gewagt hatte, weiter nachzudenken. Dieser Weg war zu sehr mit emotionalen Landminen besetzt, und sie war weder verrückt, noch litt sie unter Selbstzerstörungszwang.

Er warf ihr einen ungeduldigen Blick zu und rieb sich das stoppelige Kinn. Das Geräusch klang für ihre blanken Nerven wie Sandpapier. »Scheiße«, schimpfte er.

Sie entspannte sich ein bisschen, als er sie genervt ansah. Aber sie war in diesem winzigen Raum allein mit ihm, und ihr Spatzenhirn war in Alarmbereitschaft. Dann erschien für einen Sekundenbruchteil ein Ausdruck in seinen Augen, der sie an einen Vulkan kurz vor dem Ausbruch erinnerte, bevor er gleich wieder verschwand. Levi hatte wieder sein Pokerface aufgelegt.

»Ich trenne Privates von Beruflichem«, sagte er schroff. »Ich weiß, dass du auf mich stehst, aber daraus wird nichts. Es kann nichts daraus werden. Also, nein, ich werde nicht dein Date oder deine Affäre oder was auch immer. Verstanden?«

Einen Augenblick war Jina sprachlos vor Schock. Ohne sich dessen bewusst zu sein, fummelte sie an ihrem Klemmbrett herum. Sie fühlte sich am ganzen Körper taub, konnte ihre Lippen nicht bewegen. Er hatte ihr Worte um die Ohren gehauen, aber es fühlte sich an, als hätte er die Fäuste benutzt.

Dann stieg Wut in ihr hoch, und sie hatte das Gefühl, vor Zorn zu glühen, in ihrem Kopf herrschte auf einmal totale Leere. Sie sah auf das Klemmbrett hinunter, und die Gästeliste rückte in ihren Fokus.

»Okay, mal sehen«, sagte sie schließlich wie zu sich selbst. »Boom und Familie, zugesagt, Voodoo, zugesagt, Snake und Familie, zugesagt, Brian, Jelly, Trapper …« Während sie die Namen vorlas, machte sie Häkchen dahinter. »Sieht so aus, als hätten alle zugesagt – bis auf Arschloch.« Rigoros strich sie seinen Namen durch und drückte so fest mit dem Kuli auf, dass sie Löcher ins Papier ritzte.

»Wer ist Brian?«, unterbrach er sie.

»Brian?« Sie sah auf und brachte ein breites Lächeln zustande. »Mein Freund.« Dann klatschte sie sich das Klemmbrett gegen die Brust, trat auf die Tür zu, schloss sie auf und verließ den Raum. Sie wusste nicht, wie sie es schaffte, einen Fuß vor den anderen zu setzen. Sie kochte noch immer, nicht nur weil seine Worte so brutal gewesen waren, sondern weil er damit ins Schwarze getroffen hatte.

Denn es stimmte. Dieses Arschloch hatte recht.

8. Kapitel

In dieser Nacht konnte Jina nicht schlafen. Sie musste ständig an diese schreckliche Demütigung denken. Levi hatte sie durchschaut, wahrscheinlich von Anfang an. Ihre ständigen Bemühungen, ihm aus dem Weg zu gehen, waren umsonst gewesen; es hatte nichts geholfen, einem Gespräch mit ihm auszuweichen oder auch nur seinen direkten Blick zu meiden – alles umsonst. Verdammt noch mal, es war ja nicht so, dass sie in ihn verliebt war – um Himmels willen –, sie hatte die Situation also wirklich besser meistern können! Wer auch immer Levi Butcher liebte, brauchte mindestens göttlichen Beistand.

Was Jina fühlte, war pure körperliche Anziehungskraft. Aber sie war nicht dumm, sie wusste, dass es ein Desaster für das Team wäre, wenn sie dem nachgab. Ihr Selbsterhaltungstrieb riet ihr, sich bei allem Persönlichen ganz, ganz weit von ihm fernzuhalten. Levi war in allem, was er tat, leidenschaftlich, zwar beherrscht, aber er brodelte innerlich. Sie stellte sich vor, dass es heiß und umwerfend sein musste, mit ihm Sex zu haben, er danach aber wahrscheinlich aufstehen und denken würde: Okay, der Druck ist weg, gut so, müsste ich nicht bald wieder das Öl in meinem Truck wechseln? Sie befanden sich auf völlig verschiedenen Ebenen. Jina war normal, Levi nicht. Er kam ihr vor wie ein Kamasutra-Rambo, wenn sie bedachte, welche Wirkung er auf sie ausübte, und das war nicht fair.

Wie klischeehaft war das denn? In einem Team von Alphamännern war er der männlichste, der superstarke Ober-Alpha. Als einzige Frau – und angebliche Alpha-Frau – hatte sie aus rein biologischen, anthropologischen und wahrscheinlich einer

Menge weiterer logischer Gründe keine andere Wahl gehabt, als ihn zum Sexpartner zu wählen.

Aber sie hatte die Wahl, und die hieß Nein. »Ich will nichts von ihm«, knurrte sie in die Dunkelheit ihres Schlafzimmers, auch wenn sie wusste, dass das eigentlich nicht stimmte. Natürlich wollte sie ihn nicht heiraten oder an sich binden oder mit ihm für die Fortpflanzung der Menschheit sorgen. Aber gegen eine heiße Nacht mit ihm hätte sie nichts einzuwenden. Bisher hatte sie noch nie Sex mit jemandem gehabt, nur um einfach Sex zu haben, aber bei ihm würde sie eine Ausnahme machen … wenn die Umstände andere wären. Und wenn er nicht so ein Arschloch wäre.

Und jetzt sowieso nicht. Jetzt in diesem Moment hätte sie ihm am liebsten den Schwanz abgeschnitten.

Wie sollte sie weiter in diesem Team arbeiten können, wenn sie sich ständig vor dem Zusammensein mit ihm fürchtete? Hier ging es nicht um mögen oder nicht mögen. Sie hatte bereits vorher mit Leuten zusammengearbeitet, die sie nicht mochte. Als sie noch klein war, hatten ihre Eltern ihr beigebracht, dass die Welt nicht perfekt war und sie versuchen musste, ohne Klagen mit Problemen fertigzuwerden. Deshalb hatte sie immer das Beste aus allem gemacht. Doch das hier war etwas anderes, es war so schrecklich und demütigend, dass sie Levi am liebsten eine verpasst und sich dann aus dem Staub gemacht hätte. Damit wäre dann aber ihr Platz im Team Vergangenheit, richtig?

Von Anfang an, seit dieses ganze Theater vor fast einem halben Jahr angefangen hatte, war der Gedanke, einfach kündigen zu können, immer ein Rettungsanker für sie gewesen. Doch gleichzeitig hatte sie gewusst, dass sie lieber Maden essen würde, als aufzugeben, denn ihre Hartnäckigkeit hatte sich im Laufe ihrer Kindheit, als sie sich ihren Brüdern gegenüber hatte behaupten müssen, so in ihr verwurzelt, dass sie gar nicht mehr wusste, was aufgeben war. Aber sie könnte, wenn sie wollte, und das war tröstlich, denn es war gut, mehrere Optionen zu haben.

Jetzt hatte sie keine Option mehr. Keine. Denn unter diesen Umständen konnte sie unmöglich aufgeben. Das würde nämlich bedeuten, dass Levi gewonnen hätte. Und lieber brach sie sich alle Knochen, als ihm diese Genugtuung zu gönnen. Auf keinen Fall würde sie zulassen, dass er glaubte, sie würde die Nähe zu ihm nicht aushalten, wenn sie ihn nicht haben konnte. Ha! Wenn sie ihn angebaggert und sich blamiert hätte, hätte sie seine Worte verstanden, aber das war nicht der Fall gewesen. Sie hatte ihn nicht angemacht, hatte sich nicht einmal erlaubt, an einen Flirt mit ihm zu *denken*. Er hätte die Klappe halten können, hätte es ihr nicht unter die Nase reiben brauchen. Sie hatte ihrer idiotischen hormonellen Verirrung nicht nachgegeben, und das würde sich auch nicht ändern.

Der einzige Weg war nun, auf Kurs zu bleiben, nicht aufzugeben, um wirklich zum Team zu gehören. Ihr Ziel durfte nicht nur sein, den nächsten Tag zu überstehen, sondern etwas Größeres, Wichtigeres.

Ab jetzt, fluchte sie wild vor sich hin, war Levi für sie nichts anderes als ein Mitglied des Teams. Sollte er sein überbordendes Testosteron doch nutzen, um eine andere Frau zu beeindrucken, wobei sie hoffte, dass er eine Erektionsstörung entwickelte. Vielleicht könnte er in einer dieser idiotischen Fernsehwerbungen mitwirken, für die er sich in eine Badewanne mitten im Wald setzen müsste.

Diese Vorstellung war so komisch, dass sie in ihrem dunklen Schlafzimmer laut vor sich hin lachte. Ach, zum Teufel, sie konnte nicht schlafen, jedenfalls nicht, bevor sie sich nicht wieder beruhigt hätte. Also konnte sie genauso gut aufstehen und zusehen, dass sie schon etwas für das Taco-Essen morgen Abend vorbereitete. Sie blickte auf die Uhr, es war fast halb zwei, und verbesserte sich: für heute Abend. Was hatte sie eigentlich geritten, alle in ihr winziges Apartment einzuladen?

Auf jeden Fall würde sie endlich die Ehefrauen kennenlernen, unausweichlich, weil alle dicht gedrängt auf einem Haufen sitzen mussten. Doch wie ihre Mutter immer sagte, es ging nicht um das Ambiente, sondern um die Geselligkeit. Sie konnte ihre Wohnung nicht vergrößern, aber sie konnte leckeres Essen zubereiten, und das machte Spaß und war gut.

Was für ein Glück, dass diese Einladung nun anlag, so konnte sie sich ablenken. Ansonsten hätte sie in ihrem Bett gelegen und sich die ganze Nacht in Selbstmitleid gesuhlt oder vor Wut gerast. Sie stand auf und schimpfte die meiste Zeit vor sich hin, während sie die Wohnung aufräumte. Immerhin war es verdammt noch mal halb zwei in der Nacht – inzwischen zwei Uhr – und sie machte sauber, anstatt zu schlafen. Das war alles Levi Butchers Schuld, verdammt seien seine schwarzen Augen und sein schwarzes Herz und alle anderen Körperteile.

Sie wünschte sich, dass alle Gäste bei ihr eine wundervolle Party erlebten und sie am nächsten Tag Levi in allen Einzelheiten davon vorschwärmen könnte. Vielleicht würde sie noch ein paar schlüpfrige Details von Donnelly … Brian und ihr einstreuen. Nein, das wäre Brian gegenüber nicht fair, nicht, wenn klar war, dass sie mit ihm niemals etwas anfangen würde.

Um vier Uhr legte sie sich wieder ins Bett und war so müde, dass sie die restlichen drei Stunden wie ein Stein schlief. Nachdem sie fast ein halbes Jahr so früh aufgestanden war, hatte sich ihre innere Uhr darauf eingestellt. Wahrscheinlich hatten die Männer ihres Teams die Kunst des »Power-Naps«, wie sie es nannten, perfektioniert und konnten, wann immer es notwendig war, für kurze Zeit einschlafen. Aber das hatten sie ihr bisher nicht beigebracht.

Da auch Kinder kommen würden – und vor allem Männer, selbst wenn die Kids mit Babysitter zu Hause blieben –, backte sie einen großen Blechkuchen mit einem Schokoüberzug nach dem Rezept ihrer Mutter. Dann verzierte sie das Ganze noch künstlerisch und spritzte mit roter und grüner Glasur Rosen und Blätter darauf. Sie liebte es zu backen und war die Einzige der Geschwister, die das Backtalent ihrer Mutter geerbt hatte. Um den Kindern etwas Lustiges zu bieten, spritzte sie noch ein paar rote Lippen mit herausgestreckter Zunge auf die Mitte des Kuchens. So – für alle etwas dabei. Sie hätte noch Zähne zwischen die Lippen geformt, wusste aber nicht, wie alt die Kids waren, und wollte sie nicht verschrecken.

Jina hatte allen gesagt, dass sie um achtzehn Uhr kommen sollten, aber schon um halb sechs war sie fertig angezogen – mit Jeans, einem leichten Sweatshirt und Sneakers. Sie wollte sich nicht darauf verlassen, dass die Jungs nicht zu früh kamen. Es waren eben Jungs. »Ich muss übersinnliche Fähigkeiten haben«, sagte sie zu sich, als es um 17:38 Uhr klingelte.

Nachdem sie kurz durch den Spion gesehen hatte, öffnete sie die Tür für Jelly und Crutch. »Hallo, seid ihr zusammen gekommen?«

»Nein, die Zeiten sind vorbei«, antwortete Crutch und lachte über seinen eigenen Witz. »Wir haben immer unseren eigenen fahrbaren Untersatz samt Ausrüstung dabei, für den Fall, dass wir kurzfristig zu einem Einsatz gerufen werden«, erklärte er dann.

»Das müsste ich mir auch angewöhnen«, sagte sie nachdenklich. Sie war kurz davor, ein richtiges Mitglied des Teams zu werden. Das Training hatte sie so vereinnahmt, dass sie nie darüber nachgedacht hatte, in welchen Ausmaßen sich ihr Leben verändern würde.

»Stimmt.« Jelly stemmte die Hände in die Hüften und sah sich um. »Nett hier.«

Das war es nicht, nicht wirklich. Zuerst einmal handelte es sich um ein Apartment in einem mehrstöckigen Wohnkomplex, was sie nicht ideal fand. Und es war klein. Ihre Möbel würde sie eher als praktisch statt stilvoll bezeichnen. Aber die Männer waren Junggesellen, was wussten sie schon! An den Wänden hingen ein paar gerahmte Drucke, ein paar Läufer auf dem Boden, an den Fenstern hatte sie Vorhänge statt nüchterner Jalousien, und schon wirkte die Wohnung auf die beiden komfortabel. Ach, und vor allem war es sauber. Sauber machte Eindruck.

»Schön, dass ihr kommen konntet. Kann ich euch was zum Trinken anbieten?«

»Hast du Bier da?«, erkundigte sich Crutch ohne große Hoffnung.

»Bier, Limonade, Wasser, Fruchtsaft für die Kids. Kommt mit in die Küche.« Sie hatte einen Vorrat an bestimmten beliebten Biersorten besorgt – Bud, Coors, Corona – und in einem Eiskühler verstaut. Kaum hatte Jina die Bierflaschen geöffnet und den beiden in die Hand gedrückt, klingelte es erneut. Donnelly stand im winzigen Hausflur mit einem Sixpack Bier in der Hand.

»Ich wusste nicht, ob du genug dahast«, sagte er und hob das Bier hoch.

»Danke! Willst du es in die Küche bringen zum Kühlen? Crutch und Jelly sind schon da.«

»Cool.« Sie sah ihm an, dass er sich freute, mit einigen vom Team feiern zu können. Keiner der anderen Team-Chefs war Levis Beispiel gefolgt und hatte die Neulinge am eigenen Trainingsprogramm beteiligt. Deshalb war sie die Einzige der Neuzugänge, die bisher tatsächlich Kontakt zu den Teams hatte.

Nur eine Minute nach Donnelly erschien Snake mit Ailani und den drei Kindern, die sieben, fünf und zwei Jahre alt waren – Junge, Mädchen, Junge. Ailani hatte einen tropfenden Regenschirm in der Hand, und Snake hielt den Zweijährigen mit festem Griff an den Beinen, was gut war, denn der Kleine hatte sich auf seinem Arm nach hinten fallen lassen und hing nun kreischend mit dem Kopf nach unten. Jina lachte, und plötzlich fühlte sich all der Lärm sehr heimisch an.

»Ailani, Jina«, stellte Snake kurz vor. Das Kreischen seines kopfüber hängenden Sohnes erreichte eine Dezibel-Stärke von etwa zehn. Snake veränderte den Griff und packte das Kind an beiden Knöcheln.

»Lass ihn nicht fallen«, warnte Ailani und lächelte Jina freundlich an. »Es freut mich, dich kennenzulernen. Danke für die Einladung, ich weiß ja nicht, ob dir klar ist, worauf du dich da eingelassen hast.«

»Keine Sorge«, sagte Jina. »Ich bin mit vier Geschwistern aufgewachsen, Familie heißt bei mir eine Menge Leute und viel Krach.« Ailani wirkte auf sie ein bisschen reserviert, vielleicht etwas müde und nicht so recht erfreut, hier zu sein, weshalb auch sie etwas distanziert blieb. »Gebt mir erst mal eure Mäntel und den Schirm. Getränke sind in der Küche, Crutch, Jelly und Brian sind schon da.«

»Wer ist Brian?«, wollte Snake wissen, als er sich an ihr vorbeischob.

»Mein Freund. Er ist in Kodaks Team.«

»Bei Kodak? Da kann ich ihm das eine oder andere über Kodak erzählen.«

Als Nächster erschien Trapper, dann kam Voodoo, der aus irgendeinem Grund bei Snakes beiden älteren Kindern sehr beliebt zu sein schien. Die Geschmäcker waren eben verschieden, vor allem bei Kids in diesem Alter. Boom und seine Frau Terisa waren die Letzten, bei sich hatten sie einen achtjährigen Jungen mit Zahnlücke und ein dreijähriges Mädchen mit riesigen Augen, das so süß aussah, wie es sich an Booms Bein klammerte und hinter ihm versteckt hervorlugte, dass Jina sich spontan hinhockte und versuchte, mit der Kleinen zu sprechen. Vergeblich, denn das Mädchen schüttelte nur leicht den Kopf und klammerte sich noch fester an Boom.

»Sie heißt Mia. Nach einer Weile wird sie sich akklimatisieren, und dann bereust du, sie angesprochen zu haben.« Terisa lächelte, aber sie sah sogar noch müder aus als Ailani und trug noch ihren Schwesternkittel. Das bedeutete, dass sie entweder direkt von der Arbeit hergekommen oder so knapp drangewesen war, dass sie sich nicht mehr hatte umziehen können. »Vielen Dank für die Einladung, da brauchen wir nicht wieder Pizza zu bestellen.«

Unwillkürlich warf Jina einen Blick zu Boom hinüber, der die Augen warnend zusammenkniff. Terisa entging der Blickwechsel nicht. »Was ist?«, fragte sie misstrauisch und sah nun ihrerseits Boom mit zusammengekniffenen Augen an. »Hast du etwa über meine Kochkünste getratscht?«

»Nein«, erwiderte er mit treuherzigem Gesichtsausdruck und machte sich in die Küche auf, ohne auf Terisas Schnaufen zu achten.

Mit den beiden müden Frauen und dem Haufen Männern, die sich über das Bier hermachten, fand Jina es angebracht, alle möglichst schnell mit Essen zu versorgen. Das Rindfleisch für die Tacos befand sich zum Warmhalten in zwei Töpfen, und alles andere war bereits geschnitten und gewürfelt und fertig zum Servieren. Innerhalb von fünfzehn Minuten waren alle Gäste mit Tacos versorgt, bis auf die beiden jüngsten Kinder, für die sie in weiser Voraussicht Chicken-Nuggets besorgt hatte.

Snakes Zweijähriger rannte mit einem Chicken Nugget in jeder Hand durch die Wohnung zu seiner Mutter und schrie: »Kie! Kie!«

Ailani warf Jina einen gequälten Blick zu. »Entschuldigung. Hast du zufällig noch anderen Käse als den geriebenen da? Er ist ganz verrückt nach Käse.«

»Hab ich«, versicherte ihr Jina und holte eine Packung mit gewürfeltem Käse aus dem Kühlschrank. Die Käsewürfel fanden bei allen Kindern Anklang, und im Nu war die Packung leer und der Zweijährige happy und still.

Kaum hatte jeder etwas zu essen und zu trinken, sank der Lärmpegel beträchtlich. Die Männer standen mit ihrem Essen in der Küche am Counter oder hatten sich an den kleinen Tisch gesetzt, Donnelly schien sich zu amüsieren wie nie. Jina hatte mit den anderen beiden Frauen das Wohnzimmer belegt, wo die Kids auf den Bodenkissen saßen und ziemlich viel Spaß hatten. Jina hatte sich auch einen Taco und einen Drink geholt und sich zwischen die Kinder auf den Boden gesetzt, sodass sie einen Blick auf sie werfen und den beiden Müttern eine kleine Pause gönnen konnte. »Ich freue mich, dass ihr alle kommen konntet«, sagte sie. »Meine Einladung war ja ziemlich kurzfristig.«

»Auf keinen Fall hätten wir es uns entgehen lassen, endlich *Babe* kennenzulernen«, sagte Terisa in neutralem Tonfall.

Oh, oh, da war irgendetwas im Busch. Jina verzog das Gesicht. »Ace hat mir diesen Spitznamen gegeben. Ich hasse ihn, aber natürlich wollte ihn niemand mehr ändern.«

Ailani schien erst jetzt zu bemerken, dass jemand fehlte. »Wo ist Ace überhaupt? Normalerweise würde er jedes Minenfeld durchqueren, wenn man ihm etwas zu essen vorsetzt.«

»Er meinte, er würde es nicht schaffen. Vielleicht hatte er schon was anderes vor.« Unter den gegebenen Umständen war sie stolz darauf, dass sie so lässig klang.

»Kennt ihr euch schon lange, du und Brian?«, erkundigte sich Terisa.

»Nein, nicht so lange.« Sie würde nicht lügen, aber auch nicht ins Detail gehen. »Wir haben in derselben Abteilung gearbeitet, bevor wir für dieses Projekt ausgesucht wurden. Sich während des Trainings zu treffen ist gar nicht so einfach.«

»Was genau machst du eigentlich? Wenn es nicht geheim ist, natürlich.«

»Im Grunde bin ich für eine zusätzliche Überwachung von Einsatzorten zuständig. Den anderen den Rücken freihalten sozusagen«, fügte sie dazu. Sie legte ihren Taco auf den Teller und seufzte. »Ich habe schon Albträume, dass ich was übersehe und einer von ihnen verletzt wird.« Oder dass noch Schlimmeres passierte. Das sagte sie aber nicht, denn die beiden lebten schließlich mit dem Wissen um die tägliche Gefahr. Eben wie Frauen von Soldaten oder Polizisten oder Feuerwehrmännern. Sie wussten, dass es jeden Tag passieren könnte und ihre Männer nicht nach Hause kamen.

Ailani warf einen Blick zur Küche. Die Wohnung war ziemlich offen geschnitten, sodass sie fast den ganzen Raum überblicken konnte. Sie beobachtete die Männer einen Moment schweigend, wobei ihr Gesichtsausdruck verriet, dass sie diese Albträume kannte. »Die Männer sind ein ziemlich festes Team, wie wahrscheinlich alle Einsatzgruppen, was wohl auch so sein muss. Wie kommst du klar?«

Jina verzog das Gesicht und wedelte mit der Hand. »Sie waren nicht gerade begeistert, die einzige Frau an der Backe zu haben«, sagte sie leise, damit die Männer es nicht hörten. »Ich für meinen Teil fühle mich manchmal so von Testosteron überflutet, dass ich am liebsten schreiend davonlaufen würde. Außer mit der Kassiererin im Supermarkt und meiner Mutter habe ich wahrscheinlich schon seit Monaten mit keiner Frau mehr gesprochen. Ich trainiere so viel, dass ich keine Zeit mehr habe, Freundinnen zu treffen, und inzwischen melden sie sich schon gar nicht mehr. Es ist ein Wunder, dass ich nicht verrückt geworden bin.«

Terisa lachte, und ihr Tonfall wurde etwas wärmer. »Und ich dachte schon, sie würden sich alle ein Bein ausreißen, um dir zu helfen.«

Das war nun wirklich so komisch, dass Jina schnaubte. »Sie können es gar nicht erwarten, sich totzulachen, wenn ich mit dem Gesicht zuerst im Matsch lande. Und sie helfen mir natürlich nicht dabei, aufzustehen.«

Wieder klingelte jemand. Überrascht stellte Jina ihren Teller zur Seite, um aufzustehen. Donnelly kam aus der Küche und sagte: »Ich mach schon auf.« Er zwinkerte ihr zu und ging zur Tür. Das war perfekt, nicht das Zwinkern, sondern dass er sich ein bisschen als Gastgeber betätigte, so als wäre er oft hier. Sie bewunderte ihn für seinen Scharfsinn. Aber wer sollte jetzt klingeln? Sie glaubte nicht, dass die Kinder zu laut waren, außerdem wusste sie, dass die Nachbarn unter ihr zum Wochenende abends ausgingen, es war ein junges Paar, das sich jeden Samstag mit Freunden traf. Sie erhob sich trotzdem, denn wer auch immer um diese Zeit klingelte, hatte wahrscheinlich ein Problem, um das sie sich kümmern musste.

Vor der Tür stand Levi. Regentropfen glitzerten auf seinem dunklen Haar, und sie hatte das Gefühl, er würde den gesamten Türrahmen ausfüllen. Jina hatte den Abend bisher genossen – es war kein Riesenspaß, aber durchaus angenehm –, doch bei Levis Anblick drehte sich ihr sofort wieder der Magen um, und Angst überkam sie. »Hallo«, begrüßte ihn Donnelly und trat zur Seite, um Levi hereinzulassen, denn natürlich hatte er ihn erkannt.

Sofort hatte Jina das Gefühl, dass die Luft im Wohnzimmer knapp wurde und die Wände viel zu dicht standen. Er trug eine abgewetzte braune Lederjacke, die an den Schultern vom Regen durchnässt war, ausgeblichene Jeans und abgetragene Stiefel. Es war das erste Mal, dass sie ihn in anderer Kleidung als in Trainingshosen und T-Shirt sah. Tatsächlich betraf das auch alle anderen aus dem Team, aber bei ihnen war es ihr nicht aufgefallen. Bei Levi schon, unglücklicherweise fiel ihr alles bei ihm auf.

Weil es merkwürdig ausgesehen hätte, nicht mit ihm zu

sprechen, sagte sie: »Hallo. Ich dachte, du könntest nicht.« Dann setzte sie ihre Wasserflasche an die Lippen und nahm zwei Schlucke, weil ihr nichts weiter zu sagen einfiel.

»Sieht so aus, als könnte ich doch.« Der Blick seiner dunklen Augen war so neutral wie immer. »Hallo, Ladies, und hallo, ihr Zwerge.« Ein Chor von Begrüßungen erhob sich.

»Es gibt jede Menge Bier und Essen in der Küche«, sagte Donnelly und bewahrte sie mit seiner lockeren Art davor, durch ihr Schweigen in eine peinliche Situation zu geraten.

Levi zog seine Lederjacke aus und hängte sie an den Kleiderhaken in der Diele, bevor er Donnelly in die Küche folgte. Als er an ihr vorbeiging, spürte Jina seinen Blick wie ein schweres Gewicht, aber sie sah nicht auf. Was wollte er hier? Er hatte klargemacht, dass er mit ihr privat in keiner Weise etwas zu tun haben wollte.

Sie hatte keine Ahnung, was er hier wollte, denn sicher hatte er seine Meinung nicht geändert. Und selbst wenn es der Fall wäre, bei ihr war alles wie zuvor. Sie hatte zwar keine Ahnung, was er wirklich von ihr dachte – nicht gut genug? Schlampe? Dumm? – wusste aber, wie sie sich fühlte, und »verärgert« drückte ihre Stimmung nicht im Entferntesten aus. Was am schlimmsten war, sie musste wohl oder übel ihre Wut unterdrücken und alles schlucken, denn das war die einzige Möglichkeit, weiterhin mit dem Team zusammenzuarbeiten.

Die sieben und acht Jahre alten Jungen aßen ihre Tacos auf und sahen sich, wie Jungen eben waren, danach um, was sie anstellen könnten. Also flitzten sie in die Küche und fanden gleich darauf den Balkon, der durch Schiebetüren von der Küche getrennt war. Kalte feuchte Luft wehte in das Apartment. Terisa, die sofort Bescheid wusste, rief: »Marcus!«

»Hab's schon im Griff«, sagte Boom.

»Ich wusste gar nicht, dass Booms richtiger Name Marcus ist«, kommentierte Jina.

»Ich glaube, ich bin die Einzige, die ihn so nennt.«

Die drei jüngsten Kids hatten mitbekommen, dass etwas im Gange war, und hatten sich im Nu verdrückt, zurück blieben ein paar Fruchtsaftpackungen und die letzten Chicken-Nuggets. Der Zweijährige war erstaunlich schnell an Ailanis ausgestreckter Hand vorbeigelaufen. »Eric!«, rief Ailani, »Halte ihn auf!«

»Hab ihn schon«, rief Snake.

Terisa und Ailani bewegten sich nicht von ihrem Platz und aßen in Ruhe weiter. Ailani lächelte Jina zu. »Da in der Küche sind acht Männer«, sagte sie, »und nur fünf Kinder. Das schaffen die. Wir haben nicht so oft die Gelegenheit, die Kinder aus der Hand zu geben, also bleibe ich sitzen.«

Der Krawall in der Küche war heftig, aber nur von kurzer Dauer, als Kinder aus welchem Grund auch immer kreischten und in eindeutig militärischem Tonfall Befehle gebrüllt wurden. Jina stippte etwas Avocadocreme, kaute und genoss die relative Stille in ihrem kleinen Wohnzimmer. Sie hatte die Gesellschaft anderer Frauen vermisst. Bei den Männern hatte sie immer das Gefühl, sie müsse so tun, als wäre sie Superwoman. Aber das Training war körperlich so hart, dass sie danach so etwas Banales wie Fußnägellackieren große Überwindung kosten würde, und Schminken stand sowieso nicht mehr auf der Tagesordnung. Alles, was sie abends erledigte, durfte nicht viel Zeit und Kraft kosten, und sie war schon glücklich, wenn der Dreck einigermaßen ab war.

Für heute Abend gefiel es ihr, das Haar offen zu tragen, statt es sich in einem Pferdeschwanz oder Zopf zusammenzubinden. Sie genoss es, hier zu sitzen und mit Menschen zu reden, die nicht nach Schweiß und Schmutz rochen. Bei dem Gedanken wurde ihr klar, wie sehr sie ihre Mutter und Geschwister vermisste, die ganze Familie. Und das erinnerte sie an die bevorstehenden Feiertage. In nur einer Woche war Thanksgiving, und ihre Mutter hatte bei ihrem letzten Telefongespräch recht verärgert geklungen, weil Jina ihr nicht genau sagen konnte, ob sie nach Hause käme.

»Was passiert eigentlich an den Feiertagen?«, fragte sie. »Mir fällt gerade ein, dass keiner der Männer was gesagt hat. Verbringen sie Thanksgiving oder Weihnachten normalerweise zu Hause?«

»Manchmal ja, manchmal nicht«, erwiderte Ailani. Sie lehnte sich entspannt im Sofa zurück, als sich die spitzen Schreie ihres Jüngsten in Gelächter verwandelten. »Es ist unmöglich, etwas zu planen, weil wir nie wissen, was passiert und ob sie zum Einsatz gerufen werden. So ist das nun mal. In den Sommerferien fahre ich mit den Kindern nach Hawaii, um meine Eltern zu besuchen, das ist eine angenehme Erholung von der Hitze und Luftfeuchtigkeit hier.«

Jina lachte. »Hawaii? Ja, das würde ich definitiv als nette Erholung betrachten.«

»Woher kommst du denn?«, wollte Terisa wissen. »Du bist auf jeden Fall aus dem Süden.«

Klar, ihr Akzent verriet sie immer. »Aus dem Süden von Georgia.«

»Fährst du an Thanksgiving zu deiner Familie? Das könnte für eine Weile die letzte Gelegenheit sein. Denn wenn du dein Training demnächst beendest, weiß nur der Himmel allein, wo du dann landen wirst.«

Offensichtlich hatte Boom seiner Frau erzählt, dass Jinas Fallschirmspring-Training die letzte Etappe war und sie dann richtig ins Team einsteigen würde. Was mehr war, als ihr selbst irgendjemand gesagt hatte.

»Sie kann nicht nach Hause fahren, bevor sie das Fallschirm-Training beendet hat«, sagte Levi von der Küche her und verriet damit, dass er die Unterhaltung in beiden Zimmern verfolgte.

»Ihr werdet doch wohl nicht an Thanksgiving trainieren«, entgegnete Terisa mit erhobener Stimme, sodass sie auch nicht überhört werden konnte. »Marcus wird jedenfalls freihaben.«

Aus der Küche ertönte Lachen. »Ich denke, da hast du deinen Befehl erhalten«, sagte Voodoo.

»Von mir kommt keine Widerrede. Ich feier gern Thanksgiving.« Boom lugte um die Ecke ins Wohnzimmer und zwinkerte seiner Frau zu.

»Das gefällt mir«, sagte Ailani plötzlich. »Wir im Wohnzimmer und die Männer in der Küche. Normalerweise ist es genau andersherum. Daran könnte ich mich gewöhnen.« Zufrieden lächelnd kuschelte sie sich in ein Kissen. »An manchen Tagen ist die Küche nach der Arbeit das Letzte, was ich sehen möchte.«

»Wir könnten diese Atempause öfter mal organisieren«, sagte Jina. »Das wäre ein Gewinn für uns alle. Das Team samt Anhang kommt her, ihr könnt euch erholen, und ich kann mit Frauen zusammen sein. Ich vermisse meine Familie.« Sie versuchte, ihre Gefühle nicht zu zeigen, aber plötzlich spürte sie eine solche Sehnsucht nach ihnen, dass es wehtat. Es war gut gewesen, sich auf eigene Beine zu stellen, deshalb war sie nach D. C. gezogen. Aber sie hatte ihre Familie schon Monate nicht mehr gesehen, das war einfach zu lange. Wenn sie an Thanksgiving nach Hause könnte, würde sie fahren, und wenn es nur für einen Tag wäre.

Als sie aufstand, um den Kuchen anzuschneiden, kamen die Kids angerannt. »Ich will die Zunge!«, rief Booms Sohn – er hieß Matthew –, und Levi sagte trocken: »Wollen wir das nicht alle, mein Kleiner?«

Alle außer Jina lachten. Ein Levi, der Witze machte, war mehr, als sie ertragen konnte. Sie hatte sich damit abgefunden, dass er hier war, aber das hieß nicht, dass sie sich wohlfühlte. Erst machte er sie fertig, dann saß er hier, aß von ihrem Büfett und zerstörte die friedliche Stimmung in ihrer eigenen Wohnung. Sie wollte ihn hier nicht, wollte nicht sehen, wie er in ihrer Küche stand.

»Ich denke, ich kann den Kuchen so schneiden, dass jeder von euch ein Stück vom Mund abbekommt«, sagte sie zu den Kids. Sie ritzte einen Kreis im Zentrum des Kuchens und schnitt dann geschickt die Stücke heraus, sodass jedes Kind etwas von der roten Glasur bekam. Snake nahm den kleinen Teller für seinen Zweijährigen entgegen, der sofort zu einem rebellischen Geschrei ansetzte. Über den Lärm hinweg sagte Snake: »Setz dich auf meinen Schoß, Kumpel, dann helfe ich dir dabei, den Zungenkuchen zu essen, okay?«

»Nein! Nein! Meins!«

Snake klemmte sich den strampelnden und protestierenden Jungen unter den Arm. »Natürlich ist es deiner, ich will ja gar nichts davon, sondern dir nur helfen. Jetzt setz dich.« Die letzten drei Worte hatte er streng genug ausgesprochen, sodass der lautstarke Widerstand des Jungen endete und nur noch ein zitterndes Kinn und feuchte Augen übrig blieben. Sobald der erste Bissen in seinem Mund verschwunden war, hatte er einen zufriedenen Gesichtsausdruck.

Es war amüsant zu beobachten, wie Snake mit seinem kleinen Teufelsbraten umging, aber für Jina war es wieder einmal ein Anlass, sich zweimal zu überlegen, ob sie in der Zukunft Kinder haben wollte. Wenn sie sicher sein könnte, dass ihre Brut so süß und knuffig wäre wie Mia, wäre das etwas anderes. Nicht dass sie sich darüber Gedanken machen musste, wo weit und breit kein Liebhaber in Sicht war.

Der Kuchen wurde schnell kleiner. Jina war froh, dass sie Ailani und Terisa etwas davon bringen und sich selbst noch ein Stück sichern und damit ins Wohnzimmer verziehen konnte. Der Rest des Abends verlief wie gehabt. Die Männer waren in der Küche versammelt, die Kinder rannten herum, während die tiefen Stimmen bollerten und Gelächter erklang. Aber in Gegenwart der Kids konnten sich die Männer nicht so gehen lassen wie sonst. Die Frauen waren zufrieden, zusammen im Wohnzimmer zu sitzen und zu plaudern. Als Mia zu ihrer Mutter kam, sich auf deren Schoß kuschelte und sofort einschlief, sah Jina das als Zeichen, dass die Familien früh aufbrechen würden. Sie wusste nicht, wie lange die Männer bleiben wollten, aber sie hatte auch keine Probleme damit, sie hinauszuwerfen. Sie hatte ihnen Essen serviert und ihnen Bier gegeben, ihre Gastgeberinnenrolle war erfüllt.

Es war nicht viel vom Büfett zum Wegräumen übrig, aber sie stand auf und begann mit der Arbeit. Natürlich boten Ailani und Terisa ihre Hilfe an, aber Jina lehnte lächelnd ab. »Es gibt nicht so viel zu tun, nur ein paar Löffel und so. Ich liebe Pappteller und Becher.«

»Geht mir auch so, meine Liebe«, sagte Terisa. »Ich kann mich gar nicht erinnern, wann ich das letzte Mal von einem richtigen Teller gegessen habe.«

Snake kam ins Wohnzimmer, sein Sohn schlief an seiner Schulter. »Wir sollten den Kleinen ins Bett bringen«, sagte er. »Danke für die Einladung, Babe. Woher hast du eigentlich diesen Kuchen? Brody will auch so einen Zungenkuchen zum Geburtstag.«

»Den habe ich selbst gebacken.«

»Lügnerin.«

»Nein, ich kann wirklich backen, und meine Mutter hat mir gezeigt, wie man die Glasur macht.«

Er drehte sich um und rief laut: »He, Jungs, Babe hat den Kuchen selbst gebacken!«

Sie konnte sich direkt ausmalen, wo das enden würde. »Vergesst es«, sagte sie schnell. »Ich werde keinen Kuchen für euch alle backen. Auf keinen Fall.«

»Ach, komm schon.«

»Es ist nicht mein Job, euch zu füttern, schließlich habe ich euch nicht adoptiert.«

Sie gingen fast alle gleichzeitig, ein paar der Männer versuchten noch weiter, sie zu überreden, doch einen Kuchen für sie zu backen. Levi gehörte nicht zu ihnen. Sie hatte keine Ahnung, warum er gekommen war, vielleicht war er einfach scharf darauf gewesen, etwas zu essen und mit den anderen Männern zu feiern. Er verließ die Wohnung, ohne sie anzusehen oder sich zu verabschieden, was ihr nur recht war. Donnelly blieb zurück, was sie auch gut fand. Das gehörte sich ja für einen Freund.

»Danke, dass du da warst«, sagte Jina und verteilte das übrige Geschirr in der Spülmaschine. »Das war wirklich nett von dir.« Nichts Großartiges, aber nett war es schon gewesen, sie nicht hängen zu lassen.

»Mir hat es gefallen. Die Typen sind cool, findest du nicht? Ich freue mich schon darauf, in mein Team zu kommen, obwohl ich wünschte, Kodak hätte mich auch selbst eingearbeitet, so wie Ace das mit dir gemacht hat.«

Sie schnaufte. »Auch wenn sie mich geschunden haben, bis ich endlich so fit war, dass sie es akzeptabel fanden?«

Er lehnte sich gegen den Schrank neben der Geschirrspülmaschine und beobachtete sie. »Ja, auch dann. Beim ersten Einsatz bist du schon Teil des Teams. Du kennst alle, und sie kennen dich. Wir anderen springen ins kalte Wasser und wissen nicht, was uns erwartet.« Er zögerte kurz. »Vielleicht solltest du an MacNamara schreiben und vorschlagen, dass er das integrierte Training für den Kurs anordnet.«

»Vielleicht schreibst du ihm besser selbst. Mach ihn auf dich aufmerksam.«

Jetzt war es an Donnelly zu schnaufen. »Ja, genau, als ob ich das will!«

»Warum willst du mich dann dem Löwen zum Fraß vorwerfen?«

Er grinste sie an, nicht im Mindesten verlegen. »Besser du als ich, oder?«

Er blieb noch ein paar Minuten, um zu plaudern, dann gähnte er. »Tut mir leid«, sagte er beschämt. »Das Training hat mich zu diesen komischen Mutanten gemacht, die früh ins Bett gehen.«

Jina konnte ebenfalls kaum ihr Gähnen unterdrücken – und dabei war es erst neun Uhr abends. Sie brachte Donnelly zur Tür und schloss hinter ihm ab.

Während sie sich in der Wohnung umsah, atmete sie tief durch. Es sah gar nicht so schlimm aus. Sie brauchte nur die Kissen vom Boden irgendwo zu verstauen, ansonsten war alles mehr oder weniger in Ordnung. Die Eltern hatten ihre Kinder gut im Griff gehabt, nichts war zerbrochen, ein paar Dinge waren umgestellt, aber mehr nicht. Sie war mit Freunden auf Partys gewesen, bei denen ein viel größeres Chaos entstanden war.

Nachdem sie ein paar Minuten aufgeräumt hatte, klingelte jemand an der Tür. Sie schimpfte leise vor sich hin, weil sie annahm, dass Donnelly etwas vergessen hatte, und sie war nicht mehr in der Stimmung, mit jemandem zu reden. Trotzdem sah sie vorsichtshalber durch den Spion.

Levi.

Sie blieb wie angewurzelt stehen, ihr Herz hämmerte in der Brust. Es war zum Verrücktwerden, wie spontan und intensiv sie auf ihn reagierte. Was zum Teufel wollte er? Doch dann beschloss sie, dass es ihr egal war, und ließ ihn draußen in dem schmalen Hausflur stehen, während sie weiter aufräumte. Sollte er doch die ganze Nacht dortbleiben, wenn er wollte.

Er klingelte erneut. »Ich habe gesehen, wie du durch den Spion geguckt hast«, sagte er mit seiner tiefen Stimme, die durch die Tür gut zu hören war. »Mach auf.«

»Geh weg!«, rief sie. »Ich will dich nicht sehen. Ich will nicht mit dir reden.«

»Verflucht, ich muss dir was sagen, und zwar noch heute Abend, und wenn ich dafür die Tür eintrete.«

»Wenn du das machst, rufe ich die Polizei.«

»Nein, das würdest du nicht, weil du damit dem Team schadest.«

Jina biss die Zähne zusammen und ballte die Hände zu Fäusten. Natürlich hatte er recht. Nachdem sie so hart gearbeitet hatte, um in diese Gruppe zu kommen, war das Team für sie viel wichtiger geworden als vorgesehen. Es waren nicht nur irgendwelche Männer, sie waren ihre Kameraden.

Sie schloss auf und öffnete die Tür, ließ aber die Hand auf der Klinke und blieb so stehen, dass sie ihm den Weg versperrte. Wenn er wirklich hereinwollte, hätte sie ihn nicht davon abhalten können, aber sie würde ihn ganz sicher nicht hereinbitten.

»Was ist?«, fragte sie unwirsch und versuchte, seine fast überwältigende körperliche Gegenwart zu ignorieren, den Geruch von Mann, vermischt mit Regen und der Kälte eines kühlen Novemberabends.

Er sah auf sie herunter, sodass sie sich neben diesem riesigen muskulösen Mann sofort wie eine Zwergin fühlte. Seine Lippen waren zusammengepresst, die dunklen Augen gaben nichts von seinen Gefühlen preis. »Ich wollte mich entschuldigen.«

»Entschuldigung nicht angenommen«, schoss sie zurück. Was er gesagt hatte, war nicht in Ordnung, und das konnte er auch nicht wieder geradebiegen.

»Dann eben nicht. Ich habe auf dem Parkplatz gewartet, um zu sehen, ob Donnelly geht ...«

»Wie ein Stalker, was? Warum hast du mir keine Nachricht geschickt, die hätte ich ignoriert! Wär mir lieber gewesen.«

»Was ich gesagt habe ... war die Wahrheit. Ich hätte es anders ausdrücken sollen, aber es war die Wahrheit.«

»Interessant. Du kannst also nicht so gut mit Worten umgehen, ist mir egal. Und jetzt hau ab.«

Als sie die Tür zuschieben wollte, streckte er den Arm aus und hielt sie auf. »Du wirst mir jetzt mal zuhören«, brummte er und kam einen Schritt näher, sodass sie sich den Nacken hätte verrenken müssen, um ihm in die Augen zu sehen.

Das tat sie aber nicht. Sie blickte stur geradeaus und starrte auf seine Brust. Er war so nahe, dass sie seine Körperhitze spürte und die Wut und Frustration, die in ihm kochten. An seiner Kehle pochte der Puls wild wie ein Hammer.

Er wartete, aber als sie nichts mehr sagte, atmete er tief durch. »Ich habe dir eine sehr wichtige Sache verschwiegen.«

»Dass du ein Arschloch bist? Das wusste ich schon.« Sie konnte sich nicht beherrschen, konnte sich nicht dazu bringen, zivilisierter mit ihm zu sprechen. Noch nie in ihrem Leben war sie so wütend gewesen, hatte sich so gedemütigt und … ja, verletzt gefühlt, und sie hasste es, sich so zu fühlen. Sie hasste sich selbst dafür, dass sie so auf ihn reagierte, und hasste ihn dafür, dass er es wusste.

»Es beruht auf Gegenseitigkeit.« Seine Stimme klang wütend wie ihre. »Das solltest du wissen. Dass es auf Gegenseitigkeit beruht.«

Dann drehte er sich um und ging, war mit großen Schritten an der Treppe und nahm zwei Stufen auf einmal. Er umrundete den Treppenabsatz, bis sie ihn nicht mehr sehen konnte. Aber sie blieb an der Tür stehen, horchte auf das Knallen der Stiefelabsätze auf den Stufen, das Öffnen der Haustür und wie sie zuschlug.

Wie benommen drückte sie die Tür zu und schloss ab. Dann sank sie langsam an der Tür zu Boden und starrte ins Nichts.

Er hätte alles einfach so lassen können, wie es war, ohne ihr das zu sagen. Sie wünschte, das hätte er getan. Denn es hatte nichts geändert, außer dass sich nun zu ihrem Schmerz noch Bedauern gesellte.

9. Kapitel

Jina richtete sich wieder auf. Dort unten auf dem Boden herumzusitzen brachte gar nichts, und sie musste ihre Wohnung weiter aufräumen. Wenn sie Levi schon nicht aus ihren Gedanken verdrängen konnte, dann wollte sie sich dabei wenigstens mit etwas Sinnvollem beschäftigen.

Verfluchter Kerl, dachte sie einmal wieder. Etwas anderes schien ihr in Bezug auf Levi nicht mehr in den Kopf zu kommen. Warum hatte er nicht einfach den Mund gehalten? Sie hatte so gut verdrängt, wie sehr sie sich von ihm angezogen fühlte. Dabei hatte ihr der gute alte Überlebensinstinkt geholfen. Levi war kein Mann, mit dem es leicht wäre, eine Affäre zu haben, ganz zu schweigen von einer festen Bindung. Es ärgerte sie, dass sie so stark auf ihn reagierte, dass ihr Puls in seiner Gegenwart in die Höhe schoss wie ein Feuerwerk, vor allem wenn er sie ansprach – und sei es nur, um einen seiner Befehle zu bellen. Sie könnte geradezu besessen von ihm werden, und diese Art von Schwäche hasste sie. Deshalb hatte sie ihr nie nachgegeben, hatte sich ständig zurückgehalten.

Sie hatte es nicht zugelassen, in Tagträume zu verfallen, als er ihre verletzten Füße verarztet oder die perfekt passenden Boots für sie bestellt hatte. Warum auch? Schließlich hatte sie die Schuhe bezahlt, sie waren kein Geschenk von ihm gewesen. Sie kam sich dumm vor, weil diese Stiefel ihr besonders viel bedeuteten, nur, weil er sie besorgt hatte. Das hieß nicht, dass er sich für sie interessierte, auch wenn er so etwas sagte wie »Es beruht auf Gegenseitigkeit«. Was ihn wirklich interessierte, war, dass sein Team wie ein gut geöltes Uhrwerk funktionierte, dass jeder in Form war und seine Aufgaben erfüllen konnte. Sie hatte ihn also angeturnt. Das war keine große Sache. Er würde nichts unternehmen, was die Dynamik des Teams zerstören könnte, und da war sie ganz seiner Meinung. Deshalb hatte sie sich schließlich die ganze Zeit zurückgehalten.

Sie hatte sich verboten, von ihm zu träumen, hatte nicht zugelassen, dass sie sich fragte, welche Frauen ihm gefielen und wie es wohl wäre, wenn seine intensive Aufmerksamkeit nur auf sie gerichtet wäre, hatte nicht mit ihm geflirtet, sondern sich ihm gegenüber immer strikt neutral verhalten.

Genau deshalb tat es so weh. Er hatte sie völlig grundlos beleidigt. Oder vielleicht glaubte er, sie wäre so schwach, dass er nur zu warten brauchte, bis sie ... ja, was? Ihn überwältigte und zum Sex zwang?

Ihre Wangen brannten vor Wut, denn tatsächlich hatte sie einmal kurz über die Größe seines Schwanzes spekuliert. Wie denn auch nicht? Einmal hatte er sich vor ihr hingehockt, sodass ihr Blick automatisch auf diese große Ausbuchtung in seiner Hose gefallen war. Und sie war auch nur ein Mensch, natürlich hatte es ihr Spaß gemacht, ihrer Fantasie ganz kurz freien Lauf zu lassen. Offensichtlich war es nicht kurz genug gewesen, er musste wohl etwas bemerkt haben, und das war ganz allein ihre Schuld. Denn bei den anderen Männern im Team war sie nie auf die Idee gekommen, deren Ausstattung zu überprüfen, obwohl die sich ständig in irgendwelchen Positionen befanden, die dazu einladen könnten. Das passierte ihr nur bei Levi. Verdammter Mistkerl.

Ihre Gedanken wanderten schon wieder auf den alten Pfad zurück, und schließlich war sie so wütend auf sich, dass sie ohne Mantel auf den Balkon ging, dort im Dunkeln stand und darauf wartete, dass die kalte feuchte Luft ihren Frust vertrieb. Frierend und zitternd kam sie schnell zur Vernunft, und ihre Gedanken beruhigten sich.

Sie brauchte sich von der Geschichte nicht aus der Bahn werfen zu lassen. Sie würde so weitermachen wie bisher, ihre Aufgaben erledigen, das Training beenden – *du lieber Himmel, aus einem Flugzeug springen!* – und sich ihren Platz im Team erarbeiten. Sie hatte sich nicht all die Monate den Arsch aufgerissen, um jetzt alles zu versauen. Er konnte sie mal! Egal wie gemein er wurde, sie dachte nicht daran, aufzugeben.

Trotz ihres Ärgers über Levi schlief sie gut. Als sie um fünf Uhr morgens durch das Signal ihres Smartphones geweckt wurde, das eine Nachricht ankündigte, hätte sie gern noch zwei Stunden weitergeschlafen.

Sie stöhnte auf und bekam plötzlich Herzklopfen, weil sie fürchtete, dass jemandem aus ihrer Familie etwas passiert war. Schnell knipste sie das Licht an und tastete nach dem Telefon. »Zum Teufel!« Es war eine Textnachricht von Levi, auf dem Display stand groß und fett »ACE«. Sie rieb sich die Augen, um den Text zu lesen, und plötzlich war es nicht mehr von Belang, von wem die Nachricht stammte, denn was dort stand, ließ sie erstarren.

Wetter ist klar. Treffen auf Trainingsplatz Station 0800.

O nein, o Gott, nein, nicht heute! dachte sie. Nicht am Sonntag. Sonntags hatte man frei, bis auf das Joggen. Sie hätte erwartet, den Termin früher zu erfahren, sodass sie rechtzeitig ein Beruhigungsmittel hätte nehmen können. Oder wenn das versagte, irgendwie dafür sorgen, dass sie im Krankenhaus landete. *Lieber Gott, wenn du das hörst, ich scherze … nicht.*

Sie stand auf und ging unter die Dusche, denn wenn sie sterben sollte, dann wollte sie wenigstens sauber sein. Nicht dass es einen Unterschied machen würde, denn wenn sie auf dem Boden aufkam, wäre nicht mehr genug von ihr übrig, um sauber oder nicht sauber unterscheiden zu können. Trotzdem hatte sie das starke Bedürfnis, sich zu reinigen. Und Wasser sollte doch beruhigend wirken. Was aber nicht funktionierte. Nach dem

Duschen flocht sie sich einen Zopf, denn es wäre nicht hilfreich, wenn ihr das Haar beim Sturz mit Millionen Stundenkilometer Geschwindigkeit Richtung Erde um die Ohren flog.

Sie würgte eine halbe Scheibe Toast hinunter, auf die sie sich Erdnussbutter geschmiert hatte, obwohl ein leerer Magen vielleicht besser gewesen wäre. Was, wenn sie auf dem Weg nach unten kotzen musste? Ob das Erbrochene genauso schnell flog wie sie und sie die ganze Zeit begleitete? Ein Horror. Andererseits, wenn sie gar nichts aß, wäre ihr Blutzuckerspiegel womöglich zu niedrig, und das wäre auch nicht gut. Sie trank nur eine halbe Tasse Kaffee, weil sie sich auf dem Weg nach unten auch nicht in die Hose machen wollte.

Ein weiteres Dilemma tat sich auf. Wie sollte sie sich für den Sprung in den Tod anziehen? Ein kurzer Wetter-Check bestätigte, dass der Himmel klar war und die Temperatur niedrig, es sich aber bis zum Nachmittag angenehm erwärmen würde. Diese Frage würde sie garantiert keinem der Männer stellen, denn damit würden sie sie ewig aufziehen. Vorausgesetzt, dass sie diesen Tag überlebte. Letztendlich zog sie die warme Seidenunterwäsche an, die sie sich in ihrem ersten Winter in D. C. gekauft hatte, dann wählte sie die normale tägliche Kleidung fürs Training, Cargohose und Sweatshirt, nur mit Sneakers statt Boots, denn ihre Stiefel hatten Haken für die Schnürsenkel, was beim Springen nicht ratsam war. Sie wollte gar nicht daran denken, wo sie mit diesen Haken hängen bleiben könnte. Dann schnappte sie sich ihre North-Face-Wintermütze, das war's. Besser ging es nicht, fand sie.

Der Versuch, sich über Klamotten den Kopf zu zerbrechen, um die lähmende Angst, womöglich bald zu sterben, zu verdrängen, half leider nicht.

Sie kam eine halbe Stunde zu früh am verabredeten Ort an, blieb im Wagen sitzen und legte den Kopf aufs Lenkrad, während sie leise vor sich hin betete. Sie überlegte, ob sie ihre

Mutter anrufen sollte, denn vielleicht bekam sie nie wieder eine Gelegenheit dazu. Doch dann entschied sie sich dagegen, denn wenn sie jetzt mit ihrer Mom redete, könnte sie sich vielleicht nicht beherrschen – und verriet alles, von den GO-Teams, den Drohnen, was sie wirklich tat und dass sie nun gezwungen wurde, mit dem Fallschirm abzuspringen. Das wäre gar nicht gut.

Ein Klopfen am Autofenster ließ sie so erschrocken hochfahren, dass sie mit dem Knie gegen das Lenkrad stieß und laut fluchte.

Levi stand neben ihrem Wagen und lachte. Sie hasste ihn, hasste es, wie das Lachen sein Gesicht erhellte, die Zähne weiß blitzten und sich neben den dunklen Augen kleine Lachfältchen bildeten. Wie konnte er es wagen, nach allem, was geschehen war, so zu lachen! Sie öffnete die Autotür so heftig, dass sie ihm gegen das Bein schlug.

»Autsch!« Er sprang zurück und bückte sich, um sich das Knie zu reiben, und blickte sie warnend an. »Pass auf, was du tust.«

Sie erwiderte seinen bösen Blick, stieg aus und knallte die Tür zu. »Das habe ich, und es hat mir gefallen, danke. Hat Spaß gemacht. Du weißt ja, wie das ist, so wie du eben gelacht hast, als ich mir das Knie gestoßen hab.«

Aus unerfindlichen Gründen schien er gut gelaunt zu sein. Sein rechter Mundwinkel zuckte nach oben: »Ist nur fair«, sagte er amüsiert. Vielleicht freute er sich einfach nur auf ihren Abgesang, vertraute darauf, dass sie, selbst wenn sie überlebte, genug von allem haben würde.

Als würde sie ihm diese Genugtuung gönnen. Sie würde vielleicht sterben, aber sie würde nicht aufgeben.

Boom kam mit seinem großen King Cab Pick-up angefahren und verhinderte, was auch immer hätte folgen können, heftiger Streit oder eisiges Schweigen. Beides wäre möglich gewesen.

»Wir fahren mit Boom«, sagte Levi und ging auf den Truck zu. Jina trottete hinter ihm her, ohne sich zu bemühen, mit ihm Schritt zu halten. In letzter Zeit hatte sie zwar einen anderen Gang entwickelt, machte längere ausholende Schritte, aber keinesfalls konnte sie mit jemandem mithalten, der über 1,90 m groß war. Er hätte bei einer vernünftigen Größe aufhören sollen zu wachsen, der verfluchte Mistkerl.

Es machte sie sogar wütend, wie er atmete.

Levi setzte sich zu Boom vorn auf den Beifahrersitz, und sie kletterte auf die Rückbank. Booms Wagen lag nicht so hoch wie Levis, vielleicht weil er eine Frau und zwei Kinder hatte, die auch mitfuhren, aber inzwischen hatte sie damit sowieso keine Probleme mehr. Beinmuskeln aus Stahl, dachte sie triumphierend, und auch wenn das etwas übertrieben sein mochte: Sie war tatsächlich in absoluter Topform. Vielleicht waren diese Beinmuskeln aus Stahl ja beweglich und stark genug, um zu verhindern, dass sie sich bei der Landung die Knochen brach. Oder vielleicht konnte sie sie auch benutzen, um Levi aus dem Flugzeug zu stoßen.

»Dein Truck gefällt mir«, zwitscherte sie Boom zu, weil sie genau wusste, dass Levi dieser Tonfall wütend machte. Vielleicht Boom auch, aber Levi war ihr Ziel, Boom wäre dann als Kollateralschaden in Kauf zu nehmen. »Der sieht nicht so aus wie das Gefährt eines gewissen schmolllippigen Darth Vader.«

Schmolllippig. Boom hustete, um sein Lachen zu verbergen, Levi drehte sich kurz um und starrte sie mit Basiliskenblick an. Sie schenkte ihm ein gekünsteltes Lächeln. Ach, was machte das Spaß! Für wenige Sekunden konnte sie sich davon ablenken, dass ihr die Knie schlotterten.

Boom fuhr zu einem Landeplatz im ländlichen Virginia, der von Farmland umgeben war. Dort war nicht viel los, nicht um diese frühe Morgenstunde, nur ein paar Flugzeuge warteten neben einer großen rostigen Wellblechhütte mit einem einfachen, aber nützlichen Holzanbau zur Linken. Zwei andere Wagen parkten da, es war aber niemand zu sehen. Eine Twin Otter stand auf der Landebahn, und ein sportlicher Typ in Jeans und Lederjacke umrundete das Flugzeug langsam und begutachtete jedes Detail.

Vor ein paar Monaten hätte Jina noch gedacht, dass es sich bei Twin Ottern um niedliche Tierchen handeln würde, aber jetzt hatte sie das Flugzeug nicht nur gleich erkannt, sondern wusste auch, dass es fürs Fallschirmspringen geeignet war. Großartig! Warum durfte sie die Prüfung nicht nur schriftlich absolvieren statt auch in der Praxis? Sie hätte garantiert hervorragend abgeschnitten.

»Ich hab die Fallschirme alle selbst aufgerüstet«, sagte Boom zu Levi. »So viele auf einmal wie noch nie.«

»Wahrscheinlich werden wir sie alle brauchen«, sagte Levi.

Hieß das, dass sie es so lange probierten, bis sie entweder sprang oder abkratzte? Wahrscheinlich. Sicher hatten sie höchstens für zwei oder drei Sprünge Zeit … oder? Sie war jedenfalls die einzige Auszubildende – die beiden die einzigen Springprofis im Flugzeug. Es würde seine Zeit dauern, bis das Flugzeug aufgestiegen und in der richtigen Höhe war, wieder landete, plus die Zeit, um sie vom Landeplatz wieder abzuholen. Ihr Herzschlag legte einen höheren Gang ein, es hämmerte laut und schnell. Sie würden es tatsächlich durchziehen.

»Wo ist die Landezone?«, erkundigte sie sich in der Hoffnung, dass sie möglichst weit entfernt wäre und so die Zeit weiter limitiert wurde.

»Auf dem Nachbarfeld«, sagte Levi und zeigte mit dem Daumen nach rechts. »Ich hätte es auch hier gemacht, aber es landen und starten noch andere Flugzeuge. Ich habe arrangiert, dass wir abgeholt werden.«

Das war ja klar. Warum konnten sie nicht einfach auf dem Feld warten, bis das Flugzeug gelandet war, und sich von Boom zurückfahren lassen? Das hätte dann etwas länger gedauert. Aber nein, Levi musste effizient sein, sodass mehr Stunden für die Foltereinsätze blieben.

Verzweifelt beschwor sie die Erinnerung ans Seilrutschen herauf. Auch dabei hatte sich ihr der Magen umgedreht. Ins Leere zu treten und darauf zu vertrauen, dass sie vom Seil gehalten wurde, hatte sie all ihren Mut und ihre Nervenkraft gekostet, aber nachdem sie den ersten Schritt getan hatte, war alles in Ordnung gewesen. Vielleicht wäre es jetzt genauso. Die Männer waren zuversichtlich, aber womöglich hatten sie gelogen. Vielleicht sollte sie sich automatisch auf das konzentrieren, was sie tat, statt auf das, was passieren konnte. Vielleicht wäre ja alles okay.

Der Himmel hing wie eine große blaue Schüssel über ihnen, keine einzige Wolke war zu sehen, so als versuche das Wetter, sie für die Regentage zu entschädigen. Zu dumm, denn sie hatte wirklich gebetet, dass es regnete, und zwar das ganze restliche Jahr oder länger. Ein kalter Wind wehte, aber nicht so stark, dass es störend gewesen wäre, also kein Ausweg weit und breit in Sicht. Das Wetter spielte einfach nicht mit. Jina zwang sich, ruhig und gleichmäßig zu atmen, sodass sich ihr Herzschlag beruhigte. Die Luft war frisch und rein, roch allerdings auch ein bisschen nach Treibstoff. Ein paar Vögel zwitscherten, nicht so aufgeregt wie im Frühjahr, nur hin und wieder, als wollten sie sich untereinander bemerkbar machen.

Boom holte die Ausrüstung von seiner Ladefläche, und Jina begann sich anzugurten. Sie konzentrierte sich darauf, alles an seinen Platz zu legen, weshalb es einen Moment dauerte, bis sie bemerkte, dass Levi und nicht Boom den anderen Fallschirm anlegte. Sie stutzte. »Ich dachte, ich springe mit Boom.«

»Ich habe keine Lizenz fürs Tandem-Springen«, erwiderte Boom, »nur Ace.«

»O Gott!« Sie war so schockiert, dass sie es laut sagte.

»Hast du ein Problem damit?«, erkundigte sich Levi schroff.

»Allerdings. Ich *vertraue* Boom. Ich bin mir sicher, dass er mich nicht losbindet, wenn ich in der Luft kotzen muss.«

O Gott, sie würde mit Levi zusammengegurtet werden. Sie wollte ihn sowieso nicht in ihrer Nähe, ganz zu schweigen davon, dass man sie so fest an ihn band, dass sie praktisch in Löffelstellung waren.

Boom schnaufte lachend, und selbst Levi musste grinsen. »Du wirst nicht kotzen«, sagte er, und das hörte sich mehr an wie ein Befehl, als dass es sie beruhigen sollte.

Sie zog sich ihre Strickmütze über, aber Boom sagte: »Die wird wegfliegen.« Seufzend verstaute sie sie wieder in ihrer Tasche und stopfte sich das Ende ihres langen Zopfs in den Ausschnitt ihres Sweatshirts.

»Warum?«

»Weil wir mit hundertneunzig Stundenkilometer unterwegs sind, wenn wir das Flugzeug verlassen haben«, erwiderte Levi.

Jina wurde bleich und versuchte, nicht weiter darüber nachzudenken. Wieder begann ihr Herz zu hämmern. Konnte man vor Angst sterben? Vielleicht musste sie gar nicht auf dem Boden zersplittern. Levi konnte wahrscheinlich eine perfekte Landung mit dem Fallschirm hinbekommen, wenn er eine Leiche an seine Brust gegurtet hatte.

Diese Vorstellung war so makaber, dass es sie ein bisschen tröstete und die Panik etwas nachließ. Mit etwas Glück würde Levi diese Erfahrung so traumatisieren, dass er nie wieder springen konnte. Das wäre doch ausgleichende Gerechtigkeit, oder nicht?

Sie war wie benebelt, als sie das Flugzeug bestiegen und die beiden Motoren zum Leben erwachten. Die Twin Otter war innen geräumiger als erwartet, auf beiden Seiten standen Bänke. Sie ließ sich auf einem der Sitze nieder und schnallte sich an. Boom und Levi schlossen die Kabinentür und nahmen ebenfalls ihre Plätze ein. Levi saß direkt neben ihr, so dicht, dass er sie mit dem linken Bein berührte. Vorsichtig zog sie ihr Bein von ihm weg.

Der Pilot, den Boom als Air Bud vorgestellt hatte, da sein Spitzname Bud war, löste die Bremsen. Das Motorengeräusch veränderte sich, und das Flugzeug setzte sich in Bewegung. Buds Frau war die Co-Pilotin, eine Rothaarige im Overall mit einer Menge Sommersprossen und breitem Lächeln. Jina hätte sich gern mit ihr darüber unterhalten, was für Mistkerle die Männer wären, aber Boom war in Ordnung, und Bud kannte sie nicht. Also klammerte sie sich an den Kanten ihrer Sitzbank fest und blieb, wo sie war.

Das Flugzeug hob ab und begann, immer mehr an Höhe zu gewinnen. Levi stand auf, und er und Boom begannen mit den Vorbereitungen, und Jina schaute lieber gar nicht erst hin. Sie war zu beschäftigt damit, regelmäßig zu atmen und ihrem Magen zu befehlen, dass er nicht in die Kehle rutschte. Ihr Mund wurde trocken, die Beine zitterten. Sie musste nicht hinsehen, um zu wissen, wann die Kabinentür geöffnet wurde, weil sofort kalte Luft hereinrauschte.

Sie hatte sich das ganze Training über vor vielen Übungen gegrault, aber nie richtig Angst gehabt. Jetzt hatte sie Angst. Wobei »Angst« noch zu milde ausgedrückt war, sie verspürte reinen Horror, und dagegen half nichts, was sie sich hätte einreden können.

Dann setzte sich Levi wieder neben sie, tippte ihr auf die Schulter und sagte: »Es ist so weit.«

Schweigend sah sie zu ihm hoch, und alles, was sie nun hätte tun müssen, verlor sich im Nebel ihrer stillen Panik. Levi wartete, aber egal wie verzweifelt sie ihr Hirn durchforstete, es fiel ihr nichts ein. Es war so weit. Jeden Moment würde man sie zwingen, aus dem Flugzeug zu springen. Etwas anderes ging ihr nicht durch den Kopf.

Ein nicht zu deutender Ausdruck erschien kurz auf seinem Gesicht. Ohne etwas zu sagen, hob er sie vom Sitz und setzte sie sich mit dem Rücken zu sich auf den Schoß.

Halt!

Jina zuckte zusammen, als hätte er ihr kaltes Wasser ins Gesicht geschüttet. Die körperlichen Empfindungen überwältigten sie – die Hitze seines Körpers, seine harten Muskeln an ihrem Rücken, ihrem Po, den Beinen, sein Atem in ihrem Nacken –, all das zusammen mit der Furcht und dem Gefühl der Taubheit warf sie völlig aus der Bahn, denn nichts machte mehr Sinn. Was zum Teufel tat er da? Und das in Gegenwart von Boom!

Ungeschickt, denn die Muskeln in ihrem Körper schienen nicht miteinander zu kooperieren, versuchte sie von seinem Schoß herunterzurutschen. Er brummte etwas und schlang den rechten Arm um ihre Hüfte, um sie zurückzuziehen. »Halt still«, befahl er. »Das ist der einfachste Weg, uns zusammenzugurten.«

Zusammengurten … okay.

Zitternd und schwer atmend versuchte sie sich zu entspannen, während er ihre Halteriemen an vier Stellen miteinander befestigte, an den Hüften rechts und links und an beiden Schultern. Sie wurde dicht an seine muskulöse Brust gezogen, blickte nach unten und sah seine ausgebreiteten Beine zwischen ihren, wobei sich ihre noch weiter auseinanderzogen. Der Anblick war ein weiterer Schock, und seine Nähe war fast schmerzhaft.

»Ich kümmere mich um alles«, sagte er ihr ins Ohr. »Du lässt dich einfach mit mir fallen. Wenn sich der Schirm geöffnet hat, kannst du die Steuerschlaufen nehmen und uns zur Landezone lenken. Denk dran, leg den Kopf zurück an meine Schulter, und zieh die Beine zwischen meinen an. Verstanden?«

Er erklärte ihr Dinge, die sie bereits beim Bodentraining geübt hatte, aber diese Wiederholung war gut, denn sie war unfähig zu denken. Noch nie in ihrem Leben hatte sie sich dermaßen gefürchtet, und die Angst wurde immer stärker, nicht schwächer. Vielleicht war der eigentliche Sprung aus dem Flugzeug das Schlimmste, so wie die Männer gesagt hatten, und wenn sie erst mal in der Luft war, würde alles besser werden.

Oder ihr platzte das Herz vor Entsetzen. Das schien ihr wahrscheinlicher.

»Wir werden etwa eine Minute im freien Fall sein. Das ist wie Schweben, du wirst kein Gefühl für die Geschwindigkeit haben, du spürst nur Wind. Wenn wir bei achthundert Metern sind, öffne ich den Fallschirm. Dann gibt es einen teuflischen Ruck, und wir werden wieder nach oben gerissen, also keinen Schreck bekommen. Ich werde dann die Gurte etwas lockern, damit es bequemer für dich ist. Dann beginnt der seichte Flug nach unten.«

Keinen Schreck bekommen? War es möglich, sich noch mehr zu erschrecken, wenn man schon dermaßen in Panik war? So wie eine Zweitpanik oder eine doppelte Panik?

»Schutzbrille.«

Vor ihrer Brust baumelte eine, und sie setzte sie auf. Schutzbrille. Es würde jetzt also wirklich passieren.

»Du wirst das großartig machen«, sagte Boom beruhigend. »Ace hat alles im Griff.« Dann half dieser Verräter Levi dabei, sie bis zur offenen Kabinentür zu schieben. Mit zitternden Lippen blickte sie zu Boom hoch und wollte etwas zu ihm sagen, ihn vielleicht sogar um Erbarmen anbetteln, aber bevor sie einen Ton herausbrachte, hob Levi sie durch die Luke aus dem Flugzeug …

Und sie stürzte in die Hölle.

Mit dem Gesicht zuerst.

Jina zuckte zusammen und versteifte sich, als sie sofort ein kreischender Wind umfing, ihr Kopf wurde gegen Levis Schulter gedrückt, und ihre Augen flackerten wild, sodass das Braune und Grüne unter ihnen sich in Übelkeit erregender Weise mit dem gnadenlos blauen Himmel vermischte. Sie schrie, als wollte sie den Wind übertönen, tiefe heisere Schreie drangen aus ihrer Kehle. Das war alles zu viel, schlimmer, als sie es sich vorgestellt hatte, mehr, als sie ertragen konnte. Der Horror, den sie bisher halbwegs hatte unterdrücken können, schien in ihr zu explodieren wie eine mächtige dunkle Kraft, die aus ihrer Brust emporstieg und sich innerhalb von Sekundenbruchteilen ausbreitete, um sie zu verschlingen und sie in die Schwärze zu ziehen.

»Jina! Babe! Wach auf, verdammt noch mal!«

Doch die dunkle Macht wollte sie nicht herauslassen. Und sie wollte auch nicht herauskommen, sondern dortbleiben, sicher und ohne etwas zu fühlen. Langsam aber holten sie Levis gebrüllte Kommandos zurück. Seine Stimme kam näher und näher, bis sie das Bewusstsein wiedererlangte. Sie öffnete die Augen und sah sich benommen um. Ihr Kopf war zur Seite gefallen, aber sie schaffte es, sich wieder zu fangen. Noch immer waren sie in der Luft, fielen immer noch. Sie zuckte nach hinten, presste sich wieder an ihn, als könnte sie in ihn hineinkriechen und so den Abstand zwischen sich und der näher kommenden Erde vergrößern.

»Es ist okay, wir sind unter dem Schirm, wir stürzen nicht ab.«

Das wiederholte er immer wieder. Die Worte ergaben zuerst keinen Sinn, dann verstand sie und legte den Kopf zurück, blickte auf den riesigen weißen Pilz, der sich über ihnen ausbreitete. Ihr Kopf lag an Levis Brust, und sie sah den unteren Teil seines starken Kinns, tief gebräunt und mit Bartstoppeln, weil er sich an diesem Morgen nicht rasiert hatte. Merkwürdig, dass sie das alles überhaupt registrierte in diesem fürchterlichen Moment. Ihr Herz hämmerte mit solcher Wucht gegen ihren Brustkorb, dass sie das Gefühl hatte, zu spüren, wie ihre Knochen vibrierten. Dann dachte sie, dass sie womöglich doch kotzen müsste. Die Angst wallte in unkontrollierbaren Schüben auf, und sie hatte Mühe zu atmen.

»Babe, es ist alles in Ordnung«, ertönte seine tiefe Stimme direkt an ihrem Ohr, so dicht, dass sie seinen Atem spürte. »Hier, nimm die Steuerschlaufen.«

»Nein!« Sie schüttelte wild den Kopf. Die Steuerschlaufen standen für alles, was mit diesem Erlebnis zusammenhing, und das war so schlimm, wie sie befürchtet hatte. Es war schrecklich. Sie war noch nie in ihrem Leben ohnmächtig geworden, aber jetzt hatte sie das Gefühl, als würde sie gleich wieder das Bewusstsein verlieren, und es war ihr egal, was Levi dachte – oder ob sie aus dem Training ausgeschlossen wurde. Sie wollte nur eines, und zwar heil auf dem Boden landen. Normalerweise half ihre Zähigkeit ihr dabei, sich durch jede schwierige Situation zu navigieren, aber das hier war nicht schwierig, sondern entsetzlich und jenseits aller Vorstellungskraft. Genauso dachte sie über Bungee-Jumping – sie wollte es nicht tun, auf keinen Fall, niemals.

»Okay, okay, du musst das nicht machen.« Seine raue Stimme war merkwürdig tröstlich. Vielleicht dachte er, jetzt könne er es sich leisten, nett zu sein, jetzt, wo sie so gut wie aus dem Team geflogen war.

Merkwürdig, dass sie erst jetzt, wo sie mehr schwebten als fielen, die Bewegung wahrnahm, die Abwärtsbewegung. Wenigstens befand sie sich in aufrechter Position, nicht mit dem Gesicht nach unten mit Blick auf ihr tödliches Ende. Sie hätte zum Horizont hinübersehen können – aber das tat sie nicht, denn das da unten zog sie auf schreckliche Weise in seinen Bann. Um ihm zu entkommen, schloss sie die Augen, um nicht zu sehen, wie der Boden immer näher und näher kam. Ihre sämtlichen Muskeln erschlafften, und ohne dass sie es wollte, ließ sie den Kopf wieder gegen Levis Schultern fallen. *O mein Gott*, sie wurde nur durch vier Schnallen gehalten. Vier Stück.

Levi war derjenige, der am Fallschirm festgegurtet war, nicht sie. Wenn die Schnallen versagten, die Gurte rissen, dann war es aus für sie.

»Wenn ich es sage, hebst du die Beine und streckst sie aus, sodass sie nicht im Weg sind, wenn wir landen«, sagte er. Dieser freundliche Tonfall war immer noch da. Sie hasste ihn dafür, dass er jetzt so nett war, wo sie versagt hatte. Wenn er von Anfang an so gewesen wäre … Nein, es war sicher besser, dass es nicht so gewesen war. Sie wollte ihn überhaupt nicht mögen.

Sie zwang sich, die Augen zu öffnen, denn sie wollte nicht als Feigling da stehen. Die Minuten schienen ewig zu dauern, während sich gleichzeitig der Erdboden viel zu schnell näherte. Wieder ging ihr Atem schneller, und ihr Herzschlag hämmerte heftig, während sie vollkommen hilflos in den Gurten hing. Die Umrisse am Boden nahmen immer mehr Form an, sie konnte die Blätter in den Baumkronen sehen, da rief Levi »Beine hoch!« in seinem Befehlston, mit dem sie schon besser vertraut war.

Unwillkürlich reagierte sie, wie sie bisher immer seine Befehle befolgt hatte. Ihre Beinmuskeln zitterten, aber sie hob die Füße an, bis sie ein L bildete.

Es war, als würde sie mit ihrem Auto gleich gegen etwas krachen, ohne es verhindern zu können. Der Boden stürzte auf sie zu, ein kurzer Eindruck von einer schwarzen asphaltierten Straße, braunes Gras, ein rotes Kreuz auf dem Boden eingezeichnet, um die Landezone zu markieren. Ein Ruck ging durch ihre Gurte, als Levi aufkam und mit seinen starken Beinen den Aufprall abfing. Er lief ein paar Schritte nach vorn und blieb dann stehen, als wäre es etwas ganz Alltägliches, Hunderte von Metern durch die Luft zu fallen, um sie gleich darauf abzuschnallen. Jina war so benommen, dass sie gar nicht richtig begriff, wieder auf dem Boden gelandet zu sein, sicher, ohne gebrochene Knochen oder irgendetwas. Sie hatte sich nicht in roten Matsch verwandelt.

Als die Schnallen geöffnet waren, rutschte sie nach unten. Er packte sie mit einem stählernen Arm um die Hüfte und hielt sie fest. »Nimm die Füße jetzt wieder runter.«

Okay, dachte sie, alles fühlte sich so weit weg an, sie selbst ebenfalls, als hätte sich ihr Bewusstsein vom Körper gelöst. Doch sie nahm die Füße wieder herunter, und er beugte sich vor, um sie auf den Boden zu stellen, dann drehte er sich sofort um und begann, den Fallschirm zusammenzulegen.

Jina sank zu Boden. Etwas anderes konnte sie nicht tun, denn ihre Beine gaben nach wie gekochte Nudeln. Zumindest saß sie, anstatt ausgestreckt auf dem Boden zu landen. Die kalte Feuchtigkeit des Bodens durchweichte ihre Hose, und während Levi dabei war, den Fallschirm einzupacken, begann sie zu zittern. Nasser Boden ist weich, dachte sie, und weicher Boden ist gut.

Sie nahm die Schutzbrille ab und zog die Knie an, um ihre Stirn daraufzulegen und die Augen zuzudrücken. Die Welt auszuschließen war eine Erleichterung. Wenn sie auch ihr Gehör hätte ausschalten können, hätte sie das getan, um sich einen richtigen Kokon zu schaffen. Aber das konnte sie nicht, und die Geräusche drangen in sie. Sie hörte Levis Stimme – zuerst dachte sie, er würde Selbstgespräche führen, dann wurde ihr klar, dass er über sein Headset mit Boom sprach. Wahrscheinlich redeten sie über dieses ganze erniedrigende, schreckliche Ereignis. Boom würde jetzt wissen, wie jämmerlich sie versagt hatte.

Es war ihr egal. Zum ersten Mal in ihrem Leben war es ihr egal, dass sie eine Aufgabe nicht erledigen konnte. Fallschirmspringen war ihr Waterloo, denn sie würde das nicht noch einmal durchmachen.

Ich muss aber.

Das innere Flüstern kam aus den tiefsten Tiefen. Sie versuchte die Worte zu verdrängen, denn sie war in ihrem Leben noch nie etwas begegnet, was sie dermaßen verschreckt und funktionsuntüchtig gemacht hatte. Sicher hatte sie schon Angst gehabt, sie hatte Hindernisse überwunden, von denen sie geglaubt hatte, sie nie überwinden zu können. Doch sie hatte sich mit einer Verbissenheit darauf gestürzt, die vielleicht schon unvernünftig gewesen war. Das hier war etwas anderes. Das war eine Urangst, wie sie sie nie vorher erlebt hatte. Es erreichte fast die Skala von »Lieber schneide ich mir die Pulsadern auf, als das noch mal zu machen«.

Aber noch unter diesem untersten Level lauerte etwas, was sie tief durchatmen ließ. Und das änderte alles.

Sie musste es tun.

Sie hörte, wie Levis Schritte näher kamen, spürte, wie er sich herunterbeugte und sein Schatten auf sie fiel, sodass sie auf dem feuchten Boden plötzlich noch mehr fror.

Jina bemühte sich, genug Luft zu holen, um einen Ton herauszubekommen. Sie hob den Kopf von den Knien und sah den riesigen Mann, der auf sie herunterblickte, mit bleichem Gesicht an. »Lass es uns noch einmal machen«, sagte sie.

10. Kapitel

Levi hockte sich vor sie, der Stoff seiner Cargohose straffte sich über den kräftigen Schenkeln. Mit seinen dunklen Augen starrte er sie an wie ein Käfersammler ein Insekt, das er auf seine Schautafel pinnen wollte. »Du bist ohnmächtig geworden.« Vorwurf Nummer eins, sie wusste, es würden weitere folgen.

Und sie hasste es, wie er »ohnmächtig« sagte, es klang noch viel schwächlicher als »das Bewusstsein verlieren«. Sie legte die Wange wieder auf ihre Knie, hob einen kleinen Halm auf und kratzte damit im abgestorbenen Wintergras herum. »Das wird nicht wieder passieren.«

»Wirklich? Wie willst du das verhindern?« Es klang verächtlich.

»So wie Kampfpiloten das machen, vielleicht … grunzen und was weiß ich alles.« Sie war sich nicht mehr ganz sicher, wie das ging, könnte es aber im Internet recherchieren. Sie wusste, dass Grunzen dabei war.

»Das machen sie, um ihr Gehirn mit Sauerstoff zu versorgen, aber Sauerstoffmangel ist nicht dein Problem.«

Nein, das war die fürchterliche Angst. Sie hatte keine Ahnung, ob sie lange und laut genug grunzen könnte, um diese Angst zu überwinden, aber vielleicht würde sie ja vergessen, dass sie sich mitten in der Luft befand und mit 190 Stundenkilometern nach unten fiel, wenn sie sich intensiv aufs Grunzen konzentrierte. Vielleicht dachte sie dann nicht an die Möglichkeit, dass sowohl der Hauptschirm wie der Reserveschirm ausfallen könnten, in welchem Fall sie und Levi zusammen sterben würden, oder an die Möglichkeit, dass er die Schnallen ihrer Gurte löste und sie fallen ließ. Ja, vor allem Letzteres musste sie unbedingt vergessen.

»Du hast auch geschrien.« Tadel Nummer zwei.

Hatte sie das? O ja, sie erinnerte sich dunkel daran, dass sie geschrien hatte, als würde man sie zerstückeln. Verdammt, das konnte sie nicht leugnen. Sie zuckte mit den Schultern, als wollte sie sagen: Ja, und? Und schwieg.

»Du hättest uns sagen müssen, dass du Höhenangst hast.« Vorwurf Nummer drei.

Ärgerlich – was gut war, denn es hieß, dass sie noch etwas anderes fühlte als Angst und Demütigung und Scham, versagt zu haben – hob sie den Kopf und blitzte ihn an. »Ich leide nicht unter Höhenangst. Ich fürchte mich nur davor, zu Tode zu stürzen. Großer Unterschied.«

Wieder zuckten seine Mundwinkel, aber sie hätte nicht sagen können, ob er lächelte oder feixte. Es war sicherer, aufs Feixen zu wetten, denn Levi lächelte sie normalerweise nicht an. Sie wünschte, er würde es tun, und gleichzeitig wollte sie, dass er es nicht tat. Was Levi betraf, lagen die Dinge nie einfach.

»Dein Hintern wird nass, wenn du da auf dem Boden sitzt.«

War das ein Vorwurf oder eine Feststellung? Vielleicht beides. »Zu spät, er ist bereits nass.«

»Versuchst du so zu verbergen, dass du dir in die Hose gemacht hast?«

Sie brauste nicht so rasend vor Zorn auf, wie sie es normalerweise getan hätte, aber sie brachte tatsächlich genug Energie zusammen, um ihn mit dem Fuß gegen das Bein zu treten. »Ich bin ohnmächtig geworden, aber ich habe mir nicht in die Hose gemacht, und ich musste auch nicht kotzen! Kapiert?«

Er lachte und erhob sich ohne Anstrengung wieder, dann streckte er ihr eine seiner großen Hände entgegen. »Komm, hier ist unser Taxi.«

Sie brauchte seine Hilfe beim Aufstehen nicht. Obwohl sie sich schwach, zittrig und taub fühlte und gleichzeitig dankbar war – dankbar, weil er sie mit seinem letzten Kommentar wütend gemacht hatte und sie diese Erleichterung begrüßte –, schob sie sich den linken Fuß unter, spannte das rechte Bein an und erhob sich ohne Aufstützen, während sie mit dem linken Bein die Balance hielt. Am Anfang des Trainings hatte sie diesen Bewegungsablauf immer wieder geübt, nachdem sie gesehen hatte, wie leicht die Männer vom Boden aufstanden, ohne sich irgendwo festzuhalten, einfach den linken Fuß unter sich schoben und sich mit dem rechten Bein hochstemmten. Zum Teil war es Technik, aber der Rest reine Muskelkraft – und inzwischen besaß sie diese Muskelkraft. Was sie nicht hatte, waren Nerven aus Stahl, was die vergangenen zehn Stunden bewiesen hatten.

Sie zog ihr Smartphone heraus und schaute nach der Uhrzeit. Verdammt, es war gerade mal eine halbe Stunde vergangen, seit die Twin Otter die Startbahn verlassen hatte. Es fühlte sich an wie zehn Stunden. Vielleicht gehörte es zu den Höllenqualen, dass die Zeit viel langsamer zu vergehen schien, und in diesem Fall wusste sie, dass zur Hölle auch Levi und Fallschirme gehörten.

Der Pick-up-Truck näherte sich, und Jina streckte den Rücken. *Sie musste es noch einmal versuchen.* Sie musste das Gefühl der Übelkeit ignorieren und das unerträgliche Herzrasen, das schon wieder eingesetzt hatte, weil aufzugeben einfach undenkbar war. Schweigend folgte sie Levi, ihre Bewegungen waren so zögerlich und langsam, als würden ihre Beine hundert Kilo wiegen.

Irgendetwas ist bei Männern genetisch schiefgelaufen, dachte sie, während sie Levi beobachtete, der vor ihr forsch voranschritt, jeder Zentimeter seiner riesigen Gestalt voller Zuversicht. Sicher war er bei dem Gedanken ans Fallschirmspringen nie in Schockstarre verfallen. Für ihn war es einfach eine weitere Übung, die er hatte erlernen müssen, um ein kompetenter, gefährlicher Kämpfer zu werden. Manchmal war das Fallschirmspringen aus dem Flugzeug der beste Weg, um ans Ziel zu gelangen, und deshalb sprang er eben aus dem Flugzeug. Sie hatte gesehen, wie er Nahkampf trainierte, Schießübungen machte und sich körperlich in eine Form brachte, die übermenschlich zu sein schien. Er hatte sich selbst dem Ziel verschrieben, so gut trainiert und vorbereitet wie möglich zu sein.

Alle Team-Mitglieder trainierten kontinuierlich, sodass sie immer auf einen plötzlichen Einsatz vorbereitet waren. Manchmal schulten sie sich auch in Überwachungstechniken und Ermittlungstricks, aber das taten sie mit der gleichen Hingabe wie alles andere.

Auch sie hatte sich voll und ganz dem Training gewidmet. Mithilfe der Drohne Tweety konnte sie helfen, den anderen im Team in gefährlichen Situationen das Leben zu retten, oder einfache Überwachungsaufgaben erfüllen. Aber sie hatte das Gefühl, dass die Männer beim Einsatz alles gaben, auch wenn es ihren Tod bedeutete. Etwa so wie Rennpferde. Sie hatte gelesen, dass Hengste sich bei einem Wettkampf zu Tode rennen konnten, Stuten aber nicht. Die besaßen einen gesunden Selbsterhaltungstrieb, der sie bremste, bevor sie sich umbrachten.

Die Erkenntnis riss sie fast um. Das war die Erklärung! Sie war die Stute und Levi der Hengst. Er sprang bereitwillig aus dem Flugzeug, sie war klar bei Verstand.

Plötzlich fühlte sie sich viel besser – abgesehen von dem Gedanken, dass sie ihre Vernunft vergessen und aus dem Flugzeug springen musste wie ein dummer Hengst.

Sie kletterten in den Pick-up, und der Fahrer brachte sie zur Piste zurück. Die Otter war gerade gelandet und brachte sich in die Position für einen weiteren Start. Jina rutschte schon allein bei dem Anblick der Magen in die Kniekehlen. *Klopf-klopf-*

klopf. War es möglich, dass ihr Herz blaue Flecken bekam, weil es so heftig gegen ihr Brustbein stieß? Ihr brach eiskalter Schweiß aus. Ob Levi ihre Angst riechen konnte? Bemerkte er, wie hilflos sie sich fühlte, oder gelang es ihr, die Ich-schaffe-das-Fassade aufrechtzuerhalten, sodass er die Wahrheit nicht spürte?

Die Twin Otter drehte sich herum, die Propeller vibrierten, und Boom öffnete die Kabinentür. Selbst von hier aus bemerkte sie, dass er ein grimmiges Gesicht machte. Vielleicht hatte er nach seinem Unterricht eine bessere Leistung von ihr erwartet. Innerlich wand sie sich. Sie hasste es, jemanden zu enttäuschen, vor allem jemanden, den sie so gern mochte wie ihn.

Mit gesenktem Kopf näherte sie sich dem Flugzeug. Levi sprang vor ihr mit Leichtigkeit in die Kabine. Boom lehnte sich vor und streckte ihr die Hand hin. Sie nahm sie und ließ sich von ihm hochziehen. Levi warf ihr einen kühlen Blick zu, und sie dachte daran, wie sie vorher seine Hilfe abgelehnt hatte. Tja, Pech. Sie würde noch lange nicht vergessen, wie widerlich er ihre Einladung abgeschmettert hatte, um dann doch zu erscheinen, was alles noch schlimmer gemacht hatte. Und auch die akute Situation trug nicht gerade dazu bei, dass sie sich besser fühlte.

»Ich bin ohnmächtig geworden«, murmelte sie.

»Hab ich gehört.« Boom schüttelte den Kopf. »Du hättest sagen sollen, dass du Höhenangst hast.«

Sie hatte keine Lust, noch einmal den Unterschied zwischen Höhenangst und der Angst vorm Fallen zu erklären, sondern zuckte nur die Achseln. »Ich schaffe das.« Selbst sie fand, dass ihre Stimme ziemlich schwach klang, irgendwie wie ein kranker Frosch, heiserer als sonst. Vielleicht kam das von ihrem Geschrei.

»Bringen wir es hinter uns«, sagte Levi und schloss die Kabinentür mit einem lauten Knall.

Sollte das heißen, dies war ihre letzte Chance? Das konnte einfach nicht sein. Boom hatte erklärt, er hätte für heute mehr Fallschirme vorbereitet als je zuvor, zwei Versuche würden diesen Vorrat doch nicht aufbrauchen. Sie wusste nicht, was ihr mehr Angst machte, der Gedanke daran, alles zu wiederholen, oder dass Levi sie aus dem Team schmiss.

Ganz nüchtern betrachtet: Was würde passieren, wenn sie das Training nicht schaffte? Sie würde in ihren alten Job zurückkehren und gutes Geld verdienen, auch wenn es nicht so viel wäre wie das, was sie im Moment bekam. Sie hätte wieder freie Wochenenden. Sie könnte wieder ins Kino gehen, sich mit Freunden amüsieren und ihre Familie regelmäßig besuchen.

Und sie wäre eine Versagerin.

Jina begann zu zittern, als sie sich auf die Bank setzte und die Gurte anlegte.

Levi setzte sich wieder neben sie. Er roch jetzt anders, mehr nach einem Feld und Wiese, nach kühler frischer Luft. Aber das war kein Wunder, schließlich waren sie gerade ein paar Kilometer durch die Luft geflogen. Er wirkte regelrecht belebt davon, schien vor Energie zu bersten, sodass sie fast die elektrisch aufgeladene Atmosphäre spürte, die von ihm ausging. Seine großen behandschuhten Hände lagen auf seinen Schenkeln, er war nicht im Mindesten nervös. Vielleicht war er sogar glücklich. Vielleicht machte ihm das Spaß.

Ihr wurde übel, in ihrem Mund sammelte sich heißer Speichel, sie musste schlucken.

Viel zu schnell waren sie wieder in der Luft.

Klopf-klopf-klopf. Ihr Herzschlag tönte ihr laut in den Ohren und ließ ihren ganzen Körper vibrieren. Sie konnte kaum atmen, ihr Brustkorb schien wie eingeschnürt und hinderte die Lungen daran, ihre Arbeit zu tun. Würde sie ersticken oder hyperventilieren? Worin bestand der Unterschied, und was scherte es sie überhaupt?

»Jetzt«, sagte Levi.

Was? Nein! Sie waren doch eben erst gestartet. Bestimmt waren sie erst ein paar Hundert Meter … Doch Boom öffnete die Kabinentür, und sie sah die Erde weit unter sich.

Warum hatten sie denn nicht als Gruppe springen können? Vielleicht wäre sie nicht so vor Angst wie gelähmt, wenn sie andere sah, die vor ihr sprangen? Nicht nur das, sie hätte auch noch eine Galgenfrist, bis sie an die Reihe käme. Doch wenn sie ehrlich war, glaubte sie nicht, dass der Horror kleiner wäre, auch wenn tausend Leute vor ihr sprangen. Nichts würde helfen.

»Komm, haken wir uns zusammen«, sagte Levi und gab ihr einen leichten Klaps auf den Schenkel.

Ihr drehte sich der Magen um. Ärgerlich registrierte sie, dass er sie mit dieser Bemerkung, die gut zweideutig hätte sein können, eher wie ein Team-Mitglied behandelte als wie einen Eindringling. Vermutlich war er sich sicher, dass sie das Trainingsziel nicht erreichte und aus dem Team flog, und die Aussicht, sie loszuwerden, brachte ihn in gute Stimmung.

Sie hätte ihm am liebsten den Schwanz abgeschnitten.

Und das Ding aus dem verdammten Flugzeug geworfen, ein Schwanz ohne Fallschirm, um zu sehen, ob Levi hinterherspringen würde.

Natürlich würde er. Männer gingen für ihren Schwanz durch die Hölle. Aber wäre es nicht komisch, wenn ein Falke angeschossen käme und das kostbare Stück als Beute davontragen würde?

Sie war von den Gedanken an die Abenteuer des fliegenden Schwanzes so abgelenkt, dass sie nicht auf Levis Aufforderung reagierte. Sollte sie sich schämen, weil sie daran dachte, ihn zu verstümmeln? Aber ein Teil von ihr, der keine Angst verspürte, hatte eine unglaubliche Wut auf ihn – wegen der Situation, in der sie steckte, dafür, dass er der war, der er war, dass sie monatelang seine Wirkung auf ihn verdrängt und er sie aber dennoch damit konfrontiert hatte, sodass die ganze Anstrengung umsonst gewesen war. Wut und Angst waren keine gute Mischung, und sie fühlte sich furchtbar schlecht und erschöpft.

Levis Geduld hielt wenige Sekunden, dann hob er sie sich auf den Schoß, mit gegrätschten Beinen wie vorher, und schnallte ihre Gurte zusammen. Seine Körperhitze wärmte ihr Po und Beine und vertrieb die Kälte von der Nässe des kalten Bodens, auf dem sie gesessen hatte. Die Gedanken an Levis Zerstückelung schwanden und verwandelten sich in das Bedürfnis, sich gegen seine warme starke Brust zu lehnen und sich von ihm halten zu lassen. Sie war so ermattet, so verängstigt und hatte es so verdammt satt, eine so verdammte Angst zu haben.

Er rutschte mit ihr zur geöffneten Kabinentür. Jina versteifte sich und stemmte die Füße in den Boden, obwohl sie wusste, dass ihr dieser Widerstand nur einen Aufschub von Sekunden brachte.

»Vertrau mir einfach«, sagte er ihr ins Ohr, seine Stimme tief und rau. »Ich passe auf, dass dir nichts passiert.«

Sie drehte den Kopf und sah ihn an. Der Blick aus seinen dunklen Augen war eindringlich, intensiv und … da war noch etwas, was sie nicht deuten konnte. Sie wollte ihm vertrauen. So gern. Was Levi betraf, wollte sie eine Menge Dinge. Plötzlich stürzte eine Lawine von Gedanken auf sie ein, Wünsche und Bedürfnisse, die ihr durch den Kopf schwirrten. Bevor sie etwas davon richtig zu Ende denken konnte, schob er sie aus dem Flugzeug ins Nichts.

Es war schlimmer als beim ersten Mal.

Der Wind riss an ihr. Sie wusste, dass sie schrie, denn sie spürte den Druck in ihrer Kehle. Sie versuchte, tief durchzuatmen, die Angst in den Griff zu bekommen, die jede Zelle ihres Körpers erfasst hatte, als Levi mit ihr losgesprungen war. Sie versuchte, sich zu orientieren, den Himmel von der Erde zu unterscheiden. Levi rief ihr etwas zu, aber sie verstand nicht, was er sagte. Nicht dass es einen Unterschied gemacht hätte, denn ihr Unterbewusstsein hatte das Kommando übernommen, und sie befand sich mitten im Überlebenskampf.

Sie wehrte sich gegen ihn. Mit aller Kraft, die sie noch hatte. Ihr Instinkt sagte ihr, dass er es war, der diesen Horror verursacht hatte, ihren bevorstehenden Tod. Logik hatte nichts mehr damit zu tun. Was machte es, dass er der mit dem Fallschirm auf dem Rücken war? Sie trat um sich, wollte ihn wegstoßen, versuchte zu entkommen. Das war alles, was sie wollte, entkommen, diesem fürchterlichen Erlebnis und der Hilflosigkeit. Sie spürte einen enormen Druck auf der Brust, doch sie war zu benommen, um zu bemerken, dass Levi sie fest umschlungen hielt und versuchte, ihre heftigen Bewegungen im Zaum zu halten. Ohne seine ausgebreiteten Arme, die dem Wind Widerstand boten, schossen sie wie ein Pfeil Richtung Erde, wie ein Vogel ohne Flügel, außer Kontrolle.

Eine Ewigkeit später sank sie erschöpft in sich zusammen. Erst da bemerkte sie, dass er sie mit seinen stahlharten Armen und Beinen umklammert hatte, um sie ruhigzustellen. Sie holte zittrig Luft, als sie mit voller Wucht nach oben gerissen wurden. Die Gurte drückten schmerzhaft zwischen ihren Schenkeln und über ihrer Brust. Das Universum drehte sich Übelkeit erregend, um dann wieder in die richtige Position zu rücken, die Erde unten, der Himmel oben, und anstatt mit voller Geschwindigkeit zu fallen, schwebten sie nun unter dem sich blähenden Fallschirm.

»Wir sind zu weit nördlich«, hörte sie Levi kurz sagen. »Ich habe nicht genug Höhe, um den Kurs zu korrigieren. Wenn ich die Landezone ansteuere, fallen wir in den Fluss. Östlich der Landstraße ist ein Feld, wir werden dort landen.«

Was sollte sie dazu sagen? Es war ja nicht gerade so, dass sie eine Wahl hatte. Da ertönte wieder seine Stimme. »Ich gebe dir dann die genaue Position durch.« Jetzt erst wurde ihr klar, dass er mit Boom sprach.

Alles fühlte sich so weit entfernt an, als hätte sie sich von ihrem Körper gelöst, und Jina wurde klar, dass sie eine unsichtbare Grenze zwischen Terror und Taubheit überschritten hatte. Manche Leute mochten sich vielleicht umsehen und den Ausblick aus dieser Höhe genießen. Aber sie hatte kein Interesse an der Umgebung. Allerdings stellte sie fest, dass sie dem Boden näher waren als beim ersten Mal, als der Fallschirm sich geöffnet hatte.

Schweigend streckte Levi den Arm nach vorn und lockerte mit einem kurzen Griff den Gurt über ihrem Oberkörper, um es ihr bequemer zu machen. Unwillkürlich streifte er dabei mit dem Handrücken ihre Brust, ohne dass sie in irgendeiner Weise fähig war zu reagieren, weder positiv noch negativ. Er hatte damit nichts beabsichtigt, außer … dass sie sich besser fühlte. Dann beobachtete sie, wie er mit den behandschuhten Händen an den Steuerschlaufen hantierte, sie vom Fluss zu ihrer Linken wegdirigierte und auf ein kleines unkrautbewachsenes braunes Feld zusteuerte, das von zwei Seiten mit Bäumen umgeben war. Das Grün der Pinien vermischte sich mit den blattlosen Ästen der Laubbäume. Das Feld kam schnell näher. »Beine hoch!«, rief Levi. Automatisch gehorchte Jina und hob die Füße, zwei Sekunden, bevor sie auf dem Boden aufkamen.

Es war ein überwachsenes Feld, keine übersichtliche Landezone. Als sie aufkamen, drehte sich Levi zur Seite, um zu verhindern, dass er auf sie fiel. Sträucher zerkratzten ihr das Gesicht, Steine, Zweige und Erdhügel drückten ihr in die Seite. Wen störte es? Sie waren am Boden. Egal wie der aussah, egal, dass es nach Morast roch und die Feuchtigkeit in ihre Kleidung drang.

»Bist du verletzt?«, erkundigte er sich.

Schweigend schüttelte sie den Kopf, nahm die Schutzbrille ab und ließ sie fallen. Er löste die Schnallen, mit denen sie verbunden waren. »Wir sind jetzt unten. Alles okay.« Dann ratterte er ein paar Anweisungen und die Daten ihres Standortes herunter, nahm sein Headset und die Schutzbrille ab und legte beides neben ihre Brille. Sie schloss die Augen und verschnaufte, verfolgte die Geräusche, während Levi sich abgurtete und den Fallschirm zusammenlegte.

Was nun? Sie hatte erneut elendig versagt, sogar noch unrühmlicher als beim ersten Mal. Sie war nicht ohnmächtig geworden, sondern hatte gegen Levi gekämpft, was noch schlimmer war, denn sie hätte sie beide umbringen können. Ihr wurde übel, wenn sie an die beiden missglückten Sprünge dachte, beide Male hatte sie sich unmöglich aufgeführt. Jetzt würde er sie aus dem Trainingsprogramm werfen, das musste er. Selbst wenn sie ihn überreden könnte, ihr eine weitere Chance zu geben – sie war sich nicht sicher, ob sie einen erneuten Versuch überstehen könnte. Und wenn sie erst allein sprang, würde ihr Herz irgendwann aussetzen, das war sicher, oder sie wurde wieder ohnmächtig. Und obwohl die Automatik aktiviert würde und sich der Fallschirm von selbst öffnete, wäre sie nicht in der Lage, ihn zu steuern, und könnte womöglich in einen Baum oder eine Stromleitung stürzen oder vielleicht sogar auf der Straße direkt vor einem Sattelschlepper landen.

Tränen brannten hinter ihren Lidern, die sie verzweifelt unterdrückte. Er mochte ihr vielleicht sagen, dass sie durchgefallen war, aber verflucht sei sie, wenn sie deshalb heulte.

Levi legte ihr seine große Hand auf die Schulter und rollte sie auf den Rücken. Sie riss die Augen auf und starrte ihn an, erkannte nur seine Silhouette vor dem blassblauen Himmel. Er war ihr nahe, so nahe, lehnte sich über sie, bis nur noch eine Handbreit zwischen ihren Gesichtern lag. Seine Körperwärme drang durch ihre Kleidung, und sie verspürte mit einem Mal den Drang, sich an ihn zu schmiegen, an diese Hitze und Stärke zu lehnen und ihn für einen Moment zum Puffer zwischen sich und der Welt zu machen. Ihre Pupillen vergrößerten sich, bis der bernsteinfarbene Ring um ihre Iris verschwunden und nur das Blaue zu sehen war. Ihr Herzschlag, der sich beruhigt hatte, begann wieder schneller zu werden.

»Du hättest uns umbringen können.« Sein Gesichtsausdruck war ernst und wütend, kein bisschen nachsichtig.

»Bist du bereit für die nächste Runde?«, fragte sie mit etwas dünner, zittriger Stimme. Sie brachte kein Lächeln zustande, aber sie hatte es versucht. »Vielleicht schaffe ich's dieses Mal.«

»Was? Uns umbringen oder springen?«

»Das soll eine Überraschung sein«, schoss sie zurück.

Er blitzte sie mit seinen dunklen Augen an. »Verflucht noch mal«, knurrte er, dann riss er sie an sich und küsste sie.

Ein Damm brach in ihr.

Monatelang hatte Jina ihre Weiblichkeit unterdrückt, hatte es nicht zugelassen, dass sich auch nur der geringste Hauch von Flirt oder sexuellen Anspielungen während der langen, langen Stunden und Tage des Trainings einschlichen. Sie hatte nicht versucht, sich wegen ihrer Schwächen Vorteile zu verschaffen, sondern sich starke Muskeln antrainiert. Sie wollte sich von den Männern nicht helfen lassen, nur weil sie eine Frau war. Aus genau diesem Grund musste sie es allein schaffen. Um Himmels willen, sie hatte sich in der langen Zeit noch nicht einmal die Wimpern getuscht, wahrscheinlich war die Packung eingetrocknet und musste weggeworfen werden. Sie hatte kein Kleid getragen oder schöne Schuhe und auch ihre Haare nicht extra frisiert. Jina hatte sich die ganze Zeit so neutral wie möglich gegeben und versucht, sich in die Männergruppe einzufügen, ohne irgendwelche Störungen zu verursachen.

Und jetzt küsste Levi sie, und ihre ganze Selbstbeherrschung und Zurückhaltung floss dahin. Die Erlösung war überwältigend, alles, was sie sich selbst auferlegt hatte, löste sich in ihr auf, und sie genoss das Gefühl von Weiblichkeit, das sie durchflutete. Seine Lippen waren all das, was sie sich nie vorzustellen gestattet hatte, heiß und männlich, sein Geschmack stieg ihr schneller zu Kopf als ein Glas Wein auf nüchternen Magen. Es kam ihr gar nicht in den Sinn, ihn von sich zu schieben. Schon von ihrer ersten Begegnung an hatte ein überwältigender Urinstinkt in ihr sich zu ihm hingezogen gefühlt, hatte sie ihn mit jeder Faser ihres Körpers gewollt. Sie legte ihm die Arme um die Schultern und schob eine Hand in seinen Nacken. Unwillkürlich öffnete sie den Mund für ihn, um ihm zu geben, was er forderte, und ihre eigenen Forderungen zu stellen. Ein leises Stöhnen drang aus ihrer Kehle, ein Laut der Lust, des Verlangens, den er mit seinem Mund auffing.

Dann hob er den Kopf, und sein Blick brannte wie Feuer, als er sie betrachtete. »Verdammt, Jina. Das geht nicht.«

Und jetzt wollte sie ihn doch am liebsten von sich schieben und dabei am besten noch einen oder zwei Schläge platzieren. Verflucht sei er, er konnte sie nicht ständig so hin und her reißen. Aber es nützte nichts, er würde jede körperliche Auseinandersetzung gewinnen, es sei denn, er ließe es einfach zu, dass sie ihm eine verpasste. Aber wo bliebe da die Genugtuung? Also schmiegte sie sich stattdessen nur noch fester an ihn und lächelte ironisch und provozierend. »Dann lass es halt. Ich bin sicher, du hast genug Willenskraft, um dich von mir zu lösen.« Während sie das sagte, vergrub sie die Finger in seinem Haar und streichelte seinen Nacken.

Levi sah an ihr hinunter, und sein Blick wurde noch brennender, heißer und intensiver. Sie spürte, wie ihre Nippel fest und hart wurden und wahrscheinlich unter ihrem Sweatshirt zu sehen waren. Bei jedem Atemzug rieben sich die empfindlichen Spitzen an dem Stoff ihrer Kleidung.

Er biss in seinen Handschuh, zog ihn sich mit den Zähnen von den Fingern und ließ ihn achtlos fallen. Dann schob er seine große Hand unter ihr Sweatshirt und das seidene Unterhemd, bis er ihre Brüste umfassen konnte, erst die eine, dann die andere. Mit seinen rauen Handflächen strich er über die empfindlichen Nippel, bis Jina aufkeuchte und ein lautes Stöhnen unterdrücken musste.

»Vom ersten Tag an«, sagte er, und sie wusste genau, was er meinte. Vom ersten Tag an hatte das zwischen ihnen gestanden. Sie hatte versucht, es zu ignorieren, es unterdrückt, verdrängt. Offensichtlich war es ihm genauso ergangen. »Wenn du nicht im Team wärst, könnten wir …« Er brach ab und schüttelte den Kopf. »Du bist zu verdammt gut mit der Drohne. Deine Hilfe würde unser Team zusätzlich sichern, besser als vorher. Verdammt, ich hätte es dir einfach so schwer machen sollen, dass du's nicht geschafft hättest. Aber das wäre weder dir noch dem Team gegenüber fair gewesen.«

»Die Situation hat sich nicht geändert«, sagte sie schwer atmend, während er ihre Brüste liebkoste. Sie legte den Kopf an seine Schulter und atmete den männlichen Duft ein, den er verströmte, die Wärme seines Körpers war eine Wohltat für ihre kühle Haut. *Klopf-klopf-klopf*. Er musste spüren, wie ihr Herz an seiner Hand hämmerte, aber es war ihr egal. Die Monate, in denen sie sich gegen ihn und seine ruppige Art und Kühle gewappnet hatte, waren von einem Moment zum anderen wie weggeblasen.

Sein Blick verdunkelte sich. »Solange du im Team bist, darf das hier nicht sein.«

»Dann nimm deine Hand aus meinem Hemd«, entgegnete sie und küsste ihn am Hals.

Ein tiefes Stöhnen vibrierte in seiner Brust. Mit einer schnellen Bewegung hatte er sich zwischen ihre Beine gelegt, nachdem er sie mit dem Schenkel auseinandergeschoben hatte. Wieder war sein Mund auf ihren Lippen, die sie ihm bereitwillig öffnete, damit er mit der Zunge eindringen konnte. Warum sollte sie es ihm leicht machen? Er hatte es ihr auch nicht leicht gemacht. Sollte er ruhig ein bisschen leiden und sich darüber klar werden, was er nicht haben konnte. Sie hieß ihn willkommen, schlang ihm die Beine um die Taille und hob ihre Hüften an, um seine harte Erektion an ihrer empfindsamen weichen Mitte zu spüren. Pures Verlangen durchflutete sie, eine überschäumende Lust, als sie nun trotz allem in seinen Armen lag und seine Hand auf ihrer Haut spürte. Nichts anderes zählte im Augenblick als die wenigen gestohlenen Minuten.

Sie presste sich an ihn, und er bewegte seine Hüften gegen ihre, als würde sie keine Kleidung trennen. Obwohl er sein Gewicht auf einem Arm abstützte, war er schwer, und es gefiel ihr, den Druck seines Körpers auf sich zu spüren. Alles andere verschwand aus ihrem Bewusstsein. Die Tatsache, dass sie auf einem feuchten, mit Unkraut überwuchertem Feld lagen, dass ihr Taxi unterwegs war und bald hier ankommen würde und dass die einzige Möglichkeit, zusammen zu sein, war, das Trainingsziel nicht zu erreichen, sie es aber trotzdem weiter versuchen und ihr Bestes geben würde, um nicht aus dem Team zu fliegen. Jetzt gab es nur diesen Moment, die Stöße seiner Hüften, sodass sie durch ihre Kleidung seinen harten Schwanz genau dort spürte, wo sie ihn brauchte, diese immer weiter ansteigende Lust, die sich zwischen ihren Beinen wie Flammen weiter nach oben ausbreitete, heiß und verzehrend und so intensiv, dass sie laut aufstöhnte.

Sie versuchte einen kurzen Augenblick, ihre explodierende Reaktion zu kontrollieren, gab aber schnell wieder auf, denn sie wollte diese Minuten der Lust. Sie kam, angetrieben von den Monaten der Verdrängung, des schmerzhaften Gewahrseins seiner Gegenwart, während sie jede Reaktion so fest unter Verschluss hatte halten müssen, damit niemand etwas bemerkte. Levi hatte es gewusst, vielleicht aus einem animalischen Instinkt heraus, und nun machte er sich wie ein Jäger über seine Beute her. Denn so fühlte sie sich, wie seine Beute, ihm ausgeliefert. Doch gleichzeitig drehte sie den Spieß um, gab ihm alles von ihrer Sinnlichkeit, ihrer Weiblichkeit, die wilde Süße ihrer Reaktion auf ihn. Mit heiserer Stimme schrie sie ihre Lust heraus und krallte die Fingernägel in seinen Nacken.

Er fluchte leise, aber hielt ihren Po fest umschlossen und hob sie hoch, presste sie fester an sich, verschaffte ihr noch mehr Lust.

Sie wusste, was er wollte. Er wollte ihr die Hose ausziehen und hier direkt auf dem feuchten morastigen Boden in sie eindringen, obwohl sie jeden Moment von ihrem Fahrer gestört werden konnten. Das wusste sie, weil sie genau das Gleiche wollte, genauso verrückt vor Verlangen war, wie sie es noch nie zuvor erlebt hatte.

Und sie wollte mehr – mehr Levi, mehr Zeit, mehr von ihm, seinen Berührungen, seinem Geschmack, mehr von allem. Der Hunger, den sie spürte, konnte nicht durch ein paar gestohlene Momente gestillt werden, sie gehörte nicht zu denen, die mit einer heimlichen Liebesaffäre zufrieden wären.

Er rollte sich von ihr herunter und blickte düster und schwer atmend zum Himmel. Hilflos starrte sie ihn an, nahm jedes Detail in sich auf, seine markanten Gesichtszüge, die dunklen Augenbrauen, den Schwung seiner Lippe. Er war atemberaubend, nicht weil er gut aussah, sondern weil er so umwerfend männlich war, als würde er förmlich vor Testosteron triefen. Wenn sie an »Krieger« dachte, stellte sie sich jemanden wie ihn vor, muskulös, stark, ein tödlicher Kämpfer. Es würde auch zu ihm passen, wenn er ein Schwert in der Hand oder ein Gewehr über der Schulter hätte. Die moderne Zivilisation war für ihn wie ein Umhang, den er nach Belieben abwerfen konnte. Er gehörte zu den Männern, die rauen Charme ausstrahlten, so wie alle in den GO-Teams, immer bereit, das Nötige in Angriff zu nehmen, wenn es an der Zeit war.

Sie hätte gern die Hand nach ihm ausgestreckt und ihn wieder berührt, doch trotz allem, was eben zwischen ihnen vorgefallen war, zögerte sie. Was sie eben getrieben hatten, änderte nichts. Er war immer noch der Leiter des Teams, und er würde tun, was für eine erfolgreiche Mission notwendig war, denn davon hing ihr Leben ab. Ihre Aufgabe war es, das Team so gut es ging abzusichern, eine zusätzliche Überwachung des Einsatzortes zu gewährleisten, um Gefahren rechtzeitig zu erkennen, und Informationen zu sammeln, ohne sie unnötig zu gefährden.

Wenn sie auf Konfrontation aus gewesen wäre, hätte sie ihn angeschrien und behauptet, dass es den Männern im Team völlig egal wäre, wenn sie eine Beziehung hätten, aber das wäre eine Lüge. Natürlich würde es etwas verändern. Die anderen würden unbewusst darauf lauern, dass sie bevorzugt wurde, was Vorbehalte und Vertrauensverlust nach sich zöge. Jede Auseinandersetzung zwischen Levi und ihr würde unmittelbar für Spannungen im Team sorgen. So funktionierte Gruppendynamik halt. Eine Meinungsverschiedenheit zwischen zwei Mitgliedern des Teams war eine Sache, aber sobald Sex im Spiel war, tanzte man auf einem Pulverfass.

Jina drehte den Kopf zur Seite und blickte genauso grimmig wie Levi in den Himmel. Wie die Dinge lagen, hatte sie zwei Optionen: Sie konnte das Team aufgeben und etwas mit Levi anfangen – für wie lange das gut gehen würde, war fraglich –, oder sie blieb im Team und schluckte die bittere Pille, dass sie sich voneinander fernhalten mussten.

Sie. Konnte. Nicht. Aufgeben. Wenn sie das tat, würde sie ihre Werte verraten, ihre Selbstachtung verlieren. Vielleicht war sie ein bisschen verrückt, was das Team betraf, aber ging es den Männern nicht genauso? Ein gewöhnlicher Achtstundenjob war einfach nicht mehr drin.

Früher war sie mit ihrem normalen Job zufrieden gewesen, aber inzwischen war das hier ihr Leben, und sie würde, sie konnte, es nicht so einfach aufgeben.

Jina hockte sich auf die Knie und hob ihre Schutzbrille auf. Ihre Kleidung war im Rücken und an der Seite völlig durchweicht. An den Ellbogen und Knien klebte Matsch, wahrscheinlich von der Landung auf dem Boden. Die Stirn brannte, und sie vermutete, dass es von einem Kratzer kam. Grashalme hatten sich in ihrem Zopf verfangen, der sich inzwischen aus dem Sweatshirt befreit hatte. Als sie ihr Gesicht abtastete, spürte sie Schmutzreste auf der Haut, die sie so gut es ging abwischte.

Schweigend stand Levi auf und begann den Fallschirm zusammenzulegen und zu ihnen herüberzuziehen. Jina hob seine Schutzbrille und den Handschuh auf, den er fallen gelassen hatte. »Hier«, sagte sie und warf ihn zu ihm. Er nahm die rechte Hand vom Fallschirm, um ihn aufzufangen, und zog ihn wieder über.

Der Pick-up parkte am Standstreifen der Straße etwa hundert Meter entfernt. Jina lief auf den Truck zu und wappnete sich, es noch einmal zu versuchen – und noch einmal, falls es notwendig sein sollte.

Was immer dafür nötig war.

11. Kapitel

Sie war so weiß wie das sprichwörtliche Laken.

Levi musste sich zurückhalten, um sie nicht ins Flugzeug zu heben. Sie sah so verdammt klein und entmutigt aus, auch wenn er wusste, dass sie weder das eine noch das andere war, aber sein Beschützerinstinkt war stärker erwacht als je zuvor. Er hatte sie geküsst, er hatte sie unter sich gehabt und gespürt, wie zierlich sie war, und er hatte dafür gesorgt, dass sie kam, durch seinen Schwanz, seine Eier und alles, was er war. Leider trug sein Kopf jetzt einen wilden Kampf mit dem restlichen Körper aus. Während Leib und Seele darauf bestanden, dass sie ihm gehörte, widersprach sein verdammter Verstand und sagte ihm, dass er sie nicht haben konnte. Das frustrierte ihn so dermaßen, dass er am liebsten den Hulk gemacht und das ganze verfickte Flugzeug zertrümmert hätte.

Und dabei – Himmel, war das gut gewesen, auch wenn ihm jetzt die Eier wehtaten. Ihr Geschmack, ihr Atem auf seinem Gesicht, wie sie Feuer gefangen und auf ihn reagiert hatte, ohne jede Zurückhaltung, ohne Spielchen, einfach nur Jina-Babe, offen und geradeaus wie immer. Endlich hatte er sie berührt, hatte ihre süßen kleinen Brüste, die nicht durch einen BH verdeckt waren, in der Hand gehabt. Er wäre fast gekommen, als er diese weiche glatte Haut und die festen Nippel gefühlt hatte. Wenn sie jemals wieder so weit kämen, dann, das schwor er, könnte ihn nichts mehr aufhalten. Das nächste Mal würde er sie ausziehen und in sie eindringen, zur Hölle mit den Konsequenzen.

Und deshalb durfte er es nie wieder so weit kommen lassen, nicht solange sie zum Team gehörte.

Verdammt!

Boom warf Levi einen besorgten Blick zu, als sie zum dritten Mal an Bord der Twin Otter stiegen. Levi wusste, was er dachte. So furchtbar sie auch beim ersten Mal reagiert hatte, zumindest war nichts Schlimmeres passiert, als dass sie ohnmächtig geworden war. Eine bewusstlose Babe war die Hölle, aber besser als eine Babe, die sich mit aller Kraft gegen ihren Tandem-Partner wehrte. Levi war schon kurz davor gewesen, sie bewusstlos zu schlagen, damit er gefahrlos den Fallschirm öffnen und sie sicher auf den Boden bringen konnte. Aber fast auf die letzte Sekunde hatte sie dann schlappgemacht und keine Kraft mehr gehabt, gegen ihn zu kämpfen, sodass er die notwendigen Handgriffe ausführen und den Schirm öffnen konnte.

»Hey!«, sagte sie zu Boom, als sie seinen Blick bemerkte, und blitzte ihn verärgert an. »Wenigstens bin ich diesmal nicht ohnmächtig geworden.« Ihre Stimme war vom Schreien noch rau und kaum zu verstehen, so als hätte sie eine Kehlkopfentzündung. Sie sah ziemlich schlimm aus. Das Gesicht war mit Schmutz überzogen, ihre Kleidung durchnässt und voller Matsch, und ihre Körpersprache schrie förmlich *ich kann nicht mehr*, was ihr so gar nicht ähnlichsah. Levi hätte sie gern auf seinen Schoß genommen und getröstet, doch das war das Letzte, was sie gebrauchen konnte.

Boom kratzte sich das Kinn. »Ich bin mir nicht sicher, ob das so besser war«, erwiderte er.

»Ich weiß.« Niedergeschlagen sank sie auf die Bank. »Ich hätte uns beide umbringen können.«

Das Flugzeug setzte sich in Bewegung, und Levi rief Air Bud zu, einen Augenblick zu warten. Ohne Fragen zu stellen, drosselte er den Motor, und die Twin Otter bremste ab. Boom setzte sich auf eine Seite neben Babe und Levi auf die andere, sodass sie ganz klein wirkte. Mit dem hilflos gesenkten Kopf wirkte sie sogar noch winziger, so als wolle sie in sich hineinkriechen.

Levi wollte eine ihrer Hände nehmen und seine Finger mit ihren verschränken, stoppte sich aber rechtzeitig und tippte ihr stattdessen nur mit dem Handrücken auf den Unterarm. »Babe, du kannst das. Du weißt, wie es geht. Boom hat dir alles erklärt, was du wissen musst, vertrau einfach auf ihn und dein Training. Du weißt, wie die Steuerschlaufen zu bedienen sind, du weißt, wie du landen musst, und wenn es irgendwelche Störungen gibt, weißt du, wie man darauf reagiert.«

Sie hielt den Kopf gesenkt und nickte unmerklich.

Eigentlich hätte er ihr sagen müssen, dass sie es nicht schaffte. Oder gleich die Bremse ziehen, so wie jeder andere Team-Chef das nach dem Desaster des letzten Sprungs getan hätte. Boom hätte ihm dabei Rückendeckung gegeben. Aber sie hatte alles andere mit solcher Entschlossenheit und Durchsetzungskraft in Angriff genommen, dass er genau wusste, wie sie sich fühlen würde, wenn sie das hier nicht schaffte, wie verzweifelt sie dann wäre. Sie verdiente eine weitere Chance.

»Okay«, sagte er, nachdem er eine schnelle Entscheidung getroffen hatte. »Beim nächsten Sprung wirst du den Fallschirm tragen.« Boom warf ihm über Babes Kopf hinweg einen Blick zu und nickte kurz.

Ihr Kopf ruckte hoch, und sie starrte ihn mit großen weit aufgerissenen Augen an. Ihre Lippen waren blutleer.

»Boom und ich werden mit dir springen«, fuhr er fort. »Wir halten dich fest, aber du bist diejenige, die den Fallschirm öffnen und den Landeplatz ansteuern muss.« Es war so vorgesehen, dass Boom und er ihre eigenen Fallschirme hatten und sie so lange festhalten würden, bis sich ihrer geöffnet hatte. Dann würden sie sie loslassen, und wenn sie sich in sicherem Abstand befanden, ihre Auslösegriffe ziehen. Er glaubte nicht, dass sie jetzt alle Einzelheiten mitbekam, dazu sah sie zu entsetzt aus.

»Und wenn ich uns alle umbringe?«, fragte sie und klang wie ein verängstigter Frosch.

Er zuckte die Schultern. »Dann lebst du ja nicht mehr und kannst deshalb nicht vor Gericht landen.« Sie zu verhätscheln hätte jetzt nicht geholfen. Sollte sie ruhig denken, sie wäre dafür verantwortlich, dass alle drei sicher auf dem Boden landeten.

Boom schnaubte, dann rief er Bud zu, dass er starten könne. Die Bremsen wurden gelöst, und sie fuhren die Startbahn hinunter.

Levi und Boom hantierten herum und bereiteten alles vor. Jina konzentrierte sich darauf zu atmen – einatmen und bis vier zählen, Luft halten, bis sieben zählen, ausatmen, bis acht zählen. Wenn sie ihre Atmung beherrschte, bekam sie vielleicht auch alles andere in den Griff. Die Resultate beim Atmen waren gemischt. Sie hatte eher das Gefühl, als würde sie nach Luft schnappen, ihre Lunge arbeitete ruckweise, und sie schaffte es nie, die Luft bis sieben zu halten, ganz zu schweigen vom Ausatmen bis acht.

Bei jedem Atmer lauerte die totale Panik. Sie sprangen mit ihr. Sie hatte den Fallschirm. Das erschien ihr wie die dümmste Konstellation überhaupt, aber sie war sich sicher, dass sie es ernst meinten. Wenn es ums Training ging, machten die GO-Teams keine Scherze, das war so ernst wie eine Herzattacke. Levi musste sie dazu zwingen, es zu tun, ansonsten … Sie musste sich zusammenreißen und entweder aufgeben, bevor sie aus dieser Kabinentür sprangen, oder funktionieren und ihre Aufgabe erfüllen.

»Nimm die Tandem-Gurte ab«, sagte Boom, und sie begann wie benommen, Haken zu lösen, Schnallen zu öffnen und die Ausrüstung abzulegen, um dann das Geschirr mit dem Fallschirm anzulegen. Wenigstens hatte Boom die Fallschirme selbst zusammengelegt, weshalb sie darauf vertraute, dass alles richtig gefaltet war und das Ding sich korrekt öffnete. Hoffentlich schaffte sie es, sich zu konzentrieren, und vergaß nicht, die verdammte Leine zu ziehen.

Jina wusste, wie es ging. Sie musste nur diese verflixte Panik unter Kontrolle bringen und sich daran erinnern, was ihr beigebracht worden war. Während sie das Geschirr anlegte, ging sie im Kopf die einzelnen Schritte durch, stellte sich alles vor, sagte sich in Gedanken die Bezeichnungen vor: Sack mit Hauptfallschirm; Steuerschlaufen; Reservefallschirm; Öffnungsautomat, der dafür sorgte, dass sich der Schirm auf einer bestimmten Höhe automatisch öffnete, wenn sie bis dahin nicht dafür gesorgt hatte. Der Gedanke an diese Automatik erleichterte sie etwas. Der Fallschirm würde sich öffnen, egal was sie tat … es sei denn, sie kämpfte gegen die beiden und sie befanden sich in einer falschen Position, wenn sich der Fallschirm entfaltete. Denn dann verhedderten sie sich alle hoffnungslos darin.

Sie durfte nicht in Panik verfallen. Ihr aller Leben hing davon ab, dass sie ruhig blieb. In Gedanken ging sie alles durch, was schieflaufen könnte und wie sie in der jeweiligen Situation reagieren musste, und zwar sofort, ohne zu zögern oder zu versuchen, etwas zu verbessern. Nicht analysieren, handeln.

Boom öffnete die Kabinentür. Wieder. Sie begann, diesen Anblick zu hassen. Nein, »beginnen« war falsch, sie hatte die geöffnete Kabinentür mit jeder Faser ihres Seins von Anfang an gehasst. Eiskalte Luft strömte durchs Innere des Passagierraums, als wären sie in einen Wintersturm geraten. Sie wollte nicht frieren, wollte nicht, dass die Tür offen war, und sie wünschte sich sehnlichst auf den Erdboden zurück.

»Auf geht's!«, rief Levi. Schicksalsergeben schob sie ihre Schutzbrille über die Augen, und zu dritt rutschten sie zur Kabinentür. Boom gab ihr das Daumen-hoch-Zeichen, und sie sah ihn an, als wäre er verrückt geworden. Flankiert von den beiden Männern, Levi links, Boom rechts, hockte sie sich mit ihnen an die Öffnung.

Tränen brannten ihr in den Augen, sodass sie alles verschwommen sah. Lieber Gott, bitte mach, dass ich die Jungs nicht umbringe, betete sie im Stillen. Beide packten sie fest an den Gurten und schoben sich – und sie – aus dem Flugzeug.

Verdammte Idioten! dachte sie verzweifelt und bezog sich darin mit ein.

Alles um sie war schwarz. Sie spürte immer noch diesen rasenden Wind, der sich merkwürdigerweise außerhalb des Flugzeugs nicht mehr so kalt anfühlte wie in der Flugzeugkabine. Die Böen rissen an ihrer Haut und klatschten ihr ins Gesicht. Sie versuchte zu atmen, versuchte es mit dieser Zählnummer, bei vier einatmen und anhalten bis sieben, aber sie konnte nicht Luft holen und bis vier zählen, weil sie kaum Luft bekam. Zumindest schrie sie diesmal nicht, aber das lag wohl nur daran, dass sie überhaupt keinen Ton herausbekam, also hatte sie gar keine andere Wahl.

»Augen auf!«, rief Levi, den sie über das Windgetöse kaum verstand.

Ups. Deshalb konnte sie also nichts sehen. Sie presste die Lider noch fester zusammen und schüttelte wild den Kopf. Sie wollte nichts sehen. Sie hatte die Aussicht heute bereits zwei Mal zu Gesicht bekommen, und das war zwei Mal zu viel. Es wurde durch die Wiederholung nicht besser.

Boom zog an ihren Gurten. »Wir halten dich fest!« Genauso wie Levi schrie er, so laut er konnte.

»Mach sie auf! Du musst!«

Das war wieder Levi. Eine Stereo-Meckerei.

Aber er hatte recht. Sie musste es tun.

Wenigstens hatte sich ihr Hirn diesmal nicht abgeschaltet. Sie war zumindest in der Lage zu denken, obwohl ihre Zähne vor Angst klapperten und sie das Gefühl hatte, alle Knochen hätten sich verflüssigt. Ihre Kehle tat weh, und die Lunge brannte vor Sauerstoffmangel. Wie schnell würde sie ohnmächtig werden, wenn sie keine Luft bekam?

O Gott.

Sie hatte keine Ahnung, auf welcher Höhe sie sich befanden, hatte sich anfangs beim Sicherheitscheck nicht nach anderen Flugobjekten oder Hindernissen umgesehen, die sie hätte berücksichtigen müssen. Sie wusste nur, sie durfte nicht ohnmächtig werden, zumindest nicht, bevor sie den Hauptfallschirm geöffnet hatte. Diesen einen Handgriff musste sie vornehmen, denn Levi und Boom waren bei ihr. Von ihr hing es ab, dass sie alle lebend aus dieser Hölle herauskamen. Sie musste funktionieren.

Ungeschickt tastete sie hinter sich. Boom hatte sie das immer wieder üben lassen, sie wusste, wo der Auslösegriff des Hauptfallschirms war, sie musste daran ziehen.

Sie zog.

Einen entsetzlich langen Moment, der tatsächlich nur zwei Sekunden dauerte, passierte gar nichts. Sie fielen weiter mit rasender Geschwindigkeit nach unten. Ihr sank das Herz, es hatte nicht funktioniert, der Fallschirm hatte sich nicht geöffnet! Dann hörte sie ein Zischen, spürte eine Vibration, die durch die Gurte ging, und dann wurden sie mit so ungeheurer Kraft hochgerissen, als würden sie an einem Bungee-Seil hängen. Plötzlich bekam sie wieder Luft, und dann schrie sie, denn ganz sicher würde es Levi und Boom von ihr wegreißen. Sie tastete nach ihren Händen …

Und spürte, wie beide ihre Gurte losließen.

Der Horror, den sie während ihrer ersten Sprünge empfunden hatte, war nichts gegen die schreckliche Furcht, die sie jetzt ergriffen hatte und sie wie eine Lawine unter sich begrub. Ein heiserer Schrei drang aus ihrer Kehle, lang anhaltend und klagend, und hektisch riss sie die Augen auf und hielt Ausschau nach den abstürzenden Männern, obwohl sie wusste, dass sie die beiden niemals erreichen würde, dass sie nichts tun konnte, um ihren Todessturz zu verhindern. Hier schwebte sie unter ihrem verdammten Fallschirm, und die beiden waren verschwunden.

Levi! Sie wurde von Schluchzern geschüttelt, versuchte, seinen Namen zu rufen, versuchte, ihren Schirm umzudrehen, damit sie nach ihnen suchen konnte, versuchte …

Da entdeckte sie zwei Fallschirme, einer schwebte hinter ihr weiter unten, der andere ein Stück über ihr. Levi. Boom. Mit ihren eigenen verdammten Fallschirmen.

Rasende Wut überkam sie wie ein ordentlicher Schluck Whiskey, brennend und scharf. Sie hatten sie ausgetrickst, hatten sich über sie lustig gemacht. Ja, sie hatten dafür gesorgt, dass sie ihren eigenen Sprung kontrollierte, aber sie hasste die beiden für diesen ganzen miserablen Tag, und das war der verdammte Tropfen, der das verfickte Fass zum Überlaufen brachte.

Ihre Arme zitterten wie verrückt, als sie nach den Steuerschlaufen griff und so fest daran riss, dass der Fallschirm vor und zurück schwang. Erschrocken ließ sie wieder los, schnappte sie sich aber gleich darauf erneut, als ihr einfiel, dass sie sie brauchte. Sie blickte nach unten, sah ihre hin und her schwingenden Füße und ganz, ganz weit darunter das Muster der Erde, Hunderte von Metern unter ihr. Das Zittern wurde stärker, und verzweifelt blickte sie zum Horizont hinüber, dort, wo der Himmel auf die Erde traf.

Sie musste irgendwie runterkommen, musste sich sicher durch diese Hunderte von Metern voller Luft navigieren, musste diesen verdammten Fallschirm lenken. Welcher Idiot war überhaupt auf den Einfall gekommen, dass es eine prima Idee wäre, mit nichts als einem Schirm aus einem Flugzeug zu springen und herunterzuschweben und zu landen wie eine verfickte Mary Poppins – und zwar möglichst, ohne sich ein Bein oder das Rückgrat oder den Hals oder was auch immer zu brechen. Denn sie musste in einem Stück sein, wenn sie die beiden umbrachte, nicht nur, weil sie sie zu Tode erschreckt hatten, sondern wahrscheinlich auch noch darüber lachten und sie zu all dem Übel auch noch dazu gebracht hatten, Mary Poppins zu verfluchen. Menschen landeten schon für weniger Schlimmes in der Hölle.

Die Tränen liefen ihr jetzt über das Gesicht. Sie versuchte, nicht zu heulen, versuchte, sich die Tränen an der Schulter abzuwischen, aber jedes Mal bei der Bewegung schwang ihr Fallschirm hin und her, und sie hatte das verfluchte Ding gerade einigermaßen auf Kurs halten können. Sie hörte, wie Levi und Boom ihr aufmunternde Worte und Anleitungen zuriefen, aber sie achtete nicht auf die beiden, sah nicht zu ihnen hinüber, schrie sie nicht einmal an, dass sie ihnen die Pest an den Hals und noch Schlimmeres wünschte.

Sie hatte noch ein paar Minuten, bevor sie unten ankommen würde. Theoretisch wusste sie, dass es so lange dauerte. Doch der Sinkflug war ihr bei den ersten beiden Malen viel länger vorgekommen – und jetzt fühlte es sich noch länger an. In dieser kurzen Zeit musste sie sich irgendwie die Tränen aus dem Gesicht wischen, denn verdammt sei sie, wenn die beiden sahen, dass sie geheult hatte, weil sie solch schreckliche Angst um *sie* gehabt hatte.

Andererseits, der Stolz führte nie besonders weit, und um sich das Gesicht trocken zu wischen, müsste sie die Schutzbrille abnehmen. Niemals.

Außerdem wäre es sowieso zwecklos. Sie konnte überhaupt nicht mehr aufhören zu weinen. Durch ihren Tränenschleier erblickte sie die Landezone und zog hektisch an den Steuerschlaufen, um sich dorthin zu dirigieren. Der Boden kam schnell näher, der Fall wurde rasanter. Sie wollte gerade die Füße hochziehen, als ihr einfiel, dass sie ja nicht mit Levi im Tandem landete, sondern ihre eigenen Beine benutzen musste. Sie unterdrückte einen Schluchzer, fing den Fallschirm auf, wie Boom es ihr beigebracht hatte, und setzte die Füße auf den Boden.

Ihre Landung hatte nichts von der kraftvollen Eleganz, mit der Levi mit ein paar Laufschritten vorwärts die Balance hielt, es war mehr ein Stolpern, bevor sie auf die Knie fiel und dann flach auf dem Boden mit dem Gesicht nach unten landete, bevor der sich blähende Fallschirm sie zur Seite riss. Sie wäre am liebsten dort liegen geblieben und hätte geschluchzt, doch es gab Dinge, die erledigt werden mussten. Sie rappelte sich wieder auf und löste die Haken von den Gurten, bevor sie den Fallschirm einholte, der sich auf dem Boden wie eine riesige Amöbe ausgebreitet hatte. Sie hatte das Gefühl, als würde der Stoff sich gegen sie wenden und sich bei jedem Luftzug wieder versuchen loszureißen.

Sie hätte das verdammte Ding gern wegfliegen lassen, aber Boom hatte ihr eingetrichtert, wie sie den Fallschirm kontrollierte und zusammenlegte. Auf Knien rutschend zog sie an ihm und stemmte sich mit ihrem Gewicht dagegen. Vermutlich wirkte sie ziemlich unbeholfen, denn die Aufgabe konnte nicht so schwierig sein. Sie machte es nicht gut, sie war grottenschlecht.

Dann endlich hatte sie den Schirm unter Kontrolle. Sie setzte sich auf den Boden, zog eine Handvoll von dem Nylonstoff an sich und verbarg ihr Gesicht darin, während die Schluchzer sie überfielen.

Sie wusste, dass Levi und Boom schon gelandet waren, wusste, dass sie ihre Schirme zusammenpackten, hörte Schritte, die auf sie zukamen. Sie sah nicht hoch.

»Babe.« Es war Levi. Er packte sie an der Schulter. Sie machte sich aus seinem Griff frei, rutschte zur Seite und schaffte es, auf die Füße zu kommen, auch wenn sie sich mit einer Hand aufstützen musste. Sie spürte einen spitzen Stein unter ihren Fingern, und bevor sie darüber nachdenken konnte, holte sie aus und schleuderte ihn in seine Richtung.

Levi riss den Kopf zurück, gerade noch rechtzeitig, um nicht getroffen zu werden. Er stand zu dicht, und sie hatte als Kind Hunderte von Steinen geworfen. Seine Miene verfinsterte sich, er öffnete den Mund, um sie anzubrüllen, da sah er ihr Gesicht und schloss den Mund wieder. Hinter ihr stand Boom, der laut lachte. Levi hob warnend eine Hand, und sofort verstummte er.

Sie stand wütend und heulend da, hatte eine Hand in ein Stück Nylon gekrallt und die andere zur Faust geballt. Sie wünschte, sie hätte einen Vorrat an Steinen, um die beiden damit bewerfen zu können. Sie hätte gern einen Hammer, den sie ihnen an den Kopf schleudern könnte. Sie wünschte, sie hätte ihren Wagen hier, um einfach loszufahren und die beiden hier stehen zu lassen, denn sie wollte ihnen richtig wehtun. Aber es war ja unmöglich, gegen sie anzukommen, es sei denn, sie gestatteten es ihr, aber dann wäre der Spaß verdorben.

»Ihr seid solche Arschlöcher«, rief sie mit zittriger Stimme. Sie brachte kaum einen Ton heraus, ihre Kehle fühlte sich so wund an.

»Du hättest dir doch denken müssen, dass wir nicht so dumm sind und ohne Fallschirm springen«, sagte Levi vorsichtig.

»Ich hab euch geglaubt!«, entgegnete sie und warf ihm durch den Tränenschleier wütende Blicke zu. »Und das wolltet ihr doch auch! Also war ich offensichtlich blöd genug.«

Boom wand sich. »Ach, komm.«

Levi beobachtete sie, als wäre sie ein tollwütiges Eichhörnchen, das ihn jeden Moment anspringen könnte. Für heute hatte sie mehr erlebt, als sie ertragen konnte, sie war erledigt. Jina schluckte hart, dann hob sie ihren Fallschirm auf und klemmte ihn sich unter den Arm.

Ihr Fahrer war angekommen, und Jina marschierte auf den Pick-up zu.

Schnell überlegte sie, was sie tun konnte: Wenn sie sich auf den Rücksitz des King Cab setzte, musste sie neben einem der Männer sitzen, und sie wollte jetzt keinem von ihnen so nahe sein. Wenn sie sich aber vorn neben den Fahrer setzte, mussten beide nach hinten gehen. Also kletterte sie auf den Beifahrersitz und schlug die Tür zu, bevor beide den Truck erreicht hatten. Den Fallschirm auf ihrem Schoß umklammert, starrte sie nur geradeaus.

Sie erwartete, dass sie wieder zu dieser gottverdammten Twin Otter gefahren wurde – das Ding hätte sie gern in die Luft gejagt, auch wenn sie wahrscheinlich eine Ersatzmaschine hatten –, aber als der Fahrer fragte, wohin sie wollten, antwortete Levi: »Bring uns zum Truck, wir sind für heute fertig.«

Die Erleichterung war überwältigend.

Während der kurzen Fahrt wurde Jina klar, dass sie etwas tun musste. Sosehr sie auch fand, dass ihre Rage gerechtfertigt war, wusste sie, dass Gruppendynamik so nicht funktionierte, vor allem nicht in paramilitärischen Teams. Wahrscheinlich hätte sich niemand von den Männern so gefühlt wie sie. Und wenn doch, dann hätten sie es mit einer kameradschaftlichen Geste unter Jungs verborgen, zum Beispiel mit Fluchen oder Beleidigungen und dann Lachen. Für Flüche und Beleidigungen war sie zu haben, aber zum Lachen war ihr im Moment überhaupt nicht zumute.

Aber sie durfte jetzt nicht das kleine Mädchen spielen. Wenn sie zum Team gehören wollte, musste sie sich an einen gewissen Grad von Verarschung gewöhnen. Außerdem: Wenn sie nicht so völlig fertig gewesen wäre, hätte sie gespannt, dass die beiden ihre eigenen Fallschirme dabeihatten. Sie hatten die Ausrüstung sogar vor ihren Augen angelegt. Nur war sie einfach zu aufgelöst gewesen, um darauf zu achten, was sie taten, und das war ganz allein ihr Problem.

Was nicht bedeutete, dass die beiden nicht dafür zahlen müssten.

Die Männer sagten nichts, als sie in Booms Truck umstiegen, was ihr nur recht war. Jina setzte sich auf dem Rücksitz in die Mitte, was sie eigentlich misstrauisch hätte werden lassen müssen. Aber sie hatte geheult, und die beiden fühlten sich daher unwohl und ließen sie lieber in Ruhe. Sie wünschte, sie hätte nicht geweint, aber das hatte sie, und nun würde sie ihren Vorteil nutzen, um Rache zu üben.

Sie wartete, bis der richtige Moment gekommen war. Sie wollte, dass sie mitten im Straßenverkehr steckten, aber niemand durfte zu dicht hinter ihnen fahren.

Levi zog sein Smartphone raus und tippte eine Nachricht ein. Dann hielten sie an einer Ampel. Boom trommelte leicht mit den Fingern aufs Lenkrad und blickte links aus dem Fenster. Die Ampel schaltete auf Grün, und sie fuhren weiter. Jina überprüfte kurz die Straße hinter ihnen, sah, dass alles frei war, zog die Knie an und schrie so laut sie konnte: »Vorsicht!« – und kickte mit beiden Füßen und voller Wucht gegen die Vordersitze.

Boom trat auf die Bremse. »Mist!« Die Reifen quietschten, der Gummi qualmte. Er und Levi wurden nach vorn in ihre Gurte gerissen, beide wappneten sich für einen Aufprall und blickten sich wild nach dem um, was auch immer sie plattfahren wollte. Jina hatte sich bereits vorbereitet und die Füße gegen die Lehnen gestemmt. Der Truck rutschte etwas zur Seite und kam dann mit einem Ruck zum Stehen.

Schweigen.

Langsam drehten sich die beiden Männer um und starrten sie an.

Sie grinste, putzte sich die Fingernägel am Sweatshirt ab und sagte: »Das war die Revanche.«

Nachdem Jina ihren müden Hintern nach Hause geschleppt hatte, duschte sie, wusch sich die Haare, strich antibiotische

Salbe auf ihre Kratzer und trank heißen Tee mit Honig, um ihre Halsschmerzen zu lindern. Dann zog sie sich eine saubere Jogginghose und ein Sweatshirt an und ließ sich auf die Couch fallen. Sie hatte die Energie einer gekochten Nudel und wollte nicht mehr an den Tag zurückdenken, nicht einmal an den Moment, als Levi sie geküsst hatte. Bei eingeschaltetem Fernseher und mit einer leichten Decke zugedeckt, schlief sie sogar für ein paar Stunden ein und wachte dann hungrig auf. Das Trauma hatte sich also augenscheinlich nicht negativ auf ihren Appetit ausgewirkt.

Unglaublich, sie war heute aus einem Flugzeug gesprungen – drei Mal. Okay, sie war nicht direkt gesprungen, sondern hinausgeworfen worden, aber immerhin. Wenn sie die Höhe, in der sie sich befunden hatte, mal drei rechnete, dann war sie heute von einem Berg gesprungen, der höher als der Mount Everest war. Das war eine ganz schöne Leistung. Schade, dass ihre Mutter nichts davon erfahren durfte.

Die Sonne ging unter, und sie überlegte gerade, Pizza zu bestellen, als es an der Tür klingelte.

Ein kurzer Blick durch den Spion sagte ihr, dass die Jungs im Hausflur standen, zumindest fünf von ihnen. Sogar Voodoo war da, dafür fehlten Levi und Boom. Jina öffnete die Tür und sah sie verwundert an. »Was ist los?«

»Du bist im Team«, verkündete Snake grinsend. »Wir sind gekommen, um dich auszuführen und betrunken zu machen.«

Was?

»Tatsächlich?«

Trapper nahm sie am Arm und zog sie aus der Wohnung. »Jawohl. Fallschirmspringen war die letzte Übung, und du hast sie bestanden.«

»Eigentlich haben die beiden mich nur aus dem Flugzeug geschubst und ich hab's überlebt, um davon erzählen zu können … echt jämmerlich.« Die letzten Wörter fügte sie der Ehrlichkeit halber hinzu. »Moment, wartet kurz, ich kann unmöglich in meiner Jogginghose rausgehen. Ich muss mich umziehen.«

Sie konnte den fünf Männern ansehen, dass sie nicht verstanden, was ihr Problem war. Dann zuckte Crutch mit den Schultern. »Mädchenkram.«

»Zweifellos«, antwortete sie und ließ die Bande vor dem Fernseher sitzen, während sie sich schnell Jeans, Sneakers und einen BH anzog. Sie entschied, dass ihr Sweatshirt völlig ausreichend war, griff nach Handy, Geldbeutel und Schlüssel und gesellte sich nach drei Minuten wieder zu ihnen, fertig zum Aufbruch. Sich zu betrinken kam nicht infrage, Wachsamkeit ging vor, aber einen Drink wollte sie sich mit den Männern gern genehmigen. Schließlich hatte sie es geschafft, sie war im Team!

Jina konnte nicht genau sagen, was sie bei dem Gedanken empfand, denn ihr war ganz schwindlig vor Freude, während sie gleichzeitig Angst überfiel. Das Training war zu Ende, zumindest die Vorbereitungszeit. Die Männer trainierten ja immer, um sich in Form zu halten, und von ihr wurde das Gleiche erwartet. Aber jetzt ging es lediglich darum, in Form zu bleiben, es war keine Prüfung mehr.

Als sie die Treppe hinunterstiegen, sagte sie: »Ace und Boom haben mich fast umgebracht. Mit denen spreche ich nie wieder.«

»Ja, haben wir gehört«, sagte Jelly fröhlich und strahlte sie mit seinem trügerisch süßen Lächeln an. »Das musst du abhaken. Schließlich warten sie an der Bar auf uns.«

Sie waren alle da? Das klang verdächtig. Jina blieb ruckartig stehen und hielt sich am Geländer fest, für den Fall, dass sie vorhatten, sie den Rest des Weges hinunterzuschleifen. »Moment mal. Wenn das eine Art Initiation werden soll, gehe ich wieder nach oben und verrammel meine Tür.«

Snake schnaubte. »Du machst wohl Scherze, was? Boom und ich mussten unseren Frauen Bescheid sagen. Meine Anweisungen lauten, dass du weder verletzt noch erniedrigt oder beschämt werden darfst. Bleibt nur noch, dich betrunken zu machen.«

Jelly schüttelte den Kopf. »Traurig, aber wahr.«

Beruhigt ließ sie das Geländer wieder los und folgte ihnen nach unten. »Ich bin heute bereits verletzt und erniedrigt worden, aber ich hatte zu viel Angst, um mich beschämt zu fühlen. Ich verstehe echt nicht, warum Leuten Fallschirmspringen Spaß macht.«

»Es ist auch nicht unbedingt Voodoos Traum von einem Ausstieg aus dem Flugzeug«, sagte Trapper. Voodoo blickte nur mürrisch und zuckte mit den Schultern.

Seltsamerweise machte das Voodoo ein kleines bisschen sympathischer für Jina. Wenn er Fallschirmspringen nicht mochte, bedeutete das, dass er kein Idiot war, jedenfalls nach Jinas Theorie.

Das Lokal, in das sie Jina führten, war recht rustikal, weshalb sie sich mit Jeans und Sweatshirt ganz richtig fühlte. Ein feines Restaurant hatte sie sowieso nicht erwartet. Die meisten Sitzecken und Tische waren besetzt, und zu ihrer Überraschung erkannte sie viele Gesichter, auch mehrere Männer von anderen Teams waren hier. Sie alle hoben ihr Bierglas in Jinas Richtung. Sie hatte es geschafft!

Extra für sie wurde ein kleiner Tisch in eine der großen Nischen geschoben, in der bequem sechs Personen Platz hatten, also würden sie auch zu acht hinpassen. Natürlich waren Levi und Boom bereits da und hatten ein Bier vor sich auf dem Tisch stehen. Levi erhob sich, sie wurde auf die Sitzbank bugsiert, und er schlüpfte anschließend wieder auf seinen Platz, sodass er neben ihr saß. Sie war gefangen.

Jina spürte seine Schenkel an ihren. Die Nische war so groß, dass selbst mit Voodoo auf der anderen Seite von Levi genug Platz wäre, um nicht übereinander zu sitzen. Aber sein Bein berührte ihres, und sie konnte nicht ausweichen.

»Ich will nicht neben dir sitzen«, sagte sie. »Du wolltest mich umbringen.«

»Du hast dich ja revanchiert«, entgegnete er und erzählte den anderen von ihrer Rache auf der Fahrt im Truck. »Hast uns echt einen Heidenschreck eingejagt.«

Boom schnaufte und schüttelte den Kopf. »Mein Herz hämmert immer noch.« Alle lachten und witzelten, eine Kellnerin nahm die Bestellungen auf, und zu ihrer Erleichterung wurde auch eine Menge Essen zu den Drinks bestellt.

Innerhalb kurzer Zeit standen vor ihr ein Burger mit Pommes und ein Lemon-Drop-Martini, den die Männer als Mädchengetränk bezeichneten. Aber sie mochte kein Bier, also mussten sie das halt hinnehmen. Sie bestellte den Drink immer, wenn es etwas zu feiern gab, sie hatte ihn auch bekommen, als sie volljährig wurde, und auch zu ihrem College-Abschluss.

Und außerdem war es ein ziemlich starker Lemon-Drop-Martini.

So wie bei jeder Feier für ein neues Teammitglied wurden eine Menge Toasts ausgesprochen, nicht nur von ihren Männern, sondern auch von Jungs aus anderen Teams. Nach dem fünften Toast spürte sie bereits den Alkohol, obwohl sie langsam trank. Als ihr Glas leer war, ging es ihr schon glänzend, und sie machte sich auch keine Sorgen mehr wegen Levis Schenkel an ihrem Bein.

Aus einer Jukebox spielte Musik, und ein Typ aus einem anderen Team – sie konnte sich nicht an seinen Namen erinnern – wagte es, zu ihr zu kommen und sie zum Tanzen aufzufordern. Da Jina in bester Stimmung war, wollte sie die Einladung annehmen, aber es gab ein Problem.

»Ich sitze hier fest«, sagte sie zu ihrem Möchte-gern-Tanzpartner. »Ich komme hier nicht raus.«

»Die beiden werden schon Platz machen …«

»Nein«, sagte Levi, »machen wir nicht. Es gibt einen guten Grund, warum sie hier sitzt, und zwar, damit wir Arschlöcher wie dich davon abhalten können, unser Mädchen anzumachen.«

»Ach, komm schon, Ace, nur ein bisschen tanzen.«

»Ich hab gesehen, wie du tanzt, du verdammter Oktopus. Sie bleibt, wo sie ist.«

»Verdammt richtig«, setzte Trapper nach und lächelte sein ruhiges Scharfschützenlächeln. »Geh und tanz mit deinen eigenen Neulingen.«

Es folgten ein paar gutmütige Beschimpfungen auf beiden Seiten, und der Typ zog feixend wieder ab. Eigentlich sind diese Männer alle in Ordnung, dachte Jina, in allen Teams. Sie wurden ja auch nicht rekrutiert, weil sie kriminell oder Widerlinge waren, sondern wegen ihrer Kompetenzen, ihrer Fitness und vor allem ihrer Teamfähigkeit.

Ein weiterer Drink wurde vor ihr auf den Tisch gestellt. Die Pommes waren salzig, und das Getränk war willkommen.

Irgendwann gegen halb neun brummte ihr Handy in der Jeanstasche. Sie zog es heraus, warf einen Blick auf das Display und rief: »Es ist meine Mutter!«

Sie nahm den Anruf an und sagte fröhlich: »Hallo Mom!«

Eine kurze Pause entstand, dann meldete sich ihre Mutter. »Hallo, meine Süße. Wo bist du denn? Da ist ja eine Menge Krach im Hintergrund.«

»In einer Kneipe. Ich habe heute mein Training abgeschlossen, und die Jungs machen mich jetzt betrunken.«

Daraufhin stöhnten alle im Chor und verdrehten die Augen, worauf Jina sie überrascht ansah. »Was ist?«, fragte sie, nachdem sie das Handy gesenkt hatte.

Entschlossen nahm ihr Levi das Smartphone aus der Hand und drückte es sich mit einem Seufzen ans Ohr. »Mrs. Modell? Ich bin Levi Butcher, Babes … Jinas Chef. Sie ist bei uns sicher. Die ganze Gruppe ist versammelt.« Er hörte einen Moment zu. »Ja, Madam, ich garantiere persönlich für ihre Sicherheit.«

»Ha! Das ist ja ein Witz«, murmelte Jina. »Du wolltest mich heute umbringen.«

»Pssst!«, kam es von einigen Männern.

»Verbietet mir nicht den Mund, ich will selbst mit meiner Mutter sprechen«, sagte sie und blickte sich verärgert um.

Voodoo warf sich Pommes in den Mund. »Habt ihr das gehört?«, sagte er. »Sie ist ein Mamakind.«

Jina lehnte sich vor, um Voodoo einen Vogel zu zeigen, doch Levi schlug ihr die Hand herunter und redete weiter mit ihrer Mutter. »Ja, Madam. Nein, Madam. Sie hatte anderthalb Drinks. Wir haben ihr zuerst etwas zu essen gegeben, aber … Ja, da haben Sie recht. Ja, Madam. Ich sage ihr, sie soll bei Ihnen anrufen, wenn sie sicher zu Hause ist. Und ich schicke Ihnen jetzt eine Nachricht. Gute Nacht, Madam.«

Er zog mit grimmigem Gesichtsausdruck sein eigenes Handy heraus, sah auf die Telefonnummer auf Jinas Smartphone und tippte etwas ein.

»Was machst du denn?«, wollte Jina wissen und versuchte, ihm das Telefon aus der Hand zu nehmen. »Gib her, ich will mit meiner Mutter sprechen.«

»Sie hat schon aufgelegt. Und was ich mache …« Er schüttelte den Kopf. »Ich habe deiner Mutter gerade eine Nachricht mit meinen Kontaktdaten geschickt, denn sie macht mich höchstpersönlich dafür verantwortlich, wenn dir was passiert.«

Es herrschte einen Moment Totenstille am Tisch, dann sagte Snake: »Na, das ist ja mal was Neues.«

12. Kapitel

Früh am nächsten Morgen rief ihre Mutter an – wirklich früh, nämlich um halb sechs. Es war sogar noch dunkel. Jetzt, wo die Tage so kurz waren, hatte Jina sich nur schwer aus dem Bett gequält, um sich für ihre erste Tasse Kaffee in die Küche zu schleppen. »Hallo, Mom«, sagte sie gähnend. »Du bist aber zeitig auf.«

»Gott sei Dank, es scheint dir gut zu gehen«, meldete sich ihre Mutter grimmig. »Dein Vater und ich hatten uns schon darauf vorbereitet, nach D. C. gerufen zu werden, um deine Leiche zu identifizieren.«

»Oh.« Wieder musste sie gähnen. »Ich werde jetzt nicht sagen, dass kein Grund zur Aufregung bestand, denn wenn ich selbst meine Mutter wäre, hätte ich mir auch Sorgen gemacht.« Sogar in ihrem halb wachen Zustand war Jina schlau genug, die Beunruhigung ihrer Mutter nicht einfach abzutun. Schließich hatte die Frau Augen im Hinterkopf, überall ihre Spione und einen eingebauten Lügendetektor im Bauch, vermutlich in der Nähe der Gebärmutter.

»Also ...« Nach einem kurzen Moment der Verblüffung sammelte sich ihre Mutter. »Das war ja gestern Abend nicht gerade eine Veranstaltung, die man sich für seine Tochter wünscht.«

»Es waren sieben Kollegen dabei, zwei von ihnen sind verheiratet – und ihre Frauen ...«

»Ach, Gott sei Dank«, rief ihre Mutter erleichtert, bevor Jina den Satz zu Ende bringen konnte. Sie hatte erklären wollen, dass die Ehefrauen Bescheid wussten. »Denn das klang ja, als wären nur Männer um dich rum gewesen!«

Jina hütete sich davor, die Annahme ihrer Mutter, dass doch zwei weitere Frauen dort gewesen waren, zu korrigieren, so verschlafen oder dumm war sie nun auch wieder nicht. Wenn sie zurückdachte, meinte sie, auch tatsächlich ein paar Frauen in der Kneipe gesehen zu haben, also war es keine Lüge. »Ach was! Aber ich war die Erste, die das Training abgeschlossen hat, deshalb haben wir gefeiert. Mit Hamburgern und Pommes, nicht chic oder so.«

»Und mit Alkohol.«

»Und mit Alkohol. Ich hatte anderthalb Lemon-Drop-Martinis.«

Daraufhin lachte ihre Mutter. »Dein Feier-Getränk.«

»Ich habe heute Morgen noch nicht mal Kopfschmerzen, also war es nicht viel, obwohl ich tatsächlich ein bisschen angetüdelt war, als du mich angerufen hast.«

»Dein Chef hat mich beruhigt. Danke ihm von mir dafür, dass er Verständnis für mich hatte.«

»Witzig ist, dass er kurz vor deinem Anruf einen Typen abgewimmelt hat, der mich zum Tanzen auffordern wollte.«

»Sehr gut gemacht. Angetrunkene Frauen sollten nicht tanzen. Da gibt es nur Ärger.«

»Ich dachte, du hast Dad beim Tanzen kennengelernt.«

»Und habe jetzt fünf Kinder, so ist es.«

»Welches von uns würdest du gern zurückgeben?«

»Bei jedem von euch hat es Zeiten gegeben, wo ich das gern gemacht hätte. Ich bin nur froh, dass ich es gestern nicht bei dir versucht habe.«

»Ich liebe dich auch, Mom. Bevor ich es vergesse – wenn es nicht gerade einen Notfall gibt, sieht es so aus, als könnte ich zu Thanksgiving nach Hause kommen. Im Training bin ich nicht weggekommen, aber jetzt kann ich mir wahrscheinlich ein paar Tage freischaufeln.«

»Wunderbar!«, rief ihre Mutter erfreut. »Du warst schon viel zu lange nicht mehr hier. Wenn du es nicht geschafft hättest, hätte ich dich womöglich am nächsten Wochenende besucht.«

Wow, noch mal davongekommen. Jina konnte sich gut vorstellen, wie anstrengend es wäre, gleichzeitig Levis Programm durchzuarbeiten und zu versuchen, Zeit mit ihren Eltern zu verbringen. Schließlich hatte der Tag einfach nicht genug Stunden.

»Ich schicke dir meine Flugdaten. Mit dem Auto dauert es zu lange, das würde mich die Hälfte meiner Zeit kosten.«

»Ich werde dir deinen Lieblingskuchen backen.«

Moms Schokoladenkuchen! Sofort waren Jinas Speicheldrüsen angeregt. »Ich habe wirklich wie verrückt gearbeitet, um die paar Tage Urlaub zu bekommen. Es ist so schön, dass es klappt.«

Jina schwelgte in Gedanken an den Schokoladenkuchen, während sie ihre höchstwichtige erste Tasse Kaffee trank und sich einen kleinen Protein-Smoothie zubereitete, gefolgt von einer Schüssel Porridge für das warme behagliche Gefühl im Bauch. Nach dem gestrigen Tag brauchte sie etwas Tröstliches, und ein Hackbraten war nicht in Sicht. Au Mann, wenn sie den Kuchen ihrer Mutter essen wollte, musste sie sicher ein paar Extrakilometer rennen. Aber vielleicht war es auch egal, sie musste sowieso trainieren, egal ob sie Kuchen aß oder nicht, das gehörte zur Jobbeschreibung. Wer nicht in Form blieb, war draußen.

Weil sie noch Zeit hatte, schaltete sie ihren Computer ein und suchte nach Flügen. Sie hatte Glück und fand einen Platz in einem Flug am Mittwochabend vom Reagan Airport nach Atlanta. Dann suchte sie eine Maschine nach Albany oder Brunswick, ihre Eltern wohnten ungefähr in der Mitte der beiden Städte. Schließlich entschied sie sich, noch einen Mietwagen zu buchen, damit sie vor Ort ihren eigenen fahrbaren Untersatz hatte. Man konnte nie wissen – für den Fall, dass ihr

Team zu einem Einsatz gerufen wurde, konnte sie dann mitten in der Nacht aufbrechen.

Stolz überkam sie, als ihr bewusst wurde, dass sie es geschafft hatte: Sie war jetzt Mitglied eines GO-Teams. Sie hatte nicht nur einen wichtigen Job, bei dem sie etwas bewirken konnte, sondern sie hatte auch ein anstrengendes Training überstanden. Ein paar der anderen Auszubildenden hatten sich verletzt, eine ganze Reihe war ausgeschieden. Sie selbst hatte nicht aufgegeben, sie war immer noch dabei.

Als richtiges Teammitglied sollte sie nun dem Beispiel der Männer folgen und stets eine fertig gepackte Reisetasche im Auto aufbewahren, sodass sie jede Minute aufbruchsbereit war.

Das gab ihr etwas zu tun. Unglücklicherweise war das Packen einer Tasche mit Kleidung zum Wechseln und anderen notwendigen Dingen keine besonders intellektuelle Herausforderung, und ihre Gedanken wanderten währenddessen zu Levi, ob sie wollte oder nicht. Der gestrige Tag war so traumatisch gewesen, dass sie nicht in der Lage gewesen war, irgendetwas zu analysieren. Sie hatte einfach nur den Horror überstehen wollen. Am Abend war sie angetrunken gewesen, aber heute Morgen gab es nichts, um ihn aus ihrem Kopf zu verbannen.

Er hatte sie geküsst. *O mein Gott!* Sich auf diese Erinnerung zu konzentrieren, half ihr, nicht daran zu denken, dass er seine Hand unter ihr Hemd geschoben und sich zwischen ihre Beine gedrängt hatte, dass sie bei ihm gekommen war, obwohl sie beide vollständig angezogen gewesen waren. Sie wusste nicht, wie sie sich verhalten sollte, und wäre ihm ab jetzt am liebsten aus dem Weg gegangen. Nach allem, was er gesagt hatte, war er es gewesen, der die Grenze überschritten hatte. Der Abend mit den Männern hatte Spaß gemacht, an den Rest des Tages dachte sie mit Schrecken, wobei der Kuss und all das der dunkelste Punkt war. Sie zu küssen war unfair von ihm gewesen.

In den Monaten, die sie Levi kannte, hatte sie beobachtet, wie er die Fäden zog, um bestimmte Effekte zu erzielen, wie er in seiner Funktion als Teamleiter abwog und analysierte. War es vielleicht möglich, dass er sie nur geküsst hatte, damit sie das Team verließ? Wollte er sie glauben lassen, sie würden ein Paar werden, wenn sie den Job aufgab? Manche Frau hätte das womöglich auch getan. Vielleicht sogar die meisten Frauen, je nachdem, wie verknallt sie in ihn wären. Jina gehörte nicht dazu. Denn auch wenn sie scharf auf Levi war, liebte sie ihn nicht, das konnte sie durchaus auseinanderhalten.

Er war bekannt für seine Skrupellosigkeit, wenn eine Aufgabe erfolgreich zu erledigen war, egal worum es sich handelte. Vermutlich hätte er sie aus dem Trainingsprogramm ausgeschlossen, wenn – *wenn* – er der Meinung gewesen wäre, dass sie ein schwaches Glied sei, das für sein Team gefährlich werden könnte. Andererseits war sie die einzige weibliche Auszubildende, und vielleicht hatte er auch einen gewissen Druck verspürt, dabei zu »helfen«, dass sie erfolgreich abschloss. Doch das glaubte sie eigentlich nicht, denn Axel MacNamara war nicht gerade für seine politische Korrektheit bekannt, eher im Gegenteil. Trotzdem bestand diese Möglichkeit, und der Gedanke machte sie wütend. Sie wollte bestehen, weil sie diesem Job gewachsen war, nicht weil jemand ihr wegen ihres Geschlechts einen Vorteil verschaffte.

Verflucht, es gab einfach viel zu viele Möglichkeiten, inklusive der, dass Levi vielleicht, ganz vielleicht, wirklich etwas von ihr wollte. Er hatte schließlich die eindrucksvolle Erektion in seiner Hose nicht vorgetäuscht, wenngleich es sie unter den gegebenen Umständen und der besagten Position fast gewundert hätte, wenn er keine Erektion gehabt hätte.

Die unerfreuliche Wahrheit war: Egal wie sie es drehte und wendete und wie viele Möglichkeiten ihr durch den Kopf gingen – sie hatte keine andere Wahl, als ihren Job so gut wie möglich zu machen und alles zu meistern, was auf sie zukam. Das war alles, was sie tun konnte: die Situation meistern.

Die fertig gepackte Reisetasche stellte sie vor die Tür, um sie nicht zu vergessen. Dann sah sie auf die Uhr. Erst halb sieben, sie hatte noch reichlich Zeit, um zum Trainingsplatz zu fahren. Auch als richtiges Teammitglied änderten sich bestimmte Dinge nicht, wie zum Beispiel in Form bleiben zu müssen oder sich Zeit am Computer zu nehmen, um mit Tweety zu arbeiten. Gerade an der Drohne musste sie ständig trainieren, falls sie ihr Können in der Praxis brauchen würde. Sie konnte es kaum erwarten.

Am Trainingsplatz angekommen, begann Jina mit dem Laufen, was ihr jetzt, wo die Sommerhitze vorbei war, viel leichterfiel. Sie hielt ein moderates Tempo ein, weil sie fand, dass sie sich nach dem entsetzlichen Tag gestern ein bisschen Erholung gönnen durfte. Außerdem war sie erst Freitag auf Tempo gelaufen – sogar im Regen.

Donnelly gesellte sich in der Nähe der Drei-Kilometer-Marke zu ihr. Sein Hemd war bereits schweißdurchtränkt, woraus sie schloss, dass er bereits früh hier angekommen war.

»Hey, es geht ein Gerücht über dich rum.«

Es brauchte keine übersinnlichen Fähigkeiten, um zu ahnen, was er meinte. »Meinst du die Sache mit dem Fallschirmspringen? Ja, es war furchtbar. Ich hatte Todesangst, und ich will das nie wieder machen.« Ihr Atem ging noch immer normal, deshalb war Reden kein Problem.

»Aber du hast es geschafft?«

»Beim dritten Versuch – und das war echt nicht schön.«

»Ob schön oder nicht, egal. Du hast es geschafft, die Ausbildung beendet. Du bist offiziell im Team«, sagte er und schlug ihr auf die Schulter.

Sie grinste. »Gestern Abend habe ich mit den Jungs gefeiert, und ausgerechnet da hat meine Mutter angerufen. Ich habe ihr erzählt, dass ich die Prüfung bestanden hätte und die Jungs mich betrunken machen. Levi – Ace – musste meine Mutter beruhigen und erklären, wer er war. Sie wollte unbedingt, dass er ihr eine Nachricht mit seinem Namen und seiner Telefonnummer schickt, und hat ihm gedroht, ihn verantwortlich zu machen, falls mir irgendwas passiert.«

Donnelly lachte so sehr, dass er stolperte und stehen bleiben musste, auch Jina stoppte, lief aber mit den Händen in die Hüften gestemmt umher und atmete tief durch, damit ihre Muskeln nicht steif wurden. Bei dem Gedanken an Levi, der sich mit einer besorgten Mutter auseinandersetzen musste, musste sie grinsen.

Sie beendeten ihren gemeinsamen Lauf, wobei Jina glaubte, dass Donnelly länger gerannt war, als er vorgehabt hatte. Aber er stellte ihr eine Menge Fragen über das Fallschirmspringen, und sie ahnte, dass er auch nicht scharf darauf war. Er sagte, dass sein Springtraining in dieser Woche begann, dieses Kapitel also schneller auf ihn zukam, als er sich wünschte. Sie beschönigte ihre Erfahrung nicht, hielt sich aber damit zurück, den Horror der ersten beiden Male zu ausführlich auszumalen. Es schien ihn zu beruhigen, dass sie es trotz ihrer Patzer geschafft hatte. Er hatte befürchtet, nur eine einzige Chance zu bekommen.

Kodak war unter den GO-Teams äußerst beliebt, aber Jina gefiel es überhaupt nicht, wie er die Ausbildung der Neuen handhabte. Levi war wirklich der einzige Team-Chef, der das Training aktiv begleitete. Und das sicher nicht nur, weil er der Einzige war, der eine Frau in seinem Team aufnahm. Sie hatte schon festgestellt, dass sie in viel besserer Form war als die anderen. Komisch, dass sie das während ihres Martyriums nie richtig zu schätzen gewusst hatte.

Aber all das war vorbei, und sie war bereit für den ersten Einsatz mit Tweety, in dem sie sich bewähren konnte. Sie wusste: Ihre Arbeit würde mit großer Aufmerksamkeit verfolgt werden, da sie die Erste war, die sie ausübte.

Als sie sich dem Ende des Trainingsfeldes näherten, waren schon viel mehr Leute auf dem Platz, niemand wagte es, herumzuhängen, denn das hätte ein paar scharfe Worte von Baxter oder anderen Trainern zur Folge gehabt (»… nicht aufgeben, bevor der Job getan ist«). Auch ein paar Männer aus ihrem Team sah Jina, die zusammenstanden und sich unterhielten, darunter Levi.

Er wandte sich um und bemerkte sie, und selbst aus dieser Entfernung spürte sie seinen bohrenden Blick. Er hatte ihr nie eine Frage zu Donnelly gestellt, obwohl er am Samstagabend extra auf dem Parkplatz gewartet hatte, um zu sehen, ob er bei ihr blieb. Hatte er geahnt, dass ihr »Freund« nur ein Fake gewesen war? Vielleicht dachte er jetzt anders darüber, was allerdings beleidigend für sie wäre, denn wenn sie tatsächlich mit Donnelly zusammen wäre, hätte sie Levi niemals so geküsst und ganz sicher nicht all das zugelassen, was sonst noch passiert war. Aber er kannte sie nicht gut genug, um das von ihr zu wissen. Tatsächlich wusste sie über ihn mehr als er über sie, da über ihn so viel geredet wurde.

Auf jeden Fall machte die ganze Episode sie wütend und war ihr gleichzeitig peinlich. Sie wollte jetzt nicht mit ihm reden.

Jina verabschiedete sich von Donnelly, und er lief weiter, um sich zu einer Gruppe von Auszubildenden zu gesellen, von denen ihr einige zuwinkten. Sie bedauerte es ein bisschen, nicht mit ihnen zusammen trainiert zu haben, mit diesen Strebern und Nerds, unter denen sie sich so wohlfühlte, aber das war nun Vergangenheit. Sie wischte sich mit den Ärmeln den Schweiß vom Gesicht und ging auf ihre Gruppe zu, als sie sah, wie Kodak auf den Parkplatz gefahren kam. Aus einem Impuls heraus drehte sie um und lief zu ihm.

Kodak war ein großer attraktiver blonder Typ und wirkte

ein bisschen abgerissen, wie jemand, der nach einer heißen Nacht gerade aus dem Bett gekommen war. Er war als gut gelaunt und kompetent bekannt. Zu seinem Team zu gehören war das Beste, was Donnelly passieren konnte. Kodak stand an der geöffneten Tür seines Trucks und las etwas, aber als sie näher kam, warf er die Papiere auf den Fahrersitz und schloss die Tür.

Wahrscheinlich sollte sie lieber die Klappe halten. Wie Kodak sein Team führte, ging sie überhaupt nichts an. Es hatte ihr zwar niemand gesagt, sie solle keinen Kontakt zu anderen Teams aufnehmen, aber möglicherweise war das so etwas wie eine ungeschriebene Verhaltensregel. Wenn das zutraf, verletzte sie diese Regel gerade.

Doch wenn sie sich jetzt zurückhielt, war sie ein Feigling.

»Hallo«, begrüßte sie ihn und blieb dann etwas unschlüssig stehen. Hm, dabei wollte sie eigentlich redegewandt und kompetent rüberkommen.

Ein träges Lächeln erschien auf seinem Gesicht. »Babe«, sagte er und gab so zu erkennen, dass er wusste, wen er vor sich hatte. Es sei denn, er sagte zufällig zu allen Frauen »Babe«.

»Könnte ich kurz etwas mit dir besprechen?«

»Aber, Darling, wann immer du willst.« Er musterte sie, und sein Blick verriet, dass ihm gefiel, was er sah. »Ich kenne ein kleines schummriges Café, das den besten Kaffee in ganz D.C. serviert. Willst du mich dahin begleiten und mir den Morgen versüßen?«

Sie seufzte. Seinen Ruf als Aufreißer hatte er offensichtlich nicht ohne Grund. »Ich will nicht flirten, es geht um was Ernstes.«

»Flirten ist etwas verdammt Ernstes. Es gehört zu den schönsten Dingen des Lebens.« Wieder erschien dieses träge charmante Lächeln. »Willst du Ace' Team verlassen und zu mir kommen?«

»Nachdem du so einen Scheiß gemacht hast? Auf keinen Fall.«

Er hörte auf zu grinsen, richtete sich gerade auf und sah ihr in die Augen. Wenn es um den Job ging, war bei Kodak der Spaß vorbei. »Was meinst du damit, dass ich Scheiß gemacht habe?«

Sie atmete tief durch. Besser, sie brachte es schnell hinter sich. »Ace ist der einzige Team-Chef, der seinen Neuling von Anfang an ins Team integriert hat. Ich habe monatelang mit den Männern trainiert und bin Teil der Gruppe geworden. Brian Donnelly, der Auszubildende, der in dein Team kommt, ist ein guter Mann, aber du hast dir nicht die Mühe gemacht, ihn in die Gruppe zu holen, bevor er mit euch auf einen Einsatz geht.«

Kodak nahm seine Mütze ab, schlug damit gegen sein Bein und setzte sie wieder auf. Er sah sie aus zusammengekniffenen Augen an. »Ist er dein Macker?«

Sie blitzte ihn verärgert an. »Als ob ich mich nur dann für ihn einsetzen würde!«

Er hob kapitulierend die Hände. »War nur eine Frage, reiß mir deshalb nicht den Kopf ab.« Er grinste. »Ich könnte mich daran gewöhnen, von dir angefaucht zu werden. Wie ich gehört habe, teilst du genauso gut aus, wie du einsteckst. Bist du sicher, dass du nicht doch in mein Team überwechseln willst?«

Sie ignorierte ihn. »Donnelly ist ein Bekannter, ein Arbeitskollege. Ich kenne ihn besser als die meisten anderen aus dem Trainingsprogramm, aber ich weiß, dass keiner Kontakt zu den Teams hat.« Sie zuckte die Schultern. »Ace wollte meine Ausbildung selbst übernehmen, weil er meinte, ich sei als Frau eine größere Belastung. Erst war ich nicht besonders glücklich darüber, aber im Nachhinein betrachtet war es das Beste, was er tun konnte. Euch anderen läuft jetzt die Zeit davon.«

Nickend rieb er sich das Kinn. »Da könntest du recht haben.« Er warf einen Blick nach rechts und grinste. »Sieht so aus, als würdest du jetzt aus meinen wollüstigen Fängen befreit werden«, sagte er zwinkernd.

»Ach du meine Güte, du hast tatsächlich *wollüstig* gesagt!« Sie musste lachen. Auch wenn sie ihn gerade angegangen hatte: Er war ein verdammt sympathischer Typ, und es machte bestimmt großen Spaß, mit ihm etwas zu unternehmen. Zu dumm, dass sie auf Kodak nicht so reagierte wie auf Levi, mit ihm käme sie sicher besser klar. Vielleicht stimmte mit ihr etwas nicht, dass sie einen mürrischen Mann mit grober Art dem charmanten Kodak vorzog.

»Ich habe noch ein viel umfangreicheres Vokabular drauf«, erwiderte er grinsend, »weil ich nämlich richtig intelligent bin.«

Das waren tatsächlich alle hier. Ihre Arbeit verlangte eine hohe Auffassungsgabe und Ausbildung. Alle Männer beherrschten zumindest zwei Fremdsprachen, waren in der Lage, verschiedene Flugzeuge zu steuern und kannten sich gut mit Computern aus. Manchmal fühlte sie sich im Vergleich fast hinterwäldlerisch.

Mit einem Mal war sie von vier großen Männern umstellt, alles Mitglieder aus ihrem Team, die bereits auf dem Trainingsfeld angekommen waren, darunter Voodoo, der vermutlich nur zur Unterhaltung dabei war.

»Halte dich von ihr fern«, sagte Levi ernst, sodass Kodak ihn nicht missverstehen konnte. Sein Kinn wirkte angespannt, und er starrte Kodak in die Augen, als wolle er gleich eine Prügelei mit ihm anfangen.

Kodak grinste. »Ich habe nur hier an meinem Truck gestanden«, betonte er. »Sie ist zu mir gekommen, und ich finde, dass eigentlich ich es bin, der beschützt werden müsste. Ich habe nämlich einen Fehler gemacht, und das hat die Dame mir gerade aufs Butterbrot geschmiert.«

Jetzt wandte Levi sich zu Jina um. Sie zuckte mit den Schultern. Jetzt, wo sie den Mumm aufgebracht hatte, das

Thema anzusprechen, konnte sie es auch öffentlich machen. »Die anderen Team-Chefs sollten ihre Auszubildenden genauso trainieren, wie ihr es mit mir gemacht habt«, sagte sie, während sie die Arme verschränkte und das Kinn hob. »Dann wären sie schon Teil vom Team, wenn sie ihren ersten Einsatz haben, statt sich als Fremde in die Gruppe integrieren zu müssen.«

Levi presste die Lippen zusammen, und Jina wusste genau, was ihm durch den Kopf ging, nämlich dass sie für ihren »Freund« Partei ergriff. Sie sah Kodak an. »Wie auch immer, denk einfach darüber nach, obwohl jetzt nicht mehr viel Zeit übrig bleibt, um was zu ändern. War nett, mit dir gesprochen zu haben.« Sie nickte ihm zu, schlüpfte zwischen Levi und Snake hindurch und schlenderte weiter. Sie musste sich bemühen, nicht die Hände zu Fäusten zu ballen. Himmel, wie gut, dass Thanksgiving vor der Tür stand, sie brauchte wirklich mal eine Pause von diesen Männern, und wenn es nur für zwei Tage war.

Als ihre Team-Kollegen sie eingeholt hatten, begann Voodoo wie erwartet zu lästern. »Wahrscheinlich hast du deinem Liebsten damit keinen Gefallen getan.«

»Ihr könnt mich mal!«, erwiderte sie. »Er ist ein Freund, nicht mein Liebhaber.«

»Ach ja? Am Samstag hast du gesagt, er sei es.«

»So?«

»Er hat sich jedenfalls verhalten, als würdet ihr euch *sehr* gut kennen.«

»Wie gesagt, er ist ein Freund. Ich hatte nämlich ein Privatleben, bevor ich gekidnappt und zum Training mit euch verdonnert wurde.« Sie warf ihm ein grimmiges Lächeln zu. »Außerdem weiß ich nicht, ob du so ein Experte beim Thema ›Freundschaft‹ bist.«

»Aufhören«, befahl Levi, dem das Gezanke auf die Nerven ging. Er sah beide grimmig an. Was auch immer er sonst noch gesagt hätte, wurde durch das Signal seines Handys unterbrochen, das eine neue Nachricht ankündigte.

Fast gleichzeitig brummten vier weitere Smartphones, Jinas ebenso. Sie zog es aus der Tasche und las den Text. Dann las sie ihn noch einmal, und ihr klappte der Unterkiefer herunter.

»Echt jetzt, echt?« Drei Tage vor Thanksgiving, zweieinhalb Tage vor ihrem Flugtermin, wurden sie nach Paris beordert. Und zwar nicht Paris in Tennessee, sondern in Frankreich. Paris in Frankreich. Sie stöhnte. »Ich wollte nach Hause! Ich habe heute Morgen den Flug gebucht.«

Snake sah auch nicht sehr glücklich aus. Levi zuckte mit den Schultern. »Da kann man nichts machen. Egal welches Team den Anruf bekommt, irgendjemandem werden immer die Ferien vermasselt. Mit etwas Glück sind wir in zwei Tagen wieder zurück, aber das wissen wir erst nach der Einsatzbesprechung. Kommt, machen wir uns auf den Weg.«

Zumindest bin ich nicht vollkommen unvorbereitet, dachte Jina niedergeschlagen, als sie zu ihrem Wagen lief. Sie hatte ihre Reisetasche dabei. Normalerweise wäre sie wegen ihres ersten Einsatzes aufgeregt gewesen und wäre gern nach Frankreich gereist – aber nicht, wenn sie Thanksgiving bei ihren Eltern verpasste und den Schokoladenkuchen ihrer Mutter.

Verdammt noch mal. Manchmal war das Leben einfach ungerecht.

13. Kapitel

Achtzehn Stunden später saßen Jina und Crutch in einem etwas heruntergekommenen Hotelzimmer in Paris, während die anderen sechs Teammitglieder die Zielperson überwachten. Crutch war mit ihnen in Kontakt und koordinierte den Einsatz. Jina tat nichts anderes, als zu warten. Sie hätte nicht gedacht, dass sie sich langweilen würde, aber so war es. Irgendwie hatte sie sich ihren Einsatz aufregender vorgestellt. Hätte sie gründlich darüber nachgedacht, wäre ihr klar geworden, wie unrealistisch ihre Vorstellungen waren, aber naive Erwartungen waren nun mal, was sie waren – und in diesem Fall waren sie falsch.

»Vieles, was wir machen müssen, ist langweilig«, sagte Crutch lässig, als sie sich beschwerte. »Wahrscheinlich besteht unsere Arbeit zu siebzig Prozent daraus, Informationen einzuholen. Mit dir und Tweety brauchen wir weniger Zeit für die Personenüberwachung und haben bessere Ergebnisse als vorher. Manchmal legen wir nur eine Akte an, suchen nach Mustern, so was in der Art. Das sieht nicht immer aus, als wär's wichtig, aber im Großen und Ganzen ergibt sich aus allem was.«

Das war auch eine Art, die Dinge zu betrachten. Zu dumm, dass es dadurch nicht interessanter wurde. Eine Lehre zog sie jedenfalls daraus: Sie sollte immer etwas zum Lesen dabeihaben. Das war eigentlich schon die zweite Lektion, die sie während ihres ersten Einsatzes gelernt hatte. Die erste war, dass sie Sachen eingepackt hatte, als würden sie auf dem Schlachtfeld arbeiten, dabei hielten sie sich meist in städtischen Gebieten auf. Ihre Cargohosen und Boots waren hier nicht geeignet. Was sie eigentlich benötigte, waren Jeans, ein Paar flache Schuhe und einen warmen, aber schicken Pullover, denn schließlich waren sie in Paris. Sie hatte regelrecht einen Minderwertigkeitskomplex bekommen, als sie vom Flughafen in die Stadt gefahren war und all die Französinnen auf den Straßen gesehen hatte. Sie war nicht nur gelangweilt, sie musste regelrecht gegen den Drang ankämpfen, einkaufen zu gehen, zum Friseur, zur Maniküre … nachdem sie eine Bäckerei aufgesucht hätte.

Aber sie saß hier fest, ohne eine Pause einlegen zu können, bevor Levi es sagte. Die überwachte Person war ein südafrikanischer Banker namens Graeme Burger, auf den die National Security Agency durch seine Kontakte zu einem Sudanesen aufmerksam geworden war, der Verbindungen zur Terrorszene pflegte. Der Sudanese hielt sich zurzeit in Paris auf, ebenso Graeme Burger, der vor zwei Stunden mit dem Flugzeug am Charles-de-Gaulle-Flughafen gelandet war und dessen Taxi nun von Levi und den anderen aus dem Team abwechselnd verfolgt wurde. Sie hatten drei Wagen mit jeweils zwei Männern zur Verfügung, und bisher gab es keine Anzeichen dafür, dass sie entdeckt worden waren, der Taxifahrer versuchte jedenfalls keine Manöver, um sie abzuhängen. Vielleicht war es ein Zufall, dass Burger zur selben Zeit in Paris war wie der Sudanese – und vielleicht färbte sich die Sonne blau. In der Szene der Terroristen gab es keine Zufälle.

Trotz der ausführlichen Recherche der NSA war ihnen der Grund für die Verbindung zwischen Burger und Nawal Daw noch immer unbekannt. Südafrika war kein terroristischer Hotspot, auch wenn das Foreign Service Institute die dortige Bankenbranche als sicheren Hafen für Steuerflüchtlinge ansah. Der Sudan aber war allerdings ein Hotspot für terroristische Zellen, und Nawal Daw schien bis zum Hals darin verstrickt, hatte Verbindungen zur Hisbollah, ISIS und verschiedenen sudanesischen Gruppierungen. Wie sich in einem Land so viele terroristische Organisationen ansiedeln konnten, war Jina ein Rätsel, aber laut der Informationen, die sie erhalten hatten, gab es im Sudan zahlreiche. Nawal Daw war keiner der Anführer, aber er hatte Verbindungen zu ihnen.

Besonders interessant war, dass Graeme Burger ein Visum für die Staaten beantragt hatte, weil er dort seinen Urlaub verbringen wollte. Das Visum war genehmigt worden und seine Überwachung in Auftrag gegeben, sodass seine Pläne, welche auch immer er hatte, verfolgt werden konnten. Für den Fall, dass eine sudanesische Terroristengruppe Mr. Burger für einen Anschlag in den Staaten benutzen wollte, hatte man die GO-Teams beauftragt, herauszufinden, was genau geplant war.

Und sie würde den Schokoladenkuchen ihrer Mutter verpassen. Und ihre Mutter würde wütend sein, weil sie an Thanksgiving nicht da war.

Jina seufzte. Sie konnte sich noch nicht einmal auf diesem praxiserprobten verschlüsselten Top-Secret-Hochleistungs-Laptop, mit dem sie Tweety navigierte, mit Computerspielen die Zeit vertreiben, da die Regierung etwas dagegen hatte, dass auf den Geräten gespielt wurde – was wirklich mies von ihnen war, denn schließlich war sie durch Computerspiele überhaupt zu diesem Job gekommen.

Andererseits, womöglich wurde sie demnächst in den Weltraum geschickt, wenn sie noch mehr Spiele spielte, deshalb war es wohl besser, die Finger davon zu lassen. »Warum kann ich denn nicht helfen, diesen Burger zu verfolgen, wenn ich schon sonst nichts machen soll?«

»Dafür bist du nicht ausgebildet«, sagte Crutch.

»Ich habe Augen im Kopf und kann Auto fahren.«

»Du wirst hier vielleicht jeden Moment gebraucht, und glaub mir, in Paris kannst du nicht Auto fahren. Das ist ein Albtraum. Du sprichst kein Französisch, du kennst dich in diesen Straßen nicht aus, du würdest dich verfahren und womöglich einen Unfall bauen und dich umbringen.« Er grinste sie an. »Wir passen auf dich auf.«

Während sie sich zu Tode langweilte. »Sprechen denn außer mir alle Französisch?«

»Ein paar, mehr oder weniger. Voodoo spricht fließend, Ace und Trapper sprechen nicht ganz so gut. Die anderen können sich verständigen, allerdings zur Belustigung der Franzosen. Du solltest ein paar Sprachkurse belegen.«

»Klar, in meiner freien Zeit.« Aber die Idee war nicht schlecht. Sie würde sehen, welche Sprachen im Moment am meisten gebraucht wurden, und sich dann zumindest ein paar Grundkenntnisse aneignen. Überseeflüge dauerten lange, und damit könnte sie die Stunden verbringen, wenn sie wieder nicht schlafen konnte. Heute war sie zu aufgeregt gewesen, und die Sitze waren zu eng. Bisher hatte sie immer noch nicht begriffen, wie die Männer von einem Moment zum anderen einschliefen, egal ob sie irgendwo lagen, saßen oder gegen eine Wand gelehnt standen. Und mit solchen Scherzbolden wie Jelly und Crutch in der Nähe würde sie sich wohl nie entspannen und einschlafen können.

Ihr Einsatz-Handy brummte. Sie zuckte zusammen, und ihr Herz begann zu hämmern. Ein Teil der Abmachung war, dass alles, was mit der Drohne zusammenhing, per Textnachricht kommuniziert werden musste, weil Telefonate womöglich abgehört wurden. Die Nachricht kam von Levi: *Mach Tweety einsatzbereit.*

Adrenalin schoss ihr durchs Blut, sodass ihr fast schwindlig wurde. Sie sprang auf und bereitete Tweety zum Flug vor. Die Lenksysteme für Drohnen funktionierten eigentlich über Sichtverbindung zum Operator, aber die Technik war schon so weit entwickelt, dass sie Tweety von jedem Standpunkt aus lenken konnte. Die Ausspäh-Drohnen konnten durch Personen kontrolliert werden, die am Computer Tausende von Kilometern entfernt saßen. Aber bei einer so großen Entfernung gab es eine Verzögerungszeit, die MacNamara hatte ausschließen wollen. Paris war eine riesige Stadt mit unzähligen Hindernissen, aber mit Tweetys 360-Grad-Kameras, Sensoren und präzisem GPS konnte sie ihn in der Stadt umherfliegen lassen wie einen richtigen Vogel.

Mit einer zweiten Nachricht schickte ihr Levi die Koordinaten, wo er die Drohne positioniert haben wollte.

Schnell rief Jina die Koordinaten im Internet auf und überprüfte die Umgebung, während das Programm die beste Route dorthin ausrechnete. Paris war eine alte, bevölkerungsreiche und lebhafte Stadt, in der sie fast keine geraden Routen zum Zielpunkt fand. Es gab viele verschiedene Faktoren zu berücksichtigen: Windverhältnisse, Fußgänger, Gebäude, Straßenlaternen. Tweety war so gestaltet, dass er kaum Aufmerksamkeit erregte – das Gerät war leise und besaß einen wahnsinnig leistungsstarken Akku – aber am wichtigsten war es, dass die Drohne mit so vielen Menschen um sie herum nicht bemerkt wurde. Das Letzte, was sie wollten, war, dass ihr Vögelchen entdeckt, vom Himmel geholt und eingefangen wurde. Auch wenn das nicht so gefährlich wäre wie die Möglichkeit, dass die Software ihres Laptops in die falschen Hände geriet, aber trotzdem.

Sie tippte für Levi die Nachricht ein, dass Tweety unterwegs wäre, und ließ ihren Worten Taten folgen.

Es war ein Rausch, auf ihrem Computerbildschirm zu sehen, was Tweety sah, während sie ihn über oder um Hindernisse herum dirigierte und an die von Levi angegebene Stelle brachte. Das hatte sie monatelang trainiert, jedenfalls so etwas in der Art. Sie hatte dabei mehr an einen gefährlichen Einsatz gedacht. Der Himmel war bedeckt, es war kalt und windig, wenn auch in Maßen, und es konnte jederzeit zu regnen anfangen. Paris wurde vielleicht die Stadt des Lichts genannt, aber an diesem kalten Novembernachmittag wirkte es ziemlich trüb. Jina war ganz froh, in ihrem heruntergekommenen engen Hotelzimmer zu sitzen und Paris durch Tweetys Augen zu betrachten.

Die Kunst an der Steuerung der Drohne bestand auch darin, Wege zu suchen, auf denen ihr Vogel sich in den Hintergrund einfügte. Sie hatte geübt, die Flugbewegungen des Geräts so aussehen zu lassen wie die eines richtigen Vogels, manchmal schnell in die Luft schießend und wieder herunter, manchmal immer geradeaus fliegend und ab und zu in der Nähe eines Simses oder anderer passender Vorsprünge auf der Stelle haltend, als würde er wie ein Vogel auf einem Ast sitzen. Jetzt entschied sie sich für mehr Geschwindigkeit. Je schneller das Flugobjekt zu Levis Koordinaten gelangte, desto besser.

Durch die Straßen hätte es über eine Stunde bis zum Ziel gedauert, durch die Luft brachte sie Tweety in fünfzehn Minuten. Dann schickte sie Levi eine Nachricht und fragte nach weiteren Anweisungen.

Crutch sprach leise durch sein Headset und koordinierte die sechs anderen Männer auf dem Boden, stellte sicher, dass jeder erfuhr, wo sich die anderen befanden, und über alles informiert war. Jina hörte ihm mit halbem Ohr zu, während sie sich darauf konzentrierte, was Tweetys Kameras aufnahmen, und sie vertiefte sich in das Verfolgen des Programms, so wie sie es tat, wenn sie am Computer daddelte.

Tweety war darauf programmiert, Teammitglieder zu erkennen, und eine seiner Kameras richtete sich gerade auf Levi, zeigte ihn unter einer Markise, die ihn vor dem leichten Regen schützte, der inzwischen eingesetzt hatte. Selbst von Tweetys Standpunkt aus wirkte Levis Anblick auf sie wie ein Stoß in die Magengrube, und ihr Atem beschleunigte sich. Er war so groß und kräftig, dass die Leute ihn automatisch ansahen, was für eine Undercover-Aktion nicht das Beste zu sein schien. Aber tatsächlich wurde man innerhalb der Branche gerade wegen der auffälligen Erscheinung wenig beachtet. Mit seinem dunklen Haar und den dunklen Augen hätte er genauso gut Franzose sein oder einer anderen Nation angehören können.

Sie wollte nicht, dass er diese Wirkung auf sie hatte, wollte nicht daran denken, was am Sonntagnachmittag zwischen ihnen passiert war. Sie musste sich beschäftigen, das war das beste Mittel gegen Depression und Frust.

Sie schickte ihm eine Nachricht, dass sich Tweety in Position befand. Levi zog sein Smartphone heraus und las die Nachricht, war aber zu sehr Profi, um sich suchend umzublicken. Stattdessen tippte er einen Text ein, worauf ihr Handy summte.

Auf die Mitteilung *»Café auf der anderen Straßenseite, mach Fotos von Datei«* folgte eine weitere mit einer kurzen Beschreibung der besagten Männer. Dann schob Levi das Telefon wieder in die Tasche und lief die Straße hinunter, ohne zum Café und seinen Zielpersonen hinüberzublicken.

Okay, jetzt war sie an der Reihe. Sie positionierte Tweety und lokalisierte ihr Ziel. Die beiden Männer saßen an einem Tisch am Fenster, geschützt vor dem Regen, aber so, dass sie ihre Umgebung überblicken konnten. Sie steuerte Tweety mit seiner schnellen hochauflösenden Kamera am Fenster vorbei, hoch genug, um die beiden beobachten zu können. Sie konnte auf dem Bildschirm des Laptops eine geöffnete Datei erkennen, was sie merkwürdig fand. Wenn die beiden etwas Kriminelles planten, würden sie dann nicht im Geheimen arbeiten, statt sich im Café zu treffen und vor allen Leuten ihre Informationen auszupacken? Sie zuckte mit den Schultern. Vielleicht war es eine neue Taktik der Terroristen, so offen zu operieren, um unschuldig zu wirken. Ihre Aufgabe war es, Fotos zu machen, also machte sie Fotos.

Die beiden unterhielten sich. Graeme Burger öffnete eine Seite, drehte den Laptop zu Nawal Daw herum und deutete mit dem Geschick eines Mannes, der es gewohnt war, auf dem Kopf stehende Dokumente zu lesen, auf einige Stellen hin. Es sah aus, als zeige er eine Präsentation oder versuchte, einen Handel abzuschließen, vielleicht den Sudanesen dazu zu überreden, Geld auf seine Bank zu transferieren. Na ja, Tatsache war, dass Terroristen Geld benötigten, um existieren zu können. Aber was hatte das mit Burgers Vorhaben zu tun, die Vereinigten Staaten zu besuchen? Vielleicht gab es einen Zusammenhang, vielleicht nicht.

Sie brachte Tweety auf einen anderen Kurs, um die geöffneten Dateien zu fotografieren. Dann »setzte« sie ihn auf eine Straßenlaterne, bis eine weitere Seite der Datei geöffnet wurde. Die beiden Männer warfen immer wieder Blicke auf die Straße, um die Passanten im Auge zu behalten, oder sahen sich im Café um, beachteten aber nicht das Flugobjekt, dessen Form einem Vogel nachempfunden war.

»Alle haben sich zurückgezogen und warten auf die Ergebnisse der Überwachung«, murmelte Crutch. Sein Handy summte, und er las die Nachricht. »Burger hat ein Ticket gebucht und fliegt heute Abend vom Charles-de-Gaulle-Flughafen zurück nach Johannesburg. Aufgrund der Abflugzeit ist anzunehmen, dass er von hier aus direkt zum Flughafen aufbricht.«

»Snake, Voodoo, ihr übernehmt den Flughafen«, sagte Levi. »Boom und Trapper, ihr wechselt euch mit ihnen ab. Jelly und ich bleiben an Daw dran.«

Zwei Bestätigungen folgten.

Wieder wurde eine neue Seite aufgerufen. Jina steuerte Tweety erneut ans Fenster. Burger schien die Bewegung bemerkt zu haben und warf einen Blick nach oben, Jina lenkte die Drohne ein Stück höher, außerhalb seines Sichtbereichs.

Die Datei bestand aus fünf Seiten. Nachdem alle begutachtet worden waren, schüttelten sich die Männer die Hände und trennten sich.

»Scheint nicht sehr interessant zu sein«, sagte sie zu Crutch.

Er zuckte mit den Schultern. »Das weiß man nie.«

Sie schickte den Bericht zur Analyse ins Hauptquartier der GO-Teams. Sie hätte zwar selbst die Texte vergrößern und selbst einen Blick darauf werfen können, hatte aber nicht die Möglichkeit, das, was sie las, in den richtigen Zusammenhang zu bringen.

Auf Levis Kommando hin steuerte sie Tweety wieder nach Hause. Der Regen war stärker geworden, und Windböen machten es ihr schwer, die Drohne auf Kurs zu halten. Auf dem Gehweg wurden Regenschirme aufgeklappt, die Passanten eilten durch die Straßen, um sich ins Trockene zu retten. Sie brauchte sich keine großen Sorgen zu machen, dass Tweetys Bewegungen jemandem auffielen. Trotzdem war es nervenaufreibend. Einmal wurde das Gerät von einem heftigen Windstoß an eine Gebäudemauer gestoßen, und sie musste schnell reagieren, um seine Balance wiederherzustellen und zu hoffen, dass kein großer Schaden entstanden war. Dabei fluchte sie leise, doch offensichtlich nicht leise genug, denn Crutch blickte mit hochgezogenen Augenbrauen zu ihr hinüber. Sie hatte Tweety ins Herz geschlossen. Egal, dass alle Drohnen gleich aussahen und eigentlich nur winzige Computer waren, diese bestimmte Drohne gehörte zu ihr. Sie hatte ihr einen Namen gegeben. Und sobald Dinge einen Namen hatten, entwickelten sie so etwas wie eine Persönlichkeit, auch wenn diese Persönlichkeit der Vorstellung des Operators entsprang. Tweety war ihr Vogel.

Jina schwitzte, als sie das Gerät endlich unversehrt durch das offene Hotelfenster steuerte. Schnell schloss sie das Fenster wieder, um Wind und Regen nicht hereinzulassen und den düsteren Tag auszuschließen. Dann untersuchte sie die Drohne auf Schäden. Es befanden sich an manchen Stellen Kratzer, aber die Hochleistungs-Kameras und Sensoren arbeiteten bei ihren Tests einwandfrei. Die Drohne war robust, das musste sie auch sein, um unter schwierigen Voraussetzungen zu funktionieren. Natürlich war das regnerische Pariser Wetter kein Vergleich zu einem Sandsturm in der Wüste, aber Regen und Elektronik passten erfahrungsgemäß nicht sehr gut zusammen.

Drei Stunden später befanden sie sich an Bord eines Flugzeugs, das sie in die Staaten zurückbrachte. Jina konnte es nicht fassen. Ihre erste Mission war beendet, einfach so, und war so aufregend gewesen wie Wäschewaschen. Sie war erschöpft vom wenigen Schlaf, enttäuscht, weil es so langweilig gewesen war, von Paris generell und weil sie Thanksgiving für eigentlich nichts verpasst hatte. Obwohl »nichts« sich vielleicht als »etwas« herausstellte, sobald die Fotos analysiert waren. Und … »Moment mal«, sagte sie laut zu sich selbst. Sie war sich nicht sicher, ob sie richtig gerechnet hatte, weil sie übermüdet war und unter dem Jetlag litt, aber durch die Zeitverschiebung würde es ja sechs Stunden früher sein, wenn sie ankamen, oder? Sie würden also in D. C. nach lokaler Zeit drei Stunden nach ihrem Abflug aus Paris landen. Sie rieb sich das Gesicht und stieß Snake an, der diesmal neben ihr saß. »An welchem Tag genau sind wir zurück?«

Er war bereits auf diese ärgerliche einfache Art eingeschlafen, wachte aber wieder auf und rieb sich das Gesicht. »Äh … Dienstag oder Mittwoch.«

»Dann kann ich ja immer noch zu meinen Eltern fahren.«

Er grinste. »Ja, wir sind zu Thanksgiving zurück.« Er seufzte und schloss erneut die Augen. »Schlaf ein bisschen, sonst bist du für zwei Tage nicht zu gebrauchen.«

Schlaf ein bisschen. Das sagte er so einfach. Snake war bereits wieder weggedöst. Jina blickte sich im Passagierraum um und stellte fest, dass die anderen es genauso gemacht hatten. Okay, das war eine Kunst, die sie noch erlernen musste, und zwar sofort. Zweifellos war sie müde genug, so müde, dass sich ihr leicht benebeltes Hirn von ihrem bleischweren Körper getrennt zu haben schien. Selbst wenn sie nicht schlafen konnte, würde sie wenigstens die Augen schließen und sich ausruhen. Sie legte ihre Jacke so zusammen, dass sie sie als Kopfkissen benutzen konnte, schlang die Arme um sich und wappnete sich so gegen die kalte Luft, rollte sich, soweit es der Sicherheitsgurt erlaubte, zusammen. Entschlossen schloss sie die Augen, ohne Hoffnung, Schlaf zu bekommen.

Sie hatte sich geirrt.

Mit verschlafenen Augen stolperte Jina aus dem Flugzeug und starrte auf die Hinweisschilder, die den Passagieren den Weg zur Gepäckausgabe wiesen, zum Ausgang, zu den öffentlichen Verkehrsmitteln, zum Parkplatz ... es hätte genauso gut »zur Hölle« darauf stehen können, weil sie mit ihrem benebelten Hirn völlig desorientiert war. Die Männer schienen mit dem Jetlag besser klarzukommen als sie. Aber immerhin war dies ihr erster Überseeflug, Punkt. Sie fühlte sich wie zerschlagen.

»Ich brauche einen Kaffee«, murmelte sie. »Vor allem brauche ich erst mal einen Kaffee.« Sie hatten im Flugzeug Kaffee serviert bekommen, aber die Wirkung war längst verflogen.

Sieben Männer grinsten sie an. Levi warf sich seine Tasche über die Schulter. »Ich geh kurz ein paar Sachen checken, bevor ich mich auf den Heimweg mache«, kündigte er an und verabschiedete sich. Was bedeutete, er würde zum Hauptquartier fahren, um zu sehen, ob es von den Analytikern interessante Neuigkeiten zu Graeme Burger gab.

Für Jina war es wichtiger, Ausschau nach einem Café zu halten, als ihm hinterherzusehen. Außerdem würde sie Levi noch unzählige Male beim Weggehen beobachten können, also konnte sie es sich diesmal ersparen.

»Ja, schauen wir, dass wir Kaffee auftreiben«, sagte Trapper. So hatte Jina das zwar gar nicht gemeint, wurde nun aber einfach mitgeschleppt, und das war auch okay, schließlich gehörte sie jetzt dazu. Bei allem Lästern und Tratschen in der Gruppe wollte sie ein Teil davon sein – auch wenn es nicht unbedingt beim Kaffeetrinken im hektischen Flughafen sein musste, aber was sollte es! Die Jungs wussten schon, was sie taten. Jina würde kurz bleiben, genug Koffein tanken, um sicher nach Hause zu kommen, dann den dringend benötigten Schlaf nachholen, bevor sie wieder aufstehen musste, um zu duschen und für den Flug zu ihren Eltern am Abend zu packen. Nach zwei Überseeflügen in achtundvierzig Stunden so schnell wieder in ein Flugzeug zu steigen, war nicht gerade die tollste Aussicht, aber sie freute sich, dass sie zu ihren Eltern kam.

Sie fanden ein Café und nahmen es mehr oder weniger in Beschlag, schoben Tische und Stühle zusammen und bestellten nicht nur Kaffee, sondern auch etwas zu essen. »Iss was«, riet ihr Boom, als sie meinte, sie wolle nur Kaffee trinken. »Du brauchst Energie. Mit Essen hältst du besser durch.«

Also aß sie, und er hatte recht, danach fühlte sie sich besser. Zu ihrer Überraschung wurde nicht über das Erlebte geredet, vielmehr plauderten sie entspannt über Sport und Thanksgiving. Die Jungs machten ein paar spitze Bemerkungen darüber, dass sie ihre Reisetasche wie ein Neuling gepackt hätte, aber da sie ja ein Neuling war, zuckte sie nur mit den Schultern.

Dann grinste Jelly sie mit Unschuldsmiene an, was immer bedeutete, dass man auf alles gefasst sein musste. »He, Babe, heute ist ein besonderer Tag für dich.«

Sofort misstrauisch geworden, lehnte sie sich zurück und sah ihn finster an. »Ach ja?« Sie wusste nicht, was er vorhatte, aber da es sich um Jelly handelte, konnte es nichts Gutes sein.

»Sicher doch«, meldete sich Crutch. »Du hast deinen ersten Einsatz hinter dir. So was erlebt man nur einmal.«

Oh, oh. Jelly und Crutch zusammen bedeutete ein Desaster. Was auch immer sie ausgeheckt hatten, Boom schien nicht daran beteiligt zu sein, denn er sah die beiden fragend an. Snake, Voodoo und Trapper waren nicht so schnell zu durchschauen, obwohl sie glaubte, ein leichtes Feixen in Voodoos Gesicht zu erkennen. »Das Ganze war ziemlich langweilig«, sagte sie in einem Versuch, sie abzulenken. »Kein Grund zum Feiern.«

»Langweilig ist gut«, sagte Jelly. »Das gefällt uns allen. Losziehen, den Job erledigen und rechtzeitig zu Thanksgiving nach Hause kommen. Besser geht's gar nicht.«

»Ja, apropos Thanksgiving, was ich jetzt brauche, ist ein bisschen Schlaf, und dann muss ich packen, um …«

Crutch schüttelte den Kopf. »Nein, das ist nicht das, was du brauchst.«

»Doch, denn ich habe meine Mutter schon seit ewigen …«

»Was du brauchst«, unterbrach Jelly sie, »ist ein Tattoo.« Die letzten drei Worte betonte er dramatisch.

»Als Andenken«, fügte Crutch dazu.

Sie sah ihn mit großen Augen an. »Nein, ich brauche kein Tattoo. Genauer gesagt, braucht niemand ein Tattoo. Ich stehe nicht auf Schmerzen. Ich habe Angst vor Nadeln, die sich in meine Haut bohren. Tattoos sind außer Diskussion.« Es hätte sie weniger erschreckt, wenn er sie aufgefordert hätte, sich den Kopf zu rasieren – sie musste sowieso zum Friseur, und Haare wuchsen wieder. Ein Tattoo blieb. Es tat weh. »Dann macht mich lieber betrunken.«

Ein gefährliches Funkeln blitzte in Trappers Augen auf, und er wiegte langsam den Kopf hin und her. »Sich betrinken bringt nichts. Danach wird man ja wieder nüchtern. Es erinnert dich nicht für immer an das Ereignis.«

»Ich will mich gar nicht daran erinnern. Es war langweilig. Wer will sich denn an Langeweile erinnern?«

»Aber es war deine erste Mission«, sagte Boom verständnislos. »Das ist doch was Besonderes.«

Ach, Boom machte da auch mit? Sie fühlte sich verraten und warf ihm einen bösen Blick zu. »Das sag ich.«

Er legte den Kopf schief, so als schätze er ab, wie Terisa wohl reagieren würde, dann zuckte er die Achseln. »Privat ist privat, und das Team ist das Team. Du brauchst ein Tattoo.«

»Hast du denn so ein Erinnerungs-Tattoo?«, entgegnete sie.

Die Frage war ein Eigentor: Alle hatten verschiedene Tätowierungen, die sie ihr nun beschrieben. Als sie genau wissen wollte, welche davon denn als Erinnerung dienten, gingen sie allerdings nicht darauf ein. Sie waren unnachgiebig. Bevor Jina sich's versah, verließen sie den Flughafen, und sie wurde trotz ihrer Einwände, dass sie ihren Wagen am Flughafen hatte, zu Jellys Truck geführt. »Wir bringen dich zurück«, versprach Snake grinsend. Auch ihn würde sie verpetzen.

Der einzige Weg, aus diesem Tattoo-Ding herauszukommen, wäre, mit ihnen zu streiten, doch das wollte sie nicht, weil sie es nicht böse meinten. Dieses ganze Theater gehörte zu einem wilden Team, und die beste Art, damit umzugehen, war, es ihnen später heimzuzahlen. »Unter drei Bedingungen!«, schrie sie plötzlich. Ein paar Leute, die zu ihren Autos liefen, blieben stehen und blickten zu ihr hinüber, dachten womöglich, sie stecke in Schwierigkeiten. Die Jungs drehten sich erwartungsvoll zu Jina um und grinsten.

»Erstens!«, rief sie und hob einen Finger.

»Erstens«, wiederholten sie.

»Ich lasse mich nur von einer Frau tätowieren.«

Die anderen sahen sich an und zuckten mit den Schultern.

»Okay.«

»Kein Problem.«

»Zweitens!« Sie streckte den zweiten Finger aus.

»Zweitens!«, kam es von ihnen zurück.

»Ich suche das Motiv aus, ohne dass ihr mir reinredet.«

»Ach, Babe.«

»Traust du uns nicht?«

»Wir möchten gern dran teilhaben.«

»Könnt ihr, indem ihr zuhört, wie ich schreie«, entgegnete sie. »Das Ganze geschieht unter meinen Bedingungen oder gar nicht. Sonst fange ich jetzt gleich hier an zu schreien und tue, als müsste ich mich wehren, und ihr Ärsche werdet im Gefängnis landen, oder was glaubt ihr, wem die Polizei glauben wird?«

Voodoo kratzte sich am Kinn. »Wir würden mit den Cops schon fertigwerden.«

»Ja, aber das gäbe eine schlechte Publicity.« Sie musste sich durchsetzen, sonst endete sie nachher mit einem riesigen pinkfarbenen Oktopus auf dem Rücken, dessen Tentakel bis zu Armen und Beinen hinunterreichten. Denen war nicht zu trauen.

»Na gut«, sagte Snake enttäuscht. »Du suchst das Motiv aus.«

Nach diesem Zugeständnis fuhr sie schnell fort, bevor jemand auf die Idee kam, darüber zu diskutieren. »Drittens!«, rief sie mit drei erhobenen Fingern.

»Drittens.«

»Niemand von euch darf zusehen.«

»Was?«

»Dann ist ja der ganze Spaß verdorben!«

»Woher sollen wir denn wissen, ob du dir auch wirklich eins stechen lässt?« Das war Voodoo, der Sand ins Getriebe streuen wollte.

»Vertrauen, Gentlemen, Vertrauen.« Sie verschränkte die Arme vor der Brust. »Das sind meine Bedingungen. Entweder ihr seid einverstanden, oder es passiert nichts.«

»Ah, zum Teufel, sie hat uns Gentlemen genannt«, sagte Trapper beleidigt.

»Und sie hat von Vertrauen gesprochen.« Jelly seufzte enttäuscht.

»Also gut, also gut.« Schimpfend gingen sie zu ihren Autos, aber Jelly bestand darauf, dass sie mit ihm fuhr. Offensichtlich vertrauten sie ihr nicht genug, um sie allein fahren zu lassen. Und sie konnte es ihnen nicht mal verübeln, denn sie wäre gern geflüchtet.

Doch es sah so aus, als würde sie nun ein Tattoo bekommen.

14. Kapitel

Levis Handy kündigte summend eine neue Nachricht an, und er warf einen Blick auf das Display. Er fluchte laut, als er den Text las, und wendete seinen Truck, obwohl er fast schon das Hauptquartier des Teams erreicht hatte. Was zum Teufel hatten die Männer jetzt schon wieder vor? »Bringen Babe zum Tätowieren« war nicht unbedingt das, was er lesen wollte. Zum Ersten war er sich sicher, dass Babe schon längst ein Tattoo hätte, wenn sie eins gewollt hätte. Zum Zweiten hatte sie völlig fertig ausgesehen und war absolut nicht in der Form, sich gegen diese Aktion zu wehren. Das roch ganz nach Jelly und Crutch, aber es schien, als würden alle anderen auch mitmachen, selbst Boom, der zumindest so viel Anstand besaß, ihn darüber zu benachrichtigen, was los war.

Wenn sie ein Tattoo wollte, okay, das war ihr Ding. Aber da er seine beiden Scherzbolde im Team kannte … Schnell tippte er für Boom eine Antwort ein, um nach zwei wichtigen Details zu fragen: »Will sie das? Und wo zum Teufel seid ihr?«

Sein Handy klingelte. Boom. »Hallo, Ace, ich denke, Babe hat es unter Kontrolle. Sie hat ein paar Bedingungen aufgestellt, unter denen sie zugestimmt hat. Die Jungs haben ihren Spaß, und sie macht mit. Ich passe auf, ich lasse nicht zu, dass sie über die Stränge schlagen.«

»Gott sei Dank«, murmelte Levi. »Wo seid ihr?«

»Fast schon bei Hilda's War Ink. Das war eine ihrer Bedingungen, dass sie sich von einer Frau tätowieren lässt.« Er lachte.

»Wo zum Teufel ist Hilda's War Ink?«

Boom gab ihm die Adresse durch.

Levi kalkulierte den Weg dorthin. »Hör zu, in einer halben Stunde bin ich da. Pass auf, dass sie nicht durchdrehen.«

»Alles gut. Babe hat's im Griff.«

Wahrscheinlich, dachte Levi. Vermutlich machte er sich wegen nichts Sorgen, und die Männer durften nicht den Eindruck bekommen, dass er sie beschützte. Wahrscheinlich wäre es besser, wenn er wieder umkehrte und zum Hauptquartier fuhr – aber andererseits wollte er sich das nicht entgehen lassen.

»Hilda's War Ink« verbarg sich hinter einer unauffälligen Ladenfront, über der das Namensschild hing, und blinkenden Neonlichtern mit der Anzeige »Tattoo« im Fenster. Die vielen vor der Tür parkenden Wagen hinterließen den Eindruck, als würde der Laden den großen Reibach machen. Nachdem er eine Parklücke ein Stück die Straße hinunter gefunden hatte, betrat Levi den Shop.

Der Eingangsbereich war nicht sehr groß und platzte durch die Männer seines Teams fast aus allen Nähten. Es gab drei Sessel, sodass die anderen entweder auf dem Fußboden saßen oder gegen die Wand gelehnt standen. Hinter einem zugezogenen Vorhang hörte er das Brummen einer Tattoo-Spritze. »Hey, Ace«, begrüßte ihn Jelly mit breitem Grinsen. »Rate mal, was abgeht.«

»Ich tippe, dass ihr euch wieder irgendeinen Scheiß ausgedacht habt«, sagte er gelassen und lehnte sich zu den anderen an die Wand. »Ich fühlte mich ausgeschlossen.«

Ein Gelächter ging durch die Reihen, und hinter dem Vorhang rief Babe: »Keiner kommt hinter den Vorhang! Das ist eine der Bedingungen. Autsch!«

»Ich passe auf«, war eine weitere weibliche Stimme hinter dem Vorhang zu hören. »Halte still, Süße. Herrgott, das sieht so hübsch aus!«

Crutch stöhnte. »Zum Teufel noch mal, lässt du dir ein *hübsches* Tattoo stechen?«

»Was denkst du denn?«, schoss Jina zurück.

»Was Aussagekräftiges. ›Hübsch‹ ist keine Aussage.«

»Ist ja nicht dein Tattoo, also halt den Mund.«

Levi grinste. Er hätte wissen sollen, dass sie sich behaupten konnte. Sie hatte sich vom ersten Tag an nichts von den Jungs gefallen lassen. Seine persönliche Meinung und Befindlichkeiten mal beiseitegelassen, den Männern schien es zu gefallen, sie im Team zu haben. Sie war gut in ihrem Job. Dass er ihr an die Wäsche wollte, war sein Problem, so würde er es auch weiterhin halten.

»Sag uns, was du dir tätowieren lässt«, rief er. »Beschreib es mal.«

»Geht euch nichts an. Das ist mein Tattoo und ganz privat.« Das folgende scharfe Luftholen signalisierte, dass es gerade wieder wehtat. Er kannte das.

»Wie groß ist es?«, wollte Trapper wissen. »Ein klitzekleines Ding zählt nicht.«

»Da es mein Tattoo ist, bestimme ich, was zählt. Ihr habt dazu nichts zu melden, schon vergessen?«

Das Hin und Her ging so weiter, und Babe teilte genauso gut aus, wie sie einstecken musste, auch wenn ihre Kommentare ab und zu durch ein Keuchen, ein Autsch und unterdrückte Laute zwischen zusammengebissenen Zähnen unterbrochen wurden.

»Du hältst dich sehr gut«, ermutigte sie Hilda. »Es blutet auch nicht so stark, das ist gut für die Haltbarkeit der Tinte.«

»Wie schön für mich.« Sie klang, als reiche ihr die ganze Sache langsam.

Levi verschränkte die Arme vor der Brust und versuchte sich nicht vorzustellen, wie Babe ohne Hemd dort lag – oder vielleicht ließ sie sich das Tattoo ja auf der Hüfte stechen und hatte die Hose ausgezogen. Er hätte gern ihre Hand gehalten und Witze gemacht, aber er musste diese Gedanken verjagen.

Das Letzte, was er jetzt gebrauchen könnte, war ein Ständer. Stattdessen konzentrierte er sich auf die Frage, ob sie mit der Drohne ein paar brauchbare Infos hatte einholen können oder nicht, dann überlegte er, ob er selbst es wohl schaffen würde, einen Flug zu seinen Eltern in Arizona zu erwischen – und, verdammt, die Wüstenhitze würde ihn nicht willkommen heißen. Er wartete immer bis zur letzten Minute, für den Fall, dass ein Einsatz dazwischenkam. Aber da sie gerade von einer Mission zurückgekommen waren – so ereignislos sie auch verlaufen war –, müsste schon etwas wirklich Außerordentliches passieren, dass sie einberufen wurden. Es wurde immer das Team geschickt, dass am längsten pausiert hatte.

»Autsch!«

Alle mussten über diesen erneuten Schmerzensschrei lachen. Selbst Voodoo grinste, und das sollte schon etwas heißen.

»Dauert nicht mehr lange«, erklang Hildas tröstende Stimme.

Ein paar der Männer sahen auf die Uhr. »Etwa eine Stunde«, sagte Crutch. »Muss ziemlich klein sein.«

»Ungefähr so groß wie eine Vierteldollarmünze«, informierte Hilda gut gelaunt. »Aber kunstvoller, als ihr denkt.«

»Winzig«, schimpfte Trapper.

»Meine Entscheidung«, brummte Babe. Ihre raue Stimme ging Levi durch und durch, er wippte unbehaglich hin und her und rieb sich die Augen. Vielleicht würde das hier nicht mehr allzu lange dauern, wenn es wirklich ein sehr, sehr kleines Tattoo war. Dann könnten sie gehen, schließlich wurden alle langsam müde. Als hätte er seinen Gedanken erraten, rollte Boom die Schultern und streckte sich.

»Winzig ist gut«, knurrte er. »Je eher das fertig ist, desto schneller können wir nach Hause und schlafen.«

»Das habe ich ja von Anfang an gesagt«, entgegnete Babe. Sie klang immer mürrischer. »Aber nein, die beiden Klugscheißer da draußen hatten ja den Einfall mit dem Tattoo, und der Rest von euch dachte: Super, soll sie sich doch tätowieren lassen und alle vom Schlafen abhalten. Jetzt leide und blute ich, und ihr wartet alle gefälligst da draußen, bis das hier fertig ist!«

Wer aufgestanden war, setzte sich wieder, und anders als erwartet zog sich das Ganze noch weiter hin. Dann endlich hörten sie, wie Hilda Instruktionen zur Pflege der Tätowierung gab, wie Babe es verbinden sollte und wie lange sie die Wunde versorgen musste. Dinge, die manche der Männer vorher noch nie gehört hatten – entweder waren sie zu betrunken gewesen oder hatten nicht richtig zugehört, um sich daran zu erinnern. Levi hatte selbst zwei Tattoos, eins hatte er sich stechen lassen, als er nüchtern gewesen war, das andere im betrunkenen Zustand. Das alkoholisierte gefiel ihm besser. Vielleicht könnten er und Babe ihre Tattoos mal eines Tages vergleichen …

Verdammt.

Auf keinen Fall durfte das passieren, jedenfalls nicht in absehbarer Zukunft. Er brachte sich immer wieder selbst zu Fall. Normalerweise hatte er sich besser im Griff. Er hatte es zugelassen, dass er sie küsste, und das war sein Fehler, nicht ihrer. Seitdem ging er in Gedanken jenen Moment immer wieder durch, wie sie geschmeckt, auf ihn reagiert und welche Laute sie von sich gegeben hatte, als sie gekommen war. Er wollte es wiederholen, jeden Augenblick, aber dann sollten sie beide nackt sein und sein Schwanz tief in ihr stecken. Er wollte sie, mit ihrem losen Mundwerk und allem.

Zweimal verdammt.

Er musste aufhören, so von ihr zu denken. Er war der Team-Chef, auf seinen Schultern lag die Verantwortung für die Gruppe. So vieles hing von ihm ab, und er musste sich beherrschen. Babe gehörte nun zum Team, und das würde in absehbarer Zukunft so bleiben. Wenn er zuließ, dass Sex das Gleichgewicht störte, würde das dem Team schaden, deshalb musste er sofort mit solchen Gedanken aufhören. Jetzt.

»Ich würde ja gern bis zum Schluss warten, aber ich muss noch etwas erledigen«, sagte er schnell. Alle außer Hilda würden wissen, was er meinte. »Und ihr haltet euch für heute mit weiterem Scheiß zurück, kapiert?« Er warf Jelly und Crutch einen strengen Blick zu. »Boom?«

»Alles klar.« Boom nickte und bestätigte damit, dass er ab sofort die Leitung übernahm, und Levi verschwand in die morgendliche Kälte.

Er war weg.

Jina spürte Levis Abwesenheit, und es war, als wäre in ihr ein Feuer erloschen. Allein zu wissen, dass er da war, hatte sie gleichzeitig gewärmt und verärgert, hatte eine innere Unruhe in ihr verbreitet. Wie verdreht war das denn, dass sie in seiner Nähe gleichzeitig auflebte und wütend wurde? Sie wollte ihn ignorieren, vergessen, nach vorn blicken und sich auf etwas anderes konzentrieren. Aber einfach nur seine Stimme zu hören, schüttelte sie durch.

Allein sich eingestehen zu müssen, dass sie so widersprüchliche Gefühle hatte, machte sie nur wütend. Sie wollte klare Verhältnisse, aber das war unmöglich.

Warum war er überhaupt vorbeigekommen? Er war doch unterwegs zum Hauptquartier gewesen. Er …

Er hatte sie beschützen wollen.

Als sie diese Erkenntnis überkam, vergaß sie für einen Moment den scharfen Schmerz, den die Tätowiernadel verursachte.

Sie hätte ihn am Flughafen gebrauchen können, um die ganze Aktion zu verbieten. Aber jetzt und hier hatte sie sich mit dem Gedanken an das coole kleine Tattoo angefreundet. Eine gute Beziehung zum Team war wichtig, wichtig genug für sie, um hierbei mitzumachen und mit den anderen herumzuscherzen. Levi wusste das, aber er hatte trotzdem sein Vorhaben verschoben, um herzukommen, falls sie Hilfe benötigt hätte, wenn die Jungs es übertrieben – nicht dass Hilda sie tätowiert hätte, wenn sie der Ansicht gewesen wäre, dass irgendein Zwang dahinterstand. Doch das hatte niemand gewusst, als sie den Laden ausgesucht hatten.

Sosehr es Levi auch missfiel, sie in seinem Team zu haben, war er doch immer wieder für sie eingetreten: Er hatte sie aufgefangen, als sie beim Seilklettern abgerutscht war, hatte sich um ihre Stiefel gekümmert und sie beim Fallschirmtraining unterstützt – und, ja, mit etwas Abstand betrachtet war ihr klar, dass er ihr mehr geholfen hatte, als er hätte tun müssen. Vielleicht hätte er das mit einem männlichen Auszubildenden genauso getan, aber irgendwie bezweifelte sie das. Ein Tandem-Sprung vielleicht, nicht drei. Er hatte sie beschützt, als sie angetrunken gewesen war. Er hatte seine Pläne verschoben, um hier zu sein, falls sie ihn brauchte.

Ihr zog sich das Herz zusammen, und Tränen schossen ihr in die Augen.

Womöglich hatte sie sich doch in diesen Mistkerl verliebt.

Was für ein niederschmetternder Gedanke.

Sie wollte ihn nicht lieben. Scharf auf ihn zu sein war okay. Geilheit war eine vorübergehende Sache, der man nachgeben konnte oder die man verdrängte. Liebe war unter diesen Umständen das Rezept für eine Menge Kummer. Vielleicht schaffte sie es, ihre Gefühle zu bekämpfen, oder sie verschwanden von selbst wieder, denn wenn man etwas nicht fütterte, ging es ein, oder? Sie wollte, dass ihr egal war, was er tat oder wo er war. Sie wollte nicht von Situationen wie jetzt gerade überrumpelt werden. Das flaue Gefühl in ihrem Magen signalisierte ihr, dass dies illusorisch war, zumindest in der nächsten Zukunft.

Es war gut, dass sie auf dem Bauch lag und Hilda ihre Tränen nicht sehen konnte. Und selbst wenn das der Fall gewesen wäre, hätte sie es wahrscheinlich auf die Schmerzen zurückgeführt.

Schließlich war Hilda fertig, und Jina setzte sich auf. Der

stechende Schmerz in ihrem Rücken war schon fast verschwunden. Jina verdrängte die Gedanken an Levi und genoss die Tatsache, dass sie, Jina Modell, jetzt ein Tattoo hatte. Sie war immer so durchschnittlich gewesen, normal und unauffällig, sodass es ihr sehr gewagt vorkam, sich ein Tattoo stechen zu lassen. Abgesehen davon war ihre kleine Tätowierung wirklich cool, anders und hübsch, ein absoluter Gewinn.

Sie zog ihr Sweatshirt herunter und sprang von der gepolsterten Liege. Hilda grinste sie an, während sie die Papierunterlage herunternahm, zusammenknüllte und in den Mülleimer warf. »Wie fühlt es sich an?«

»Ziemlich okay.« Sie mochte Hilda, die ihr schwarzes Haar auf dem Kopf zu einem kurzen buschigen Pferdeschwanz zusammengebunden hatte. Sie trug eine goldene Kreole in einem Ohr und farbigen Lidschatten, der ihre lebendigen blauen Augen betonte, und trug ein Sweatshirt, das auf einer Schulter herunterrutschte und auf der nackten Haut den Kopf eines knurrenden Löwen freilegte. Hilda war schätzungsweise eins dreiundsechzig groß und wog wahrscheinlich um die fünfundsechzig Kilo. Sie trug so viele Ringe, dass schwer zu erraten war, ob sie verheiratet war oder einfach nur Ringe liebte, und sie besaß eine starke, selbstbewusste sexuelle Ausstrahlung. Crutch hatte sie bereits intensiv beäugt.

Jina zog den Vorhang zur Seite und trat in den Vorraum. Die Männer, die saßen, sprangen sofort auf und traten genauso wie die anderen, die an der Wand gestanden hatten, auf sie zu. »Was hast du machen lassen?«, wollte Jelly wissen.

»Geht dich nichts an.«

»Wo ist es?«

»Auf dem Rücken. Und nein, du darfst es nicht sehen. Frag gar nicht erst.«

»Woher sollen wir dann wissen, dass du wirklich ein Tattoo hast und uns nicht nur was vormachst?«

»Weil ich jetzt dreihundert Dollar kassieren werde«, sagte Hilda, ging zur Kasse und öffnete sie. »Das Motiv ist klein, aber mit dem Farbwechsel der echte Hammer.«

Dreihundert Dollar. Jina seufzte und griff nach ihrer Tasche. Glücklicherweise hatte sie so viel Geld dabei.

»Wir übernehmen das«, sagte Boom und zog seine Brieftasche heraus. Er öffnete sie und sah die anderen Männer auffordernd an. »Los, blechen, ihr Arschlöcher. Das war nicht Babes Idee, warum sollte sie also zahlen?«

Voodoo verzog das Gesicht ein bisschen, aber niemand protestierte. Jeder zog fünfzig Dollar heraus und gab sie Hilda. Als sie das Geld in der Kasse verstaute, beugte sich Voodoo über den Counter und fragte geradeheraus: »Hast du heute Abend schon was vor?«

Crutch sah ihn wütend an, weil er ihm zuvorgekommen war.

Hilda lachte. »Schätzchen, ich habe ein dreijähriges und ein einjähriges Kind. Ich habe *jeden* Abend was vor, ganz zu schweigen davon, dass mein Mann dich vielleicht gar nicht mag.«

»Man kann ja mal anfragen«, erwiderte Voodoo in einem höflichen Tonfall, den Jina von ihm überhaupt nicht kannte. Sie starrte ihn erstaunt an und versuchte, sich den grummelnden, feixenden Voodoo als Mann vorzustellen, mit dem eine Frau womöglich etwas anfangen wollte. Er warf ihr einen unfreundlichen Blick zu. »Was ist?«

»Nichts«, erwiderte sie immer noch erstaunt. »Ich wusste nicht, dass du menschlich bist. Hat mich nur erschreckt, das ist alles.«

Sie machten sich lachend und scherzend auf den Weg, und Voodoo setzte wieder seine mürrische Miene auf, was ihr nur recht war. Als sie die kalte Luft in ihrem Gesicht spürte, wechselte ihre Kondition von funktionierend zu vollkommen erschöpft. Mit Jelly hierherzufahren war keine gute Idee gewesen, jetzt mussten sie sich durch den Verkehr zum Flughafen zurückkämpfen, um ihren Wagen abzuholen. Dann musste sie von dort auch noch nach Hause fahren.

Nein, das würde sie nicht mehr schaffen. Ihr Wagen sollte ruhig am Flughafen stehen bleiben. Sie würde sowieso noch heute Abend dorthin zurückkehren. »Bringt mich nach Hause«, murmelte sie. »Ich nehme mir später ein Taxi zum Flughafen.«

»Guter Plan«, sagte Jelly. »Du siehst fertig aus.«

»Bin ich auch.« Doch nicht *zu* fertig, denn sobald sie in Jellys Truck gelandet war – und sich auf dem Sitz etwas zur Seite drehte, sodass ihr frisches Tattoo nicht an der Rücklehne rieb –, holte sie ihr Smartphone aus der Tasche und schickte Ailani und Terisa eine Nachricht. Zu dumm, dass die anderen nicht verheiratet waren, aber zumindest Snake und Boom würden für die heutigen morgendlichen Ereignisse bezahlen.

Weil Jelly eben Jelly war, warnte sie ihn. »Wenn du mich irgendwo anders hinfährst als nach Hause, bringe ich dich um. Klar?«

»Zum Teufel, Babe, du klingst, als würdest du mir nicht vertrauen.«

»Ich vertrau dir, aber nur in bestimmten Situationen. Die hier gehört nicht dazu. Fahr los.«

Grinsend startete er den Wagen.

Seit sie mit dem Training angefangen hatte, hatte sie sich manches Mal gewünscht, nicht im dritten Stock zu wohnen, und heute galt das ganz besonders. Mit Jellys fröhlichem Abschiedsgruß im Ohr schleppte sie sich buchstäblich die Treppen hoch, schloss die Tür hinter sich, ließ die Reisetasche auf den Boden fallen und schaffte es gerade noch zur Couch, bevor sie ihre Kräfte verließen.

Bei ihrer Familie zu Hause zu sein gab Jina das Gefühl, endlich durchatmen zu können, nachdem sie sich monatelang nie richtig entspannt hatte. Sowohl ihre Mutter als auch ihr Vater und ihr jüngerer Bruder Taz, der Urlaub von der Armee hatte, warteten auf sie, obwohl es bereits nach Mitternacht war, als sie endlich die Auffahrt zum Haus ihrer Kindheit hochfuhr. Das Verandalicht war angeschaltet, und aus Wohn- und Küchenfenster drang ebenso Licht nach draußen. Jina stieg aus ihrem Mietwagen, und als sie ihren Koffer vom Rücksitz hievte, wurde die Haustür geöffnet, und alle stürzten heraus.

»Nimm deiner Schwester das Gepäck ab«, sagte ihr Vater leise. Gehorsam kam Taz zu ihr herunter und nahm ihr den Koffer ab. Dann wurde sie von ihren Eltern mit enthusiastischen Umarmungen und Küssen empfangen, und diese vertrauten Berührungen und Stimmen berührten sofort ihr Herz.

»Dein Haar ist so lang«, sagte ihre Mutter und berührte die dichten dunklen Haare, die Jina bis über den Rücken fielen.

»Ich weiß. Ich hatte zu viel zu tun, um zum Friseur zu gehen. Vielleicht kannst du mir ja ein paar Zentimeter abschneiden, während ich hier bin.« Sie umarmte ihre Mutter erneut. »So wie früher, als ich klein war.«

»Ich habe deinen Pony gekürzt, das war kein richtiges Haareschneiden.«

Taz ließ den Koffer gleich an der Tür auf den Boden plumpsen und warf Jina einen seltsamen Blick zu, aber sie war zu müde, um ihn zu deuten. Stattdessen sagte sie: »Wo ist Caleigh?« Soweit sie wusste, war ihre jüngere Schwester während der Collegeferien auch hier.

»Sie ist verabredet, aber müsste jeden Moment kommen. Na los, setzen wir uns einen Moment, damit ich dich richtig ansehen kann. Du warst ja eine Ewigkeit nicht mehr zu Hause!«

Bevor Jina sich setzen konnte, zerzauste ihr Vater ihr das Haar, zog sie kurz an sich und gab ihr einen Kuss auf die Stirn. »Ich freue mich, dass du hier bist, Pumpkin«, sagte er mit seiner rauen Stimme, die ihrer so ähnelte. Oder besser gesagt, ihre Stimme war so kratzig wie seine.

»Ich hatte schon befürchtet, dass ich's nicht schaffe«, antwortete sie und versuchte vergeblich, ein Gähnen zu unterdrücken. Ihre Lider fühlten sich an, als würde jedes fünf Kilo wiegen. Sie ließ sich in einen Sessel fallen. »Am Montag musste ich kurzfristig nach Paris, und ich wusste nicht, ob ich rechtzeitig zurück bin. Ich hab's geschafft und bin heute Morgen mit einem riesigen Jetlag in D. C. gelandet.«

»Paris!« Ihre Mutter machte große Augen. »Wie gern hätte ich Paris gesehen!«

»Ich auch«, knurrte Jina, »aber alles, was ich zu Gesicht bekam, war der Weg zum Flughafen und beim Arbeiten der Blick aus einem kleinen Fenster auf die Straße.« Sie gähnte erneut. »Vielleicht ein andermal.«

Ihre Mutter Melissa war eine schöne Frau mit blondem Haar und einer sehr weiblichen Figur, die Jinas Schwestern von ihr geerbt hatten, sie selbst aber nicht. Melissa Modell hatte ihren Pyjama und einen Morgenmantel angezogen und das Gesicht gereinigt, sodass sie kein Make-up mehr trug. Aber selbst ungeschminkt sah sie immer noch verdammt gut aus. Jina hoffte, dass sie wenigstens halb so gut alterte wie ihre Mutter.

Sie zog ihre Jacke aus, und ihre Mutter warf ihr sofort einen durchdringenden Blick zu. »Was ist denn mit dir los, du bist ja so dünn?«

»Was?« Jina blickte an sich herunter und versuchte, ihr müdes Hirn zu sortieren. Ach ja, ihr Fitnessprogramm. »Ich hab dir doch gesagt, ich laufe ziemlich viel. Wenn ich abends kaputt bin, hilft mir das, mich zu entspannen. Beim Rennen brauche ich über nichts nachzugrübeln.« Nichts davon war gelogen, was gut war, wenn sie bedachte, wie erschöpft sie war.

»Na ja, ich werde zusehen, dass du was zu essen kriegst, während du hier bist.« So grimmig, wie ihre Mutter das sagte, hätte man denken können, Jina habe sich absichtlich zu Tode gehungert.

»Der Gedanke an deinen Schokoladenkuchen hat mich die ganze Zeit in Paris aufrechtgehalten und angespornt«, sagte sie wahrheitsgemäß. »Hast du den schon fertig?« Sie hätte nichts dagegen gehabt, ein Stück Kuchen zu essen und ein Glas Milch zu trinken, bevor sie ins Bett ging.

»Nein, tut mir leid, ich wollte erst morgen backen. Oder vielmehr heute«, korrigierte Melissa sich, da es bereits nach Mitternacht war.

Wieder gähnte Jina. »Das ist okay. Ihr Lieben, ich falle gleich um vor Müdigkeit. Ist es in Ordnung, wenn ich jetzt einfach ins Bett gehe?«

»Natürlich! Dein Bett ist schon fertig bezogen. Geh schlafen, und wir sehen uns dann morgen früh.«

Das war das Beste, was sie heute gehört hatte. Sie flüchtete in das ehemalige Zimmer ihrer älteren Schwester Ashley, das diese früher in wunderbarer Einsamkeit bewohnt hatte, während Jina sich ein Zimmer mit Caleigh hatte teilen müssen. Aber später, als Ashley ausgezogen war, hatte Jina es übernommen. Sie seufzte erleichtert. Eine kurze Dusche, dann etwas von der rötlich braunen Aquaphor-Salbe auf ihr Tattoo aufgetragen, was verdammt schwer war, weil sie die Stelle schlecht erreichte, dann stolperte sie mit T-Shirt und Slip ins Bett und schlief, eingelullt von der vertrauten Umgebung, sofort ein. Sie war zu Hause!

Zu Hause oder nicht, der Rhythmus, den sie monatelang eingehalten hatte, war schwer zu unterbrechen, selbst mit einem Jetlag. Noch vor Tagesanbruch zog Jina ihre Jogginghose an und schnürte die Laufschuhe. Sie musste weiter trainieren, und am besten erledigte sie das gleich, bevor die Feierstimmung begann. Nach einigen Streckübungen verließ sie das Haus durch die Vordertür und trabte die Auffahrt hinunter, lief auf die Seitenstraße zu und wandte sich nach links. Wenn sie nach ein paar Kilometern rechts in eine schmale Straße einbog, würde sie diese wieder auf die Nebenstraße und zum Ausgangspunkt zurückführen. Sie schätzte den Weg auf etwa zwölf bis dreizehn Kilometer, das war eine gute Strecke. Es war gerade hell genug, um etwas zu sehen.

Als sie auf dem Rückweg war, etwa zwei Kilometer vor ihrem Haus, hörte sie hinter sich jemanden rennen. Ihre Nerven waren sofort in Alarmbereitschaft, und sie warf kurz einen Blick hinter sich, während sie beschleunigte. Nur weil sie in ihrer Heimatstadt war, hieß das nicht, dass ihr nichts passieren konnte. Doch dann erkannte sie Taz, der ebenfalls in Sportkleidung hinter ihr joggte. Sie verlangsamte ihre Schritte, bis er aufgeholt hatte und neben ihr lief, und nahm wieder Tempo auf.

»Du bist früh auf«, sagte er. Sein Gesicht glänzte vor Schweiß, aber er war kaum außer Atem.

»Genauso wie du. Das ist die beste Zeit, um zu laufen.«

»Was geht hier eigentlich vor?«

»Was meinst du?«, fragte sie überrascht und sah ihn stirnrunzelnd an. Sie war immer noch erstaunt, dass ihr kleiner Bruder sich in einen Soldaten verwandelt hatte, mit seinem kurzen Haarschnitt, der aufrechten Haltung und der selbstsicheren Art zu sprechen. Taz war als Teenager ein bisschen schüchtern gewesen – nicht in der Familie, aber in der Schule –, deshalb tat ihm ein bisschen Selbstbewusstsein recht gut. Er befand sich außerdem in guter Kondition.

»Du hast deinen Koffer gestern Abend hochgehievt, als wenn nichts drin gewesen wäre, dabei war das verdammte Ding um die dreißig Kilo schwer. Wie lange bleibst du hier, einen Monat?«

»Nur bis Sonntag. Und er wiegt einundzwanzig Kilo.«

»Du hast den mit einer Hand hochgehoben.«

Jina lief nicht langsamer, sondern spannte lediglich ihren Bizeps für ihn an. »Fühl mal«, sagte sie stolz.

Er drückte auf ihren Oberarm. »Nett. Woher kommt das?«

»Weißt du doch. Laufen und ein paar Gewichte heben. Das Übliche.«

»Quatsch.«

Wie die ältere Schwester verdrehte sie die Augen. »Ach ja, und was mache ich hier gerade? Lange schlafen?«

»Genau das ist der Punkt. Du hattest nie was für Sport übrig. Und ich kenne diese Fitnesstypen, du siehst ganz anders aus und bist so dermaßen in Form, dass es woandersher kommen muss.« Taz war schon immer ein guter Beobachter gewesen. »Was machst du in diesem neuen Job, von dem du dich monatelang nicht wegeisen konntest?«

»Es ist Computerzeug, wie ich schon sagte. Software-Anwendung vor allem.« Das war keine Lüge, und der genervte Tonfall passte genau. »Laufen und Gewichtheben trainiere ich, weil ich so lange vor dem Computer sitze, dass ich mich sonst in eine Knolle verwandeln würde. Ich hab auch ein paar Stunden Unterricht in Kampfkunst gehabt. D. C. hat eine hohe Kriminalitätsrate, falls dir das nicht klar ist.«

»Ist die Software für militärische Anwendungen?«

Sie zuckte mit den Schultern. »Kann sein, dass die was mit anfangen können. Aber ich bin nicht beim Militär.« Wieder keine Lüge.

»Und du wirst kurzfristig nach Paris beordert …«

»Da ging's um eine Fehlerbehebung. Ich bin gut in meinem Job. Wollen wir ein paar Games spielen, willst du versuchen, mich zu schlagen?«

»Vergiss es«, grummelte er, denn weder er noch Jordan waren je in der Lage gewesen, bei den Computerspielen mehr Punkte zu machen als sie. Dann rief er: »Wer als Erster da ist!«, und spurtete los.

Er war größer als sie, hatte längere Beine, war jünger (wenn auch nur anderthalb Jahre). Da er in der Armee diente, lief er regelmäßig. Aber er hatte sein Basistraining vor Jahren abgeschlossen, während die GO-Teams unaufhörlich und ständig trainierten. Jinas Reaktionsfähigkeit war geschult, sodass sie losgesprintet war, bevor er den Satz zu Ende gesprochen hatte. So schnell laufen, wie sie konnte, war eine Sache, aber sie würde nicht schneller sein als er, und deshalb sprang sie über einen Graben und rannte querfeldein. *Ha!* Das würde ihm eine Lehre sein, sie übertrumpfen zu wollen, ohne vorher die Regeln festgelegt zu haben. Sie hörte, wie er ihr etwas zurief, aber als sie über ihre Schulter zurückblickte, lief er, als wäre er der letzte Staffelläufer hundert Meter vorm Ziel.

Sie rannte über das holprige Feld, auf dem offensichtlich einst Sojabohnen gewachsen waren und das jetzt im Winter brach lag. Die Wälle der Saatreihen forderten große Aufmerksamkeit, wo sie ihre Füße aufsetzte – oder zumindest so viel Aufmerksamkeit wie möglich, da sie wie ein Reh darüber sprang. Sie erreichte einen Zaun und stoppte kaum ihre Geschwindigkeit, stützte die linke Hand auf einen Pfosten und schwang sich über die Reihe von Drähten. Es hatte kurz vorher geregnet, und der Boden war weich, aber nicht so weich, dass sie darin versank.

Das ist gar nichts, dachte sie, während sie durch den kleinen Apfelhain ihres Vaters raste, die Äste noch kahl, und dann einen weiteren Zaun übersprang. Im Süden Georgias war das Land flach, es gab keine Hügel wie dort, wo sie trainiert hatte. »Lahmarsch!«, rief sie, nicht sicher, ob Taz sie verstanden hatte, glaubte aber zu hören, wie er als Antwort etwas schrie, und musste lachen. So war das immer mit ihren Brüdern gewesen, ständig hatten sie sich im Wettstreit befunden, und sie hatte versucht, mitzuhalten, und war doch oft zurückgedrängt worden. Vielleicht gewann sie auch diesen Wettlauf nicht, aber Taz würde merken, dass sie jetzt ein ernsthafter Gegner war.

Sie erreichte das Haus von der linken Seite, während Taz von der Straße her kam und die Auffahrt hochraste. Er schoss über den Hof und war immer noch zehn Meter entfernt, als sie auf die vordere Terrasse sprang. »Ha! Ich hab gewonnen!«, krächzte sie, riss die Tür auf und stürzte ins Haus, nahm die Wärme der Familie mit dem Duft von frisch aufgebrühtem Kaffee und gebratenem Schinken auf dem Herd in sich auf. Ihr Vater saß am Tisch und genoss seine erste Tasse Kaffee. Caleigh war nirgends zu sehen, wahrscheinlich schlief sie noch.

»Du hast geschummelt«, sagte Taz.

»Ach ja? Was waren denn die Regeln?«

Er sah sie frustriert an, denn er hasste es zu verlieren. »Wir haben keine aufgestellt«, nörgelte er.

Melissa warf den beiden einen leidenden »Wird-das-jemals-enden«-Blick zu. »Ihr beiden geht euch vorher waschen, ihr seid verschwitzt und stinkt. Nach dem Frühstück werde ich euch allen eure Aufgaben zuteilen, verstanden?«

»Ja, Mom«, sagten beide, dann rannte Jina ins Badezimmer von Jack und Jill, das zwischen ihrem und Caleighs Zimmer lag, damit sie möglichst viel heißes Wasser bekam. Der Kampf um das Warmwasser war alt, und der Verlierer musste am Schluss kalt duschen.

Gerade als sie die Tür hinter sich schloss, hörte sie Taz brummen: »Computer, dass ich nicht lache.«

Okay, er glaubte ihr also nicht. War ihr egal. Sie war hier zu Thanksgiving, ihr neues Tattoo juckte, und mit der Aussicht auf ihr Lieblings-Dessert würde sie ihren Jetlag vergessen, das Fallschirmspringen, langweilige Einsätze – und dass sie Levi vermisste.

Sie lehnte kurz den Kopf gegen den Türpfosten und kämpfte gegen das hohle Gefühl in ihrer Brust an, dann verdrängte sie den Gedanken und begann ihren Tag.

15. Kapitel

Joan Kingsley drückte auf den Knopf der Fernbedienung, um das Garagentor hinter sich zu schließen, und stieg aus ihrem BMW SUV. Sie öffnete die hintere Wagentür und zog die kleine Reisetasche heraus, die sie zum Besuch bei ihrem Sohn an Thanksgiving mitgenommen hatte. Früher hatte sie mal einen Fahrer gehabt, doch nun fuhr sie lieber selbst, denn sie würde niemandem trauen, der diesen Job übernahm, und immer befürchten, dass er für Axel MacNamara spionierte. Im D.-C.-Verkehr zu fahren war ein Albtraum, und ab und zu nahm sie sich ein Taxi, wenn sie während der Stoßzeit arbeiten musste, aber meist fuhr sie selbst.

Das war eine kleine Unannehmlichkeit im Vergleich zu allen anderen Veränderungen in ihrem Leben, aber es nervte.

Nach außen hin tat sie alles so, wie es MacNamara angeordnet hatte. Sie wusste, dass jede Post, die sie verschickte oder empfing, geöffnet und kopiert wurde, wenn auch sehr professionell. Kein Paket kam an, ohne dass es vorher inspiziert worden wäre. Ihr Haus war verwanzt, alle Anrufe, ob über ihr Handy oder den Festanschluss, wurden abgehört, und zwei oder mehr Agenten folgten ihr, wohin auch immer sie ging. Sie hatten sie so fest in deren Netz, wie es möglich war, ohne sie zu verhaften – was ihnen schwerfallen dürfte, da keine Beweise vorlagen, denn dafür hatte sie gesorgt.

Sie unterschätzten Devan.

Es war so einfach, wirklich, und vielleicht war das der Grund für die Lücke in ihrer Überwachung. Ihr Haus wurde beobachtet – wenn sie sich dort aufhielt. Wenn sie es verließ, folgten sie ihr. Sie vertrauten ihren Wanzen und Joans eigener Alarmanlage, die das Anwesen mit Videosystem und ebenso traditionellem Bewegungsalarm absicherte. Sie wusste, dass ihr Alarmsystem gehackt worden war, was ihr einen Vorteil verschaffte, da sie wusste, was sie sahen. Sie hatte ihre Videoaufnahmen überprüft und sichergestellt, dass der Blick auf den unteren Teil der Tür zum Flur von einem Stuhl blockiert wurde, auf den sie sich setzte, um ihre Schuhe zu wechseln, wenn sie in den Garten ging.

Es gab in ihrem Wohnblock zwei Kirchen, wo Devan parken konnte, ohne Aufsehen zu erregen. Für ihn war es ganz einfach, zu ihrem Garteneingang zu kommen, den Code einzutippen, den sie ihm für die Hintertür gegeben hatte, die in den Flur führte, damit der Alarm nicht ausgelöst wurde, und ein Blatt Papier unter der Tür durchzuschieben. Er wusste, an welchen Tagen und zu welchen Zeiten ihre Haushälterin Helen arbeitete. Joan hatte die Kunst perfektioniert, die Zettel aufzuheben, ohne dass es auffiel. Manchmal schob sie sich das Papier unter ein Hosenbein, während sie vorgebeugt auf dem Stuhl saß und die Schuhe wechselte, um es später in ihrem Badezimmer zu lesen. Es gab noch andere Methoden, und bisher hatte es immer funktioniert. Die Kommunikation zwischen ihr und Devan war einfach, und sie verspürte jedes Mal große Genugtuung, wenn sie MacNamara ausgetrickst hatten.

Sie lief nie geradewegs in den Flur, das hätte zu verdächtig ausgesehen. Obwohl sie sehr neugierig war, ob man nach dem Köder Graeme Burger geschnappt hatte, war es für den Verlauf der Dinge egal, ob sie es jetzt erfuhr oder später, ändern konnte sie sowieso nichts mehr. Die Waschmaschine stand direkt neben dem Flur, und wenn sie nachher ihr Zeug hinunterbrachte, würde sie herausfinden, ob dort eine Nachricht für sie lag oder nicht.

Also brachte sie zunächst ihre Tasche nach oben zu ihrem begehbaren Kleiderschrank und packte sie sofort aus. Es war bereits später Nachmittag, und sie fühlte sich erschöpft von der Reise. Zuerst würde sie duschen und dann die Wäsche hinunterbringen. Das Warten fiel ihr schwer, war aber auch amüsant, wenn sie sich vorstellte, dass ihre Bewegungen im Haus von den Abhörgeräten aufgenommen wurden.

Joan duschte, zog sich ein Nachthemd an, bürstete ihr unverwechselbares silberfarbenes Haar und cremte sich ein. Dann nahm sie die zu waschenden Kleidungsstücke, ging damit die Treppe hinunter und warf sie in den Wäschekorb, damit Helen sich damit befassen konnte. Als sie den Wäscheraum verließ, bemerkte sie den Zettel am Boden, und ihr Herz begann schneller zu schlagen. Sie ging zur Hintertür und überprüfte das Schloss eingehend, obwohl sie genau wusste, dass es wie immer gut gesichert war, und währenddessen blickte sie nach unten und las die Worte: »Köder angenommen. Eins.«

Also war das Lockmittel ein Erfolg gewesen. »Eins« beschrieb, welches GO-Team losgeschickt worden war, um Graeme Burger auf seinem Trip nach Paris zu beschatten. Sie und Devan hatten einen simplen Code aufgestellt und die Teams nach alphabetischer Reihenfolge der Nachnahmen ihrer Anführer aufgelistet. »Butcher« war Nummer eins. Sie war etwas enttäuscht, denn sie hätte Tyler Gordons Crew vorgezogen, denn das war das Team gewesen, das Morgan Yancy geleitet hatte, der Mann, der für Dexters Tod verantwortlich war. Das wäre ausgleichende Gerechtigkeit gewesen, wenn es auch letztendlich egal war. Alles, was sie und Devan tun mussten, war, sie nach und nach in eine Falle zu locken. Nichts würde MacNamara mehr schmerzen, nichts leichter in den Hinterhalt locken, den sie für ihn vorbereitet hatte, als der Untergang eines seiner geliebten Teams.

Die Einsätze waren nicht immer langweilig.

In den folgenden drei Monaten lernte Jina die zu schätzen, die es waren. Ebenso verliefen die Aktionen nicht immer so reibungslos wie bei ihrem ersten Mal. Es gab kleine Probleme mit dem Timing, unvorhergesehene Umstände, die ihre Planungen störten – wie zum Beispiel ein Autounfall direkt vor ihnen, der den Verkehr zum Erliegen brachte –, leichte Verletzungen während des Trainings oder beim Einsatz, die das Team beeinträchtigten, oder Pannen bei der Kommunikation. Einmal waren sie im Gelände ohne Handyempfang gewesen, und ausgerechnet da hatte die Technik versagt. Tweety hatte perfekt funktioniert, die Männer waren gut zu verstehen. Der Fehler lag in ihrem eigenen Mikrofon, das stellenweise hakte, sodass die Männer sie nicht hören konnten. In diesem Fall hatten sie Glück gehabt, dass nichts Bedrohliches passiert war, denn der Sinn der ganzen Sache war schließlich, dass sie die Crew warnen sollte, wenn es Schwierigkeiten gab. Wenn ihr Kehlkopfmikro nicht funktionierte, war ihre Anwesenheit völlig sinnlos.

Kurz nach Weihnachten – das Fest konnten sie mit ihren Familien verbringen, welche Freude, mussten aber einen Tag später wieder aufbrechen – hatten sie fast drei Wochen in Kolumbien verbracht, um die Muster im Tagesablauf eines Verdächtigen zu erkunden. Sie hatten Handyempfang, deshalb wurden die Kehlkopfmikrofone nicht benötigt. Aus Kolumbien flogen sie zurück nach Paris, wo Jina nach drei Wochen im warmen Klima fast erfroren wäre, da sie keine Zeit gehabt hatte, sich zu akklimatisieren. Zweimal hatte es sogar geschneit, jedes Mal nicht mehr als etwas Pulverschnee, aber trotzdem – das machte es noch schlimmer. Aus Paris brachen sie nach Ägypten auf, verbrachten im Ganzen achtzehn Stunden dort, dann auf die Philippinen, um einen Überläufer zu schnappen. Das war das erste Mal, dass Jina Tweety so nutzte wie ursprünglich vorgesehen, nämlich, um für den Schutz der Männer zu sorgen –

und ausgerechnet da funktionierte das Handynetz nicht – und das Mikro nur ab und zu.

Als sie von dieser Mission zurückkehrten – im Bauch eines Transportflugzeugs, was nicht sehr bequem gewesen war –, hatten sie die Zeitzonen so oft überquert, dass Jina nicht mehr wusste, welchen Tag sie hatten. Sie nahm an, dass es immer noch Januar war, aber sie hätte es nicht beschwören können. Sie war griesgrämig, hungrig, müde, hatte starke Kopfschmerzen und war wütend wegen ihres Kehlkopfmikros. Nachdem sie ihre Sachen eingesammelt hatte, stapfte sie in die Richtung, in der sie ihr Auto vermutete, das sie vor einem Monat dort abgestellt hatte oder vielleicht auch nicht. Sie brauchte eine Dusche, eine Tasse Kaffee, vierundzwanzig Stunden Schlaf und etwas zu essen, egal in welcher Reihenfolge. Nein, nicht egal. Sie hatte zum letzten Mal geduscht … sie war sich nicht sicher. Aber es musste in Paris gewesen sein – wann auch immer sie dort gewesen waren. Egal. Sie würde das defekte Mikrofon zum Hauptquartier bringen, einen großen Aufstand machen und sicherstellen, dass sie dem Verantwortlichen, wer auch immer bei der Forschungs- und Entwicklungsabteilung dafür zuständig war, so auf die Nerven ging, bis er das Scheißding repariert hatte.

Sie fand ihren Wagen nicht. Am Boden lag Schnee, der auch die Karosserien der Autos bedeckte. Und ihr Hirn funktionierte nicht mehr. Sie stapfte die Reihen auf und ab, denn sie konnte sich vage daran erinnern, dass sie in der Nähe des Zauns geparkt hatte … vielleicht. Vielleicht war das auch vor dem ersten Paris-Flug gewesen. Keines dieser weiß belegten Gefährte kam ihr bekannt vor. Der Schnee knarzte unter ihren Sneakers, spritzte auf und drang in ihre Schuhe. Jawohl, sie hatte von ihrem ersten Einsatz gelernt und diesmal keine Boots angezogen, und das hatte sie nun davon.

Sie hörte die Geräusche aus den anderen Reihen, wo die Männer die Motoren starteten. Doch niemand fuhr los, denn alle mussten sich erst mal mit dem Schnee auf ihrer Windschutzscheibe befassen. Einige stiegen aus und kratzten den Schnee von der Scheibe. Sie selbst hatte auch einen Schneeschaber im Wagen, für jemanden aus dem Süden Georgias ein wenig vertrautes Werkzeug, aber während des ersten Winters in D. C. hatte sie erfahren, wie notwendig es war. Sie musste nur ihren Wagen finden, dann könnte sie kratzen.

Oder sie blieb einfach hier mitten auf dem Parkplatz stehen und schlief. Morgen könnte sie sich dann um das Auto kümmern.

Eine Trucktür wurde zugeschlagen, und sie hörte knirschende Schritte auf sich zukommen. Als sie sich umdrehte, erblickte sie Levi, der in seiner schweren Jacke noch größer und imposanter wirkte als sonst, eine schwarze Wollmütze bedeckte sein Haar. »Gibt es ein Problem?«, erkundigte er sich und blieb neben ihr stehen.

Sie hatte in den langen Wochen nach Thanksgiving versucht, ihn so wenig wie möglich zu beachten, was nicht so leicht möglich war, wie sie es sich gewünscht hätte. Immerhin war er der Team-Chef, und sie musste ihm Aufmerksamkeit schenken. Aber sie versuchte, ihn nicht direkt anzusehen, den Kopf gesenkt zu halten und nur auf ihn zu reagieren, wenn er sie direkt ansprach, was nicht so oft geschah, da er ebenfalls sein Bestes tat, um sie zu ignorieren. Verdammt sei er. Er war im Nichtbeachten viel besser als sie, und jede Nacht, wenn sie sich schlafen legte, war sie von Neuem wütend, weil er ihr gestanden hatte, sie ebenfalls zu wollen. Seitdem fühlte sie sich aus dem Gleichgewicht gebracht.

»Ich kann mein Auto nicht finden«, murmelte sie.

Er rieb sich die Augen. So müde, wie sie sich fühlte, wirkte er nicht, was sie noch wütender machte, aber er strotzte auch nicht gerade vor Energie. »Ich fahre dich nach Hause«, sagte er und wandte sich um. Für ihn war die Sache damit klar.

Sie nach Hause fahren? Jina war müde, aber nicht verrückt. »Nein!«, rief sie. »Ich brauche meinen Wagen.«

Er drehte sich um und sah sie an. »Ich glaube nicht, dass du noch in der Lage bist zu fahren«, sagte er schließlich.

»Wenn es den anderen gut genug geht, geht's mir auch gut. Außerdem muss ich dieses Scheißmikro zum Hauptquartier bringen und jemandem in den Hals rammen.«

Seine Lippen zuckten leicht. Er sah nach oben in den Himmel, dann wieder zu ihr. Schließlich zog er mit schiefem Grinsen sein Handy aus der Tasche. Sie hatte den Verdacht, dass er sich das Lachen verkneifen musste. Wenn er losprustete, würde sie ihm eine verpassen. »Oho, was glaubst du denn, was heute für ein Tag ist?«

Sie erkannte eine Falle, wenn man ihr eine stellte, aber sie konnte nicht ihr eigenes Handy zücken und sich so verraten. Sie hätte gedacht, dass sie den Überblick behalten hätte, trotz der ganzen Zeitzonen-Springerei. »Freitagnachmittag.« Sie sah ebenfalls nach oben. »Ziemlich spät.« Vielleicht irrte sie sich, denn irgendetwas erschien ihr merkwürdig.

»Wie wär's mit Sonntagmorgen, ziemlich früh?«

Oh, deshalb befand sich die Sonne nicht am richtigen Platz. Sie zuckte mit den Schultern. »Ich habe mich nur um anderthalb Tage vertan. Nicht so schlecht.«

»Ja, nicht so schlecht. Aber ich werde das Scheißmikro mitnehmen und jemandem in den Arsch schieben, nicht du.«

»Ich habe gesagt, in den Hals, nicht in den Arsch.«

»Egal. Ich bin jedenfalls derjenige, der sich darum kümmert.«

»Es ist mein Mikro.«

»Aber mein Team.«

Sie wollte mit ihm darüber streiten, aber weil sie ihm in diesem Punkt nicht widersprechen konnte, presste sie die Lippen zusammen. Er war der Boss. Eine Beschwerde von ihm hatte viel mehr Gewicht. Sie kramte in ihrer Tasche, zog das Corpus Delicti heraus und hielt es ihm hin. »Hier.«

Er nahm das Mikrofon an sich und schob es in seine Tasche. Der Aussicht beraubt, ihren Zorn auf jemandem abladen zu können, spürte sie, wie die wenige Energie, die sie noch hatte, verpuffte. Sie musste ihren Wagen finden und nach Hause kommen, alles andere konnte warten.

Da kam ihr aus dem Dunkel ihres benebelten Gehirns ein Einfall. Sie hatte doch ihre Autoschlüssel in ihrer Ausrüstungstasche aufbewahrt! Schnell griff sie in die Tasche, zog die Schlüssel heraus und drückte den Alarmknopf. Auf der Stelle ertönte ein Signal von nicht weit her. Sie drehte sich im Kreis und versuchte, den Pfeifton zu orten.

»Hier drüben!«, schrie Boom, der immer noch an seiner Windschutzscheibe kratzte, und zeigte nach links.

Sie winkte ihm zu. »Danke!« Dann stoppte sie den Alarmton und lief auf die Stelle zu, die er ihr gezeigt hatte.

»Warte.«

Zögernd drehte sie sich um. »Was ist?«

»Ich meinte es ernst. Du solltest nicht mehr fahren. Ich bringe dich nach Hause.«

Sie dachte eine Sekunde darüber nach. »Würdest du einen der Männer nach Hause fahren?«

Die Frage gefiel ihm nicht. Sie sah es an der Art, wie er die Augen zusammenkniff. Aber er antwortete wahrheitsgemäß. »Nein.«

»Dann bringst du mich auch nicht nach Hause.«

Er kramte in seiner Tasche und zog einen Schokoriegel heraus. »Dann nimm wenigstens das hier.«

Es war nicht nur ein Schokoladenriegel, er enthielt auch Erdnüsse, Protein und Koffein, vom Zucker ganz zu schweigen. *O, dank dir, Gott.* Sie nahm den Riegel, obwohl er von ihm kam, und riss die Verpackung so gierig auf, als wäre sie ein Tiger, der über seine frische Beute herfiel. Von nun an würde sie immer einen eigenen Vorrat an Schokoriegeln dabeihaben. Sie hatte schon wieder etwas Neues gelernt. »Danke.«

Ohne ihren Dank zu beachten, drehte er sich wieder zu seinem Truck um und stieg ein. Während Jina durch den Schnee zu ihrem Wagen trottete, sah sie, dass auch die Männer am essen waren. Also hatte offensichtlich jeder eine kleine Kalorienbombe dabei, um dringend benötigte Energie aufzutanken.

Sie fragte sich, ob Levi ihr seinen einzigen Schokoriegel gegeben hatte.

Wenn das so war … Pech gehabt.

Weil sie gerade von einem langen und aufreibenden Einsatz zurückgekommen waren, brauchten sie erst am Mittwoch wieder zum Training zu erscheinen, und sie benötigte jede Stunde dieser Erholungszeit.

Zu Hause fiel sie mit dem Gesicht zuerst auf ihre Couch und schlief vier Stunden. Dann wachte sie benommen und verärgert auf. Da sie nicht wusste, was sie sonst tun sollte, zog sie ihre Jogginghose an und ging laufen. Danach aß sie ein paar Erdnuss- und Butterkekse, duschte und ging wieder ins Bett. Weil ihr Rhythmus komplett aus der Balance gebracht war, schlief sie unruhig weiter. Um Mitternacht wachte sie auf und steckte ihre Wäsche in die Maschine. Nachdem sie wieder etwas geschlafen hatte, zwang sie sich, den ganzen Montag über wach zu bleiben, machte zweimal einen kurzen Lauf, putzte ihren Kühlschrank, kaufte Lebensmittel ein. Ihr Hirn fühlte sich immer noch neblig an. Aber sie blieb bis zu einer akzeptablen Zeit wach und schlief dann zwölf Stunden. Als sie wieder erwachte, fühlte sie sich viel besser, bis auf die Erinnerung an einen sehr lebendigen Traum von Levi.

Sie wollte das nicht, wollte die Erinnerung an die Momente auf dem Landefeld nicht wieder und wieder zulassen, die Erinnerung daran, wie er sie geküsst hatte, als gäbe es kein Morgen, aber ihr Unterbewusstsein hatte anders entschieden. Alles nur, weil er ihr seinen Energieriegel überlassen hatte – dieser Mistkerl. Gerade als sie eine mentale Wand gegen ihn errichtet hatte, tat er so etwas. Genauso, wie er ins Tattoostudio gekommen war, um sie zu beschützen, und peng! Alle sorgfältig errichteten Schutzmauern stürzten ein. Ihr Traum hatte nicht direkt die wirklichen Geschehnisse wiedergegeben, stattdessen hatte das gesamte Team um sie herumgestanden und zugesehen – und natürlich entsprechend wütende Kommentare abgegeben.

Beim Aufwachen war sie deprimiert. Klar, dass die Männer so reagierten, wie auch sonst? Selbst ihr Unterbewusstsein schien das zu wissen und hämmerte ihr die Lektion ein.

Das düstere Gefühl hielt den ganzen Dienstag an, selbst ein ausgiebiger Lauf bis zur Erschöpfung produzierte nicht genug Endorphine, um ihr schmerzendes Verlangen zu unterdrücken. Sie wollte Levi, nicht nur körperlich – auch wenn der Drang sehr intensiv war –, sondern auch in ihrem täglichen Leben. Sie wollte mit ihm frühstücken, sich mit ihm streiten, mit ihm schimpfen, wenn er den Toilettendeckel nicht zugeklappt hatte, sich nachts an ihn kuscheln. Niemals vorher hatte sie einen Mann genug geliebt, um sich ein Leben mit ihm vorzustellen, aber bei Levi … Ja, das wollte sie.

Warum konnte sie nicht so für Donnelly empfinden? Er war ein netter Typ. Mit ihm zu leben wäre sicher einfach und bequem, und sie würden viel zusammen lachen. Bei Levi schien hingegen nichts einfach zu sein. Er war unnachgiebig, grimmig, kompromisslos. Er lebte gefährlich, riskierte ständig, sich schwer zu verletzen oder getötet zu werden und ging dieses Risiko ohne zu zögern ein.

Als ihr das durch den Kopf ging, folgte die unbarmherzige Erkenntnis, dass sie sich, was das betraf, gar nicht viel von ihm unterschied, dass ihre Aufgabe bei den Einsätzen zwar meist im Hintergrund lag, sie sich aber ebenfalls oft in Gefahr begab. Sie bot einen zusätzlichen Schutzschild für ihn und die anderen Männer. Aber was, wenn ihm oder jemand anderem aus dem Team etwas passierte? Eine Gänsehaut lief ihr über den Rücken. Vielleicht hätte sie sich das längst klarmachen sollen, und unbewusst hatte sie das auch, aber bis jetzt hatte sie das Gewicht der Verantwortung für das Leben des Teams nicht so stark gespürt. Es drückte auf ihre Schultern, sank ihr in die Poren und änderte plötzlich ihre Sicht auf das, was sie tat.

Levi könnte sterben, wenn sie es vermasselte.

Egal wie wütend sie auf ihn war, egal wie sehr sie ihre Situation frustrierte, diese unbequeme Wahrheit machte ihr zu schaffen, als der Mittwoch kam und sie zu ihrer Routine zurückkehrte. Auch wenn sie sich nach dem langen Einsatz erholen durften, hatte keiner von ihnen das Training vernachlässigt. Sie für ihren Teil rannte heute schneller, länger, strengte sich mehr an als je zuvor, und das, obwohl sie bisher immer das Äußerste aus sich herausgeholt hatte. Sie übte viele Stunden mit Tweety, wieder und wieder, um ihr Können weiter zu perfektionieren.

Levi hatte offensichtlich an der richtigen Stelle wegen des defekten Mikrofons Ärger gemacht, denn er lieferte einen Ersatz, der garantiert funktionieren sollte. Das Problem war offensichtlich der Kehlkopfsensor gewesen. Sie testete das neue Mikrofon ausgiebig, ließ auch die Männer trotz ihres Murrens daran teilhaben, immer mit dem Argument, dass es um die Rettung ihrer Ärsche ging. Das neue Mikro funktionierte, wie es sollte, und gab an die Headsets klare und verständliche Worte wieder. Endlich zufrieden gab sie das Okay-Zeichen.

»Das wurde aber auch Zeit«, sagte Levi trocken, als er es mitbekam. »Dann können wir endlich wieder loslegen.«

Sie war erschrocken genug, um ihn direkt anzusehen, etwas, was sie sonst zu verhindern versuchte, da sein Blick reichte, um sie ins Wanken zu bringen. Er stand dichter neben ihr, als gut für sie war, dicht genug, um nicht seiner Anziehungskraft entgehen zu können. Sie musste dagegen ankämpfen, sich an ihn zu lehnen. »Was?«

»Unsere komplette Ausrüstung muss hundertprozentig intakt sein, bevor wir aufbrechen können.«

Sie sah ihn verblüfft an. »Du meinst … Wir haben gewartet, bis ich fertig bin?«

»Jawohl.« Eine Seite seines Mundwinkels zuckte. »Nicht dass wir die Erholung nicht geschätzt hätten, aber ich hatte schon gedacht, du würdest dein eigenes Mikro entwerfen und zusammenbauen.«

»Warum hast du nichts gesagt?«

»Du bist für Tweety verantwortlich. Solange du nicht sicher bist, dass er für den Einsatz bereit ist, wird er nicht eingesetzt. Wenn es einen Notfall gegeben hätte, wären wir ohne dich aufgebrochen, aber so hat alles geklappt.«

»Ohne mich aufgebrochen?«, wiederholte sie entsetzt, doch eigentlich wusste sie: Wenn ein Mann aus dem Team verletzt war, würde der Rest auch ohne ihn ausrücken.

»Wir haben unsere Einsätze auch früher ohne dich gemacht«, sagte er tonlos und ein bisschen kühl, so wie er das immer tat, wenn er einen Keil zwischen sie und die Männer treiben wollte. Das tat weh, und sie versuchte, ihm wie immer nicht zu zeigen, dass es wehtat. Glaubte er, wenn er es schaffte, sie zu vertreiben, dass sie dann etwas mit ihm anfangen würde? Dabei war sie dann vor allem irrsinnig wütend, denn sie hasste es zu versagen. Sie würde niemals von selbst aufgeben, und sie kämpfte wie verrückt, um gut genug zu sein. Wer sie aus dem Team bekommen wollte, musste sie zwingen zu versagen.

Die einzige andere Option, die sie sah, war, um die Versetzung in ein anderes Team zu bitten, doch das würde ganz schlecht ankommen. Teamwork war essenziell, und die Drohnen-Operatoren waren den Gruppen zugewiesen worden, die MacNamara jeweils für am passendsten hielt. Außerdem, nach den vielen Monaten, die sie mit ihrer Crew verbracht hatte, wollte Jina das Ganze nicht noch einmal mit einer neuen Gruppe anfangen. Sie hatte als erster Neuling das Training abgeschlossen, von Anfang bis Ende, niemand anders konnte »ihre« Männer so gut beschützen wie sie. Zum Teufel, wenn sie versetzt würde. Verdammt, wenn sie aufgäbe.

Egal wie sie es betrachtete, es blieb kein Ausweg. Einer von ihnen musste einknicken, und es sah nicht so aus, als ob das je passieren würde.

»Das war einmal«, erwiderte sie genauso kühl und beließ es dabei.

Der nächste Auftrag führte sie wieder nach Kolumbien. Ihr geschäftliches Handy klingelte mitten in der Nacht, und der Adrenalinstoß weckte sie, als hätte jemand einen Eimer Eiswasser über sie gegossen. Sie schoss aus dem Bett, drückte auf die Taste der Kaffeemaschine, die sie im Bad aufgestellt hatte, und warf sich ihre Klamotten über, bevor sie die Anweisungen genau angehört hatte. Sie spülte sich den Mund, kämmte sich kurz das Haar und band es in einem Pferdeschwanz zusammen, dann nahm sie ihre Checkliste, um sicherzugehen, dass sie nichts Wichtiges vergessen hatte. Die Reisetasche lag im Kofferraum ihres Wagens, inzwischen professioneller gepackt als beim ersten Mal.

Es hatte ein großes Hin und Her gegeben, ob die Drohnen und Laptops mit ihrer hochgeheimen Software bei den Operatoren bleiben oder an einem sicheren Ort aufbewahrt und bei Bedarf abgeholt werden sollten. Wenn ein GO-Team aktiviert wurde, musste es gewöhnlich von einer Minute zur anderen aufbrechen, es würde eine erhebliche Verzögerung bedeuten, wenn die Drohnenführer erst ein bürokratisches Prozedere durchlaufen müssten, um ihre Geräte zu bekommen. Trotzdem waren Jina und die anderen Operatoren nicht sehr scharf darauf, etwas dermaßen Wertvolles in ihrer Verwahrung zu haben. Es gab ständig Einbrüche, bei denen Laptops gestohlen wurden. Wie Forrest Gump schon sagte: Shit happens.

Der Kompromiss war, dass die GO-Teamchefs abwechselnd für alle Laptops und Drohnen verantwortlich waren. Welches Team auch immer auf einen Einsatz geschickt wurde: Der Verantwortliche musste die zugehörigen Geräte zum Abfahrtsort bringen. Dabei war es von großer Wichtigkeit, dass Laptop und Drohne den richtigen Teams zugeordnet wurden, da die Drohnen darauf programmiert waren, die jeweiligen Teammitglieder zu erkennen. Jina konnte keinen der Männer direkt warnen, wenn sie ihn nicht identifizieren konnte, in dem Fall müsste sie alle warnen, was unnötige Zeit- und Kraftverschwendung bedeutete, da alle alarmiert wären. Individuelle Drohnen-Identifikation war das A und O.

Jina hatte Headset und Funkgerät bei sich, außerdem die Waffe, die sie tragen musste, wenn sie einen Auftrag hatten, der dies verlangte. Diesmal musste die Schusswaffe mit, was bedeutete, dass sie nicht auf offiziellen Wegen reisten. Schade, Jina flog lieber offiziell als in irgendwelchen Militär- oder Transportflugzeugen, aber bisher war das offizielle Fliegen eher die Ausnahme als die Regel gewesen.

Als sie alle Posten auf ihrer Liste überprüft hatte und aufbruchsbereit war, war auch der Kaffee fertig. Sie schaltete die Maschine aus, goss ihn in die Thermoskanne, die schon bereitstand, warf den Kaffeesatz in eine Tüte, die eigens dafür vorgesehen war, spülte die Kanne kurz aus, nahm ihre Sachen und verließ die Wohnung. Die Tüte würde sie in einen Müllcontainer vor dem Haus werfen. Als sie das erste Mal von einem langen Einsatz zurückgekehrt war, hatte sie beschlossen, keine Essensreste mehr in ihren Küchenmülleimer zu werfen, wenn sie nicht wusste, ob sie ihn vor der nächsten Abfahrt noch leeren würde. Dieser Job erforderte, jedes Detail zu bedenken, so banal es auch war.

Um 2.13 Uhr morgens rannte sie aus ihrem Haus. Ihr Auto war so dick mit Reif überzogen, dass sie zuerst dachte, es hätte in der Nacht geschneit. Nicht überrascht, aber vor sich hin fluchend, ließ sie den Motor an, kratzte die Windschutzscheibe so weit frei, dass sie genug klare Fläche hatte, um durchzusehen, und machte sich auf den Weg.

Sie erreichte den kleinen privaten Flugplatz, an den sie beordert worden war, und bei seinem Anblick drehte sich ihr sofort der Magen um. Das war die gleiche Startbahn, an der Levi und Boom sie zum Fallschirmspringen gezwungen hatten. Obwohl es jetzt dunkel und tiefster Winter war, erkannte sie das Höllenloch sofort. Statt einer Twin Otter wartete jedoch ein kleiner Jet mit eingeschalteten Lichtern auf der Startbahn.

Levi war schon da. Sie war die Zweite.

Jina parkte ihren Wagen neben seinem, holte tief Luft, straffte die Schultern und stieg aus. An seinem Truck wurde eine Tür geöffnet und zugeschlagen. Typisch Levi, er hatte kein Innenlicht eingeschaltet, um seinen Standort nicht zu verraten. Verärgert ging ihr durch den Kopf, dass alle anderen das sicher ebenfalls machten. Ein weiterer Posten auf ihrer nie endenden Liste von Dingen, die sie sich merken musste.

Schweigend nahm sie ihre Ausrüstung aus dem Wagen, ihre Reisetasche, die Thermoskanne, und schloss die Tür ab, obwohl es bei der Kälte vermutlich schlauer gewesen wäre, im Wagen zu warten.

»Komm«, sagte Levi, »wir steigen schon mal ein.«

»Ich muss auf die Airmail warten«, sagte Jina und meinte Tweety und seinen Überbringer.

»Der kann alles zum Flugzeug bringen. Das dauert nicht länger, und du musst nicht frieren. Außerdem, die Ersten im Flugzeug bekommen die besten Plätze.«

»Ich bin schon froh, dass es überhaupt Sitze gibt«, murmelte sie. Wenn sie in einem Frachtflugzeug mitgenommen wurden, war Komfort nebensächlich. Sie harrten dort in welcher Position auch immer aus.

Zwei weitere Lichter näherten sich. Ihre Gelegenheit, die Ersten an Bord zu sein, würde bald schwinden, deshalb lief sie schneller neben Levi her. Sie hatte noch nie in einem so kleinen Jet gesessen und war neugierig.

Der Pilot erwartete sie an der Treppe und begutachtete ihre Taschen. »Muss irgendwas in den Laderaum?«

»Nein, wir reisen mit leichtem Gepäck«, erwiderte Levi.

Das war eine Untertreibung. Statt richtiger Reisetaschen trugen sie Matchbeutel bei sich, auch Jina. Sie hatte nach und nach alles überdacht und verfeinert, bis ihre Tasche inzwischen um die fünf Pfund weniger wog als anfangs.

Sie kletterte die Stufen hoch und warf einen Blick ins Innere. Die richtige Beschreibung war »klein«. Es war nicht möglich, in der Kabine zu stehen, fast wie in einem Auto. Im Passagierraum konnten acht Personen sitzen, wenn auch nicht komfortabel. Im hinteren Teil gab es vier Plätze, die nach vorn zeigten, jeweils zwei nebeneinander. Zwei Sitze standen den anderen vieren gegenüber. Im vorderen Teil gab es eine Zweiersitzbank, wie ein kleines Sofa, die zur Kabinentür zeigte. Levi schob sie ins Flugzeug, und unwillkürlich wollte sie den schmalen Gang nach hinten gehen, um einen der vier hinteren Sitze zu besetzen.

»Hier«, sagte Levi, nahm ihren Arm und dirigierte sie mehr oder weniger zu der Zweierbank und auf den Sitz in der Nähe des Piloten. Dann ließ er sich auf den Platz neben sie sinken.

Nicht gut.

»Ich wollte lieber nach hinten.«

»Ja, aber ich muss hierbleiben, und ich will, dass du neben mir sitzt.« Mit seinen dunklen Augen musterte er sie. »Keine Diskussion.«

»Warum musst du hier sitzen?«, fragte sie, gerade als Trapper die Treppe hochkam und seinen Kopf in den Passagierraum steckte.

»Weil das der einzige Sitz ist, an dem er seine Beine ausstrecken kann«, nörgelte Trapper. »Egal wie sehr ich mich anstrenge, der Erste zu sein, er ist immer vor mir da.«

Das sah sie ein. Levi war der größte im Team, und der Raum zwischen den restlichen Sitzen war auch für die anderen Männer schmal. Was sie nicht einsah, war, warum sie neben ihm sitzen musste. Sollte sie nicht einen der hinteren Plätze nehmen und diesen jemand anders überlassen, damit der mehr Beinfreiheit bekam? Außerdem würde sie lieber neben einem der anderen Männer sitzen als neben Levi, selbst wenn es Voodoo wäre. Voodoos grummelige Art konnte sie besser ertragen als diese Anspannung, wann immer sein Arm oder Bein sie streifte oder wenn sie seine Körperwärme so dicht neben sich spürte. Ihre Sinne waren so stark auf ihn ausgerichtet, dass sie sogar seinen Geruch wahrnahm, diesen Geruch nach Hitze und Männlichkeit, der ihr fast den Verstand raubte. Das reichte, um sie wieder an diesen Moment zu erinnern, als sie sein Gewicht auf sich gespürt hatte, sein Knie zwischen ihren Beinen, die harte Ausbuchtung seiner Erektion genau dort, wo …

Sie holte tief Luft und versuchte, die Erinnerung zu verdrängen. Inzwischen war ihr warm, die Hitze durchflutete ihren Körper bis in die Fingerspitzen. Die Lippen fühlten sich plötzlich weich und voll an, als hätte er sie geküsst.

Das war Folter.

Sie wollte aufstehen, egal was er sagte. Aber als sie sich umdrehte, waren die anderen Männer schon eingestiegen und hatten alle Plätze besetzt. Voodoo war der Letzte – bis auf den Kurier vom Hauptquartier, der mit Tweety und ihrem Laptop angerannt kam. Sie erhob sich, um beides an sich zu nehmen und füllte das dreiseitige Formular aus, das er ihr entgegenhielt, denn selbst bei inoffiziellen Instanzen war Papierkram notwendig. Als sie sich wieder umdrehte, hatte Voodoo den allerletzten Sitz im hinteren Teil belegt. Sie sah ihn an und verzog das Gesicht, was aber niemand mitbekam. Ergeben sank sie wieder auf den Sitz neben Levi zurück und schnallte sich an.

Kaum waren sie in der Luft, stieß Levi sie mit dem Knie an. »Willst du was von dem Kaffee abgeben, den du da versteckst?«, fragte er, und ein Zwinkern erhellte seinen ernsten Blick. »Ich habe die Thermoskanne gesehen, als du ausgestiegen bist, und ich weiß, dass du die nicht mit Milch gefüllt hast.«

Die sechs anderen Köpfe wandten sich in ihre Richtung. »Kaffee?«, sagte Boom hoffnungsvoll.

Jetzt wusste sie, warum Levi sie neben sich haben wollte, der Kaffee war der Köder. Diese Erkenntnis war sowohl erniedrigend wie erleichternd.

»Klatschmaul«, murmelte sie. Dann wandte sie sich an die anderen. »Hat keiner von euch selbst Kaffee dabei? Natürlich nicht. Ihr seid ja Männer. Hab ich gerade nicht dran gedacht.«

»Das liegt am Job«, sagte Boom. »Wir stehen auf und gehen.«

»Ich auch, aber zwischendurch stelle ich die Kaffeemaschine an.« Resigniert sah sie sich um. »Irgendwas zur Hand, was ihr als Becher benutzen könnt? Der Becher, der zur Kanne gehört, ist für mich, und den teile ich nicht.«

Alle sahen sich um. Ein paar Styroporbecher wurden gefunden. Levi steckte den Kopf hinter den Vorhang, der das Cockpit vom Passagierraum trennte, und der Pilot war so nett, weitere Becher zu stiften. Er hatte seine eigene Thermoskanne, bot aber den anderen nichts davon an. Kluger Mann.

Den Kaffee durch acht geteilt ließ nicht mehr als dreißig Milliliter für jeden, vielleicht auch fünfundvierzig Milliliter, aber das war ein bisschen besser als gar nichts. Jina genoss jeden einzelnen der kostbaren Schlucke. Es war nicht viel, aber es half.

Als der Kaffee getrunken war, nahm sie den Laptop heraus und überprüfte die Programme. Es war nicht unbedingt notwendig, aber so konnte sie sich beschäftigen.

Levi hatte seine langen Beine ausgestreckt, sich zurückgelehnt, um es sich bequemer zu machen, und seine Kappe über die Augen geschoben. Jina sah sich um. Von den beiden Männern direkt hinter ihnen sah sie nur die Rückenlehnen. Crutch, der auf der gegenüberliegenden Sitzreihe nach vorn gerichtet saß, war der Einzige aus dem Team, dessen Gesicht sie sehen konnte. Er schlief bereits. Alle hatten sich für ihre üblichen Power-Naps zurückgelehnt, um so viel Schlaf zu bekommen, wie ihnen möglich war.

Sie hatten mehr Erfahrung, deshalb sollte Jina ihrem Beispiel folgen. Sie zog ihren Mantel aus und deckte sich damit zu, dann lehnte sie sich zurück, rollte sich zur Seite, von Levi abgewandt, und schloss die Augen.

Wahrscheinlich döste sie ein bisschen ein. Zumindest aber baute sie sich einen Kokon, indem sie das Gesicht fast ganz mit dem Mantel bedeckte. Trotzdem spürte sie Levi immer noch neben sich, hörte seine tiefen Atemzüge. Das war noch schlimmer, noch viel schlimmer, als wenn er wach wäre. Es fühlte sich so an, wie es sein könnte, wenn sie zusammen wären, wenn sie nebeneinander schliefen. Dann würde sie sich aber nicht von ihm wegdrehen, sondern den Kopf auf seine breite Schulter legen, und er würde jedes Mal mit seinen rauen Händen nach ihr greifen, wenn sie sich im Schlaf umdrehten. Manchmal würde sie sich mit dem Rücken an ihn kuscheln und er ihre Brüste umfassen. Sein Schwanz würde gegen ihren Po drücken, und wenn sie sich ein bisschen hin und her bewegte, könnte sie ihn ein kleines Stück in sich aufnehmen. Levi würde aufwachen und …

Hinter ihr rührte sich Levi. Sein Arm fiel von der Lehne zwischen ihnen schwer herunter, und seine Finger lagen nun fast an ihrem Po. Sie erstarrte, horchte auf seinen Atem, aber der ging weiterhin tief und gleichmäßig. Vorsichtig zog sie ihren Mantel ein Stück herunter, um dahinter hervorzulugen. Seine Augen waren geschlossen, sein Gesicht war entspannt. Langsam streckte sie einen Arm unter dem Mantel hervor und packte seine Hemdenmanschette, um seine Hand wegzu…

Er öffnete die Lider.

Wieder erstarrte sie. Mit seinen dunklen Augen musterte er ihr Gesicht, sah hinunter, bemerkte seinen Handrücken, der an ihrem Po lag, und wie sie vorsichtig seinen Ärmel anhob. Langsam, ganz langsam bewegte er die Finger – vor und zurück, zart, aber bestimmt, als genieße er selbst diese spärliche Berührung. Sein verschlafener Blick war unverstellt und hungrig und zeigte ihr sein unverhülltes Verlangen. Dann veränderte sich sein Gesichtsausdruck, und stillschweigend zog er den Arm zurück.

Genauso stillschweigend drehte sie sich wieder um und zog sich ihren Mantel wie einen Schild über das Gesicht.

Hinter dem schützenden Mantel starrte sie auf den dunklen Vorhang vom Cockpit, und das Herz war ihr schwer.

16. Kapitel

Leise vor sich hin fluchend, denn ihr wäre die Puste ausgegangen, wenn sie laut geschimpft hätte, rannte Jina über den unebenen Boden, während ihr die Tasche mit der Ausrüstung bei jedem Schritt gegen den Rücken schlug. Tweety war in dem gepolsterten Fach, das extra für ihn gemacht worden war, sicher, ebenso der Laptop, die Sensoren, Kameras und der Akku. Doch sie selbst war nicht gepolstert, und die ständigen Schläge auf ihren Rücken taten verdammt weh.

Sie rasten alle hektisch durch den Chocó-Regenwald, denn der Doppelagent, zu dessen Befreiung sie hier waren, hatte sich dort vor den FARC-Rebellen versteckt. Die Lage in Kolumbien war inzwischen nach einer offiziellen Vereinbarung zwischen der Regierung und den Rebellen sowie der mit viel Tamtam vorgenommenen »Abrüstung« der FARC scheinbar stabil, doch viele regierungsfeindliche Gruppen waren nach wie vor im Land aktiv. Aufständische, Rebellen, Drogenbosse, Regierungskräfte und ausländische Kräfte sorgten für eine explosive Atmosphäre.

Jina hasste den Chocó. Obwohl sie ein schlechtes Gewissen verspürte, einen Regenwald zu hassen, aber das war einfach nichts für sie. Regenwälder waren gut für die Erde, aber nicht für Menschen. Hier gab es verdammte giftige Frösche. Berührte jemand einen dieser kleinen Teufel, erlitt er einen Herzstillstand. Wenigstens leuchteten diese Biester in verschiedenen Signalfarben, sodass man ihnen leicht ausweichen konnte – es sei denn, sie waren so winzig, dass sie sich unter einem Blatt verstecken konnten. Doch selbst wenn es hier keine Pfeilgiftfrösche gäbe, das Rennen durch den Regenwald war kein Spaziergang im Park. In wenigen Stunden würde die Sonne untergehen, und dann wurde es hier so schnell verdammt dunkel, als hätte jemand das Licht ausgeschaltet. Außerdem musste sie über riesige Wurzeln springen, Farnkrautwedel klatschten ihr ins Gesicht, Affen brüllten, als würden sie sie verhöhnen, und machten Jäger auf die Gruppe der Eindringlinge aufmerksam – hey, Jaguare und Schlangen und was noch für fürchterliche Raubtiere hier wohnten, da ist Menschenfleisch auf dem Boden! –, und sie durfte nicht langsamer werden. Währenddessen musste sie nach diesen verdammten Fröschen Ausschau halten. Sie hatte keine Ahnung, ob es hier Jaguare gab, aber wenn sie diese Wildkatzen irgendwo vermutete, dann hier.

Sie liefen in einer auseinandergezogenen Linie, mit gerade so viel Abstand zueinander, dass sie noch in Sichtweite waren, was aufgrund der dichten Vegetation nicht allzu weit war. Levi führte sie an. Der Doppelagent lief hinter ihm, gefolgt von Trapper. Boom, Snake und Crutch, dann Voodoo, dann Jina und Jelly als Rückendeckung dahinter.

Das Treffen mit Ramirez war ohne Probleme zustande gekommen. Ihr Laptopbildschirm hatte diverse Wärmequellen im Regenwald angezeigt, aber keine war groß genug gewesen, um zu vermuten, dass sie von anderen Menschen als ihrer Crew und Ramirez stammten. Das Bildrauschen störte, aber sie konnte die Aufnahme trotzdem analysieren. Jina hatte sich auf einen Felsen gesetzt, nachdem die Männer sichergestellt hatten, dass es dort keine Schlangen, Frösche oder Ameisen gab, um Tweety vorsichtig durch den dichten Dschungel zu steuern. Sie beobachtete ihre Umgebung, ließ die Drohne in großen Kreisen um sie herumfliegen, damit sie nicht in einen Hinterhalt gerieten oder sich etwas ungesehen auf sie zubewegte. Es war schwierig, Tweetys scharfen »Augen« zu entgehen. Nur jemand, der wusste, wie er sein Wärmesignal verbarg, hätte sich unbemerkt an der Drohne vorbeischleichen können.

Erst als sie sich auf den Rückweg gemacht hatten, waren sie in Schwierigkeiten geraten. Sie sollten von zwei Jeeps abgeholt werden, die sie zum Flugplatz brachten, wo ein Flieger auf sie wartete. Der Ablaufplan war sehr eng bemessen, sodass sie potenziellen Angreifern ein möglichst schmales Zeitfenster ließen, um sie zu erwischen.

Unglücklicherweise sorgten manchmal pure Pechsträhnen dafür, dass die beste Planung durcheinandergeriet. Jina konnte Tweety während ihres Rückzugs nicht zum Einsatz bringen, sodass die Männer keine Warnung erhielten. Es wurde von rechts auf sie geschossen. Sie konnte wegen der dichten Vegetation nicht sehen, was passierte, aber aufgrund ihres Trainings reagierte sie richtig und warf sich auf den Boden.

Levis Stimme, die durch ihr Headset drang, klang so ruhig, als wären sie in einer Kirche. »Trapper, hast du den Zielort?«

»Bestätigt.«

Es war ein weiterer Schuss zu hören, diesmal aus einem Gewehr. »Ziel vernichtet«, sagte Trapper.

Jinas Kehle zog sich so stark zusammen, dass sie nicht einen Ton herausgebracht hätte. Zu wissen, dass sie in eine gewalttätige Auseinandersetzung geraten konnten, war etwas anderes, als sie tatsächlich zu erleben. Gerade war jemand erschossen worden. Einer aus ihrem Team hätte sterben können. Logischerweise war Ramirez das Ziel, aber tatsächlich hätte der Schütze jeden von ihnen treffen können, und ohne Tweety im Einsatz hatte sie keine Möglichkeit, die Umgebung zu beobachten. Jina fühlte sich, als hätte sie versagt, denn dies war genau die Situation, die sie durch den Einsatz der Drohne hätte vermeiden sollen.

»Gebt mir Rückendeckung«, sagte Trapper.

»Bestätigt«, erwiderte Levi, und Boom folgte seinem Beispiel. Sie standen zu beiden Seiten von Trapper und waren tatsächlich die Einzigen, die ihn sehen konnten. Jina versuchte, sich nicht zu rühren, und atmete so flach und leise wie möglich, während sie auf ungewöhnliche Geräusche achtete. Sie sah Voodoo vor sich mit der Waffe in der Hand, der sich angriffsbereit umsah. Jelly war ein Stück hinter ihr und überprüfte ebenfalls die Umgebung, ohne ein Geräusch zu machen, das seinen Standort hätte verraten können.

Sie hätte ihre Waffe ziehen müssen. Es war für sie Pflicht, in solchen Einsätzen eine Schusswaffe zu tragen, mit der sie auch umgehen konnte. Und obwohl sie wie verrückt geübt hatte, um den Minimalanforderungen zu entsprechen, hatte sie sich auf den Boden geworfen, ohne daran zu denken, die Waffe zu benutzen. Jetzt konnte sie das Ding nicht mehr aus dem Holster ziehen, ohne Geräusche zu machen.

Zweiter Fehler.

Durch ihren Kopfhörer war Trapper zu hören: »Ausgeschaltet.«

»Babe, hol Tweety raus, und sieh dich um.«

»Bestätigt«, erwiderte sie und versuchte dabei, den nüchternen Tonfall zu benutzen, den die anderen anwandten, wusste aber nicht, ob es ihr gelungen war. Levi klang immer noch so verdammt normal, als wenn das hier nicht gefährlicher wäre, als eine Straße zu überqueren. Sie richtete sich in eine halb sitzende Position auf und versuchte sich so klein wie möglich zu machen, während sie schnell ihre Ausrüstung auspackte. Das hatte sie bereits so oft getan, dass es eher eine Sache von Sekunden als Minuten war, Tweety in die Luft steigen zu lassen.

Sie brachte die Drohne in eine Dreihundertsechzig-Grad-Position, wo sie nach ungewünschter Gesellschaft Ausschau hielt. Jina benutzte die thermische Kamerafunktion. Sie fand keine menschlichen Umrisse, aber es gab auch Möglichkeiten, ein Wärmesignal zu verkleinern. Deshalb nahm sie sich Zeit, beobachtete alle Wärmequellen, die sie finden konnte, bis sie sicher war, dass diese von einem Tier stammten.

»Babe.« Jetzt war Levis Stimme nicht mehr so emotionslos. Unglücklicherweise erkannte sie Ungeduld in seinem Tonfall.

»Immer mit der Ruhe«, erwiderte sie gereizt und ließ Tweety etwas höher steigen, auf die Ebene, in der sich die Affen aufhielten – die waren ungewöhnlich still, und sie wollte herausfinden, warum. Doch die, die sie aufspürte, verhielten sich wie immer und kümmerten sich nicht um die Menschengruppe auf dem Waldboden.

Erleichtert steuerte sie die Drohne wieder herunter. »Alles klar«, sagte sie schließlich.

»Sanitäter«, sagte Levi wieder in seinem nüchternen Tonfall.

Sanitäter? Sanitäter! Jemand war verletzt, jemand vorn in der Reihe, dort, wo der Schuss zu hören gewesen war. Jina rauschte das Blut in den Adern, und ihre Hände begannen leicht zu zittern, als sie Tweety und den Laptop wieder sicher in der Ausrüstungstasche verstaute. Als sie sich aufrichtete, war Jelly da, der mit scharfem Blick die Vegetation am Boden überprüfte. Ein Regenwaldboden war kein Dickicht – das Laubdach schirmte das Licht ab, sodass der Grund relativ frei von Bewuchs war, aber »relativ« hieß nicht »völlig«. Umgestürzte Bäume, Farne, ineinander verflochtene Ranken, das alles verhinderte eine freie Sicht und bot eine Menge Versteckmöglichkeiten. Hinter diesen dicken Baumstämmen könnte sich eine Armee verbergen, nur dass sie mithilfe von Tweety festgestellt hatte, dass hier lediglich das Team war – im Moment.

Jetzt zog sie ihre Waffe und fühlte sich dabei wie eine Idiotin und eine Hochstaplerin zugleich, aber wenigstens hatte sie die Waffe in der Hand und nicht im Holster, während sie sich so leise wie möglich fortbewegte. Voodoo war bereits aufgestanden und lief weiter, genauso wie Jelly, der ständig nach allen Seiten Ausschau hielt.

In weniger als einer Minute hatten sie die Männer in der vorderen Reihe erreicht, die inzwischen, jeder auf ein Knie gestützt, einen Sicherheitskreis um Levi und Snake gebildet hatten. Ein großer Holzsplitter – wenn man ein etwa fünfzehn Zentimeter langes und fast zwei Zentimeter dickes Stück Holz noch Splitter nennen konnte – steckte in Levis rechtem Schulterblatt, und ein dunkelroter Fleck hatte sich auf seinem Hemd gebildet. Jina blieb ruckartig stehen, ihr Magen drehte sich um.

Die Vernunft sagte ihr, dass die Wunde nicht wirklich gefährlich war. Mit ein paar Stichen und Antibiotika kam sicher schnell alles wieder in Ordnung. Aber – das war Levi. Sie hätte Snake am liebsten beiseitegeschoben und sich selbst um Levi gekümmert, eine völlig verrückte Reaktion, denn Snake war Mediziner, im Gegensatz zu ihr. Doch der Impuls war so stark, dass sie wegsehen musste, um sich zurückzuhalten. Sie zwang sich, genau wie die anderen, die Umgebung genau zu beobachten.

Als Levi aufstöhnte, sah sie unwillkürlich zu ihm hinüber, gerade in dem Moment, als Snake den Splitter mit einer Pinzette herauszog. Er ließ das blutige Stück Holz auf den Boden fallen, und kaum war der Splitter entfernt, riss sich Levi das Hemd vom Körper und drehte den Kopf, um sich die Verletzung anzusehen.

»Lass den Scheiß«, sagte Snake, während er das Blut abtupfte, das an Levis muskulösem Rücken hinunterrann. »Halte still.« Er presste ein Mullpäckchen gegen die Wunde und wühlte mit der anderen Hand in seiner Tasche. Snake hatte nicht die Militär-Medizinausrüstung dabei, sondern lediglich einen langen schmalen Beutel, den er selbst gepackt hatte und über den Rücken gehängt trug. »Mist«, sagte er wieder. Er sah sich schnell um, und sein Blick blieb an Jina hängen. »Babe, hol mir mal einen QuikClot aus der Tasche. Die Sachen müssen durcheinandergeraten sein, als ich mich auf den Boden geworfen habe.«

Jina wusste, dass er sie ausgesucht hatte, weil sie das am wenigsten brauchbare Teammitglied war, wenn es darum ging, beim Schießen ihr Ziel zu treffen. Sie verdrängte ihren Unmut, schob die Waffe ins Holster an ihrem Schenkel zurück und sicherte sie, bevor sie sich neben die Medizintasche kniete. Während sie den Inhalt durchsuchte, spritzte Snake eine Salzlösung in die Wunde, um Schmutz herauszuspülen, dann wischte er die Stelle noch einmal sauber, bevor er das Verbandskissen gegen die Wunde drückte.

Jina fand das QuikClot-Päckchen und riss es auf. »Klatsch es dran«, sagte Snake, was sie tat. Sie hielt das Wundpflaster fest, während Snake schnell ein paar Klebestreifen mit den Zähnen abriss, um die Binde festzukleben. Jina versuchte, den Blick ausschließlich auf das zu richten, was sie tat, obwohl sie nicht anders konnte, als die weiche gebräunte Haut und die Hitze wahrzunehmen, die von dem muskulösen Rücken ausstrahlte. Sie versuchte es – und versagte. Sie hatte Levi vorher noch nie mit nacktem Oberkörper gesehen, und dafür war sie dankbar, denn wenn das der Fall gewesen wäre, hätte sie der Versuchung womöglich nicht widerstehen können. Einige der Männer waren in ihrer Gegenwart ohne Hemd herumgelaufen, und obwohl sie alle in äußerst guter Form waren, hatte es sie nie besonders interessiert. Wie auch, wenn ihre ganze Aufmerksamkeit nur Levi galt?

Er hatte sich auf das rechte Knie gestützt und etwas nach vorn gelehnt, den linken Unterarm auf sein linkes Knie gestützt und die Waffe in der rechten Hand, während Snake ihn verarztete. Der Anblick dieser breiten kraftvollen Schultern beschleunigte ihren Herzschlag. Sie nahm seine körperliche Nähe so intensiv wahr, dass sie jedes Detail bemerkte. Die dunklen Härchen unter seinem Arm, das tätowierte Kreuzass auf seiner linken Schulter, ein anderes Tattoo mit den Buchstaben EBG (die Initialen einer Ex-Freundin?) auf der rechten Schulter, die tiefen Furchen seiner Wirbelsäule, der Geruch seiner erhitzten Haut und die sich darunter abzeichnende starke Muskulatur.

Er befand sich in höchster Alarmbereitschaft, wandte den Kopf hin und her, während er die Umgebung beobachtete, die dunklen Augen mit suchendem Blick halb zugekniffen.

»Okay, das reicht«, sagte er und sprang auf. Snake verstaute die Utensilien in Windeseile in seiner Rolltasche und hängte sie sich quer über die Schulter. Innerhalb einer halben Sekunde verwandelte er sich vom Sanitäter zum Agenten. Jina schaffte es nicht so schnell, sich auf ihre Mission einzustellen. Sie zwang sich, ihren Blick von Levi abzuwenden, um wieder zu Atem zu kommen und ihre Haltung zurückzugewinnen. Doch sie sah unwillkürlich zu ihm hinüber, als er sich das blutbeschmierte Hemd über den Kopf zog, sah seine dunkle Brustbehaarung, die die Form eines Lebensbaums hatte, und wieder lief ihr fast das Wasser im Mund zusammen.

Mit steinernem Gesichtsausdruck nahm sie ihre Position zwischen Voodoo und Jelly ein.

»Ich weiß, wer das ist«, sagte Ramirez, als er auf den Toten hinuntersah, den Trapper aus dem Dickicht zog. »Er ist einer der Restrepos, das sind drei Brüder, die zur FARC gehören. Sie sind überall als Jagdhunde bekannt, weil es ihr Job ist, Leute aufzuspüren.«

»Und dich im Besonderen?«, wollte Levi wissen.

»Scheint so.« Ramirez war aus Chicago, sprach aber Spanisch wie ein Kolumbianer. Er strich sich das schweißnasse Haar aus dem Gesicht. »Sie verteilen sich, wenn sie auf der Jagd sind. Die anderen beiden werden die Schüsse gehört haben und uns folgen.«

»Dann müssen wir jetzt los«, sagte Levi drängend. »Babe, komm in die Mitte. Crutch und Boom, geht nach hinten. Doppeltes Tempo.«

Jina setzte unwillkürlich zum Protest an, dann verstand sie. Er wollte sie nicht beschützen, er hatte sie in die Mitte geholt, damit die anderen Teammitglieder, die bessere Schützen waren als sie, sich jeweils zu zweit vorn und hinten einreihten. Sie mussten sich sofort auf den Weg machen, und das schnell. Womöglich rannten sie direkt auf die beiden anderen Restrepo-Brüder zu, aber dieses Risiko mussten sie eingehen. Was sie sich nicht leisten konnten, war, auf der Lauer zu liegen, vielleicht für Stunden, und ihr Flugzeug zu verpassen, das sie hier herausholen sollte. Sie hatten bereits kostbare Minuten verloren, und der Zeitplan war wie gesagt sehr eng.

Sie machten sich in hohem Tempo auf den Weg aus dem Urwald, Levi ging immer noch voran. So wie vorher verlor Jina die anderen bald aus den Augen, bis auf Voodoo direkt vor ihr, der dafür den Mann vor ihm im Auge behielt, so wie sie für Jelly immer in Sichtweite blieb. Die Hitze und Luftfeuchtigkeit machten ihr zu schaffen, jeder Atemzug wurde in dieser dicken Luft zur Qual. Sie war mit Schweiß bedeckt, klebrigem Schweiß, an dem der Schmutz und die Insekten hängen blieben. Verdammt, warum wurden sie nicht irgendwohin gerufen, wo ein gemäßigtes Klima herrschte, wie zum Beispiel Seattle?

Plötzlich war Voodoo aus ihrer Sichtweite verschwunden. Sie konnte ihn noch hören, aber nicht sehen, das war nicht gut.

Verdammter Mist. Sie durfte nicht zulassen, dass die Reihe auseinanderfiel, das gäbe einen Haufen Ärger. Sie legte einen Zahn zu, lief, so schnell sie konnte, um wieder aufzuholen. Ihre Beinmuskeln begannen zu schmerzen, ihre Lunge brannte. Jina ignorierte das, sie würde später atmen, wenn sie im Flugzeug säßen. Luft wurde sowieso überbewertet.

Sie schoss um einen mächtigen Baum herum, sprang über eine riesige hervorragende Wurzel – und knallte mit dem Kopf voran gegen einen Mann, der wie aus dem Nichts erschienen war. Er hatte seine mit einem Lappen umwickelte Waffe direkt auf Voodoo gerichtet und den Abzug gedrückt.

Beides passierte gleichzeitig.

Der Schuss, merkwürdig gedämpft durch die schwüle Luft

und die dichte Vegetation, dröhnte in ihrem rechten Ohr, denn das linke war durch ihren Ohrhörer etwas geschützt.

Dann folgte ein scharfer Aufprall – *bam*! –, als sie mit dem Schützen zusammenknallte.

Ein Schock durchfuhr sie. War Voodoo getroffen, vielleicht sogar tot? Das unwillkürliche Gefühl von Schmerz in ihrem Magen kam unerwartet. Voodoo war ein Arschloch – aber er gehörte genauso zu ihr wie die anderen Männer des Teams. Er gehörte zum Ganzen.

Ihr klapperten die Zähne von der heftigen Kollision, sie hatte das Gefühl, ihre Knochen würden durchgeschüttelt – zweimal, denn sie traf erst mit voller Geschwindigkeit auf den Fremden, fiel dann zurück und landete flach mit dem Rücken auf dem Boden. Als sie auf die Tasche mit ihrer Ausrüstung fiel, blieb ihr die Luft weg.

Der Schütze taumelte ein Stück zur Seite, dann wirbelte er herum, um sich dem überraschenden Angreifer zu widmen. Jina sah schräg gestellte dunkle Augen, einen Mopp von schmutzigem dunklen Haar und die Mündung einer Waffe, die auf sie gerichtet war, während er langsam auf sie zukam. Sie wusste, sie war so gut wie tot. Der Gedanke war überwältigend und machte sie völlig benommen. Dann wurde ein weiterer Schuss abgegeben, diesmal von hinten, und rote Klümpchen spritzten dem Mann aus der Brust. Er stolperte rückwärts, hielt aber die Waffe weiterhin auf sie gerichtet. Ein zweiter Schuss traf ihn mitten auf die Stirn. Wie eine Lumpenpuppe fiel der Mann in sich zusammen und landete quer über ihren Beinen.

Jina schnappte nach Luft, zu viel war in so wenigen Sekunden passiert, um es zu verarbeiten. Sie konnte nicht mehr atmen, ihr Kopf fühlte sich an wie Mus. Der Tote lag schwer auf ihren Beinen, Hirnmasse floss aus seiner Kopfwunde. Sie konnte ihn nicht wegschieben, schaffte es nicht einmal, sich aufzusetzen.

Jelly kam angerannt. Mit der Waffe auf ihn gerichtet, schob er den Fuß unter die Achsel des Getroffenen und rollte ihn herum, ein ganzes Stück von Jinas Bein herunter, aber ihr Fuß war immer noch von dem Gewicht gefangen. Jellys Gesichtsausdruck war grimmig und hart, von dem unverbesserlichen Team-Clown war nichts mehr übrig. Er warf Jina einen kurzen Blick zu. »Alles okay?«, fragte er und sah wieder auf den Toten vor sich.

Nein. Vielleicht. Sie antwortete nicht, konnte nichts sagen. Es gelang ihr nur, die Lippen wie ein Guppy zu bewegen, und sie versuchte immer noch, Luft zu holen. Ihr Hirn sagte ihr, dass alles in Ordnung war, dass man ihr nur gerade die Luft aus der Lunge geboxt hatte. Aber ihr Körper befand sich in Alarmbereitschaft, und die beiden konnten sich einfach nicht einigen. Den Gedanken, dass Luft überbewertet wurde, nahm sie augenblicklich zurück, denn sie konnte nicht atmen, und plötzlich war es verdammt wichtig.

Sie bekam irgendwie mit, dass sich der Kreis um sie herum schloss. Die Männer beobachteten mit gezogenen Waffen und bereit zum Angriff ihre Umgebung. Sie sah Voodoo, nicht nur am Leben, sondern offensichtlich unverletzt, obwohl sie nicht wusste, wie das möglich war. Levis Gesicht tauchte auf, sein Ausdruck so wild, dass sie getürmt wäre, wenn sie es gekonnt hätte. Keine Chance. Sie würde hier sterben, auf dem Waldboden, die verdammten Käfer würden über sie krabbeln, und die Männer waren zu beschäftigt, um es zu bemerken. Levi stand breitbeinig über ihr wie ein Racheengel, nur hielt er eine HK MP3 statt eines flammenden Schwerts in der Hand, und blickte sich hektisch nach weiteren Bedrohungen um. Snake kam zu ihr gelaufen, als wäre er der Base-Runner und sie die Base. Doch bevor er sich mit ihr befassen konnte, schien Levi bemerkt zu haben, dass etwas nicht stimmte. Plötzlich beugte er sich zu ihr herunter, packte sie am Hosenbund, riss sie hoch und schüttelte sie. Dann ließ er sie fallen – und gesegnete Luft füllte ihre Lungen.

Das tat weh. Einen Moment lang konnte sie nichts weiter tun, als tief und zittrig Luft zu holen. Unbeholfen drehte sie sich zur Seite, soweit sie konnte, Levi stand immer noch über ihr, Snake zu ihrer Linken, und der Tote ruhte auf ihren Füßen. Sie war von einem Haufen Männer umgeben, und keiner von ihnen tat etwas Nützliches – okay, Levi ausgenommen, der sie praktisch auf den Boden geworfen und die Luft wieder in sie hineingestoßen hatte. Ihre Kehle schmerzte. Ihr Brustkorb schmerzte. In ihrem rechten Ohr dröhnte es.

Sie hustete, würgte, dann endlich brachte sie ein Stöhnen zustande.

»Bist du getroffen?«, wollte Snake von ihr wissen, als sie sich wieder auf etwas anderes konzentrieren konnte als ihr dringendes Bedürfnis nach Luft.

Immer noch nicht in der Lage, einen artikulierten Ton von sich zu geben, hustete sie und schüttelte gleichzeitig heftig den Kopf.

»Was zum Teufel ist passiert?«, blaffte Levi. »Ramirez, ist das einer von den Restrepos?«

Ramirez hockte sich neben den Toten, begutachtete eingehend das durch den Kopfschuss entstellte Gesicht und schüttelte den Kopf. »Nein, den kenne ich nicht. Das bedeutet, dass es mehr als drei sind.«

Jina musste sich aufsetzen, um richtig husten zu können. Sie tippte Levi gegen das Knie. Er rührte sich nicht. Sie hatte das Gefühl, zu ersticken, wenn sie nicht hochkam, aber niemand achtete auf sie. Sie sah zu Snake, aber der beobachtete geschäftig ihre Umgebung, nachdem er erfahren hatte, dass sie nicht getroffen war.

Verdammt seien sie alle. Sie boxte Levi so hart wie möglich ins Knie. Er richtete seinen Raubtierblick auf sie, sie hieb ihm die Faust erneut ins Bein, und da schien er zu begreifen. Er beugte sich herunter, packte sie am Unterarm und zog sie so weit hoch, dass sie saß.

»Danke«, brachte sie heraus, aber es klang eher wie ein Quaken. Sie hustete noch einmal richtig vornübergebeugt, und endlich schienen sich ihre Lunge, das Zwerchfell und die Kehle einig zu sein, und sie konnte ein- und ausatmen. Ihr Gehirn hatte wohl beschlossen, dass sie sich nicht mehr in Todesgefahr befand. Sie hatte schon einmal gesehen, wie Footballspielern bei einem Zusammenprall die Luft aus der Lunge gepresst wurde, hatte aber nicht nachvollziehen können, wie merkwürdig und furchtbar sich das anfühlte. Im Nachhinein verspürte sie größeres Mitgefühl.

»Ich wiederhole: Was zum Teufel ist passiert?« Levis Tonfall versprach nun den ersten Schritt in die Hölle mit der Erwartung von Schlimmerem.

»Babe ist plötzlich losgerannt«, berichtete Jelly. »Ich habe den Mistkerl erst gesehen, als sie ihn gerammt hat. Sie sah aus wie ein verdammter Linebacker – ein winziger Linebacker, aber trotzdem. Er hätte Voodoo getroffen, wenn sie ihn nicht umgehauen hätte. Sie ist zurückgefallen, auf dem Boden gelandet. Er hat auf sie gezielt, ich hab ihn in der Brust getroffen, und dann hab ich den Sicherheitsschuss in den Kopf abgegeben.«

Acht Männer starrten sie an. Jina rieb sich die Augen. »Es war ein Unfall«, krächzte sie und versuchte aufzustehen, aber der Tote hielt ihre Füße immer noch gefangen. Wütend und frustriert schrie sie fast: »Könnte jemand mal den toten Typen von mir runternehmen?«

Vielleicht sollte sie bestürzt sein, weil sie gerade miterlebt hatte, wie jemand getötet wurde. Vielleicht sollte sie hysterisch sein, weil der Tote auf ihrem Bein lag. Vielleicht würde sie in einer oder zwei Stunden bestürzt sein, aber gerade hatte sie begriffen, dass Voodoo unversehrt und auch sonst niemand verletzt war – sie selbst inbegriffen, denn in dem Moment, in dem alles passiert war, hätte sie schwören können, den Tag nicht zu überleben –, und sie wollte nichts anderes als aufstehen und gegen einen Baum schlagen.

Boom und Ramirez drehten den Toten herum und von ihrem Fuß weg. Befreit zog sie die Knie an, legte den Kopf darauf, atmete tief durch und versuchte sich wieder zu fangen. Im Team zu sein war kein Abenteuer mehr. Obwohl sie gewusst hatte, dass bei den Einsätzen Menschen getötet werden konnten – es selbst mitzuerleben, war etwas völlig anderes. Sie gab sich vielleicht fünf Sekunden, dann straffte sie die Schultern und stand auf. Wie vorhin konnten die Schüsse jemanden auf ihren Standort aufmerksam gemacht haben, deshalb mussten sie weiterlaufen.

Sie hängte sich die Ausrüstung wieder auf den Rücken und hoffte, dass Tweety und der Laptop den Sturz überlebt hatten. »Ich bin bereit«, sagte sie, obwohl sie sich da gar nicht so sicher war. Ihr tat immer noch der Brustkorb weh, und sie fühlte sich leicht benommen.

Niemand rührte sich. Levi starrte sie immer noch mit einem Blick an, der an eine Gewitterwolke erinnerte. »Du hast einen bewaffneten Mann angerempelt?«

»Nein, ich bin gegen ihn gerannt, das ist ein großer Unterschied. Ich hab dir gesagt, es war quasi ein Unfall.«

Sie glaubten ihr nicht. Das sah sie an deren Gesichtern, Unglaube vermischt mit etwas, was sie nicht deuten konnte. Sie trat unbehaglich von einem Bein aufs andere. »Lasst uns gehen.«

»Mal ehrlich, Babe«, sagte Crutch. »Statt den Typen umzuhauen, hättest du vielleicht pfeifen können oder so, um Voodoo zu warnen?«

Zum Teufel noch mal! Frustriert und immer wütender, schrie Jina los: »Ich bin ein Mädchen! Mädchen pfeifen nicht! Wir spucken auch nicht oder kratzen uns die Eier. Das machen

Jungs. Können wir jetzt zum Teufel noch mal hier abhauen, bevor ich noch jemandem vor die Füße kotze?« Zu ihrem Entsetzen begannen ihre Augen zu brennen, und sie drehte sich um, bevor daraus richtige Tränen wurden. Es half auch nicht gerade, dass sie tatsächlich nicht pfeifen konnte und Jordan und Taz sie als Kinder deshalb immer wieder gehänselt hatten. Selbst ihre jüngere Schwester Caleigh konnte pfeifen. Es war verrückt, dass so eine Nebensächlichkeit jetzt plötzlich wichtig war und sie wütend machte, vor allem weil Crutch eigentlich eher Spaß gemacht hatte.

»Ihr habt's gehört«, zischte Levi. »Wir müssen verdammt noch mal weg von hier.«

Und das taten sie dann auch endlich, bildeten wieder eine Linie und nahmen ihren Sprint durch die grüne Hölle erneut auf. Jina bemerkte, dass Voodoo ab und zu einen Blick über die Schulter zurückwarf, als wolle er sich vergewissern, dass sie noch in Sichtweite war. Das sah ihm so gar nicht ähnlich, und es nervte sie, vor allem weil sie wusste, dass sie langsamer war als vorher. Ihre Energie ließ nach, und sie konnte nichts dagegen tun. Noch schlimmer, Jelly lief ebenfalls dichter hinter ihr als vorher. Sie hasste es, dass sie sie wie ein Baby behandelten, denn das könnte ihre mühsam aufrechterhaltene Selbstbeherrschung zerstören.

Wenn sie endlich hier raus waren, würde sie ihnen klarmachen müssen, was tatsächlich passiert war.

Zum Glück begegneten ihnen keine FARC-Jäger mehr, und sie erreichten die rettende Lichtung gerade eine halbe Minute, nachdem zwei Jeeps dort eingetroffen waren. Sie stiegen ein, die Fahrer drückten das Gaspedal durch, und sie ruckelten, schlingerten und forderten das Schicksal mit einer gefährlichen Geschwindigkeit heraus, bis sie den Landeplatz mit einem weiteren kleinen Flugzeug erreichten, das auf sie wartete. Dieser Flieger konnte zwar mit dem, der sie hergebracht hatte, nicht mithalten, aber er brauchte keine so lange Startbahn. Jina kümmerte es nicht, dass sie sich alle wie Sardinen hineinquetschen mussten, solange der Motor genug Power hatte, um sie in die Luft zu tragen.

Das war der Fall. Noch besser, das Flugzeug brachte sie zu einem Landeplatz, an dem ein Transportflugzeug auf sie wartete. So unbequem diese Frachtflieger auch waren, zumindest würde sie die Beine ausstrecken können, was in diesem winzigen Ding nicht möglich gewesen war. Jina fühlte sich erschöpft. Alles, was passiert war, hatte sie ausgelaugt, und das Rennen durch den Regenwald war dabei das Wenigste gewesen.

Levi und Boom gingen zu den Piloten, um mit ihnen zu reden, und die anderen Männer verstauten ihre Ausrüstung, nahmen sich ein paar Flaschen Wasser und begannen sich zu entspannen. Jina stand einen Moment allein da und atmete tief durch. Schließlich hievte sie sich in den Frachtraum und fand eine ebene Stelle, wo sie sich hinsetzen konnte. Müde schnallte sie ihre Ausrüstungstasche vom Rücken, holte Tweety und den Laptop heraus und überprüfte alles auf Schäden. Die Geräte waren in Ordnung, also verpackte sie beides wieder und lehnte sich zurück, genoss den kurzen Moment des Alleinseins und versuchte ruhig zu werden. Sie würde nur wenige Minuten dafür haben, wenn überhaupt, aber bis die Männer einstiegen, hätte sie sich zumindest ein wenig gefasst – jedenfalls ausreichend, bis sie endlich zu Hause und wirklich allein war.

Die Männer kamen einer nach dem anderen in den Frachtraum, und Levi warf ihr eine Flasche Wasser zu. »Trink«, forderte er sie auf, genauso wie am ersten Tag vor vielen Monaten. Sie fing die Flasche, öffnete sie und nahm einen Schluck. Erst da bemerkte sie, wie durstig sie war und wie gut sich das Wasser in ihrer schmerzenden Kehle anfühlte.

Ramirez kletterte an Bord und scannte den Raum mit seinen dunklen Augen. Sein Blick blieb an Jina hängen, und bevor sie wusste, was passierte, hockte er sich neben sie. »Zeit, dass wir uns mal richtig kennenlernen«, sagte er und grinste sie an. »Mein Vorname ist Joseph. Und du bist Babe …?«

»Modell«, sagte sie leicht irritiert.

»Wenn wir nach D.C. kommen und ich Bericht erstattet habe, hättest du dann Interesse …?«

Vom anderen Ende des Frachtraums donnerte Levi: »Lass sie in Ruhe, sonst brechen wir dir beide Beine!« Er hatte sich ausgestreckt, die Augen halb geschlossen, aber sein Blick unter den dunklen Wimpern hervor war warnend und nicht misszuverstehen.

Trapper sah hoch, während er seine Waffe reinigte. »Wenn ich dir nicht vorher in den Arsch schieße.«

Ramirez verzog das Gesicht und hob kapitulierend die Hände. »Ich wollte nur …«

»Ja, wir wissen schon, was du *nur* willst«, wetterte Boom. »Du hast gehört, was der Mann gesagt hat. Lass sie in Ruhe.«

Verwirrt und erstaunt blickte Jina die Männer an, als Ramirez sich woanders einen Platz suchte. Sie wirkten alle düster und gefährlich, und keiner von ihnen grinste. Was zum Teufel?

»Wir haben von deinem Ruf gehört«, sagte Levi zu Ramirez, was ihre plötzliche Feindseligkeit erklärte. Sie war müde, aber nicht so müde, dass sie Ramirez nicht als Aufreißer erkannt hätte. Er sah gut aus, aber sie hatte keine Zeit für solche Spielchen. Außerdem … war er nicht Levi.

Voodoo setzte sich auf den Platz zu ihrer Linken, den Ramirez gerade frei gemacht hatte. Er schwieg einen Moment, dann hielt er ihr die linke Faust entgegen. Sie war so überrascht, dass sie ihm schon einen Was-soll-das-Blick zuwerfen wollte, aber sie fing sich sofort und schlug ihre Faust schweigend gegen seine. Okay, jetzt war alles Gruppendynamische erledigt, jetzt konnte sie die Augen schließen und vielleicht ein bisschen schlafen …

»So einfach machst du es ihm?«, meldete sich Crutch. »Er verhält sich seit dem ersten Tag wie ein Arschloch dir gegenüber, und jetzt bietet er dir einfach nur einen Faustcheck an, und du lässt ihn vom Haken? Er ist dir was schuldig, Babe.«

Jina zwang sich, die Lider zumindest halb zu öffnen. »Ich weiß, dass er ein Arschloch ist«, zischte sie. »Aber er ist *mein* Arschloch. Jedenfalls eins von mehreren.« Sie schwieg einen Augenblick und dachte darüber nach, was sie eben gesagt hatte. Dann seufzte sie erschöpft. »So war das irgendwie nicht gemeint.«

Im Frachtraum war ein Prusten zu hören, müde Lacher, die vom Krach des Motors übertönt wurden, als sich das Flugzeug in Bewegung setzte. Jina machte sich nichts daraus. Sie wussten, was sie meinte, und sie auch. Es waren alles ihre Jungs. Sie bildeten ein Team.

17. Kapitel

Levi hob die Lider ein Stück und lugte zur gegenüberliegenden Wand des Frachtraums, wo Babe sich auf die Seite gerollt hatte und fest schlief. Der Kopf lag auf ihrer Ausrüstungstasche. Das Röhren der Motoren übertönte sogar einige Schnarcher, die normalerweise Wände erschüttert hätten, aber Frachtflieger waren nicht so konstruiert, dass es im Laderaum ruhig war. Etwa einen halben Meter von Jina entfernt lag Voodoo gegen ein paar Kisten gelehnt, ebenfalls schlafend, sein Kinn auf dem Brustkorb.

Etwas Schlaf zu bekommen wäre gut, aber für Levi war es aussichtslos. Die Wunde an seiner Schulter schmerzte zu sehr, vor allem wenn er sich zurücklehnte. Nicht nur das, er war immer noch zu sehr von diesen kurzen albtraumhaften Momenten erschüttert, in denen er befürchtet hatte, dass Babe erschossen worden war. Für einen Augenblick war er kurz davor gewesen, den gesamten verfickten Regenwald in Brand zu setzen und alles darin zu zerstören. Er hatte sich nur mit Mühe zusammenreißen können.

Aber es ging ihr gut. Die Erleichterung hatte ihn umgehauen, aus dem Gleichgewicht gebracht. Und irgendwie hatte sie dieses FARC-Arschloch davon abgehalten, Voodoo zu erschießen, auch wenn sie behauptete, es wäre ein Unfall gewesen. Wie man sich aus Versehen auf jemanden stürzen konnte, war ihm unverständlich, vielleicht stimmte es, vielleicht nicht. Bei ihr wusste man nie. Jedenfalls hatte sie Voodoo endlich für sich gewonnen und musste sich keine Nörgeleien mehr von ihm anhören. Was Levi aber wirklich erschütterte, war, dass

Jina mitten in eine gefährliche Situation geraten war. Heldentaten standen nicht in ihrer Jobbeschreibung, und der Gedanke machte ihm zu schaffen.

Dann war er in dieses verdammte Flugzeug gestiegen, nur um zu beobachten, wie Ramirez sich an sie heranmachte. Er hatte sich gerade noch zurückhalten können, dem Mistkerl nicht damit zu drohen, ihm die Eier abzuschneiden.

Verdammt. Es war gut für die Arbeit des Teams, dass er Abstand zu Jina hielt, aber seine Gefühle für sie wurden dadurch auch nicht kleiner. Er hatte gehofft, dass die Anziehungskraft nach einer Weile schwächer würde, egal ob er ihr nachgab oder nicht. Das war ihm bisher immer so gegangen. Egal wie sehr er seine früheren Beziehungen genossen hatte, letztendlich war die Arbeit für ihn immer am wichtigsten gewesen. Aber er war jetzt seit Monaten in Jinas Nähe, und das Verlangen hatte noch immer nicht nachgelassen. Verdammt, er sah sie so gern an, er war so gern mit ihr zusammen.

Sie war sexy mit diesen blauen und goldfarbenen Augen, dem langen dichten Haar, wie sie lachte und fluchte und das Leben in die Hand nahm. Ihr Blick verriet, dass sie jemand war, der gern Unfug trieb oder zumindest den Gedanken daran genoss, auch wenn sie sich anders verhielt. Sie war humorvoll und lustig, aber auch mutig und bewahrte einen kühlen Kopf. Sie beherrschte die Kunst, freundschaftlich mit dem Team umzugehen, ohne dabei mit den Männern zu flirten. Sie verhielt sich ihnen gegenüber wie zu Brüdern. Sie verstand sich mit Terisa und Ailani. Sie machte ihren Job, und zwar gut. Sie lachte und scherzte, und manchmal ertappte er sich dabei, dass er nicht zuhörte, was sie sagte, weil er sie so intensiv beobachtete. Dabei versuchte er sie möglichst nicht zu oft anzusehen, um sich nichts anmerken zu lassen. Manchmal erlaubte er sich, auf die eine oder andere Weise seine Scherze mit ihr zu treiben, weil das die anderen auch taten.

Alles in allem konnte er nichts an ihr finden, was ihm nicht gefiel, bis auf die Tatsache, dass sie tabu war.

Und wenn er entspannt war, so wie jetzt … dann konnte er es nicht verhindern, sich vorzustellen, wie er sie auszog und ihren zarten, gut durchtrainierten Körper unter sich zog. In Gedanken streichelte er die straffe Kurve ihres Pos, ließ die Hände weiter hinuntergleiten, dorthin, wo sie heiß und feucht war, glitt mit den Fingern in sie und bereitete sie darauf vor, mit dem Schwanz in sie einzudringen. Das eine Mal, als er auf ihr gelegen, sie berührt und geküsst hatte, hatte sie nicht versucht, ihre Empfindungen zu verbergen. Sie war offen und sie selbst.

Sie war die einzige Frau, bei der er Eifersucht empfand. Es war kein Scherz gewesen, als er Ramirez gedroht hatte.

Die Wahrheit war, dass er seit ihrer ersten Begegnung nichts anderes tat, als zu warten: dass sie das Training abbrach, dass sie die Prüfung nicht schaffte oder was auch immer.

Und er wurde immer ungeduldiger. Er kämpfte darum, es so zu belassen, wie es war, doch sein innerer Kampf ließ die Mauer, die er um sich errichtet hatte, immer bröckliger werden. Bisher hatte nichts seine Selbstbeherrschung zum Einsturz bringen können, seine innere Kraft war nie gebrochen worden. Er wusste, was er vom Leben wollte, hatte seine eigenen Richtlinien, seine Stärken und Schwächen. Das, was er tat, bot ihm die Herausforderung und die Befriedigung, die er brauchte. Dies hier war etwas anderes. Jina war anders. Früher oder später würde er unter dieser Anspannung zusammenbrechen.

Unruhig wechselte er die Position, bis er es schließlich relativ bequem hatte. Er schaffte es, etwas zu schlafen, und wachte auf, als sich der wummernde Motorenlärm veränderte. Er hatte schon so oft in Flugzeugen geschlafen, dass er im Unterbewusstsein die wechselnden Geräusche der Maschinen wahrnahm und bemerkte, wann sie sich zur Landung vorbereiteten.

Er streckte sich und nahm sich noch eine Flasche Wasser. Um ihn herum rührten sich die anderen, ebenfalls von dem veränderten Lärmpegel aufgeweckt. Jina schlief noch, ihre weichen Lippen leicht geöffnet, aber sie wirkte nicht wirklich entspannt, ein besorgter Ausdruck lag auf ihrem Gesicht. Er beobachtete sie einen Moment, dann stieß er mit den Fußspitzen gegen ihre Sneakers. Sie runzelte kurz die Stirn, verzog die Lippen, aber das war es. Er tippte sie stärker an. Wieder ein Stirnrunzeln, und diesmal sah sie richtig ärgerlich aus. Beim dritten Versuch kickte er gegen ihre Sohlen und rief: »Babe! Aufwachen!«

Sie schoss plötzlich hoch und stieß so heftig mit dem Fuß zu, dass er wahrscheinlich seine Eier verloren hätte, wenn er nicht rechtzeitig zur Seite gewichen wäre. Gut, dass er auf diese Art von Reaktion schon halbwegs vorbereitet gewesen war. Die anderen Männer lachten. Mit gerunzelter Stirn sah sie sich um, dann rieb sie sich das Gesicht. »Ich hab geträumt«, sagte sie wütend. »Von dem toten Typen auf meinen Füßen.«

»Dachte ich mir schon«, sagte er nüchtern. »Wir landen in ein paar Minuten. Da vorn ist ein Klo, falls du musst.«

Ohne ein Wort sprang sie auf die Füße und bahnte sich einen Weg an den gesicherten Paletten und Kisten vorbei in die genannte Richtung. Sie musste öfter pinkeln als die Männer, und über die Monate hatte es sich eingebürgert, dass sie mehr Pinkelpausen einlegten und sie zuerst gehen ließen. Levi setzte sich wieder und sinnierte über das Reisen mit Frauen.

Die Landung dauerte dann tatsächlich noch eine halbe Stunde, nach der Zeit auf seiner Uhr blieben noch zwei Stunden bis zum Sonnenaufgang. Wenigstens hatten sie ein bisschen schlafen können, und niemand litt so unter Jetlag wie nach ihrer vorherigen Mission. Er würde mit Ramirez direkt zum Bericht ins Hauptquartier fahren, aber der Rest des Teams hätte noch ein bisschen Zeit, um sich auszuruhen.

Das Flugzeug bremste ab, und die große Rampe wurde heruntergelassen. Sie schnappten sich ihre Ausrüstung und trotteten müde über das Flugvorfeld zu ihren parkenden Autos. Sobald sie verschwunden waren, wurde die Rampe wieder hochgezogen, und der Flieger startete wieder.

»Komm, du kannst mit mir mitfahren«, sagte er zu Ramirez, als er ihn auf dem Weg zu seinem Truck überholte.

Ramirez sah ihn misstrauisch an. »Werde ich mit gesunden Beinen ankommen?«

»Solange du dich von Babe fernhältst«, entgegnete er gelassen. Er schloss das Auto auf, lehnte sich über das Steuer, um den Motor anzuschalten, und begann die Windschutzscheibe vom Frost freizukratzen.

»Sieben große Brüder, was?«, sagte Ramirez, als er auf den Beifahrersitz rutschte.

»Nein, sie hat schon andere Brüder. Wir sind nur die Scheißtypen, mit denen sie zusammenarbeitet.« Er wollte nicht ihr verdammter Bruder sein. Er war auch nicht damit zufrieden, der Scheißtyp zu sein, mit dem sie zusammenarbeitete, aber damit musste er sich wohl erst mal abfinden.

Während sie im Morgengrauen durch die überwiegend verlassenen Straßen zum Hauptquartier fuhren, sagte Ramirez, der offensichtlich mehr Mut als Verstand besaß: »Sie ist eine erwachsene Frau.«

Levi schnaubte. »Das ist dir aufgefallen, was? Und glaubst du nicht, dass sie in der Lage gewesen wäre, uns den Mund zu verbieten, wenn sie interessiert gewesen wäre? Was sagt dir das?«

Ramirez zog die Stirn in Falten. »Okay. Mist. Verstanden. Sie war nicht interessiert.«

»Wenn sie es wäre, hätte sie uns zur Sau gemacht.«

Sie erreichten das Hauptquartier, betraten das unauffällige Gebäude und meldeten sich an. Ramirez verschwand in eine

Richtung, Levi in die andere. Ramirez musste berichten, was er während seines Undercover-Einsatzes in Erfahrung gebracht hatte, Levi über die Mission selbst.

Zwei Tassen Kaffee halfen ihm, die Befragung relativ gut zu überstehen, aber am Ende verspürte er einen verdammten Hunger. Als er das Gebäude verlassen wollte, rief jemand seinen Namen. Er drehte sich um und sah Kodak auf ihn zukommen.

»Was gibt es?«

Kodak sah ausnahmsweise nicht locker und unbeschwert aus, sondern wirkte müde und blickte finster.

»Ich dachte, du solltest das wissen. Wir haben Bingo vorgestern verloren.«

»Verloren« bedeutete, dass er tot war. Bingo war der Name, den Brian Donnelly von Kodaks Team bekommen hatte.

»Verdammt«, fluchte Levi. Es war immer ein Tiefschlag, ein Teammitglied zu verlieren, aber Donnelly war nicht nur einer der Drohnenführer, er war Jinas Freund. Levi hatte sich an jenem Abend bei ihr ganz gut mit ihm verstanden, obwohl er höllisch eifersüchtig auf ihn gewesen war. »Wie ist das passiert?«

»Die Dinge sind aus dem Ruder gelaufen«, entgegnete Kodak zögernd. »Wir waren auf dem Rückzug aus feindlichem Gebiet, sind in einen Hinterhalt geraten, und Bingo hat einen Kopfschuss kassiert.«

Das war eine äußerst knappe Beschreibung, aber Levi hatte eine Vorstellung, was abgelaufen war, nachdem er schon Ähnliches erlebt hatte. Chaotische gewalttätige Einsätze, bei denen eine Menge Mist passierte. So lief das halt.

Und jetzt musste er es Jina sagen.

Obwohl sie müde war und am liebsten den halben Tag geschlafen hätte, hatte Jina gelernt, dass man am besten wieder in den normalen Rhythmus kam, wenn man den Rest des Tages wach blieb und sich mit alltäglichen Dingen beschäftigte. Außerdem wollte sie jetzt gerade nicht schlafen. Das Gesicht des Toten ging ihr nicht mehr aus dem Kopf, auch wenn er ein mieser Kerl gewesen war. Sie wehrte sich dagegen, dass es sie so belastete, es änderte aber nichts.

Auf dem Weg nach Hause hielt sie an einem Diner und bestellte sich Frühstück. Dabei setzte sie sich so weit entfernt von den anderen Gästen, wie es ging, weil ihr bewusst war, dass sie stank. Die Kellnerin verzog allerdings nicht das Gesicht. Kaffee, Schinken und Eier sorgten dafür, dass sie sich bald wieder wie ein Mensch fühlte. Als sie schließlich nach Hause fuhr, verdrängte fahles Tageslicht die Schatten der Nacht.

Der Gestank, der ihr entgegenströmte, als sie den Reißverschluss ihrer Einsatz-Tasche öffnete, um die Schmutzwäsche herauszuholen, haute sie fast um. Mit abgewandtem Gesicht warf sie alle Klamotten in die Waschmaschine, ob benutzt oder nicht. Wenn die Quelle des Gestanks nicht ihre dreckigen Socken gewesen wären, hätte sie vermutet, dass sich die Jungs einen Scherz erlaubt und eine Stinkbombe in die Tasche geworfen hätten. Ihre Merrell-Sneakers rochen ebenfalls schlecht, obwohl das Fußbett angeblich mit Geruchsstopp ausgestattet war. Aber womöglich war der Regenwald-Gestank stärker.

Sie zog sich an Ort und Stelle aus und ignorierte dabei entschlossen das Blut an ihrer Jeans. Dann stellte sie die Waschmaschine ein, sogar ihre Sneakers kamen mit in die Trommel. Wenn sie durch das Waschen ruiniert waren, dann waren sie eben ruiniert. Notfalls konnte sie neue kaufen, aber den Geruch ertrug sie jedenfalls nicht.

Danach nahm sie eine schöne ausgiebige Dusche, wusch sich das Haar, spülte es und seufzte erleichtert, als ihre Haut befreit von Dreck und Schweiß wieder atmen konnte. Wow, das fühlte sich *so gut* an. Sie cremte sich mit einer duftenden Bodylotion ein, dann zog sie eine flauschige Flanellhose und ein langärmeliges Thermoshirt an. Sie entfernte den abgeplatzten Nagellack von ihren Zehennägeln und zog ein paar Gel-Socken an, um ihren Füßen etwas Gutes zu tun.

Das war's! Endlich wieder ein Mensch.

Sie hatte es sich auf der Couch gemütlich gemacht und ein paar Sendungen angeschaut, die sie aufgenommen hatte, als es klingelte. Genervt warf sie einen Blick zur Tür. Wer klingelte denn jetzt bei ihr? Vermutlich die Nachbarn unter ihr, vielleicht hatten sie eine leere Autobatterie und brauchten jemanden, der ihnen half, den Wagen zu starten. Das war der einzige Grund, der ihr einfiel, und brachte sie dazu, ihre Füße in Bewegung zu setzen.

Aber es waren nicht ihre Nachbarn, die sie durch den Spion erblickte, es war Levi.

Das brauche ich jetzt wirklich nicht, dachte sie. So schafften sie es nicht, Abstand zueinander zu halten. Sie konnte wütend auf ihn sein, sie konnte ihn manchmal hassen, aber sie würde ihm gegenüber niemals gleichgültig sein. Sie brauchte seine Unterstützung, er musste sich von ihr fernhalten.

»Geh weg!«, rief sie und lehnte die Stirn gegen die Tür.

»Es ist wichtig.«

Natürlich war es das, verdammt. Sie entriegelte die Tür und öffnete, blieb aber an der Schwelle stehen, damit er nicht hereinkommen konnte. »Was ist?«

Er trat trotzdem ein, indem er einfach einen Schritt auf sie zu machte, sie beiseiteschob und die Tür hinter sich schloss. Jinas Herz setzte einen Schlag aus, als sie seinen Gesichtsausdruck sah, der grimmig und irgendwie abwesend zugleich wirkte. Sie wusste, dass er gleich ins Hauptquartier gefahren war, und offensichtlich hatte er keine Gelegenheit gehabt, zu duschen und die Kleidung zu wechseln. Er trug noch immer die schmierigen Klamotten, die er vor Stunden angehabt hatte, und seine Wangen waren von einem Zweitagebart beschattet. Was auch immer anlag, musste schlimm genug sein, dass er geradewegs hierhergefahren war.

Sofort dachte sie an ihre Familie. Wenn irgendjemandem etwas passiert war, würde Levi dann zuerst informiert werden? Sie waren gerade erst vom Einsatz zurückgekommen, sie hatte bisher weder ihr privates Handy auf Nachrichten überprüft noch ihren Facebook-Account aufgerufen. Sie hatte keine Ahnung, was passiert sein könnte.

Sie wich vor ihm zurück. »Was ist?«, fragte sie erneut, diesmal war ihre Besorgnis nicht zu überhören, denn so hatte sie ihn noch nie erlebt.

»Ich weiß nicht, wie ich es dir schonend beibringen soll«, begann er, ging auf sie zu und umfasste ihre Ellbogen, bevor sie noch weiter zurückwich. »Babe … Donnelly hat es erwischt.«

»Erwischt« hätte heißen können, dass man ihn verprügelt hatte. Oder auch, dass er von einem Auto überfahren worden war. Aber in ihrer Welt bedeutete »erwischt« etwas ganz anderes. Sie fühlte sich, als hätte ihr jemand in den Magen geschlagen, und sie wäre zurückgetaumelt, wenn Levi sie nicht mit seinen großen Händen an den Armen festgehalten hätte. Mit seinen dunklen Augen blickte er sie ernst an, beobachtete ihren Gesichtsausdruck und versuchte zu ergründen, was in ihr vorging.

Jina sah sich um, als würde sie in ihrer Wohnung eine beruhigende Antwort finden. Donnelly war ihr Freund. Er machte den gleichen Job wie sie. Sie hielten sich aus den Aktionen heraus, aber dennoch – hatte es sie selbst nicht vor fünfzehn Stunden fast »erwischt«?

»Ist er …?« Ihre Stimme erstarb, ihre Lippen fühlten sich taub an, sie brachte kein Wort mehr heraus, konnte sich nicht von der Stelle rühren. Jina schluckte und machte einen zweiten Anlauf. Sie brachte es nicht fertig, zu fragen, ob er tot war, konnte dieses Wort nicht aussprechen. Stattdessen fragte sie: »Wird er wieder gesund?«

Levi schüttelte langsam den Kopf. »Nein«, sagte er leise.

Jina stand bewegungslos da und starrte auf seine Brust, die etwa zehn Zentimeter von ihrer Nase entfernt war. Sie wollte ihm nicht in die Augen sehen. Am liebsten hätte sie sich zusammengerollt und sich lange, lange nicht bewegt, so lange, bis sie das verarbeitet hatte und ihre Gefühle unter Kontrolle bekam.

Donnelly war tot. Donnelly. Er sei ein netter Typ, sagte jeder, und das stimmte. Gut aussehend, humorvoll, intelligent, freundlich, scharfsinnig – was hätte man an ihm nicht mögen sollen?

Sie wünschte, sie hätte ihn lieben können.

Vorsichtig zog Levi sie an sich, bis sie an seine Brust gelehnt dastand und die Arme um ihn schlang.

Sein Mitgefühl ließ in ihr einen Damm brechen. Sie konnte einfach nicht mehr und ließ es zu, dass Schmerz und Trauer in ihr aufwallten. Ein Schluchzer, den sie unterdrückt hatte, stieg aus ihrer Kehle, und sie begann zu weinen. Levi zog sie noch näher an sich und strich ihr mit einer großen Hand sanft über den Hinterkopf. Er umgab sie mit seiner Stärke und Wärme, als gäbe er ihr so die Erlaubnis, sich fallen zu lassen. Sie versuchte sich noch für einen Moment zurückzuhalten, dann legte sie die Stirn an die harten Muskeln seines Brustkorbs, umfasste seine Taille und ließ alles heraus.

Als die Schluchzer, das Schniefen und der Tränenfluss nachließen, stand sie noch immer in seiner Umarmung, ermüdet und erstaunt, dass er sie festhielt und heulen ließ, denn Levi erschien ihr nicht wie ein Mann, der Gefühlsausbrüche geduldig ertrug. Die Hand an ihrem Hinterkopf streichelte sie noch immer, mit den Fingern strich er durch ihr feuchtes Haar und über ihren Nacken.

»Wo waren sie denn?«, fragte sie schließlich mit tränenerstickter Stimme.

»Ich weiß es nicht. Ich könnte mich erkundigen, aber ist das wichtig?«

Sie spürte einen leichten Hauch auf ihrem Kopf. Hatte er sie geküsst oder das Kinn über ihr Haar gerieben? Aber wie er schon sagte – war das wichtig?

»Nein«, erwiderte sie und schwieg wieder.

Nach einer Weile nahm sie die Arme herunter und löste sich vorsichtig von ihm. Sein Griff wurde kurz fester, dann ließ er sie los und trat einen Schritt zurück. Sie wischte sich über die nassen Wangen und trocknete sich die Augen mit dem Ärmel ihres Hemds. »Hast du schon was gegessen?«

»Keine Zeit gehabt.«

Also war er direkt zu ihr gekommen, um ihr die Nachricht zu überbringen, bevor sie es von jemand anders erfuhr. Sie zwang sich, ihn anzusehen. »Hast du Hunger?«

»Wie ein Bär.« Sein Mundwinkel zuckte leicht.

»Hat sich jemand um deine Schulter gekümmert?«

»Keine Zeit gehabt.«

Okay, damit war klar, was zu tun war. Er hatte ihr Trost gespendet, wahrscheinlich gegen alle Vernunft, deshalb wollte sie sich revanchieren und ihrerseits Hilfe anbieten. Er war müde und hungrig, er hatte eine Verletzung. Sie konnte ihn jetzt nicht einfach hinauswerfen.

»Wenn du kurz duschen willst, kann ich dir in der Zwischenzeit Eier und Schinken machen. Wahrscheinlich muss deine Wunde genäht werden, damit kann ich nicht dienen, aber ich kann sie dir neu verbinden.« Sie zögerte kurz. »Allerdings musst du deine dreckigen Klamotten wieder anziehen, ich habe nämlich nichts, was dir passen könnte, außer einem Bettlaken vielleicht.«

Er sagte einen Augenblick nichts, sodass sie sich auf eine Abfuhr gefasst machte. Darum überraschte er sie, als er nickte.

»Duschen und Essen klingt großartig. Es macht dir nichts aus, wenn ich dein Bad benutze?«

»Dann hätte ich's dir nicht angeboten. Ich bezweifle, dass du schmutziger bist, als ich es war. Frische Handtücher und Waschlappen findest du im Wäscheschrank.« Sie zeigte ihm den Weg durch ihr Schlafzimmer zum angrenzenden Bad. Früher wäre ihr das ungemachte Bett peinlich gewesen, aber er wusste, dass sie mitten in der Nacht herausgerufen wurden, und sein Bett sah wahrscheinlich genauso unordentlich aus. »Wie möchtest du die Eier haben?«

»Als Pfannkuchen.«

Sie schnaubte, sagte aber: »Hab verstanden«, beeilte sich, in die Küche zu kommen, und ließ ihn allein.

Sie hatte zwar nicht genug Eier da – genauer gesagt nur noch eins – aber sie fand unter ihren Vorräten eine Pfannkuchenmischung und zwei Packungen gekochten Schinken. Sie holte ihre Pfanne heraus und heizte sie vor, während sie den Schinken zerkleinerte. In weiser Voraussicht stellte sie auch noch die Kaffeemaschine an.

Der arme Donnelly. Sie versuchte sich daran zu erinnern, wann sie ihn zum letzten Mal gesehen hatte … vielleicht vor zwei Wochen? Sie waren sich kurz über den Weg gelaufen, hatten sich unterhalten, über nichts Bestimmtes. Es hatte ihm in Kodaks Team gefallen. Es war ein alltägliches Gespräch gewesen, nicht der Rede wert. Das Gleiche betraf die berühmten letzten Worte. Sie konnte sich nicht daran erinnern, was genau sie zum Abschied gesagt hatten. Dabei sollte so eine letzte Begegnung etwas Besonderes sein, als etwas Wichtiges in Erinnerung bleiben – aber nein. Sie konnte sich an das Gespräch einfach nicht mehr richtig erinnern.

Der Tote im Dschungel erschien ihr inzwischen nicht mehr im Entferntesten so wichtig. Jemand wie er hatte Donnelly getötet.

Die traurige Gewissheit, dass sie ihn nie wiedersehen würde, machte sich in ihr breit. Wenn sie das Training abgebrochen hätte und in einen anderen Teil des Landes gezogen wäre, hätte sie ihn wahrscheinlich gar nicht vermisst, sie hätte mit den Schultern gezuckt und ihr Leben weitergelebt. Aber es war etwas anderes zu wissen, dass er nicht mehr lebte, denn nun war er wirklich *weg*; der Platz in der Welt, an der seine Seele und sein Geist gewesen waren, blieb für immer leer.

Jina hatte die ersten beiden Pfannkuchen auf einen Teller gelegt, als Levi die Küche betrat. Er trug dieselbe Hose und dieselben Schuhe wie vorher, aber kein Hemd. Sie wusste, warum. Das dreckige Hemd über die ungeschützte Wunde zu ziehen wäre nicht ratsam gewesen. Aber sie war nicht in der Stimmung, seine nackte Brust zu begaffen, so eindrucksvoll sie auch war. Die Trauer, die sie verspürte, hatte die Lust für einen Moment verdrängt. Sie hob die Augenbrauen. »Willst du erst essen, oder soll ich zuerst die Wunde versorgen?«

»Essen«, erwiderte er, ohne zu zögern.

Sie goss zwei weitere Portionen Teig in die Pfanne, dann stellte sie den Teller mit den beiden fertigen Pfannkuchen, eine Flasche Sirup und den Schinken zusammen mit einer Gabel auf den Tisch. »Fang schon an, ich bringe die anderen beiden, wenn sie fertig sind.« Dann goss sie ihm eine Tasse Kaffee ein, ohne zu fragen, ob er Zucker und Milch benötigte, denn soweit sie wusste, tranken alle im Team den Kaffee schwarz, um die Dinge einfach zu halten.

»Danke«, sagte Levi mit Blick auf die Pfannkuchen. Sie konnte mit ihm fühlen, so war es ihr auf dem Nachhauseweg auch gegangen, als sie im Diner ihren Teller vor sich gehabt hatte.

Er hatte gerade den letzten Bissen des zweiten Pfannkuchens hinuntergeschluckt, als sie die beiden anderen brachte. »Zwei gibt es noch«, kündigte sie an. »Sag mir, wenn du nicht mehr willst.«

»Sechs sind okay.«

Den dritten und vierten aß er langsamer, es war immer noch etwas übrig, als sie die letzten beiden servierte. Es gefiel ihr, ihm Essen zu machen. Dass er ihre Dusche benutzt hatte. Wenn sie ein Paar wären, wäre es auch so … *Okay, aufhören zu träumen.*

Nachdem sie den Teller abgestellt hatte, besah sie sich die Verletzung an seinem Rücken eingehender. Das Holzstück hatte eine gezackte Wunde hinterlassen, die genäht werden musste. Das Loch war tief – die Wundränder geschwollen und rot und violett verfärbt. »Ich hoffe, deine letzte Tetanusspritze ist noch nicht zu lange her«, sagte sie. »Du hättest die Wunde verarzten lassen sollen, bevor du hergekommen bist. Aber ich weiß, warum du das nicht getan hast … vielen Dank.«

Der wilde finstere Blick, den er ihr zuwarf, hatte etwas von einem Raubtier. »Ist sie nicht.«

Während er seine Pfannkuchen aufaß, holte sie ihr Erste-Hilfe-Set. Er setzte sich vor sie, und sie legte ein antiseptisches Verbandskissen auf die Wunde und klebte es fest. Danach zog er sich sein dreckiges Hemd wieder an, nahm das benutzte Geschirr und stellte es ins Spülbecken. Sie sagte nichts, obwohl eine gute Gastgeberin wohl protestiert hätte. Aber sie war keine gute Gastgeberin, sie war ein Teammitglied, und Teammitglieder konnten ihre dreckigen Teller ins Abwaschbecken stellen.

»Danke für das Frühstück«, sagte er, als er sich umdrehte. Sein Blick wanderte kurz zu ihrem Mund, dann wandte er sich schnell wieder ab und ging zur Tür. Als er am Ausgang stand, drehte er sich noch einmal zu ihr um.

»Tut mir leid wegen Donnelly. Ich würde dir ja raten, dich davon nicht runterbringen zu lassen, aber das hilft wohl nicht. Mich beschäftigt es auch. Ihr Drohnenführer solltet eigentlich an einem sicheren Ort sein, aber Tatsache ist, dass es bei einem Einsatz keinen sicheren Ort gibt.«

Das stimmte. Nachdem er die Wohnung verlassen hatte, schloss er die Tür hinter sich. Sie ging in die Eingangsdiele und sicherte das Schloss. Ihr entging nicht die Ironie der Situation. Sie konnte zwar ihre Tür abschließen, aber für Donnelly hatte es keine Sicherheit gegeben, und für sie galt im Zweifelsfall das Gleiche.

18. Kapitel

Im April passierte der südafrikanische Banker Graeme Burger die Zollabfertigung mit seiner Familie. Vier Tage lang schien er nichts weiter als ein Tourist zu sein und besichtigte alle historischen Sehenswürdigkeiten in D.C. Keines der GO-Teams wurde beauftragt, ihm zu folgen, Axel MacNamara bevorzugte es, seine Teams mehr oder weniger aus privaten Angelegenheiten herauszuhalten. Darum konnte das FBI sich kümmern. Auf diese Weise konnten sie den Erfolg für sich verbuchen, aber auch eine etwaige Pleite.

Macs Strategie schien eine weise Entscheidung zu sein. Am fünften Tag schaffte es Burger nämlich irgendwie, seine Verfolger abzuwimmeln. In D.C., wo überall Überwachungskameras hingen, war das selbst für einen erfahrenen Agenten eine eindrucksvolle Leistung. Und wenn es sich dabei um einen Banker aus einem anderen Staat handelte, ließ das die Alarmglocken bei allen Geheimdiensten der Regierung klingeln. Vier Stunden später war Burger wieder mit Frau und Kindern zusammen, lächelte und setzte seine touristischen Aktionen fort.

Joan Kingsley, die allein in ihrem großen Haus war, lächelte ebenfalls, als sie sich vorstellte, wie intensiv sich alle um Graeme Burger kümmerten. Der Banker zog jede mögliche Aufmerksamkeit auf sich, und ab jetzt würde MacNamara seine Anstrengungen verdoppeln, um herauszufinden, was vor sich ging. Der Mistkerl vermutete immer, dass gewaltige Verschwörungen um ihn herum passierten – und manchmal stimmte das ja auch. So wie jetzt. Nur war die nationale Sicherheit diesmal nicht das Ziel, sondern er selbst.

Sie wusste, wie sie vorgehen musste, denn sie hatte oft genug beobachtet, wie das System funktionierte. Jetzt würde Devan anfangen, sie mit Informationen zu füttern, die Ace Butchers GO-Team in einen Hinterhalt lockten – der große Schritt, um MacNamara selbst an die Angel zu bekommen.

Der Juli begann heiß und feucht. Jina stellte fest, dass es nun über ein Jahr her war, dass sie mit dem Training begonnen hatte, aber – na wunderbar! – so etwas wurde nicht gefeiert. Doch es zeigte ihr, wie die Zeit verging, nichts weiter.

Auf eine Art ging alles seinen Gang wie immer. Ein neuer Drohnenführer wurde ausgebildet, um in Kodaks Team zu arbeiten, und diesmal waren Kodak und seine Crew von Anfang an ins Training involviert. Vermutlich war dies von nun an die übliche Vorgehensweise. Donnellys Tod hatte allen klargemacht, dass die Drohnenführer nur so weit geschützt waren, wie die Situation es erlaubte, und dass die Umstände sich jederzeit unvorhergesehen ändern konnten. Es wurde bereits alles Notwendige dafür getan, dass sie nicht in Gefahr gerieten, doch wenn es darauf ankam, ging die Sicherheit des Team-Chefs vor, nicht die des Drohnenführers.

Wie Levi ihr am ersten Tag ihres Trainings so ausdrücklich erklärt hatte, war sie das entbehrlichste Mitglied des Teams. Es war weit mehr Geld und Training in die Ausbildung der Agenten investiert worden und deren Kompetenz mit ihrer nicht zu vergleichen.

Mitte Juli wurden sie für eine Mission nach Syrien beordert.

Als sie davon erfuhr, machte sich große Angst in Jina breit. Syrien war einer der gefährlichsten Orte der Welt. Sie war politisch besser informiert als je zuvor und wusste, dass Syrien Kriegsgebiet war. Die Regierungskräfte hatten die Kontrolle über das Land verloren, es wurden weiter Kämpfe gegen die ISIS geführt, Himmel, und sie wollte wirklich nicht mittendrin stecken.

Wenigstens mussten sie nicht mitten in der Nacht aufbrechen. Die Aktion erforderte aufgrund der unsicheren Situation sorgfältige Planung und gutes Timing. Sie sollten sich mit einem syrischen Sympathisanten treffen, der sie zum Versteck eines Informanten führte. Ihre Aufgabe bestand darin, den Informanten sicher aus Syrien herauszuholen, sonst würde er ihnen keine Geheimnisse anvertrauen. Der erste Impuls war, ihn dort zu lassen. Wenn er Spielchen spielen wollte, während seine eigene Sicherheit anscheinend gefährdet war, schienen seine Informationen nicht sehr wertvoll zu sein. Doch dann nannte er einen Namen, der ihre Aufmerksamkeit weckte: Graeme Burger.

Was sie über Graeme Burger wussten, warf immer mehr Fragen auf. Zuerst hatte er Verbindungen zum Sudanesen Nawal Daw, und nun tauchte sein Name im Zusammenhang mit Syrien auf. Jemand, der zuerst als unwichtig erschienen war, wurde nun zusehends immer wichtiger. Seine Verbindungen und sein Einfluss breiteten sich wie ein Spinnennetz aus und schienen weitreichende Auswirkungen zu haben. Die Welt der Terroristengruppen war kompliziert. Sie sahen nicht nur westliche Regierungen als ihre Feinde an, sondern bekämpften sich auch gegenseitig, was ihre Kampfkraft schwächte. Niemand war daran interessiert, dass sie sich zusammentaten und mit gemeinsamen Kräften arbeiteten. Doch es sah so aus, als wenn Graeme Burger versuchte, genau so etwas zu erreichen.

Jina verstand genau, warum sie nach Syrien mussten. Was ihr gar nicht gefiel, war, *wie* sie dorthin gelangten – denn es war vorgesehen, mit dem Fallschirm abzuspringen.

Sobald sie während ihrer Einsatzbesprechung von dem Plan gehört hatte, machte sich bei ihr das vertraute Übelkeitsgefühl im Magen breit. Sie war inzwischen schon öfter gesprungen – das war für ihr Training notwendig gewesen –, aber mehr, als dass sie funktionierte, ohne nachzudenken, hatte sie nicht erreicht. Das war alles. Sie fürchtete sich vor jedem einzelnen Sprung, war vorher mit den Nerven fertig, verfiel in Panik, wenn sie aus dem Flugzeug sprang, und ihre Landungen waren höchstens als ungelenk zu bezeichnen. Normalerweise kam sie auf dem vierten Kontaktpunkt am Boden auf, nämlich auf dem Hintern. Trotzdem machte sie damit weiter, aber sie hasste es.

Während sie im Besprechungsraum saßen, spürte Jina, wie ihr die anderen Teammitglieder besorgte Blick zuwarfen, denn alle wussten, wie sehr sie sich vor dem Sprung fürchtete. Und gerade deshalb musste sie es durchziehen. Sie konnte die Männer nicht im Stich lassen.

Sie hatten Glück, dass in sechsunddreißig Stunden Neumond war, sodass sie zumindest im Dunkeln springen konnten. Es würde ein Sprung aus höchster Höhe sein, um den Radar zu umgehen. Die Zielregion war spärlich bewohnt, aber die Russen hatten die Syrier mit mobilen Flugabwehrsystemen ausgestattet, die überall sein konnten. Theoretisch waren sie am Hafen positioniert, mit Betonung auf »theoretisch«.

Mit dem Fallschirm abspringen, Kontaktperson treffen, der sie zum Informanten führte. Dann versuchen rauszukommen. Das war der schwierigste Teil. Sie waren zu neunt, ein Truck wäre unauffällig, solange sie nicht auf irgendwelche Kampftruppen der ISIS stießen. Ein Hubschrauber wäre schnell, müsste aber in geringster Flughöhe dicht über dem Boden fliegen, um nicht vom Radar erfasst zu werden. Und würde so mehr auffallen. Keine der beiden Möglichkeiten war Jinas Meinung nach optimal.

Aber die GO-Teams waren darauf trainiert, mit solchen Problemen klarzukommen. Jede Operation hatte ihre Tücken, und es war ihre Aufgabe, diese zu überwinden und den Auftrag zu erfüllen. Wie sie das machten, war ihre Sache.

»Unser Landeplatz ist hier«, sagte Levi und zeigte auf einen Punkt in der Wüste im Süden Syriens. »Unser Kontakt hat einen aufgetankten fahrbereiten Truck hier deponiert.« Er zeigte auf eine andere Stelle, die etwa zwei Kilometer vom Landeplatz entfernt war. »Babe, da sind ein paar Ruinen, wo du dich postierst. Wir holen unser Paket und schwingen uns rüber in den Irak, von wo aus wir einen Transport nach Hause haben.« Er machte eine kurze Pause. »Wir operieren hier halb blind, weil wir nicht genau wissen, wo der Informant sich versteckt. Es kann sein, dass er nicht so weit weg ist, er könnte sich aber auch einige Meilen entfernt verkrochen haben, und wir haben keine Ahnung, in welcher Richtung. Egal wo er ist, wenn was in die Hosen geht, wird unser zweiter Abholpunkt hier sein. Ein Vogel aus dem Irak wird reinkommen und uns abholen.« Er gab ihnen die Koordinaten, die sich jeder notierte.

Wenn sie den Ersatzpunkt aufsuchen mussten, würde es sich also um einen Notfall handeln, und sie hätten dann keinen Truck zur Verfügung. Womöglich müssten sie unter feindlichem Beschuss zu Fuß in höchster Geschwindigkeit bei sengender Hitze nachts so weit laufen, dass es fast ein verdammter Marathon war. Wenn sie offiziell zum Militär gehört hätten, würde ein Helikopter durch die Hölle fliegen, um sie rauszuholen. Aber sie gehörten nicht dazu und mussten so unsichtbar wie möglich bleiben.

Sommer. Wüste. Es würde höllisch heiß sein.

»Geht nach Hause, macht euch bereit – und ruht euch ein bisschen aus«, sagte Levi zum Abschluss. »Wir brechen um drei Uhr auf.«

»Ausruhen« klang gut. Als Jina die Stufen zu dem schmalen Treppenabsatz vor ihrer Tür hochstieg, saß dort jedoch ein großgewachsener Mann an die Wand gelehnt, der aufstand, als sie oben ankam.

»Taz!«, rief sie erstaunt. »Was machst du denn hier? Warum hast du nicht angerufen?«

»Bin gerade in der Gegend und muss etwas Zeit totschlagen.

dachte, ich komm dich besuchen«, sagte er, was aber keineswegs erklärte, warum er nicht angerufen hatte.

Sie warf ihm einen schwesterlichen Jetzt-mach-mal-halblang-Blick zu. Gerade in der Gegend? Er war beim Militär und sicher nicht »gerade mal in der Gegend«. Er trug seinen Tarnanzug, und sein Matchbeutel lag zu seinen Füßen. »Wo bist du denn stationiert?«

Er zuckte die Schultern, was hieß, er durfte es nicht verraten.

Während sie die Tür aufschloss, dachte Jina darüber nach, wie gut die Zeit in der Army ihrem Bruder tat, das bündelte seine unglaubliche Energie, mit der er sich früher in alle möglichen Eskapaden geworfen hatte, bei denen man sich den Hals brechen konnte.

Ihr Blick fiel auf die Streifen an seinem Ärmel. »Seit wann bist du denn Staff Sergeant?« Als sie ihn an Weihnachten gesehen hatte, war er nur Sergeant gewesen.

»Seit ein paar Monaten.« Er schloss die Tür hinter sich. »Seit wann weißt du denn, was die Streifen bedeuten?«

Ups. Zivilisten, die selber nie Soldat waren, kannten in der Regel weder militärische Ränge noch Abzeichen. »Ich wohne in D.C.«, sagte sie und dachte schnell nach. »Da kannst du keine zehn Schritte machen, ohne jemandem zu begegnen, der vom Militär ist.«

Er warf ihr seine Version des Jetzt-mach-mal-halblang-Blicks zu. »Also los, Schwesterherz, raus mit der Sprache. Ich bin nicht Mom oder Dad, ich weiß, dass du nicht in einer Computerfirma arbeitest.« Er musterte sie mit vielsagendem Blick von Kopf bis Fuß.

»Wieso?« Jina sah an sich hinunter. Sie trug ein T-Shirt, Jeans und ihre neuesten Sneakers, was aus ihrer Sicht ziemlich normal aussah. »Klar hab ich mit Computern zu tun. Soll ich immer einen Laptop unterm Arm tragen oder was?«

»Du wirkst abgebrüht wie ein Kerl. Und auch wenn du nie

so ein Mädchen-Mädchen warst wie Ashley und Caleigh, hattest du doch immer irgendein Zeug im Gesicht.« Er beschrieb mit dem Finger einen Kreis um die Augen. »Lippenstift und so. Aber jetzt nicht mehr. Na ja, und vor allem: Laufen bringt einen zwar in Form, aber solche Arme bekommt man davon nicht.«

Wenigstens hat er nicht gesagt, dass meine Brüste verschwunden sind, dachte sie verzweifelt. »Ich trainiere ziemlich hart, ich laufe nicht nur. Ja, und über meinen Job darf ich nicht reden, so viel kann ich dir sagen, aber hast du eine Ahnung, wie viele Leute hier über ihre Jobs nicht reden dürfen?« Sie warf einen Blick auf ihr Handy, um zu sehen, wie spät es war. »Hast du Zeit, mit mir zu essen?«

»Und ob! Kochst du was?«

Wieder schenkte sie ihm den Jetzt-mach-mal-halblang-Blick. »Ich lade dich ein, hast du Lust auf Pizza?«

Er legte ihr den Arm um die Schulter. »Das ist endlich mal ein Wort.«

Taz hatte sechs Stunden Zeit, bevor er zum Einsatz musste, und er schien entschlossen, jede Minute mit ihr zu verbringen. Normalerweise hätte sie sich über seine Gesellschaft gefreut, wenn sie nicht gerade ihre Ausrüstung hätte vorbereiten und etwas schlafen müssen. Die ganze Zeit, während sie in der Pizzeria saßen, blickte sie auf die Uhr und zählte in Gedanken die Stunden, die ihr noch blieben. Als er um acht Uhr aufbrach, rechnete sie sich aus, dass sie noch gute vier Stunden schlafen konnte, dann noch etwas im Flugzeug.

Sie wollte diese vier Stunden ausnutzen und trotzdem noch ihre Einsatztasche neu packen. Doch dann klingelte das Telefon: Es war ihre Mutter, die gerade mit Taz telefoniert hatte. Jina plauderte mit ihr, während sie packte, steckte ihre Boots ein, weil sie in die Wüste flogen, Ersatzsocken, Kleidung zum Wechseln, ein paar Feuchttücher und Sonnencreme, Lippenbalsam, Extrawasser, ein paar Proteinriegel und Bonbons. Als sie das Telefonat beendet und geduscht hatte, waren keine vier Stunden mehr übrig, aber was sollte sie machen? Das war ihre Familie, und sie liebte jeden Einzelnen.

Ungefähr nach acht Stunden Flug war sich Jina nicht mehr so sicher, ob sie ihre Familie liebte. Sie hatte geschlafen, sie hatte etwas in dem Buch gelesen, das sie mitgenommen hatte, doch die Zeit zog sich. Ein langer Flug war einfach kein Spaß, auch nicht in einem Charterflugzeug. Sie zog die Sneakers aus und die Boots an – und sobald sie den ersten Fuß in den Stiefel geschoben hatte, bemerkte sie es.

»Verdammter Mist!« Verärgert ließ sie den Kopf gegen die Lehne fallen. Ja, Taz und ihre Mutter hatten sie abgelenkt, aber wenn sie nicht die richtige Ausrüstung einpackte, war das ganz allein ihr Fehler.

»Was ist denn?«, erkundigte sich Boom neben ihr.

»Ich habe die falschen Boots eingepackt.«

Er öffnete die Augen und musterte die Schuhe. »Für mich sehen sie okay aus.«

»Sie sind zu weit.« Jina holte mit finsterem Gesicht ein Paar Ersatzsocken aus ihrer Tasche und zog sie über das andere Paar. Wenn sie nach Hause kam, musste sie diese Boots in die Altkleidersammlung geben, damit ihr dieser Fehler nicht noch einmal passierte. Das hatte sie schon längst vorgehabt, war aber nie dazu gekommen. Jetzt musste sie Schuhe tragen, die ihr nicht richtig passten. Aber gut, sie hatte wochenlang damit trainiert, dann würde sie wahrscheinlich auch einen Einsatz damit überstehen. Lektion gelernt.

Und wenn sie sich auf den Ärger über die Boots konzentrieren konnte, würde sie vielleicht die Angst vor dem Fallschirmspringen vergessen. Im Dunkeln. In Syrien.

Obwohl … nein. Keine Chance. Da musste etwas Schlimmeres her als die Boots.

Um aus dieser Höhe aus dem Flugzeug zu springen, benötigte man Sauerstoff. Bei Sprüngen im Dunkeln musste man eine Nachtsichtbrille aufsetzen. Fallschirmspringen an sich erforderte entweder Nerven aus Stahl oder das Hirn eines Hamsters. Ihre Nerven waren definitiv nicht aus Stahl, also nahm Jina an, dass ihr Gehirn dem des Nagers ähnelte.

Die Ausrüstung war zuerst dran, ausgestattet mit einem Fallschirm, der sich automatisch öffnete, sodass sie unten für sie bereitlag. Dann sprangen die Männer einer nach dem anderen von der offenen Rampe und verschwanden im Dunkeln. Jina war die Vorletzte. Sie wäre die Letzte gewesen, aber das ließen die anderen nicht zu, da sie fürchteten, dass sie nicht sprang, wenn niemand mehr hinter ihr kam. Heute Nacht war Snake der Letzte.

Tweety und den Laptop hatte sie zusammen mit ihrem Reisebeutel am Rücken befestigt. Die Sauerstoffmaske saß richtig. Sie hatte die Nachsichtbrille aufgesetzt. Dann atmete sie einmal tief durch, schloss die Augen und sprang in die Nacht.

Dieses Gefühl war immer noch furchtbar. Der kalte Wind zerrte an ihr und riss ihr fast die Sauerstoffmaske vom Gesicht. Mit einer Hand sicherte sie die Maske und rückte die Brille zurecht, dann sah sie sich nach dem restlichen Team um. Sie konnte niemanden erkennen – Moment, da war etwas. Ohne ihre Position zu ändern, überprüfte sie ihre Höhe und behielt das Teammitglied im Auge, das sie entdeckt hatte. Das einzige Licht um sie herum waren die Sterne, und durch die Nachtsichtbrille sah alles grün aus. Aber wenn sie denjenigen über sich erkennen konnte – sie nahm an, dass es Snake war –, dann sah er sie auch. Bei dem Gedanken fühlte sie sich sicherer, was ziemlich idiotisch für jemanden war, der im Dunkeln durchs Nichts Richtung Erde fiel.

Bei der richtigen Höhe öffnete sie ihren Fallschirm. Inzwischen auf den Moment gefasst, wenn sie hochgerissen wurde und die Gurte auf Beine und Brust drückten, war es nicht ganz so schmerzhaft, sie nahm es vor allem als Signal wahr, dass alles so lief, wie es sollte. Sofort hielt sie nach den anderen Ausschau, um sich gegebenenfalls von ihnen wegzusteuern. Die aufgeblähten Schirme wirkten wie riesige grüne Pilze. Jina blickte nach oben zu Snake. Sein Fallschirm hatte sich auch ohne Probleme geöffnet. Die trockene Luft verlangsamte den Fall, was bedeutete, dass sie für jemanden, der eine Feuerwaffe zur Hand hatte, noch länger als Zielscheibe dienten. Aber sie konnten es nicht ändern. Jina war völlig mit den Nerven fertig, als sie endlich den Boden unter sich sah. Sie bremste den Fallschirm, versuchte eine Punktlandung und scheiterte wie üblich. Schnell stand sie wieder auf, holte den Schirm ein, legte ihn zusammen und sicherte ihn.

»Babe.«

Es war Levi. Sie drehte sich um und ging zu ihm und Crutch hinüber. Beide knieten mit einem Bein auf dem Boden, um ein kleineres Angriffsziel zu bieten. Es gab tatsächlich weit und breit nichts, wo man sich verbergen könnte, lediglich ein paar Steine, Büsche, einige dunkle Scharten im Boden, von denen sie vermutete, dass es ausgetrocknete Flussbetten waren, aber das war alles. Die restliche Crew versammelte sich kurz darauf bei ihnen, alle waren da. Boom, der als Erster gelandet war, hatte die Ausrüstungstasche aufgesammelt und verteilte die Waffen.

So leise wie möglich schlichen sie zum verabredeten Treffpunkt, verständigten sich nur mit Handzeichen oder flüsterten in die Headsets. Obwohl es mitten in der Nacht war und Wind wehte, war die Hitze erdrückend. Binnen Sekunden war Jina durchgeschwitzt; was für ein Glück, dass sie schon im Morgengrauen wieder aufbrechen würden! Endlich kam die Ruine, an der sie stationiert werden sollte, in Sicht. Sie war ein zerfallenes … Jina konnte nicht erkennen, was es einmal gewesen war. Die Mauern waren zu hoch, als dass es sich um eine einfache

Hütte hätte handeln können, aber was sonst sollte es gewesen sein, hier mitten im sprichwörtlichen Nichts? Warum hatte hier überhaupt eine Hütte gestanden? Hinter der Ruine sah sie die dunkle Schneise eines ausgetrockneten Flusses, also war dieser Ort vielleicht früher nicht ganz so unwirtlich gewesen.

Levi gab allen das Signal, sich hinzuknien, bevor sich Trapper und Voodoo leise dem zerbröckelten Bau näherten. Auf der anderen Seite im Schatten der Ruine stand ein Truck, ein ramponierter Toyota-Pick-up, der vollkommen mit Staub bedeckt war und sich so in seine Umgebung einfügte. Mit viel Glück würde er nicht unter dem Gewicht von neun Personen zusammenbrechen.

Trapper kam zurück und gab ihnen mit dem Daumen das Okay-Zeichen. Levi stand auf, das Team verteilte sich hinter ihm, und sie näherten sich der Ruine von vorn, während Trapper und Voodoo nach hinten schlichen. Als Levi dicht vor der halb umgestürzten Wand stand, beugte er sich hinunter, hob einen Stein auf und warf ihn gegen das Gemäuer.

Zehn Sekunden später erschien eine kleine Gestalt am ramponierten Eingang. Der Typ trug eine traditionelle weite Hose und ein Hemd, sein dichtes, zerzaustes schwarzes Haar wehte ihm ins Gesicht. Er sah aus wie zwölf, auch wenn er wahrscheinlich älter war. Dann gab er ein leises Pfeifen von sich.

Levi erwiderte das Pfeifen, aber niemand ging weiter.

Jetzt löste sich der Junge vom Eingang und machte ihnen ein Handzeichen. Er trug keine Waffen – jedenfalls keine sichtbaren.

Vorsichtig näherte sich das Team. Auf Levis Anweisung hin blieb Jina im Hintergrund. Sie behielt ihren Sprunghelm auf, auch wenn ihr Haar darunter völlig verschwitzt war. Mit all der Ausrüstung, die sie trug, würde sie niemand als Frau erkennen, solange ihr Kopf bedeckt war und sie die Nachtsichtbrille aufbehielt.

»Ich bin Mamoon«, sagte der Junge in gut verständlichem Englisch, als sie in Hörweite kamen. Er grinste schüchtern, wurde aber sofort wieder ernst, als er zu Levi hochsah, der ihn um Längen überragte. »Sie sind hier, um ein Paket abzuholen, ja?«

»Ja«, bestätigte Levi. »Ein großes Paket.«

Wieder grinste Mamoon kurz. »Sehr gut«, sagte er zufrieden. Hinter ihm trat ein Mann aus dem Schatten heraus, und alle zückten die Waffen. Mamoon machte sofort große Augen und trat einen Schritt zurück, während er die Hand hob. »Das ist mein Onkel Yasser. Er bringt Sie zum Paket.«

»Wir haben nur eine Person erwartet«, sagte Levi brüsk.

»Ich bin Mamoons einziger Verwandter«, erklärte Yasser würdevoll. Seine englische Aussprache war ebenso vorbildlich wie Mamoons. »Er lebt bei mir.«

»Ist das Ihr Haus?«

Yasser blickte sich zur Ruine um. »Nein, natürlich nicht. Wollen Sie bitte eintreten?«

Jelly schlüpfte an ihnen vorbei, untersuchte die Ruine, und erst als er wieder zum Vorschein kam und sein Okay gab, traten auch Levi, Boom und Jina ein.

Sie nahmen die Nachtsichtbrillen ab, und Levi beleuchtete das Innere mit einer kleinen Stablampe, um sich umzusehen. Über die Hälfte der Außenwände war eingefallen, und Innenwände gab es kaum. Ganz hinten befand sich ein kleiner halbwegs intakter Raum. Er war mit einem dicken schwarzen Vorhang abgeteilt. Durch die Steinwände war es in der Hütte ein bisschen kühler, aber immer noch ziemlich heiß.

»Hier«, sagte Jina leise und wusste, dass sie mit ihrer rauen Stimme nicht gleich als Frau zu erkennen war. Sie wollte sich nicht mit kulturellen Unterschieden aufhalten, sie war hier, um ihren Job zu machen. Wenn sie das tun konnte, ohne irgendwelchen Ärger zu bekommen, umso besser.

Der schwarze Vorhang würde das Licht des Laptops abhalten, sodass sie hier während der Arbeit einen gewissen Schutz hatte. Allerdings konnte dieser hinterste Winkel der Ruine auch zu einer Falle werden.

»Pack alles aus«, sagte Levi leise. Er ging wieder hinter den Vorhang und ließ ihn hinter sich fallen, dann redete er mit Yasser. Ihre Stimmen wurden leiser, während sie zum vorderen Teil der Ruine liefen.

Jina stellte ihre Ausrüstungstasche ab und holte ihre Stablampe vor, um ihre Umgebung besser betrachten zu können. Der kleine Raum, nicht breiter als etwa zwei Meter fünfzig, war nicht völlig geschlossen. Aus der hinteren Wand schien auf der linken Seite etwas herausgebrochen zu sein. Sie spürte einen Luftzug von unten. Als sie sich auf Hände und Knie stützte, um nach einem Loch zu suchen, konnte sie an einer Stelle die dunkle Nacht dahinter erkennen. Sie räumte etwas Geröll zur Seite und legte eine zerklüftete Öffnung ganz unten am Boden frei, zu schmal, als dass ein Mann durchkriechen könnte. Vielleicht ausreichend für Mamoon – und für sie wahrscheinlich auch.

Sie fühlte sich ein bisschen besser. Diese ganze Situation war beunruhigend. Alle befanden sich aus gutem Grund in Alarmbereitschaft. Schon die kleinste Störung konnte zu einer Katastrophe führen.

19. Kapitel

»Wie weit entfernt ist das Paket?«, wollte Levi wissen.

»Weit genug, um sich sicher zu fühlen«, erwiderte Yasser trocken. Sein Blick war nicht freundlich, aber Levi erwartete auch keine Nettigkeit, sondern nur Kooperation. Viele gemäßigte Araber hatten zwar keine Sympathien für den Westen, aber noch weniger für die Radikalen oder die eigene Regierung. Levi interessierte es nicht, ob Yasser ein Sympathisant war oder nicht, Hauptsache, er kooperierte.

»Ich brauche es etwas genauer.«

Yasser zuckte mit den Schultern. »Fünfzehn Minuten.«

Etwa anderthalb Kilometer, immer noch gut in Tweetys Reichweite. Levi sah sich um. Ihm war unwohl bei dem Gedanken, Babe hierzulassen, aber der Sinn ihrer Arbeit war, an einem sicheren Ort zu bleiben und das Umfeld des Teams mit der Drohne abzuchecken. Sie mitzunehmen würde das unmöglich machen, denn sie konnte die Drohne nicht im Gehen bedienen. Er musste sich entscheiden: das Team aufteilen und zwei Männer bei Babe lassen oder alle mitnehmen, um sicherzustellen, dass die Aktion auch gelang. Er war dazu ausgebildet, die erfolgreiche Durchführung der Mission an oberste Stelle zu setzen. Wenn der Informant solche Angst hatte, dass er sich auch vor seinen Befreiern versteckte, dann hatte er sicher seine Gründe. Was bedeutete, dass auch andere nach ihm suchten. Es könnte immer noch eine einfache Sache werden, ihn abholen und wieder gehen, aber die Erfahrung hatte Levi anderes gelehrt.

»Ich lasse eins meiner Teammitglieder hier«, sagte er, »als

Kommunikationsposten.« Das stimmte im weitesten Sinne. Er verriet nichts von Tweety, und Babe würde dafür sorgen, dass sie die Drohne unbemerkt losschickte. Wahrscheinlich hatte sie das bereits getan. Er blickte sich um und sah Boom und Jelly, die mit Mamoon herumalberten. Das bedeutete, dass sie allein in der Ruine war und ihre Arbeit machte. Die kleine Drohne war sehr leise und würde jetzt im Dunkeln nicht auffallen.

»Aha«, sagte Yasser. »Verstehe. Das ist gut. Dann kann Mamoon bei ihm bleiben. Ich wollte ihn nicht mitnehmen, weil es gefährlich sein könnte, wollte den Jungen aber auch nicht allein zurücklassen.«

Levi nickte. Das war ihm nur recht, auf diese Weise wäre jemand bei Babe. Der Junge schien intelligent und freundlich zu sein und sprach genauso gut Englisch wie sein Onkel. »Ich muss mich kurz mit dem Kollegen besprechen und bin gleich wieder zurück«, sagte er, ging in die Ruine zurück und bahnte sich einen Weg durch das Geröll, um mit Babe zu reden.

Jina blickte auf, als er den schwarzen Vorhang beiseiteschob und sich neben sie stellte. Sie hatte den Laptop bereits wie erwartet hochgefahren. Auf der halb zusammengestürzten Mauer hatte sie sich einen Platz freigeräumt, auf dem das Gerät aufgestellt war, und sie stand davor, während sie die Tastatur bediente. Das Licht des Bildschirms war die einzige Beleuchtung und ließ ihr Gesicht geisterhaft erscheinen. Sie hatte den Sprunghelm abgenommen, ihr Haar war dunkel vom Schweiß und ihre Haut verschwitzt. Trotzdem sah sie gut aus, wobei sie für ihn sowieso immer gut aussah. Kluges Mädchen, sie hatte ihre Pistole aus dem Holster genommen und neben sich auf die Mauer gelegt, sodass sie die Waffe im Notfall schnell zur Hand hatte.

Sie sah ihn kurz an, dann wieder auf den Bildschirm. »Ja?« Jina blickte ihn nie länger als notwendig an. Er verstand ihre

Zurückhaltung, respektierte es. Es machte ihn fertig, aber er respektierte es … vorerst. Wie lange das galt, stand in den Sternen.

»Der Junge wird hierbleiben, dann bist du nicht allein.«

»Gut.« Wieder ein kurzer Blick. »Aber nicht nötig. Ich war schon öfter allein.«

»Es könnte Schwierigkeiten geben. Der Informant scheint Leute im Nacken zu haben, sonst wäre er nicht so nervös. Wir wissen nicht, wo wir da reingeraten, wenn wir ihn holen – immer vorausgesetzt, dass er nicht kalte Füße bekommt und vorher abhaut.«

»Dagegen kann man nichts machen. Entweder ist er da oder nicht. Und wenn irgendjemand da draußen lauert, wird Tweety ihn entdecken.«

Levi sah auf den Bildschirm. Wie vermutet, befand sich die Drohne schon in der Luft und schwebte über der Ruine, rotierte zu jedem Teammitglied, checkte einen nach dem anderen. Jetzt standen Yasser und Mamoon zusammen, Yassers Hand lag auf der Schulter des Jungen. Sie schienen ein ernstes Gespräch zu führen, der Junge nickte, während der Onkel seine Anweisungen gab.

»Sei vorsichtig«, sagte Jina. Ihre Blicke trafen sich kurz, dann wandte sie sich wieder dem Bildschirm zu, bevor er ihren Gesichtsausdruck deuten konnte.

»Du auch, Babe«, erwiderte er, und er meinte es ernster als je zuvor, auch wenn sie das nicht hören konnte. Seine Handfläche kribbelte, der Impuls, ihr über Haar und Nacken zu streichen, war so stark, dass er sogar glaubte, die Berührung zu spüren.

Verdammter Mist. Er musste sich von diesen Gedanken, die zu nichts führten, losreißen und sich auf seine Aufgabe konzentrieren.

Levi duckte sich unter den Vorhang und ging zurück nach draußen, wobei »drinnen« eine weit hergeholte Beschreibung für diese Ruine war. »Zeig uns den Weg«, sagte er kurz angebunden zu Yasser. Der zog sich einen Streifen seines Turbans über Nase und Mund, um sich vor dem Staub zu schützen, den der warme Wind heranwehte. Levi und der Rest der Crew zogen sich ihre Sturmhauben über die untere Hälfte des Gesichts. Zusammen mit den Nachtsichtbrillen waren ihre Gesichter fast vollständig bedeckt.

Yasser führte sie in nordnordöstliche Richtung in raueres Gebiet; es war zu erwarten gewesen, dass der Informant sich dorthin zurückgezogen hatte, wo es mehr Möglichkeiten zur Deckung gab. Anderthalb Kilometer dorthin, ihn abholen und anderthalb Kilometer zurück. Babe würde nicht länger als fünfundvierzig Minuten allein sein, wenn alles glattlief, aber es gab keine Garantie dafür. Kleine Pannen waren so normal, dass Levi sie einplante. Das einzig Ungewisse war, nicht zu wissen, was genau schiefging.

Jina ließ Tweety langsam über die marschierenden Männer kreisen, schwenkte die Kameras in alle Richtungen. Einmal entdeckte sie eine Gazelle, die bewegungslos dastand und die vorbeigehenden Menschen beobachtete. Jina hatte ihre Hausaufgaben gemacht und wusste, dass Gazellen, Schakale und andere Säugetiere in der Wüste lebten. Es gab überraschenderweise außerdem knorrige Gebüsche und kleine Bäume neben Gestein und zerklüfteten und kargen Bergen, dazu eine Menge flaches Land. Durch diese Region zogen Beduinen, doch das traf wahrscheinlich mehr auf die Wintermonate zu, denn im Juli würden sie sicher eher die Nähe von Wasserquellen suchen.

Gegen ein bisschen Winter hätte sie jetzt nichts einzuwenden – auch eine Wasserquelle in der Nähe würde ihr genügen. Der Schweiß tropfte ihr aus den Poren. Aber was war schlimmer, Kältequalen oder Hitzeschock? Hitzeschock, fand sie, denn sie hatte das Gefühl, kaum atmen zu können. Der heiße

Wind wirbelte Staub und Sand auf, die in jede Ritze drangen, Augen und Mund fühlten sich sandig an – die Nase verstopft. Das war nicht gerade ein schönes Gefühl.

Jina beobachtete den Bildschirm, kontrollierte Tweetys Werkzeuge über die Tastatur und setzte verschiedene Kameras ein, während sie die Bewegungen der Drohne mit der Mini-Trackball-Maus steuerte, die sie an den Laptop angeschlossen hatte. Ihr Headset war installiert, Ohrhörer und Kehlkopfmikro angeschlossen, die Nachtsichtbrille, Ausrüstungstasche, Pistole und Sprunghelm gleich neben ihr platziert, sodass sie im Notfall alles schnell bei der Hand hatte.

Die meiste Zeit sprachen die Männer nicht, sondern kommunizierten durch Gesten und kurze geflüsterte Bemerkungen. Jina blieb ebenfalls stumm, denn es gab keinen Anlass zur Warnung. Alles andere würde nur ablenken.

Sie hörte, wie Mamoon im vorderen Teil der Ruine auf und ab ging und dabei leise vor sich hin sang. Er hatte sich die meiste Zeit draußen aufgehalten, was ihr nur recht war. Wenn er sich aber wie die meisten Kids in seinem Alter verhielt, würde sie hier hinten sicher nicht lange allein bleiben, weil ihn die Neugier zu ihr trieb.

Kaum hatte sie diesen Gedanken zu Ende gedacht, als sich der schwarze Vorhang hob und er darunter hindurchschlüpfte.

Er starrte sie schockiert an. »Du bist eine Frau!«

Sie nickte, ohne etwas zu sagen, da ihr Mikro es übertragen hätte, und beobachtete weiter den Bildschirm. Dabei ließ sie Tweety mit der Maus langsam kreisen.

»Du bist mit Männern unterwegs?«

Sein Tonfall verriet, wie empört er war. Jina schaltete ihr Mikro aus und zeigte auf die Waffe neben sich, ohne dabei den Bildschirm aus dem Auge zu lassen. »Ich bin bewaffnet«, sagte sie kurz angebunden. »Sie lassen mich in Ruhe.« Es bestand kein Grund, sich mit ihm auf eine längere Diskussion einzulassen. Die kurze Erklärung, wie so etwas möglich war, musste reichen, sie musste sich auf ihre Arbeit konzentrieren. Entschlossen schaltete sie das Mikrofon wieder an.

Er beobachtete sie einen Moment, während ihre Hände in den fingerlosen schwarzen Handschuhen flink über die Tastatur flogen und sie mit dem Trackball die Positionen regulierte. Der Junge sah auf den Bildschirm, beugte sich vor und verfolgte, wie sich die verschiedenen Ansichten bei der Überprüfung der Umgebung veränderten. Die Kamera erfasste ein winziges Wärmebild, und Jina vergrößerte es, um einen genauen Blick darauf zu werfen. Sie sah ein merkwürdiges Nagetier, das sich wie eine Ratte bewegte. Es sah aus wie eine Mischung aus Karnickel, Ratte und Känguru. Dann ging sie wieder in die Totale und überprüfte die Umgebung.

Mamoon schnappte nach Luft, als die Männer auf dem Bildschirm erschienen. »Wie machst du das?«

Verdammt. Sie wünschte, er würde den Mund halten und sie arbeiten lassen. Erneut schaltete sie das Mikrofon aus. »Ich habe eine fliegende Kamera, die ich steuere.«

Er sah sie mit großen Augen an, und sein Blick fiel wieder auf den Bildschirm. »Du hast die Wüstenspringmaus gesehen!«

»Die Ratte? Ja, die Kamera ist sehr genau.« Mikrofon wieder an. Sie steuerte Tweety zur anderen Seite, wo sich die übrigen Teammitglieder befanden, suchte, beobachtete.

Sie hatte versucht, nicht so ungeduldig zu klingen, wie sie war, zeigte nur mit ihrer kurz angebundenen Art, dass sie beschäftigt war. Der Junge schien verstanden zu haben, denn plötzlich verschwand er wieder durch den Vorhang und ließ sie allein. Vielleicht war ihm ja etwas eingefallen, was er erledigen wollte, oder er holte etwas. Er war noch ein Kind, woher sollte sie wissen, was in ihm vorging? Jina war nur erleichtert, dass er weg war und sie nicht weiter ablenkte.

Sie überprüfte die Zeit und stellte fest, dass die Männer bereits zwölf Minuten unterwegs waren, also mussten sie jetzt bald an der Stelle ankommen, wo sich ihr Informant versteckte. Jina fragte sich, ob es dort irgendwelche Höhlen gab, was in den zerklüfteten Bergen gut möglich war. Es wurde Zeit, Tweety weiter vor zu steuern und die Lage dort zu überprüfen.

Mamoon hatte die Ruine verlassen. Sie hörte ein dumpfes Geräusch von links, das klang, als würde er sich am Truck zu schaffen machen, vielleicht in die Fahrerkabine steigen und so tun, als wenn er führe. Womöglich konnte er sogar schon Auto fahren. Vielleicht legte er sich auf den Sitz, um ein Schläfchen zu halten, geschützt vor dem sandigen Wind. Doch vermutlich war es im Inneren des Trucks viel zu heiß, um sich dort wohlzufühlen.

Sie konzentrierte sich auf Tweety, führte die kleine Drohne weiter nach vorn auf der Suche nach einer eindeutigen Wärmequelle, die den Informanten verriet.

Auf einmal hörte sie etwas von draußen – eine zweite Stimme. Ein Mann, der leise redete, zu leise, um Worte auszumachen. Zuerst hatte sie gar nicht unterschieden können, ob das Geräusch aus dem Kopfhörer oder dem freien rechten Ohr kam. Sie runzelte die Stirn und lauschte.

Mamoons höhere Stimme war zu erkennen, dann wieder das Flüstern des Mannes.

Da draußen war jemand, mit dem sie nicht gerechnet hatten. Hatte Mamoon ihn kommen gehört und war hinausgegangen, um ihn abzulenken?

Unwahrscheinlich. Es war mitten in der Nacht, und sie befanden sich in der verdammten Wüste. Hier lief niemand, um anderen einen Besuch abzustatten, schon gar nicht in einer Ruine, in der man sowieso niemanden erwartete. Wer auch immer da draußen stand, war nicht zufällig hier.

Eine Gänsehaut rieselte ihr über den Rücken. Alarmiert

wollte sie dem Team Bescheid geben, dass sie Gesellschaft hatte, als Tweetys Kamera eine mannsgroße Wärmequelle erfasste. Dann noch eine und weitere, bestimmt zehn bis fünfzehn, zu beiden Seiten der Route, die das Team nehmen würde. Sie vergaß die Gefahr vor ihrer Tür und konzentrierte sich auf ihre Männer.

»Hinterhalt! Hinterhalt!«, sagte sie eindringlich.

Es blieb keine Zeit für weitere Erklärungen. Kaum hatte sie die Warnung ausgesprochen, als sie von einer gewaltigen Explosion erschüttert wurde. Steine und Staub flogen durch die Ruine, und Jina wurde durch die Wucht der Erschütterung zur Seite geworfen. Mit dem Kopf und dem rechten Ellbogen stieß sie im Sturz schmerzhaft gegen die hintere Wand, Geröll regnete auf sie herab.

Sie hustete halb erstickt, und obwohl sie sich benommen fühlte, reagierte sie so, wie sie es im Training gelernt hatte. Sie schob die Steine aus dem Weg und stand sofort auf. Es war absolut dunkel, der Computerbildschirm leuchtete nicht mehr.

Rechne mit dem Schlimmsten.

Die Männer waren zu weit entfernt. Was auch immer hier vor sich ging, sie musste sich selbst retten. Es war unmöglich, etwas zu erkennen. Ihre Nachtsichtbrille … sie hatte neben ihr gelegen und flog nun wer weiß wo herum. Sie konnte sie nicht finden. Blind tastete sie herum, bis sie etwas Warmes, Metallenes spürte und darin die abgerundeten Kanten des Laptops erkannte.

Der Computer war so konstruiert, dass er Stürze, Wassereinfluss und weitere Gewalteinwirkungen überstand. Sie musste davon ausgehen, dass er immer noch funktionierte, was bedeutete, dass er auf keinen Fall in fremde Hände geraten durfte. Sie hörte kaum etwas, ihre Ohren waren vom Knall der Explosion halb taub. Sie konnte auch nicht abschätzen, ob derjenige, der draußen lauerte, nun die Ruine nach ihr absuchte.

Rechne mit dem Schlimmsten.

Sie musste den Laptop zerstören. Das hatte man ihr immer wieder eingeschärft, allen Drohnenführern. Die Software war streng geheim und musste vor unbefugtem Zugang geschützt werden. Bevor sie irgendetwas unternahm, und sei es, um sich selbst zu retten, musste sie diese eine Aufgabe erfüllen und den Laptop zerstören.

Sie tastete am Rand des Metallgehäuses entlang, fand den Schalter an der oberen linken Seite und drückte ihn nach unten. Ein kurzes Aufleuchten war zu sehen, dann hatte sich die Festplatte zerstört. Jina musste darauf vertrauen, dass der Destruktionsmechanismus funktioniert hatte, denn es gab keine Möglichkeit, es zu überprüfen.

Jetzt musste sie sich selbst in Sicherheit bringen.

Ihre Finger ertasteten weder ihren Beutel noch die Nachtsichtbrille, nichts. Im vorderen Teil der Ruine entdeckte sie den Strahl einer Taschenlampe … zwei Taschenlampen, die durch Rauch und Staub drangen. Auf diesem Weg konnte sie nicht hinausgelangen. Ob sie sprachen, wusste nicht, ob sie davon ausgingen, dass sie tot war, und nach ihrem Leichnam suchten oder ob sie annahmen, dass sie noch lebte und sie erwartete, vielleicht verletzt, aber auf jeden Fall bewaffnet.

Bewaffnet. Ihre Pistole hatte auch neben ihr gelegen. Jetzt war sie Gott weiß wo, und sie hatte keine Zeit, danach zu suchen.

Das Loch, das sie in der hinteren Wand entdeckt hatte, war ihre einzige Chance. Ihr Gespür, dass sie im hinteren Teil der Ruine nicht in der Falle sitzen wollte, erwies sich als richtig. Ein Lichtstrahl tauchte dicht vor ihr auf, und schnell legte sie sich flach auf den Boden. Sie hatte nur Sekunden, keine Minute, bis sie hier hinten wären, es sei denn, sie fand ihre Waffe wie durch ein Wunder und konnte in ihre Richtung schießen. Auf dieses Wunder würde sie aber nicht warten, sie musste raus, und zwar sofort. Vorsichtig kroch sie zurück auf die linke Seite und versuchte, so flach wie möglich zu atmen, um nicht husten zu müssen und so ihre Position zu verraten. Sie nahm an, dass diejenigen, die nach ihr suchten, besser hören konnten als sie.

Sie erreichte den linken Teil der hinteren Wand, tastete herum und suchte nach der Öffnung, bis sie endlich das halb zugeschüttete Loch fand. Noch mehr Geröll war heruntergefallen und versperrte ihr den Weg. Sie schob vorsichtig einen Stein zur Seite, rutschte auf den Bauch und versuchte sich durchzuschlängeln. Die Steine kratzten an ihren Armen, stoppten ihre Schultern. *Nein.* Verzweifelt drehte sie sich zur Seite, schob ihren Kopf durch, zog sich mit den Händen weiter, schob mit den Füßen nach, und dann waren ihre Schultern endlich im Freien. Sie steckte nun halb drinnen, halb draußen, vollkommen hilflos, falls sie entdeckt wurde. Jina holte tief Luft, und Staub drang in ihre Nase und in den Hals. Schnell bedeckte sie den Mund mit beiden Händen, um das Husten zu dämpfen, das sie nicht mehr unterdrücken konnte.

Raus. Sie musste hier raus. Jina schob sich weiter vor, bekam ihre Hüften frei, dann zog sie die Beine nach. Schnell drehte sie sich auf dem Bauch herum, griff durch das Loch und zog etwas Geröll davor, um die Öffnung zu verstecken. Damit konnte sie vielleicht etwas Zeit herausholen, bis die anderen bemerkten, dass sie entkommen war und nicht unter dem Schutt begraben lag. Dann rutschte sie bäuchlings dorthin, wo sie das trockene Flussbett gesehen hatte. Jetzt konnte sie überhaupt nichts mehr erkennen und betete, dass sie in die richtige Richtung kroch.

Plötzlich gab der Boden unter ihr nach, und sie stürzte in das Wadi, Sand und Steine folgten ihr. Sie hatte es gefunden.

Sie musste weiter, konnte sich nicht die Zeit nehmen, ihre Lage zu analysieren, bevor sie nicht in sicherer Entfernung von der Ruine war. Sie – wer immer auch *sie* waren – brauchten nur bis zum Rand des Flussbetts zu gehen und mit der Taschenlampe hineinzuleuchten, dann entdeckten sie sie.

Ihr Herz klopfte so heftig, dass sie den Puls bis in die Fingerspitzen spürte. Sie wusste, in welche Richtung das Team gegangen war. Wenn sie sich die Bilder ins Gedächtnis rief, die sie durch Tweetys Kameras gesehen hatte, erinnerte sie sich, dass sich das Flussbett von links nach rechts schlängelte und nicht den diagonalen Weg nahm, den sie einschlagen wollte. Aber sie hatte keine andere Wahl, sie musste dem Verlauf des Wadis folgen und lief daher nach rechts. Blind stolperte sie über den steinigen Boden, stolperte über einen Stein und stürzte erneut. *Mist!* Die vergeudete Zeit und die Geräusche, die sie womöglich verrieten, erschreckten sie mehr als der Schmerz, den sie vielleicht eigentlich gespürt hätte.

Wieder hochgerappelt, lief sie weiter.

Inzwischen funktionierten ihre Augen wieder besser, nachdem sie aus dem Rauch und Staub entflohen war. Sie erkannte an den Schatten, dass sich das Wadi wieder nach links schlängelte und sie so mehr in die Richtung führte, die sie hatte einschlagen wollen. Sobald sie die erste Kurve umrundet hatte, wäre sie für jemanden, der sich noch an der Ruine befand, nicht mehr zu sehen. Sie stolperte weiter vorwärts, ohne zu rennen, denn der Boden war zu uneben und steinig, um schneller zu laufen. Aber sie kam voran.

Plötzlich bemerkte Jina ein Licht, einen sehr merkwürdigen flackernden Schein. Sie blickte sich um und sah, dass der Nachthimmel von einem rot leuchtenden Feuer erhellt wurde, mindestens hundert Meter von ihr entfernt. Was auch immer explodiert war, brannte nun. Die Ruine sicher nicht, die war aus Stein. Es war der Truck. Etwas anderes konnte es nicht sein.

Auf einmal fügten sich alle Puzzleteile zusammen. Mamoon. Er hatte mit jemandem gesprochen, der kleine Mistkerl! Er und sein Onkel – wenn Yasser tatsächlich sein Onkel sein sollte – waren Teil des Verrats. Als der Junge auf dem Bildschirm gesehen hatte, dass sie das Team und die Umgebung überwachte und im Dunkeln sehen konnte, war er sofort hinausgelaufen, um seine Leute zu warnen. Wer auch immer von ihm unterrichtet worden war, hatte dafür gesorgt, dass die am Hinterhalt Beteiligten alarmiert wurden, und versucht, Jina davon abzuhalten, ihr Team zu warnen. Das Erste war ihm gelungen, das Zweite nicht.

Levi, das Team.

Das Rauschen in ihren Ohren hatte etwas nachgelassen, und nun hörte sie die gedämpften Geräusche, die aus ihrem Ohrhörer drangen. Es dauerte einen Moment, bis sie begriff, dass es Schüsse waren. Aber woher kamen sie? Sie drehte sich im Kreis, orientierte sich am Feuerschein und horchte auf die Geräusche.

Dort.

Ja. Die Schüsse kamen aus der Richtung, in die ihr Team gegangen war.

Ihr zog sich der Magen zusammen. Wenigstens hatte sie ihnen noch eine Warnung durchgeben können. Ihr Headset war vom Kopf gerutscht, hing ihr aber immer noch um den Hals. Sie tastete nach dem Ohrstöpsel und setzte ihn ein. Durch das Rauschen in ihren Ohren hörte sie ein paar abgehackte Flüche, Stöhnen, Knacken und das Knallen von Schüssen, aber konnte keine Stimmen unterscheiden.

Jina lief weiter. Das Headset war ihr vom Kopf gerissen worden, vielleicht bei der Explosion oder als sie durch das Loch gekrochen war. Die Bügel waren verbogen, und das Kehlkopfmikrofon … Sie tastete danach. Das Mikro schien kaputt zu sein. *Mist. Mist!* Sie würde keinen Funkkontakt zu den Männern aufnehmen können.

Jina wollte es trotzdem versuchen und schaltete das Mikro ein – nein, es war eingeschaltet gewesen, denn sie hatte ihre Warnung noch durchgegeben, also war es jetzt ausgeschaltet.

Sie knipste es wieder an, wollte etwas sagen, dann stoppte sie sich rechtzeitig. Wenn das Mikro funktionierte, würde alles, was sie jetzt sagte, eine Ablenkung für das Team darstellen.

Das Wadi machte eine scharfe Wendung nach rechts und führte sie ein weiteres Mal von ihrem Ziel weg. Sie wagte es aber nicht, aus dem Flussbett hinauszuklettern, noch nicht, noch war sie nicht weit genug von der Ruine entfernt, und die Männer befanden sich mitten in einem Feuergefecht.

Sie konnte nicht zu ihnen.

Krank vor Sorge lief sie weiter vorsichtig am Boden des Wadis entlang. An einigen Stellen war das trockene Flussbett niedrig genug, um über den Rand sehen zu können und die Feuersbrunst in der Ferne zu erkennen, die inzwischen langsam schwächer wurde. Jina lief gebückt weiter, um nicht gesehen zu werden, falls Mamoon und der Mann – oder die Männer? – die Gegend mit Nachtsichtbrillen absuchten. Diese Brillen hatten nur eine begrenzte Reichweite, und sie glaubte, sich bereits außerhalb des Sichtfeldes zu befinden, aber sicher sein konnte sie nicht.

Das Wadi führte sie weiter nach rechts. Wenn sie dem Flussbett folgte, würde es sie immer mehr vom Standort des Teams wegbringen. Nervös blieb sie stehen und versuchte, aus den unterschiedlichen Geräuschen aus ihrem Ohrhörer zu erkennen, was dort passierte.

Das schnelle *Rattatatatt* von automatischen Waffen in der Ferne war verstummt. Ängstlich wartete sie, ihr Herz hämmerte, und Schweiß rann ihr über den Rücken. *Bitte, lieber Gott, bitte mach, dass es ihnen gut geht.*

Bei Babes Warnung »Hinterhalt! Hinterhalt!« hatten sich alle auf den Boden geworfen. Zur selben Zeit hörten sie das Krachen einer Explosion hinter sich, und Levi warf kurz einen Blick über die Schulter zurück. In der Ferne sah er einen sich ausbreitenden Feuerschein genau dort, wo sich die Ruine befinden musste.

Die Schockwelle, die ihn überfiel, nahm ihm den Atem. *Jina!* Doch bevor er noch weiter darüber nachdenken konnte, wirbelte Yasser herum. Er hielt eine Schusswaffe in der Hand, die er unter seiner weiten Kleidung versteckt haben musste, und feuerte in ihre Richtung, während er zur Seite floh. Yasser hatte keine Nachtsichtbrille, deshalb schoss er nur blind auf die Stelle, wo er Levi und seine Männer vermutete, was nahe genug war. Zischend flog eine Kugel über ihn hinweg. Levi rollte sich herum, zielte und setzte eine Reihe von Schüssen in Yassers Brust. Der Mann taumelte, sackte zusammen und fiel zu Boden. Noch ein- oder zweimal zuckte er, dann bewegte er sich nicht mehr.

Um kein Risiko einzugehen, schossen ihm Levi und Trapper fast gleichzeitig in den Kopf. Unvorsichtige Leute wurden getötet, weil die, die sie für tot hielten, auf sie schossen. Levi war nicht unvorsichtig und Yasser mit Sicherheit tot.

Jina.

Er sah sich kurz um, konnte nichts entdecken und stand schnell auf. Hatte Jina ihnen sagen wollen, dass es in der Ruine einen Hinterhalt gab, oder war es eine Warnung vor Yasser gewesen? Vielleicht beides. Im Laufen riss er sich die Nachtsichtbrille vom Gesicht und starrte in die Richtung, wo die Ruine lag. Selbst aus dieser Entfernung war aus dem Lichtschein ein ziemlich großes Feuer geworden, das zum Himmel hochschoss. Hell genug, dass er hätte erblinden können, wenn er die Brille aufbehalten hätte.

Das ganze Team war auf den Füßen und blickte zu den riesigen Flammen zurück.

Wieder ein Schuss, diesmal aus der Richtung, in der sie den Informanten vermutet hatten. Erneut warfen sie sich auf den Boden. Leise fluchend setzte sich Levi die Nachtsichtbrille auf. Das weiße Aufblitzen von Mündungsfeuer verriet ihnen den Standort der Angreifer. Sie kamen auf sie zugerannt und näherten sich schnell.

Die gute Nachricht war, dass sie dadurch weniger treffsicher waren, was sie sowieso nicht zu sein schienen. Wenn sie wild herumballerten, würden sie ihre Munition schnell verschossen haben. Die schlechte Nachricht war, dass sie mindestens doppelt so viele waren wie sein Team.

Levi begann, ein paar Schüsse zu setzen, sorgfältig gezielt, mit maximalem Effekt. Nach jedem Schuss wechselte er den Standort, da sein Mündungsfeuer seine Position ebenfalls verriet. Der Rest seiner Crew erwiderte das Feuer der Angreifer und tat das Gleiche wie er. Währenddessen versuchten sie, sich in Deckung zu begeben, bevor die anderen sie überrannten. Sie krochen über den Boden, suchten nach Hügeln, einem Steinhaufen, irgendetwas. Er sah, wie Voodoo getroffen zu Boden ging, aber wieder aufstand und weiterlief.

Dann begannen einige der Angreifer, ebenfalls in Deckung zu gehen, was Levi vermuten ließ, dass sie zumindest etwas trainiert waren. *Mist!* Er wurde von diesen Arschlöchern festgenagelt, während er innerlich von dem Gedanken aufgefressen wurde, was mit Jina war. Niemals zuvor – *niemals* – hatte er während eines Feuergefechts Probleme gehabt, sich zu konzentrieren.

Nach seiner Rechnung waren sechs der Angreifer erledigt, sieben, wenn er Yasser dazuzählte. Es blieben vermutlich weitere neun, wenn nicht noch ein paar in Deckung geblieben waren und nachkamen. Er sah kurz nach seinen sechs Leuten – alle okay – und auch Voodoo zeigte ihm an, dass er okay war.

Durch Handzeichen gab er Jelly und Crutch den Befehl, sich nach links durchzuschlagen. Er und Boom schlichen nach rechts – nicht zu weit, um nicht in die Feuerlinie von Jelly und Crutch zu geraten. Snake und Trapper hielten zusammen mit

Voodoo die Mitte gedeckt. Aber Voodoo machte ihm Sorgen, trotz seines Okay-Zeichens, denn Levi wusste nicht, wie mobil er noch war.

»Nehmen wir uns diese Scheißkerle vor«, sagte er entschlossen.

»Meldung.«

Levis raue Stimme drang durch den Ohrhörer. Auch durch das Rauschen, das sie immer noch in den Ohren hatte, erkannte sie ihn sofort, und Tränen der Erleichterung stiegen ihr in die Augen. Sie wischte sie sich mit ihrem schmutzigen Hemdsärmel ab, dann musste sie den Staub wegblinzeln. Sie glaubte sich daran zu erinnern, dass er vorher schon etwas gesagt hatte, aber der Ton war verzerrt gewesen.

»Crutch und Voodoo sind nicht einsatzfähig.« Das war Snake.

Oh, nein, nein, nein. Immerhin, sie waren nicht tot, aber sie hatten noch einen weiten Weg bis zum Ersatz-Abholpunkt, das war gar nicht gut.

Einer nach dem anderen meldete sich, alle, außer Crutch und Voodoo. Dann hörte sie Levi sagen: »Babe, melde dich.«

Das konnte sie nicht. Automatisch griff sie nach ihrem Holster am Bein, um einen Schuss abzugeben und die anderen auf sich aufmerksam zu machen – sie würde auch den anderen damit verraten, wo sie war, sollten sie sich noch in der Nähe der Ruine aufhalten, aber das musste sie jetzt in Kauf nehmen –, fühlte jedoch unter ihren Fingern nur das leere Holster.

Verdammt! Verdammt! Warum hatte sie ihre Waffe nur herausgenommen? Sie hatte sich bedroht gefühlt, ja, und das zu Recht, aber sie wünschte, sie hätte diesem Impuls nicht nachgegeben.

»Babe!«, wiederholte er jetzt lauter. »Melde dich.«

»Verdammt«, sagte Boom ein paar Sekunden später.

»Trapper und ich gehen zurück …«, begann Jelly.

»Nein«, unterbrach Levi ihn.

»Sie ist vielleicht noch am Leben …«

»Snake, in welchem Zustand sind die beiden?« Wieder ließ Levi ihn nicht ausreden.

»Crutch hat einen Bauchschuss. Voodoo ist am Bein getroffen und im oberen Brustbereich. Es geht ihnen nicht gut.«

»Sucht was, aus dem wir Tragen bauen können. Wir müssen sie hier rausbringen.« In Levis Stimme war nichts als eisige Kälte und stahlharte Entschlossenheit. »Snake, versuch sie zu stabilisieren. Wir müssen uns beeilen.«

»Ace …« Das war Boom, seine Stimme bebte leicht, dann hatte er sich wieder gefasst. »Tut, was er sagt, Jungs, und macht schnell.«

»Aber ich bin hier«, flüsterte Jina im Dunkeln. »Lasst mich hier nicht zurück.«

20. Kapitel

Jina kletterte aus dem Flussbett, ohne sich darum zu kümmern, ob Verfolger sie von der Ruine aus sehen konnten. Das Feuer war jetzt stark heruntergebrannt und weiter entfernt, als sie gedacht hätte. Hektisch blickte sie sich um, aber ohne Tweety und Laptop konnte sie den Standort der Männer nicht bestimmen, und ohne Nachtsichtbrille blieben ihr nur die Sterne als Lichtquelle.

Sie konnte die Männer durch die Kopfhörer hören, als würde sie neben ihnen stehen. Sie bauten Tragen aus Materialien, die sie gerade zur Hand hatten, bedienten sich auch an dem, was sie bei den toten Angreifern finden konnten. Und innerhalb einer unglaublich kurzen Zeit machten sie sich auf den Weg. Boom und Jelly trugen Voodoo, Snake und Trapper hatten Crutch, und Levi führte sie an. Sie würden sich nach und nach abwechseln, sodass sich jeder eine Weile erholen konnte.

Jina wollte schreien, aber ihre Kehle war so vom Staub ausgedörrt, dass sie kaum einen Ton herausbrachte. Sie waren sowieso viel zu weit entfernt, trotzdem versuchte sie es.

Sie waren weg. *Sie waren weg.*

Sie stand allein hier.

Sie hatten sie zurückgelassen.

Die Erkenntnis fühlte sich an, als würde ihr jemand einen Dolch in den Magen stoßen. Sie begriff, warum sie es getan hatten – zwei aus dem Team waren schwer verwundet, und sie mussten die Männer so schnell wie möglich hier rausbringen –, das konnte sie vom Verstand her nachvollziehen und akzeptieren. Aber ihr Herz sagte etwas anderes, es fühlte sich an, als würde es ihr jemand herausreißen. Sie hatten sie zurückgelassen, hatten nicht mal jemanden geschickt, um nach ihr zu sehen.

Sie war das unwichtigste Mitglied des Teams.

Das zu wissen und es am eigenen Leib zu erfahren waren zwei unterschiedliche Dinge, und das Gefühl war erschütternd.

Trotz der Hitze zitterte sie, und sie atmete schwer. Die Männer dachten eindeutig, dass sie nicht überlebt hatte, aber sie hatten es nicht überprüft, und nun würde sie wirklich sterben. Sie hatte keine Waffe, kein Wasser, keinen Unterschlupf. Sie würde einen Tag überstehen, vielleicht zwei, vorausgesetzt, dass sie nicht überfallen wurde, aber daran durfte sie gar nicht denken, denn dann wollte sie lieber vorher sterben.

Mom! Sie dachte plötzlich an ihre Familie. Sie würden nie erfahren, was wirklich mit ihr passiert war, hätten nie eine Leiche, die sie begraben könnten. Man würde ihnen bestenfalls sagen, dass ihre sterblichen Überreste nicht aufzufinden seien.

Aber die Männer hatten es nicht mal versucht. Sie hatten sie zurückgelassen.

Nein! Sie durfte nicht daran denken, musste sich zusammenreißen. Sie konnte nicht einfach hier stehen bleiben und auf den Tod warten, sie musste etwas unternehmen. Sie würde nicht funktionieren, wenn sie sich der Verzweiflung hingab. Sie hatten getan, was sie tun mussten. Nun war es an ihr, das zu tun, was *sie* tun musste.

Nichts zu unternehmen war jedenfalls keine Option. Sie weigerte sich, ihre Lage als ausweglos zu akzeptieren, sie würde nicht aufgeben. Ihre einzige Chance war es, zu laufen, denn sie wusste, wohin die Männer gingen, da sie die Koordinaten des Abholpunktes kannte.

Energisch kämpfte sie gegen die Panik an, die ihren Geist umnebelte. Sie brauchte jede einzelne Gehirnzelle, um hier lebend herauszukommen. Sie wusste nicht nur, wohin die Männer gingen, sondern hatte auch diesen verdammten Kompass in der Tasche ihrer Cargohose. Vor Monaten, fast ein Jahr war das nun her, hatten die Männer darauf bestanden, dass sie lernte, ihn zu benutzen und immer bei sich zu haben, denn manchmal funktionierten die Smartphones und das GPS nicht. So wie jetzt.

»Ich kann es schaffen«, sagte sie laut vor sich hin und hoffte, dass sie recht hatte.

Vorsichtig rutschte sie ins Flussbett zurück und holte ihre winzige Stablampe heraus, noch etwas, was sie bei sich trug, weil es ihr die Männer eingeschärft hatten – und zwar nicht in einer Tasche, die sie verlieren konnte, sondern wirklich bei sich, so wie den Kompass. Auch wenn die Jungs sie zurückgelassen hatten, hatten sie ihr zumindest vorher beigebracht, wie sie überleben konnte.

Sie musste den Weg berechnen. Da sie nichts zum Schreiben hatte, würde sie die Koordinaten mit dem Finger in den sandigen Boden ritzen. Sie holte den Kompass heraus, überprüfte den Zeiger und berechnete ihren Kurs. Dabei kratzte sie die Linien in die Erde. Dann stand sie auf und verrieb die Markierungen mit den Sohlen ihrer Stiefel. Sie wollte keine Hinweise darauf hinterlassen, in welche Richtung sie gegangen war, sollte morgen früh bei Tageslicht jemand nach ihr suchen.

Wenn sie länger darüber nachdachte, was sie vorhatte, würde sie womöglich aufgeben, bevor sie überhaupt losgelaufen war, denn das hier übertraf alles, was sie bisher bewältigt hatte. Sie atmete ein paarmal tief durch, versuchte, sich zu beruhigen und für das zu wappnen, was nun zu tun war. Dann kletterte sie aus dem Wadi und marschierte los.

Die Panik drohte sie immer wieder zu überfallen, saß ihr im Nacken. Sie wollte rennen, so schnell wie möglich über die sandige Erde laufen, aber das war unmöglich. Sie musste sich zusammenreißen, sich auf das konzentrieren, was realistisch war, immer nur einen Schritt nach dem anderen bedenken. Wenn sie weiter dachte, daran, was alles passieren könnte, wäre sie erledigt.

Tatsache war, dass sie durch die Dunkelheit lief und nicht wagte, die Stablampe anzuschalten. Sie würde nicht nur weit vor Anbruch der Dämmerung die Batterie verbrauchen, sondern mit dem Schein auch allen feindlich Gesinnten verraten, wo sie sich befand. Das Licht war auf große Distanz sichtbar, auch wenn es sich nur um einen winzigen Strahl handelte.

Aber – was, wenn die Männer nahe genug waren, um ihr Licht zu sehen? Würden sie nicht nachschauen, was da los war?

Womöglich würden sie auf sie schießen. Sie hatten zwar Nachtsichtbrillen, aber die Reichweite der Schusswaffen war größer.

Es gab keine sichere Möglichkeit, ihnen unterwegs zu begegnen. Sie musste zum ausgemachten Treffpunkt finden.

Und sie musste weiter, immer weiter. Sich konzentrieren, sich anstrengen, weiterlaufen. In einer stetigen gemäßigten Geschwindigkeit, laufen, laufen, laufen.

Hitze, Dunkelheit und Wind machten ihr zu schaffen. Sogar bei dem langsamen Tempo lief ihr sofort der Schweiß aus den Poren. Ihre Lunge brannte, der Mund war staubtrocken. Egal ob sie schnell ging oder nicht, in dieser Hitze brauchte sie Wasser, Wasser, das sie nicht hatte und auch nicht finden würde. Ohne Wasser hatte sie keine Chance, die Hitze nach Tagesanbruch zu überleben.

Durchhalten oder sterben. Durchhalten oder sterben.

Jina trat auf einen Stein, der unter ihrer Sohle wegrutschte. Sie stürzte und landete ausgestreckt auf dem sandigen steinigen Boden. Durch die fingerlosen Handschuhe waren ihre Handflächen geschützt, aber sie hatte sich die Knie aufgeschlagen. Ohne auf den Schmerz zu achten, stand sie wieder auf und lief weiter.

Sie ließ es nicht zu, dass sie anfing nachzudenken. Das hier war Höchstleistung, vielleicht mehr, als sie schaffen konnte, aber wenn sie sich in Grübeleien verfing, würde sie scheitern. Sie musste funktionieren wie eine Maschine, ihr System musste laufen, wie sie es beim Training gelernt hatte – und noch weiter. Denn dies war mehr, als sie je geleistet hatte. Stunden um Stunden in der Hitze, im Dunkeln, ohne all die Stolperfallen oder Schlangen oder was auch immer sehen zu können. Vielleicht eine dieser merkwürdigen Kaninchen-Känguru-Ratten – wie hatte Mamoon sie genannt? Sie konnte sich nicht erinnern – womöglich trat sie auf eine drauf.

Denk nicht nach, Jina. Denk nicht an Ratten. Beweg dich einfach, immer weiter.

Ob sie noch lebte?

Der Gedanke an diese Möglichkeit, so unwahrscheinlich sie auch war, machte Levi fertig. Er trieb das Team an, schneller zu laufen, wollte seine Männer in Sicherheit bringen, damit sie medizinische Hilfe erhielten, bevor es zu spät war und sie zwei Leichen transportieren mussten statt zweier Kameraden. Und außerdem: Je eher sie beim Treffpunkt waren, desto früher konnte er zurückgehen.

Denn das musste er. Er musste sie finden.

Selbst wenn sie tot war, musste er ihren Leichnam holen. *Keiner bleibt zurück*. Das war sein Grundsatz, seit er bei der Army gewesen war, daran hatte sich nichts geändert. Er würde Jina nicht den Schakalen überlassen, den Ratten.

Levi schaffte es nur, sich zusammenzureißen, weil er Voodoo und Crutch retten musste. Jedes Mal, wenn er an Jina dachte, sich an die Explosion erinnerte, das Feuer, das in der Ferne hochgeschossen war, brach er fast vor Verzweiflung zusammen. Er hatte sie nicht beschützt.

Er hatte getan, was er geglaubt hatte, tun zu müssen, für den Zusammenhalt des Teams. Hatte sie auf Distanz gehalten, immer in dem Gedanken, dass sich irgendwann etwas änderte, dass er eine Möglichkeit für sie beide finden würde. Jetzt war es zu spät. Sie war nicht mehr da. Alles, was er in die Zukunft geschoben hatte – sie in den Armen zu halten, mit ihr zu lachen, sich zu streiten –, war vorbei, bevor es angefangen hatte.

»Anhalten!«, sagte Snake, um die Verwundeten kurz zu untersuchen. Bei Voodoo bestand die Gefahr, dass er verblutete, und Crutch hatte eine Bauchverletzung, die tödlich sein könnte, selbst wenn er sofort behandelt wurde. Die Infektionen, die bei Bauchwunden auftreten konnten, waren oft schwer in den Griff zu bekommen.

Levi konnte nicht anders und drehte sich suchend um, als könne er so eine kleine Gestalt heraufbeschwören, die aus der Dunkelheit auftauchte, mit blitzenden blauen und bernsteinfarbenen Augen, die sie beschimpfte, weil sie losgegangen waren und sie zurückgelassen hatten.

Er hatte sie verlassen.

Boom legte ihm die Hand auf die Schulter. Levi sah seinen Freund und Team-Kameraden nicht an, denn so war es einfacher.

»Du konntest nichts tun«, sagte Boom voller Mitgefühl.

»Egal.« Schuldgefühle, Bedauern, Trauer und Wut und Verzweiflung, alles schnürte ihm die Brust zu, sodass er kaum noch atmen konnte. »Wenn wir Voodoo und Crutch in den Vogel geladen haben, gehe ich zurück.«

»Ich komme mit«, bot Boom sofort an.

Levi schüttelte den Kopf. »Nein, auf dich wartet Terisa mit den Kindern. Der Auftrag ist erfüllt, es war eine Falle. Zum Teufel, wenn ich wüsste, wie das eingefädelt wurde und warum. Du kannst genauso gut den Bericht abliefern wie ich.«

»Wenn zwei gehen, ist die Chance auf Erfolg größer«, entgegnete Boom.

»Ich kann mitkommen«, sagte Trapper. »Auf mich wartet niemand.«

»Oder ich«, bot sich Jelly an.

Snakes Gesichtsausdruck zeigte wüste Entschlossenheit. Er hatte nicht nur eine Familie, sondern musste bei Crutch und Voodoo bleiben, um sie am Leben zu erhalten, sofern es in seiner Macht stand.

Wieder schüttelte Levi den Kopf. »Nein, das muss ich allein tun. Ich will keinen von euch in Gefahr bringen. Ich habe die Entscheidung gefällt, sie zurückzulassen, und ich gehe sie holen.«

Der Boden gab unter ihr nach. Jina schrie leise auf, als sie am Rand eines trockenen Wadis abrutschte und die steinige Wand herunterstürzte. Sie landete hart auf dem Boden, dicht neben einem Felsstein. Schnell kroch sie von dem Stein weg, für den Fall, dass eine Schlange dort Unterschlupf gesucht hatte. Aber vielleicht waren die Schlangen ja nachts auf der Jagd und suchten nur in der Hitze des Tages Deckung.

Der Sturz hatte wehgetan, aber sie hatte sich nichts gebrochen. War sie jetzt die menschliche Version einer zerbeulten Karosserie, unter der ein guter Motor steckte? *Es sieht nach nichts aus, Leute, aber der Motor läuft super.*

Sie kam klar. Stunden und Stunden und Stunden lief sie. Ihre Beine wie Stahl. Die Lunge wie … die Lunge wie ein Waschlappen. Angestrengt holte sie Atem und beschloss, dass sie den Moment nutzen sollte, um ihren Kurs zu überprüfen. Die kurze Verschnaufpause würde ihr helfen, sich nicht zu überfordern.

Zittrig zog sie Kompass und Stablampe aus der Tasche und überprüfte ihre Route. Sie war ein bisschen vom Kurs abgekommen, aber nicht zu sehr. Okay. Wirklich, sie hielt sich ganz gut. Bisher hatte sie schon eine beträchtliche Entfernung zurückgelegt, nicht so viel, wie sie es sich gewünscht hätte, denn gewünscht hätte sie sich, *jetzt schon* dort zu sein.

Wie lange lief sie eigentlich schon? Und wieso hatte sie sich das bisher noch nicht gefragt? Sie schätzte die ungefähre Entfernung, und sah auf die leuchtenden Zeiger ihrer Hightech-Armbanduhr, der gleichen, wie sie die Männer auch trugen. Weltspitze-Marathonläufer konnten die Strecke in etwas mehr als zwei Stunden zurücklegen, aber sie war keine von diesen Topathletinnen, und außerdem rannten die bei Tage, in Laufschuhen in der Stadt, und ihnen wurde unterwegs Wasser gereicht. Sie schätzte, dass sie doppelt so lange brauchte, also … im besten Fall hatte sie noch fünf Stunden zu laufen, vorausgesetzt, sie stürzte nicht und brach sich kein Bein oder den Schädel. Obwohl sie im letzteren Fall keine Sorgen mehr hätte.

Die Strecke in fünf Stunden zurückzulegen war realistisch, fand sie. Wenn sie zügig unterwegs war, konnte sie über anderthalb Kilometer in fünfzehn Minuten zurücklegen, über sechs Kilometer in einer Stunde, über dreißig in fünf Stunden.

In fünf Stunden würde es bereits dämmern, und sie konnte etwas sehen.

Wie schnell die Männer wohl waren? Natürlich kamen sie langsamer voran als sie, hatten aber auch eine kürzere Strecke zurückzulegen. Und sie war sich sicher, dass sie sich beeilten, um Crutch und Voodoo so schnell wie möglich helfen zu können. Sie waren stark, sie konnten mit ihren Brillen im Dunkeln sehen, und sie hatten Wasser. Wahrscheinlich waren sie nicht viel langsamer.

Wenn sie vor ihr an dem Abholpunkt ankamen, würde Levi den Helikopter rufen, und sie waren womöglich weg, bevor Jina eintraf. Für den Hubschrauber war es ein Katzensprung, über die irakische Grenze nach Syrien und zurück zu fliegen. Er würde nicht auf sie warten. Sobald die Männer an Bord wären, würde er starten.

Sie musste schneller laufen.

Jina kroch aus dem Wadi und setzte ihren Weg fort. Trotz der zwei Paar Socken rieben die Schuhe an ihren Füßen. Sie schwitzte so stark, dass die Socken nass waren, dagegen konnte sie nichts tun. Sie spürte die Reibung an den Blasen, den brennenden Schmerz. Und rannte. Sie musste Zeit reinholen.

Sie lief, sie stürzte. Sie stand auf und lief weiter. Immer wieder. Das Atmen tat ihr weh. Aber jedes Mal, wenn sie stürzte, nutzte sie die Gelegenheit, um ihren Kurs zu überprüfen und kurz Luft zu holen. Wenn sie in die falsche Richtung liefe, wäre das verheerend.

Himmel, wie sehr die Füße wehtaten. Der Schmerz war lähmend, zehrte so an ihrer Kraft, dass Tränen in ihren Augen brannten und ihr die Wange hinunterliefen. Wütend befahl sie sich, mit dem Heulen aufzuhören, denn sie konnte es sich nicht leisten, auch nur auf die winzigste Flüssigkeitsmenge zu verzichten. Schließlich blieb sie stehen und überlegte. Ob sie die Boots ausziehen und barfuß weiterlaufen könnte? Der Boden war zwar steinig, mit rauen Büschen und allen möglichen anderen Dingen, aber würde das schmerzhafter werden, als sich die Füße wund zu reiben?

Ja. Ihre Füße waren bereits wund, das spürte sie deutlich, und wenn sie barfuß rannte, riskierte sie eine starke Infektion. Selbst schuld, wenn sie die falschen Stiefel mitnahm.

Weiterrennen. Egal was, sie musste weiterkommen. Die Füße ignorieren. Ein Schritt nach dem anderen, das war alles, was sie tun musste, den nächsten Schritt machen und den nächsten und den nächsten. Fünf Stunden. Sie würde die fünf Stunden überstehen. Sie konnte sich nur auf jeden nächsten Schritt konzentrieren, auf den nächsten Meter, den nächsten Kilometer. Das konnte sie, sie hatte keine andere Wahl.

Jina rannte.

Was würde Levi durch den Kopf gehen? Machte es ihm etwas aus, dass er sie zurückgelassen hatte? Dachte er überhaupt an sie oder nur daran, seine beiden verwundeten Männer in Sicherheit zu bringen?

Wieder begann sie zu weinen.

Er hatte ihr unmissverständlich zu verstehen gegeben, dass sie von allen Teammitgliedern am unwichtigsten war. Und nun hatte er es ihr bewiesen.

Wie viele Kilometer noch? Sie blieb stehen, versuchte auszurechnen, wie viel Strecke sie zurückgelegt hatte, aber die Zahlen schwirrten ihr im Kopf herum und ergaben keinen Sinn. Sie wusste nur noch, welche Koordinaten sie zum Ziel hatte und wie spät es war. Die Minuten vergingen, *ticktack*, mehr und mehr, später und später. Jede Minute könnte eine Minute zu spät sein. Sie konzentrierte sich, lief schneller.

Ihre Füße waren die Hölle.

Als sie wieder stürzte und mit dem Gesicht nach unten auf dem sandigen Boden lag, war diese plötzliche horizontale Lage so überwältigend erleichternd, dass sie schlaff in sich zusammenfiel. Sie dachte daran, einfach die Augen zu schließen und zu schlafen. Wie herrlich wäre das, wie leicht, einfach einzuschlafen und die Quälerei zu vergessen, diesen unermüdlichen Kampf.

Die Versuchung war so überwältigend, dass sie sich zwingen musste, sich aufzusetzen und den Kompass aus der Hosentasche zu ziehen. Sie klappte ihn auf und starrte auf die Zeiger, die vor ihren Augen verschwammen, unfähig, die Anzeige zu deuten. Sie blinzelte angestrengt, dann versuchte sie es erneut. Immer noch alles verschwommen. *Mist.* Sie schloss die Augen, holte tief Luft, versuchte sich zu sammeln. Sie musste es schaffen, oder sie starb. Sie konnte nicht aufgeben, nicht jetzt.

Als sie sich wieder etwas besser fühlte, öffnete sie die Augen und konzentrierte sich. Sorgfältig überprüfte sie den Kompass, korrigierte ihren Kurs, dann wiederholte sie es noch einmal, um sicherzugehen, dass alles stimmte. Okay. Sie schaffte das. Jina knipste die Taschenlampe aus … und stellte fest, dass es nicht mehr stockdunkel war. Die schwarze Umgebung wurde grau – dunkelgrau zwar, aber es wurde definitiv heller.

Der Tag brach an. Ihr lief die Zeit davon.

Sie stand auf und rannte.

Ihre Schritte gaben den Rhythmus für ihre Gedanken vor. *Ich schaffe das. Ich muss es schaffen. Zurückgelassen. Zurückgelassen. Zurückgelassen.*

Es wurde immer schwerer, sich aufrecht zu halten. Sie schwankte, blieb stehen, holte Luft, konzentrierte sich.

»Gib nicht auf«, sagte sie laut zu sich selbst. »Gib nicht auf.«

Sie hatte noch nie aufgegeben. Damit würde sie jetzt nicht anfangen.

Sie rannte. Hatte das Gefühl zu rennen, aber ihr Körper schien zu rebellieren, wurde langsamer und langsamer. Stunden. Wie viele Stunden rannte sie schon? Waren es bereits fünf? Sie hatte geschätzt, dass sie fünf Stunden brauchte, das war ihr Ziel gewesen. Wenn sie weiterlief und die fünf Stunden hinter sich hatte, musste sie da sein. Etwas anderes durfte sie nicht denken.

Aus der dunkelgrauen Umgebung wurde eine hellgraue, der steinige Sandboden bekam eine rötliche Färbung, wie Blut. Sie wunderte sich über die Farbe, dann wurde ihr endlich klar, dass sie sehen konnte. Sie rannte nicht mehr in tiefster Dunkelheit. Die Zeit hatte ihre unendliche Magie bewirkt und die unendliche Hölle heraufbeschworen, denn sie rann ihr durch die Finger. Die Zeit lief aus.

Das Terrain wurde rauer, bewachsener – es war nicht viel Vegetation, aber schon dieses bisschen konnte entscheidend sein, denn es bedeutete, dass die Männer sie womöglich nicht sehen konnten, wenn sie in der Nähe waren.

Nicht aufgeben.

»Das werde ich nicht«, versprach sie sich atemlos, heiser. »Das werde ich nicht.«

Etwas … ein Geräusch, fast nicht zu hören unter ihrem lauten angestrengten Atmen. Ein merkwürdiges rhythmisches *Tschonk-tschonk*, das sie stutzig machte, denn es kam ihr bekannt vor, sie konnte es aber nicht einordnen. Ihr Instinkt sagte ihr, weiterzulaufen, aber das Geräusch irritierte sie, und sie blieb stehen, hob den Kopf und lauschte. Was war das? Sie hatte es schon einmal gehört, sie war sich sicher.

Weil sie stehen geblieben war, zog sie aus der Gewohnheit heraus den Kompass aus der Tasche. Mit gerunzelter Stirn starrte sie auf die Anzeige, versuchte zu verstehen.

Die Kompass-Anzeige musste kaputt sein. Wahrscheinlich war das ganze Ding hin. Denn wenn es stimmte, war sie fast am Ziel, und das war sie nicht. Sie war immer noch allein in diesem verfluchten Ägypten, wo auch immer zum Teufel das war. Nein … in Syrien. Sie war in Syrien. Im verfluchten Syrien. Ha! Ägypten klang aber viel besser.

Aber wenn der Kompass hinüber war, musste sie für immer hierbleiben, denn sie wusste nicht, wo sie war.

Tschonk-tschonk-tschonk.

Sie hob den Kopf und sah ein riesiges insektenähnliches Ding, dessen Silhouette sich vom Horizont abhob und das langsam auf die Erde zuschwebte.

Ein Hubschrauber! In ihrem benommenen Kopf formte sich das Wort, es schrie ihr förmlich entgegen, *ihr* Hubschrauber. Sie hatte es geschafft!

Nein, das hatte sie nicht, sie stand immer noch hier. Schwerfällig begann sie, in Richtung des Helikopters zu laufen, doch ihre Beine wollten nicht richtig funktionieren, sodass sie mehr torkelte als lief, aber immerhin bewegte sie sich vorwärts.

»Wartet auf mich«, krächzte sie, aber ihre Stimme war kaum zu hören. »Hier! Ich bin hier! Ich bin unterwegs. Lasst mich nicht zurück. Bitte lasst mich nicht wieder zurück.«

21. Kapitel

»Feind im Anmarsch«, sagte einer der Blackhawk-Schützen alarmiert.

Sie hatten Crutch und Voodoo bereits eingeladen, und Snake kümmerte sich um sie. Sein Gesichtsausdruck war angespannt. Er wusste, dass jede Minute zählte und es jederzeit für sie zu spät sein konnte. Der ganze Marsch zu diesem Not-Abholpunkt war nervenaufreibend gewesen, ein Kampf gegen die Zeit. Und all das in dem Bewusstsein, dass sie Babe verloren hatten und ihren Leichnam zurücklassen mussten.

Levi wirbelte herum. Er hatte zugesehen, wie seine Männer in den Hubschrauber geladen wurden, und machte sich bereit, um zu tun, was er tun musste, in dem Bewusstsein, dass er sie womöglich nicht wiedersehen würde. Zurückzugehen war ein großes Risiko mit einer Chance fünfzig zu fünfzig, dort wieder lebend herauszukommen. Er würde alle Wasser- und Essenvorräte, die sie dabeihatten, mitnehmen. Während des Tages, bei einer Hitze von etwa vierundfünfzig Grad, konnte er nicht losgehen. Er würde die ganze Nacht auf sein und tagsüber einen Unterschlupf suchen, etwas schlafen und dann aufbrechen, wenn die Sonne unterging und die Hitze ein bisschen nachließ. Die Wüstenjäger würden bereits die Leichen, die sie zurückgelassen hatten, wittern. Womöglich waren sie auch schon in der Ruine – diesen Gedanken musste er verdrängen, schnellstens.

Er würde sie finden, würde seine Babe finden und sie dort begraben, wenn er ihre sterblichen Überreste nicht nach Hause bringen konnte.

Aber zuerst müssten sie sich um diesen weiteren Mistkerl in dieser verdammten Mission kümmern.

Der Schütze hielt sein Gewehr im Anschlag. Levi kniff die Augen zusammen und griff nach seiner eigenen Waffe, während er Deckung suchte. Dann … da war etwas. Etwas an dieser Gestalt, die sich von fern näherte, ließ ihn stutzen. Er hob die Hand. »Warte!«, rief er und starrte mit vor Müdigkeit verschwommenem Blick in die Richtung. Der Unbekannte, der auf sie zutaumelte, war klein, eine Frau oder ein Kind, und sehr zierlich. Dabei so vollkommen mit Staub bedeckt, dass es unmöglich war, das Gesicht zu erkennen. Aber die Kleidung war … nicht von Einheimischen, und er glaubte, einen langen Haarbüschel zu erkennen …

»Sie ist es!«, rief er plötzlich, ohne weiter nachdenken zu müssen.

»Was?« Boom, der gerade in den Hubschrauber steigen wollte, wirbelte herum. Alle starrten in die Richtung, aus der die schmale Gestalt auf sie zutorkelte. Levi war sich sicher, er spürte es in der Magengegend, und die Erleichterung war so überwältigend, dass er fast ins Taumeln geriet.

Dann bückte er sich unter den sich drehenden Rotoren des Hubschraubers hindurch und rannte los. »Warte, Mann«, sagte der Schütze warnend, aber Levi raste über den sandigen steinigen Boden auf sie zu. Wenn sie verfolgt wurde, brauchte sie Rückendeckung. Wenn niemand sie verfolgte, benötigte sie Hilfe, denn sie wankte, als könne sie sich kaum noch aufrecht halten. Boom folgte dicht hinter ihm.

Seine Kehle fühlte sich an wie zugeschnürt, ein Gefühl, das er nicht deuten konnte, überwältigte ihn fast. Es war keine Freude, es war, als hätte man ihn in die Hölle geworfen und plötzlich zurückgerissen. Als wäre sein Leben beendet gewesen, und nun ging es doch weiter.

Zusammen mit Boom erreichten sie Jina. Wenn er nicht gewusst hätte, dass sie es war, hätte er sie nicht erkannt. Ihr Gesicht war ausgemergelt und von Staub und Schweiß bedeckt, ihre Augen blickten starr. Es war, als würde sie sie nicht erkennen, als wäre sie so darauf konzentriert, sich vorwärts zu bewegen, dass sie direkt in sie hineinrannte. Levi fing sie auf und wehrte den schwachen Schlag ab, den sie ihm versetzte, denn sie war die, die sie war, und hörte nie auf zu kämpfen. »Ruhig, Babe«, sagte er. Dann beugte er sich hinunter, hob sie hoch und legte sie sich über die Schulter. Seine leichte Last fest im Griff, drehte er sich um. Der Geruch von Blut stieg ihm in die Nase, und sein Magen zog sich zusammen.

Begleitet von Boom rannte er zum Hubschrauber zurück. Boom stieg als Erster ein und streckte die Arme aus. Levi hob sie ihm entgegen. Im Hubschrauber war Platz für elf Personen oder sechs Krankenliegen. Mit Voodoo und Crutch auf den Liegen wurde es eng, aber sie machten Platz, um Jina dazulegen zu können.

»Lasst mich«, murmelte sie, ihre Worte waren kaum zu verstehen.

Levi sprang an Bord und rief dem Piloten »Los!« zu, dann erhob sich der Helikopter in einem Wirbel von Staub und Sand. Levi, der bereits ahnte, in welchem Zustand ihre Füße sein würden, griff nach einem ihrer Knöchel, um ihr die Boots auszuziehen.

Sie trat aggressiv gegen sein Schienbein. »Lass mich!«, wiederholte sie wütend, dann drehte sie sich zur Seite, mit dem Rücken zu ihnen, und rollte sich zu einem Ball zusammen. Kurz darauf erschlaffte ihr Körper.

Nach einem kurzen Blick auf die beiden verwundeten Männer kam Snake zu ihr herüber und schüttelte sie. Sie reagierte nicht.

»Sie ist ohnmächtig!«, rief Levi und begann schnell, ihre Stiefel aufzuschnüren.

Snake legte ihr zwei Finger an den Hals und prüfte ihren Puls. »Der Herzschlag ist zu schnell!«, erwiderte er. Schnell kniff er ihr in den Handrücken und beobachtete, wie sich die Haut nicht wieder zurückzog. »Stark dehydriert! Wir müssen ihr Flüssigkeit geben!«

Voodoo und Crutch hingen bereits am Tropf, der sie bis zur Ankunft im Krankenhaus stabilisieren sollte. Es waren keine Infusionsschläuche mehr vorhanden. Starker Flüssigkeitsverlust war gefährlich, sie könnte einen Herzstillstand erleiden. Levi ließ ihre Stiefel los, schnappte sich eine der übrig gebliebenen Wasserflaschen und goss ihr Wasser über Gesicht und Nacken. Sie bewegte sich nicht, auch nicht, als das Wasser über ihren Kopf rann. Sie konnte nicht schlucken, weil sie besinnungslos war, und könnte ersticken, wenn sie ihr das Wasser einzuflößen versuchten. Es über ihren Kopf zu gießen, war nicht ausreichend, aber es war das Einzige, was sie tun konnten. Er hielt seine Hand auf, und Boom reichte ihm eine weitere Wasserflasche.

Langsam goss er ihr Wasser über das Gesicht, während Boom ihre Stiefel aufschnitt. Die Socken waren voller Blut – nicht nur ein bisschen, sondern von den Zehen bis zu den Hacken und hoch bis zu den Knöcheln. Snake schnitt die Socken ebenfalls auf und legte ihre aufgeschürften blutenden Füße frei. An ihren Absätzen und an den Zehen war fast keine Haut mehr, nur rohes Fleisch.

»Zehn Minuten!«, rief der Co-Pilot, der wusste, dass jede Minute zählte.

Zehn Minuten. Sie hatten es fast geschafft, wenn Voodoo und Crutch so lange durchhielten. In zehn Minuten bekämen sie Hilfe, Blutkonserven und Antibiotika, um sie während der Notoperation zu stabilisieren. In zehn Minuten konnte man Jina eine Infusion mit Flüssigkeit geben, damit sie keinen Herzstillstand erlitt.

Zehn Minuten.

Sie fühlten sich an wie eine Ewigkeit.

Jina erwachte in einem weißen Zelt. Sie blickte sich um, sah alles verschwommen. Sie lag auf einem Bett, so viel erkannte sie in ihrem verwirrten Zustand. Aber sie wusste nicht, wo sie war, und es interessierte sie auch nicht. Sie war nicht allein, glaubte eine Reihe von Leuten zu sehen … vielleicht. Vielleicht war sie auch allein.

Es war ihr egal. Alles schien weit entfernt, aber das war in Ordnung. Sie wollte nicht denken oder fühlen. Sie schloss die Augen und dämmerte wieder weg.

Als sie das nächste Mal aufwachte, war sie weniger benommen, aber immer noch nicht ganz da. Das weiße Zelt war verschwunden, und sie nahm einen dröhnenden Krach wahr, der sie nervte. Verärgert runzelte sie die Stirn und hob die Hand, als sich ihre Finger irgendwo verfingen. Irritiert starrte sie auf den Infusionsschlauch und die Kanüle in ihrem Handrücken, runzelte erneut die Stirn, denn ihre Haut war fleckig und schmutzig.

Eine große Hand griff danach und legte sie an ihre Seite. Levi. Nach und nach wurde sein Gesicht deutlicher. Er sah furchtbar aus, unrasiert, schmutzig, und sein Blick hatte etwas Wildes. »Es ist alles gut«, sagte er.

Erinnerungsfetzen stiegen in ihr auf, sie fühlte wieder, wie sie durch die Wüste gelaufen war, erinnerte sich an ihre Verzweiflung und das Gefühl der Verlassenheit. Sie erinnerte sich an so vieles, aber das meiste war ihr im Moment egal. »Voodoo?«, krächzte sie. »Crutch?«

»Sie halten durch. Wir sind auf dem Weg nach Deutschland.«

Das war alles, was sie wissen wollte. Problemlos ließ sie sich wieder davontreiben, denn sie war müde, so furchtbar müde. Sie brauchte nur ihre Augen zu schließen, um ihn auszublenden. Und das tat sie.

22. Kapitel

Sie wurde in einem Militärkrankenhaus in Deutschland behandelt. Jina lag still im Bett, starrte die meiste Zeit an die Decke und hatte nicht einmal Interesse daran, aus dem Fenster zu blicken. Sie spürte eine große niederdrückende Erschöpfung und wollte nichts anderes tun, als zu atmen.

Vielleicht sollte sie ihre Mutter anrufen. Sie hatte das vage Gefühl, dass sie das tun sollte, nur einfach, um mit jemandem zu reden. Aber dafür müsste sie nicht nur herausfinden, wie man von hier aus ins Ausland telefonierte, sie müsste auch etwas sagen. Und sie wollte nichts sagen, wollte mit niemandem reden. Um sie herum hatte sie eine unsichtbare Wand errichtet, und innerhalb dieser Barriere fühlte sie sich sicher, wenn auch gleichzeitig leer und allein. Zu viele Worte würden die Wand zum Einsturz bringen und sie verwundbar machen.

Vielleicht würde sie später anrufen, wenn sie Worte wieder ertragen konnte und es sich nicht mehr so anfühlte, als müsse sie für sich bleiben.

Ein kurzes lautes Klopfen ertönte. Gleich darauf wurde die Tür geöffnet, und Levi kam herein. Es schien ihm überhaupt nicht in den Sinn zu kommen, darauf zu warten, bis jemand »Herein« sagte. Vielleicht wusste er, dass das eh nicht passieren würde. Oder wahrscheinlich war es ihm egal.

Er sah besser aus als auf dem Flug. Offensichtlich hatte er geduscht, sich rasiert, saubere Kleidung angezogen und etwas geschlafen. Sein Blick hatte aber nach wie vor etwas Wildes. Etwas Wütendes, Gewalttätiges lauerte unter der Oberfläche und brodelte unter der Maske seiner eisernen Kontrolle.

Sie wollte allein gelassen werden. Warum war er hier? Sie wollte ihn hier nicht.

Es gab einen Besucherstuhl, aber Levi, da er nun mal Levi war, ignorierte ihn. Er setzte sich halb auf ihre Bettkante und stützte sich mit einem muskulösen Arm auf der anderen Seite neben ihrer Hüfte ab. Jetzt drehte Jina das Gesicht zum Fenster. Komisch – irgendwie hatte sie erwartet, die schroffe Wüstenlandschaft im sonnenverbrannten Syrien zu sehen, stattdessen erblickte sie einen grauen Himmel und Sprühregen, der sich am Fenster absetzte. Deutschland. Sie war in Deutschland. Ihr Körper lag hier, aber mit dem Geist war sie noch nicht hinterhergekommen.

»Sie sind beide operiert worden«, sagte er, nachdem er eine Weile darauf gewartet hatte, dass sie ihn ansah. Sie hatte das Gefühl, als würde er wie ein Jedi Macht auf ihre Augen ausüben, um ihr seinen Willen aufzudrängen.

Crutch, Voodoo. Langsam wandte sie den Kopf in seine Richtung und sah ihn an. »Kommen sie durch?« Ihre Stimme klang schwach und kratzig, ihre Kehle fühlte sich immer noch trocken an, trotz all der Flüssigkeit, die in sie hineingepumpt worden war.

»Ungewiss.« Er rieb sich das Gesicht. »Sie sind beide auf der Intensivstation. Voodoo hat bessere Chancen als Crutch, aber sein Bein hat ziemlich viel abgekriegt.«

Sie sah wieder aus dem Fenster. Wer hätte gedacht, dass man sich so leer fühlte, wenn man verzweifelt war? Sie hatte sich immer vorgestellt, es wäre ein großer Schmerz, aber stattdessen war es … nichts. Alle Gefühle waren verschwunden. Sie fühlte sich so leer wie eine Wüste, öde und verbrannt.

»In ein paar Stunden fliegen wir«, sagte er. »Wir müssen so schnell wie möglich zurück. Du wirst morgen entlassen, und ich habe einen Flug nach Hause für dich arrangiert. Es ist für alles gesorgt.«

Sie nickte. Also ließen sie sie wieder zurück. Auch wenn die Umstände andere waren und ihre Gedanken total unlogisch: Es war die Wahrheit. Das Team flog zurück, sie nicht. Wenn sie es wirklich gewollt hätten, hätten sie auch zusammen fliegen können.

Alles in allem befand sie sich in ziemlich guter Verfassung, fand sie, wenn man bedachte, welches Martyrium sie durchgemacht hatte. Ihre Füße würden heilen. Sie hatte keine Knochenbrüche, und eine wunderbare Krankenschwester hatte ihr das Haar gewaschen. Sie hatte wegen ihrer Füße noch nicht duschen können, sich aber mehrere Male gewaschen und fühlte sich endlich sauber.

Man hatte sie wegen des gefährlichen Flüssigkeitsverlusts behandelt, und sie fühlte sich inzwischen viel besser. Ihre Füße waren bandagiert, es war keine Freude zu laufen, aber sie konnte sich irgendwie fortbewegen und allein auf die Toilette gehen. Wenigstens war der Katheter entfernt worden, weil ihr Urinfluss nicht mehr untersucht werden musste; ihre Nieren arbeiteten richtig.

Sie hätte fliegen können, mit den Männern nach Hause zurückkehren, selbst wenn sie ein Lastflugzeug genommen hätten. Stattdessen hatte er entschieden, sie allein fliegen zu lassen, nur vierundzwanzig Stunden später.

Aber das war ja nichts Neues. Und sie würde einfach nicht darüber nachdenken.

Levi nahm ihre Hand, die nicht an die Kanüle angeschlossen war, und rieb mit dem Daumen über ihren Fingerrücken. »Ich hätte dich mitgenommen, wenn es möglich gewesen wäre«, sagte er.

Sicher.

»Schon okay.« Sie entzog ihm ihre Hand und starrte auf die Bettdecke. Warum berührte er sie? Es gab keinen Grund dafür, er sollte das nicht tun. Er sollte verschwinden und seine Arbeit machen. Ihre Hand zu halten stand sicher nicht auf seiner Liste. »Kann ich Crutch und Voodoo besuchen?«

Er überlegte. »Ich frag mal. Vielleicht erlauben sie, dass dich jemand mit dem Rollstuhl hinfährt.«

»Ist nicht nötig«, sagte sie. »Ich frage eine Krankenschwester.« *Mach dir bloß nicht zu viel Mühe, Levi.*

Er sah auf die Uhr und stand auf. »Wir sehen uns, wenn du zurück bist.« Einen Augenblick blieb er neben ihrem Bett stehen und sah auf sie hinunter. Wieder spürte sie diesen Jedi-Blick, aber sie presste die Lippen zusammen und studierte ihre Bettdecke. Sie hatte bereits genug von ihm gesehen, so groß und stark, wie er war, so abgekämpft, mit diesem intensiven Blick aus den dunklen Augen. Seine Gegenwart fühlte sich fast an wie ein Tritt in den Magen.

Sie wollte, dass er ging. Er war derjenige, den sie am wenigsten sehen wollte. Die anderen Männer waren auch nicht zurückgekommen, um sie zu suchen, aber Levi war der, der sie geküsst und umarmt hatte, und er war es, der die Entscheidung gefällt hatte, sie zurückzulassen. Wenn sie an die anderen dachte, war alles in Ordnung, aber in Bezug auf Levi wollte sie einfach abschalten.

Weil er Levi war und sein Wille wie eine Naturgewalt, umfasste er ihr Kinn mit seiner großen rauen Hand und drehte ihr Gesicht zu sich. Widerspenstig hielt sie den Blick gesenkt, auch wenn sie sich albern dabei vorkam, aber sie hatte einfach keine Lust, ihm entgegenzukommen. Er rieb mit dem Daumen über ihre Lippen und stöhnte ungeduldig, dann beugte er sich herunter und presste ihr einen kurzen heftigen Kuss auf den Mund, gerade lange genug, um sie seine Zunge spüren zu lassen. »Wir reden später«, sagte er. War das ein Versprechen oder eine Drohung? Dann verließ er das Krankenzimmer.

Vielleicht ja, vielleicht nein. Vor drei Tagen – eine Ewigkeit – hätte dieser Kuss, diese Berührung ihr Herz zum Rasen gebracht und sie verwirrt.

Er hatte sie zurückgelassen. Er hatte sie geküsst und seine Zunge in ihren Mund geschoben, und dann hatte er sie trotzdem verlassen.

Und sie war so müde. Sie wollte über nichts nachdenken, sich mit nichts beschäftigen, nicht einmal damit, dass sich an Levi etwas verändert hatte und sie nicht die Energie aufbrachte, herauszufinden, was es war. Vielleicht würde sie sich mehr wie sie selbst fühlen, wenn sie wieder zu Hause war.

Als das nächste Mal eine Schwester hereinkam, bat sie um Erlaubnis, ihre Kumpel auf der Intensivstation zu besuchen. »Warum nicht!«, sagte die Schwester und warf einen Blick auf Jinas bandagierte Füße. »Ich sehe zu, dass ich vor der nächsten Visite einen Rollstuhl organisiere.«

Aber dann vergaß sie es, und Jina musste jemand anders fragen. Schließlich aber brachte man ihr den Rollstuhl, und ein Krankenpfleger schob sie zur Intensivstation. Voodoo sah sie als Erstes. Er öffnete die Augen, als sie hereingerollt kam, und ihr wurde ganz schwindlig vor Erleichterung. Doch er war blass, hatte Kanülen in der Brust, eine Atemmaske auf, eine Infusionsnadel mit Schlauch führte zu zahlreichen mit Flüssigkeiten gefüllten Plastikbeuteln, sein linkes Bein war ruhiggestellt.

»Hey«, sagte er. Er machte den Eindruck, als stünde er unter starkem Medikamenteneinfluss, was der Fall war, da er gerade erst aus der Narkose erwacht war.

»Selber hey.« So weit war das schon eine sehr tiefgründige Unterhaltung.

Sein benebelter Blick wanderte zu ihrem Rollstuhl. »Was soll das denn?«

»Ach, ich hab kaputte Füße. Nichts Schlimmes. Morgen kann ich nach Hause.«

»Verflixte Stiefel.«

»Ja, die verflixten Stiefel. Aber die werden keinen Schaden mehr anrichten, jetzt sind sie weg.« Sie war ja geradezu in Plauderstimmung, so viel auf einmal hatte sie schon ewig nicht geredet … Moment, war das erst einen Tag her? Ein bisschen mehr als ein Tag. Sie hatte das Gefühl, als seien Wochen vergangen.

Er hob eine Hand, streckte sie nach ihr aus. Sie rollte näher und ergriff sie. »Ich war die meiste Zeit … bewusstlos«, sagte er schwerfällig. »Aber ich weiß … du warst …« Er verstummte. Dann sammelte er sich und sagte: »Bin froh, dass es dir gut geht.«

»Ich hab's geschafft. Jetzt musst du dich auch anstrengen.« Sie legte seine Hand zurück aufs Bett.

»Das habe ich vor.« Ein angedeutetes Lächeln erreichte seine Lippen. Er hob den Arm erneut und machte eine Faust. Sie grinste und schlug mit ihrer Faust ein.

»Wir sehen uns zu Hause wieder, Kumpel.«

Sie rollte aus dem Raum und den Korridor entlang zu Crutch. Er schlief tief und fest oder war nicht bei Bewusstsein. Jina beobachtete ihn einen Moment. Er atmete gleichmäßig, hatte aber eine Temperatur von über neununddreißig Grad, und sein Blutdruck war zu hoch. Crutch hatte viele Stunden nur mit der allernotwendigsten Hilfe überstehen müssen, bevor er richtig behandelt wurde. Er war kräftig, aber trotzdem stand sein Leben auf Messers Schneide.

Wenn sie ihn und Voodoo ansah, fragte sie sich, ob die beiden überhaupt noch in der Lage sein würden, wieder im GO-Team zu arbeiten.

Das Leben konnte sich von einem zum anderen Moment radikal verändern. Selbst Menschen, die ein ganz normales Leben führten, konnte das passieren: ein Autounfall, ein Sturz, zum falschen Zeitpunkt am falschen Ort sein, und nichts war so wie vorher. Für sie, die Mitglieder des GO-Teams, war es jedes Mal eine Herausforderung des Schicksals, wenn sie einen Auftrag annahmen.

Donnelly war tot. Voodoo und Crutch hätte es fast erwischt. Sie selbst hatte diese grauenhafte Mission ohne bleibenden Schaden überstanden, aber hätten sich die Dinge anders entwickelt, hätte sie auch in der syrischen Wüste umkommen können. Beim Fallschirmtraining hatte sie entsetzliche Angst gehabt und war überzeugt gewesen, es nicht zu überleben. Aber das war ein Spaziergang im Park gewesen verglichen zur Wüste. Noch ein Kilometer mehr oder vielleicht sogar weniger – und sie hätte es nicht geschafft. Fünf Minuten länger, und sie hätte es nicht geschafft. Der Helikopter wäre ohne sie abgehoben und verschwunden.

Der Krankenpfleger beendete seinen Plausch mit den Schwestern aus der Intensivstation und schob sie in ihr Zimmer zurück. Wieder im Bett, mit schmerzenden Füßen, sah sie aus dem Fenster und dachte über die Mission nach. Erleichtert spürte sie ein gewisses Interesse bei sich aufflackern, sie war froh, wieder etwas anderes als Leere in sich zu fühlen.

Wenn sie nach Hause kam, würde sie erfahren, was die Männer bezüglich der Ereignisse vermuteten. Für sie war offensichtlich, dass Yasser und Mamoon zum Überfallteam gehört hatten. Als Mamoon den Computerbildschirm gesehen hatte, musste ihm klar geworden sein, dass sie das Team vor dem Hinterhalt warnen konnte, und er war sofort nach draußen gegangen, um den anderen Bescheid zu geben, die sich versteckt hatten. Vielleicht sogar in dem Wadi, in dem sie geflüchtet war. Irgendwie war Tweety nicht in der Lage gewesen, sie mit der Infrarot-Kamera zu erfassen. Vielleicht war es ihnen gelungen, das Überfallteam zu verständigen. Oder auch nicht, vielleicht hatten sie deshalb beschlossen, den Truck in die Luft zu jagen – in der Hoffnung, dass Jina dabei ebenfalls erwischt wurde –, sodass er verbrannte und die anderen gewarnt wurden, dass etwas nicht stimmte. Vielleicht hatten sie gedacht, das Team würde sofort umkehren und ihnen die Möglichkeit bieten, es aus dem Hinterhalt anzugreifen.

Sie hatte keine Ahnung, wozu dieser Hinterhalt überhaupt diente, ob es tatsächlich einen Maulwurf gegeben hatte oder der womöglich schon war. Vielleicht würden sie nie erfahren, was genau vorgefallen war und warum. Aber die GO-Teams hatten Experten, die jede Information durchgehen und ihre Theorien aufstellen würden.

Letzen Endes spielten die Hintergründe für sie keine Rolle. Sie wusste, was ihr passiert war, kannte die Einzelheiten aus ihrer Sicht. Und irgendwie hatte sie damit abgeschlossen. Es kam ihr vor, als hätte sie eine Grenze im Kopf, als ob das, was passiert war, nicht mehr wichtig war.

Am nächsten Tag flog sie mit einem Krankentransport nach Hause. Ihre Füße waren mit, wie sie fand, einem Übermaß an Verbandsmull umwickelt, die Bandagen reichten bis zu ihrem Schienbein hoch. Darüber trug sie die formlosen Papierschuhe, die auch in OPs übergestreift wurden, und man brachte sie mit dem Rollstuhl ins Flugzeug. Ihre Füße waren schon besser geworden, aber immer noch wund und schmerzhaft, und es war unmöglich, Schuhe anzuziehen. Auch wenn sie fand, dass der Rollstuhl doch etwas übertrieben war, genauso wie die Verbände. Sie hätte selbst an Bord gehen können, wenn auch langsam.

Es war ein langer Flug. Das waren so gut wie alle Flüge, denn die GO-Teams arbeiteten nicht im Inland. Sie schlief etwas, las ein bisschen und fühlte sich immer noch mies, als das Flugzeug in Washington landete. Sie wurde aus der Maschine gerollt und dann mehr oder weniger allein gelassen, während die Schwerkranken oder Verwundeten von Bord gebracht wurden.

Sie war offiziell entlassen worden, kein wirklicher Patient mehr wie die anderen Passagiere des Krankentransports, der sie mitgenommen hatte. Sie überlegte, wie sie nach Hause kommen sollte – sie hatte kein Bargeld für ein Taxi dabei, ihr Auto stand sonst wo. Außerdem war sie nicht unbedingt in der Form, um zu fahren und musste auch noch ein paar Tage lang Schmerztabletten nehmen. Sie würde sich ein Handy ausleihen und jemanden anrufen, der … doch eigentlich wusste sie nicht, wen sie …

»Babe!«

Sie drehte sich um und sah Terisa auf sie zukommen, ein Besucherbutton war an ihrer Bluse befestigt. Wenige Sekunden später wurde sie herzlich umarmt, und zum ersten Mal, seit sie gerettet worden war, stiegen ihr Tränen in die Augen. Heftig erwiderte sie die Umarmung. »Ich bin so froh, dich zu sehen«, sagte sie an Terisas Schulter und blinzelte die Tränen weg.

»Heute ist mein freier Tag, also habe ich vorgeschlagen, dich abzuholen«, sagte Terisa. »Die Jungs sind alle im Hauptquartier beschäftigt. Die Kacke ist ganz schön am Dampfen wegen der Sache, die da passiert ist. Allerdings ist Marcus wie immer verschlossen wie eine Auster, und ich habe keine wirkliche Ahnung. Aber ich weiß, dass Voodoo und Crutch schwer verwundet sind und dass deine Füße verletzt sind und du nicht laufen kannst. Dein Auto wurde abgeholt und zu dir nach Hause gefahren. Ich bin einkaufen gegangen und habe deinen Kühlschrank aufgefüllt – also, Mädchen, mal ehrlich, du hast ja nur Cracker im Haus. Wie auch immer, wenn du zu Hause bleiben willst, um dich ein paar Tage auszuruhen, mach das. Wenn du Gesellschaft willst, brauchst du nur anzurufen. Leider muss ich morgen früh arbeiten, sonst würde ich dich mit zu mir nehmen, aber ich nehme an, dass du ohnehin lieber Ruhe und Frieden haben und zu dir kommen willst.«

»Du weißt ja gar nicht, wie sehr ich das zu schätzen weiß.« Hatte Terisa irgendwie erraten, wie sie sich fühlte? Als Krankenschwester sah sie täglich Menschen mit traumatischen Erfahrungen, deshalb wusste sie wahrscheinlich, dass es einige Zeit dauerte, bis man wieder in den normalen Alltag übergehen konnte. Wusste sie von Boom, dass Jina sich selbst gerettet hatte, indem sie stundenlang mit blutenden Füßen durch die Wüste gelaufen war?

Daran wollte sie nicht denken. Und sie wollte nicht in den normalen Alltag zurück, sie wollte für sich sein.

Sich auf das Alltägliche zu konzentrieren erschien ihr das Sicherste. Sie hatte nicht so weit gedacht, dass sie zu Hause Lebensmittel benötigte – das war in der letzten Zeit bei ihr sowieso nie ein Thema gewesen –, oder wie sie zurechtkommen sollte, bis sie wieder Auto fahren durfte. Sie konnte zwar Pizza bestellen, aber das Autofahren musste noch warten. »Hast du gehört, wie es Voodoo und Crutch geht? Ich hab sie gestern gesehen und mit Voodoo kurz gesprochen, aber Crutch war nicht wach.«

»Voodoo ist stabil, er macht weiter Fortschritte. Morgen wird er aus der Intensivstation in ein normales Krankenzimmer umziehen. Crutchs Situation ist immer noch kritisch, er hat Fieber, aber seine Vitalfunktionen stabilisieren sich.« Terisa berichtete in dem professionellen Tonfall einer erfahrenen Krankenschwester. Sie schüttelte besorgt den Kopf. »Er hat noch einen langen Weg vor sich. Ob einer von den beiden noch in der Lage sein wird, seinen Job zu machen …« Sie legte kurz den Kopf schief und blickte skeptisch.

Unausgesprochen war die Tatsache, dass das Team in absehbarer Zukunft nicht im Einsatz sein würde, zumindest nicht, wenn dabei die volle Einsatzkraft verlangt wurde, denn ein Drittel der Crew war verletzt und nicht arbeitsfähig. Jina stellte sich das Team ohne die beiden vor, und irgendwie fühlte sich das nicht richtig an. Ein Team war ein Ganzes, wie eine Familie. Jemanden zu verlieren hinterließ eine große Lücke.

Sie zu verlieren … hätte keine große Lücke hinterlassen. Sie war später dazugekommen. Sie hatte gedacht, dass sie mittlerweile dazugehörte, aber da hatte sie sich getäuscht.

Terisa brachte Jina nach Hause, machte ihr ein Sandwich und forderte sie auf zu essen. Nachdem sie zufrieden festgestellt hatte, dass für die grundlegenden Bedürfnisse gesorgt war, ging sie, und Jina taumelte ins Bett. Ihr war es egal, ob sie ihre innere Uhr durcheinanderbrachte, da sie am nächsten Tag nicht aufstehen musste. Sie konnte schlafen, wann sie wollte, und das tat sie.

Jina schlief einige Stunden, wachte hungrig auf und humpelte in die Küche, um ein Zimtbrötchen zu essen. Gott sei Dank hatte Terisa auch ein bisschen Junkfood besorgt, denn selbst eine Haferflockensuppe zu kochen, wäre ihr zu viel gewesen. Sie legte sich wieder ins Bett, wachte in den frühen Morgenstunden auf, machte sich Kaffee, wusch sich am Waschbecken und zog sich normale Kleidung an. Es war angenehm, etwas anderes als das Krankenhaushemd zu tragen, das sie in Deutschland in der Klinik bekommen hatte.

Um sieben Uhr klingelte ihr Telefon. Sie wollte schon danach greifen, sah dann Levis Nummer auf dem Display und riss die Hand zurück. Aber er war immer noch ihr Team-Boss, und jetzt, wo sie zu Hause war, lag garantiert irgendeine Besprechung an, eine Berichterstattung, die nicht wegen so einer Lappalie, dass sie nicht Auto fahren konnte, verschoben wurde. Widerwillig nahm sie das Gespräch an.

»Kannst du in fünfzehn Minuten aufbruchsbereit sein?« Er sagte nicht einmal Hallo, aber das war auch schon egal. Es war ja nicht so, dass sie nicht gewusst hätte, wer anrief.

»Ja«, erwiderte sie, ohne ihm zu verraten, dass sie bereits fertig angezogen war.

»Mac schickt einen Wagen. Und einen Rollstuhl.«

Sie legte auf und fragte sich, ob man sich um sieben Uhr früh schon betrinken durfte. Sie hatte nicht die geringste Lust zu der Besprechung und hasste es, mit einem Rollstuhl durchs Hauptquartier geschoben zu werden, als wäre sie behindert – was sie ja technisch gesehen auch war. Was aber nicht hieß, dass es ihr gefiel.

Es gefiel ihr genauso wenig, Papierschuhe zu tragen, die sowieso schon fast auseinanderfielen. Deshalb versuchte sie, ihr einziges Paar Hausschuhe anzuziehen. *Vergiss es.* Außerdem hatte Caleigh ihr diese Dinger vor zwei Jahren zu Weihnachten geschenkt, es waren solche Dinger mit wippenden Elchköpfen vorn an den Zehenspitzen. Besser, sie trug Papierschuhe als Elchköpfe.

Zehn Minuten nach Levis Anruf stieg sie vorsichtig die Treppe im Hausflur hinunter. Da sie wegen des dicken Verbands die Zehen nicht bewegen konnte, musste sie seitwärts gehen und sich wie ein Kleinkind am Treppengeländer festhalten. Gerade als sie aus dem Haus kam, fuhr der Wagen vor, den Mac ihr geschickt hatte. Der Fahrer, ein kräftiger Typ in Anzughose und Poloshirt, warf ihr einen besorgten Blick zu. »Ich wollte Sie von oben abholen«, sagte er.

»Wie denn? Mit dem Rollstuhl kommt man die Treppe nicht runter.«

»Ich hatte die Anweisung, Sie zu tragen.«

Sie tragen? Jina musste wohl so entsetzt aussehen, wie sie sich fühlte, denn er murmelte vor sich hin, dass man nicht davon ausgegangen war, dass sie schon laufen könne. Sie humpelte um den Wagen herum und setzte sich auf den Beifahrersitz, in der Hoffnung, dass der Fahrer nicht geschwätzig war.

Das war er nicht, auch wenn sie spürte, wie er sie ab und zu von der Seite musterte. Als sie das Hauptquartier erreicht hatten, sprang er aus dem Auto, holte den Rollstuhl aus dem

Kofferraum, faltete ihn auseinander und hielt ihn fest, während Jina hineinstieg. Sie fühlte sich jetzt schon erschöpft. Obwohl sie den Rollstuhl hasste, war sie froh, den Weg zum Versammlungsraum nicht laufen zu müssen.

Er schob sie über den Gehweg, die Rollstuhlrampe hoch und ins Gebäude hinein, wo die Klimaanlage bereits auf Hochtouren lief, als wolle man der Hitze des Tages zuvorkommen. Die Räume des Hauptquartiers waren nichts Besonderes, was auch beabsichtigt war. Wer aus Versehen ins Foyer kam, sah lediglich einen öden Eingangsbereich mit einer Rezeptionistin, die dem Eindringling freundlich den Weg nach draußen wies, während sie unter dem Empfangstresen eine Schusswaffe auf den Eindringling richtete. Die Tür zum Geschäftsbereich war gepanzert und nur nach Gesichtserkennung und mit einer Schlüsselkarte zu passieren.

Darüber hinaus schienen die Flure von einem betrunkenen Kobold entworfen worden zu sein, was zur besseren Verteidigung diente. Als sie ihren Job gerade neu angetreten hatte, war es eine Herausforderung für sie gewesen, sich hier zu orientieren. Nach einer Weile hatte sie die labyrinthartige Architektur gar nicht mehr wahrgenommen und sich problemlos zurechtgefunden. Jetzt sah sie die Dinge mit anderen Augen und bemerkte die Effektivität.

Jedes Mal, wenn sie jemandem auf dem Flur begegneten, trat derjenige zur Seite, blieb stehen und starrte sie an. Jina begann, sich unbehaglich zu fühlen. Lag es an dem Rollstuhl? Dann begegneten sie einer Kollegin, die sie aus ihrer Zeit in der Kommunikationsabteilung kannte, auch wenn sie sich nicht an ihren Namen erinnerte. Sie blieb stehen und rief: »Jina!« Dann nahm sie Jinas Hände. »Ich bewundere Sie so sehr«, sagte sie. »Als wir hörten, was Sie gemacht haben – stundenlang durch die Wüste zu laufen … also, ich hätte das nicht geschafft. Das ist wirklich bewundernswert!«

»Danke«, brachte Jina schließlich heraus. Sollte sie ihr sagen, dass sie nichts Bewundernswertes oder Heldenhaftes geleistet, sondern aus reiner Verzweiflung gehandelt hatte, um zu überleben? Doch sie schwieg, denn es hätte sie zu viel Anstrengung gekostet, und eigentlich kümmerte es sie auch nicht.

Der Fahrer rollte sie zu einem der gesicherten Konferenzräume, in dem Mac auf sie wartete, ungeduldig und schlecht gelaunt wie immer. Levi war ebenfalls da und noch drei weitere Personen, zwei Männer und eine Frau, von denen sie vermutete, dass es die Geheimdienstanalytiker waren.

»Ich mach's schon«, sagte Levi und übernahm den Rollstuhl von dem Fahrer.

»Okay.«

Levi schob Jinas Rollstuhl an den Konferenztisch, dann goss er ihr eine Tasse Kaffee ein und stellte ihn vor sie auf den Tisch. Sie murmelte ein Dankeschön, und das meinte sie auch so – für den Kaffee jedenfalls.

Niemand stellte die drei Unbekannten vor, was Jina nicht störte. Sie würde sie wahrscheinlich sowieso nie wiedersehen. Mac lief mit düsterer Miene im Raum umher. »Okay, wir wissen, dass die Mission von Anfang an schiefgelaufen ist. Ace hat bereits berichtet. Was ist auf deiner Seite passiert?«

»Der Junge, Mamoon, ist in die Ruine gekommen und hat beobachtet, wie ich die Drohne gesteuert habe. Ich habe eine Wärmequelle gefunden und das Bild rangezoomt. Ich dachte, er wäre beeindruckt, fasziniert, aber jetzt ist mir klar, dass er beunruhigt war, weil er begriff, dass ich die Männer sehen konnte, die im Hinterhalt auf das Team warteten. Er ist wieder rausgegangen, und wenige Minuten später hörte ich draußen eine Männerstimme, vermutlich vom Truck, mit dem wir zurückfahren sollten. Mamoon redete mit ihm, wer immer das auch war. Sie flüsterten, vermutlich, damit ich sie nicht hörte.«

»Hast du verstanden, was sie gesagt haben?«

»Nein, ich kann kein Arabisch. Aber selbst wenn, sie haben zu leise gesprochen. Ich konnte nur die Stimmen unterscheiden.«

»Was ist dann passiert?«

»Ich habe die Drohne weiter vorgelenkt, um nach dem Informanten zu suchen. Auf einmal ist eine ganze Gruppe von Wärmebildern aufgetaucht, schätzungsweise fünfzehn. Ich hatte keine Zeit, sie zu zählen, weil ich das Team sofort warnen musste. Direkt danach kam es zur Explosion, und ich bin umgeworfen worden ... war aber nicht bewusstlos, nur benommen. Ich sah den Schein von zwei Taschenlampen, mit denen sie sich den Weg durch die Ruine geleuchtet haben, auf dem Weg zu mir. Ich habe den Laptop zerstört und es gerade noch rechtzeitig geschafft, mich durch ein Loch in der hinteren Wand nach draußen zu zwängen.«

»Warum hast du keinen Kontakt zum Team aufgenommen, um ihnen zu sagen, dass du lebst und wo du bist?«

Aha. Da war die Frage, vor der sie sich gefürchtet hatte. Denn das war das, was sie am allerwenigsten besprechen und woran sie sich überhaupt nicht erinnern wollte. »Das Mikro war kaputt«, sagte sie ruhig. »Ich konnte die Männer hören, ihnen aber nicht antworten.«

Sie spürte Levis wüsten intensiven Blick auf sich. Das hatte er nicht gewusst. Er hatte nicht einmal geahnt, dass sie ihn hatte hören können. Sicher, sie konnte nicht behaupten, dass er eine falsche Entscheidung getroffen hatte. Neutral betrachtet, war ihr klar, dass er nicht anders entscheiden konnte. Unglücklicherweise konnte ihr Herz dem aber nicht zustimmen.

»Du hattest dein Headset nicht dabei, als du am Hubschrauber ankamst«, sagte Mac. Es hörte sich an wie ein Vorwurf, als wenn er annähme, sie würde lügen.

Das war ihr gar nicht bewusst gewesen. »Ich bin oft gestürzt, im Dunkeln gerannt. Wahrscheinlich habe ich es irgendwann verloren. Zieh es mir vom Gehalt ab«, sagte sie so kühl, wie sie es sich gar nicht zugetraut hätte.

Levi schien zu denken, dass Mac das tatsächlich fertigbrachte, denn er sagte brüsk: »Es war sowieso kaputt. Vergiss das Ding.«

Mac warf ihnen beiden einen irritierten Blick zu, sagte aber nichts darauf.

Die Befragung ging weiter. Wie merkwürdig, dass so viel in so wenige Worte gepresst werden konnte. Wenn überhaupt, dann bewirkte der Bericht, dass ihr die Ereignisse noch unrealistischer vorkamen als ohnehin schon.

Die Experten quetschten sie noch eine Stunde lang aus, wollten jedes Detail wissen, fragten, wie sie die Ereignisse bewertete. Warum der Truck ihrer Meinung nach explodiert sei? Ob es möglich gewesen sei, dass vor der Ruine noch mehr Personen mit Mamoon standen? Warum sie nicht einfach hereingekommen waren und sie erschossen hatten?

»Ich nehme an, der einzige Weg, die anderen zu warnen, war, mit der Explosion eine Menge Krach zu machen.«

Und: »Möglich, aber ich habe nur eine andere Stimme gehört.«

Und: »Ich hatte meine Waffe aus dem Holster genommen und neben den Laptop gelegt. Vielleicht dachten sie, ich wäre kein leichtes Opfer. Außerdem wäre ein Schuss von der Ruine aus nicht laut genug gewesen, um die anderen zu warnen. Deshalb entschieden sie sich für die Explosion und kamen danach in die Ruine, um sich um mich zu kümmern. Ich weiß nicht. Teilweise kam mir alles ziemlich schlecht geplant vor.«

An diesem Punkt unterbrach Mac. »Aber es scheint verdammt skrupellos. Ihr wurdet nach Syrien geschickt, weil ein Sympathisant dort angeblich Informationen über Graeme Burger hatte. Es ist gefährlich, ins Land rein- und wieder rauszukommen. Für mich sieht es danach aus, als ob der Sinn der ganzen Aktion war, euch in ein feindliches Gebiet zu locken, um euch zu eliminieren.«

»Wahrscheinlicher ist, dass der Informant gefangen und vernommen wurde und dass dies der beste Plan war, den man in so kurzer Zeit vorbereiten konnte«, widersprach die Analyseexpertin. »Ich stimme Ms. Modells Annahme zu. Es war teilweise schlecht geplant oder schlecht ausgeführt oder beides.«

»Oder es gab gar keinen Sympathisanten«, sagte Mac düster. »Die Informationen, die wir über ihn hatten, waren ziemlich dünn. Alles ist dünn, was es über Graeme Burger gibt, ein Hinweis hier, ein Hinweis dort. Aber dann hat er dieses Ding gebracht und die Überwachung abgeschüttelt, und …« Er unterbrach sich und rieb sich die Augen. Mac sah müde aus, als wäre er die ganze Nacht wach gewesen. »Aus meiner Sicht sieht es wie ein willkürlicher Akt aus, der ein ganzes Team auslöschen sollte, ein Team, das sich auf Burger konzentriert hat.« Dann sagte er plötzlich: »Okay. Das war's. Modell, mit dir wären wir erst mal fertig. Du kannst gehen.«

Sie war nicht befugt, weitere Informationen zu hören, die jetzt vielleicht diskutiert wurden, das überraschte sie nicht. Jina steuerte den Rollstuhl selbst vom Tisch weg, aber Levi stand sofort auf und übernahm es, sie aus dem Konferenzraum und den Flur entlangzuschieben.

Das kann ich allein. Sie dachte es, sagte es aber nicht. Wenn sie nachts ohne Wasser und mit blutenden Füßen einen Marathon durch die Wüste laufen konnte, dann wäre sie wohl auch in der Lage, einen verdammten Rollstuhl zu steuern. Zum ersten Mal flackerte wieder ein Gefühl in ihr auf, und das war Wut.

Sie wollte aber keine Wut spüren, wollte gar nichts fühlen. Sie versuchte es zu verdrängen und schwieg nur, während Levi sie zurück nach draußen schob, wo ihr wortkarger Fahrer wartete.

»Danke dir, Terrell. Pass auf sie auf. Ich schulde dir was.«

»Keine Ursache«, entgegnete Terrell, der Fahrer. Doch Jina nahm an, dass es nicht sein tatsächlicher Job war.

Terrell fuhr sie nach Hause, wo sie sich gegen seine peinliche Entschlossenheit wehrte, sie die Treppe hochzutragen. Sie machte es aus eigener Kraft. Sie hochtragen? Was zum Teufel hatte Levi denn geraucht?

Am späten Nachmittag rief Ailani an. »Hallo«, sagte sie freundlich. »Hättest du gern etwas Gesellschaft?«

»Sicher«, erwiderte Jina, obwohl das eigentlich nicht stimmte. Eine Schmerztablette – die letzte, die sie nehmen würde, hatte sie beschlossen – hatte das Pochen im Fuß gelindert, aber sie fühlte sich benommen und schläfrig.

»Ich habe gerade gekocht, ein paar neue Rezepte ausprobiert. Ich bring dir was davon mit, du kannst es in die Kühltruhe packen und aufwärmen, wenn du Hunger hast, statt dir ein Sandwich zu machen. Wir sehen uns in einer Stunde!«

Es war aber nicht nur Ailani, die erschien. Snake begleitete sie, allerdings hatten sie die Kinder nicht dabei. »Wir haben einen Babysitter für die Teufelsbraten engagiert«, erklärte er. In der Hand hielt er einen Karton, wodurch Ailani die Hände frei hatte, um sie beide herzlich zu umarmen. »Hier, Essen für dich. Ich wollte was davon haben, aber Ailani hat's verboten, deshalb sollst du jetzt jedes Mal an mich denken, wenn du isst.«

»Das werde ich garantiert nicht«, versicherte Jina ihm. »Koch dir dein eigenes Essen.«

Sie humpelte in die Küche und verstaute die Portionen im Gefrierfach ihres Kühlschranks. Wenn ihr Kühlschrank schon größtenteils leer war, so wurde das Gefrierfach noch weniger genutzt. Der einzige Inhalt war eine halb leere Packung Eiscreme und drei Eis am Stiel. Normalerweise bewahrte sie hier eine gefrorene Pizza oder ein Mikrowellen-Menü auf. Aber Terisa hatte recht, als sie ihre Vorräte als spärlich bezeichnet hatte. »Das sieht wirklich lecker aus«, sagte sie, und das war ehrlich gemeint. Plötzlich verspürte sie Appetit. »Habt ihr beide denn schon gegessen? Wir könnten eine Pizza bestellen oder …«

»Ist alles in Arbeit«, unterbrach sie Snake. »Die anderen Jungs bringen was zu essen mit. Wenn du uns nicht hier haben willst, sag Bescheid, sonst übernehmen wir die Führung.«

Sie war etwas bestürzt, denn, nein, sie hatte keine Lust auf so viele Leute, aber das sagte sie nicht. Die Männer wieder wegzuschicken, nachdem sie ihr etwas zu essen gebracht hatten, wäre ziemlich rüde, und so unhöflich wollte sie nicht sein. »Solange niemand von mir erwartet, dass ich viel rede«, sagte sie. »Ich hab gerade meine letzte Schmerztablette geschluckt, deshalb bin ich ein bisschen benommen.«

»Deine letzte?«, sagte Snake und runzelte die Stirn. »Ich kann dir noch welche besorgen.«

»Nein danke, ich hab noch. Aber das war die letzte, die ich nehmen will. Ich kann nämlich unter dem Medikamenteneinfluss nicht Auto fahren.«

»Musst du auch nicht. Einer von uns bringt dich gern überallhin. Wenn du Schmerzen hast, nimm doch die verdammten Pillen.«

»Vielleicht abends, damit ich schlafen kann«, sagte sie, hatte aber nicht vor, es zu tun.

Einer nach dem anderen kamen die Männer, jeder brachte irgendetwas mit: Donuts, eine Torte, Chips und Soße zum Dippen. Boom und Terisa kamen ebenfalls ohne die Kinder. Offensichtlich hatten alle beschlossen, sie nicht mit den herumlaufenden Energiebündeln zu überfordern, die womöglich auf sie kletterten und ihr vielleicht auf die Füße traten. Levi kam als Letzter, beladen mit vier großen Pizzas. Jina war nicht richtig hungrig gewesen, aber bei dem Duft der Pizza lief ihr das Wasser im Mund zusammen.

Sie konnte Levis Gegenwart besser ertragen, wenn Leute um sie herum waren. Schließlich hatte sie im vergangenen Jahr meist versucht, ihn zu ignorieren, wenn es nicht um Team-Angelegenheiten ging. Das war ihr nicht gelungen, aber sie hatte es versucht. Ignorieren bedeutete, ihn nicht zu beachten, doch egal, was geschah, sie nahm seine Gegenwart ständig sehr intensiv wahr. Jetzt konnte sie sich auf die anderen konzentrieren, doch sie spürte ihn ständig, als wäre er eine riesige helle Wärmequelle, die von Tweetys Infrarotkamera erfasst wurde.

»Ich habe mich nach dem letzten Stand erkundigt«, sagte Levi, als sie alle in ihrem kleinen Wohnzimmer zusammengepfercht saßen. Es gab nicht genug Sitzgelegenheiten, deshalb saßen Jelly und Snake am Boden, Snake gegen Ailanis Beine gelehnt. Irgendwie hatte Levi den Platz erwischt, der Jina am nächsten war, aber zumindest saß sie im Sessel statt auf der Couch. Alle wandten sich ihm zu. »Voodoo geht es besser, vielleicht kann er morgen schon aufstehen. Crutch ist immer noch in kritischem Zustand, hält sich aber.« Levi presste grimmig die Lippen zusammen. Er wusste, sie alle wussten, wie gering die Chancen waren, dass die beiden ins Team zurückkehrten, wenn Crutch sich überhaupt erholte.

Jina machte sich darauf gefasst, dass der Einsatz wieder durchgekaut wurde, aber vielleicht wegen Ailani und Terisa vermieden die Männer dieses Thema. Ihr war es mehr als recht. Bis auf die Besprechung hatte sie sich absichtlich nicht mehr damit beschäftigt. Was nicht bedeutete, dass sie es vollkommen vergessen könnte. Aber sie vermied es, darüber nachzugrübeln und alles in Gedanken erneut durchzumachen. Einmal reichte.

Jina schwieg die meiste Zeit, während alle anderen redeten. Aber nach und nach stellte sie fest, dass sie trotz des ersten Schrecks froh war, alle hier zu haben. Das Team, mit dem sie fast ihre ganze Zeit verbracht hatte, war schon ein Jahr lang ein wichtiger Teil ihres Lebens. Und so plötzlich nicht mehr mit ihnen zusammen zu sein, fühlte sich … nicht richtig an. Sie hatte halb erwartet, dass die Männer weitermachten, als wäre Jina nie im Team gewesen. Aus den Augen, aus dem Sinn. Stattdessen versuchten sie, sie weiterhin einzubeziehen. Schließlich waren ihre Verletzungen nur geringfügig, und sie erwarteten von ihr, dass sie an Bord war, sobald ihre Füße verheilt wären.

Das Problem war, dass sie nicht wusste, ob sie das konnte.

23. Kapitel

Eine weitere Woche war Jina mehr oder weniger ans Haus gefesselt, aber es gab für sie ohnehin keinen Anlass, irgendwohin zu gehen. Die Männer brachten jeden Tag Essen vorbei. Terisa oder Ailani riefen regelmäßig bei ihr an, um sich nach ihrem Befinden zu erkundigen und zu fragen, ob sie irgendetwas benötigte. Levi hielt sich größtenteils zurück, es sei denn, jemand anders war auch noch bei ihr, und das war ihr nur recht. Sie musste allein sein, um wieder zu sich selbst zu finden.

Nach und nach verlor sich das Gefühl, nicht mehr dazuzugehören, außer bei Levi.

Er hatte sie zurückgelassen.

Wenn er sie nicht geküsst hätte … Aber das hatte er.

Wenn er sie nicht beschützt und ihr das Gefühl gegeben hätte, sie zu wollen, obwohl sie nicht zusammen sein konnten … Aber das hatte er.

Tief in ihrem Inneren hatte sie immer gedacht, eines Tages würde sich diese Lage ändern und dass sie zusammen sein würden. Dass die Barriere, die sie zwischen sich errichten mussten, eines Tages nicht mehr notwendig sein würde. Doch jetzt wusste sie, dass er nicht dasselbe für sie empfand, denn sonst hätte er sie niemals zurückgelassen. Die Anziehungskraft, der sie kaum widerstehen konnte, war für ihn offensichtlich nicht halb so stark. Sie versuchte, sich in seine Lage zu versetzen, aber konnte sich nicht vorstellen, dass sie selbst abgeflogen wäre, ohne zu wissen, ob er tot war oder nicht.

Vielleicht irrte sie sich. Sie hatte eine solche Entscheidung nie treffen müssen. Und genau weil ihr diese Erfahrung fehlte, konnte ihr Herz nicht akzeptieren, was er getan hatte.

Die Tage vergingen, eine Woche, zwei Wochen.

Ihre Füße verheilten. Sie waren nicht vollkommen wiederhergestellt, aber auch nicht mehr geschwollen, und sie brauchte nur einen Verband um Hacken und Zehen. Flip Flops konnte sie nicht tragen, weil sie den Riemen nicht zwischen die Zehen bekam, aber Hausschuhe gingen, und Ailani hatte ihr welche mitgebracht, damit sie keine Elchkopf-Schlappen anziehen musste. Jina hatte das Gefühl, sich auch psychisch zu erholen, denn sie stellte sich amüsiert vor, wie einer von den Männern bei einer ähnlichen Fußverletzung mit komischen Tierkopf-Pantoffeln herumlaufen würde.

Doch die meiste Zeit hatte sie nichts zu lachen. Sie sah fern. Sie las. Sie hantierte in der Wohnung herum und erledigte kleine Arbeiten: die Küche aufräumen, online neue Bettbezüge bestellen. Sie hatte sich nun über ein Jahr dem GO-Team mit allem, was dazugehörte, verschrieben. Nun wollte sie sich wieder dem Teil ihrer Persönlichkeit widmen, den sie aufgrund des intensiven Trainings und der Einsätze vernachlässigt hatte.

Die täglichen neuesten Nachrichten über Crutch wurden immer positiver, und endlich konnte er aus der Intensivstation verlegt werden. Voodoo kam ins Walter Reed, und in zwei Wochen würde er seine Reha beginnen.

Weil Jina wieder Auto fahren konnte, besuchte sie ihn fast jeden Tag. Genauso wie der Rest des Teams, aber da sie wieder das normale Trainingspensum begonnen hatten, kamen sie abends, sodass sie ihnen im Krankenhaus nicht begegnete. Tagsüber beschränkte sich ihr Kontakt mit ihnen nun meist auf Textnachrichten, in denen sie fragten, ob sie etwas brauchte. Aber da sie wieder fahren konnte, erledigte sie alles selbst.

Aus den Verbänden wurden Pflaster, und sie konnte wieder normal laufen. Sie versuchte jeden Tag, ihre Sneakers anzuziehen, um zu prüfen, ob ihre Füße darin noch wehtaten, und eines Tages war es so weit. Alles war fast wieder normal – was auch immer »normal« war.

An dem Tag, als sie wieder zum Training zugelassen wurde, war Jina klar, dass sie eine Entscheidung treffen musste. Es würde anstrengend werden, sich wieder in Topform zu bringen.

Wenn sie wieder in Topform kommen *wollte*.

Das war das Problem. Der Gedanke ging ihr Tag und Nacht durch den Kopf. Sie hatte sich nie vor etwas gedrückt, nie aufgegeben. Wenn das der Fall gewesen wäre, hätte sie es nicht lebend aus der Wüste geschafft. Aber schon bei dem Gedanken daran, wieder ins Team einzusteigen, wurde ihr ganz anders.

Sie mochte die Männer aus der Crew, wirklich. Aber auch wenn sie begriff, dass sie sich um Crutch und Voodoo kümmern mussten, dass sie versucht hatten, deren Leben zu retten, und gedacht hatten, Jina wäre tot – am Ende konnte sie nicht vergessen, dass sie sie zurückgelassen hatten. Zum Teufel mit der Vernunft, das Gefühl war stärker. Sie wünschte, es wäre anders, sie wünschte, sie könnte das, was passiert war, vergessen und ganz normal weiterleben, aber das konnte sie nicht.

Wenn es nur um die anderen ginge, käme sie klar. Aber Levi … Levi war derjenige, der sie fertigmachte. Ihre Gedanken kreisten immer wieder um ihn, sie konnte die Geschichte nicht einfach hinter sich lassen. Sie fühlte sich niedergeschlagen, unglücklich, vor Verzweiflung wie ausgehöhlt. Levi hatte sie zurückgelassen.

Jina atmete tief durch, rief im Hauptquartier an und gab MacNamaras Assistentin Bescheid, dass sie ihn sprechen musste. Sie hatte sich schon darauf gefasst gemacht, einen Monat warten zu müssen – er war nicht gerade sehr entgegenkommend –, aber stattdessen wurde ihr mitgeteilt, dass er sie sofort erwartete.

MacNamaras normaler Gesichtsausdruck zeigte eine Mischung aus Missmut, Ungeduld und Feindseligkeit. Aber als Jina heute sein Büro betrat, musterte er sie vor allem ernst. »Du hast eine Menge Scheiße durchgemacht«, sagte er und lehnte sich in seinem Sessel zurück.

Sie zuckte die Schultern, wollte nicht darüber reden. Aber dass er überhaupt auf ihre Situation einging, war ungewöhnlich, denn normalerweise verhielt er sich nach dem Motto: Nimm es hin und tu deinen Job. Das hatte sie immer getan, war über das hinausgegangen, was sie sich zugetraut hätte. Aber jetzt ging es nicht mehr. »Ich möchte wieder in meinen alten Job zurück«, sagte sie.

Augenblicklich verwandelte sich MacNamara wieder in sein altes Ich. »Tut mir leid. Wir haben eine Menge Geld für dein Training ausgegeben, das kann ich nicht einfach verschwenden. Bitte abgelehnt.«

Das hatte sie erwartet und sich bereits auf den Weg vorbereitet, den sie einschlagen würde. Sie sah ihn direkt an und stand auf. »In diesem Fall kündige ich.«

So etwas hatte sie vorher noch nie getan: aufgeben. Sie könnte zum Team zurückkehren, sie könnte sich zwingen, weiterzugehen … aber sie wollte es nicht. Sich selbst diese Worte aussprechen zu hören durchbrach eine Barriere in ihrem Inneren, eine Barriere, die sie vorher nie überschritten hatte. Sie befand sich auf neuem, unbekanntem Gebiet, aber plötzlich fühlte sie sich frei und ruhig. Das war der von ihr gewählte Weg. Sie hatte abgeschlossen.

Statt sie hinauszuwerfen, lehnte sich MacNamara zu ihrer Überraschung zurück und legte die Fingerspitzen zusammen, während er sie über seine Hände hinweg musterte. »Keine übereilten Entscheidungen. Denk darüber nach.«

»Das habe ich. Immer wieder, überdacht, durchdacht, alles. Eigentlich würde ich sehr gern noch einen weiteren Einsatz mitmachen – mit einem anderen Team, was aber natürlich nicht gehen wird –, nur um mir zu beweisen, dass ich es schaffe. Aber ansonsten …« Sie schüttelte den Kopf. »Für mich war es das.«

»Ace hat richtig entschieden. Es war die einzige Entscheidung, die er aufgrund der Informationslage fällen konnte.«

»Ich weiß. Trotzdem.« Es zu wissen und es zu akzeptieren waren zwei verschiedene Dinge. Sicher, er war davon ausgegangen, dass sie bei der Explosion umgekommen war. Das hatte sie verstanden. Aber es änderte nichts an dem, was in ihr vorging, an dem, was sie gefühlt hatte, als sie allein in der Wüste gewesen war, allein und verlassen. Sie war kein Computer, sie konnte nicht alles auf Anfang setzen und neu starten. Sie konnte nicht einfach alles in ein anderes Fach ihres Hirns verschieben und vergessen und so tun, als wäre es nie passiert.

MacNamara zuckte mit den Schultern. Er war nicht der Typ, der auf etwas herumritt, dazu hatte er zu viel am Laufen. »Trotzdem bekommst du deinen alten Job nicht zurück. Ich werde nicht dein Training verschwenden. Ich versetze dich ins Drohnen-Programm, du kannst als Ausbilderin arbeiten. In die Kommunikationsabteilung führt kein Weg zurück. Aber bitte, entscheide selbst.«

Jina sah ihn mit offenem Mund an. »Verblüffung« war ein zu schwaches Wort, um zu beschreiben, was sie fühlte. Sie liebte die Arbeit mit Tweety, liebte die ganze verrückte Softwarearbeit und fand es absolut cool, was die kleine Drohne schaffte. Das Verblüffende war: Niemand, der MacNamara kannte, hätte jemals vermutet, dass er einem so entgegenkommen konnte. »Was? Wirklich? Ich meine, klar, danke!«

Er sah sie finster an. »Mach, dass du rauskommst, bevor ich's mir noch anders überlege.«

Das ließ sie sich nicht zweimal sagen. Sie verließ das Hauptquartier wie benebelt, mit der Gewissheit, dass sie einen Teil ihres Lebens hinter sich gelassen hatte und einen neuen begann. Sie hatte etwas aufgegeben. Und sie würde etwas Neues anfangen.

24. Kapitel

Jina weinte ein bisschen, als sie zum Trainingsfeld fuhr. Ihr war klar, dass sie es den Männern persönlich sagen musste, sie sollten es nicht von jemand anders erfahren. Vielleicht wussten sie es auch schon, vielleicht hatte MacNamara sofort bei Levi angerufen, aber das war egal: Sie hatte gekündigt, aber sie würde kein Feigling sein, sondern dazu stehen.

Ihr Herz schlug doppelt so schnell, als sie den Wagen parkte und auf das Areal blickte, das ihr im Laufe des vergangenen Jahres fast vertrauter geworden war als ihre eigene Wohnung. Es war nichts Besonderes an diesem Platz: der Staub, der Sand, die Gebäude, die für Schießübungen aufgebaut worden waren, die Hindernisse und Sandgruben und die unglaubliche Luftfeuchtigkeit, die Kühlboxen mit Wasserflaschen an einzelnen strategischen Punkten, der von den Läufern aufgewirbelte Staub, die Gruppen von schwitzenden und fluchenden Männern, die sich durch die verschiedenen Trainingseinheiten arbeiteten.

Sie entdeckte Kodak und sein Team, das mit einem neuen Drohnenführer arbeitete, dessen Namen sie nicht kannte. Der Verlust von Donnelly tat immer noch weh, und das hier war sein Nachfolger, deshalb hatte sie die Existenz dieses Mannes ignoriert. In Zukunft würde das nicht mehr möglich sein, da sie ihn für das Drohnen-Programm schulen würde.

Wen sie nicht sah, waren die Männer aus ihrem Team. Aus ihrem *ehemaligen* Team, verbesserte sie sich selbst. Der Gedanke machte sie traurig, aber sie wusste, dass sie die richtige Entscheidung getroffen hatte. Sie zog ihr Handy heraus und schrieb Boom eine Nachricht. Vielleicht hätte sie Levi zuerst schreiben sollen, aber heute wollte sie den einfacheren Weg wählen – denn jetzt war sie ein Weichei, das aufgegeben hatte.

Aufgegeben. Dieser Gedanke ging ihr durch und durch, brachte ihre Welt völlig durcheinander, und sie wusste, dass sie nie wieder so wie vorher sein würde. Sie hatte sich ihr ganzes Leben lang mit Jordan und Taz gemessen, sich ständig angestrengt, um mit ihren Brüdern Schritt halten zu können, und diesen Ehrgeiz bis zum Wahnsinn weiterverfolgt, als sie ihr Training angefangen hatte. Sie war sogar aus einem verdammten Flugzeug gesprungen, und wer machte so etwas, wenn er nicht verrückt war? Stolz und Sturheit hatten sie weiter angetrieben, zu etwas gebracht, was sie gar nicht gewollt hatte, bis sie mit den Männern Freundschaft geschlossen hatte, mit Terisa und Ailani und den Kids, und sich einen Platz in deren Welt eingerichtet hatte. Obwohl diese Welt nie ganz so gewesen war, wie sie sich gewünscht hatte.

Der Drohnenführerjob war vermutlich eher das, was ihr entsprach. Sie würde sich jeden Tag freuen, zur Arbeit zu gehen, statt sich vor dem zu graulen, was auf sie zukam, um zu beweisen, dass sie keine Versagerin war. Es hatte Tage gegeben, die sie genossen hatte, und sie fand es gigantisch, so gut in Form zu sein. Sie würde von jetzt an ein anderes Verhältnis zum Laufen haben, nach dem Erlebnis in der Wüste schon überhaupt. Denn Tatsache war: Wenn sie nicht so viel trainiert hätte, wäre sie niemals in der Lage gewesen, diesen brutalen Marsch zu überleben. Im Team mitzuarbeiten hatte sie in eine verzweifelte Situation gebracht, aber sie hatte dabei auch gelernt, eine solche Situation zu meistern.

Überrascht stellte sie fest, dass sie Lust hatte, etwas von dem, was sie getan hatte, weiterzuführen. Sie würde kein Team haben, mit dem sie trainierte, aber sie konnte laufen, konnte in einer Sporthalle Gewichte heben, Seilklettern und einige der

Fähigkeiten, die sie besaß, weiter praktizieren, um ihre Kondition zu erhalten.

Wer weiß? Eines Tages musste sie vielleicht wieder um ihr Leben rennen. Wenn diese Situation noch einmal eintreten sollte – vielleicht vor einem Straßenräuber flüchten –, dann wollte sie in der Lage sein, das zu tun. Sie würde jeden Verbrecher im Staub zurücklassen.

Ihr Handy brummte und kündigte eine neue Textnachricht an. Sie warf einen Blick auf das Display und las die kurze Antwort von Boom, dass sie unterwegs wären.

Sie wäre doch zu ihnen gekommen. Dachten sie, sie würde es allein nicht so weit schaffen? Oder hatten sie bereits gehört, dass sie gekündigt hatte, und nun durfte sie das Trainingsareal nicht mehr betreten?

Wieder brannten ihr Tränen in den Augen, denn wahrscheinlich würde sie hier nie mehr herfahren, es sei denn mit einem der neuen Drohnenführer. Der Gedanke war schwer zu ertragen, und nicht nur, weil sie etwas, durch das sie sich definiert hatte, den Rücken kehrte. Aber vielleicht war es auch so, dass sie sich durch die Herausforderungen anderer hatte definieren lassen. Unabhängig davon, die Männer ihres Teams bedeuteten ihr viel, und sie von jetzt an nicht mehr in ihr tägliches Leben integriert zu haben, würde eine große Lücke hinterlassen.

Ihre Welt hatte sich drastisch verändert, als sie sich dem GO-Team verpflichtet hatte, und nun würde sie sich erneut drastisch verändern, weil sie das Team verließ. Davor hatte sie Freundinnen gehabt, mit denen sie shoppen gegangen war, sich Filme im Kino angesehen hatte, oder sie hatte sich mit Männern verabredet, auch wenn es nie etwas Ernstes gewesen war. Sie war in Museen und in Musicals gegangen, zu Sportveranstaltungen. Sie hatte ein Leben gehabt. Jetzt gab es keinen Kontakt mehr zu diesen Freundinnen. Jede Minute des Tages hatte sie mit dem Training verbracht, mit essen und schlafen.

Wenn die Jungs sie nun auch nicht mehr wiedersehen wollten, was dann?

Damit würde sie schon klarkommen. Sie hatte keine Freunde gehabt, als sie nach D. C. gekommen war, sich dann aber einen Freundeskreis geschaffen. Sie war offen und gesellig. Sie könnte wieder neue Leute kennenlernen.

Sie könnte, sie wollte aber nicht. Sie hätte gern das Beste von beidem. Sie wollte mit den Männern und ihren Familien befreundet bleiben, aber nicht mehr zu den Einsätzen mitfahren. Sie bevorzugte es, Drohnenführer auszubilden.

Vielleicht wollte sie mehr, als sie haben konnte.

Durch ihre verstaubte Windschutzscheibe entdeckte sie Boom, Snake und Trapper, die sich ihrem Wagen näherten. Levi war nirgends zu sehen. Entweder wollte er nicht mit ihr reden, weil er sauer war, dass sie das Team verlassen hatte, oder er war gar nicht hier. Sie schätzte, die Möglichkeiten standen fünfzig zu fünfzig.

Sie stieg aus dem Auto, lehnte sich gegen die Kühlerhaube und wartete auf die Männer. Die Augustsonne brannte ihr auf den unbedeckten Kopf. Da, wo die Bügel ihrer Sonnenbrille ihr Gesicht berührten, sammelten sich Schweißtröpfchen. Vielleicht würden sie die Tränen nicht bemerken, wenn sie genug schwitzte.

Als die Männer näher kamen, sah Jina die angespannten Gesichter, und ihr drehte sich der Magen um. Aber als sie ihren Wagen fast erreicht hatten, warf Boom ihr eine Flasche Wasser zu und sagte: »Crutch?«

Instinktiv fing sie die Flasche auf und öffnete sie. Die Frage erschreckte sie. »Nein, nicht Crutch«, sagte sie schnell. »Es geht um mich.«

Sie stellten sich im Halbkreis vor ihr auf, vier große Männer, die Stiefel fest auf dem Boden, Schweiß rann an ihnen hinab, während sie aus ihren Wasserflaschen tranken. »Um dich?«, fragte Snake und warf kurz einen Blick auf ihre Füße. »Was ist los, stimmt was nicht?«

Sie könnte einfach sagen, dass sie wieder in ihren alten Job geschickt worden wäre, was nicht so weit von der Wahrheit entfernt war, aber eben auch nicht die ganze Geschichte. Sie atmete einmal kurz durch und sank gegen die Kühlerhaube. »Ich ... ich habe aufgegeben«, sagte sie dann und verschluckte sich fast an den Worten. Dann blickte sie zu Boden, denn sie wollte die Enttäuschung nicht in ihren Gesichtern sehen.

Trapper war der Erste, der etwas sagte. »Aufgegeben? Babe, du gibst doch nie auf. Ein paar Mal hab ich sogar gedacht, du bringst dich um, bevor du einen Rückzieher machst.«

»Doch, ich hab aufgegeben«, sagte sie leise. »Tut mir leid. Ich kann das nicht mehr machen.«

Boom trat auf sie zu und lehnte sich über die Kühlerhaube. »Wegen der Geschichte, die in Syrien passiert ist?«, fragte er mit seiner donnernden tiefen Stimme. »Du traust uns nicht mehr, stimmt's?«

»Ich konnte euch hören«, sagte sie schnell und überging die Sache mit dem Vertrauen, denn darüber hatte sie noch nicht lange genug nachgedacht. »Mein Mikro war kaputt, sodass ich mich nicht melden konnte, aber ich habe euch gehört. Ich wusste, dass Crutch und Voodoo verletzt waren und dass ihr sie rausbringen musstet. Es war meine Aufgabe, zu dem Abholpunkt zu kommen. Und das habe ich auch getan. Aber ich will so was nicht noch mal erleben.«

Sie schwiegen, manche scharrten mit den Füßen. Jina schluckte angestrengt und kämpfte gegen den Impuls an, das Gesicht in den Händen zu verbergen und zu heulen. »Die Sache ist ... ich war gern im Team, mit euch allen zusammen, aber der Rest war etwas, wozu ich mich zwingen musste. Ich bin ein Computerfreak. Ich will am Bildschirm arbeiten, zum Beispiel mit Tweety. Aber ich will nicht mehr in so eine Situation geraten wie in Syrien. Ich will auch keine Wahnsinnige sein, die aus einem Flugzeug springt – womit ich keinem von euch Wahnsinnigen zu nahe treten will, der meint, so was wäre normal. Ich wäre immer eine Bürde für euch alle, weil ich tief in meinem Herzen nicht dahinterstehe.« Sie holte zittrig Luft. »Also habe ich gekündigt. Aber Mac möchte, dass ich die Drohnenführer ausbilde.«

Wieder Schweigen. Dann sagte Jelly: »Also … Wenn du jetzt nicht mehr im Team bist, meinst du, dann könnten wir uns mal treffen?«

Jina riss den Kopf hoch und starrte ihn mit offenem Mund an. Auf ihrem Gesicht mussten der Schock und das Entsetzen abzulesen sein, denn die anderen drei lachten. Jelly wackelte mit den Augenbrauen, dann gab Snake ihm einen kurzen Klaps auf den Hinterkopf. »Dumpfbacke«, sagte er.

»Was denn?« Jelly rieb sich den Kopf. »Ace hat gesagt, sie ist tabu, weil sie im Team ist, aber jetzt ist sie nicht im Team, oder? Also …«

Jina zeigte empört mit dem Finger auf ihn. »Du hast mich dazu gebracht, mich tätowieren zu lassen«, sagte sie. Sie mochte ihr Tattoo aber dennoch. »Auf keinen Fall.«

Er sah sie mit Unschuldsmiene an. »Du hättest ja auch sagen können, dass du kein Tattoo willst.«

»Das weiß ich. Ist auch egal.«

Boom löste sich von ihrem Auto und seufzte. »Ich wünschte, du würdest bleiben«, sagte er. »Verdammt.«

»Ich weiß«, erwiderte sie. »Es war super, zum Team zu gehören, aber was das Team gemacht hat, war nicht super.«

Boom schnaufte. »Weiß Ace es schon?«

»Nicht, wenn Mac es ihm nicht gesagt hat. Ich dachte, er wäre hier. Ich wollte es euch allen zusammen sagen.« Aber er war nicht hier, was bedeutete, sie musste das alles noch mal durchmachen, nur diesmal mit jemandem, der sicher kein Verständnis dafür hatte.

Boom sah sie an und studierte ihren gequälten Gesichtsausdruck. »Ich kann es ihm sagen, wenn du möchtest.«

»Ja, bitte, mach das«, platzte sie erleichtert heraus. Sich aus dem Team zu verdrücken war schon schlimm genug für sie. Sich mit Levi auseinanderzusetzen war jetzt aber mehr, als sie ertragen könnte.

Dass es mitten in der Nacht bei ihr klingelte, bedeutete nichts Gutes. Jina warf wütend einen Blick zur Tür. Sie wusste, wer das war, und keinesfalls wollte sie den Tag heute mit einer weiteren Konfrontation beenden. Boom musste es ihm schon vor Stunden gesagt haben, aber ihr Telefon hatte den ganzen Tag nicht geklingelt. Sie hatte schon gedacht, er würde sich nicht melden oder dass er es bis morgen verschoben hätte. Oder dass vielleicht auch das Team, dezimiert, wie es war, zu einem einfachen Auftrag gerufen worden war und das Land schon verlassen hatte. Sie wollte noch etwas Zeit haben, bevor sie sich mit Levi befasste, Zeit, um sich in ihrem neuen Job einzuarbeiten, Zeit, um mit sich selbst ins Reine zu kommen.

Aber so viel Glück hatte sie nicht. Vorsichtshalber sah sie durch den Spion, und wie üblich dachte sie daran, einfach nicht zu öffnen. Sie trug bereits ihren Pyjama. Sie konnte sich Watte ins Ohr stopfen und ins Bett gehen, ihn einfach draußen an die Tür gelehnt stehen lassen. Aber er würde wissen wollen, warum sie das Team verlassen hatte, und die Konfrontation musste früher oder später stattfinden, also könnte es genauso gut auch jetzt passieren.

Sie riss die Tür auf. »Was ist!«, rief sie wütend. Er war nicht mehr ihr Boss, sie brauchte nicht zu tun, was er sagte. Sie war nicht nur darauf vorbereitet, mit ihm zu streiten, sie *wollte* mit ihm streiten, wollte etwas von ihrem Groll und dem inneren Aufruhr rauslassen.

Worauf sie nicht vorbereitet war, waren das Glitzern in seinen Augen und der Matchbeutel zu seinen Füßen.

Überrascht sah sie auf die Tasche hinunter. »Schon so bald eine neue Mission?« Das hatte sie gehofft, aber es erstaunte sie trotzdem.

»Nein.« Er schob die Tasche über die Türschwelle und kam herein, sodass sie gezwungen war zurückzutreten.

Vom ersten Tag an hatte er sie ständig zurückgedrängt. Darin ist er gut, dachte sie verärgert. Wütend zu sein fühlte sich gut an, es fühlte sich normal an. »Warum hast du dann dein Zeug dabei?«

»Ich dachte, ich bleibe eine Weile hier.« Er lächelte nicht, sein Gesichtsausdruck war so unnachgiebig und hart wie nie.

Wie? Sein Blick war so intensiv auf sie gerichtet, dass sie noch ein Stück weiter vor ihm zurückwich. Dann blieb sie stehen, wie ein Kaninchen, das erstarrt dastand und hoffte, nicht vom Raubtier bemerkt zu werden. Levi strömte eine explosive Energie aus, auf die sie sofort reagierte. Ihre Haut prickelte am ganzen Körper, überwältigt von seiner Größe und der Hitze, die er ausstrahlte. Plötzlich hatte sie das Gefühl, ihre Wohnung sei viel zu klein, dass sich zu viele Personen hier befanden, und sie wäre am liebsten geflüchtet.

Er stieß die Tür mit dem Fuß zu und griff hinter sich, um abzuschließen. »Du bist nicht mehr in meinem Team«, sagte er.

Sie starrte ihn an, in ihr brodelte es von Emotionen, sodass sie nicht wusste, was sie zuerst tun sollte. Sie war wütend auf ihn, sie wollte ihn schlagen, wollte ihn anschreien, bis sie all den Ärger und den Schmerz herausgelassen hatte. Sie wollte sich an ihn werfen und alles von ihm nehmen, was er ihr geben konnte. Denn er war mehr als jeder Mann zuvor, von dem sie sich jemals angezogen gefühlt hatte, und der Teil in ihr, der jede Herausforderung annahm, wollte sich vergewissern, dass sie ihm ebenbürtig war. Sie wollte ihn. Sie wollte das, weswegen er hierhergekommen war.

Aber sie hatte das Team nicht verlassen, damit sie zusammen sein konnten. Sie hatte es verlassen, weil sie ihm nicht traute.

Logik, Gefühle, sie hasste beides. Warum passten die nie zusammen und widersprachen sich ständig?

Das Team aufzugeben war so schwer gewesen, sie hatte das Gefühl gehabt, als würde ihr nichts mehr bleiben. Aber hier war er nun, drängend und fordernd, ohne ihr Zeit zu lassen, über alles nachzudenken. Was sie Levi gegenüber empfand, war so ähnlich wie das, was sie bei dem Entschluss, das Team zu verlassen, gefühlt hatte. Alles ging durcheinander, die Wut, ihr Starrsinn, ihr Drang, sich zu beweisen.

»Du hast mich zurückgelassen und hättest mich sterben lassen«, sagte sie leise und vorwurfsvoll. In ihrem Tonfall schwang alles mit, was sie in den vergangenen Wochen gefühlt hatte.

»Ich dachte, du wärst tot«, entgegnete er und trat auf sie zu, sodass sie automatisch ein paar Schritte nach hinten machte. Als ihr klar wurde, dass sie wieder vor ihm zurückwich, blieb sie abrupt stehen und blickte ihn finster an. »Als der Truck explodiert ist und ausbrannte, sah es von unserem Standpunkt aus, als wäre die ganze Ruine hochgegangen. Yasser hat auf uns geschossen, und wir haben ihn erledigt. Als wir zur Ruine zurückwollten, haben uns diese Mistkerle von hinten angegriffen und die Hölle brach los. Voodoo wurde als Erster getroffen. Als wir die Situation geklärt hatten, war Crutch auch verwundet, beiden ging's sehr schlecht. Ich habe versucht, dich übers Headset zu erreichen, aber da kam keine Antwort. Was zum Teufel hätte ich tun sollen? Ich musste Crutch und Voodoo zum Hubschrauber bringen, dann wollte ich zurückgehen und dich suchen, nach *deiner Leiche*.«

Die beiden letzten Worte kamen rau und heftig und waren getränkt von einem Jahr des Begehrens und der Zurückhaltung, von der unglaublichen Trauer, die ihn fast umgeworfen hätte, als er gedacht hatte, sie verloren zu haben. Er streckte die Hände aus und umfasste ihre Oberarme, schüttelte sie leicht. »Ich. Wollte. Zurückkommen.«

»Das weiß ich!« Sie wusste, dass er geglaubt hatte, sie wäre tot. Sie wusste es, und trotzdem verspürte sie den Drang, ihn zu schlagen. Einige Gefühle waren einfach zu stark, um sie zurückzuhalten, zu schmerzhaft, um sie ruhig zu analysieren. Sie sah das Ungestüme in seinem Gesichtsausdruck, und es weckte etwas Gewalttätiges in ihr. Er mochte sie vielleicht seit einem Jahr begehren, aber sie selbst hatte ihn nicht nur die ganze Zeit begehrt, sondern sich auch alles Mögliche von ihm gefallen lassen, und das machte sie rasend. Sie war für ihn eine Art Jo-Jo gewesen, den er hoch- und wieder heruntergerissen hatte. Er hatte ihre Gefühle verletzt, sie geküsst, sie wütend gemacht, sie in Versuchung geführt, und es war verdammt noch mal egal, welche Gründe er dafür gehabt hatte. Denn sie wollte jetzt nichts anderes, als dass er sich genauso mies fühlte wie sie. *Liebe?* Sie glaubte nicht, dass sie ihn liebte, denn dann hätte er sie nicht so wütend machen können.

Sie wollte, dass er sich so unwichtig fühlte, wie sie sich seinetwegen gefühlt hatte.

Da. Das war er, der Knackpunkt. Das, was die ganzen Wochen seit jener schrecklichen Nacht in der Wüste an ihr genagt hatte. Sie war vorwärts gestolpert, gehumpelt, hatte sich durch Schmerz und Elend, Erschöpfung und Entsetzen gekämpft, während der Gedanke in ihrem Herzen brannte, dass sie für ihn *unwichtig* war.

Sie riss sich von ihm los, rieb sich die nackten Arme und versuchte, das sengende Gefühl loszuwerden, das seine Berührung hinterlassen hatte. Ihre aufgewühlten Emotionen überforderten sie, also konzentrierte sie sich auf die schmerzliche Versuchung, die seine Anwesenheit darstellte. »Ich nehme an, du denkst, ich habe das Team verlassen, damit du zu einem schnellen Fick herkommst? Damit es dir endlich nicht mehr an den Eiern juckt?«

Er sah sie mit verkrampftem Kiefer und glühendem Blick an. »Ich muss deine Erwartungen etwas korrigieren, Baby. Schnell wird das garantiert nicht gehen.«

Alles an Jina verspannte sich. Sofort wurde die Erinnerung lebendig, wie es sich anfühlte, wenn er auf ihr lag, sein Mund und seine Hände ihren Körper erkundeten, seine harte Erektion zwischen ihren Beinen rieb. Sie war hin- und hergerissen zwischen dem Drang, ihn hinauszuwerfen und ihn in sich zu haben, das schmerzende Verlangen zu stillen, das sie seit einem Jahr unterdrückte und kaum noch im Zaum halten konnte.

»Also gut, bringen wir es hinter uns«, sagte sie schnippisch, zog sich ihr T-Shirt über den Kopf und warf es zur Seite. Sofort streifte ein Luftzug über ihre Haut, und ihre Brustspitzen zogen sich zusammen. »Dann kannst du wieder verschwinden, und ich bekomme meinen Schlaf …«

»Von wegen verschwinden«, knurrte er. »Zum Teufel mit deinem Schlaf.« Er sah an ihr herunter, und auf seinem Gesicht spiegelte sich die reine Lust. »Sieh nur diese hübschen Dinger«, murmelte er und ging auf sie zu. Mit seinen großen Händen umfing er ihre nackten Brüste und rieb mit den rauen Daumen über ihre Nippel. Jina holte scharf Luft und stellte sich auf die Zehenspitzen, umklammerte seine breiten Handgelenke – vielleicht, um Halt zu finden, vielleicht, damit er seine Hände nicht wegnahm. Seine heißen Handflächen brannten sich in ihre kühle zarte Haut, sodass es sich anfühlte, als würden ihre Brüste anschwellen und seiner Hand entgegenkommen.

Weil sie mehr wollte, weil sie alles wollte, ließ sie ihn los und trat einen Schritt zurück. Wut und Begehren und Lust brannten in ihr. Wenn sie ihre Gefühle hätte kontrollieren können, hätte sie sie vernichtet und alles, was sie für ihn empfand, zu Asche verfallen lassen. Aber diese Superkräfte besaß sie nicht. Was sie hatte, war … dieser Moment. Sie hatte diesen einen Moment.

Jina marschierte ins Schlafzimmer, keinesfalls gewillt, ihm auch nur im Geringsten sanft oder leidenschaftlich entgegenzukommen. Es würde kein Kampf werden, aber mit Liebe hatte es auch nichts zu tun. Es war Sex, nichts weiter. Sie würde nicht zulassen, dass es mehr wurde. Zwischen ihnen stand zu viel Unerledigtes, und sie wusste, dass sie nicht weitergehen könnte, solange nur der leiseste Zweifel bestand. Sie verhütete, und sie waren beide gesund. Es gab keinen Grund, warum sie das hier nicht durchziehen sollten.

Er riss sich sein Hemd vom Leib, packte sie am Arm, zog sie zu sich herum und drückte sie an sich. Er hielt sie so fest, dass ihre nackten Brüste an seinem muskulösen Körper rieben. Weiches an Hartem, Zartes an den rauen Härchen seines Oberkörpers. Stumm sah sie zu ihm hoch, wie erschlagen von dem Schock, ihm plötzlich so nahe zu sein. Sie wünschte, sie würde sich neben ihm nicht so klein fühlen, und genoss gleichzeitig die Kraft, die er ausstrahlte. Sein Blick war so intensiv und brennend, dass sie bei der Vorstellung von dem, was gleich passieren würde, nach Atem ringen musste. Von ihm zu träumen, an Sex mit ihm zu denken, war etwas ganz anderes, als wenn es jetzt tatsächlich wahr wurde.

Er küsste sie nicht, sondern zerrte ihr nur die Hose vom Körper, während er sie weiter ansah. Dann zog er sich selbst aus, immer starr den Blick auf sie gerichtet. Jina stand wie festgefroren da und beobachtete ihn.

Sie hatte ihn schon ohne Hemd gesehen, doch ihn vollständig nackt vor sich zu haben, erregte sie so unendlich mehr, sie beide. Seine Kleidung verbarg sonst, wie muskulös er tatsächlich war, die breiten Muskelstränge an den Schultern, auf der Brust, die ausgeprägten Bauchmuskeln. Ihr Atem ging schneller, als sie seine kräftigen Beine und die schmalen Hüften betrachtete, den aufgerichteten Schwanz, der größer war, als sie erwartet hatte. Sie hörte ihren eigenen beschleunigten Atem, wie sie nach Luft rang, spürte, wie ihre Wangen brannten. Denn alles ging so schnell – das hatte sie ja schließlich so veranlasst –, und sie hatte das Gefühl, nicht alles auf einmal zu ertragen. Schnell drehte sie sich wieder um.

Sie hörte ihn leise lachen, dann berührte er mit der Fingerspitze einen Punkt an ihrem Rücken. »Hübsch«, murmelte er, »und so passend.« Er umkreiste die Umrisse ihres winzigen, kunstvoll gezeichneten und kolorierten Tattoos, eine Handgranate mit großen verführerischen Augen von einem außergewöhnlichen Blau mit bernsteinfarbenem Ring. Vor langer Zeit, ganz am Anfang, hatte es ihr nicht gefallen, »Babe« genannt zu werden, und sie hatte »Granate« vorgeschlagen. Nun hatte sie sich als Granate verewigt. Es war ein humorvoller Schlag, eine »Ich-zeig's-euch«-Geste. Ohne es zu wollen, freute sie sich, dass er sich daran erinnerte und gleich verstand, worum es ging.

Er strich ihr über den Rücken und ließ seine raue Handfläche über die geschmeidige Kurve ihres Pos gleiten. Jina schloss die Augen und stand bewegungslos da, verfolgte angespannt den Pfad seiner Hand, wartete auf den Moment. Ihre Brustspitzen waren so hart, dass es schmerzte. Sie presste die Schenkel zusammen, um die Qual, die sie dort spürte, zu lindern.

Heute Nacht. Sie hatte heute Nacht, dieses eine Mal. Dieses eine Mal wollte sie sich verwöhnen. Er hatte offensichtlich andere Pläne, sonst hätte er nicht seine Tasche mitgebracht. Doch sie bezweifelte, dass es noch weitere Male nach diesem hier gäbe. Sie hatte sich ein Jahr nach ihm verzehrt und sich verleugnet, und egal was noch geschah, sie wollte diesen Augenblick der Erfüllung, wollte Levi in sich haben. Sie wollte wissen, wie er aussah, wenn er kam, welche Töne er von sich gab, wie es sich anfühlte, ihn während der intimsten Momente in den Armen zu halten, seine Erschütterung zu fühlen. Das würde sie mitnehmen, und zur Hölle mit dem, was er wollte.

Er stellte sich dicht hinter sie, so dicht, dass sie seine Körperhitze spürte, seinen Atem an ihrer Schulter, als er sich hinunterbeugte und sein Kinn in ihrem Haar rieb. Er ließ die Hand tiefer gleiten, in die Hitze und feuchte Zartheit, eine Zartheit, in die er mit zwei Fingern langsam eindrang.

Jina keuchte auf, erzitterte unter diesem Gefühl, das sie überrollte, und stellte sich auf die Zehenspitzen. Er legte einen Arm um sie und schob die Finger tiefer in sie hinein. Sie konnte das Aufstöhnen nicht unterdrücken, versuchte es auch nicht. Sie ließ den Kopf nach hinten gegen seine Schulter sinken, und er nutzte die Gelegenheit, als sie ihm die empfindsame Mulde an ihrem Hals offenbarte, beugte sich hinunter und biss sie leicht.

Das Gefühl seiner Zähne zwischen Schulter und Hals durchzuckte sie wie ein elektrischer Impuls. Sie wäre fast gekommen, hätte fast die Grenze überschritten. Wenn er sie in diesem Moment nach vorn gedrückt und seinen Schwanz in sie geschoben hätte, wäre es passiert. Aber das tat er nicht, und verzweifelt hielt sie sich zurück. Sie wollte nicht kommen, ohne dass er in ihr war, so wie damals. Sie wollte ihn so verzweifelt, wie sie es war, genauso hungrig, in Flammen stehend und blind für alles außerhalb dieses Rausches ihres Zusammenseins.

Sie riss sich von ihm los und ließ sich aufs Bett fallen. Wütend, verwegen und herausfordernd sah sie ihn an. *Nimm mich, wenn du kannst, großer Mann.*

Er konnte.

Ihr Feuer würde ihn versengen. Das wusste er, und er konnte es nicht erwarten, zu verbrennen. Sie forderte ihn heraus, reizte ihn, verschlang ihn auf eine Weise, die er vorher noch nie so erlebt hatte. Selbst ihr Einverständnis war eher eine Aufforderung zum Kampf gewesen – und einem Kampf war er nie aus dem Weg gegangen. Vielleicht würden sie das, was zwischen ihnen lief, niemals in Worten klären können, aber auf jeden Fall im Bett.

Er folgte ihr, umfasste ihre Knie und schob sie auseinander. Einen Moment hielt er inne und betrachtete ihre dunkelrosa, weiche und feuchte Spalte. Der Anblick fachte seine Glut noch weiter an. Er rutschte zwischen ihre Beine und zog sie näher zu sich. Er legte sich nicht auf sie – das würde er später genießen, wenn er nicht so angespannt wäre und kurz vor dem Orgasmus –, sondern kniete sich vor sie, mit den Händen auf ihren Hüften und ihrem Po auf seinen Schenkeln. Ihr Gesichtsausdruck war so angriffslustig, dass er sich nicht gewundert hätte, wenn sie zum Schlag ausholen würde. Nichts, was sie sich erlaubte, würde ihn überraschen, doch andererseits überraschte sie ihn ständig, brachte ihn zum Lachen, weckte sein Interesse.

Er lehnte sich ein Stück vor, nahm seinen Schwanz in die Hand und führte die Eichel an ihre Spalte, rieb sie etwas, strich vor und zurück, bis er das sanfte Nachgeben spürte, als sie sich für ihn öffnete, dann stieß er in sie hinein. Er beobachtete, wie sein Schwanz in ihr verschwand und sie ihn umfing. Sie schnappte nach Luft, versteifte sich ein bisschen. Er rieb ihren Bauch, sachte, beruhigend. Sie war eng, und er wollte ihr nicht wehtun und zu schnell und zu heftig sein. Langsam bewegte er sich weiter, genoss jeden Zentimeter, nach diesem brennenden, sehnsüchtigen Jahr des Begehrens. Genau das hier hatte er gewollt, und nun bekam er es, bekam sie.

Jina stöhnte und bog den Rücken durch. Sie hatte die Augen geschlossen, und er beobachtete sie, sah, wie sich ihre Brustspitzen weiter verhärteten, während er tief in sie eindrang. Er hielt inne, wenn er Widerstand spürte, zog sich etwas zurück, um dann tiefer vorzustoßen. Heiße Lust überrollte ihn, seine Hoden spannten sich an. Allein der Anblick, wie sein Schwanz tief in sie sank, der feuchte Schimmer auf seiner Haut, wenn er sich zurückzog, reichte aus, um ihn dem Höhepunkt gefährlich nahe zu bringen. Er zwang sich, zu warten, sich Zeit zu nehmen, sie zu betrachten und sich jedes Detail von ihrem ersten Mal einzuprägen.

Sie lag vor ihm, vollkommen ausgeliefert, sein Schwanz in ihr, den Kopf zurückgeworfen, die Augen geschlossen, die Hände zu beiden Seiten in das Laken gekrallt. Ihre inneren Muskeln umschlossen ihn, die heiße Feuchtigkeit schien ihn zu versengen. Himmel, sie konnte ihn auslaugen, konnte ihn kommen lassen, allein durch ihr inneres Pulsieren.

Er zog sich zurück, stieß wieder zu, beobachtete, wie die Lust ihren Körper vibrieren ließ.

Sie.

Der Gedanke hallte in seinem Kopf wider, sandte Kraft und Hitze durch seinen Körper, überwältigte ihn vor Gefühlen. Seine Hoden waren so angespannt, dass es fast wehtat, sein Schwanz pulsierte.

Sie.

Er strich über ihren weichen Bauch, höher zu ihren festen kleinen Nippeln, um sie zu reizen, rieb mit den Handflächen über ihre Brüste, beobachtete, wie sie anschwollen und sich seiner Berührung entgegenreckten. Jina hatte die Augen immer noch geschlossen und die Lippen halb geöffnet, während sie jedes Gefühl auskostete.

Und ihn ausschloss.

Sie nahm seinen Körper, aber sie schloss ihn aus, wollte nur Sex, befriedigte sich selbst mit seinem Schwanz. Sie berührte ihn nicht, umfasste nicht seine Schenkel, die ihre Hüften umfingen.

Verdammt wäre er, wenn er das zuließe.

Vorsichtig veränderte er seine Position, legte sich langsam auf sie. Mit der Bewegung rutschte er so tief in sie, dass sie unwillkürlich leise aufschrie und die Beine anhob und um seine Hüften legte, als wolle sie seine Bewegungen kontrollieren.

Sie.

Sie war es von Anfang an gewesen – nicht nur wegen Sex. Es war nicht nur Interesse oder Anziehung oder all die anderen Dinge, mit denen er gut klarkam. Das hier war etwas ganz anderes. Es war, als würde er die Grenze in ein völlig neues Territorium überschreiten, ohne Karte und GPS oder andere Navigationshilfsmittel. Er konnte nichts anderes tun, als seinem Instinkt zu folgen … der ihm sagte, er musste sie für sich haben.

Er umfasste ihren Kopf mit beiden Händen, schob die Finger in ihr Haar und eroberte ihren Mund mit einem wilden leidenschaftlichen Kuss. »Sieh mich an«, forderte er, und sie riss erschrocken die Augen auf, als er so tief in sie eindrang, wie es möglich war, so tief, wie sie ihn aufnehmen konnte, und küsste sie erneut. Wütend biss sie ihn in die Lippe, und er lachte, küsste sie wieder und stieß mit der Zunge in ihren Mund, so wie er mit dem Schwanz in ihre Möse stieß, forderte ihre Reaktion und spürte, wie sie unter ihm Feuer fing.

Sie.

Die Erkenntnis traf ihn wie ein Schlag. Sie. Nur sie. Für immer.

Er hob ihre Beine weiter an und nahm sie, wie er sie schon das ganze verdammte Jahr über hatte nehmen wollen, tief und heftig, gab ihr alles, was er hatte, und nahm alles, was er bekommen konnte. Er brachte sie in Ekstase, durchbrach die Barriere, die sie zwischen ihnen aufrechtzuerhalten versuchte, spürte, wie sie die Beherrschung verlor und biss und kratzte, als sie kam, während er sie schneller ritt, bis zu seinem Höhepunkt. Mit ihr zu ficken war, wie mit einer Wildkatze zu kämpfen, und er genoss es.

Sie.

Gehörte ihm.

Er blieb.

Jina lag erschöpft und völlig ausgepowert da, nachdem er ihr diese gewaltige Reaktion auf ihn abgerungen hatte. Sie hätte es fast geschafft, hätte es fertiggebracht, ihre körperliche Vereinigung zu nichts weiter als Sex zu reduzieren. Aber er hatte es nicht zugelassen, und nun, ausgehöhlt und wieder leer, dachte sie, dass sie eigentlich glücklich sein sollte. Stets hatte sie geglaubt, es würde nie passieren, und jetzt war er bei ihr, lag nackt in ihrem Bett, und was sie zusammen erlebt hatten, war intensiver, als sie es sich je hätte vorstellen können. Levi hatte sie *fühlen* lassen. Obwohl sie es nicht gewollt hatte. Obwohl sie sich mit ihren verletzten Gefühlen hatte verstecken wollen, hatte er erkannt, was in ihr vorging, und die Barriere durchbrochen.

Sie hatte erwartet, dass er gehen würde – trotz dieses beunruhigenden Matchbeutels –, aber das tat er nicht. Er stand auf und schaltete das Licht aus, dann kam er zu ihr ins Bett zurück und zog sie fest an sich. Ihn hier zu haben brachte sie völlig durcheinander. Sie war es nicht gewohnt, neben jemandem zu schlafen, schon gar nicht jemandem, der so groß und stark und heiß war. Er strömte eine Hitze aus wie ein Backofen. Sie dachte daran, ihn rauszuschmeißen … etwa zwei Sekunden lang, aber dann hatte sie die Erschöpfung übermannt. Sie schmiegte sich an ihn, fand eine bequeme Stelle für ihren Kopf in der Mulde seiner Schulter und schlief mit den muskulösen Armen um sich ein.

Zwei Stunden später weckte er sie in der Dunkelheit auf, sein Gewicht lag schwer auf ihr, und sie wölbte sich ihm entgegen, als hätte sie ihn schon im Schlaf erkannt. Er streckte den Arm aus und knipste die Lampe an, als müsste das, was zwischen ihnen war, beleuchtet werden. Das erste Mal war wild und intensiv gewesen, dieses Mal war es langsamer, heißer, und sie kam nicht mehr auf den Gedanken, ihn auf Abstand zu halten. Das konnte sie nicht, und sie wollte es auch nicht. Sie fühlte sich feminin, stark genug, ihn zu nehmen, die Lust in ihm anzufachen und sie von ihm zu erfahren. Sie war ihm ebenbürtig, kämpfte mit ihm für ein gegenseitiges Geben und Nehmen und erreichte zweimal einen Höhepunkt, bevor sie beide zufrieden und erschöpft waren.

Ja! Das war es, was sie gewollt hatte, ihn verschwitzt und ausgelaugt zu sehen, die halb geschlossenen Augen vor Lust umwölkt, ein leichtes Lächeln auf den harten Lippen. Sie liebte das Gefühl, wenn er in ihr kam, liebte die tiefen Seufzer, die er von sich gab, wie sein Körper vibrierte. Sie hatte ihn dahin getrieben, diesen Gesichtsausdruck bei ihm bewirkt.

»Wir müssen duschen«, murmelte sie, als sie wieder zu Atem gekommen war. Nach dem ersten Mal hatte sie keine andere Wahl gehabt, als zu schlafen, aber jetzt fühlte sie sich verschwitzt und klebrig.

Er stöhnte, widersprach aber nicht. Sie duschten zusammen, schliefen, dann weckte er sie wieder, indem er sich ihre Beine über seine breiten Schultern legte und seine Zunge in ihre Möse steckte, während er sie mit den Fingern stimulierte, bis sie erbebte und aufschrie und so heftig kam, dass sie sich unter den Zuckungen aufbäumte.

Sie hatte gedacht: Einmal, dann bin ich mit ihm fertig.

Sie hatte sich geirrt.

Mit ihm aufzuwachen war merkwürdig intim, noch intimer als das, was sie nachts getan hatten. Sie waren miteinander verschlungen eingeschlafen, sie hatte fast auf ihm gelegen. Und obwohl sie manchmal gedacht hatte, sie sollte besser auf ihre Seite des Bettes rutschen, hatte sie es nicht getan. Er war ein ausgezeichnetes Kissen und zugleich eine Zudecke, gab so viel Hitze von sich, dass sie trotz der Klimaanlage keine Decke benötigte. Sie liebte es, seinen starken Körper neben sich zu spüren, seine rauen Brusthärchen, seine Schenkel und die schwieligen Hände, wenn er sie streichelte. An Levi war nichts weich oder nachgiebig, doch sie selbst besaß die Sanftheit und Nachgiebigkeit, die brauchte sie bei ihm nicht.

Es war erschreckend festzustellen, wie gut sie zueinanderpassten, wie sehr sie sich glichen.

Mit ihm zusammen Frühstück zu machen war merkwürdig und fühlte sich doch so vertraut an: wie ein erstes Mal und doch, als sei alles genauso, wie es sein sollte. Dieses zwiespältige Gefühl ließ sie verstummen. Sie wollte nicht nachdenken und sich über die Zukunft Gedanken machen. Sie wollte sich eine Weile ausruhen und die Dinge auf sich zukommen lassen. Und Levi bedrängte sie nicht, auch wenn er sie körperlich vereinnahmte. Selbst beim Frühstück – er zog sie rittlings auf seinen Schoß, auf seine Erektion, und hielt sie dort, während sie sich gegenseitig fütterten, bewegte sich oft genug, um hart zu bleiben. Es war eine ganz neue Art, Pfannkuchen zu essen.

Obwohl sie emotional auf Distanz bleiben wollte, hatte sie es nicht durchhalten können, weder am Tag noch in der Nacht darauf oder am nächsten Tag. Levi machte nicht den Eindruck, als wolle er nach Hause gehen. Er schickte den Männern Nachrichten, ging raus, um seine langen Läufe zu absolvieren – sie begleitete ihn einmal, aber ihre Füße taten nach einer Weile weh, und sie musste vorzeitig abbrechen –, aber er ging nicht nach Hause. Es gab Momente, in denen sie vergessen konnte, wenn sie trotz aller Vorbehalte die Zeit mit ihm einfach genoss. Zum Beispiel, als sie sein Tattoo auf der Schulter berührte – die drei Buchstaben EBG. »Deine Ex-Freundin?«, fragte sie.

Er schnaubte und sah sie über die Schulter hinweg mit einem ironischen Gesichtsausdruck an. »Erdnussbutter und Gelee. Ich war betrunken.«

Überrascht lachte sie. »Das ist nicht wahr!«

»Pfadfinderehrenwort. Ich war blau und offensichtlich hungrig. Seitdem habe ich mich nie wieder betrunken. Ich will nicht eines Tages aufwachen und feststellen, dass ich irgendwo *Schinkensandwich* eintätowiert habe.«

Sein Sinn für Humor überraschte sie, auch wenn sie schon früher ab und an einen Hauch davon erhascht hatte, wenn er mit den Männern zusammen war, aber selten ihr gegenüber. Er würde nie ein Scherzkeks werden, er hatte das Temperament eines knallharten Soldaten, immer im Dienst, angespannt und verantwortungsvoll. Dass er sich in ihrer Gegenwart entspannen konnte, war …

Sie verdrängte diesen Gedanken. Wenn er sich bei ihr fallen lassen konnte, bedeutete das Intimität und eine Verbindung, die weit über Sex hinausging. Sie kam damit klar, dass sie Sex hatten. Mit allem anderen nicht, noch nicht.

Offensichtlich wollte er ihr Zeit zum Nachdenken lassen, damit sie mit dem klarkam, was passiert war, und aus irgendeinem Grund ärgerte sie das. Sie wollte *vergessen*, sich nicht mehr mit dieser Geschichte beschäftigen, nicht über das Was-wäre-wenn nachdenken. Sie hatte das Team verlassen, und obwohl die Entscheidung richtig war, würde es eine Weile dauern, bis sie sich verzieh, dass sie aufgegeben hatte. Auch wenn sie im tiefsten Innern wusste, dass das Team zu verlassen, der einzige Weg war.

Als sie am zweiten Tag gerade darüber nachdachte, sagte Levi etwas Unerwartetes. Im Fernsehen lief ein Baseball-Spiel, und mit einem geöffneten Bier neben sich – das Bier hatte irgendwie Platz in ihrem Kühlschrank gefunden – sagte er ruhig: »Aufgeben fällt dir schwer.«

Sie warf ihm einen scharfen Blick zu, ohne den Köder zu schlucken. In einer offenen Wunde herumzubohren, machte die Sache nicht besser, und dieses Thema war für sie eine offene Wunde.

»Du bist das typische Sandwichkind«, fuhr er fort.

»Hör auf, mich zu analysieren! Das habe ich vor Jahren

schon selbst rausgefunden.« Jina bildete unter ihren Geschwistern die Mitte, war nie etwas Besonderes gewesen. Sie war nicht die Älteste oder die Jüngste. Sie hatte eine ältere Schwester und eine jüngere. Sie hatte einen älteren Bruder und einen jüngeren. Jede Familiennische mit der zugehörigen Spezialität war besetzt. Sie hatte sich ihren Platz mit eiserner Entschlossenheit erkämpft, nie aufgegeben, in ständigem Wettstreit mit ihren Brüdern, allerdings nie mit ihren Schwestern, da der Altersunterschied zu groß war. Ashley war einige Jahre älter, und sie hatten sich nie in denselben Kreisen bewegt, bevor sie erwachsen waren. Caleigh war ein ganzes Stück jünger, und so war die Geschichte die gleiche.

»Ich analysiere dich nicht, muss ich gar nicht. Ich will dir nur sagen, dass ich verstehe, wie schwer es für dich gewesen sein muss.«

Tat er das? Konnte er nachvollziehen, wie sehr es ihr zugesetzt hatte, als ihr klar wurde, dass sie aufgeben *musste*, dass sie nicht weitermachen konnte?

»Die Entscheidung fiel nicht, weil ich dich haben wollte«, sagte sie und blickte ihn finster an, obwohl er diese Vermutung gar nicht geäußert hatte.

»Ich weiß.«

»Es hat mich kaputtgemacht«, sagte sie widerwillig. »Die Wüste hat mich kaputtgemacht.«

»Den Eindruck machst du aber gar nicht. Du scheinst eher sauer zu sein.«

Ihre Miene wurde noch wütender, was, wie sie annahm, wahrscheinlich seine Vermutung bestätigte. »Ich wollte gar nicht zu den Teams«, zischte sie. »Ich hab meinen früheren Job gern gemacht und wurde einfach zu euch geschickt. Aber als ich dann dabei war, wollte ich nicht, dass du mich dazu bringst zu gehen.«

»Ja, ich wollte, dass du aufgibst, vom ersten Moment an, als ich dich gesehen habe. Du weißt, warum.« Sein Gesichtsausdruck blieb neutral, aber in seinen Augen glitzerte die Hitze, die sie plötzlich am ganzen Körper spürte, sodass sie das Gefühl hatte, er würde auf ihr liegen, sobald sie die geringste Bewegung machte.

Sie ließ es darauf ankommen und beschrieb mit einer weit ausholenden Armbewegung einen Kreis, der alles einbezog: Sie, das Schlafzimmer, verdammt, sogar den Fernseher und das Bier wegen der intimen Gemütlichkeit.

»Ich habe dich nie unfair behandelt.«

»Ich weiß«, grummelte sie. »Dann hätte ich dich wenigstens hassen können. Ich wünschte, es wäre so gewesen.«

»Du könntest mich also hassen?«

»Wäre jedenfalls besser gewesen.«

Ihre Behauptung wirkte anders als gedacht. Er bewegte sich wie der Blitz, griff mit einem Arm nach ihr und zog sie auf seinen Schoß. »Mir gefällt es aber, wie sich jetzt alles entwickelt hat«, sagte er leise.

»Nichts hat sich entwickelt, wir haben Sex, das ist alles.«

»Fürs Erste.« Er machte eine kurze Pause. »Ich habe nämlich auch Probleme damit, aufzugeben.«

Nach dieser Drohung – oder dem Versprechen? – und ohne ihr Zeit zu geben, darüber nachzudenken, schleppte er sie mit zum Trainingsfeld. Sie wollte nicht mit, denn sie konnte nicht mehr mit dem Team trainieren, und das tat weh. »Ich dachte, ich wäre von dort verbannt, weil ich nicht mehr dazugehöre«, beschwerte sie sich, während sie sich ins Vadermobile schwang. *Schwang*. Unwillkürlich musste sie an die erste Fahrt in seinem Truck denken und welche Schwierigkeiten sie beim Einsteigen gehabt hatte. Widerwillig musste sie grinsen.

»Falsch. Es gibt zwar Regeln, aber wir sind nicht das Militär. Wenn es jemandem nicht passt, kann er sich gern bei mir beschweren.«

Das würde nicht passieren. Kaum eines der Teammitglieder, so tough sie auch sein mochten, legte sich freiwillig mit Levi an. Sie *könnten* es, jeder von ihnen, aber sie wollten es nicht.

»Warum fahren wir überhaupt hin?«

»Ich war zwei Tage weg. Ich muss trainieren.«

Sie sah ihn ungläubig an. »Und was soll ich machen?«, rief sie erbost. »Am Seitenrand auf und ab hüpfen wie eine Cheerleaderin?«

Er lachte. »Das würde ich gern sehen.«

»Wirst du aber nicht. Gib mir die Schlüssel, damit ich abhauen kann, wenn ich mich langweile, was so ungefähr nach drei Sekunden sein wird.«

»Du wirst dich nicht langweilen. Die Jungs wollen dich sehen.«

Sie wollte sie auch wiedersehen. Die Männer waren für ein Jahr ein wichtiger Teil ihres Lebens gewesen. Bis auf die zwei Besuche bei ihren Eltern waren sie nie länger als vierundzwanzig Stunden getrennt gewesen.

Unterwegs warf ihr Levi sein Smartphone in den Schoß. Sie betrachtete es verwundert und warf ihm einen fragenden Blick zu. Es war sein privates Handy, nicht das berufliche. »Was?«

»Kannst du unsere Handys verbinden? Dann weiß ich immer, wo du bist und umgekehrt.«

»Was soll das zum Teufel? Das ist ziemlich intim, oder?«

Er schnaufte und lachte. »Wir fangen gerade erst an, Babe. Jina.« Er machte eine kurze Pause. »In meinem Kopf warst du immer Jina, nie wirklich Babe.«

Und sie dachte an ihn als Levi, nicht als Ace. Sie starrte geradeaus, betroffener von dieser Erkenntnis, als ihr lieb war. Dazu kam das beunruhigende Gefühl, dass die Geschichte zwischen ihnen zu mehr wurde, als sie erwartet hatte. Nach einer Weile verband sie die Smartphones schweigend und gab ihm seins zurück.

»Was bedeutet das?« Sie hätte nicht fragen sollen. Kaum hatte sie die Worte ausgesprochen, presste sie die Lippen zusammen und verzog das Gesicht über ihre Unfähigkeit, den Mund zu halten.

Er ließ sie nicht vom Haken. »Genau das, was du befürchtest.«

Befürchten? Er dachte, sie hätte Angst? Sie wollte schon etwas darauf sagen, versank aber in verdrossenes Schweigen, denn er hatte recht. Er hielt sie für ein Paar, und eine Beziehung beinhaltete alle möglichen Dinge, von denen sie nicht wusste, ob sie dafür schon bereit war. Denn das kam ziemlich plötzlich, wenn man bedachte, wie distanziert sie bis vor ein paar Tagen noch miteinander umgegangen waren. Andererseits, wenn sie die Handys wieder trennte, würde er die Message schon verstehen …

Doch sie tat nichts dergleichen.

Sie war immer noch dabei, den Gedanken, dass sie ein Paar waren, zu verarbeiten, als sie den Trainingsplatz erreichten. Als sie die Tür öffnen und herunterspringen wollte, sagte er: »Warte.«

»Warum?«

»Lass die Tür zu.«

Sie sah die anderen vier Männer der Crew auf sie zukommen und verstand Levis Anordnung nicht. Aber Moment: Da war Voodoo! Er hatte stark abgenommen und stützte sich auf Krücken, aber da war er. »Warum? Da ist Voodoo! Ich will …«

»Warte nur einen Moment«, sagte er ungeduldig. »Ich habe meine Gründe.«

»Das müssen aber gute Gründe sein, denn …«

Er war aus dem Truck gestiegen und schlug die Tür zu, bevor sie ihren Satz zu Ende bringen konnte. Dann lief er um das Führerhaus herum, kam zu ihrer Seite … und öffnete die Tür für sie.

Ihr blieb fast der Mund offen stehen. »Was soll das denn?«, flüsterte sie wütend.

»Ich mache gleich eine Ansage.«

Als sie keine Anstalten machte auszusteigen, streckte er die Arme aus, umfasste ihre Taille mit beiden Händen und hob sie aus dem Truck. Dann schloss er die Beifahrertür und legte ihr einen Arm um die Schulter.

Die fünf Männer blieben ruckartig stehen, drei von ihnen mit offenem Mund.

»Was zum Teufel?«, sagte Trapper und rieb sich die Augen, als könne er nicht glauben, was er sah.

»Sie ist nicht mehr im Team«, platzte Levi heraus. »Und sie gehört zu mir.«

Schweigen.

Voodoo, auf seine Krücken gelehnt, zuckte mit den Schultern und grinste. »Du bist mutiger als ich.«

Auch Jelly fand seine Stimme wieder: »Aber nicht mutiger als ich! Ich hab sie zuerst gefragt …«

Levi zeigte mit dem Finger auf ihn. »Pass auf, dass ich dich nicht umbringe.«

Boom stieß Jelly mit der Schulter an, sodass der ein paar Zentimeter zur Seite rutschte. »Du hattest nie eine Chance, Junge. Snake und ich wussten schon immer, was los ist.«

Wie? Wie? Jina sah sie erschrocken an. »Was soll das heißen? Woher wolltet ihr das wissen?«

»Wir sind schließlich verheiratet«, erwiderte Snake. »Wir haben Erfahrung mit diesem Wahnsinn. Ihr beide konntet euch ja nicht mal ansehen. Aber trotzdem – schade, dass du nicht mehr im Team bist, Babe. Und willkommen in der Familie, Jina.«

25. Kapitel

Alles war schiefgegangen. Ace Butchers Team war angeschlagen, aber alle hatten überlebt. MacNamara mit dem Verlust seines kostbaren Teams zu treffen wäre eine Genugtuung gewesen – etwas zu vernichten, was ihm wichtig war, so wie er Dexter vernichtet hatte –, aber Joan Kingsley war auch realistisch. Dieses Detail ihres Plans musste sie aufgeben und sich dem wichtigeren Kapitel zuwenden: MacNamara in die Falle zu locken und ihn zu töten.

Fast emotionslos fragte sie sich, wie groß ihre Chancen zu überleben wohl wären, und schätzte sie als nicht allzu groß ein. Zum einen war Devan, der an seiner eigenen Agenda arbeitete, nicht gerade der vertrauenswürdigste Verbündete. Sie nahm an, dass sie selbst nach MacNamaras Tod für Devan keinen Nutzen mehr hatte. Schön. Sie dachte das Gleiche über ihn. Solle der bessere – oder der glücklichere – Verräter gewinnen. Er besaß Fähigkeiten, die sie nicht hatte, aber ihr war das irgendwie egal.

Das Leben war so trostlos. Sie hatte gedacht, sie könne weitermachen, ihrem Sohn zuliebe, weil es vielleicht doch noch ein Leben gab. Aber je mehr Zeit verstrich, desto weniger interessierte es sie noch. Sie wollte alles hinter sich haben. Auf die eine oder andere Weise, als Gewinnerin oder Verliererin – es sollte einfach vorbei sein.

Um den Einsatz zu erhöhen, sollte sie vielleicht Graeme Burger opfern. Nur durch ihn würden sich die Puzzleteile so zusammenfügen, wie sie es sich vorgestellt hatte. Und jetzt war es so weit.

»*Wie bitte?*« Axel MacNamaras Gesicht färbte sich dunkelrot. Er sprang so ruckartig auf, dass sein Stuhl mit voller Wucht nach hinten flog und gegen die Anrichte fiel. »Bist du sicher?«, bellte er. »Wir hatten keine Agenten … Mist! Okay.« Er legte auf und rief sofort seinen Kontakt beim FBI an. »Graeme *fucking* Burger ist gerade in Dulles aus dem Flugzeug gestiegen, er ist von der Gesichtserkennung erfasst worden. Schick jemanden hin, bevor er wieder verschwindet wie letztes Mal. Er ist unter dem Namen George Bachmann geflogen.« Die Initialen waren dieselben, auf diese Weise hatte er keine Probleme mit irgendwelchen Monogrammen in Gepäckstücken, auf dem Schlüsselring oder was auch immer.

MacNamara legte wieder auf und lief nervös und aufgebracht im Büro umher. Er war wegen mehrerer Dinge wütend – zuerst mal, dass Burger es irgendwie geschafft hatte, in Südafrika das Flugzeug zu besteigen, ohne dass jemand darauf aufmerksam geworden war. Was bedeutete, er hatte einen gefälschten Pass, was wiederum hieß, er hatte nicht nur die Kontakte, einen falschen Ausweis zu bekommen, sondern auch Gründe, einen zu benutzen. Dann, dass man ihn am nächsten Flughafen nicht entdeckt hatte. Nun würden ihn zumindest die Überwachungskameras erfassen, aber er hatte genug Zeit gehabt. Sich ein Taxi zu nehmen und ihn ausfindig zu machen würde Zeit in Anspruch nehmen.

Als Burger das letzte Mal in D.C. gewesen war, hatte er die Profis überlistet und war für vier Stunden verschwunden. Nicht viel später danach hatte er Kontakt zu den Spionen gehabt, die Ace' Team in den Hinterhalt gelockt hatten. Dabei hatte Mac drei Agenten verloren. Oh, ja, sie lebten alle noch. Aber Modell hatte das Team verlassen, auch wenn sie als Ausbilderin der Drohnenführer weit brauchbarer war als im Feld. Doch Voodoo und Crutch würden nie wieder zum Einsatz kommen, er suchte gerade eine Aufgabe für sie, bei der ihre Fähigkeiten nützlich wären.

MacNamaras Telefon klingelte, und er riss es hoch, während er auf die unbekannte Nummer auf dem Display blickte. Das musste nicht unbedingt etwas heißen, nicht in seinem Job, und es war ja nicht so, dass er Probleme mit zahlreichen unerwünschten Anrufen hatte. »Ja?«

»Mr. MacNamara, hier ist Graeme Burger«, sagte eine männliche Stimme akzentuiert. »Ich denke, Sie wissen, wer ich bin. Ich möchte mich gern mit Ihnen treffen.«

Vierzig Sekunden später stürzte Mac aus seinem Büro, als stünde er in Flammen. Die Spionagepraxis war nicht gerade seine Spezialität, aber er kannte sich gut genug aus, um allein zu diesem geheimen Treffen zu gehen. Tatsächlich hatte er nicht genug Zeit, um eins seiner Teams zu kontaktieren, das ihm Rückendeckung geben könnte. Diejenigen, die sich gerade nicht im Einsatz befanden, waren auf dem Trainingsfeld etwa fünfzig Kilometer entfernt. Es hielten sich eine Menge Leute im Gebäude auf, aber niemand … Dann umrundete er eine Ecke und sah Ace Butcher, groß und dreckig, der mit Modell redete, die die Forschungsabteilung wegen irgendwelcher Sachen nervte, die sie für die Drohnen haben wollte. In der vergangenen Woche, seit er sie versetzt hatte, machte sie alle wegen irgendwelcher Verbesserungen verrückt, die angeblich, notwendig waren.

»Ace! Komm mal mit.« Das hätte nicht besser funktionieren können, denn er hatte lieber Ace als Rückendeckung als ein ganzes FBI-Geschwader. Viele Agenten benutzten ihre Waffe nur im Training, im Gegensatz zu Ace Butcher, der sie auch ohne zu zögern einsetzte. »Hast du deine Waffe dabei?«, fragte er, während er an ihm vorbeifegte.

Butcher drehte sich um und folgte ihm. »Habe ich immer. Mac, langsam. Was ist los?«

»Der Mistkerl Graeme Burger ist mit einem falschen Pass eingereist und hat mich gerade angerufen, will sich mit mir treffen.«

Butcher blieb ruckartig stehen, packte MacNamara am Arm und hielt ihn zurück. Nicht viele legten sich mit MacNamara an, aber seine Team-Führer waren aus anderem Holz geschnitzt und nahmen kein Blatt vor den Mund. Butcher hatte in diesem Fall noch weniger Skrupel als die anderen.

»Warte mal. Das sieht mir wieder nach einer Falle aus.«

Mac befreite sich aus seinem Griff. »Deshalb sollst du ja mitkommen.«

»Mist«, fluchte Butcher. »Wohin gehen wir?« Er hatte bereits sein Handy aus der Tasche gezogen und sandte seinen Teammitgliedern Nachrichten. Mac brauchte nicht einmal zu fragen, was er tat, er wusste, wie sie arbeiteten. Die Adresse, die Mac ihm gab, war zu weit für das Team, um rechtzeitig da zu sein. Die Beamten vom D.-C.-Revier könnten es schaffen, aber sie waren Zivilisten und hielten sich besser aus solchen Dingen heraus.

Er steuerte auf seinen Wagen zu, aber Butcher hielt ihn zurück. »Wir nehmen lieber meinen Truck, der hält mehr aus, falls die Dinge aus dem Ruder laufen.«

Dagegen war nichts einzuwenden, denn das verdammte Ding sah aus wie ein Panzer.

»Das Ganze gefällt mir nicht«, sagte Butcher.

Mac wusste, dass er recht hatte. Etwas nicht gut zu planen, war immer schlecht, und außerdem hatten sie bei diesem Treffen nicht die geringste Kontrolle. Aber Graeme Burger hatte einen Namen genannt, der Mac gelockt hatte. Denn er jagte diesem Mistkerl jetzt schon fast zwei Jahre hinterher. Devan Hubbert nannte sich der russische Agent, der die GO-Team-Organisation infiltriert und Joan Kingsley und ihren Mann dabei unterstützt hatte, Nachrichten an die Russen weiterzugeben. Er war geflohen, und seit zwei Jahren war keine Spur von ihm zu finden. Mac hatte angenommen, dass er nach Russland zurückgekehrt war. Vielleicht war er das, vielleicht nicht. Aber was Mac wirklich wollte, waren Informationen über den Kerl.

Butchers Handy summte, und er las die Nachricht, die gerade hereingekommen war. »Meine Männer sind unterwegs, aber sie brauchen ein bisschen. Können wir auf sie warten?«

»Nein, Burger hat mir nur fünfzehn Minuten gegeben, mehr nicht.«

»Das wird knapp, wenn man den D.-C.-Verkehr bedenkt.«

Mac sagte nichts darauf. Butcher schrieb eine Nachricht, während er den Wagen steuerte, und es schien ihm egal, dass das beim Autofahren verboten war.

»Wem schreibst du denn jetzt?«

»Jina.«

»Wem?« Mac sah ihn finster an. Die Kacke war am Dampfen, und Butcher schickte eine Nachricht an irgendein Mädchen?

»Jina Modell, Babe«, erklärte er kurz. Mac erinnerte sich oft nicht an die richtigen Namen seiner Agenten, kannte aber jeden Spitznamen.

»Verdammte Scheiße, warum denn? Fahr hier durch«, sagte er plötzlich und zeigte nach vorn, denn der Verkehr vor ihnen schien zu stocken, und die Abkürzung über einen Parkplatz schien eine gute Lösung zu sein.

Butcher riss das Steuer des Trucks mit einer Hand herum, schoss über den Parkplatz, wich einem Fußgänger und einem ausparkenden Wagen aus und bog auf zwei Reifen in die nächste Querstraße ein.

»Weil sie ein trainiertes Teammitglied ist«, erwiderte Butcher. »Sie ist in der Nähe, sie hat ihre Waffe dabei und kann kurz nach uns da sein.«

Jina dachte gar nicht daran, sich zu entschuldigen, Erklärungen abzugeben oder irgendetwas anderes zu tun, was auch nur eine Sekunde dauern würde. Levi brauchte sie, und die Situation schien bedrohlich zu sein, denn er wollte, dass sie ihre Waffe mitbrachte. Was kein Problem war, da sie diese im Auto aufbewahrte. Er hatte dafür gesorgt, dass sie sofort wieder eine Pistole erhielt, nachdem sie aus Syrien zurückgekommen waren. Mit klopfendem Herzen rannte sie aus dem Hauptquartier. Was war passiert? Mac war plötzlich auf sie zugerannt, hatte Levi mit sich geschleift und war mit ihm verschwunden. Wenige Minuten später schickte Levi ihr eine Adresse und forderte sie auf, bewaffnet zu kommen und vorsichtig zu sein.

»Das ist nicht meine Baustelle!«, rief sie wütend, als sie ihre Autotür hinter sich geschlossen hatte und niemand sie hören und denken konnte, sie sei verrückt. Sie hatte keine Ahnung, wo diese verdammte Adresse war. Schnell gab sie die Information in ihre Navi-App ein. »Verdammter Mist!«

Jetzt begriff sie, warum er ausgerechnet ihr geschrieben hatte. Der Rest des Teams war auf dem Trainingsplatz und konnte nicht schnell genug an diesem Ort eintreffen. GO-Teams riefen auch nicht die regionale Polizei, denn dann konnte die Aktion in den Nachrichten landen, und die Teams waren keine offizielle Organisation und streng geheim.

Okay, okay. In welche Situation sie auch immer hineingeraten würde, sie käme damit klar. Ansonsten hätte Levi sie nicht gerufen. Er und seine Männer hatten sie ausgebildet, sie konnte mit ihrer Waffe umgehen – nicht so gut wie die anderen im Team, aber sie war qualifiziert genug.

Wenn das allerdings irgendeine blöde Überraschungsparty sein sollte, aus welchem idiotischen Grund auch immer, würde sie alle umbringen.

Erstaunlicherweise befand sich das besagte Haus in einer eher heruntergekommenen Gegend. Levis Truck parkte am

Straßenrand, aber weder er noch MacNamara waren zu sehen. Vor dem Haus parkten keine anderen Autos, was alles Mögliche bedeuten konnte. Sie fuhr in normaler Geschwindigkeit vorbei und stellte ihren Corolla in die erste freie Lücke, die sie fand. Eigentlich hätten hier ein paar Leute zu sehen sein müssen, in den anderen verwahrlosten Häusern, aber sie sah keine einzige Seele. Die stickige feuchtheiße Luft, in der man kaum atmen konnte, lud zwar nicht gerade ein, sich im Freien aufzuhalten, aber ein paar Kinder sollten sich hier doch eigentlich schon herumtreiben? Aber vielleicht auch nicht. Vielleicht lebten hauptsächlich ältere Menschen in diesem ehemals schicken Wohngebiet, das nun langsam verfiel, weil die Bewohner sich nicht mehr um die Häuser kümmern konnten.

Sie nahm ihre Waffe aus der Konsole, steckte sie sich in den Hosenbund und zog das Shirt darüber. Besser ging es nicht. Vorsichtig stieg sie aus dem Wagen und schloss die Tür so leise wie möglich hinter sich.

Draußen roch es etwas moderig, ein Zeichen dafür, dass hier alles den Bach runterging. Die gepflasterten Auffahrten hatten oft große Risse und waren von Unkraut überwuchert. Jina ging vorsichtig um das Gebäude neben dem Haus herum, vor dem Levis Truck parkte, lugte kurz um die Ecke, sah aber niemanden. Kein Mensch ließ sich blicken, um sie zu fragen, was sie hier zu suchen hatte. Vielleicht wohnte hier niemand. Doch, da lag ein zusammengerollter Wasserschlauch auf der winzigen Veranda, dort stand eine vernachlässigte Topfpflanze, die in der Hitze vor sich hin welkte.

Sie schlich zum Zielhaus, stellte sich mit dem Rücken an die Wand, sah sich nach irgendwelchen Stolperfallen um, dann reckte sie den Hals, um am äußeren Fensterrahmen vorbei durch die Scheibe zu lugen.

Nichts. Sie sah ein kleines Schlafzimmer, das leer zu sein schien.

Okay, das war zu erwarten gewesen. Im hinteren Teil von Häusern fand sich meistens das Schlafzimmer.

Jina schlich weiter ums Haus herum, wo sie auf eine ähnlich winzige Terrasse stieß wie im Nebenhaus. Hier stand kein Blumentopf, es lag kein Wasserschlauch herum, aber sonst sah sie im Grunde gleich aus. Eine verwitterte Holztür stand halb offen. Leise trat sie auf die Veranda und lehnte sich vor, um durchs Küchenfenster zu blicken. In der Küche war auch niemand, aber am Ende eines kurzen vollgestellten Flurs, an den sich eine Art Wohnzimmer anzuschließen schien, glaubte sie einen Schuh zu sehen.

Okay, jetzt wusste sie, wo sie waren. Sie hatte keine Ahnung, was dort passierte oder was sie tun sollte, doch zumindest hatte sie sie gefunden.

Plötzlich schreckte sie das Geräusch eines einzelnen Schusses auf. Es war offensichtlich aus einer schallgedämpften Waffe geschossen worden, was sich aber nicht angehört hatte wie die leisen »Puffpuffs« aus den Hollywoodfilmen. In der wirklichen Welt war das Geräusch zwar nicht so laut wie ein normaler Schuss, hatte ungefähr ein Viertel der ursprünglichen Lautstärke, war aber immer noch erkennbar.

Levi!

Das war der einzige Gedanke, der ihr durch den Kopf raste. Sie hörte laute Stimmen, und ohne lange nachzudenken, drückte sie die Klinke der Küchentür hinunter und öffnete sie.

Nachdem sie durch die schmale Öffnung geschlüpft war, schlich sie über den geplatzten Linoleumboden zum Ende des Flurs. Sie erinnerte sich nicht daran, die Waffe gezogen zu haben, aber sie hielt sie in der Hand, das Gewicht zwischen den Fingern.

Sie erkannte zwei Stimmen, Mac, der verärgert knurrte, und eine Frau, die ihm ständig ins Wort redete. Levi hörte sie nicht. Als sie weiter nach vorn schlich, drang ihr plötzlich ein Geruch in die Nase, den sie kannte, der Geruch von Blut und Tod, der Gestank, nachdem sich Darm und Blase geleert hatten.

Levi.

Sie hatte das Gefühl, als würde ihr alles Blut aus den Adern weichen, als würde ihre Seele zu Staub zerfallen. Ohne Levi wäre nichts mehr übrig. Wenn er es war, dessen Tod sie roch, gab es auch sie nicht mehr, und wer auch immer da auf der anderen Seite der Tür war, würde sterben. Sie konzentrierte sich auf die beiden Stimmen, die von links neben dem Eingang kamen.

Sie trat einen Schritt vor, wusste nicht, ob man sie hörte oder nicht, aber es war ihr egal. Mit der Waffe in der ausgestreckten Hand, den Finger am Abzug, schwang sie sich um die Tür herum. Eine Frau mit silberfarbenem Haar wandte sich erschrocken zu ihr um, hielt aber weiterhin ihre Pistole fest, die sie auf MacNamara gerichtet hatte. Der saß an einen Küchenstuhl gefesselt vor ihr.

Jina stellte geschockt fest, dass sie die Frau kannte. Sie war berühmt, vor allem in D.C., eine hochkarätige Kongressabgeordnete, die in einer Reihe von bedeutenden Gremien gewesen war, sich aber aus der Politik zurückgezogen hatte, nachdem ihr Mann vor zwei Jahren umgekommen war. Kingsley. Joan Kingsley. Was zum Teufel ging hier vor!

Dann bemerkte sie aus dem Augenwinkel die anderen Personen im Zimmer und warf einen kurzen Blick zur Seite. Levi. *Levi!* Er lebte, kniete mit den Händen hinter dem Kopf am Boden, und ein Mann, den sie nicht kannte, stand ein Stück abseits, ein großer Typ mit eiskaltem Blick, seine Glock auf Levi gerichtet und weit genug entfernt, um nicht von ihm überwältigt werden zu können.

An der rechten Wand lag ein ziemlich korpulenter Mann, den Körper merkwürdig verdreht, das Gesicht zur anderen

Seite gewandt. Blut sickerte aus seiner Kopfwunde. Jina wusste nicht, wer er war, und es war ihr auch egal. Levi lebte.

Instinktiv wusste Jina, dass Joan Kingsley hier der Dreh- und Angelpunkt war, was auch immer vor sich ging. Sie richtete ihre Waffe auf die Kongressabgeordnete, direkt auf den Punkt zwischen ihren Augen. »Waffe runter«, sagte sie ruhig. »Beide, der Macker dahinten auch.«

»Sicher nicht«, erwiderte Joan Kingsley. Der erschrockene Ausdruck war von ihrem Gesicht verschwunden, stattdessen zeigte sich bei ihr eine eiskalte Abgeklärtheit und Leere.

»Erschieß die Hexe!«, rief MacNamara und rüttelte an seinem Stuhl, als wollte er ihn umwerfen, was sicher der Fall war. Aber seine unbeherrschte Art konnte leicht eine Kettenreaktion von Schüssen auslösen, die Levis Tod zur Folge hätten. Und Jina würde lieber MacNamara selbst erschießen, als das zuzulassen.

»Halt den Mund!«, bellte sie und warf ihm für den Bruchteil einer Sekunde einen warnenden Blick zu.

Adrenalin rauschte durch ihre Adern, doch gleichzeitig überkam sie eine eiskalte Ruhe, während sie die Situation analysierte. Die Lage war albtraumhaft. MacNamara war an einen Stuhl gefesselt, konnte sich nicht fortbewegen, Kingsley hatte die Waffe geradewegs auf seinen Kopf gerichtet. Levi kniete am Boden, ebenfalls von einer Waffe bedroht, die der Mann mit den eiskalten Augen fest in der Hand hielt.

Jina befand sich in einer Pattsituation. Sie war allein und hatte kein Ninja-Training. Sie liebte Levi. MacNamara liebte sie keineswegs, sie mochte ihn nicht mal richtig. Wenn sie nur einen retten konnte, dann war es Levi, aber sie war sich nicht sicher, wie sie das tun sollte. Ihre Treffsicherheit war mittelmäßig, es gab keine Möglichkeit, den Abzug zu betätigen, den Rückstoß aufzufangen und rechtzeitig auf Joan Kingsley zu schießen, um MacNamara zu retten. Aber wenn sie Joan Kingsley zuerst erschoss, dann könnte Levi …

Sie wollte diesen Gedanken lieber nicht zu Ende führen.

»Es gibt keinen Ausweg«, sagte Joan Kingsley mit kaltem distanziertem Blick. Sie wirkte wie eine Frau, die den letzten Schritt bereits getan hatte und kein anderes Ziel mehr kannte. Sie hatte eine Grenze überschritten – verhandeln, nachgeben und zögern war für sie keine Option mehr. »Du kannst nicht gewinnen. Wir sind zu zweit, und du bist allein.«

»Ich kann einen von euch töten«, sagte Jina unnachgiebig.

Joan zuckte mit den Schultern. »Könntest du. Vielleicht auch nicht. Wie auch immer, du verlierst. Aber wenn du die Waffe runternimmst, hast du eine Chance zu überleben. MacNamara hat sowieso keine, er gehört mir. Aber du – du und Butcher, ihr müsst da nicht mit reingezogen werden.«

Was für ein Schwachsinn, dachte Jina. Diese eiskalte Braut würde niemals freiwillig einen von ihnen am Leben lassen.

Hastig ging sie ihre Möglichkeiten durch: Wenn sie den Mann erschoss, der Levi im Visier hatte, könnte sein Finger am Abzug gleichzeitig einen Schuss auslösen und Levi töten. Das Gleiche mit MacNamara, wenn sie Joan Kingsley erschoss. Und wenn sie einen tötete, würde der andere sie selbst erschießen.

Vielleicht.

Jina hatte im Team-Training gelernt, jede Situation logisch zu durchdenken und abzuwägen. Levi war nicht gefesselt. MacNamara schon. Wenn sie den Mann erschoss und Levi verwundet oder getötet wurde, war MacNamara noch immer hilflos am Stuhl gefesselt, starb möglicherweise ebenfalls. Wenn sie aber Joan Kingsley erschoss, brauchte der Mann hinter Levi den Bruchteil einer Sekunde, um zu reagieren, und in dieser Zeit könnte Levi handeln. Es bestand natürlich die Gefahr, dass MacNamara getötet wurde, denn Joan Kingsley hatte die Waffe auf seinen Kopf gerichtet. Aber vielleicht auch nicht, vielleicht würde Kingsleys Hand zu sehr zittern.

Es war eine Chance. Eine geringe zwar, aber die einzige.

Sie warf einen gequälten Blick auf Levi, nur kurz, aber es reichte, um zu sehen, dass er zu allem bereit war und wollte, dass sie genau das erkannte.

Feuer!

Sie riskierte sein Leben.

Sie schoss.

Levi warf sich nach hinten und zur Seite und überrumpelte damit den bewaffneten Mann, der diese Bewegung nicht erwartet hatte.

Joan Kingsley stolperte einen Schritt zurück, dann sackte sie auf die Knie. Ein schockierter Ausdruck erschien auf ihrem Gesicht. Jina war nicht treffsicher genug, um auf den Kopf zu zielen, und hatte ihr deshalb in die Brust geschossen. Aber sie hatte durch das Brustbein genau ins Herz getroffen. Kingsley kniete noch, war aber so gut wie tot, und die Erkenntnis stand ihr in den Augen.

Sie verzog den Mund, hob die Pistole, noch immer auf MacNamaras Kopf gerichtet, und schoss. Jina schoss ebenfalls und traf ihr Ziel erneut, aber es war zu spät.

Der Schuss hatte die Aufmerksamkeit des Mannes auf Kingsley gelenkt, ein Fehler, den er sofort erkannte, aber zu spät. Levi hatte ihn überwältigt, einen stahlharten Arm um die Schulter des Mannes gelegt, mit der anderen Hand packte er dessen Kinn. Panik flackerte für einen Sekundenbruchteil in seinem Blick auf, dann riss Levi das Kinn des Mannes hoch, und es war vorbei. Ein Knacksen, und er war tot, mit einer kurzen Bewegung war ein Leben ausgelöscht worden.

Levi ließ den leblosen Körper fallen, warf Jina einen prüfenden Blick zu und rannte zu MacNamara. Jina ließ den Arm sinken, stand da wie erstarrt. Sie brauchte nicht nachzusehen. Sie hatte den Schuss gesehen, wusste, dass es vorbei war.

Wie betäubt lehnte sie sich gegen den Türrahmen und sank

langsam auf den Boden. Vier Menschen waren tot. Sie wusste nicht, wer die beiden Männer waren, aber Joan Kingsley war eine Politikerin und Axel MacNamara hatte die GO-Teams mit skrupelloser Effizienz und entschlossener Loyalität geführt. Dies hier würde nicht nur Wellen schlagen, es würde Tsunamis geben. Der Kongress würde weiterexistieren, aber was die GO-Teams betraf … Joan Kingsley hatte sie vielleicht mit dem Schuss auf MacNamara ebenfalls exekutiert.

Jina schlug sich die Hand vor die Augen. Sie hatte Levis Leben aufs Spiel gesetzt. Sie hatte die Situation analysiert und getan, was ihr der Verstand und das Training gesagt hatten. Levi war nicht tot, aber nur weil er so gut ausgebildet war. Sie hatte ebenso überlebt. Die syrische Wüste hatte sie nicht besiegt … der Ausbildung sei Dank.

Sie hatte sein Leben riskiert. Sie hatte die Situation eingeschätzt und eine Entscheidung gefällt.

Genauso, wie er es getan hatte.

Sie hörte, wie er auf sie zukam, dann umfasste er ihre Schultern und riss sie hoch. Sein Gesichtsausdruck war hart und unnachgiebig, immer noch im Kampfmodus, aber sein Blick wanderte über sie, um sich zu vergewissern, dass es ihr gut ging. Er umfasste ihr Gesicht mit beiden Händen und hob es an, sah ihr in die Augen, dann drückte er ihr einen Kuss auf die Stirn.

»Ich habe dein Leben aufs Spiel gesetzt«, sagte sie heiser.

»Das war die einzige Chance«, entgegnete er und zog sie sanft an sich.

Alles wurde anders.

Nach MacNamaras Tod verschob sich die Hierarchie bei den GO-Teams, auch wenn die Arbeit an sich weiterging wie immer. Aber vielleicht würden die Teams aufgelöst. Die Entscheidung fällte jemand aus den oberen Reihen, vielleicht sogar der Präsident persönlich, aber das würden sie nie erfahren.

Solange sie nichts Neues hörten, wurde das Training fortgesetzt, und weitere Einsätze fanden statt.

Crutch und Voodoo begannen wieder zu arbeiten, aber keiner von beiden konnte ins Team zurück. Durch ihre Verletzungen waren sie nicht mehr so belastbar wie vorher. Sie würden zwar ein normales Leben führen, aber nicht mehr das strapaziöse Spezialtraining absolvieren können, das für die Einsätze notwendig war. Ace Butchers Team wurde mit anderen Männern aufgefüllt. Doch das Ursprungsteam blieb in Kontakt, die Verletzungen hatten zwar die Karriere durchgeschüttelt, aber nicht die Freundschaft beendet. Die im Team geschmiedeten Bande konnten nicht so einfach zerstört werden.

Der quälend heiße Sommer endete, und ein erfrischend kühler Herbst begann sich nun auf den Winter zuzubewegen. Die Tage wurden kürzer, die Morgen kühler. Jina konzentrierte sich auf das Drohnen-Programm, und manchmal schaffte sie es, diese furchtbaren Minuten zu vergessen – und das Gefühl, wie es war, den Abzug zu betätigen und ein Leben auszulöschen. Joan Kingsley hatte nicht im Todeskampf den Schuss auf MacNamara ausgelöst, sie hatte ihn vorsätzlich getötet. Aber Jina wusste, dass sie auch ihren Teil dazu beigetragen hatte. Wenn sie ihr in den Kopf geschossen hätte … aber das hatte sie nicht, aus Angst, danebenzuschießen. Deshalb war MacNamara tot. Vier Menschen waren in diesem furchtbaren kleinen Haus umgekommen, und manchmal wachte sie nachts auf und starrte blind in die Dunkelheit, wünschte, dass diese Erinnerungen verblassten. Doch sie wusste, dass das nicht passieren würde, denn sie hatten sich in ihr Gedächtnis gebrannt, genauso wie der Gewaltmarsch durch die syrische Wüste.

Levi, typisch Mann, versuchte nicht, mit ihr über ihre Gefühle zu sprechen. Aber er hatte Erfahrungen in Kämpfen und Feuergefechten und in Syrien genau wie sie eine schwierige Entscheidung getroffen. Deshalb schien er zu ahnen, was in ihr vorging. Manchmal nahm er sie einfach auf den Schoß, hielt sie fest in den Armen und zeigte ihr, dass er für sie da war.

Wenn er sich nicht im Einsatz befand, war er meist bei ihr in der Wohnung, auch wenn er gelegentlich eine Nacht bei sich zu Hause schlief. Doch nach und nach erschienen die zwei Wohnungen immer mehr wie Geldverschwendung. Jina hatte noch nicht mit ihm darüber gesprochen. Sie waren jetzt ein paar Monate zusammen, nicht lange genug für sie, um sich wirklich an diese Vorstellung zu gewöhnen. Zu viel war geschehen, zu schnell war alles passiert. Sie hatte eine Frau getötet. Sie konnte nicht einfach so weitermachen wie vorher.

Das Team war das Team. Sie trafen sich nach wie vor manchmal abends. Crutch und Voodoo waren fast immer dabei, obwohl Voodoo – ausgerechnet er! – eine feste Freundin gefunden hatte und oft andere Pläne hatte. Zwei Ersatzmänner mit den Spitznamen »Irish« und »Palooka« waren ins Team gekommen. Jina mochte die beiden, aber sie hatte mit ihnen nicht dasselbe durchgemacht wie mit der ursprünglichen Crew. Für die beiden war sie Ace' Freundin und eine Drohnenführer-Ausbilderin. Ihren alten Job hatte ein gelassener schlaksiger Typ namens Kelvin Grant übernommen, den alle Ichabod nannten, was er cool fand. Ihre Gruppe war angewachsen, alles blieb im Fluss.

Sie hatten sich bei Snake zu Hause versammelt. Aus dem zweijährigen Teufelsbraten war ein dreijähriger Teufelsbraten geworden, und es waren keine Anzeichen zu bemerken, dass er etwas ruhiger wurde. Wenn sich die Gruppe traf, war es daher sicherer, ihn zu Hause zu lassen. Ailani sprach davon, was sie zu Thanksgiving kochen wollte, und Jina erschrak.

»Thanksgiving?«, krächzte sie.

Jelly johlte. »Genau, du weißt schon, der Tag mit dem Truthahnessen! Ist einmal im Jahr, immer im November. Vor langer Zeit hat man mal beschlossen, es Thanksgiving zu nennen.«

Jina warf eine Gurke nach ihm, dann blickte sie sich schuldbewusst nach dem kleinen Teufelsbraten um. Denn wenn er beobachtete, wie jemand mit Essen warf, würde er das in absehbarer Zukunft ebenfalls machen. Aber er rannte mit den anderen Kids durchs Haus, so bestand keine Gefahr. Jelly hob die Gurke auf und warf sie sich in den Mund.

»Das habe ich ganz vergessen«, stöhnte Jina und rieb sich die Stirn. »Wie zum Teufel … egal! Ich werde meine Mutter anrufen und irgendwas mit ihr ausmachen.« Dann verstummte sie, riss die Augen auf und drehte sich zu Levi um. »Ich … oje. Uff.«

»Du hast vergessen, ihr von mir zu erzählen, stimmt's?«, fragte er feixend.

»Nein, nicht ganz, sie weiß, dass wir uns treffen.«

»Wenn du damit meinst, dass wir quasi zusammenleben, passt es.« Er schien nicht verärgert zu sein, nur amüsiert.

»Du hättest auch mich haben können«, sagte Jelly zum etwa hundertsten Mal.

»Nein danke.«

»Trägst du mir immer noch die Sache mit dem Tattoo nach … hey!«, rief er, als ihm plötzlich ein Gedanke kam. Er drehte sich zu Levi um. »Sie hat uns immer noch nicht verraten, was das für ein Tattoo ist. Du hast es doch gesehen, oder? Ich meine, du musst es gesehen haben, es sei denn, sie lügt uns an und hat gar keins.«

Levi biss von seinem Burger ab und kaute. »Ich hab's gesehen«, sagte er schließlich.

Alle Männer aus dem alten Team sahen ihn gespannt an, auch die beiden neuen Mitglieder schauten neugierig, kannten aber die Vorgeschichte nicht. Terisa und Ailani blickten zu Jina, die den Männern ein abschätziges Lächeln zuwarf. Dann beugte sie sich zu den Frauen hinüber und flüsterte ihnen die Antwort zu. Die beiden lachten und schworen, nichts zu verraten.

»Das ist unfair«, beschwerte sich Trapper und sah die Frauen finster an. »Babe, du warst in *unserem* Team, nicht bei denen. Wir wollen es wissen. Ace! Lass es raus!«

Levi schüttelte bedächtig den Kopf. »Tut mir leid, Jungs. Ob sie das Geheimnis lüften will, ist ihre Sache. Aber ich denke, eine gute Gelegenheit, es herauszufinden, ist, wenn ihr Hochzeitskleid im Rücken tief genug ausgeschnitten ist.«

Es wurde mucksmäuschenstill im Raum. Nur das Kreischen der Kinder war zu hören, die irgendwo im Haus herumrannten.

Jina hatte das Gefühl, ihr Mund würde offen stehen. Vorsichtshalber legte sie die Hand ans Kinn, um es hochzuschieben, aber nein, ihr Mund war geschlossen. Die Lippen fühlten sich taub an. Ihr Körper fühlte sich taub an. Das konnte er unmöglich gesagt haben … oder doch? War das nur so ein lapidarer Spruch gewesen, weil er davon ausging, dass sie irgendwann einmal heiraten würde – oder …? Nein, Männer machten nicht einfach so Sprüche über Brautkleider. Das lag nicht in ihrer DNA. Sie machten höchstens Sprüche über Waffen oder Idioten, die aus Flugzeugen sprangen. Oder …

»Hochzeitskleid?«, sagte sie leise.

»Es sei denn, du willst durchbrennen, in dem Fall werden sie es nie rausfinden.« Er zwinkerte ihr zu.

»Ich stimme für das Hochzeitskleid«, sagte Crutch.

»Sei still!«, rief Ailani, »du hast nichts zu sagen!«

Jina war sprachlos. Levi stand auf und streckte ihr seine Hand entgegen, und benommen ließ sie sich von ihm nach draußen führen. Die Nachtluft war kühl, so kühl, dass es sich gut anfühlte, seine Arme um sich zu spüren und sich dicht an ihn ziehen zu lassen. »Das war kein Antrag«, sagte er mit den Lippen an ihrem Haar.

Endlich fand sie ihre Stimme wieder, Erleichterung und Enttäuschung kämpften in ihr. »War es nicht?« Ich liebe ihn, dachte sie. Sie hatte es vermieden, übers Heiraten oder eine feste Beziehung oder irgendetwas in der Art nachzudenken, aber sie liebte ihn. Schlimmes war passiert. Keiner von ihnen war dabei umgekommen. Das Leben ging weiter. Es war Zeit. »Dann solltest du das besser schnell nachholen.«

»Den Ring habe ich in der Tasche«, sagte er und umarmte sie fest.

Ihr Hochzeitskleid war im Rücken nicht tief genug ausgeschnitten, sodass die Männer das kleine Handgranaten-Tattoo nicht sehen konnten. Sollten sie doch für den Rest ihres Lebens darüber nachgrübeln. Die Granate war nur für Levi.

– ENDE –